SKRADZIONE

W sprzedaży
następujące tomy cyklu „Miecz Prawdy”:

Pierwsza Spowiedniczka

Pierwsze prawo magii
Kamień Łez
Bractwo Czystej Krwi
Świątynia Wichrów
Dusza ognia
Nadzieja pokonanych
Filary Świata
Bezbronne imperium
Pożoga
Fantom
Spowiedniczka
Wróżebna machina
Trzecie królestwo
Skradzione dusze

oraz

Dług wdzięczności

TERRY GOODKIND

SKRADZIONE DUSZE

Przełożyła
Lucyna Targosz

REBIS

Dom Wydawniczy REBIS

Tytuł oryginału
Severed Souls

Redaktor
Agnieszka Horzowska

Projekt i opracowanie graficzne okładki
Jacek Pietrzyński

Fotografie na okładce
© Hofhauser / Shutterstock
© Captblack76 / Shutterstock

Wydanie I
Poznań 2015

ISBN 978-83-7818-666-3

Dom Wydawniczy REBIS Sp. z o.o.
ul. Żmigrodzka 41/49, 60-171 Poznań
tel. 61-867-47-08, 61-867-81-40; fax 61-867-37-74
e-mail: rebis@rebis.com.pl
www.rebis.com.pl
DTP: *AKAPIT*, Poznań, tel. 61-879-38-88
Druk i oprawa: WZDZ – Drukarnia „LEGA"

TK

ROZDZIAŁ 1

Sprowadź nam naszych zmarłych.

Richard usłyszał głos i w tej samej chwili poczuł na ramieniu dotknięcie lodowatej dłoni.

Odwrócił się, dobywając miecza.

W cichym przedświcie zabrzmiał charakterystyczny dźwięk wysuwającej się z pochwy stalowej klingi. Moc tkwiąca w mieczu odpowiedziała na wezwanie, przepełniła Richarda furią, przygotowując go do walki.

Tuż za nim stali w mroku trzej mężczyźni i dwie kobiety. Dogasające ognisko, płonące w oddali za jego plecami, rzucało na pięć nieruchomych twarzy delikatny czerwonawy poblask. Wymizerowane postaci stały bez ruchu, przygarbione, z bezwładnie zwisającymi rękami.

W powietrzu czuć było nadciągający deszcz, zapach dymu z ogniska w obozie, woń rosnących w pobliżu drzew balsamicznych i cynamonowych paproci, zapach koni i zatęchły zapaszek wilgotnych liści zaścielających ziemię.

Lecz Richard wyczuł również śladową woń siarki.

Chociaż żadne z tych pięciorga ani nie wyglądało, ani nie zachowywało się groźnie, to przepełniająca go moc starożytnego oręża, które trzymał w dłoni, sprawiała, że serce mu waliło. Ich bierna, apatyczna postawa nie łagodziła ani poczucia zagrożenia, ani gotowości do walki, gdyby nagle zaatakowali.

Jednak najbardziej niepokoiło go to, że choć wypatrywał i nasłuchiwał najsłabszego dźwięku i najlżejszego ruchu – to ani nie usłyszał, ani nie dostrzegł podchodzącej do niego piątki.

Przecież to niemożliwe, żeby w takich gęstych, niezamieszkanych lasach żadne z nich nie nadepnęło na gałązkę, nie skruszyło stopą suchych liści i kory leżących na ziemi. Richard był znakomicie obeznany z lasami i nawet wiewiórka nie mogłaby się do niego podkraść, a co dopiero pięcioro ludzi. Kiedy był leśnym przewodnikiem, bawił się z innymi przewodnikami w podchody. Miał w tym dużą wprawę i rozwinęło to w nim rodzaj szóstego zmysłu pozwalającego wyczuć, czy w pobliżu jest jakaś żywa istota. Prawie nikt nie mógł niezauważenie podkraść się do Richarda.

A jednak tych pięcioro to zrobiło.

Pustkowia Mrocznych Ziem rzadko widywały podróżników. Było tu zbyt niebezpiecznie, żeby ryzykować przeprawę. Każdy wędrowiec o tym wiedział i nie szukałby kłopotów, podkradając się do obozowiska.

Jedno nieodpowiednie słowo lub nagłe poruszenie i Richard przestanie nad sobą panować. W jego umyśle już się dokonało, każdy ruch był obmyślony i postanowiony. Jeżeli zrobią coś nie tak, bez wahania będzie bronił siebie i tych w obozie.

– Kim jesteście? – zapytał. – Czego chcecie?

– Przyszliśmy, żeby być z naszymi zmarłymi – powiedziała jedna z kobiet takim samym głuchym głosem jak mężczyzna, który przemówił pierwszy.

Wydawało się, że wszyscy pięcioro patrzą przez Richarda.

– Sprowadź ich do nas – powiedziała druga kobieta podobnie martwym głosem. Tak jak tamci wyglądała jak skóra i kości.

– O czym wy mówicie? – zapytał Richard.

– Sprowadź naszych zmarłych – powtórzył jeden z mężczyzn.

– Jakich zmarłych? – zapytał Richard.

– Naszych zmarłych – powiedział kolejny mężczyzna równie głuchym głosem.

Te powtarzające się odpowiedzi donikąd nie prowadziły. Richard słyszał dobiegające z obozu ciche głosy – to żołnierze Pierwszej Kompanii, obudzeni szczękiem dobywanego miecza, odrzucali koce i zrywali się na nogi. Wiedział, że chwytają miecze, kopie i topory, leżące w pogotowiu obok posłań. Zawsze byli gotowi do działania.

Richard nie spuszczał z tej piątki oka – jedynie na mgnienie, by zerknąć w bok, sprawdzić, czy nie ma innych zagrożeń – lecz wiedział, że żołnierze, przekazując sobie sygnały gestami, zajmują pozycje. Chociaż byli daleko i poruszali się bardzo ostrożnie, słyszał czyjś krok, szelest liści, mlaśnięcie błota pod stopą, kiedy część z nich spiesznie szła przez las, żeby okrążyć obcych.

To byli najlepsi z najlepszych – doświadczeni żołnierze, którzy ciężko pracowali, żeby dołączyć do elitarnej Pierwszej Kompanii. Wszyscy mieli za sobą lata wojaczki. Wielu spośród nich już oddało życie na Mrocznych Ziemiach, gdzie przybyli, żeby zapewnić Richardowi i Kahlan bezpieczny powrót do pałacu.

Niestety, wszyscy wciąż byli bardzo daleko od domu.

– Nie wiem, o czym mówicie – powiedział Richard, obserwując pozbawione wyrazu oczy stojących przed nim pięciorga ludzi.

– Nasi zmarli – odparła głuchym głosem pierwsza kobieta.

Richard zmarszczył brwi.

– Dlaczego mówicie to akurat mnie?

– Bo jesteś tym jedynym, wybrańcem – oznajmił mężczyzna, który go dotknął.

Richard kolejno poruszył palcami, lepiej ujmując rękojeść. Powiódł wzrokiem po twarzach bez wyrazu.

– Wybrany? O czym mówicie?

– Jesteś *fuer grissa ost drauka* – dodał kolejny mężczyzna. – Jesteś ten jedyny, wybrany.

Richard dostał gęsiej skórki. *Fuer grissa ost drauka* w prastarym górnod'harańskim znaczyło „siewca śmierci". Bardzo niewielu ludzi – poza nim samym – znało ten martwy język.

Jeszcze bardziej niepokojące było to, skąd tych pięcioro wiedziało, że to się odnosi do niego.

Richard kierował w ich stronę czubek klingi, by mieć pewność, że żadne z nich nie podejdzie bliżej. Chciał być pewny, że w razie potrzeby będzie miał czyste pole do walki.

– Gdzieście to usłyszeli? – zapytał.

– Jesteś tym jedynym, jesteś *fuer grissa ost drauka*: siewca śmierci – powiedziała jedna z kobiet. – To właśnie robisz. Siejesz śmierć.

– Czemu uważacie, że mogę wam przyprowadzić waszych zmarłych?

– Od bardzo dawna ich szukamy – rzekła. – Chcemy, żebyś ich do nas przyprowadził.

– Sprowadź naszych zmarłych – powtórzył jeden z mężczyzn, po raz pierwszy z nutką gniewnego uporu, co się Richardowi nie spodobało.

Najwyraźniej miało to jakiś sens dla tamtych, lecz żadnego dla Richarda, chyba że zdecydowanie pokrętny. Znał trzy pradawne znaczenia określenia *fuer grissa ost drauka*, wiedział, jak się odnoszą do niego.

Tych pięcioro stosowało je zupełnie inaczej.

Za sobą usłyszał biegnącą ku niemu Kahlan. Rozpoznawał charakterystyczny odgłos kroków. Spędziła z nim trochę czasu przed świtem i dopiero niedawno poszła do obozowiska. Kiedy dobiegła, Richard uniósł lewą rękę, by mieć pewność, że Kahlan zostanie z tyłu, na wypadek gdyby musiał użyć miecza.

– Co się dzieje? – zapytała, zatrzymując się gwałtownie w pobliżu.

Richard pospiesznie obejrzał się przez ramię. Niepokój i troska w żaden sposób nie umniejszyły nieskazitelnego piękna kochanej twarzy.

Znowu spojrzał ku tamtym.

Zniknęli.

Zamrugał ze zdziwienia, rozejrzał się. Przecież tylko na mgnienie spuścił ich z oka. To było niemożliwe, a jednak cała piątka zniknęła.

– Byli tutaj – powiedział na poły do siebie.

Nie mieliby gdzie się schować w tej krótkiej chwili, kiedy obejrzał się na Kahlan. Nachylony, kamienisty teren, na którym się znajdowali, nie oferował żadnej kryjówki. Do najbliższych drzew było parędziesiąt stóp. To dlatego Richard wybrał to miejsce – przestrzeń na tyle otwartą, żeby nikt nie mógł się ukryć czy do nich podkraść.

Zobaczył, że zbutwiała ściółka na ziemi, na której tamci stali, przy odsłoniętym grzbiecie granitowej półki, wydaje się nietknięta. Słyszałby ich. Naruszyliby warstwę liści. Nie mogliby bezgłośnie zrobić kroku; nie mogliby tak szybko zniknąć mu z oczu i się ukryć.

– Kto? – zapytała Kahlan.

Richard wyciągnął rękę, wskazując mieczem.

– Przed sekundą pięcioro ludzi tutaj stało.

Skrawki nieba, widoczne w lukach w gęstym leśnym sklepieniu, zaczynały szarzeć, podbarwione czerwienią – zbliżał się świt. Kahlan nie zamierzała lekceważyć tego, co Richard widział. Badawczo wpatrzyła się w mrok.

– Byli półludźmi? – zapytała.

Richard wciąż czuł lodowaty chłód na prawym barku, gdzie dotknął go jeden z mężczyzn.

– Nie, nie sądzę. Jeden z nich mnie dotknął, żeby przyciągnąć moją uwagę. Nie szczerzyli zębów. Nie sądzę, że przyszli, aby zabrać mi duszę.

– Jesteś pewny?

– Tak.

– Mówili coś?

– Powiedzieli, że chcą, żebym im przyprowadził ich zmarłych.

Kahlan aż otworzyła usta ze zdumienia. Richard wpatrywał się w miejsce, w którym stali, potem znowu się rozejrzał, wypatrując jakiegoś śladu. W mroku nie widział żadnych śladów stóp.

Kahlan objęła się ramionami, zbliżyła się do niego.

– Richardzie, nikogo tu nie ma. – Wskazała ku drzewom. – I nie ma się gdzie schować, zanim się nie wróci do lasu. Jak mogliby zniknąć?

Dziesiątki żołnierzy Pierwszej Kompanii, jego przyboczna straż, nadbiegło z mroku, by utworzyć ochronny krąg. Każdy z rosłych żołnierzy trzymał obnażoną broń, gotowy do walki. Wyglądało to tak, jakby Richarda nagle otoczył stalowy jeżozwierz.

– W czym rzecz, lordzie Rahlu? – spytał jeden z oficerów. – Co się stało?

– Było tutaj pięcioro ludzi, dosłownie przed chwilą. – Richard wskazał mieczem. – Podeszli od tyłu i stali dokładnie tutaj.

Żołnierze przeczesali wzrokiem mrok, a potem, bez słowa, co najmniej tuzin ich pobiegło do lasu poszukać intruzów. Chociaż świt już rozświetlał słabym szarawym światłem cichy las, wciąż było na tyle ciemno, że Richard wiedział, iż łatwo będzie przeoczyć kogoś, kto się skrywa w gęstych zaroślach. Obcy musieliby tylko przycupnąć w mroku w gęstwie krzaków lub młodych drzewek i z łatwością by ich przegapiono.

Lecz nie sądził, żeby tamtych pięcioro przycupnęło i się ukryło.

Wiedział, że było inaczej.

Zniknęli.

ROZDZIAŁ 2

Co się dzieje? – zawołała Nicci, przeciskając się przez zwarty pierścień wielkich żołnierzy.

Powiodła wzrokiem po mieczu – pewnie sprawdzała, czy jest zakrwawiony. Chociaż żołnierze byli potężni i uzbrojeni, dar Nicci sprawiał, że była groźniejsza niż oni wszyscy razem. Gdyby dar Richarda działał, mógłby zobaczyć otaczającą ją aurę mocy.

– Pięcioro ludzi podeszło od tyłu, kiedy stałem na warcie – poinformował ją Richard. Przez lukę, którą zrobiła, pospiesznie nadszedł Zedd. – Nie wiedziałem, że tam są, póki jeden z nich nie dotknął mojego ramienia.

Nicci była zaskoczona.

– Podeszli znienacka i cię dotknęli?

Stary czarodziej, podobnie jak ona, nie mógł w to uwierzyć. Chociaż Richard dobrze znał dziadka, to od czasu do czasu zdumiewało go to, czego Zedd potrafi dokonać swoją mocą, oraz jego niezwykła wiedza o najbardziej zawiłych i tajemnych sprawach.

– Ludzie? – Zedd spojrzał za Richarda i Kahlan. – Jacy ludzie?

Samantha i jej matka, Irena, znalazły się za Zeddem. Samantha, chociaż ledwie nastoletnia, udowodniła, że jest bardzo uzdolnioną czarodziejką. Richard jeszcze nic nie wiedział o darze jej matki, lecz sądząc po Samancie, można się było spodziewać, że jest znakomita.

Otaczający go ludzie mieli wiedzę, umiejętności i moc, co nie zmieniało faktu, że wszyscy się znajdowali w niebezpiecznej krainie, gdzie wiele im groziło. A to, że pięcioro ludzi potrafiło ot, tak do nich podejść i potem zniknąć, jedynie uwydatniało czyhające na Mrocznych Ziemiach niebezpieczeństwa.

– Nic ci nie jest, lordzie Rahlu? – spytała z niepokojem Irena, dotykając ramienia Richarda.

Pokręcił głową, a Nicci nieznacznie – choć opiekuńczo – podeszła bliżej i Irena musiała się odsunąć.

– Podkradli się do ciebie? – Nicci pochyliła głowę ku Richardowi. – Pięcioro ludzi?

Zedd, zirytowany, że się go ignoruje, zamachał ręką.

– Jakich ludzi? – zapytał, zanim Richard zdążył odpowiedzieć Nicci. – Gdzie byli?

Zdenerwowany Richard skinął za siebie.

– Stali dokładnie w tym miejscu, a potem zniknęli.

Zedd przekrzywił głowę, zmarszczył krzaczaste brwi. Przenikliwie łypnął jednym okiem.

– Zniknęli?

– Tak, zniknęli. Nie wiem, dokąd poszli. Nie widziałem, jak nadchodzą, i nie widziałem, jak odeszli. Kiedy znowu się ku nim odwróciłem, już ich nie było.

Samantha uniosła głowę, powąchała powietrze. Rysy jej twarzy miały jeszcze dziecinną miękkość. Zmarszczyła nosek.

– Co to za zapach? – zapytała szybko, zanim Zedd lub ktokolwiek inny zdążył się odezwać. – Już zanika, ale wydaje mi się, że go skądś znam.

Wszyscy się rozejrzeli, poruszeni jej dziwnym pytaniem i niepokojem.

Kahlan zmarszczyła brwi.

– Skoro już o tym wspomniałaś, to i ja go skądś znam.

Richard uważnie badał wzrokiem mrok, wciąż wypatrując jakiegoś śladu pięciorga nieznajomych.

– To siarka.

Samantha odgarnęła z twarzy gęstwę czarnych włosów. Popatrzyła na niego.

– Siarka?

– Tak, woń śmierci – powiedział Richard, wpatrzony w ciemność.

– Nie. – Kahlan stukała kciukiem w rękojeść noża w wiszącej u pasa pochwie, usiłując sobie przypomnieć. – Duchy wiedzą, że nieraz go czułam. Na pewno nie jest przyjemny, ale to nie zapach śmierci. To coś innego.

– On nie to ma na myśli – stwierdziła posępnie Nicci, wymieniając z Richardem znaczące spojrzenia.

– To woń świata umarłych – powiedział równie posępnie Richard do wszystkich zwróconych ku niemu osób. – Jakby wrota zaświatów na mgnienie się uchyliły.

Wszyscy się w niego wpatrywali.

– Zaświaty! – Samantha pstryknęła palcami. – To stąd znam ten zapach. Czułam go wtedy, kiedy próbowałam uleczyć ciebie i Matkę Spowiedniczkę. Kiedy się znalazłam blisko jadu śmierci, który tkwi głęboko w was, poczułam go.

Irena położyła dłoń na ramieniu córki.

– Jad? Jaki jad? – Miała podejrzliwą minę pasującą do bruzd na czole i gęstych czarnych włosów. – Co moja córka mogła mieć wspólnego z zaświatami?

– Jit, Zaszyta Służka, porwała Kahlan i mnie – powiedział Richard. – Ale zanim zdołała nas zabić, zdążyłem zatkać nam uszy zwitkami płótna i uwolnić tkwiące w niej zło. Kiedy to zrobiłem, mimowolnie wydała wrzask, który przyzwał do niej śmierć. Zginęła i mogliśmy uciec. Niestety, dźwięk przedostał się przez zatyczki w naszych uszach. I teraz szczelina prowadząca do zaświatów tkwi w nas. Kiedy Samantha leczyła inne nasze rany, zbliżyła się do tej tkwiącej w nas granicy. Właśnie to pamięta.

– Samantha nic o takich sprawach nie wie – upierała się Irena, patrząc to na córkę, to na Richarda. – Jest za młoda. Nawet nie powinna czegoś takiego próbować. Musi się jeszcze wiele nauczyć, zanim się zbliży do ciemnych mocy.

Samantha się obróciła, żeby spojrzeć na matkę. Okropne wspomnienie sprawiło, że oczy miała pełne łez.

– Tylko tak mogłam ich uleczyć. Musiałam to zrobić, żeby nie umarli. Lord Rahl ma nas ocalić. Pomógł uratować wielu mieszkańców Stroyzy. Doradził mi, co powinnam uczynić. To kiedy uzdrawiałam, wyczułam głęboko w nich straszliwy mrok śmierci. Wtedy wyczułam tę okropną woń.

– Ma rację – burknął ze smutkiem Zedd. – Pamiętam, że

poczułem ten zapach, kiedy zacząłem was uzdrawiać, zanim nas napadnięto i uprowadzono. Rozpoznałem wówczas zatęchły odór najmroczniejszych otchłani świata umarłych. – Odwrócił wzrok. – Już wcześniej się z nim zetknąłem.

Nicci założyła za ucho długie pasmo jasnych włosów. Badała wzrokiem mrok wśród drzew. Sprawiała wrażenie pogrążonej w myślach, a może wykorzystywała swoje umiejętności, żeby sprawdzić, czy ktoś lub coś się tam nie czai.

– Kiedy jesteś blisko granicy zaświatów, w pobliżu śmierci – powiedziała cicho głosem, który zdawał się dobiegać z jakiegoś mrocznego miejsca w głębi niej – możesz niekiedy wyczuć zza zasłony odór świata umarłych.

Irena rozejrzała się z posępną miną.

– Kiedy śmierć jest blisko...? Świat umarłych? Teraz? Tutaj? O czym wy mówicie? To pewnie tylko bijące w pobliżu siarczane źródło. Na Mrocznych Ziemiach jest ich mnóstwo. Pewnie wiatr przyniósł tu jego woń i tyle. – Łypnęła ku Nicci. – Myślę, że ulegamy bezpodstawnym obawom.

Nicci spojrzała na Irenę, na pięknej twarzy malowała się irytacja.

– Byłam niegdyś Siostrą Mroku. Często musiałam wąchać ową woń, kiedy Opiekun zaświatów nawiedzał nas w snach, by przekazywać nam polecenia. To dlatego Matka Spowiedniczka uważa to za wspomnienie snu. Kiedy śpi, dźwięki i obrazy świata bledną. W tym stanie jest bliżej tkwiącej w niej granicy z zaświatami.

Samantha aż otworzyła buzię.

– Byłaś Siostrą...

– Ciiii... – ostrzegła ją szeptem matka, kładąc obie dłonie na ramionach córki.

Matką Samanthy wstrząsnęło wyznanie Nicci, że była niegdyś Siostrą Mroku. Richard wiedział, że wiele żyjących na uboczu osób – jak Irena i jej córka – jest przesądnych i unika głośnego mówienia o tym, czego się boi, z lęku, że przywołają do siebie owe tajemnicze zagrożenia. A nie było nic bardziej przerażającego od Opiekuna zaświatów. Richard znał Siostry Światła zwące Opiekuna „Bezimiennym”, by nie wymawiać jego imienia.

Dostrzegł też w ciemnych oczach Ireny cień podejrzenia. Kobiety, które poddały się mrocznym mocom, nigdy nie wracały do światła. A jednak Nicci to uczyniła.

– Woń siarki jest podobna, ale nie identyczna jak odór świata umarłych. Przez wzgląd na moją dawną przynależność raczej nie pomyliłabym siarki z duszącą wonią zaświatów. Kiedy wcześniej dotknęłam Richarda i Kahlan, by ich uleczyć, aż za dobrze rozpoznałam, że w obojgu rozrasta się śmierć.

Irena, słysząc w głosie Nicci władczość i stanowczość, nie spierała się.

Zedd rozglądał się z niepokojem, twarz miał ściągniętą.

– Gdzie Cara?

Dziadek Richarda wiedział, że Mord-Sith byłaby w pobliżu, gdyby cokolwiek zagrażało jego wnukowi i Kahlan.

Te słowa ugodziły Richarda prosto w serce.

– Odeszła – powiedział cicho, patrząc w orzechowe oczy dziadka.

Zedd zmarszczył brwi.

– Jak to odeszła? Była tu, kiedy rozbijaliśmy obóz.

– Odeszła nocą.

Kiedy Zedd zobaczył minę Richarda, zamilkł, zostawiając pytania na później. Był przy tym, jak półludzie okrutnie zamordowali męża Cary. Ona też tam była. Richard wyczytał z oczu dziadka, że ten nagle zrozumiał jej decyzję.

Irena popatrywała na ciemne kształty drzew pojawiające się, w miarę jak świtało. Szczupła i silna, z delikatną twarzą okoloną długimi czarnymi włosami, wyglądała jak starsza wersja Samanthy, może trochę bardziej spięta. Samantha dzielnie i stanowczo stawiała czoło straszliwym niebezpieczeństwom. Richard wiedział, że po części dlatego, iż jest młoda.

Przyszło mu na myśl, że Irena – która całe życie spędziła na Mrocznych Ziemiach i była doświadczoną czarodziejką – bez wątpienia doświadczyła więcej niż córka i miała powody do niepokoju. Zapewne widziała rzeczy nieznane jeszcze Samancie, rozumiała sprawy, które jej córka dopiero musiała pojąć. Starsza kobieta ponaddwukrotnie dłużej niż

Samantha radziła sobie z zagrożeniami w takim odludnym i surowym miejscu.

Irena wiedziała również, że przełamano blokadę trzeciego królestwa. Będąc czarodziejką wioski Stroyza, odpowiadała za obserwowanie owej granicy, wypatrywanie, czy nie została naruszona, i za powiadomienie innych, gdyby tak się stało. Zapewne znała przynajmniej niektóre zagrożenia zza muru na północy, który jej pobratymcy obserwowali od tysięcy lat.

Richard był ciekaw, ile wiedziała o murze i trzecim królestwie, od tak dawna nim odgrodzonym, w którym życie i śmierć współistniały w jednym czasie i miejscu. Musiał z nią porozmawiać i dowiedzieć się, co ona wie.

– Powinniśmy stąd odejść – mruknęła Irena, obserwując mrok.

Napomknienie o półludziach ją zestresowało – i nie bez powodu. Zabili jej męża, pożarli go na jej oczach, próbując ukraść mu duszę.

Blokada trzeciego królestwa została przerwana i przeklęci półumarli – stwory bez duszy – wydostali się do świata żywych, atakując i pożerając ludzi w obłąkańczych wysiłkach zdobycia duszy. Kiedy przerwano blokadę od tysięcy lat powstrzymującą zło, Irena opuściła wioskę, żeby ostrzec ludzi. Nie dotarła zbyt daleko. Półludzie zabili jej męża, a ją samą uprowadzili. Po próbach wykorzystania jej do swoich mrocznych celów pewnie by ją pożarli, jak tylu innych. Na szczęście, zanim to się stało, Richard zdołał uwolnić i ją, i żołnierzy oraz Zedda, Nicci i Carę.

Niestety, mąż Cary, Ben, generał dowodzący Pierwszą Kompanią, nie uszedł z życiem.

Wszyscy się odwrócili, usłyszawszy wrzask.

Richard wskazał mieczem.

– Tam!

ROZDZIAŁ 3

Gdy tylko Richard ruszył w stronę źródła hałasu, Irena chwyciła go za ramię.

– Nie, lordzie Rahlu, nie powinieneś. Może ich być zbyt wielu. Musimy cię stąd zabrać.

Wyrwał się znowu, słysząc krzyk.

– To jeden z naszych żołnierzy.

Wskazała w stronę krzyków.

– Już za późno, żeby go uratować. Ryzykowałbyś na próżno.

– Tego nie wiemy. – Odsunął ją i ominął. – Nie zostawimy naszych, póki jest szansa na ich ocalenie.

Kahlan znalazła się tuż za Richardem, żeby uniemożliwić Irenie stawanie mu na drodze. To nie był czas na dyskusje, a przede wszystkim nie było nad czym dyskutować. Kahlan wiedziała to równie dobrze jak Richard. W takich sytuacjach sekundy mogły decydować o życiu lub śmierci.

A poza tym widziała w oczach Richarda furię miecza. Zamierzał zniszczyć zagrożenie i nie pozwoli, żeby cokolwiek mu w tym przeszkodziło.

Sądziła, że dla Ireny najważniejsze było bezpieczeństwo Richarda – w końcu był lordem Rahlem, władcą Imperium D'Hary. Przez wiele lat od niego zależało przetrwanie ich wszystkich. Zastanawiała się jednak, co Irena, pochodząca z tak zapadłej wioski, wie o szerokim świecie. A jeszcze bardziej ją dręczyło, co tamta wie o zagrożeniach w rodzinnej osadzie. Musiała odsunąć od siebie te myśli. Pośpiesznie znalazła się jak najbliżej Richarda.

Wszyscy żołnierze zawrócili i pobiegli za Richardem, a Nicci wysunęła się przed Kahlan, trzymając się tuż za nim.

Jasne włosy płynęły za nią niczym chorągiew, kiedy tak podążała za lordem Rahlem do walki. Richard przeskoczył wywrócony przez wiatr świerk, pędził w mrok gęstego lasu, a pozostali za nim.

Cara odeszła, jad śmierci, by tak rzec, wyłączył dar lorda Rahla i Matki Spowiedniczki, toteż Nicci najwyraźniej zamierzała być blisko Richarda i Kahlan, by ich chronić. Zapewne najlepiej wiedziała, jak bardzo przetrwanie ich wszystkich zależy od Richarda. I – tak jakby to zrobiła Cara – zamierzała zapewnić mu ochronę.

Kahlan się cieszyła, że przynajmniej moc miecza wspiera Richarda. Jego dar, podobnie jak jej, nie działał, lecz miecz miał własną magię i Richard nadal mógł z niej korzystać.

Nie protestowała więc, gdy Nicci ją wyprzedziła, tylko ruszyła za czarodziejką. Wiedziała, że pod nieobecność Cary Nicci powinna być jak najbliżej, żeby chronić ich obydwoje. Poza tym najważniejsze było dla niej bezpieczeństwo Richarda. Wiele znaczył dla każdego, a dla niej był wszystkim, dlatego chciała, żeby czarodziejka była jak najbliżej niego.

Zedd był tuż za Kahlan, Samantha i Irena zaś znalazły się w tyle wraz z grupą żołnierzy. Część przesunęła się na boki, oskrzydlając Kahlan i Richarda, ubezpieczając ich od niespodziewanego ataku z flanki.

Richard, we władzy furii miecza, za nic nie zamierzał zwolnić i raz-dwa wszystkich wyprzedził. Pędził lasem, lawirując wśród pni ogromnych sosen, gąszczu krzaków, przeskakiwał skałki, powalone drzewa i strumienie z wprawą, w której nikt mu nie dorównywał. Jakby się obserwowało cień przemykający wśród pni i znikający w mroku.

Zagnieżdżona we wnętrzu Kahlan choroba spowalniała ją, uniemożliwiała dotrzymanie mu kroku. Zgroza podkopywała jej siły, czuła się zmęczona dużo wcześniej niż kiedyś. W Richardzie także rozrastało się znamię śmierci, lecz w niej było mocniejsze. Tkwiąca w ich wnętrzu śmierć wkrótce się o nich upomni, a jeśli nic jej nie powstrzyma, najpierw zabierze Kahlan.

Kiedy tak biegła za Richardem, zdziwiło ją i zaniepokoiło, że choroba tak szybko pozbawia ją sił. Zedd i Nicci ostrzegali, że sprawa jest poważna, że wewnętrzna toksyczna zmaza zaszczepiona przez Jit stopniowo się nasila. Jeśli się tego nie usunie, żadne z nich długo nie pożyje.

Zostawała za Richardem i Nicci, z trudem chwytała oddech. Zedd położył jej dłoń na plecach między łopatkami. Miało to nie tylko pomóc jej utrzymać równowagę. Czarodziej nie mógł usunąć tego, co ją zatruwało – przynajmniej póki nie wrócą do Pałacu Ludu – lecz sączył w nią swoją moc, dodając sił życiowych w walce o przetrwanie. Ten strumyczek mocy pomagał się jej trzymać. Wiedziała jednak, że na długo nie wystarczy.

Kahlan od czasu do czasu słyszała dobiegające z przodu krzyki żołnierza. Były coraz bliżej. Wiedziała, że pewnie napadli go półludzie, ale ponieważ nie było żadnych oznak ich obecności, nie miała pojęcia, ilu ich mogło być. Nie podobało się jej, że na oślep pędzą w niewiadome, lecz nie było wyjścia – chyba że zostawiliby biedaka na pewną śmierć, a to było niemożliwe.

W blasku wczesnego poranka dopiero w ostatniej chwili dostrzegała wyłaniające się z mroku gałęzie. Musiała szybko się uchylać, żeby jej nie uderzyły w twarz. Czasem było już za późno i mogła tylko zamknąć oczy. Innym razem dostawała w ramię gałęziami odgarnianymi przez Richarda.

Czasem, kiedy konar był duży, Richard, pędząc gęstym lasem, po prostu odcinał go mieczem i odrzucał, a ten padał pomiędzy tych, co biegli za nim. Żołnierze osłaniali się wtedy ramieniem. Kahlan starała się odnaleźć Richarda wzrokiem, ilekroć znikał wśród gęstwy sosenek i krzaków i pojawiał się na nowo, przeskakując zwalony pień lub skalny występ.

Wreszcie wypadli na polankę wśród klonów i brzóz i ujrzeli grupę półnagich ludzi, wysmarowanych białym popiołem, skupionych wokół czegoś na ziemi.

To byli Shun-tuk.

W bladym świetle przedświtu wyglądali jak duchy. Wszyscy mieli wokół oczu otoczki wymalowane czarną, tłustą substancją. Wymalowane szerokie, rozwarte usta z wyszczerzonymi zębami sprawiały, że ich głowy przypominały trupie czaszki. Większość była wygolona, lecz niektórzy pozostawili sobie na czubku pasmo włosów związane sznurami paciorków i kości, sterczące sztywno.

Odwrócili się od swojej zdobyczy, zdumieni, kiedy Richard przeskoczył głaz i runął na nich, krzycząc w furii i oburącz trzymając miecz.

W tej samej chwili Kahlan ujrzała, że zdumione twarze ociekają krwią.

Shun-tuk mieli noże, ale pozostały w pochwach.

Woleli się posłużyć zębami.

ROZDZIAŁ 4

Richard rzucił się na kredowobiałe postacie. Nareszcie mógł dać upust furii. Ciął mieczem, odcinając ogoloną głowę ze zdumionymi, obwiedzionymi na czarno oczami. Zadał cios z taką siłą, że klinga niemal całkowicie odcięła ramię Shun-tuk stojącemu obok bezgłowego korpusu. Jednocześnie wymierzył potężnego kopniaka temu, który chciał go zaatakować z boku.

Część otaczających Richarda półludzi padła i Kahlan zobaczyła leżącego na ziemi żołnierza, otoczonego białymi postaciami niczym watahą wygłodniałych wilków. Chociaż Richard niektórych zabił, inni tylko na niego łypali, nie mając zamiaru rezygnować ze zdobyczy. Jeszcze inni, ogarnięci żądzą krwi, rwali zębami ciało, nie zważając na grożące im samym niebezpieczeństwo.

Żołnierz, przygnieciony półludźmi, wciąż miał w prawej ręce miecz, a w lewej mocno zaciskał nóż. Wierzgał i wymachiwał mieczem nad przygniatającymi go do ziemi ciałami, dźgał nożem tych, którzy chcieli się przyłączyć do uczty.

Krzyczał zarówno z wściekłości, jak i z bólu. Krwawił z miejsc nieosłoniętych zbroją, ale żył i był pełen woli walki.

Nie było wątpliwości, że walczył zażarcie, jak uczyniłby to każdy żołnierz Pierwszej Kompanii. Sporo białych postaci leżało na ziemi; sznur zakrwawionych ciał wyznaczał szlak walki.

Trochę tych leżących wokół żołnierza wciąż żyło i wykrwawiało się, rzężąc w agonii. Ich rany bez wątpienia były śmiertelne. Inni, straszliwie poranieni, wili się wśród paproci i mchów przy niewielkim strumyku, a krew spływała po skałkach, barwiąc czerwienią wodę. Niektórzy jęczeli, ale żaden nie krzyczał z bólu, jak większość rannych w bitwie, których widziała Kahlan.

Większość powalonych Shun-tuk jednak nie żyła. Żołnierz nie poddał się bez walki, tamci słono za to zapłacili.

Rzecz w tym, że półludzi było zbyt wielu, by sam mógł sobie z nimi poradzić. Pozbawionym duszy istotom bardziej zależało na powaleniu ofiary i skradzeniu jej duszy niż na własnym bezpieczeństwie.

Miecz Richarda zatoczył łuk i gładko ściął głowę białej postaci podnoszącej się z boku, żeby go pochwycić i powalić obok żołnierza. Podniosło się paru innych, pragnących wgryźć się w zbliżających się ku nim ludzi i przywłaszczyć sobie ich dusze.

Ku zgrozie Kahlan większość atakowała Richarda, jakby go rozpoznali i chcieli dopaść bardziej niż innych.

Zanim Shun-tuk zdołali przytłoczyć Richarda swoją liczebnością i powalić go na ziemię, żołnierze uderzyli na gromadę wymalowanych na biało postaci i odparli ich większość. Półludzie, nie zwracając uwagi na zagrożenie, natychmiast zaatakowali żołnierzy.

Lecz zęby nie dorównywały ostrym klingom.

Okropny widok przypomniał Kahlan kosy ścinające zboże. To była brutalna rzeź dziczy żądnej mordu.

Żaden czyn żołnierzy nie był w stanie dorównać okrucieństwu miecza Richarda. Półludzie sięgali po niego, a on odrąbywał palce, dłonie, ramiona, głowy, rozpłatywał ciała na pół. Wydawało się, że klinga ani na moment nie nieruchomieje, że za każdym razem trafia w cel, rozbijając czaszki, tnąc ciało i kości.

Nicci, wiedząc, że półludziom magia niewiele zaszkodzi, mogła przynajmniej kulą zgęszczonego powietrza uderzyć w tych, którzy chcieli zajść Kahlan z boku. Kiedy się chwiejnie cofali, starając się złapać równowagę, żołnierze roznieśli ich na mieczach. Kahlan dźgała nożem tych Shun-tuk, którzy się znaleźli blisko niej. Obwiedzione czernią oczy były przerażające z tak małej odległości, zwłaszcza kiedy rozdziawiali usta, szczerząc zęby.

Zedd też walczył zażarcie w obronie Kahlan, podobnie Samantha i Irena. Irena odłączyła się jednak od córki i czarodzieja i pobiegła ku Richardowi. Wyrzuciła ręce przed siebie, najwyraźniej próbując osłonić go swoją mocą, ale Kahlan nie zauważyła, żeby to cokolwiek dało. Półludzie dostrzegli za to szansę zdobycia dla siebie duszy osoby mającej dar. Wyciągnęły się ku niej kredowobiałe ręce, szponiasto zgięte palce. Zanim zdążyli ją pochwycić, Richard odciął im ramiona i usiekł tych, którzy gnali, chcąc na nią skoczyć i powalić na ziemię. Kiedy padli, otoczył ramieniem Irenę w pasie i odstawił ją w bezpieczniejsze miejsce. Samantha odetchnęła z ulgą, chwyciła matkę i odciągnęła.

Już się zdawało, że opanowują sytuację, kiedy zakołysały się zarośla i gałęzie drzew i z mroków zaczęli napływać Shun-tuk.

Kahlan podejrzewała, że to była pułapka, a żołnierz posłużył za przynętę. To byli drapieżcy i działali tak, żeby zwabić, a potem powalić ofiarę.

Poza polem walki dostrzegła kilka białych postaci pochylonych nad zabitymi pobratymcami. Nie brali udziału w walce, a leżący na ziemi z pewnością byli martwi, a nie ranni, toteż nie miała pojęcia, co tamci robią. Sterczące sztywno czuby kołysały się, kiedy przechylali głowy i w rytualnych gestach poruszali rękami nad leżącymi nieruchomo ciałami. Kahlan nie słyszała, co mówili.

Kiedy jeden z nich ukończył rytuał i pospiesznie przesunął się do kolejnych zwłok, ten pierwszy usiadł, potem wstał i wyprostował się na całą wysokość, jakby przywrócony do życia. Oczy, przed chwilą szkliste, jarzyły się czerwienią. W ciemnościach trudno było coś wyraźnie zobaczyć, ale te oczy jarzyły się w mroku niczym żarzące się węgle.

Zaszokowana Kahlan patrzyła, jak umarły zaczyna ku nim iść. Potykał się, nadeptując na własne wnętrzności wylewające się ze straszliwej rany brzucha i wlokące się po ziemi. Przystanął, żeby sprawdzić, co mu przeszkadza iść. Kiedy zobaczył własne trzewia, na których stanął, sięgnął i wyrwał je sobie z brzucha. Usunął przeszkodę i znowu ku nim ruszył.

Richard siekł żywych, ale zauważył nadciągającego umarlaka. Zamachnął się mieczem i roztrzaskał mu głowę. Potem potężnym cięciem przeciął mu nogi w połowie ud. Bezgłowy, padając, sięgnął ku Richardowi, ale chybił. Ciężko uderzył piersią o ziemię. Palce wczepiały się w podłoże i roślinność, ciągnąc bezgłowy i pozbawiony nóg zewłok. Richard pospiesznie odciął ręce od tułowia. Obok żołnierze odpierali Shun-tuk.

Kahlan widziała, jak w oddali białe postaci się pochylają i budzą innych zabitych. Z rozpaczą pomyślała, że nawet ich zabicie na nic się zdało. Nawet martwi będą atakować.

Richard też zauważył, co się dzieje. Wskazał mieczem.

– Tam! – zawołał na tyle głośno, żeby żołnierze go usłyszeli. – Kierujcie się do podstawy tamtego urwiska. Musimy dotrzeć w miejsce, gdzie nie będziemy otoczeni i łatwiej nam będzie się bronić!

Część żołnierzy w mgnieniu oka sformowała klin najeżony klingami. Nie potrzebowali kolejnych rozkazów. Była to formacja przeznaczona do przebijania się przez linie wroga. Nie zawsze była to efektywna taktyka, lecz doświadczenie im podpowiadało, że w tym przypadku będzie najwłaściwsza.

Nicci wraz z Zeddem wznieśli prażącą ścianę ognia, żeby oczyścić żołnierzom drogę. Niektóre z białych postaci, zapewne te, co potrafiły budzić zmarłych, uniosły ręce, jakby odsuwały zagrożenie. Ogień ruszył, wdzięcznie zakreślając łuk wokół półludzi, zanim zdążył ich pochłonąć. Ci z boku nie mieli tyle szczęścia i płomienie ogarnęły ich, zanim zdążyli je odepchnąć. Płonące postaci człapały na oślep, a żołnierze siekli je mieczami. Półludzie na drodze klina nie umknęli stali, chociaż udało się im uniknąć magicznego ognia.

Richard potężnym zamachem miecza przeciął niemal na pół chudą, warczącą postać w połowie piersi. Kiedy pod tamtym ugięły się nogi, okręcił się i drugą ręką chwycił za ramię krwawiącego, leżącego na ziemi żołnierza. Wyciągnął go spod nadal go kąsających Shun-tuk. Postawił go na nogi, odcinając mieczem wczepione w rannego ręce półludzi. Odwrócił go ku drodze ucieczki i kazał się pospieszyć. Wyglądało na to, że żołnierz, chociaż ranny, ale uwolniony spod przygniatających go do ziemi napastników, da sobie radę sam, przynajmniej chwilowo.

Richard objął Kahlan w pasie i poprowadził ze sobą.

– Specjalnie go nie zabili – powiedział, pochylając się ku niej. – Chcieli, żeby krzyczał. To nas miało zwabić w pułapkę.

Spojrzała w pełne furii szare oczy, które bywały tak łagodne i pełne współczucia.

– Tak samo pomyślałam.

Skinieniem głowy wskazał położone wyżej miejsce.

– Musimy zająć tam obronną pozycję, zanim poślą na nas resztę.

– Uważasz, że jest ich więcej?

– Z całą pewnością.

Wraz z ocalonym żołnierzem, osłaniani przez część Pierwszej Kompanii, postępowali za najeżonym stalą klinem ku wzniesieniu u podnóża klifu wyrastającego wśród drzew. Zedd od czasu do czasu posyłał przed nich strumień ognia. Oślepiający złocisty blask zapalał drzewa i podświetlał powłokę chmur. Igły rosnących po bokach sosen buchały płomieniem, zmieniając drzewa w kaskadę ognia, zanim się spopieliły.

Każdy Shun-tuk, który się pechowo dostał w ten żar, przez chwilę wyglądał jak szkielet, a potem nie zostawały zeń nawet kości.

Kahlan pomyślała, że żar spali jej włosy i brwi. Nie wiedziała, jaką moc mają półludzie, bo ogień wyrządzał więcej szkody drzewom niż większości z nich. Na szczęście padało i wszystko było takie wilgotne, że ogień się nie rozprzestrzeniał i nie ogarniał lasu.

A chociaż nie spalił tylu półludzi, ilu by chcieli, to przynajmniej usuwał ich z drogi. Wyglądało na to, że magia działała na nich, stworzonych dzięki mrocznym mocom spoza Grace, inaczej niż na zwyczajnych ludzi.

Kahlan zobaczyła, że z lasów za nimi wylewają się kolejne masy napastników.

Idący po jej prawej Richard mocniej objął ją ramieniem, podtrzymał, a idąca po lewej Nicci opierała dłoń między łopatkami Kahlan, nie tylko pomagając jej iść najszybciej, jak zdoła, ale i dodając sił. Kahlan złościło, że potrzebuje pomocy.

Irena pociągnęła ku nim Samanthę.

– Lordzie Rahlu! – zawołała dziewczyna. – Jak mogę pomóc?!

– Biegnij szybciej! – odkrzyknął przez ramię.

Samantha wraz z matką posłuchały. Żołnierze odpierali atakujących z boków Shun-tuk. Zedd zapalił za nimi kolejną falę ognia, dla lepszej ochrony. Kahlan wiedziała, że wykorzystywanie takiej mocy jest trudne i wyczerpujące i że czarodziej nie wytrzyma zbyt długo takiego wysiłku.

Klin żołnierzy oczyszczał drogę i w Kahlan rosła nadzieja, że dotrą do pozycji na wzniesieniu pod skalną ścianą. Kiedy już się tam znajdą, będą odpierać ataki półludzi nacierających z przodu, a nie ze wszystkich stron. To im pozwoli stopniowo zmniejszać liczebność wroga i w końcu – jeśli Shun-tuk nie będzie zbyt wielu – wybić do nogi.

Zdała sobie sprawę, że się przewraca, że jedna z tych upiornych białych postaci spadła jej z drzewa na plecy, dopiero wtedy, kiedy poczuła, że uderzenie pozbawia ją tchu. W tej samej chwili zęby wbiły się jej w szyję. Ciężko runęła na ziemię jak długa.

ROZDZIAŁ 5

Gerald zmarszczył brwi i oderwał się od ostrzenia łopaty. Nasłuchiwał, pozwoliwszy, żeby ucichł brzęk ostrzałki o metal. Wydało mu się, że usłyszał dziwne głuche dudnienie.

Trwał przez chwilę nieruchomo, wciąż trzymając w uniesionej dłoni ostrzałkę, przekrzywił głowę i nasłuchiwał. Bardziej wyczuwał owo dudnienie pod stopami, niż je słyszał. Przypominało daleki grzmot, lecz było zbyt monotonne, zbyt przewlekłe jak na grom.

Ostrożnie odłożył ostrzałkę na drewniany stół warsztatowy i podszedł do okienka wychodzącego na cmentarz. Za podmokłymi łąkami, na gruncie coraz bardziej wznoszącym się ku potężnym górom z ośnieżonymi szczytami, ciągnęły się lasy porastające większość Mrocznych Ziem.

Gerald niezbyt lubił lasy. I bez zapuszczania się w ich głębię na Mrocznych Ziemiach było aż nadto zagrożeń. Zawsze uważał, że sami ludzie przysparzają wystarczająco dużo kłopotów, żeby jeszcze kusić to, co żyje w lasach.

Zamiast bez powodu narażać się na tajemnicze niebezpieczeństwa, czyhające w dziewiczych lasach Mrocznych Ziem, wolał się trzymać swojej roboty: dbać o cmentarz i grzebać ludzi, co już nigdy nikomu nie zaszkodzą. Mieszkańcy miasta Insley nie lubili pojawiać się tam, gdzie zmarli gnili w ziemi, toteż zostawiali go w spokoju; unikali go, bo opiekował się swoim – jak o nim myślał – ogrodem śmierci.

Oni też zostawiali go w spokoju.

Oni wszystkich zostawiali w spokoju. Ludzie się ich bali tylko przez głupie przesądy. Było mnóstwo prawdziwych powodów do strachu, jak to, co czyhało w leśnej głuszy Mrocznych Ziem. Umarli nikogo nie niepokoili.

Grzebanie zmarłych nie było zbyt dobrze płatne, ale nie został mu już nikt z rodziny, a potrzeby miał niewielkie. Na szczęście większość ludzi chętnie mu płaciła – choć niezbyt dużo – żeby pogrzebał ich bliskich. Wystarczało mu na małą izdebkę w mieście, gdzie nocą był bezpieczny wśród jego mieszkańców, nawet jeśli odwracali wzrok, kiedy przechodził. Wiedział, że zawsze będzie mieć dach nad głową, łóżko i dość strawy.

Jednego był pewien w swojej pracy – chociaż była źle płatna i skazywała go na samotność – wiedział, że póki będą żyć na świecie ludzie, póty będą potrzebni grabarze chowający zmarłych.

Nie w tym rzecz, że ludzie mieli coś przeciwko własnoręcznemu kopaniu dziury w ziemi – po prostu zmarli przyprawiali ich o dreszcze, toteż nie chcieli sami wykopywać grobu na cmentarzu i osobiście ich chować. Gerald już dawno temu zobojętniał na zwłoki. Oznaczały, że miał stałą pracę, i nigdy nie wpędzały go w kłopoty.

Przez większość dorosłego życia miał smutny obowiązek grzebania zarówno ludzi, których poważał, jak i przywilej zakopywania w ziemi tych, których za życia niezbyt cenił. Nad tymi pierwszymi często ronił łzę. Kiedy grzebał tych drugich, uśmiechał się posępnie.

Ale nigdy zbyt długo uśmiech nie gościł na jego ustach, bo wiedział, że pewnego dnia dołączy do nich w zaświatach. Nie chciał, żeby któraś z tych dusz miała mu coś za złe. Starał się tak pracować, żeby i żyjący nie żywili do niego urazy.

Odgarnął z oczu miękkie siwe włosy i bardziej się pochylił do okienka, nasłuchując i wpatrując się w dal. Zauważył, że wszystkie krowy na łące przestały się paść. Przestały też przeżuwać i wszystkie patrzyły w tę samą stronę, w ten sam punkt na północnym wschodzie.

Zaniepokoiło go to. Gładził szczecinę na policzku i dumał. Na północnym wschodzie prawie nic nie było. Mroczne Ziemie były głównie niebezpiecznym pustkowiem, na północnym wschodzie zaś były jeszcze mniej gościnne – głównie dzikie bezdroża i tylko jedna znana mu wioska. Stroyza.

Powiadano, że jak daleko sięgnąć pamięcią było tam pustkowie i zawsze będzie, żyło tam straszliwe zło, od którego każdy, co ma choć odrobinę oleju w głowie, powinien się trzymać z daleka. Te niejasne wieści przekazywano sobie z pokolenia na pokolenie – że w tamtych stronach czai się złe, a nawet, powiadano, żyją tam wiedźmy. Wszyscy wiedzieli, że z wiedźmami nie ma żartów.

Większość ludzi nie zadawała pytań. Któż chciałby drażnić uśpione zło? Albo wiedźmę. Niby po co?

Gerald spotkał kilku obwoźnych kupców, którzy byli w dalekiej Stroyzie, hen, za niebotycznymi górami, które widział na północnym wschodzie. Nigdy nie poznał nikogo ze Stroyzy, lecz rozmawiał z nielicznymi handlarzami, którzy z rzadka próbowali tam szczęścia. Nie było tam co robić, a ponieważ kupcy za swoje trudy zyskiwali mało, jeśli w ogóle cokolwiek, to innych tam nie ciągnęło. Słyszał, że Stroyza to mała, leżąca na odludziu osada, wciskająca się w skalne urwisko, a jej mieszkańcy są nieufni wobec obcych. To całkiem zrozumiałe, obcy zwykle oznaczają kłopoty.

Powiadano, że niektórzy z tych, co poszli na północny wschód szukać szczęścia, nigdy nie wrócili. Ci zaś, którzy wrócili, opowiadali o spotkaniach w mroku z bestiami, chowańcami, a nawet wiedźmami. Łatwo było zrozumieć, czemu niektórzy nigdy nie wracali. Odeszli w inne, lepiej znane miejsca, by tam spróbować zarobić.

Wpatrzony w tamtym kierunku Gerald dostrzegł ruch na skraju odległych lasów. Nie miał pewności, ale wyglądało to jak mgła, która czasem opada z gór i dryfuje nad równiną. Ciekaw był, czy się nie pomylił i jednak słyszał dziwny grzmot, a teraz widzi spływającą z gór mgłę poprzedzającą burzę.

Potrząsnął głową. To nie grzmot słyszał. Tylko to sobie wmawiał. Z całą pewnością nigdy wcześniej nie słyszał takiego głuchego dudnienia, cokolwiek je wywoływało.

Patrzył na niepowstrzymanie zbliżającą się mgłę i dumał, że to może jeźdźcy, wielu jeźdźców, może oddział konnicy? Jak każdy w Insley słyszał opowieści o niedawnej wojnie; słyszał je od młodych, którzy poszli walczyć za D'Harę i wrócili, żeby o tym opowiadać. Mówili o ogromnych armiach, o tysiącach kawalerzystów szarżujących do krwawych bitew. Zastanawiał się, czy ta mgła to mnóstwo koni wzbijających kopytami kurz. A może wielka liczba maszerujących żołnierzy.

Nie mógł się domyślić, co oddziały kawalerii mogłyby robić na Mrocznych Ziemiach. Jednakże galopujące po równinie konie wyjaśniałyby dudniący dźwięk.

Widział niegdyś ciągnących przez Insley żołnierzy biskupa Hannisa Arca, ale nie byli tak liczni. Nie wzbiliby takiej chmury pyłu ani ziemia nie dudniłaby pod ich stopami.

Wtedy uświadomił sobie, że to nie może być pył, skoro ziemia jest wilgotna. Za bardzo błotnista, żeby się wzbił jakiś kurz. A opary, które widział, były zbyt brudne jak na mgłę.

Cokolwiek to było, zaczynał w tej burej, mglistej chmurze dostrzegać jakieś kropki. Może ludzi.

Gerald sięgnął w dół, przesunął dłonią po trzonku opartego o ścianę kilofa, uchwycił go tuż u nasady, żeby łatwiej podnieść ciężki koniec. Nie miał prawdziwej broni – nigdy nie była mu potrzebna. Zwyczajna broń nie na wiele się przyda przeciwko temu, co czyha na Mrocznych Ziemiach, na chowańców czy wiedźmy. No a kilofa wolała unikać większość ludzi, nawet kiedy byli pijani.

Z wielką niechęcią ruszył do drzwi szopy, żeby wyjść na zewnątrz i zobaczyć, co ku niemu nadciąga.

ROZDZIAŁ 6

Gerald wolną dłonią osłonił oczy od poblasku posępnego, sinawego nieba i wpatrywał się w dal. W drugiej dłoni zaciskał trzonek kilofa, ciężar narzędzia ciągnął ramię ku dołowi.

Miał rację. W oddali z pewnością byli ludzie. Dostrzegał, jak sunęli ławą. Ale w całym swoim życiu nie widział takiej gromady. I nigdy nie sądził, że kiedykolwiek zobaczy; przynajmniej po tej stronie zaświatów.

Z opowieści kupców i handlarzy wiedział, ma się rozumieć, że istnieją ludne okolice. Słyszał o dużych miastach leżących daleko na zachodzie czy południu, chociaż nigdy nie widział ich na własne oczy. Na Mrocznych Ziemiach też były miasta, przeważnie na południowym wschodzie, znacznie większe niż Insley.

Największym znanym mu miastem była Saavedra, położona na skraju najdalszych i budzących największy lęk połaci Mrocznych Ziem. Biskup Hannis Arc z tamtejszej cytadeli władał prowincją Fajin. Większość ludzi określała ją prastarą nazwą – Mroczne Ziemie. Ta nazwa do niej przylgnęła niczym maź sącząca się ze zmarłych, której nigdy nie wydłubiesz spod paznokci, choćbyś nie wiem jak się starał.

Gerald raz zawędrował do Saavedry, kiedy był młodszy, lecz zgodnie z radami znających to miasto starał się trzymać jak najdalej od cytadeli. Ludzie szeptali okropności o biskupie Hannisie Arcu. Lepiej było nie kusić losu, toteż ich posłuchał.

W Saavedrze nie znalazł pracy, za to znalazł tam żonę. Pochodziła z biednej rodziny; rodzice nie byli w stanie dać dzieciom najeść się do syta, toteż bardziej ją obchodziło to, że będzie miała dość strawy, niż jego zawód. Zapewniał utrzymanie, więc wyszła za Geralda i wrócili do Insley, a on znowu się zajmował cmentarzem, żeby mieli co jeść.

Umarła dawno temu, nosząc pierwsze dziecko. Bardzo, bardzo dawno temu. Nigdy się ponownie nie ożenił.

Gerald, obserwując zbliżających się ku niemu ludzi, miał niemiłe odczucie, że mogą być z tego tylko kłopoty. Przyszło mu na myśl, żeby uciec, ale był za stary, żeby umknąć daleko.

Poza tym to było niemądre. Niby czego mieliby od niego chcieć? Stary grabarz nie był wart żadnego okupu. Nie miał też nic cennego. Jakąś wartość miały tylko nieliczne narzędzia i rozklekotany ręczny wózek cuchnący zwłokami, a ten jego dobytek był wart coś wyłącznie dla niego – chyba że zamierzali przewozić zwłoki i kopać groby.

Obserwował idące ławą w oddali postaci, tkwiąc w miejscu, jakby wrósł w ziemię z ciekawości. No a poza tym niby gdzie miałby się ukryć? W lasach? Były tam rzeczy, których należało bać się bardziej i o wiele gorsze od rzeszy ludzi przeciągającej przez Insley.

Najdziwniejsze – poza tym, że chyba były ich tysiące – było to, że wszyscy wydawali się odziani na biało. Uznał, że – chociaż to dziwaczne – wszyscy musieli być w białych szatach. Kiedy się znaleźli bliżej, a on lepiej im się przypatrzył zmrużonymi oczami, uznał, że się mylił: nie nosili szat. Większość nie miała nawet spodni czy koszul. W ogóle niewiele na sobie mieli.

Ich ciała, ręce i nogi – nawet głowy – miały kredowobiałą barwę, jakby wysmarowali się popiołem. Nigdy w życiu nie widział takich ludzi. Nie pojmował, po co mieliby się smarować popiołem.

Na czele było kilka ciemniejszych postaci. Rzucały się w oczy, bo kontrastowały z idącą za nimi białą ławą.

Szarawa mgiełka, którą Gerald zobaczył najpierw, zdawała się otulać tłum – jakby z nim ciągnęła, jakby ją wywoływał. Kiedy się znaleźli bliżej, zmieniła się w złowieszczy mrok, pełen groźby; jakby, dziwna rzecz, tkwili we własnym posępnym dniu i ciągnęli go ze sobą.

W owym ponurym mroku od czasu do czasu błyskał dziwny zielonkawy poblask.

Gerald ponownie rozważył ucieczkę. Bardzo chciał uciec, a przynajmniej odejść i może na trochę zniknąć w lesie, póki ci ludzie sobie nie pójdą, ale skoro te ciemniejsze postaci pośrodku wyraźnie się kierowały wprost ku niemu, to instynktownie wiedział, że ucieczka byłaby złym wyborem.

Uciekanie przed drapieżnikiem tylko go prowokuje do pościgu.

Dopiero kiedy to pomyślał, uświadomił sobie, iż wie, że to drapieżcy.

Uznał, że najlepiej będzie zachować zimną krew, wyglądać przyjaźnie i może nawet powiedzieć nadchodzącym to, o co zapytają. Z całą pewnością nie był dla nich żadnym zagrożeniem, więc dla własnego dobra powinien być pomocny i pozwolić im iść własną drogą.

Wiedział, że ludziska cię tolerują, jeśli jesteś dla nich użyteczny. Nie miał prawdziwych przyjaciół, nikt w Insley nie był mu szczególnie przychylny – lecz obdarzali go przelotnym uśmiechem i skinieniem głowy, kiedy go mijali, bo był użyteczny. Szmat czasu przeżył, wykonując uciążliwą robotę.

Jeszcze bardziej się zaniepokoił, kiedy się zorientował, że ciemniejsze postaci na przedzie przemaszerują wraz z ciągnącą za nimi rzeszą przez jego starannie wypielęgnowany ogród umarłych.

Dostrzegł, że jedną z tych ciemniejszych postaci otacza słaby, jarzący się zielonkawo-błękitny poblask – jakby był to na poły człowiek, na poły duch. Postać obok była jeszcze ciemniejsza. Odziana w ciężkie, czarne szaty. Fragmenty twarzy i rąk, które Gerald widział, wydawały się ciemne od jakichś tatuaży. Za ową postacią szedł ktoś odziany w czerwień. Gerald wiedział, co to musi być.

Przełknął ślinę, kiedy się przekonał, że ten w ciemnych szatach wlepia w niego oczy. Czerwone oczy.

Człowiek-duch szedł równym, spokojnym krokiem, ręce miał opuszczone, wnętrza dłoni skierowane na zewnątrz. Wyglądało na to, że to on jest źródłem szarawej mgły, jakby wysnuwał ją z dłoni. Jakby ciągnął za sobą posępny mrok, tak jak łódź zostawia za sobą kilwater.

Wedle Geralda mogła to być wyłącznie jedna z tych istot z najmroczniejszej głębi lasów, o których krążyły pogłoski. Wbrew zdrowemu rozsądkowi postanowił w końcu, że ucieknie. Ale choć bardzo tego chciał, jego stopy tkwiły w miejscu, a ciemne postaci kroczyły ku niemu. Nie wiedział, czy to dlatego, że rzuciły na niego jakiś czar, czy po prostu zdrętwiał z przerażenia. Tak czy owak nie mógł się ruszyć i musiał stać w miejscu, patrząc, jak się zbliżają.

Kiedy ciemniejsze postaci – a za nimi rzesza tych wymalowanych na biało – wkroczyły na starannie utrzymany cmentarz, Gerald dostrzegł, że ziemia w ich pobliżu zaczyna się poruszać. I to nie stopy obcych wprawiały w drżenie błoto i kępy trawy. Zdawało się, że wszystko dygocze i drży z własnej woli.

Wtedy Gerald się zorientował, że to nie cały grunt się porusza. Tylko ten nad grobami – jakby zmarli się ocknęli i wypychali ziemię od spodu.

Na całym cmentarzu, w miarę jak przesuwała się po nim mroczna mgła ciągnięta przez człowieka-ducha, ziemia nad świeższymi grobami, które owa mgła musnęła, trzęsła się coraz mocniej.

Gerald oderwał wzrok od niepojętego widoku i przekonał się, że patrzy prosto w oczy dwóch mężczyzn, którzy przystanęli w pobliżu. Nie wiedział, który z nich wygląda bardziej przerażająco.

Jeden przypominał zwłoki, odziane w szaty poznaczone ciemnymi plamami, niczym zaschniętą krwią. Gerald widział sporo zmarłych w zakrwawionej odzieży, ale nigdy żadne zwłoki nie wyglądały na żywe.

Jeszcze bardziej przerażało to, że umarlak jarzył się błękitnie. Dla Geralda wyglądało to tak, jakby duch znajdował się w tym samym miejscu, co ciało. A przynajmniej taki duch, jakiego Geraldowi opisywano – bo sam ducha nigdy nie widział. Aż do teraz.

Nie było wątpliwości, że człowiek z ciała i ducha żył i był świadomy tego, co go otacza. Patrzył na świat zarówno jarzącymi się oczami ducha, jak i oczami tkwiących pod nim zwłok. I chociaż jego ciało wyglądało na trupa, to nie było wątpliwości, że patrzy, widzi i pojmuje.

Gerald ani przez chwilę nie pomyślał, że to dobry duch.

Nie wątpił, że ten drugi – z czerwonymi oczami i w czarnych szatach – jest człowiekiem z krwi i kości. Jego ciało nie było wyschnięte i martwe, lecz pokryte wytatuowanymi tajemniczymi symbolami. Niezliczonymi. Ciemne znaki pokrywały każdy skrawek skóry.

Gerald od lat słyszał szeptane opisy tego człowieka. Miał pewność, kto to jest.

Za tamtym stała wysoka kobieta, z blond włosami splecionymi w warkocz. Chociaż Gerald żadnej wcześniej nie widział, to dzięki włosom, czerwonemu skórzanemu uniformowi, zimnemu spojrzeniu błękitnych oczu wiedział, że to może być tylko jedna z cieszących się złą sławą Mord-Sith.

Za tą trójką zastygło morze niemal nagich postaci umazanych białym popiołem lub jakimś bielidłem, przez co wyglądały przerażająco i upiornie niczym duchy; cała ta rzesza stała teraz z posępnymi minami, patrząc obwiedzionymi czernią oczami.

– Jestem lord Arc – rzekł mężczyzna w czarnych szatach. Kiedy uniósł wytatuowaną dłoń, Gerald ujrzał, że i jej wnętrze pokrywają tatuaże. – A to jest król-duch imperator Sulachan.

Gerald nigdy nie słyszał o imperatorze Sulachanie.

– Czego chcecie? – usłyszał własny głos.

Cienkie usta króla-ducha rozciągnęły się w leciuteńkim uśmiechu.

– Przyszliśmy po twoich umarłych.

Dźwięk jego głosu zadał Geraldowi ból.

ROZDZIAŁ 7

Moich zmarłych? – zapytał Gerald.

Król-duch uśmiechnął się nieco szerzej i popatrzył groźniej.

– Tak, twoich zmarłych. Przydadzą się nam. Staną się *naszymi* umarłymi.

Po tych słowach uniósł ręce. Błotnista ziemia na licznych bliższych i dalszych grobach zaczęła się poruszać, jakby była gotującą się gęstą potrawką.

Jednocześnie błękitnawa poświata króla-ducha zmieniła się w zatrważający zielonkawy poblask.

Gerald ujrzał, jak tu i tam z ziemi wyłazi ręka. Dłonie pogrzebanych trzepotały, odgarniając ziemię. Wysuwały się stopy i skopywały ziemię.

Umarli wstawali z grobów.

Ziemia unosiła się i zapadała, jakby nie chciała lub nie mogła powstrzymać tego, co się pod nią znajdowało. Białawe postaci odsunęły się z drogi wygrzebującym się z grobów zwłokom. Gerald nigdy nie widział czegoś tak przerażającego, nawet sobie nie wyobrażał.

Niektóre zwłoki były ciemne i zasuszone. Ich stawy trzeszczały i klekotały, kiedy rozdzierały spowijające je całuny. Widoczne pod całunami resztki zbutwiałej odzieży tak przywarły do zesztywniałych zwłok, że niemal stanowiły z nimi jedno.

Inne zwłoki były oślizgłe, rozdęte gazami rozkładu, ich odzienie – nasiąknięte sączącymi się cieczami. Ich wilgotne całuny rozdzierały się niczym mokry papier. Kiedy się tak mozolnie wygrzebywały z grobów, gnijące mięśnie pękały, skóra się rozdzierała. Odpadały z nich wilgotne kawały mięsa, odsłaniając kości.

W niektórych zwłokach Gerald widział skupiska robaków, kłębiące się pod sczerniałą skórą. Inni umarli byli właściwie szkieletami z resztkami ścięgien, mięśni i odzieży trzymających razem kości. Jeszcze inni byli już w takim stanie rozkładu, że wygrzebanie się spod ziemi było ponad ich siły i kości kruszyły się przy tych próbach. W niektórych grobach ze zmarłych nie zostało już nic, co można by ożywić.

Lecz wiele zwłok było w wystarczająco dobrym stanie, żeby się wydobyć spod błotnistej ziemi. Liczne warczały gniewnie. Wydawały groźne odgłosy, wygrzebując się z grobów; oczy wszystkich jarzyły się czerwienią. Gerald mógł się tylko domyślać, że ten posępny purpurowy poblask był oznaką wewnętrznego żaru ożywiających je mrocznych mocy.

Stał, sparaliżowany strachem, i patrzył, jak umarli, których złożył na spoczynek w ziemi – odrzucają wiekuisty spokój i wstają z grobów. Rozpoznawał wielu z nich, niektórych z twarzy, innych po odzieniu, przypominał sobie, kim byli za życia. Niektórych nie dawało się już rozpoznać.

Ale teraz byli czymś innym niż przedtem. Stanowili nieżywą powłokę duszy, która odeszła. I te powłoki jakimś sposobem wracały do świata życia. Gerald jednak nie sądził, żeby ich dusze również wracały. Wydawali się pozbawionymi ducha ciałami, poruszanymi magią, a nie mocą Grace.

Przez chwilę myślał, że może już nie żyje i że wreszcie widzi odsłaniające się przed nim tajemnice zaświatów.

To było przelotne wrażenie, przegnane przez odór umarłych. Gerald był aż za bardzo żywy. Przynajmniej na razie.

Powstałe z grobów ciała stały pośród kredowobiałych postaci, czekając wraz z nimi, patrząc okropnymi jarzącymi się czerwienią oczami, jak reszta towarzyszy uwalnia się z mogił. Zauważył wtedy, że obmalowane czernią oczy białych postaci przypominają oczy niektórych umarłych – tych będących prawie szkieletami, z dużymi czarnymi oczodołami; tyle że oczodoły umarłych jarzyły się czerwienią.

– Prowadź – powiedział na koniec lord Arc, kiedy ziemia

przestała się poruszać, bo wydobyli się spod niej wszyscy zdolni do tego umarli.

Tak się przedstawił ten człowiek – lord Arc. Gerald nigdy przedtem nie słyszał, żeby nazywano go „lordem". O władcy prowincji Fajin zawsze mówiono „biskup Hannis Arc". To nie mógł być nikt inny. To musiał być ten sam człowiek.

Przerażony Gerald nie zamierzał kwestionować zmiany tytułu.

– Dokąd, lordzie Arcu? – zapytał.

– Do Insley, ma się rozumieć – rzekł lord Arc. – Muszę jeszcze odwiedzić miasteczko. To jedno z miast mojego imperium, toteż uznałem, że powinienem je odwiedzić.

Gerald zamrugał ze zdziwienia.

– Twojego imperium, lordzie Arcu?

Mężczyzna uniósł dłoń ku południowemu zachodowi.

– Tak. Imperium D'Hary. Przejmuję władzę nad imperium D'Hary.

Gerald słyszał opowieści młodych, którzy wrócili z wojny. Mówili, że po zakończeniu straszliwych walk ze Starym Światem i po nastaniu pokoju władcą D'Hary był lord Rahl, Richard Rahl. Jak Gerald wiedział, D'Harą zawsze władał lord Rahl.

Przełknął ślinę, odwracając wzrok od tego człowieka. Trudno mu było patrzeć na groźne tatuaże tajemnych znaków, pokrywające twarz i czaszkę. A przede wszystkim nieswojo było spoglądać w te czerwone jak krew oczy.

– Uniżenie przepraszam za swoją niewiedzę, lordzie Arcu. Jestem tylko skromnym grabarzem w małym miasteczku, leżącym na uboczu, i rzadko docierają do nas wieści. Zawsze słyszałem, że władcą imperium D'Hary jest lord Rahl, Richard Rahl.

Arc uśmiechnął się z pobłażaniem.

– Tak niegdyś było, lecz ród Rahlów już nie włada D'Harą ani niczym innym. Półludzie imperatora Sulachana z pewnością już ogryźli jego ciało do kości.

– Półludzie? – zdumiał się Gerald.

– Wojownicy Shun-tuk. – Wytatuowana dłoń wskazała białe postaci. – Półludzie. Pozbawieni dusz. A teraz prowadź, grabarzu, bo inaczej będziesz nam służyć jako jeden z żołnierzy w armii umarłych.

Gerald nigdy nie słyszał o Shun-tuk ani o półludziach. Uniósł rękę, wskazując kierunek. Ciężko mu było się odezwać, kiedy wpatrywało się weń tyle oczu.

– Ta droga wiedzie do Insley, lordzie Arcu. Nie ma tu innej drogi i innego miasta. To niedaleko. Insley leży za paroma zakrętami, wśród dębowego gaju. Nie będziesz miał kłopotów ze znalezieniem naszego skromnego miasteczka. Jestem przekonany, że mieszkańcy… ucieszą się z wizyty swojego władcy.

Lord Arc znowu się denerwująco uśmiechnął. Lecz nie uśmiechnął się ani król-duch, ani Mord-Sith, ani mrowie posępnych białych twarzy wpatrzonych w Geralda. Zbudzeni umarli patrzyli gniewnie jarzącymi się czerwienią oczami.

– Nie sądzę, żeby się ucieszyli na nasz widok.

Gerald też tak myślał. Odwrócił się w kierunku miasteczka. Z całej duszy chciał się uwolnić od lorda Arca i tych wszystkich ludzi, by już nie wspomnieć o wskrzeszonych umarłych.

– To na końcu tej drogi, to tylko krótki marsz. Naprawdę nie jestem ci potrzebny do odszukania miasteczka.

Gerald bardzo by chciał w jakiś sposób ostrzec mieszkańców Insley. Dać im znać, żeby uciekali. Ale nie mógł nic zrobić.

– Nie potrzebujemy cię, żeby odszukać miasteczko – rzekł z przesadną cierpliwością lord Arc. – Nie pytałem też, gdzie ono jest, nieprawdaż? Prosiłem, żebyś nas tam zaprowadził.

– Po co? – zapytał Gerald. Strach przed towarzyszeniem tej koszmarnej zbieraninie przeklętych potworów wziął górę nad ostrożnością.

Tym razem przemówił król-duch.

– Chcemy, żebyś dał świadectwo – odezwał się głosem, który znowu przyprawił Geralda o ból. Biedak miał wrażenie, że osmali mu włoski na ramionach.

– Dał świadectwo?

– Tak – dodał lord Arc. – Byś dał świadectwo, żeby inni wiedzieli, co ich czeka, jeżeli się nie pokłonią i nie powitają nowego władcy i nowej ery, jaką przynosi on światu życia.

Dajemy ci możliwość wspomożenia tych ludzi. Będziesz posłańcem głoszącym to, co się tutaj wydarzy, żeby inni mieli szansę uniknięcia takiego samego losu.

Gerald przełknął ślinę. Czuł, jak kolana się pod nim uginają.

– Co się tutaj wydarzy?

Lord Arc rozpostarł ręce.

– Mieszkańcy Insley nie powitali we mnie swojego nowego władcy. To niewybaczalna obraza.

Gerald postąpił ku niemu krok.

– Proszę więc, lordzie Arcu, byś mi pozwolił pobiec przodem i ich uprzedzić. Pozwól mi zapowiedzieć twoją wizytę. Wiem, że się pokłonią i godnie cię powitają. Pozwól mi cię zapowiedzieć.

– Wystarczy – burknął głucho król-duch.

Niedbale wskazał kilof, którego trzonek Gerald wciąż zaciskał w dłoni. Trzonek się rozgrzał, poczerniał. W jednej chwili zmienił się w żarzące się węgielki, a potem w popiół, który wysypał się z palców Geralda. A wtedy ciężki stalowy łeb narzędzia łupnął o ziemię.

Gerald patrzył z niedowierzaniem, jak w parę sekund stalowa część zmieniła się w zardzewiałe resztki.

Na ziemi została kupka czarnego popiołu z drewnianego trzonka i trudne do rozpoznania rdzawe szczątki, które jeszcze przed chwilą były stalowym łbem kilofa.

Lord Arc uniósł cienki wytatuowany palec i wskazał na drogę. Przekrzywił głowę, wpatrując się w Geralda.

Ten nie miał wątpliwości, że to rozkaz i że jeśli go nie wykona lub będzie zwlekał, to szybko tego pożałuje.

Nie miał wyboru, toteż natychmiast się odwrócił i ruszył ku drodze.

Jego śladem podążyły wszystkie białe postaci prowadzone przez lorda Arca, jego Mord-Sith i imperatora Sulachana, a wraz z nimi wszyscy zmarli wydobyci z grobów przez króla umarłych.

ROZDZIAŁ 8

Droga do Insley wiła się przez skupisko prastarych dębów. Konary potężnych drzew splatały się nad nią, niemal całkiem przesłaniając zaciągnięte burymi, kłębiącymi się chmurami niebo, toteż dzień wydawał się jeszcze mroczniejszy, a jarzące się czerwienią oczy umarłych jeszcze upiorniejsze. Gerald by wolał, żeby do miasta było o wiele dalej.

Chciałby znaleźć jakiś sposób, żeby ostrzec ludzi, ale nic mu nie przychodziło na myśl. Nawet gdyby ruszył biegiem, to Insley było tak blisko, że nie byłoby czasu na wyjaśnienia. Poza tym wątpił, by sam uwierzył w taką opowieść, gdyby nie widział tego na własne oczy.

Niedaleko za nim podążali dwaj imperatorzy, Sulachan i Hannis Arc. Mord-Sith kroczyła tuż za swoim panem, lordem Arkiem. Za nimi ciągnęła cała nacja Shun-tuk, półnagie kredowobiałe postaci z obwiedzionymi czernią oczami, wyglądającymi jak wielkie oczodoły w trupich czaszkach. Powietrze dudniło odgłosami kroków bosych stóp. Bura mgła, którą najpierw dostrzegł, teraz otaczała ich wszystkich, jakby zło tkwiące w tych ludziach zatruwało powietrze.

Kiedy droga wspinała się na niewielkie wzniesienie, Gerald się obejrzał i po raz pierwszy zobaczył ogrom rzeszy półludzi. Było ich tak wielu, że uznał, iż dopiero pod koniec dnia ostatni z nich minie miejsce, w którym on teraz był. A może nawet dobrze po zapadnięciu zmierzchu.

Shun-tuk byli tak liczni, że rozlewali się po obu stronach drogi niczym biaława fala tocząca się doliną, by zatopić Insley. Wśród półludzi człapali sztywno przebudzeni zmarli, niczym szczątki niesione przypływem.

Miało się wrażenie, że król-duch zebrał wreszcie plony z ogrodu umarłych, tak długo pielęgnowanego przez Geralda. Przybył i upomniał się o nich jak o swoich.

Kiedy minęli zakręt drogi na szczycie niewielkiego wzniesienia, pomiędzy dębami ukazały się pierwsze budynki na obrzeżu miasteczka. Gerald słyszał o miastach, gdzie domy wznoszono z kamienia, ale te tutaj nie były tak wspaniałe. Były zwyczajnie zbudowane z drewna pozyskanego z nieprzebytych lasów Mrocznych Ziem.

Większość domów tłoczyła się wzdłuż drogi. Niektóre osłaniały rosnące za nimi wielkie stare dęby. Tuzin największych, dwupiętrowych budynków tłoczyło się tuż koło siebie na poboczach, jakby się odwracały tyłem do leżących za nimi Mrocznych Ziem.

Na parterze niektórych większych budynków mieściły się warsztaty rzemieślników wytwarzających różne rzeczy ze skóry czy drewna, sklepiki rzeźnika, piekarza, zielarza. Rodziny mieszkały nad nimi. Od głównej drogi odchodziło parę wąskich uliczek, ale właściwie były to tylko ścieżki. Wiodły do niewielkich, jedno- lub dwuizbowych domków ludzi, którzy pracowali na polach albo hodowali zwierzęta wokół Insley.

Miasteczko nie było na tyle duże, żeby mieć gospodę. Kiedy się zjawiał jakiś kupiec, któryś z właścicieli sklepików pozwalał mu w nim spać. Czasem kupcy sypiali w stodole stojącej na drugim końcu miasteczka.

Gerald słyszał, że w innych miejscach – zwłaszcza bardziej na południe i zachód – farmerzy uprawiający zboża i hodujący zwierzęta mieszkają w gospodarstwach. Ułatwiało im to pracę; nie musieli przecież co dzień chodzić do miasta. Większość z nich wybierała się tam w dni targowe, kiedy mieli co sprzedać albo musieli coś kupić. Mieszkając w swoich gospodarstwach, mieli na wszystko oko i zawsze byli na miejscu, doglądając zwierząt, naprawiając płoty i stodoły, pielęgnując uprawy.

Lecz na Mrocznych Ziemiach takie udogodnienie ustępowało na rzecz bezpieczeństwa. Tutaj większość ludzi – w tym farmerzy – zwykle tłoczyła się w takich miasteczkach jak Insley; woleli żyć w grupie dla ochrony. I nie bez powodu nie mieszkali na uboczu. No i nie bez powodu niemal wszyscy zamykali się na noc w domach.

Gerald wiedział, że tym razem przebywanie w grupie nic im nie pomoże. Jasność dnia też nie będzie ratunkiem. Tym razem kłopoty nadciągały wprost do miasteczka i za dnia.

Zobaczył, jak po prawej, za niedużym domem kobiety przerywają rozwieszanie ubrań na sznurze i wpatrują się w nich. Pospiesznie pobiegły powiedzieć innym, że nadciągają obcy. Codzienne odgłosy życia w miasteczku – od gwaru rozmów po młotki i piły w warsztatach oraz gdakanie chodzących wszędzie kur – zapewne zagłuszały dźwięki towarzyszące nadciągającej ku Insley hordzie.

Teraz, kiedy się już zbliżyli, ludzie zaczęli ich zauważać. Zaniepokojeni, wyglądali z wąskich przejść pomiędzy domami; sklepikarze wysuwali głowy przez drzwi, a kobiety wychylały się z okien. Wszyscy chcieli zobaczyć, co to za tumult. Podobnie jak Gerald, kiedy to usłyszał.

Dzieciaki, słysząc wołania matek, biegły do domów. Łażące uliczkami kury, co raz to coś dziobiące i nieprzejmujące się niczym, rozproszyły się nagle, kiedy przebiegły wśród nich dzieci.

Kiedy Gerald prowadził imperatorów i ich armię Shun-tuk w cienie rzucane przez stojące po obu stronach drogi domy, ludzie zaczęli wychodzić ze wszystkich drzwi i zaułków, zdumieni dziwacznym widokiem, nie wiedząc, co to znaczy. Rzesze obcych były jeszcze za daleko, żeby mieszkańcy Insley dokładnie ich zobaczyli i pojęli grozę tego, co nadciąga. Nawet Gerald nie rozumiał, co ma się stać, lecz wiedział już wystarczająco dużo, żeby się bać.

Kątem oka dostrzegł pomiędzy domami białe postaci. Shun-tuk rozeszli się na boki, żeby otoczyć miasteczko, by nikt nie mógł się wymknąć. Gerald miał nadzieję, że choć niektórzy mieli tyle rozumu, żeby uciec, zanim Insley zostało otoczone. Lecz z liczby wypłoszonych z domów mieszkańców wnioskował, że uciekło niewielu, a może nawet nikt. W końcu ucieczka oznaczałaby zapuszczenie się na pustkowia Mrocznych Ziem. Ludzie sądzili, że w gromadzie są bezpieczniejsi, i zostali w miasteczku.

Gerald wiedział, że to bezpieczeństwo jest złudne.

Spomiędzy domów wyszła grupa mężczyzn. Rękawy mieli podwinięte – oderwali się od pracy. Byli wysocy, umięśnieni i na tyle młodzi, by nie dać się łatwo zastraszyć. Większość walczyła na wojnie, przywykli do zagrożenia.

Teraz utworzyli oddział straży obywatelskiej, żeby bronić swojego miasteczka. Wszyscy mieli jakąś broń. Kilkoro trzymało pałki, którymi uderzali o wnętrze drugiej dłoni, otwarcie grożąc przybyszom. Paru miało topory lub noże, a sporo miecze.

Wzniesienie zasłaniało przed ich oczami rzesze zbierające się tuż za Insley.

Jeden z najbardziej krzepkich mężczyzn, który walczył w d'harańskiej armii w wojnie ze Starym Światem, zacisnął w silnej dłoni miecz i wysunął się przed pozostałych. Ten miecz przyniósł do domu z wojny. W przeszłości walczył nim o życie.

– Grabarzu, czego chcą ci ludzie, których przyprowadziłeś?

Lord Arc wysunął się przed Geralda, zanim ten zdążył cokolwiek powiedzieć. Kiedy się znalazł na widoku, niektórzy ze stojących w drzwiach trochę się cofnęli. Część całkiem się schowała.

– Mieszkańcy Insley nie powitali we mnie swego nowego władcy – oznajmił. – Nie zgięli przede mną kolan. To niewybaczalna obraza.

– Oto lord Arc – wtrącił pospiesznie Gerald, mając nadzieję, że ludziska się zorientują, z kim mają do czynienia.

Młody człowiek kiwnął głową i dał znak tym, którzy mu towarzyszyli. Za jego przykładem przyklękli na kolano.

– Witaj nam, biskupie Arcu. Klękamy przed tobą, skoro tego sobie życzysz, a potem dostaniesz to, po co przybyłeś.

– Jeszcze nie teraz – powiedział z ponurym uśmiechem lord Arc. – Ale dostanę.

Młodzieniec odgarnął z oczu wilgotne od potu włosy i wstał, a pozostali wraz z nim.

– Nie chcemy nikogo urazić i nie pragniemy kłopotów. A teraz odejdź swoją drogą i zostaw nas w spokoju. Nie żywimy wobec ciebie złych zamiarów. – Wskazał mieczem za siebie. – Omiń nasze spokojne miasteczko i idź swoją drogą.

Obserwujący tę scenę wielkimi oczami mieszkańcy Insley – stojący w drzwiach albo oparci plecami o swoje sklepiki czy też wyglądający spomiędzy domów – zaczęli znikać, pozostawiając rozprawienie się z przybyszami swojej straży miejskiej.

Lord Arc się obejrzał, napotkał wzrok króla-ducha.

– Sądzę, że już czas, by im pokazać.

Leciutki uśmieszek najwyraźniej był jedynym rozkazem króla-ducha. Wystarczył, żeby zwłoki dopiero co powstałe z grobów i do tej pory skryte wśród stłoczonych białych postaci przepchnęły się naprzód. Jeden z umarlaków zderzył się z Geraldem i odepchnął go na bok.

Młodzi ludzie byli – jak wszyscy inni – wstrząśnięci widokiem trupów o jarzących się czerwienią oczach, ale się nie cofnęli i starli się z nimi z furią i wiarą we własne siły, jaką okazuje jedynie młodość i niewiedza.

Młodzian z mieczem, który mówił za wszystkich, przeszył klingą pierś pierwszego trupa, jaki mu się nawinął, odór zgniłych zwłok mógłby pozbawić oddechu sporą liczbę chcących zatrzymać je ludzi. Miecz przebił na wylot pierś umarlaka. Ten się okręcił i wyrwał gardę tkwiącego mu w piersi miecza z dłoni mężczyzny.

Z zadziwiającą szybkością złapał jedną ręką młodego dowódcę za gardło, drugą chwycił go za krzepkie ramię i potężnym szarpnięciem wyrwał mu je z barku.

Wszyscy – w tym Gerald – wzdrygnęli się z niedowierzaniem. Coś takiego wymagało tajemnych mocy, żaden zwykły człowiek nie mógłby tego dokonać.

Reszta oddziału natychmiast zaatakowała i przeszyła mieczami umarlaka ciągle jeszcze trzymającego swoją ofiarę. W jego piersi utkwiło kilka mieczy, nie licząc tego pierwszego. I żaden z nich nie spowolnił go bardziej niż ten pierwszy.

Trup rzucił krzyczącego młodziaka na ziemię. Chociaż pozostali cięli go mieczami i dźgali nożami, chwycił swoją ofiarę za kostkę i rzucił o ścianę domu z taką siłą, że popękały deski. Młodzieniec upadł bez przytomności na skraj drogi, wykrwawiał się.

Pozostali umarli – od zwłok wyschniętych i kruchych po oślizłe i wzdęte – wdzierali się w grupkę młodych obrońców usiłujących ich odeprzeć. Topory, którymi walczyli krzepcy młodzi żołnierze, nie powaliły ani jednego przeciwnika. Wiara we własne siły szybko zmieniła się w grozę i przerażone krzyki – zarówno walczących, jak i patrzących na to mieszkańców miasta.

Walka była krótka i jednostronna. Po chwili było po wszystkim, rozwiała się cała nadzieja i ufność mieszkańców Insley, że straż miejska ich ochroni. Wszyscy młodzi żołnierze leżeli i krwawili, większość nie żyła, u stóp stojących nad nimi zbudzonych umarłych. A Shun-tuk jeszcze nie spadli na miasteczko.

Lord Arc, król-duch, Mord-Sith i nieprzebrane tysiące półludzi czekających za nimi obserwowali to wszystko obojętnie. Mieszkańcy Insley patrzyli z obłędnym przerażeniem. Niektórzy padli na kolana i modlili się do Stwórcy. Inni błagali lorda Arca o litość. Wielu usiłowało uciec i się ukryć.

Wówczas król umarłych, z ziemskim ciałem otulonym zielonkawą poświatą, odwrócił się ku rzeszom białych postaci.

Król-duch wyrzekł tylko jedno słowo:

– Ucztujcie.

ROZDZIAŁ 9

Wtedy milczący dotąd Shun-tuk natychmiast zmienili się w wyjącą hordę zabójców i rzucili na mieszkańców miasteczka. Przerażeni ludzie z krzykiem usiłowali uciekać, ale było już za późno. Spomiędzy domów wysypali się półludzie. Drogę na końcu miasteczka blokowały rzesze półnagich postaci. Napływali, omijając Geralda, jakby był głazem w rozszalałej rzece.

Niektórzy napastnicy się z nim zderzali, popychali go to w jedną, to w drugą stronę. Nie zwracali na niego uwagi, gnani żądzą dopadnięcia mieszkańców Insley.

Kiedy wreszcie dotarli do przerażonych ludzi, spadli na nich niczym wataha krwiożerczych wilków.

Błotnista droga przecinająca miasteczko szokująco szybko spłynęła czerwienią. Ludzie krzyczeli. Shun-tuk wpadali do domów, ścigając tych, którzy tam szukali kryjówki. Tam się chronili, ale dobiegające z domów wrzaski mówiły Geraldowi, że próby ukrycia się były daremne.

Tu i tam ludzie rzucali się z okien na piętrze, uciekając przed tymi, co wpadli za nimi do domów. Kredowobiałe ręce wyciągały się z okien, próbując pochwycić wyskakujących. Lecz ci uciekli jedynie na tę krótką chwilę, kiedy byli w powietrzu. Gdy tylko dotknęli ziemi, rzucali się na nich Shun-tuk, otaczając szczelnie, żeby już nikt nie mógł się przyłączyć do potwornej uczty.

Zdzierali odzienie, odsłaniając ciała. Wbijali w ofiary zęby. Wyjące, białe postaci łapczywie oddzierały kawały mięsa. Inne się pochylały, żeby chłeptać krew płynącą z ran. Białe twarze z obmalowanymi czernią oczami splamiła jaskrawoczerwona krew.

Nie miało dla nich znaczenia, gdzie wbiją zęby w ofiarę. Z jednakowym zapałem wgryzali się w każdy kawałek szarpiącej się, cierpiącej zdobyczy. Inni szeroko rozdziawiali usta, próbując wyrwać coś dla siebie. Zęby orały twarze, zdzierając z nich skórę. Półludzie ogarnięci szałem odrywali kawały mięśni i płaty skóry rąk i nóg. Kiedy rozerwali miękkie tkanki, wepchnęli do wnętrza ciał okrwawione ręce i wywlekli trzewia, rzucając je stłoczonym w pobliżu pobratymcom, żeby i oni skorzystali.

Gerald zawsze uważał, że jest nieczuły na śmierć. Lecz teraz – kiedy tak stał, patrząc i nie mogąc nikomu pomóc – miał uczucie, że zaraz zwymiotuje. Jeszcze nigdy w całym swoim życiu nie czuł się taki bezsilny. Cały się trząsł. Łzy płynęły mu po twarzy, ciężko oddychał z przerażenia.

Nie chciał żyć i dłużej na to patrzeć. Wolałby umrzeć. Pragnął, żeby śmierć go zabrała, by nie musiał tego znosić.

Wrzaski na koniec ucichły, bo już nie miał kto krzyczeć, lecz upiorna uczta nadal trwała. Pożarto każdy strzępek mięsa, pozostawiając jedynie skrwawione kości. Padły łupem tych, co się tłoczyli z boku – zlizywali z nich krew lub miażdżyli, żeby wyssać szpik. Najwyraźniej nie starczało dla wszystkich, toteż Shun-tuk bili się o każdą resztkę.

Gerald odwrócił się do lorda Arca. W jego głosie brzmiał gniew.

– Czemu to robią? Po co to okrucieństwo?!

Twarz lorda Arca była mroczna i okrutna.

– Shun-tuk są półludźmi. Wyglądają jak ludzie i w pewnym sensie nimi są, lecz nie mają duszy – powiedział spokojnie, jakby nie zrobiło na nim wrażenia to, co właśnie się stało. – Bez duszy czują się niekompletni. Uważają, że ci z duszami mają je tylko dlatego, że dopisało im szczęście. Pragną takiej łączności z Grace, jaką daje dusza. Zazdroszczą jej. Toteż ilekroć nadarzy im się okazja, próbują zdobyć dla siebie duszę.

Gerald patrzył na niego z goryczą.

– Myślą, że ukradną dusze ludzi, których pożrą?

– Otóż to. Uważają, że świat ich oszukał. Że należy im się to, czego pragną, co mają inni. – Lord Arc wzruszył ramionami. – I są zdecydowani zdobyć duszę, uzyskać to, czego chcą. Wierzą, że jedynym sposobem zdobycia należnej im duszy jest zjedzenie ciała lub wypicie krwi tych, co ją mają. Wchłonięcie jej, zanim opuści ciało, dążąc za zasłonę życia.

– Duszę się dostaje, rodząc się człowiekiem z łaski Stwórcy – oponował Gerald. – Nie zdobędzie się jej, zjadając innych.

Lord Arc znowu wzruszył ramionami.

– Oni uważają, że tak, i dlatego ciągle próbują.

Gerald patrzył na krwawą scenerię.

– Czemu i mnie żeście nie zabili? Czemu kazaliście mi oglądać takie okropieństwa?

Hannis Arc rozpostarł ręce.

– Ty, grabarzu, masz zaszczyt zostać pierwszym heroldem, który zapowie mnie jako nowego władcę.

– Nowego władcę imperium D'Hary?

– Tak, ale i jako nowego władcę świata życia. Zapowiesz początek nowej ery. Inni wkrótce do ciebie dołączą, lecz jesteś pierwszym z wielu. Idź od miasta do miasta i głoś, co nadciąga. Nieś świadectwo o tym, co widziałeś na własne oczy. Powiadom ludzi, że ci, co się nie pokłonią i za życia nie przysięgną posłuszeństwa, będą mi służyć po śmierci. Bo wiedz, że świat umarłych dołączy do nas w świecie żywych. Oba światy się zjednoczą. A skoro nie będą już potrzebni grabarze, masz nową robotę. Idź i zapowiadaj leżącym przed nami miastom, że nadchodzimy, prowadząc wojowników Shun-tuk, że nadciągamy, by władać światem. Opowiedz, co widziałeś. Wspomogą cię inni, dając świadectwo temu, co widzieli w swoich miastach.

– Prędzej umrę. Zabiję się – powiedział z determinacją Gerald.

Arc podniósł wytatuowaną rękę, położył palec pod brodą Geralda, uniósł mu głowę.

– Wtedy będziesz odpowiedzialny za śmierć o wiele większej liczby ludzi. Jeśli ich ostrzeżesz, jeśli przekonasz, to wielu zobaczy, że opór jest bezcelowy, i postanowi się ugiąć przed nieuniknionym. Musisz opowiedzieć ludziom, co widziałeś, przekonać ich o daremności oporu. Jeżeli się zabijesz, nie będziesz mógł ich ostrzec i staniesz się odpowiedzialny za to, że niezliczone rzesze umrą bez potrzeby – tylko dlatego, że nie wykonałeś swojego zadania i nie pomogłeś im pojąć, co musi się zdarzyć. Jeśli umrzesz z ich krwią na rękach, to król-duch zadba, żeby twoją duszę wydarto z zaświatów i skazano na tułaczkę w świecie życia, gdzie nigdy nie zazna spokoju i przez wieczność będzie zmuszona oglądać cierpienia, które sprowadziłeś, odmawiając. Pewnie najgorsza będzie dla ciebie całkowita daremność twojego postępku, albowiem nie jesteś nikim wyjątkowym. Mogę wybrać dowolną osobę, żeby ostrzegała mieszkańców miast leżących na drodze naszej armii. Jeśli nie będziesz to ty, po prostu wybiorę kogoś w innym mieście.

Gerald przełknął ślinę, jeszcze bardziej przerażony – jeśli to było możliwe.

Lord Arc mocniej odchylił mu głowę i sięgnął szponiastą dłonią, przyciskając mu ją do brzucha. Gerald poczuł niewyobrażalny ból. Ból sięgający aż do duszy. Wywołany mroczną mocą tamtego, która wpiła mu się w duszę, jakby miała mu ją wydrzeć.

– Czy teraz pojmujesz wagę swojej misji?

Gerald kiwnął głową, na ile zdołał, bo Arc wciąż wbijał mu palec pod brodę.

– To dobrze. – Hannis Arc uśmiechnął się upiornie. – Widzisz? Wiem, co jest najlepsze dla ludzi.

– Tak, lordzie Arcu – udało się wykrztusić Geraldowi.

– A teraz ruszaj. Ostrzeż innych, co się stanie, jeżeli stawią opór. Odwiedzając inne miasta, wybierzemy tych, którzy dołączą do ciebie. Przyłączy się do ciebie armia obwoływaczy i dopomoże głosić wieść. Módl się, żeby się wam powiodło. Nie okażę litości nikomu, kto pomyśli o oporze.

Gerald oblizał wargi.

– Tak, lordzie Arcu.

– Aha, grabarzu – powiedział lord Arc, pochylając się ku Geraldowi – nie zapomnij powiedzieć o tym w Pałacu Ludu. Powiedz im, że teraz to ja jestem ich władcą i że nadchodzę. Że prowadzimy ze sobą całe plemię Shun-tuk i lepiej, żeby mnie powitali na klęczkach. Uprzedź, co ich czeka, jeśli tego nie zrobią.

Gerald kiwnął głową. I pobiegł. Popędził ostrzec ludzi, co się zbliża – ostrzec, żeby się poddali i nie opierali temu, czego i tak nie powstrzymają, w przeciwnym razie spotka ich straszliwa śmierć.

Lord Arc powiedział, że zamierza połączyć w jedno światy żywych i umarłych.

I Gerald mu wierzył.

ROZDZIAŁ 10

Kahlan otworzyła oczy. Była noc. Starając się zogniskować wzrok, zobaczyła w migotliwym blasku ognia nachylone nad nią rozmyte twarze. Miała wrażenie, że była gdzieś daleko i że droga powrotna była długa i trudna.

Wzrok się jej wyostrzył i rozpoznała zatroskaną, ogorzałą twarz Zedda. Jego faliste włosy wydawały się jeszcze bardziej niesforne niż zwykle. Czarodziej mocno przyciskał czubki kościstych palców do jej czoła. To wyjaśniało uporczywe mrowienie, które czuła. Na widok Zedda Kahlan uświadomiła sobie, że czuje uzdrawiającą moc daru.

Potem zauważyła Nicci klęczącą przy jej drugim boku. Czarodziejka była równie zatroskana jak Zedd. Uścisnęła dłoń Kahlan i uśmiechnęła się do niej pokrzepiająco, witając ją po powrocie z mrocznego świata.

Samantha trzymała się tuż za Nicci, a Irena wychylała się zza ramienia córki, bacznie wszystko obserwując.

Wreszcie w migotliwym blasku ognia za nimi wszystkimi dostrzegła Richarda. Zobaczyła w jego oczach ulgę. Westchnął głęboko.

Gdy tylko Kahlan go zobaczyła, usiadła i objęła go za szyję, mocno do siebie przytuliła. Bała się, że półludzie go zabili i że już nigdy go nie zobaczy.

Teraz, mocno obejmując jego silny kark i tuląc policzek do jego nieogolonego policzka, pozwoliła sobie na ulgę i radość, że widzi go żywego. Przycisnęła do siebie jego głowę, szczęśliwa, że jest cały i zdrowy, przy niej.

– Jak dobrze cię widzieć – szepnęła, jakby byli sami.

Kiedy go tuliła, nie było żadnego tłumu, tylko on. W jej sercu i duszy zawsze był tylko on.

Mocniej ją objął.

– Nawet nie wiesz, jak się cieszę, że się ocknęłaś.

W końcu odsunęła się od niego, trzymając go za ramiona, i zobaczyła, że obmył się z krwi półludzi, z którymi walczył. Powiodła wzrokiem po posępnych twarzach, wreszcie się rozjaśniających.

– No cóż – odezwał się Zedd. – Wygląda na to, że znowu to zrobiłem.

Richard się roześmiał. Wszyscy sprawiali takie wrażenie, jakby przez jakiś czas sądzili, że już nigdy się nie uśmiechną.

– Co się stało? – zapytała Kahlan.

– Uleczyłem cię – oznajmił Zedd, jakby to wszystko wyjaśniało.

Kahlan machnęła ręką i usiadła prosto.

– Nie, chodzi mi o to, co się stało z atakującymi nas półludźmi?

Ujrzała, jak blask ogniska odbija się na skalnej ścianie. Kiedy się rozejrzała, przekonała się, że płoną jeszcze dwa ogniska – po jednym z każdej strony; ich blask również odbijał się na ścianie klifu, oświetlając podnóże urwiska i pobliskie drzewa. Otaczali ich żołnierze Pierwszej Kompanii. Ogniska były duże, miały odpędzać mrok, żeby nikt się nie mógł podkraść.

– Dotarliśmy tutaj – powiedział Richard – i zdołaliśmy ich odeprzeć. Rozbiliśmy obóz, otoczony ścisłą linią obronną. Byłaś nieprzytomna...

– Uleczyłem cię – powtórzył Zedd, najwyraźniej starając się dać do zrozumienia, jakie to było trudne.

– Trudno było? – spytała go Kahlan. Zaczynało do niej docierać, że czarodziej próbuje coś powiedzieć, nie ujmując tego wprost. – Bardzo trudne... z jakiejś przyczyny?

Zedd usiadł na piętach.

– Tak, ciężko było – przyznał, energicznie kiwając głową. Uniósł brew. – Prawdę mówiąc, bardzo trudno.

Kahlan zdecydowała się uciąć te niedomówienia i obróciła się do Nicci.

– Czemu?

Nicci nie wymigała się od odpowiedzi.

– Byłaś ranna, jeden z półludzi próbował ukraść ci duszę. Tkwiąca w tobie śmierć wykorzystała sposobność, kiedy tyle się działo i kiedy byłaś osłabiona walką, żeby spróbować cię wciągnąć. Odeszłaś dość daleko i chociaż zabrało to cały dzień i część nocy, Zedd zdołał cię zawrócić.

Kahlan położyła sobie dłoń na ramieniu, wyczuła gładką skórę. Pamiętała ból zadany wbijającymi się w to miejsce zębami. Pamiętała wywołane tym przerażenie. Wówczas była tylko czerń i przerażające uczucie, że na zawsze się w niej zagubi.

Uśmiechnęła się do czarodzieja.

– Dziękuję, Zeddzie.

Włączyła się Samantha, pragnąc wszystko opowiedzieć.

– Lord Rahl tak szybko i z taką siłą odciął głowę temu, co cię gryzł, że niemal tu dotarliśmy, zanim spadła na ziemię.

– Byłaś nieprzytomna – powiedziała Irena, o wiele bardziej zatroskana niż córka.

– Niosło cię kilku żołnierzy – odezwała się Samantha, wpadając w słowo matce, pragnąc opowiedzieć to, co najważniejsze. – Dzięki temu lord Rahl mógł odeprzeć Shun-tuk. Mocno krwawiłaś. Lord Rahl i żołnierze…

– Dotarliśmy tutaj – powiedział Richard, mając za nic dramatyzm opowieści. – I mogliśmy przejąć kontrolę, i zacząć redukować napastników…

– A wtedy Shun-tuk zniknęli – wtrąciła Samantha, niezadowolona z tempa opowiadania Richarda. Pstryknęła palcami. – Zniknęli ot, tak.

– Zajęliśmy pozycję obronną – dodał Richard – żeby Zedd i Nicci mogli zacząć cię uzdrawiać. – Znów miał zatroskaną minę. – A przynajmniej zaleczyć widoczne rany.

Nicci położyła dłoń na ramieniu Kahlan.

– Wiesz, że nie możemy usunąć z ciebie jadu śmierci, przynajmniej nie tutaj. Ale zrobiliśmy, co w naszej mocy, żeby dodać ci sił.

– To się nasila, prawda? – zapytała Kahlan.

Nicci przytaknęła.

– Obawiam się, że tak. Przez chwilę twoje życie wisiało na włosku. Baliśmy się, że tym razem nie damy rady cię sprowadzić.

– Ja też się tego bałam – przyznała Kahlan.

– A tam... – Zedd zbył to machnięciem ręki. – Nicci się bała. Ja wiedziałem, że sobie poradzę.

Nicci wreszcie się uśmiechnęła.

– Tak, tym razem dowiodłeś, że jesteś taki wspaniały, za jakiego się uważasz.

Kahlan gestem uciszyła te przekomarzanki.

– A co z żołnierzami? Nic im nie jest? Są ranni lub zabici? Straciliśmy kogoś?

– O dziwo, nie straciliśmy żadnego żołnierza – powiedział Richard. – Pierwsza Kompania potrafi walczyć. Półludzie zwykle tego nie umieją, chociaż ci tutaj to byli Shun-tuk, a oni są groźniejsi niż ci, z którymi zetknęliśmy się dawniej. Nie atakują na oślep. Przeprowadzają atak zgodnie z planem. Przez to są większym zagrożeniem niż półludzie, z którymi walczyliśmy przedtem. Co gorsza, niektórzy potrafią korzystać z czarnej magii. Wiemy, jacy są niebezpieczni. Przecież już raz pokonali i uprowadzili za mur zahartowane w walkach doborowe oddziały i naszych mających dar, toteż wierzą, że mogą to znowu zrobić. I chociaż udało się nam uciec, to za murem poległo wielu żołnierzy. Nie ma wątpliwości, że Shun-tuk nie ustąpią.

– A co z tym, któremu ruszyliśmy na pomoc? – zapytała Kahlan. – I on ocalał?

Richard potaknął.

– Kiedy Zedd i Nicci zajmowali się tobą, Samantha uzdrawiała rannych żołnierzy. Żaden z nich nie był tak poszkodowany jak Ned. – Tu wskazał matkę Samanthy. – Irena go uleczyła.

– Ironia losu, czyż nie? – Nicci uniosła brew, patrząc na czarodziejkę przy drugim boku Kahlan. – Uleczyła żołnierza, którego chciała zostawić na pożarcie.

Irena odpowiedziała Nicci gniewnym spojrzeniem.

– Ci żołnierze są strażą lorda Rahla. Mają obowiązek chronić go za wszelką cenę, nawet za cenę własnego życia.

To ich powinność. Znają ryzyko i świadomie je akceptują. Tak, ocaliliśmy go, lecz ryzykowaliśmy przy tym życie Richarda, co nie było najmądrzejszą decyzją. Równie dobrze mogło się to inaczej skończyć.

– A jeżeli pozwolimy, by żołnierze ginęli, to lord Rahl utraci ochronę, czyż nie? – zapytała chłodno Nicci. – Jeśli zginą, nie będą mogli chronić lorda Rahla.

Irena powiedziała „Richard". Kahlan zauważyła, że Nicci najwyraźniej nie sądzi, by tamta miała prawo do takiej poufałości.

Wszyscy poza najbliższymi nazywali Richarda „lordem Rahlem". Dla wszystkich innych był właśnie lordem Rahlem. Dla niektórych był to wyraz najwyższego szacunku. Dla innych ten tytuł Richarda oznaczał wolność. Dla jeszcze innych równał się klątwie.

Nawet Cara, jego osobista strażniczka i przyjaciółka, nazywała go lordem Rahlem – nie z obowiązku, lecz dlatego, że zdobył jej szacunek. Lord Rahl, poprzednik Richarda, uczynił z niej niewolnicę i musiała mu służyć jako Mord-Sith. Richard zwrócił jej wolność. Choć Richard też był lordem Rahlem, to w odniesieniu do niego tytuł ten oznaczał coś szczególnego.

Richard oddał Carę za żonę Benowi. Był przy śmierci Bena. I był ostatnią osobą, z którą się zobaczyła przed odejściem.

Richard był nie tylko władcą imperium D'Hary. Stworzył to imperium z targanych wojną, podzielonych krain, żeby wywalczyć wolność dla świata, któremu groziła tyrania. Stał się lordem Rahlem w każdym sensie tego miana.

Dla większości ludzi tytuły były oznakami potęgi, powszechnie ich używano jako symboli władzy. Kahlan, jako Matka Spowiedniczka, aż za dobrze rozumiała, jaką moc symbolizuje tytuł i jaki wzbudza lęk.

Richard nie uczynił tego wszystkiego dla tytułu ani dla samej władzy, ani żeby komuś zaimponować. Tytuły tak naprawdę nie miały dla niego znaczenia. Inni mieli je na uwadze, a Richard po prostu robił to, co powinien. Osądzał ludzi wedle tego, kim byli, i wedle ich czynów, nie po tytułach, i oczekiwał, że i jego będą tak osądzać.

Nicci należała do nielicznych osób, które w naturalny sposób tak do niego mówiły. Dla niej jego tytuł oznaczał coś zupełnie innego. Kahlan nie do końca wiedziała co.

– Straciliśmy konie – powiedział Richard, zmieniając temat. – Jeden się zerwał i uciekł w tym zamieszaniu.

– Co takiego? Jak? – zapytała wyrwana z zamyślenia Kahlan.

Richard wskazał gdzieś w dal.

– Kiedy ruszyliśmy do Neda, część Shun-tuk wykorzystała okazję i zajęła się naszymi końmi. Chcą nas spowolnić. Odciągnęli nas, żeby podciąć gardła koniom. Jedna z klaczy zdołała się wyrwać i uciekła. Udało się nam ją sprowadzić z powrotem, ale jeden koń nie na wiele się nam przyda.

Kahlan pochyliła się ku niemu.

– Spowolnić nas? Chcesz powiedzieć, że twoim zdaniem atak miał nas odciągnąć, żeby się mogli dobrać do koni?

Richard potaknął.

– Uważam, że po części chodzi im o to, żeby nam uniemożliwić dotarcie do Pałacu Ludu i ostrzeżenie, że ciągnie ku nim imperator Sulachan z armią półludzi. Ci Shun-tuk wydają się bystrzejsi od tych, z którymi wcześniej walczyliśmy. Nie polegają wyłącznie na sile, ale stosują strategię, jak zabicie koni, żeby nas spowolnić. Ten atak był elementem ogólniejszego planu i nie bardzo wiem jakiego. Jedno jest pewne: chcą nas wszystkich dopaść.

– Przecież próbowali nas pożreć w nadziei, że przywłaszczą sobie nasze dusze – odezwała się Kahlan, dobrze pamiętając wbijające się w jej szyję zęby. – Właśnie tego chcieli ci, z którymi walczyliśmy wcześniej.

Richard uniósł brew.

– Nie zjedli Neda, chociaż mieli po temu okazję. Chcieli, żeby narobił mnóstwo hałasu i żebyśmy ruszyli mu na pomoc. Pewnie dlatego, żeby część z nich mogła się zająć końmi. Do tej pory konie były bezpieczne w naszym obozie. Postanowiliśmy ratować zagrożone życie i zostawiliśmy konie bez ochrony. Zabili je i zniszczyli wóz. Zadbali, żebyśmy nie mogli zbyt szybko się przemieszczać. Działają podobnie jak wataha wilków: współpracują, żeby upolować zdobycz. A kiedy już ją upolują, to każdy dba tylko o siebie.

Richard i Kahlan większość trasy jechali na wozie. Obydwoje byli osłabieni tkwiącą w nich zmazą śmierci i każdy dodatkowy wysiłek przybliżał koniec. Jazda na wozie pomagała im oszczędzać siły i tym samym przedłużyć życie, aż dotrą do Pałacu Ludu, gdzie wreszcie będzie można usunąć jad Zaszytej Służki.

Richard miał rację. Utrata koni ich spowolni, staną się bardziej bezbronni. No i pałac nie zostanie ostrzeżony przed tym, co nadciąga.

Zanim ktokolwiek zdążył coś powiedzieć, przybiegł zadyszany żołnierz.

– Lordzie Rahlu!

– Co się stało? – zapytał Richard.

– Dopadliśmy jednego.

– To znaczy?

– Schwytaliśmy jednego z tych bladych sukinkotów. Pochwyciliśmy go, kiedy próbował się podkraść, żeby szpiegować nas w obozie. – Wskazał ku jednemu z ognisk. – Tam go trzymamy, żebyś mógł go przesłuchać.

ROZDZIAŁ 11

Kiedy szli przez obóz do ogniska, przy którym trzymano więźnia, Kahlan napotykała spojrzenia młodych żołnierzy czyszczących broń, naprawiających sprzęt, wartowników wpatrzonych w ciemny las za obozem i tych, którzy się posilali przed snem. Odwzajemniała pełne nadziei uśmiechy, łagodziła zatroskanie, zapewniając, że nic jej nie jest.

Znała imiona większości z nich. Wszyscy walczyli w długiej, krwawej wojnie z Imperialnym Ładem, wojnie, którą wygrali. Teraz się zdawało, że zwycięstwo i krótkotrwały pokój, jaki po nim nastąpił, były jedynie iluzją, bo znowu dały o sobie znać dawne wydarzenia, które doprowadziły do tamtej wojny – jakby przeskoczyły szmat czasu, by na nich spaść.

Kahlan miała uczucie, że przez większość jej życia trwała wojna: najpierw z Rahlem Posępnym, potem z Jagangiem i Imperialnym Ładem, a teraz z od dawna martwym imperatorem Sulachanem, który powrócił do życia, żeby dokończyć to, co rozpoczął przed tysiącami lat.

Ci żołnierze przybyli do Mrocznych Ziem, żeby chronić ją i Richarda i bezpiecznie dowieźć ich do pałacu. Po tym, jak Richard pokonał Zaszytą Służkę, powinno to być stosunkowo łatwe zadanie. Lecz okazało się, że to wcale nie taka prosta sprawa.

Zaszyta Służka była zwiastunem zła, któremu wreszcie udało się wrócić z długiego wygnania. Jej śmiercionośny dotyk zabrał moc Richardowi i Kahlan. A jej boleśnie brakowało mocy. Moc Spowiedniczki sprawiała, że była sobą. Urodziła się z nią. Stanowiła jej część. A teraz została jej pozbawiona.

Obóz był cichy, wszelki ruch ustał, żeby choć niektórzy z wyczerpanych żołnierzy mogli się przespać. Kiedy Kahlan udało się dostrzec więźnia, otoczonego ciasnym pierścieniem żołnierzy, wiedziała, że tamten nigdzie nie pójdzie.

Kiedy szli, stwierdziła, że obóz leży na niewielkiej otwartej przestrzeni u stóp urwiska. Właściwie na skalnej półce, toteż nie było tu drzew i krzaków. Niektóre drzewa rosnące najbliżej ścięto na opał. Drewno było świeże, więc płonąc, trzeszczało i strzelało, kłęby gryzącego dymu niosły snopy iskier.

Za sobą mieli skalne urwisko, toteż wróg mógł atakować tylko z jednej strony. Szczelna linia obrony, od ściany urwiska na jednym końcu obozu do ściany na drugim końcu, błyszczała stalą. Takie zgrupowanie żołnierzy na niewielkim terenie ułatwiało przemieszczanie się posiłków tam, gdzie by były potrzebne, żeby odeprzeć nagły atak żądnych krwi Shun-tuk.

Przyjęta strategia oznaczała, że nie będzie wartowników poza terenem obozu, którzy by ostrzegli przed nadciągającym atakiem, oraz żadnych zwiadowców zbierających informacje. Wszyscy żołnierze znaleźli się w obozie, żeby czuwać nad nimi i nad sobą nawzajem.

Pozbawiało ich to możliwości ostrzeżenia, lecz zarazem odbierało wrogowi okazję do pozbywania się łatwiejszych celów – jak wartownicy czy zwiadowcy – i stopniowego zmniejszania ich liczebności. Nie mieli zbyt wielu żołnierzy i nie mogli sobie pozwolić na ich utratę.

Ogniska oświetlały obóz, żeby łatwiej było zauważyć każdego, kto by się próbował podkraść, i do pewnego stopnia las poza obozem. Pewnie dzięki temu żołnierze zauważyli i pochwycili Shun-tuk.

Takie rozlokowanie nie było najlepszym sposobem obrony obozowiska, bo wróg mógłby podejść całkiem blisko, ukryć się pośród drzew i strzałami albo włóczniami zabijać żołnierzy na otwartym terenie. Wróg mógł się skrywać w mroku, a obozowe ogniska oświetlały mu cele. Lecz półludzie nie mieli broni tego rodzaju, toteż w tym przypadku obóz-forteca najlepiej chronił życie obecnych w nim ludzi; a przez wzmocnioną linię obrony ciężko by się było przebić słabo uzbrojonemu przeciwnikowi.

Niektórzy żołnierze odsuwali się na bok, widząc Richarda i towarzyszącą mu grupkę. Pojmany Shun-tuk był na kolanach, w pobliżu ogniska. Po obu stronach miał wielkich żołnierzy – każdy blokował go muskularnym ramieniem, żeby nie mógł się ruszyć.

Trzeci, jeszcze większy, dowódca, d'Harańczyk o krótko ostrzyżonych blond włosach, przydeptywał więźniowi łydki, przyszpilając mu kolana do ziemi. Generał Meiffert, mąż Cary, zginął i major Jake Fister był teraz najwyższy stopniem. Jego ramiona dorównywały obwodem talii Kahlan, a kark miał potężny jak pień dębu.

Mocarny dowódca stał za Shun-tuk i – najwyraźniej chcąc uniknąć jakiegokolwiek ryzyka – trzymał ostry jak brzytwa nóż na gardle unieruchomionego więźnia. Kilku innych żołnierzy celowało w Shun-tuk z łuków.

Kahlan znała Jake'a Fistera. Służył pod kapitanem Zimmerem, kiedy dowodziła specjalnymi oddziałami w wojnie z Imperialnym Ładem. Każdego ranka kapitan Zimmer przynosił jej nanizane na sznur uszy wrogów zebrane minionej nocy. Jake Fister, wtedy sierżant, był jednym z najzaufańszych ludzi kapitana Zimmera i dostarczał sporą część tych uszu. Żołnierze byli dumni ze swoich nocnych rajdów siejących postrach w oddziałach wroga. Każde ucho to jeden wrogi żołnierz mniej. Kahlan zawsze była wdzięczna za te ponure trofea, co się żołnierzom podobało.

Wydawało się, że to było tak dawno temu. W owym czasie Richard był więźniem Nicci w Starym Świecie; Nicci walczyła po stronie imperatora Jaganga. Nie było go i Kahlan działała w jego imieniu.

Uwięziony Richard stopniowo wykazał Nicci, jak cenna jest wolność i jej własne życie, i pozyskał ją. Niewielu ludzi tak ceni wolność jak ci, którzy jej nigdy nie mieli – tak jak Nicci – i odkryli, jak jest ona ważna. Od tamtej pory Nicci zasłużenie stała się jedną z ich najzaufańszych i najdroższych przyjaciółek.

Kapitan Zimmer był teraz pułkownikiem i służył w Pierwszej Kompanii w Pałacu Ludu. Jake Fister awansował na majora i był jednym z żołnierzy, których generał Meiffert osobiście wybrał, by mu towarzyszyli na Mroczne Ziemie i bezpiecznie sprowadzili Kahlan i Richarda. Zasmucona, pomyślała, że po śmierci Benjamina Meifferta pułkownik Zimmer najpewniej zostanie generałem i dowódcą Pierwszej Kompanii. Wiedziała, że uzna ten zaszczyt za przygnębiający. Ben był jego przyjacielem.

Chociaż groty celowały w więźnia, Kahlan, widząc, jak Jake trzyma nóż na jego gardle, nie miała wątpliwości, że przy najsłabszym ruchu to dowódca zakończy cały incydent, zanim łuk wypuści strzałę.

Schwytany Shun-tuk był odziany – jak wielu jego współplemieńców, w tym kobiet – jedynie w przepaskę z bielonego płótna, owiniętą wokół pasa i pomiędzy nogami. Reszta ciała pozostawała obnażona. Na czubku wygolonej głowy miał długi kosmyk włosów sterczący niczym snopek zżętej pszenicy. Ciasno owijały go sznury ludzkich zębów.

Kiedy Kahlan podeszła bliżej, zobaczyła w blasku ognia, że jego skóra wygląda na wymazaną popiołem, chyba zmieszanym z czymś, co sprawiało, że mocniej przylegał i nie ścierał się łatwo, kiedy szli wśród gęstych zarośli, nie spłukiwały go też częste tu deszcze. Zapewne co jakiś czas rozsmarowywał paćkę na sobie, bo miejscami jej warstwa była gruba, wyschnięta i popękana.

Jak wszyscy Shun-tuk, których widziała, miał obmalowane czernią oczy, przez co jego głowa przypominała trupią czaszkę. Patrzył na nich gniewnie. Tą samą czarną mazią wymalowano mu na ustach i policzkach szczerzące się zęby, pasujące do niby pustych oczodołów. Upiorna bladość ciała i ta trupia czaszka sprawiały, że więzień – choć unieruchomiony – wyglądał przerażająco i groźnie.

Kiedy Richard się zbliżył, gniewne spojrzenie Shun-tuk zrobiło się jeszcze groźniejsze. Chociaż był bezsilny, oczy patrzyły z nienawiścią i wyzywająco, jak u złapanego w pułapkę wilka. Ani trochę go nie przerażała własna bezsilność ni otaczający go wielcy żołnierze. Chciał walczyć. Kahlan pomyślała, że powinien bardziej się przejmować przytkniętym do gardła nożem dowódcy Fistera.

ROZDZIAŁ 12

Kahlan czekała parę kroków za Richardem, razem z Nicci i Zeddem. Irena wyciągnęła rękę, zatrzymując Samanthę. Nachyliła się do córki i szeptem nakazała jej zostać tam, gdzie jest. Samantha się skrzywiła, zawiedziona, i skrzyżowała ramiona na piersi, ale przyjęła ten nakaz bez słowa protestu.

Najwyraźniej chciała się znaleźć bliżej Richarda i lepiej się przyjrzeć więźniowi. Walczyła z półludźmi i chciała wiedzieć, o co Richard zapyta, ale zawsze była pełna szacunku wobec matki i jej posłuszna. Póki Richard się nie zjawił w Stroyzie, życie Samanthy było monotonne, z wyraźnie wyznaczoną hierarchią, z Ireną jako czarodziejką i ważną osobą na czele.

Kiedy mur odgradzający trzecie królestwo i półludzi został nagle przerwany, Shun-tuk porwali matkę Samanthy. I przewidywalne, stabilne życie dziewczyny się zmieniło. Cały jej świat stanął na głowie, a ona – tak młoda – okazała się jedyną czarodziejką, jaka została w Stroyzie. Richard pojawił się w samym środku tego kryzysu.

Richard i Samantha, idąc do niebezpiecznej krainy za murem, żeby ocalić Irenę, Zedda, Nicci, Carę i uprowadzonych żołnierzy, musieli się nawzajem chronić i wspomagać, żeby przetrwać.

Richard orzekł, że jest bystra i ma wielką moc, chociaż nie miał pewności, do czego potrafi ją wykorzystać. Samantha też tego nie wiedziała. Wspólnie zdołali ocalić tych, których porwali Shun-tuk. A przynajmniej tych, co jeszcze żyli.

Kahlan nie mogła nie zauważyć, że dziewczyna jest zauroczona Richardem. Po prostu taka faza młodości, dojrzewania i odkrywania szerokiego świata i tajemnic przeciwnej płci. Tak się złożyło, że skierowała swoje uczucia ku Richardowi. Łatwo go było polubić – był przystojny i władczy, a przy tym uprzejmy i taktowny. Kahlan świetnie rozumiała, co Samantha w nim widzi, chociaż nie była zachwycona.

Samantha szanowała Kahlan i robiła, co w jej mocy, żeby ukryć swoje uczucia. Sądziła, że na tyle się jej to udaje, że nikt się niczego nie domyśla. Z całą pewnością zdawała sobie sprawę, że to niestosowne i że nic z tego nie będzie. No ale serce nie sługa i nie jest łatwo stłumić uczucia.

Kahlan wierzyła, że dziewczyna jest na tyle rozsądna, by nie dać się ponieść uczuciu i cierpieć, chociaż czasem, kiedy myślała, że nikt nie widzi, wpatrywała się tęsknie w Richarda. Kahlan wiedziała, że lepiej pozwolić, by to samo wygasło, niż coś powiedzieć i wprawić Samanthę w zakłopotanie. Dziewczęta tak łatwo upokorzyć w takich sprawach, a Kahlan nie chciała jej zranić. Lubiła Samanthę. Po prostu wolałaby, żeby Richard nie był obiektem jej uczuć.

Richard, rozumie się, niczego nie zauważał. Miał tyle zmartwień i skupiał się na czymś innym, a Kahlan nie miała zamiaru o tym wspominać. Ona też miała się czym martwić.

Zdumiała się, bo Irena nagle zostawiła córkę i omijając ich, szybko podeszła do Richarda. Chwyciła go za ramię.

– Richardzie, powinieneś się odsunąć od tego człowieka – szarpała go. – Niech się tym zajmą żołnierze, a ty chodź ze mną. Natychmiast się odsuń.

Richard nawet nie drgnął. Popatrzył na nią chmurnie.

– Co takiego?

Pochyliła się ku niemu, odwracając od więźnia, żeby nie usłyszał, co szepcze.

– Włada czarną magią. Muszę cię stąd zabrać. Chodź ze mną.

Nicci natychmiast się wcisnęła między nich, uwolniła ramię Richarda z palców Ireny. Wyczytała w jego wzroku nakaz i – trzymając Irenę za przegub – odciągnęła ją.

– Potrafisz wyczuć, czy półczłowiek ma tajemną moc? – szepnęła do niej Kahlan, kiedy czarodziejka się znalazła obok niej.

Nicci spojrzała kątem oka.

– Nie. Mogłabym wyczuć w nim dar, gdyby go miał, lecz tak nie jest. Nie potrafię wyczuć w kimś innej mocy. Czarna magia to całkowicie odmienny jej rodzaj. Podejrzewam, że możesz ją wyczuć tylko wtedy, kiedy sama ją masz, i chociaż trochę o tym wiem, to nie mam żadnych tajemnych właściwości, dlatego nie mogę ich wyczuć.

– On ma tajemną moc – upierała się Irena.

Nie było wątpliwości, że żywi urazę, iż jej przeszkodzono. W swojej wiosce była kimś ważnym i najwyraźniej przywykła, że ludzie okazują jej szacunek i posłuch. Nie podobało się jej, że ktoś kwestionuje jej słowa.

– Czemu tak twierdzisz? – warknęła Nicci przez zaciśnięte zęby. – Jestem czarodziejką z bardzo dużym doświadczeniem. – Chwyciła Irenę za ramię i przyciągnęła do siebie. – Skoro ja nie mogę wyczuć w nim tajemnych mocy, to jak ty to potrafisz?

Irena, wściekła, wyrwała się jej. Minę miała teraz tak mroczną jak jej bujne czarne włosy.

– Nie trzeba być czarodziejką ani mieć tajemnych mocy, żeby wiedzieć, że ten człowiek je ma i dlatego jest groźny. – Wskazała ręką tam, skąd przyszły. – Nie widziałaś, jak te przeklęte demony podczas bitwy przywracały martwych do życia?

– No i? – rzuciła Nicci.

Irena nachyliła się ku niej.

– Shun-tuk nie nakazują martwym po prostu ożyć, czyż nie? Dar do tego nie wystarczy. Nie mogliby tego zrobić, gdyby nie władali czarną magią. Stąd wiem, że on ma moc. Richard nie powinien przebywać w pobliżu takiej osoby, to dla niego niebezpieczne. Jego dar nie działa. Jest bezbronny wobec groźnych tajemnych mocy. Mógłby ucierpieć, a nawet umrzeć, zanim zdołalibyśmy go ochronić.

– Ma rację – szepnęła Kahlan.

Nicci zacisnęła wargi i popatrzyła na nią.

– Tylko niektórzy z nich, nie wszyscy, mają taką moc. Ten niczym nie dał poznać, że ją ma.

Na koniec zgrzytnęła zębami i odwróciła się do Ireny.

– Nie wiemy, czy ten człowiek jest jednym z Shun-tuk mających tajemną moc. Mój dar nie doznał uszczerbku. Jestem strażniczką Richarda. Lord Rahl ma zadanie do wykonania. Nie przeszkadzaj mu. Jako lord Rahl robi to, co powinien. Zna zagrożenie. Trzymaj się od niego z daleka, zrozumiano?

Irenę zaszokowało, że ktoś ją poucza. Zanim zdążyła się sprzeciwić, Nicci oburącz chwyciła czarną spódnicę i pobiegła z powrotem. Stanęła obok Zedda, tuż za Richardem, skąd mogła mieć więźnia na oku. Samantha wykręcała sobie palce, zrozpaczona, że matkę zbesztano. Zedd też się temu przyglądał, ale miał na tyle rozumu, żeby się nie mieszać w kłótnię czarodziejek.

Kahlan dołączyła do Nicci, milczała. Wiedziała, że Nicci ma wielką moc i że jeśli nóż na gardle więźnia i wycelowane w jego pierś strzały nie powstrzymają go przed zaatakowaniem Richarda, to czarodziejka z pewnością to zrobi, choćby miała się posłużyć gołymi rękami.

Miała nadzieję, że Nicci naprawdę go powstrzyma, jeśli będzie trzeba. Zacisnęła dłoń na rękojeści noża u pasa, upewniając się, że jest na podorędziu. Żałowała, że nie ma z nimi Cary. Mord-Sith zawsze chroniła Richarda.

Kahlan z całego serca współczuła Carze utraty męża. Rozumiała, dlaczego Mord-Sith odeszła, ale bardzo za nią tęskniła.

Nawet nie próbowała sobie wyobrazić, co by czuła, gdyby straciła Richarda, co by wtedy zrobiła. Wystarczała sama myśl o takim okropieństwie, żeby jej serce przyspieszyło. Niestety, obydwoje nosili w sobie zmazę śmierci, dlatego stale ją ta myśl dręczyła i nie mogła się jej pozbyć.

Richard obejrzał się przez ramię.

– Wszystko w porządku?

Nicci nachyliła się ku niemu i szepnęła tak, żeby słyszał ją tylko on:

– Bądź ostrożny, Richardzie. Nie wiemy, jaką moc może mieć ten człowiek. Może ci zaszkodzić, choć nawet cię nie dotknie.

Richard potarł palcami czoło i spojrzał na nich przez ramię. Po zmianie wyrazu oczu Kahlan poznała, że jest świadomy tego zagrożenia.

– Rozumiem. Ale mamy coraz mniej czasu. Muszę się czegoś dowiedzieć.

Kahlan rozumiała, co miał na myśli. Śmierć nadchodziła po nich obydwoje, z każdą chwilą była coraz bliżej.

Nicci skinęła głową i znowu spojrzała na więźnia.

ROZDZIAŁ 13

Jak się nazywasz? – zapytał Richard klęczącego człowieka.

Shun-tuk obrzucił go gniewnym spojrzeniem i milczał.

– Masz w ogóle jakieś imię? Czy ktokolwiek z twojego plemienia ma imię?

Tamten patrzył wrogo i milczał.

Richard splótł dłonie i spoglądał na więźnia.

– Bez imienia, bez duszy.

– Będziemy mieć dusze – warknął nienawistnie więzień. Richard trafił w czułe miejsce. – Weźmiemy sobie wszystkie wasze dusze. Będą nasze.

– Głupotą jest sądzić, że zdobędziecie dusze, pożerając ludzi, którzy je mają. Jest tylko jeden sposób zyskania duszy.

Tamten leciutko zmarszczył brwi, wykazując cień zaciekawienia, ale nie zamierzał pytać.

– Jedyny sposób na zyskanie duszy to urodzić się z nią – odpowiedział Richard na niezadane pytanie. – Każdy uzyskuje ją w akcie stworzenia. Jest niezbywalną częścią każdego z nas, łącznikiem pomiędzy tym światem a tamtym, jak to ukazuje Grace. To więź z życiem. Dobra lub zła, łagodna lub okrutna, na dobre i na złe, czy tego chcemy czy nie, dusza, z którą się rodzimy, jest w nas od chwili, kiedy w akcie stworzenia rozpala się w nas ta iskra. Jest od urodzenia, poprzez życie i w świecie umarłych. W najbardziej podstawowym sensie jest sumą tego, kim jesteśmy, kwintesencją wszystkiego, czym jesteśmy. Nie można jej ani oddać, ani utracić, ani ukraść komuś. Dusza jest częścią nas i nie można jej od nas oddzielić. Ani za naszą zgodą, ani bez niej.

Shun-tuk się uśmiechnął.

– Jeśli to prawda, to jak wyjaśnisz istnienie półludzi?
– Urodziliście się bez duszy.
– Nie na początku. Początkowo półludzie zaczynali życie jak ty, jak ludzie urodzeni z duszą. Wyrwano im dusze, by zamienić ich w oręż, by stworzyć półludzi bez duszy.
– Tak, uczynił to przed tysiącami lat imperator Sulachan wraz ze swoimi czarodziejami, którzy mieli moc, jakiej dziś nikt nie ma ani sobie nie potrafi wyobrazić.
– Ale oni to zrobili. Zabrali dusze ludziom, którzy je mieli.
Richard wskazał na południe, w stronę Starego Świata, którym niegdyś władał Sulachan.
– Sulachan sprzeniewierzył się prawom życia. To nie było zwyczajne pozbawienie kogoś duszy. Wymagało wielkiego wysiłku wielu czarodziejów mających od dawna nieistniejący dar i z oddaniem spełniających wynaturzone zachcianki Sulachana. Żaden z pierwszych półludzi nie mógł przekazać potomstwu duszy, bo już jej nie miał. Utracili więź z Grace. Ich potomstwo urodziło się bez duszy i mogło spłodzić tylko pozbawionych duszy potomków. Jedyną duszą, jaką pierwsi półludzie mogą pozyskać, jest ich własna dusza, jeśli Sulachan jakoś ich z nią złączy. Ich potomstwo, w tym ty, nigdy w żaden sposób nie pozyska duszy, której nie miało.
– Kiedy ci z duszą umierają – rzekł twardo Shun-tuk – ich dusza porzuca ciało, wyruszając w drogę do świata umarłych. I gnijące w ziemi ciała już nie mają duszy. Opuściła je. Czyli dusza może opuścić ciało nosiciela.
– Ta część, która jest duszą, opuszcza ich po śmierci, żeby przejść za zasłonę, jak to ukazuje Grace – stwierdził Richard.
– A my możemy pojmać duszę, zjadając żywe ciało, z którym wciąż jest związana. Jeśli zjadamy to, co żywe, we właściwej chwili, kiedy dusza jeszcze tkwi w ciele i krwi, będziemy mieć w sobie to ciało i krew; dokładnie w tym momencie, kiedy umrze i dusza je opuści. Ponieważ żyjemy, dusza spoi się z nami. Znajdzie nowego, żyjącego nosiciela i będzie nasza.
Kahlan wymieniła z Zeddem zaniepokojone spojrzenia. Jeszcze nigdy nie słyszała o takim chorym pomyśle.
Richard kręcił głową.

– Nie, nic wam to nie da. Nic z tego nie będzie, bo dusza, ta kwintesencja tego, kim jest dana osoba, iskra, z którą się urodziła, nie snuje się w poszukiwaniu nowego nosiciela, jak to określiłeś. Nic takiego się nie dzieje. Kiedy ktoś umiera, to jego dusza, element ciągłości daru, podąża liniami biegnącymi od momentu stworzenia i przechodzi przez zasłonę do zaświatów.

– Nie, jeżeli ją schwytamy, kiedy ktoś umiera.

Richard przyglądał się więźniowi, nie okazując żadnej reakcji na tak odrażający koncept.

– To nie tak. Czyjaś dusza, czyjaś esencja, nie może zamieszkać w tobie. Nie można jej pochwycić, nie może wniknąć w kogoś innego. W chwili śmierci należy do zaświatów.

– Zdobędziemy wasze dusze – powiedział tamten z przekonaniem, jakie może płynąć jedynie z niezachwianej irracjonalnej wiary.

Chociaż Kahlan nie do końca pojmowała, czym jest dusza, to wiedziała wystarczająco dużo, by mieć pewność, że u tych ludzi myślenie życzeniowe zastąpiło rozum. Nie można dyskutować z kimś bezrozumnym.

Półludzie wymyślili cały system wierzeń dotyczących tego, czym wedle nich była dusza, jak się zachowywała i jak mogliby jakąś zdobyć dla siebie. Wysnuli te wierzenia ze swoich pragnień. Pragnęli, żeby tak było, toteż wierzyli, że tak być musi.

Właściwie nie można było z nimi dyskutować, nie słuchali żadnych argumentów, bo nie byli ludźmi w zwykłym sensie tego słowa. Mniej lub bardziej przypominali ich z wyglądu, ale nimi nie byli. Byli odmienną człowieczą rasą. Pozbawieni duszy, do pewnego stopnia byli bliżsi zwierzętom niż ludziom, obdarzeni instynktem drapieżców.

Byli głodni, to polowali. Pragnęli duszy, to próbowali ją upolować. Potrzeba dyktowała działanie.

Richard długo się przyglądał więźniowi, zanim się odezwał:

– A znasz kogoś ze swego plemienia, kto kiedyś zdobył duszę, odbierając ją pożeranemu człowiekowi? Choć raz się to powiodło? Widziałeś, że się udało?

Tamten przez chwilę się namyślał.

– Jeszcze tego na własne oczy nie widziałem. – Zadarł nieco brodę, ale nie na tyle, żeby nóż majora Fistera podciął mu gardło. – Gdybym zobaczył, tobym się rzucił na tego, któremu się powiodło, i go pożarł, by zdobyć tę duszę dla siebie. Potrzebuję duszy. Należy mi się.

– Kto cię przysłał? – zapytał Richard, gwałtownie zmieniając temat, porzucając bezcelową gadaninę.

Tamten napuszył się dumnie.

– Nasz król i imperator Sulachan. Powrócił ze świata umarłych. Jego dusza wróciła. Jesteś siewcą śmierci. Twoja krew go sprowadziła. Byłem tam. Na własne oczy widziałem, jak to się stało. Jeśli sam nie zdobędę dla siebie duszy, to nasz król pomoże się nam dopełnić.

Richard skrzyżował ramiona na piersi.

– A jak wedle ciebie zrobi coś takiego? Jak was dopełni?

– Jest królem-duchem – powiedział tamten, jakby to wszystko tłumaczyło. Kiedy Richard tylko mu się przyglądał, podjął: – Może połączyć światy. Dowiódł tego, powstając z martwych. Teraz, kiedy jego dusza wróciła do świata życia, przekraczając zasłonę, zetknie oba światy i je scali. Świat życia i świat śmierci utworzą jedność, zasłona już nie będzie ich rozdzielać. Kiedy to zrobi, znów będę całością.

– Jak to pomoże tobie?

– Za życia musisz mieć duszę, żeby być całością. Kiedy życie się kończy, dusza przechodzi przez zasłonę do świata umarłych.

Znowu zamilkł, jakby uważał, że to wszystko tłumaczy. Richard zmarszczył brwi. Zrozumiał.

– Pojmuję, o co ci chodzi. Kiedy teraz umrzesz, nie możesz przejść do świata umarłych, bo nie masz duszy, która by wyruszyła w tę podróż. Skoro nie masz duszy, to nie ma dla ciebie zaświatów, nie ma przejścia za zasłonę do wieczności. Kiedy umierasz pozbawiony duszy, po prostu przestajesz istnieć.

Więzień przez chwilę patrzył w dal, a potem odpowiedział:

– To dlatego muszę mieć duszę. Ci z duszą są szczęściarzami. I my mamy takie prawo.

– Czyli wedle ciebie możesz zabijać, by przejąć czyjąś duszę?

– No jasne. Potrzebna nam dusza, więc musimy zabijać, żeby ją zdobyć.

Kahlan miała rację. Półludziom daleko było do człowieczeństwa. Pozbawieni duszy, nie byli zdolni do empatii. Nie współczuli swoim ofiarom, nie mieli poczucia winy, zabijając. Byli drapieżcami, pozbawionymi skrupułów zabójcami ścigającymi swoją ofiarę. Nie mieli dla niej żadnej litości, podobnie jak wilk nie współczuje upolowanemu jeleniowi. To tylko zdobycz.

Zrozumiała teraz, że za wynaturzonym pragnieniem duszy kryje się więcej, niż sądziła. To nie była wyłącznie ślepa żądza wypełnienia ziejącej w nich pustki. Chcieli móc zrobić to samo, co ludzie – przejść po śmierci w zaświaty.

Brak duszy pozbawiał ich wiekuistości zaświatów. Świat życia w porównaniu do wieczności zaświatów był jedynie krótkim mgnieniem. Desperacko chcieli uciec losowi, który ich skazywał na nieistnienie po śmierci. Wyśnili sobie sposób na życie w zaświatach, w blasku łaski Stwórcy. Czcili śmierć, bo im się wydawała lepszą dla nich rzeczywistością, trwającą wiekuiście. Były to ich religijne przemyślenia i dążenia.

Nie mając duszy, nie mogli tego osiągnąć. Śmierć oznaczała, że zgasną jak zdmuchnięty płomień świecy. Dla półludzi brak duszy znaczył, że nie będą wiekuiście trwać wśród dobrych duchów. Pozyskanie duszy równało się dla nich zdobyciu nieśmiertelności.

Właściwie Kahlan im współczuła, pamiętając jednak, że będą zabijać, by zdobyć to, czego tak pragną.

Wiedziała, że Richard nie chce, żeby o cokolwiek spytała, bo wtedy tamten by się nią zainteresował, ale nie mogła się powstrzymać.

– Sulachan nie może dać wam duszy – odezwała się – a z braku w was tej iskry daru nie może was zabrać w zaświaty. Jesteście skazani na ten świat, póki żyjecie. Nie ma w waszym wnętrzu niczego, co by mu pozwoliło zabrać was do jego królestwa, kiedy umrzecie. W żaden sposób nie może wam pomóc po waszej śmierci. Dlaczegóż więc idziecie za nim? Co wedle was może dla was zrobić?

Wlepił w nią ciemne oczy.

– Kiedy nasz król zespoli światy życia i śmierci, nie trzeba będzie mieć duszy. Śmierć już nie będzie dla nas kresem. Kiedy umieracie, wasza dusza odchodzi do świata umarłych. Dzięki temu zespalacie oba światy. Nie mając duszy, nie możemy przejść do świata umarłych. Lecz kiedy światy zostaną zespolone, staną się jednością, nie będą rozdzielone. I będziemy istnieć tak w świecie umarłych, jak i w świecie życia. Wszyscy podobni mnie będą mogli istnieć w jednym świecie połączonych życia i śmierci. Wszystkie elementy Grace zostaną zespolone w wiekuisty świat. Nasz król przyrzekł, że w takim świecie, gdzie życie i śmierć współistnieją, będę kompletny i nie będę potrzebować duszy, by odbyć tę podróż i przekroczyć granicę. Nie będzie żadnej granicy. Będziemy tam. Kiedy światy życia i śmierci zostaną zespolone w trzecie królestwo, zarówno życia, jak i śmierci istniejących w tym samym miejscu i w tym samym czasie, Sulachan będzie wiekuiście władał tym zespolonym światem.

To było wysoce niepokojące założenie. Już samo to, że po trzech tysiącach lat Sulachan powrócił ze świata umarłych, wykazywało, iż ten koncept miał jakiś przewrotny sens – przynajmniej dla Sulachana i półludzi.

Kahlan nie wierzyła, że to się uda, lecz wiedziała, że oni w to wierzą.

Niepokojące, że to krew Richarda umożliwiła działanie czarnej magii i sprowadzenie ducha Sulachana.

Lecz najbardziej przerażało to, że przy próbie urzeczywistnienia tak irracjonalnych założeń moc Sulachana mogła zniszczyć świat życia.

Wtedy istotnie zostałby tylko jeden świat.

Wiekuiście martwy.

ROZDZIAŁ 14

Jak nas znalazłeś? – zapytał Richard więźnia.

Tamten po raz pierwszy uśmiechnął się przebiegle.

– Śledziliśmy was.

– Jak?

Z tonu jego głosu Kahlan wywnioskowała, że nie szukali śladów stóp na ziemi. Richard najwyraźniej też tak sądził.

Uśmieszek więźnia stał się morderczy.

– Niektórzy z nas mają... zdolności.

Zedd zmarszczył brwi, już nie mógł zmilczeć.

– Zdolności? Jakie?

Shun-tuk spojrzał na starego czarodzieja.

– Niektórzy z nas są tropicielami dusz. To pradawna umiejętność, którą odziedziczyliśmy po pierwszych półludziach stworzonych przez imperatora Sulachana. Teraz, kiedy powrócił, jesteśmy mu przydatni. Wysłał nas, żebyśmy was wytropili.

Richard chodził tam i z powrotem, rozważając te niezwykłe wieści.

– Chcesz, żebym uwierzył, iż potraficie tropić ludzi, wyczuwając ich duszę?

– Nie oczekuję, byś w cokolwiek uwierzył – rzekł więzień. – Pytałeś, odpowiedziałem. Jesteśmy tropicielami dusz. Nie ma dla mnie znaczenia, w co wierzysz.

– Powiadasz więc, że niektórzy z was mogą tropić dusze – powtórzył Richard. – Że potrafią je wyczuć i iść ich tropem?

– Nie wszyscy Shun-tuk są tacy sami. Niektórych z naszych przodków obdarzono rozmaitymi umiejętnościami. Shun-tuk posiadają najrozmaitsze talenty.

– Talenty – powtórzył znowu Richard bezbarwnym tonem.

Kahlan wiedziała, że to może być prawda. W końcu była Spowiedniczką – moc tę nadano Pierwszej Spowiedniczce, Magdzie Searus. Tę umiejętność dziedziczyły wszystkie córki Spowiedniczek.

– Niektórzy z nas urodzili się z rozmaitymi talentami, a inni nie. Tak jak jedni z was mają dar, a inni nie. Tropiciele dusz potrafią wyczuć obecność duszy. Ponieważ je wyczuwamy, możemy je tropić, podobnie jak wilk, który zwęszy zdobycz, idzie jej tropem. I jak wilk idący tropem konkretnego zwierzęcia, tak i my potrafimy rozróżniać zapachy dusz. Potrafimy wyczuć daną duszę i iść za jej wonią. Kiedy was znaleźliśmy, zrobiliśmy to, co nam kazano.

– Nie do końca. Przegraliście – przypomniał mu Richard. – Nie udało wam się zabić nawet tego jednego samotnego żołnierza. Co robi wasz król-duch tym, którzy go zawiedli?

– Nie zawiedliśmy. Wytropiliśmy wasze dusze, jak nam kazano.

– Wytropienie nas to na pewno tylko jeden z rozkazów. Jestem przekonany, że kazano wam nas zabić lub pojmać i sprowadzić Sulachanowi, tak jak to kiedyś zrobiliście z tymi oto ludźmi. Tym razem wam się nie powiodło. Nie zabiliście nikogo z nas, nie ukradliście żadnej duszy i nie macie żadnego jeńca, by go zaprowadzić do Sulachana. Wiedząc, jak traktuje tych, którzy go zawiedli, powiedziałbym, że szczęściem będzie dla was, jeśli już nigdy nie zobaczycie imperatora Sulachana.

Więzień poczuł się dotknięty.

– Wkrótce go zobaczę. Kiedy świat umarłych zostanie złączony ze światem życia, będę znowu z moim królem. A tak w ogóle to tropiciele dusz nie zawiedli. Znaleźliśmy was. Będziemy szli waszym tropem, póki was nie pokonamy. Możemy wiele razy przegrać i dalej iść za wami. Wam się noga może powinąć tylko raz i wtedy was dopadniemy. Wcześniej czy później będziecie nasi. Będziemy mieć dusze twoich kompanów, a ciebie weźmiemy ze sobą, żeby lord Arc mógł cię osobiście odesłać do świata umarłych.

– Lord Arc. – Richard zmarszczył brwi. – Czyli nakazano wam sprowadzić tylko mnie?

– Otóż to. Nasz król wysłał nas na prośbę lorda Arca. I kazał nam sprowadzić tylko ciebie, dla niego.

– Czyli nie zabierzecie ze sobą żadnych innych jeńców?

Tamten pożądliwie spojrzał na Kahlan.

– Nie. Tylko ciebie. Reszta nie jest mu potrzebna. Możemy ich zjeść. Przywłaszczyć sobie ich dusze.

Uśmiechnął się do Richarda.

– Twoja dusza należy do mojego króla i lorda Arca, mogą z nią uczynić, co im się spodoba. To ich sprawa, nie nasza. Nasi tropiciele zaś mogą zrobić, co zechcą, z resztą twoich ludzi.

– A gdzie jest twój król-duch i Hannis Arc? Dokąd macie mnie zaprowadzić?

– Kierują się na południowy zachód – odpowiedział wymijająco jeniec.

Kahlan wcale się to nie spodobało. Ze spojrzeń Zedda i Nicci wyczytała, że im też nie. Na południowym zachodzie znajdował się Pałac Ludu.

– Gdzie reszta twoich tropicieli? – zapytał Richard. – Kiedy znowu zaatakują?

Shun-tuk patrzył w dal, milczał. Ale teraz już nie było wątpliwości, że będą atakować raz za razem. Kahlan wiedziała, że powstrzymać ich można tylko w jeden sposób – wybijając do nogi.

– Coś mi się zdaje, że w dobrze pojętym interesie własnym powinniście z nami współdziałać, żeby zachować życie, bo jeśli umrzecie, nie mając duszy, nie będzie was tutaj, kiedy wasz król zespoli światy życia i śmierci.

Shun-tuk zmarszczył brwi.

– Co masz na myśli?

– Im dłużej będziecie współdziałać, tym dłużej pożyjecie. Kto wie, może pożyjecie na tyle długo, by ujrzeć zespolony świat. Jeśli nie będziecie współdziałać, to przestaniecie nam być potrzebni. Niby czemu mielibyśmy was trzymać przy sobie i pilnować? Będziecie skazani na zagładę, niczym wilk, który się wkradł między ludzi. Nic po was nie zostanie, żadna dusza, żadna iskra, która by trwała w zespolonym trzecim królestwie. Bo teraz śmierć jest dla was kresem.

Więzień spróbował przenieść ciężar ciała z jednego kolana na drugie, ale – unieruchomiony przez dwóch trzymających go za ramiona żołnierzy i stojącego mu na łydkach majora Fistera – mógł jedynie poruszać głową, a i w tym przeszkadzał mu wbijający się w gardło nóż.

– Jak mnie zabijecie, nie będzie to miało dla mnie znaczenia, bo nie będę istnieć w żadnym świecie. Już mnie nie będzie.

– Ale pewnie wolałbyś istnieć, bo inaczej nie próbowałbyś ukraść duszy – powiedział Richard, wskazując na przyglądających się im ludzi.

Shun-tuk popatrzył na nich oczami wygłodzonego wilka.

– Co zamierzają? – spytał Richard cichym, groźnym głosem, który większość ludzi przyprawiał o drżenie. Jasno dał do zrozumienia, że więźniowi kończy się czas. – Co twoi tropiciele dusz teraz planują?

Shun-tuk przez chwilę wpatrywał się przed siebie, potem spojrzał na Richarda. Znowu miał twarde, nieustępliwe spojrzenie.

– Taka wiedza nie ma dla ciebie znaczenia. Nic ci nie pomoże, nie będziesz w stanie nas powstrzymać ani też przeszkodzić naszemu królowi. Nie ma sensu ci tego mówić.

Jeniec zadarł podbródek i zamilkł.

ROZDZIAŁ 15

Uważam, że masz znakomity powód, by mi to powiedzieć – stwierdził Richard. – Myślę, że nie chcesz tego zdradzić, bo się boisz, że naprawdę mógłbym ich powstrzymać. – Rozłożył ręce. – W końcu jeśli to prawda, że tropiciele dusz prędzej czy później nas dopadną, to czemu tak się boisz opowiedzieć mi o ich planach?

Tamten się nachmurzył.

– Nie boję się.

– Milczałbyś tylko wtedy, gdybyś uważał, że możemy zapobiec temu, by mnie pojmali i dopadli pozostałych. Boisz się, że jeśli się dowiem, to ich powstrzymam i nie zdobędziecie żadnej duszy.

Tamten rozważał to, marszcząc brwi. Wreszcie zdecydował się mówić.

– Twoja dusza i jej – wskazał głową Kahlan – są skażone śmiercią. Możemy to wyczuć, wywąchać woń śmierci. Tropiciele dusz potrafią wyczuć tę chorobę mroczącą wasze życie. Jesteście jak ranne zwierzęta. Wyczuwamy chwile, kiedy owa choroba bierze górę i pozbawia was przytomności. To wtedy twoi ludzie są bezbronni. Bez ciebie nie mogą nas odeprzeć. W końcu już raz ich pojmaliśmy, kiedy byłeś nieprzytomny. Gdyby duch Sulachana już wtedy powrócił i wykorzystał swoich tropicieli, tobyśmy wiedzieli, że byłeś wśród nich, tyle że ukryty, bez przytomności. Sulachan wtedy jeszcze nie powstał z martwych, toteż udało się wam uciec. Tym razem tropiciele znowu zaatakują, ale zrobią to wtedy, kiedy się dowiedzą, że jesteś słaby i bezbronny. Atakowaliśmy wcześniej, kiedy wyczuliśmy, że twoja kobieta zbliża się do śmierci.

Kiedy wyczuliśmy jej słabość, ruszyliśmy na was. Wcześniej czy później to spotka i ciebie, a my będziemy o tym wiedzieć. Kiedy to się stanie, dopadniemy was wszystkich. Nawet teraz wyczuwamy, jak wasze dusze przegrywają walkę o życie. Niewiele wam zostało. Wkrótce nadejdzie odpowiednia chwila i tropiciele spadną na twoich ludzi, ty zaś będziesz bezsilny. Rozerwą ich na strzępy i zdobędą dusze. Potem pojmiemy ciebie i zaprowadzimy naszemu królowi.

Richard wzruszył ramionami.

– Jeśli mówisz prawdę, to wtedy już nie będę żył. Jeżeli umrę, będzie po waszych planach.

Więzień się nie przejął.

– Jeżeli umrzesz, zanim cię przyprowadzimy, to Sulachan i tak będzie zadowolony. Tak czy owak na koniec zwyciężymy. Nie macie najmniejszej szansy.

– Skoro tak bardzo chce, żebyście mnie do niego przyprowadzili, to jak mogłaby go zadowolić moja śmierć?

Shun-tuk znowu się uśmiechnął arogancko. Kahlan pomyślała, że tak się uśmiechają zabójcy tuż przed tym, nim ich dotknie mocą Spowiedniczki. Bez względu na to, jak byli pewni siebie, jak wyniośle się zachowywali, jak byli wobec niej aroganccy i lekceważący, za jakich twardzieli się uważali, to kiedy już ich dotknęła swoją mocą, wszystko w mgnieniu oka znikało i każdy wyznawał jej swoje winy, nawet te najgorsze.

– Sulachan nie dba o to, czy najpierw umrzesz – rzekł więzień – bo już ma co do ciebie plany w zaświatach.

Richard wsparł się pięściami pod boki.

– O czym ty mówisz?

– Sulachana nie bez powodu nazywają królem umarłych. Ma nieskończoną cierpliwość, jaką może mieć wyłącznie wiekuisty. Był tam przez bardzo długi czas, układając plany powrotu, zemsty. Sulachan był w zaświatach, kiedy wrzask śmierci, który się wyrwał z ust Zaszytej Służki, upomniał się o nią i przeciągnął za zasłonę. Sulachan wie, że ten sam jad, który ją zabrał, wsączył się i w was. Mroczne istoty, którymi włada w zaświatach, podobnie jak on rozpoznają zmazę śmierci na waszych duszach i wiedzą, że już długo nie pożyjecie. Demony niecierpliwią się w świecie umarłych, pragnąc was dopaść. Kiedy umrzecie i wasze dusze przejdą do tamtego królestwa, odwieczne mroczne demony będą przy zasłonie, by was pochwycić i wciągnąć w najgłębsze, najmroczniejsze otchłanie zaświatów, gdzie na zawsze znikniecie. Lord Arc chciałby cię zabić własnymi rękami i patrząc ci w oczy, obserwować, jak umierasz, ale włada czarną magią i wie, że demony imperatora Sulachana będą na ciebie czekać. Chciałby cię zabić i osobiście odesłać w ich szpony, ale jeżeli umrzesz wcześniej, to mamy mu przynieść twoją głowę, by wiedział, że twoja dusza jest w łapach tych mrocznych demonów, cierpiąc męki gorsze niż te, na które mógłby cię skazać na tym świecie. Jak widzisz, tak czy owak dostanie to, czego chce.

Wszyscy wstrzymali oddech.

Więzień powiódł po nich wzrokiem.

– Wiecie, że kiedy zmaza śmierci całkiem zawładnie waszym wodzem, a stanie się to szybciej, niż sądzicie, to dopadniemy was wszystkich. Pokonamy was, pożremy wasze ciała, wyssiemy szpik z kości i ukradniemy dusze.

Popatrzył na Richarda, a potem podbródkiem wskazał Kahlan.

– Nasi ludzie zjedzą żywe ciało i wypiją ciepłą krew twojej kobiety. Będziemy się radować jej bezradnymi wrzaskami, kiedy będziemy ją rozszarpywać. Niektórzy zliżą jej łzy, inni wypiją krew.

Richard zmusił się do nieokazania uczuć, lecz Kahlan łatwo wyczytała gniew z jego mowy ciała.

– Dopiero co powiedziałeś, że mroczne demony waszego króla-ducha czekają na nasze dusze, więc twoi tropiciele nie mogą mieć nawet cienia nadziei na przywłaszczenie sobie jej duszy.

Uśmiech jeńca zdradził twardy upór i zdecydowanie.

– Tropiciele wiedzą, że nie dla nich dusza twojej kobiety. Wiedzą, że jest obiecana mrocznym istotom z zaświatów. Ale i tak będą się rozkoszować chłeptaniem jej ciepłej krwi i to cię zaboli. Jej los rozstrzygnięto wedle naszych zasad, bo przez jej udrękę, tak odrywanego od kości ciała, jak i wiekuistą mękę dręczonej przez demony duszy, będziesz cierpiał ponad wszelkie wyobrażenie. To właśnie czeka ją i ciebie.

Ta groźba przyprawiła Kahlan o lodowaty dreszcz i wstrząsnęła Richardem.

Odwrócił wzrok od bezlitosnego spojrzenia pozbawionego duszy łotra, popatrzył w oczy majora Fistera. Przeciągnął palcem po gardle w milczącym rozkazie.

Wydał ten rozkaz i odwrócił się. Jake Fister był żołnierzem bez wahania zabijającym tych, którzy służyli złu. Richard nie musiał być świadkiem egzekucji, żeby wiedzieć, iż będzie natychmiastowa.

Mijając Kahlan, ujął jej ramię i poszli do środkowego ogniska, przy którym ją uzdrawiano. Czuła napięte gniewem mięśnie.

– Jakiś pomysł, co teraz zrobimy? – zapytała, próbując oderwać jego myśli od straszliwej groźby, którą właśnie usłyszeli.

Potknął się, zanim zdążył odpowiedzieć.

Osunął się na kolano obok Kahlan. Mocno objęła go ramieniem w pasie, starając się złagodzić upadek, żeby nie padł na twarz. Był za duży i za ciężki, żeby go utrzymała, mogła jedynie pomóc mu się osunąć na ziemię.

Uniósł rękę. To była prośba o pomoc mających dar.

Zedd i Nicci natychmiast się przy nim znaleźli, chwytając go za ramiona i stawiając na nogi. Na naglący gest Kahlan nadbiegli żołnierze, wsunęli mu ramiona pod pachy.

Zedd przycisnął palce do czoła Richarda, a żołnierze pomagali go przenieść.

– To jad – powiedział ponuro, zawiadamiając o tym, co Kahlan już wiedziała. – Zanieście go do ogniska i połóżcie, tam będę lepiej widzieć.

Serce zatroskanej Kahlan zabiło szybciej. Zdawało się jej, że jest bezradna ponad wszelkie wyobrażenie. Wstrząsały nią fale lodowatego lęku. Wiedziała, że zew śmierci przybrał na sile i Richard może umrzeć.

– Richardzie – powiedziała, mocno chwytając jego dużą dłoń – trzymaj się. Zedd i Nicci ci pomogą. Nie waż się mnie zostawić. Nie wolno ci.

Nie zareagował. Dłoń była zimna i bezwładna.

Ze wszystkich sił starała się powstrzymać łzy.

A potem usłyszała z oddali, z ciemnych lasów, wycie wilków. Półludzie zaatakowali.

ROZDZIAŁ 16

Kahlan trzymała go za rękę, a Richard otoczył drugim ramieniem kark Nicci i przyciągnął czarodziejkę ku sobie, kiedy go kładli na kocu przy ognisku. Złapał Zedda za rękaw i też przyciągnął do siebie. Zdołał odzyskać przytomność, choć tylko częściowo.

Każdy wysilony oddech wymagał od obolałego ogromnego wysiłku. Kahlan aż za dobrze znała ten ból. Był tak intensywny, że czuła mrowienie w rękach i nogach. Miała wrażenie, że zmiażdży jej czaszkę, wywoływał fale mdłości.

Przynajmniej póki nie ogarnęła jej ciemność. A wtedy było jeszcze gorzej, bo była zagubiona w mrocznym miejscu, tak osamotniona jak jeszcze nigdy. To była przerażająca, beznadziejna samotność, tłamsząca jej duszę tak jak ból, który zdawał się miażdżyć czaszkę.

Lecz zanim mrok cię ogarnie, odbiera ci chęć mówienia. Sprawia, że nie chcesz otworzyć oczu, bo kiedy to robisz, świat wiruje i się chwieje. Każdy dźwięk czyni ostrym i przeszywającym, jakby igły wbijały się w uszy. Wytrzymywanie tej udręki i zaczerpnięcie tchu wymaga najwyższego wysiłku. Zachowanie świadomości to walka.

Wiedziała, że Zaszyta Służka czuła to wszystko, umierając, kiedy wyrwał się z niej ten przerażający, straszliwy krzyk. Ten jeden długi wrzask zawierał w sobie całą tę śmiertelną udrękę. Richarda i Kahlan dotknął ten sam zew śmierci i choć nie zabrał ich od razu, odczuli ból Jit.

Kahlan wiedziała też, że takie uczucie jest elementem pragnienia śmierci, które sprawia, że chcesz się poddać, ulec mu, pozwolić jej się zabrać. Powoduje, że cierpisz, a w tym cierpieniu zawiera się obietnica, że udręka minie, jeśli tylko pójdziesz za zewem i przejdziesz przez zasłonę w błogosławioną ciemność. To ten zniewalający zew i bolesny kres życia sprawiały, że śmierć wydawała się taka słodka, że to tylko jeden krok na drugą stronę i że potem wszystko litościwie się zakończy.

Opieranie się temu było niezwykle trudne, zwłaszcza kiedy oznaczało, że będzie się musiało dalej znosić to, co nie do zniesienia, przekonując siebie, że tak powinno się uczynić.

Głos Richarda – kiedy wreszcie był w stanie się odezwać – zdradzał całą tę mękę i jeszcze więcej.

– Wy dwoje – powiedział do pochylonych nad nim Zedda i Nicci – weźcie do pomocy Irenę i razem pomóżcie żołnierzom odeprzeć Shun-tuk. Trzeba ich trzymać w szachu trochę dłużej.

Zedd najwyraźniej uważał, że Richard jest półprzytomny i niezdolny do podjęcia jakiejkolwiek decyzji.

– Muszę pomóc tobie – powiedział do wnuka. – Nie mogę cię tak zostawić. Muszę ci teraz pomóc, zanim to cię zabierze. Sam tego nie zwalczysz. Żołnierze mogą odeprzeć Shun-tuk. Ty nie możesz czekać.

Richard zamknął oczy i przetoczył głową z boku na bok.

– Żołnierze nie dadzą im rady.

Brzmiąca w jego głosie pewność kazała Kahlan rzucić okiem na żołnierzy spieszących na pozycje obronne. Napotkała zaniepokojone spojrzenie błękitnych oczu Nicci.

Czarodziejka chwyciła ramię Richarda i pochyliła się nad nim.

– Potrzebujesz naszej pomocy, Richardzie. Jeśli cię nie uratujemy, to wszyscy zginiemy. Musimy ci pomóc, żeby pomóc sobie. Bez ciebie jesteśmy zgubieni.

– Samantha mi pomoże – odpowiedział jej Richard. – Tropiciele wyczują moją słabość. Wiedzą, że to daje im szansę. Cały wysiłek włożą w jak najszybsze skończenie z wami, póki nie będę mógł z nimi walczyć. Jeśli ich nie powstrzymacie, będzie po nas.

Zedd ściągnął krzaczaste brwi, rzucając szybkie spojrzenie na krzątaninę szykujących się do walki żołnierzy. Popatrzył na Richarda.

– Samantha? Richardzie, to zbyt poważne. Ona jest jeszcze dzieckiem. Bez odpowiedniej pomocy…

Nadbiegła dziewczyna i opadła bez tchu na kolana przy Richardzie.

– Jestem, lordzie Rahlu. – Łapczywie chwytała powietrze, ujmując jego dłonie i mocno je do siebie przyciskając. – Jestem.

– Posłuchaj, Samantho – powiedział Richard – już raz dodałaś mi sił, żebym to wytrzymał, żebym zwalczył słabość. Pamiętasz?

Kahlan widziała w blasku ogniska łzy wzbierające w oczach młodej czarodziejki. Była bliska paniki.

– Co? Chcesz, żebym znowu to zrobiła? Lordzie Rahlu, są tu ludzie, którzy mogą bardziej ci pomóc niż ja.

– Zanim się natknęliśmy w lasach na tamtego człowieka, zanim dotarliśmy do północnego muru, osłabłem, a ty mi pomogłaś. Dodałaś mi sił. Pamiętasz?

Samantha potaknęła, jakby od tego zależało jej życie.

– Jasne, że pamiętam.

– Chcę, żebyś to znowu zrobiła – powiedział. Otworzył oczy i popatrzył na nich. – Kiedy ona będzie mi pomagać, powinniście przeszkodzić Shun-tuk w okrążeniu obozu i zabiciu nas. Musicie kupić nam trochę czasu.

– To sprawka tego przeklętego półczłowieka – stwierdziła Irena. – Mówiłam wam, że ma tajemną moc i że Richard nie powinien się do niego zbliżać, ale nie chcieliście słuchać. I tylko patrzcie, co się stało! O wiele więcej wiem o uzdrawianiu niż Samantha. Powinnam być w stanie pomóc. Odsuńcie się, żebym mogła to sprawdzić.

Przepchnęła się obok Zedda i przytknęła dłoń do czoła Richarda. Zanim Kahlan lub Nicci zdołały jej przeszkodzić, Irena krzyknęła i gwałtownie odsunęła rękę.

– Drogie duchy, Richardzie, nie miałam pojęcia… Czegoś takiego nie możemy uleczyć.

Nicci – zatroskana Richardem i rozpoczynającą się walką – nie traciła czasu, żeby besztać kobietę. Milczała, lecz posłała Kahlan spojrzenie wyrażające gniew. Te błękitne oczy wszystko Kahlan powiedziały.

Pomyślała, że Irena powinna okazywać Nicci większy respekt. Urzekająco piękna czarodziejka mogła wyglądać na młodszą i mniej doświadczoną od niej, lecz była niegdyś Siostrą Mroku i dlatego posiadała nie tylko moc czarodziejki, ale i dar tych, których zabiła.

Irena nie miała pojęcia, dokąd życie zaprowadziło Nicci i do czego była ona zdolna. Zważywszy na to, jak daleko zawędrowała po mrocznej stronie życia, i na drogę powrotną, jaką przebyła, nie wspominając o tym, co dla nich zrobiła, wliczając te wszystkie przypadki, kiedy uratowała Richarda, gdy nikt inny nie miał potrzebnych do tego talentów i umiejętności – to nie mogli mieć lepszej przyjaciółki i sojuszniczki.

– Nie tego potrzebuję – upierał się Richard.

Najwyraźniej się niecierpliwił. Kahlan zaczynała podejrzewać, że ma na myśli coś poważniejszego, niż im się zdawało. Wyraźnie widziała, że słabość nie pozwala mu się wypowiedzieć tak, jak by chciał, i tym bardziej go to frustrowało. Wiele wysiłku kosztowało go zachowywanie świadomości, a jeszcze więcej wypowiedzenie choćby tych niewielu słów. Chciał, żeby wykonali jego polecenia, choć ich nie objaśnił.

Kahlan usłyszała za sobą odgłosy pierwszych Shun-tuk uderzających w linię obrony. Żołnierze Pierwszej Kompanii, krzycząc w furii, zabili pierwszych nieprzyjaciół i odparli resztę. Półludzie wrzeszczeli, ginąc. Słyszała w mroku szczęk mieczy, odgłos toporów uderzających w ciało i krzyki bólu, kiedy maczugi łamały kości.

– Rób, co mówi – warknęła Nicci, chwytając Irenę za ramię i odciągając. – Niech Samantha się tym zajmie.

Nicci najwyraźniej się zorientowała, że Richard tak nalegał z jakiegoś powodu. Wiedziała wystarczająco dużo, by mu się nie sprzeciwiać i nie wypytywać go, kiedy nie było na to czasu.

– Ale ja nie mam pojęcia o walce – powiedziała Irena. Wyglądała, jakby miała zemdleć.

Kahlan zrobiło się jej żal. W końcu kobieta widziała, jak Shun-tuk żywcem pożerają jej męża, a potem wzięto ją do niewoli i czekało ją to samo, co jego. Niemal drętwiała ze strachu na myśl o tym, że atakują ją ci sami krwiożerczy półludzie.

– Rozumiem – rzekła z zadziwiającym współczuciem Nicci. – Ale potrzebna nam pomoc, żeby ich odeprzeć. Pomoc każdego, w tym i twoja. Życie twojej córki zależy od naszego współdziałania.

Irena spojrzała w oczy Samancie, potem skinęła głową.

– Dobrze.

Zedd szybko się pochylił i położył palce pod brodą wnuka. Richard z bólu zamknął oczy.

– Trzymaj się, chłopcze. Wrócimy, żeby ci pomóc, jak tylko będzie to możliwe.

Richard potrząsnął głową, ale nie było czasu, by wytłumaczył, o co mu chodzi.

Zedd się odwrócił i cisnął powietrzną pięść, zbijając z nóg półczłowieka, który wyskoczył nie wiadomo skąd i gnał ku nim. Kahlan uświadomiła sobie, że część półludzi już się przedarła przez ich obronę i była w obozie. Żołnierze dopadli napastnika, kiedy cios Zedda go na nich rzucił.

Nicci się zatrzymała, odwróciła i przyklękła, przycisnęła palce do skroni Richarda, badając i oceniając jego stan.

– Wiem – wyszeptała, żeby dodać mu otuchy. – Wiem, czuję to. Trzymaj się, Richardzie. Wrócimy, jak tylko będziemy mogli. Walcz, póki nie przyjdziemy. Samantha doda ci sił.

Kahlan czuła gulę w gardle, patrząc, jak Nicci i Zedd wstają i odwracają się ku walce, toczącej się na skraju obozu. Chciała, żeby pomogli Richardowi, ale wiedziała, że to musi poczekać. Teraz ich moc była potrzebna do odparcia ataku i niedopuszczenia Shun-tuk w pobliże Richarda. Miała nadzieję, że to wystarczy, by pomóc żołnierzom obronić obóz przed wrogiem.

ROZDZIAŁ 17

Kahlan – nagle sama z Samanthą i Richardem, gdy dokoła nich szalała walka – położyła dłoń na jego piersi, mogąc mu ofiarować jedynie milczącą otuchę.

Uczestniczyła w wystarczająco wielu potyczkach, żeby wiedzieć, iż ta nie była zwyczajną bitwą. Była inna. To było jak odpieranie drapieżników ogarniętych obsesyjnym pragnieniem pożarcia ofiary. Znała naturę tych pozbawionych duszy półludzi, ich liczebność i wiedziała, że wkrótce będzie musiała włączyć się do walki. Straciła moc, lecz miała nóż i potrafiła się nim posługiwać.

Tak naprawdę przydałby się jej miecz. Nauczyła się władać mieczem od ojca, lecz dopiero Richard uczynił z niej mistrzynię. Sam był mistrzem ostrza – każdego, nawet noża czy dłuta, którym rzeźbił przepiękne posążki.

Za nią Zedd posłał grzmiącą błyskawicę ognia w upiorną postać próbującą się wspiąć na plecy wielkiego żołnierza. Ten usiłował odepchnąć łokciem napastnika sięgającego zębami do jego karku, a trzymanym w drugiej ręce mieczem dźgał tych atakujących go od przodu. Błysk posłany przez Zedda zmienił Shun-tuk w jarzący się płomień. Zwinął się w przeraźliwym bólu i spadł z pleców żołnierza. Wstał i – płonąc, pokrywając się bąblami – ruszył na oślep z wrzaskiem przez obóz. Nikt spośród zaciekle walczących nie zwracał uwagi na jego rozpaczliwe krzyki. Nie trwały długo.

Niestety, wiele innych upiornych postaci było uodpornionych na działanie zwyczajnej magii addytywnej, takiej jak ciskany przez Zedda ogień. A w ograniczonej przestrzeni obozu Zedd nie mógł wykorzystać ognia czarodzieja. Był nie dość selektywny i ogarnąłby także żołnierzy. Tak więc czarodziej musiał korzystać z pomniejszych, bardziej wybiórczych form ognia.

Kahlan ujrzała, że niektórzy Shun-tuk wyłaniają się nietknięci z ciskanych przez czarodzieja ognistych kul, jakby ogień się ich nie imał. Jeden z nich posłał Zeddowi mordercze spojrzenie i ruszył ku niemu – zaraz padł, przeszyty kopią. Żołnierz, który go zabił, odrzucił go na bok, jak karpia nabitego na oścień w stawie, i pozwolił, żeby ciało zsunęło się z broni, by była gotowa do rozprawienia się z kolejnym napastnikiem.

Poprzednio Kahlan i Richard byli nieprzytomni i ukryci na wozie, ale tamta bitwa – kiedy to wszystkich oprócz nich pojmano – musiała być bardzo podobna do tej. Zedd i Nicci nie mogli efektywnie korzystać z magii, toteż Shun-tuk swoją liczebnością przytłoczyli i pokonali żołnierzy. Półludzie nie przejęli się ogromnymi stratami, jakie ponieśli w tamtej bitwie. Teraz także o to nie dbali.

Po przesłuchaniu więźnia Kahlan rozumiała dlaczego. Pozbawieni duszy i wyższych uczuć łączących się z jej posiadaniem – nie potrafili współczuć swoim, którzy zostali ranni lub zabici. Chociaż polowali w grupach, właściwie nie troszczyli się jeden o drugiego, jak to robią żołnierze, którzy walczą nie tylko po to, by pokonać wroga, ale i w obronie przyjaciół. Obchodzi ich los towarzyszy.

Każdego z atakujących półludzi zaś obchodziło jedynie to, żeby zdobyć dla siebie duszę. Nie miało dla nich znaczenia, co się dzieje ze współplemieńcami. Jeśli któryś z Shun-tuk ginął od miecza, to oznaczało, że mieli większe szanse zatopić zęby w kimś mającym duszę. Taka mentalność „więcej dla mnie".

Nicci jak batem śmignęła czarną błyskawicą. Przecięła na pół białą postać. Na granitową półkę spadły trzewia. Idący za tamtym Shun-tuk pośliznął się na nich i przewrócił. Żołnierz przebił go mieczem.

Kiedy czarodziejka posłała taką samą błyskawicę ku innemu Shun-tuk, ten niedbale zablokował ją dłonią i skierował w bok, jak drobną niedogodność. Kahlan nie miała wątpliwości, że niektórzy Shun-tuk mieli tajemną moc, dzięki czemu mogli zdławić lub odeprzeć działanie daru. I podobnie jak osoby całkowicie go pozbawione, byli niewrażliwi na działanie magii. Wykorzystywali tę swoją zdolność, by chronić siebie, a niekiedy i innych tylko dlatego, że mogli pomóc pokonać krzepkich żołnierzy. Całkiem możliwe, że tacy Shun-tuk potrafili wskrzeszać zmarłych.

Kahlan zdała sobie sprawę, że żołnierze, Zedd i Nicci tak naprawdę tylko usuwają najsłabszych. Bezwiednie tworzyli wrogi oddział składający się z najsilniejszych, najzdatniejszych do walki półludzi, w przeważającej części odpornych na działanie daru. Każdy Shun-tuk, którego Zedd lub Nicci zabili swoim darem, jedynie zwiększał odsetek atakujących ich półludzi, którym magia nie robiła krzywdy, co sprawiało, że działania mających dar stawały się coraz mniej skuteczne. W pewnej chwili będą mieć do czynienia z przeciwnikiem niemal całkiem niewrażliwym na moc daru.

Rozumie się, że nic nie mogli na to poradzić, lecz nadawało to przerażający wymiar zmieniającej się naturze walki.

Żołnierze zażarcie walczyli, żeby zepchnąć upiorne postaci poza linię obrony. Ilekroć przedarła się jakaś biała postać i wyłoniła z mroku, znajdował się tam żołnierz i przeszywał ją mieczem, odcinał kończyny toporem lub miażdżył czaszkę maczugą. Irena wymieniła z córką spojrzenia i pobiegła wspomóc żołnierzy.

– Szybko, Samantho – powiedział Richard. – Mamy coraz mniej czasu. Chcę, żebyś dodała mi sił i na parę minut dłużej pomogła zachować przytomność.

Kahlan pomyślała, że Richard chce mieć siłę, by wstać i przekonać Shun-tuk, że wrócił i jest zdolny ich odeprzeć, aby się wycofali.

A może tylko majaczył i nie wiedział, co mówi. Może tylko chciał, żeby ból ustąpił, choć na parę minut.

Miała nadzieję, że dziewczyna sobie z tym poradzi. Podejrzewała jednak, że Richard miał na myśli coś więcej. Szczególnie ciekawiło ją, czemu chciał zachować przytomność kilka minut dłużej. Dlaczego nie poprosił, by dała mu siłę, żeby mógł walczyć?

Samantha przygryzła dolną wargę i pospiesznie się przesunęła, tak że jej kolana dotykały głowy Richarda. Zawahała się, a potem przytknęła dłonie do jego skroni.

– Lordzie Rahlu, ja...

Richard położył lewą dłoń na jej ręce.

– Możesz to zrobić, Samantho... jak przedtem...

– Jak przedtem – mruknęła. – Szkoda, że nie pamiętam, co przedtem zrobiłam.

– Nie wiesz? – zaniepokoiła się Kahlan, przysuwając się do młodej kobiety.

Samantha spojrzała na nią, łza spłynęła jej po policzku.

– Nie wiem... Nie jestem pewna...

– Siła... – wyszeptał Richard.

– Siła, wiem, siła. – Oderwała dłonie od jego skroni, zacisnęła w pięści. – Ale nie pamiętam, co wtedy myślałam, co próbowałam zrobić.

– Zignoruj chorobę – powiedział. – Nie próbuj mnie uleczać. Po prostu wesprzyj mnie swoją siłą, żebym mógł sam walczyć.

Zrozumiała i aż westchnęła.

– No jasne. – Twarz jej pojaśniała. Znowu położyła mu dłonie na głowie. – Siła. Teraz pamiętam. Po prostu oddałam ci trochę własnych sił, żebyś mógł to znieść.

Richard spróbował się uśmiechnąć i potaknął.

Kahlan słyszała odgłosy szalejącej za nimi walki. Półludzie krzyczeli, kiedy przeszywała ich ostra stal. Żołnierze stękali z wysiłku, siekąc idące na nich nieprzeliczone hordy. Czaszki pękały, kości się łamały, żołnierze wykrzykiwali rozkazy, ranni krzyczeli z bólu. Tu i tam leżały upiorne postaci z okropnymi ranami.

Kahlan usłyszała, że atak zaczyna się i po drugiej stronie obozu. Półludzie próbowali podzielić obóz, uczynić go trudniejszym do obrony.

W blasku ogniska zobaczyła, jak jedna z białych postaci przeskakuje ponad przednią linią żołnierzy. Półczłowiek nie pożył długo, ale za nim skoczyli kolejni. Zaczynali się wdzierać do obozu. Widziała żołnierzy przygniecionych do ziemi ciężarem białych postaci i takich, co odrąbywali ręce i głowy, rozpaczliwie walcząc o pozbycie się Shun-tuk.

Nagle zobaczyła kątem oka, jak jeden z Shun-tuk przeskakuje ponad ogniskiem i pędzi wprost ku nim. W pobliżu nie było nikogo, kto by go powstrzymał.

Zadziałał odruch nabyty przez lata ćwiczeń i walki – Kahlan dobyła noża, poderwała się, odwróciła i potężnym zamachem wbiła ostrze prosto w środek nagiej piersi napastnika. Wielki Shun-tuk, z twarzą pokrytą zaschniętą i popękaną białą mazią, znieruchomiał z nożem aż po rękojeść tkwiącym mu w mostku.

Samantha, sparaliżowana strachem, patrzyła wielkimi oczami.

Nóż, wyostrzony przez Richarda, miał na tyle długie ostrze, że dotarło do serca. Gładko.

Kahlan właściwie nie poczuła żadnego oporu. Nóż tak ciężki i ostry, wbity z taką siłą, był nie do powstrzymania. Oczy Shun-tuk uciekły w tył głowy, kolana się pod nim ugięły i Kahlan wyszarpnęła nóż. Trzymała go w dłoni, żeby był na podorędziu w razie potrzeby. Była przekonana, że się przyda.

– Samantho, pomóż mu, proszę – powiedziała.

Samantha przełknęła ślinę i pochyliła się nad Richardem.

ROZDZIAŁ 18

Nie mamy dużo czasu – szepnął Richard.

– Staram się. – Samantha odgarnęła z czoła gęstwę czarnych włosów i pochyliła się nad nim. – Tyle tu hałasu i tyle mnie rozprasza...

Kahlan wiedziała, jak trudno musi być czarodziejce tak młodej i niedoświadczonej skoncentrować się na odnalezieniu w sobie ośrodka spokoju, by mogła wykorzystać swój dar. Wymagało to wielkiego skupienia i wysiłku. Wokół dziewczyny szalała walka, była wystraszona. Ale jeśli czegoś nie zrobi, to Richard będzie stracony dla tej walki, a jeżeli tak się stanie, to wszyscy wkrótce zginą.

W tej sytuacji, jak w wielu sprawach, trudności nie miały znaczenia, liczył się tylko rezultat.

Kahlan przemknęło przez myśl, co więzień im powiedział – że Sulachan ma w zaświatach mroczne demony, które czekają na nią i Richarda, żeby ich wciągnąć w wiekuisty mrok i udrękę.

Odpędziła to wspomnienie, pochyliła się i szepnęła Samancie na ucho:

– Jesteś tylko ty i Richard. Zignoruj wszystko inne, bo nie ma znaczenia. Ty nad wszystkim panujesz. Ty jedna władasz własnym ośrodkiem spokoju. Swoją mocą. Od ciebie zależy, do czego wykorzystasz dar. Ty jedna możesz to sobie odebrać.

Samantha popatrzyła na nią z dziwną miną, jakby chciała powiedzieć, że nie rozumie, skąd ktoś może wiedzieć, jak się posługiwać darem. Kahlan wiele wiedziała o odnajdywaniu w sobie ośrodka spokoju – nawet pośród szalejącej wokół walki, nawet na granicy śmierci – i uwalnianiu mocy.

Lacz teraz byli właśnie w takiej sytuacji, a ona nie mogła sięgnąć po tę moc.

Samantha zamknęła oczy, koncentrując się, znowu pochyliła głowę nad Richardem.

Też miał zamknięte oczy, tyle że z bólu.

Kahlan ujęła jego dłoń i przycisnęła do serca.

– Richardzie – szepnęła – kocham cię.

Uśmiechnął się pomimo bólu. Wydawało się, że chce odpowiedzieć, rzec, że i on ją kocha, ale nie zdołał. Nie musiała jednak tego słyszeć. Wiedziała.

Widziała, jak drżą palce Samanthy przytknięte do głowy Richarda. Tamta się bała: że zawiedzie, że Shun-tuk się na nich rzucą; przerażała ją ciążąca na niej odpowiedzialność.

– Wykorzystaj gniew – szepnął jej Richard, zanim jego dłoń zwiotczała i stracił przytomność.

Jego słowa coś jej przypomniały.

– Gniew... no jasne.

Niemal natychmiast poprzez dłoń, którą trzymała, Kahlan poczuła ciepło wsączającego się w Richarda daru Samanthy znajdującego drogę poprzez przytłaczające go mrok i ból. Miała nadzieję, że to mu da siły do odparcia mroku.

Czuła, że dłoń już nie jest taka wiotka. Głębiej odetchnął i odzyskał przytomność.

Powiedział do Kahlan jedno słowo:

– Miecz.

Wpatrywała się w niego przez chwilę, a potem uniosła jego prawą dłoń i położyła na gardzie miecza. Nie był całkiem przytomny i nie miał dość siły, żeby ją uchwycić, toteż zacisnęła mu palce na rękojeści.

Kiedy jego palce otoczyły rękojeść, Kahlan wyczuła, że coś się w nim zmieniło. Wziął głębszy oddech.

Kiedy otworzył oczy, przepełniała je magia miecza; moc oręża dodawała mu sił.

Richard był prawdziwym Poszukiwaczem i z mieczem łączyła go więź. Broń odpowiadała na jego dotyk tak, jak nie reagowała na dotyk nikogo innego; rozpoznawała swojego pana.

– Nie ma czasu do stracenia – powiedział Richard. – Musimy działać szybko. Gdzie dowódca?

Kahlan ściągnęła brwi, pochyliła się nad nim.

– Nie ma czasu do stracenia? Co masz na myśli?

– Fister. Gdzie major Fister? – W jego głosie wyraźnie brzmiał gniew miecza. – Jest mi potrzebny.

Kahlan nie wiedziała, o czym Richard myśli ani czy naprawdę myśli. Możliwe, że na wpół przytomny, nie rozumiejąc, co się wokół dzieje, miał przywidzenia, a gniew miecza umożliwiał mu mówienie o nich.

Nie sprzeciwiając mu się, Kahlan odwróciła się ku polu walki. Zobaczyła w pobliżu wielkiego żołnierza.

– Majorze! Majorze! Jesteś nam potrzebny!

Kiedy usłyszał wołanie Kahlan, przerwał gniewne siekanie Shun-tuk na kawałki. Niemal natychmiast półczłowiek wbił mu łokieć w bok, próbując go przewrócić. Biała postać mogła równie dobrze próbować powalić dąb. Wielki major niedbale założył mu dźwignię na kark i skręcił. Kahlan usłyszała, jak rwą się ścięgna i pękają kości. Major Fister pozwolił bezwładnej postaci osunąć się na ziemię. Idąc ku Kahlan, walnął głowicą miecza w twarz gnającego ku nim innego Shun-tuk.

Na granicy obozu wrzała walka o zastopowanie głównych sił przeciwnika, napastnikom udawało się jednak prześliznąć przez linię obrony. Nie było to zaplanowane, skoordynowane działanie, a raczej wykorzystywanie nadarzającej się sposobności.

Wszyscy półludzie nastawieni byli na zdobycie duszy, niewiele ich obchodziło wygrywanie bitew. W pewnym sensie ułatwiało im to walkę, bo nie musieli koordynować ataków ani wykonywać przemyślnych manewrów; zarazem sprawiało, że byli nieprzewidywalni jak chmara much-krwiopijców. Pojawiali się znienacka z najrozmaitszych kierunków, każdy nastawiony wyłącznie na kąsanie i wysysanie twojej krwi.

Kahlan widziała upiorne postaci łażące po obozie, usiłujące się skryć w mroku, dybiące na okazję dopadnięcia kogoś. Jak tylko żołnierze zauważali taką przyczajoną postać, natychmiast ją roznosili na mieczach. Lecz to, że Shun-tuk w ogóle udawało się dostać do obozu, było bardzo złym znakiem. Nikt by nie chciał, żeby wróg go oskrzydlił, dostał się na tyły i stamtąd zaatakował, kiedy on odpiera frontalną napaść.

Przybiegł major Fister i ukląkł obok Richarda, naprzeciw Kahlan. Richard, wspomagany mocą miecza, zdołał się trochę unieść na lewym łokciu. Chwycił przód skórzanego napierśnika majora i przyciągnął go ku sobie.

– Posłuchaj, właśnie na to czekali: że choroba mnie osłabi i powali. Na to czekali, żeby zaatakować. Bez mojej pomocy przytłoczą was liczebnie, jak już to kiedyś zrobili.

– Nie, lordzie Rahlu, nie pozwolę...

– Nie powstrzymałeś ich wtedy, kiedy was uprowadzili, czyż nie?

Major niechętnie przytaknął.

– Tym razem masz mniej ludzi – powiedział Richard. – Wielu padło w tej bitwie, a jeszcze liczniejsi zginęli, kiedy byliście w niewoli. Liczebność oddziału niepokojąco zmalała. Nie zdołaliśmy ich odeprzeć wtedy, to jak możesz oczekiwać, że pokonamy ich tym razem, stosując tę samą taktykę, lecz mając o wiele mniej ludzi? Przegramy walkę i dlatego nas do niej zmuszają. Ustanawiają zasady, a my się do nich dostosowujemy. Czekali, aż osłabnę i stracę przytomność, wtedy zaatakowali. To ich metoda: prosta, brutalna i skuteczna. Musimy zmienić zasady, bo przegramy.

Major Fister wymienił z Kahlan spojrzenia, potem znowu popatrzył na Richarda.

– Rozumiem, lordzie Rahlu, i martwi mnie to, ale nie wiem, co możemy zrobić. Trzeba walczyć albo umrzemy. To dla nas jedyny sposób na przetrwanie: walczyć lub umrzeć. Nie ma jak zmienić zasad.

Richard pokręcił głową.

– Są skupieni na mnie. Musimy to wykorzystać przeciwko nim.

Major otarł pot z czoła grzbietem dłoni, w której trzymał zakrwawiony miecz. Rzucił zaniepokojone spojrzenie ku walczącym, a potem znowu popatrzył na Richarda.

– Wybacz, lordzie Rahlu, ale nie nadążam.

Kahlan pomyślała, że raczej nie chce nadążyć. Chciał wrócić do walki. Wrzała w nim bitewna furia i kierowała jego myśleniem.

– Czego chcą? – zapytał Richard przez zaciśnięte tak z bólu, jak i od gniewu miecza zęby.

Samantha robiła, co mogła, ale nie bardzo jej się to udawało. W owej chwili Richardowi dodawała sił magia miecza, złączona z tym, co dziewczyna sama zaczęła.

– Czego chcą? – Major obejrzał się przez ramię, pospiesznie ocenił bitwę i westchnął zasmucony. – Lordzie Rahlu, chcą nas zabić: oto, czego chcą. Chcą nas, kurde, wybić do nogi.

Richard z uporem kręcił głową.

– Nie. To znaczy to też. Ale nie w tym rzecz. Słyszałeś, co mówił więzień. Oni wyczuwają moją duszę. Wiedzą, kiedy słabnie we mnie moc życia i zaczynam tracić przytomność. Wiedzą, kiedy się przybliżam do zewu śmierci. To dlatego teraz zaatakowali: wiedzą, że byłem nieprzytomny.

– No i?

– No i tego właśnie chcą, to wykorzystują, na to liczą i na to czekają. To ich strategia. Całkiem prosta. Czekać, aż zdobycz osłabnie, i wtedy zaatakować. Musimy to wykorzystać i zastawić pułapkę.

Wielki major przeciągnął dłonią po krótko ostrzyżonych włosach i westchnął.

– Coś mi się wydaje, lordzie Rahlu, że to my jesteśmy złapaną w pułapkę myszą, a zwłaszcza ty.

– Opacznie to rozumiesz. Nie jestem myszą, tylko przynętą.

ROZDZIAŁ 19

Major Fister ściągnął brwi, oparł łokieć na ugiętym kolanie i nachylił się bliżej ku Richardowi.

– Co takiego?

– Jestem przynętą.

– No tak, wiemy, że chcą cię dopaść. Ale ich odpieramy. Nasza obrona wytrzyma.

– Nie chcę, żeby wytrzymała.

Major był skołowany, sfrustrowany, a przede wszystkim zaniepokojony tym, co słyszał.

– Lordzie Rahlu, uważam, że powinieneś pozwolić Samancie uleczyć cię najlepiej, jak potrafi, poczekać, aż umysł ci się rozjaśni. Wtedy pogadamy. Teraz muszę wracać do moich ludzi.

Zaczął się podnosić, a Richard odrobinę wysunął miecz z pochwy. Major Fister nie mógł tego nie zauważyć. Znieruchomiał. Richard z pewnością nie miał siły, żeby samodzielnie dobyć miecza. Lekko się osunął i popatrzył na Kahlan.

– Pomóż mi go dobyć.

Kahlan wcale się nie podobał jego plan, chociaż jeszcze do końca go nie wysłuchała, ale zrobiła to, o co prosił. Podejrzewała, że liczył, iż miecz wydobyty z pochwy tchnie w niego pełnię swojej mocy. Pomyślała, że może kiedy będzie mieć swój miecz i w końcu odzyska siły, to się zorientuje, jak tragiczna jest sytuacja. Może wtedy będzie w stanie jasno pomyśleć i zrozumie, że major robi, co w jego mocy, i że on, Richard, jest w tej walce potrzebny.

Kahlan popatrzyła na zażartą walkę toczącą się głównie na obrzeżu obozu i stwierdziła, że i w jego obrębie tu i tam wybuchają potyczki. Pomyślała, że może Richard chciał dobyć miecza, żeby się przyłączyć do walczących. Żołnierze zawzięcie siekli nacierających Shun-tuk. Stale napływały nowe siły wroga. Taki wysiłek był wyczerpujący i pewnie wkrótce staną się mniej skuteczni.

Zedd rzucał jakieś zaklęcia, ale to niezbyt spowalniało wroga. Przestał więc i przyklękał przy rannych, pomagał im, jeśli mógł. Nicci robiła to samo. Kahlan widziała, że padło co najmniej kilku żołnierzy.

Nie wypatrzyła Ireny. Mogła być tam, gdzie nie potrafiła jej dojrzeć. Miała nadzieję, że Shun-tuk nie porwali matki Samanthy. Dziewczyna już raz tego doświadczyła i teraz, kiedy Irena znowu była z nimi, jeszcze bardziej ją to z matką związało.

Kahlan mocno zacisnęła dłonie wokół dużej ręki Richarda obejmującej rękojeść miecza i pomogła mu ciągnąć. Kiedy Miecz Prawdy wreszcie się wysunął, klinga wydała czysty, jedyny w swoim rodzaju dźwięk, który się poniósł nad polem bitwy. Paru żołnierzy, słysząc go, na moment znieruchomiało i obróciło się ku nim. Wiedziała, że widok Richarda z mieczem w dłoni dodał im otuchy.

Widziała, że teraz mocno zaciska dłoń na rękojeści i że rozszalał się w nim jego gniew. Czytała w szarych oczach, że moc starożytnego oręża dawała mu tak potrzebną siłę. Moc miecza była jednak połączona z mocą Richarda, a to oznaczało, że mogła dodawać sił, lecz siła Richarda powinna ją dopełniać, on zaś w tej chwili był zbyt słaby.

Kiedy Richard wyciągnął drugą rękę, major Fister ją pochwycił i pomógł postawić go na nogi. Samantha robiła, co w jej mocy, żeby nie tracić z nim kontaktu, ale ku swojej frustracji nie mogła już dotykać jego głowy.

Richard z mieczem w dłoni nie potrzebował pomocy Samanthy. Moc miecza była o wiele silniejsza niż ta, którą ona mogła mu przekazać. Ale na wszelki wypadek trzymała się w pobliżu.

Richard, nareszcie na nogach, spiesznie oszacował bitwę.

– Nie możemy walczyć wedle ich zasad, bo wkrótce przegramy – powtórzył.

– Raczej nie mamy zbyt wielu możliwości – powiedział major Fister, z trudem powściągając desperację.

– Znowu myślisz o problemie, a nie o rozwiązaniu – napomniał go Richard z roztargnieniem, badawczo się wszystkiemu przyglądając.

Jake Fister przez chwilę wpatrywał się w twarz Richarda, jakby chcąc się przekonać, czy naprawdę myśli on jasno, czy też nadal jest otumaniony.

Kahlan wiedziała swoje. Znała sposób rozumowania Richarda. Chociaż nie miała pojęcia, o czym teraz myśli, wiedziała, że nie majaczy – rozumował jak Richard, którego dobrze znała. To jej dodało otuchy. Wszyscy inni skupiali się na problemie, a on myślał o rozwiązaniu.

Richard spojrzał w bok, badał wzrokiem ciemność. Kahlan nie wiedziała, na co patrzy, lecz wiedziała, że w mroku widzi lepiej niż ona. Richard widział nocą niemal tak jak kot.

– Straty nie mają dla nich znaczenia – powiedział – zwłaszcza że mający tajemną moc wkrótce zaczną ożywiać zmarłych. Im więcej zabijemy, tym większą będą mieć rezerwę umarłych, gotowych do przemiany w chodzące trupy. Te przeklęte monstra o wiele trudniej zabić niż Shun-tuk. Nasi żołnierze są coraz bardziej znużeni. Może być już tylko gorzej.

– To żołnierze Pierwszej Kompanii – upierał się major. – Będą walczyć, póki starczy im tchu.

– Shun-tuk nie walczą za dobrze, nie używają broni – ciągnął Richard, głównie do siebie, jakby nie dosłyszał słów majora.

– Nasi żołnierze są najlepsi – twierdził major. – Wiesz o tym, lordzie Rahlu. Najlepsi z najlepszych. Shun-tuk nie są doborowymi wojownikami.

Richard wreszcie poświęcił uwagę majorowi.

– Tak, lecz duża liczebność jest wartością sama w sobie. Nie obchodzi ich, ilu stracą. Nas tak.

Major podrapał się po nosie, zrezygnował z dalszego sporu.

– Masz coś na myśli, lordzie Rahlu?

Richard machnął mieczem.

– Ten obóz, z klifem osłaniającym tyły, nie jest najgorszym miejscem do walki. Ale i nie najlepszym, bo działa na ich korzyść: mogą nas zajść z paru stron i trzymać w szachu. Nie możemy się łatwo przemieścić, toteż mogą nas tu trzymać i atakować, póki nas nie wykończą. Musimy ich wywabić na teren dający przewagę nam, a nie im. Musimy ich oskrzydlić i posłać część żołnierzy za nich.

Major Fister przyjrzał się walce, popatrzył na otwartą przestrzeń i widoczny za nią las, skąd ze wszystkich stron nadbiegali Shun-tuk.

– Jak mamy to zrobić? Jesteśmy na otwartym terenie. Oni są rozproszeni w lasach. Nie mamy pojęcia, gdzie są. Jak mamy ich okrążyć?

– Zmieniając taktykę. Musimy uderzyć na nich z obu stron i zmiażdżyć.

Major uniósł brew.

– To, co mówisz, lordzie Rahlu, teoretycznie ma sens, ale to tak, jakby się próbowało okrążyć mrówki. Są wszędzie.

– I znowu mówisz o problemie. Już go znam. – Richard wskazał mieczem skalną ścianę na tyłach obozu. – Tę ścianę klifu tworzy stok wąwozu schodzącego z wyżej położonych partii. Wąwóz skręca tutaj, a jego dno się rozszerza, tworząc płaski teren. Popatrz. Widzisz z boku potok, skąd czerpaliśmy wodę? Płynie właśnie tym wąwozem.

– No i? – zapytał major.

– Musimy tam zwabić Shun-tuk. Teren od tego miejsca się podnosi, a stoki są strome, więc Shun-tuk nie będą mogli iść ławą. Jeżeli zechcą ruszyć za nami, będą musieli pójść w górę wąwozu. Nie ma jak go obejść, żeby nas dopaść. Jeżeli tego spróbują, będziemy mogli im uciec.

Major pocierał brodę i popatrywał na wąwóz.

– Zanim ruszymy – powiedział Richard – musimy umieścić żołnierzy po obu bokach. Mogą się tam zakraść ze skraju obozu. Powinni się wspiąć i ukryć na stokach, czekając, aż minie ich nieprzyjaciel. A my tymczasem, z drugą połową naszych żołnierzy, uciekniemy ile sił w nogach w górę wąwozu, jakbyśmy spanikowali i starali się umknąć.

– A jeśli za nami nie pójdą?

– To drapieżcy. Drapieżnik ściga uciekającą zdobycz. To jeden z jego najsilniejszych instynktów.

Major Fister słuchał z większym zainteresowaniem.

– A wtedy? Młot i kowadło?

Richard potaknął.

– Gdy już ich skłonimy, żeby weszli za częścią naszych sił w ten wąski wąwóz, to zejdą czający się na stokach żołnierze i runą na nich od tyłu, zamykając pułapkę. Wtedy i my zaatakujemy. Ruszymy na nich z obu stron i zmiażdżymy w tym wąskim przejściu. Nie będą mogli ani uciec, ani się ukryć.

Kahlan i major Fister spojrzeli na strome stoki, skąd potok wypływał przed ścianę klifu, żeby potem wrócić na bardziej skalisty teren. Kahlan nie widziała zbyt wyraźnie, nie za wiele dostrzegała z ukształtowania terenu, ale w takich sprawach wierzyła słowom Richarda. Część życia spędził w lasach i wiedział, o czym mówi.

Major potarł brodę, popatrzył na Richarda.

– Jak niby mamy ich nakłonić, żeby ruszyli za nami w ten wąski wąwóz? Może i słabo się biją i są, jak mówisz, drapieżnikami, ale nie są głupi.

– Uwierz, pójdą za nami – zapewnił go Richard.

Kahlan wiedziała, że Richard ma już jakiś plan, i była pewna, że ten plan się jej nie spodoba.

Ani odrobinę.

ROZDZIAŁ 20

Major Fister się nie ugiął i nie ustąpił Richardowi, jak by to zrobili niektórzy podwładni. Richard oczekiwał, że jego ludzie będą wykorzystywać rozum, że nie będą ślepo zgadzać się z tym, co powiedział. W trakcie długiej wojny wpoił tę zasadę wszystkim oficerom.

W D'Harze długo panowała tyrania. Ludzie mający władzę absolutną nie tolerują odmiennych poglądów. Richard zaś oczekiwał, że ludzie będą korzystać z własnego umysłu i podzielą się myślami, które uznają za naprawdę ważne. Cenił u innych wiedzę i doświadczenie. Ich wkład raczej wzmacniał, niż umniejszał umiejętność rządzenia władcy. Dlatego też się zdarzało, że Richarda przekonywano rozsądnymi argumentami i zmieniał zdanie.

– Lordzie Rahlu – powiedział major Fister – mogą sobie być drapieżnikami i tak dalej i jako tacy mieć silny instynkt łowiecki, lecz więzień nam powiedział, że Shun-tuk są tropicielami dusz. Wyczuwają duszę i idą jej tropem. Z pewnością wyczują żołnierzy, za którymi mają wejść w wąwóz, ale wyczują i tych, co się ukryją na stokach.

– Tak – odparł Richard – ale grupa, za którą pójdą, będzie zwarta i będzie przed nimi uciekać. Żołnierze kryjący się na stokach będą rozproszeni i nieruchomi. Zwartość ściganej grupy, takie nagromadzenie dusz, stworzy silniejszą aurę niż pojedynczy ludzie. Pomyśl o tym w ten sposób. Jeśli masz iść do walki i widzisz duży oddział wroga przemieszczający się wzdłuż linii drzew, idący ku twoim pozycjom, to bardziej się skupisz na głównej bitwie czy na jakichś ludziach przypadkowo rozlokowanych w terenie?

– Zwróciłbym uwagę na jedno i na drugie i zastanowił się, co knują ci rozproszeni. – Major Fister postukał kciukiem w miecz. – Ale rozumiem, o co ci chodzi. W końcu to główna siła ma przyciągnąć, skupić na sobie moją uwagę. Ale i tak nie sądzę, że staną się nieostrożni tylko dlatego, że chcemy ich wciągnąć w pułapkę.

Richard się uśmiechnął.

– Zrobią to, jeżeli nie będą mogli się oprzeć pokusie.

Major wymienił z Kahlan spojrzenia, a potem łypnął podejrzliwie na Richarda. Wypowiedział swoją opinię, a ponieważ Richard ją odrzucił, nie bardzo wiedział, co jeszcze powiedzieć. Wyglądało na to, że liczy, iż Kahlan to zrobi.

Kahlan zaś pomyślała, że choroba coraz bardziej osłabia Richarda i wpływa na jego osąd sytuacji. Toteż się włączyła, popierając majora Fistera.

– Richardzie, mogą być prymitywni, ale są także wprawnymi drapieżnikami. Mogą się palić do ścigania głównej grupy, ale postanowić, że najpierw wyłapią pojedynczych ludzi. Wybiorą łowy na łatwiejsze do zdobycia dusze, zarazem zmniejszając naszą liczebność. W końcu tak postąpili z Nedem. Zaatakowali pojedynczego żołnierza, żeby się dobrać do naszych koni. Początkowo nas nie zaatakowali. Najpierw się zajęli łatwiejszą zdobyczą. Mogą tak postąpić i tym razem.

– Nie, jeżeli pójdą za tym, czego pragną ponad wszystko, a co może im się wymknąć, bo wydarzenia biegną tak szybko. Nie, jeżeli uznają, że wreszcie uciekamy, bezbronni, i że nie mają czasu do stracenia.

– Bezbronni – powtórzył podejrzliwie Fister.

– Tak.

Wielki d'harański oficer ściągnął brwi.

– A co jest kluczem do ich zwycięstwa, który zdobędą, jeśli będą dość szybcy?

– Ja. Nieprzytomny.

Major Fister zrobił wielkie oczy.

– TY. NIEPRZYTOMNY.

Richard przytaknął.

– Otóż to.

Kahlan wsunęła palce we włosy, trzymała się za głowę, z trudem powściągając irytację.

– Richardzie, to czyste szaleństwo. Nawet nie wiem, jak to wyrazić.

Widziała w jego oczach gniew – gniew bitewny – jakby patrzyła w głąb jego duszy.

– Słyszałaś więźnia – powiedział. – Mogą wyczuć, kiedy słabnę i jestem nieprzytomny. Mówił, że czekają, aż stracę przytomność, bo właśnie wtedy mogą nas pokonać. To ich strategia: czekać, aż będę nieprzytomny, i atakować. To sposób rozumowania drapieżnika: tropić i czekać, aż zdobycz będzie bezbronna. Najbardziej bezbronni jesteśmy wtedy, kiedy ja tracę świadomość. Na to czekają, wtedy za nami pójdą.

– Ale teraz jesteś przytomny – powiedziała Kahlan. – Możesz trzymać miecz.

– To najtrudniejsza część planu.

Richard wsunął miecz do pochwy.

Kahlan gapiła się na niego.

– Co robisz?!

– Bez mocy miecza w parę minut stracę świadomość. Czuję jad, który czeka, żeby mnie zabrać w ciemność. Tym razem jest mocniejszy. Nasila się w nas obojgu.

Major był wyraźnie zaniepokojony.

– Lordzie Rahlu, to wariactwo. Nie możemy…

– Posłuchaj – powiedział Richard, głos miał nadal władczy, chociaż szybko zaczynał tracić siły po tym, jak wsunął miecz do pochwy, żeby uśpić jego magię. – Nie mamy dużo czasu. Musisz mnie wysłuchać.

Kiedy Kahlan i major niechętnie umilkli, Richard kontynuował:

– Jeżeli będziemy walczyć tak jak teraz, przegramy. Kahlan i ja słabniemy. Kończy się nam czas i za każdym razem jad silniej nami włada. Śmierć jest blisko. Musimy działać, póki jeszcze możemy. – Wskazał na rozpaczliwą walkę. – Jeżeli pozwolimy im walczyć wedle ich zasad, to przegramy. Musimy zmienić zasady.

Major Fister wsunął kciuk za pas.

– No dobrze, jaki masz plan? Co proponujesz?

– Rozmieść połowę ludzi na stokach wąwozu. Zrób to od razu. Lada chwila stracę przytomność. Shun-tuk wyczują, kiedy to się stanie. Został nam jeden koń. Kiedy już będę nieprzytomny, połóż mnie na nim i przywiąż. Z resztą żołnierzy uciekaj wąwozem, prowadząc konia. Biegnij, jakbyś próbował się wydostać. Shun-tuk pomyślą, że nasi ludzie panikują. Spieszcie wąwozem, jakbyście razem ze mną uciekali, żeby ratować życie. Zostaw resztę ludzi z tyłu, ukrytych na stokach, póki Shun-tuk nie przejdą. Nawet jak ich wyczują, to pewnie pomyślą, że to dezerterzy, którzy zostali, żeby ratować własną skórę. Wyczują, że jestem w głównej grupie dusz i że idziecie wąwozem. Jeżeli przekonująco zamarkujesz ucieczkę, jakbyś próbował ocalić przed śmiertelnym niebezpieczeństwem nieprzytomnego lorda Rahla, to będą nas ścigać. Zachowają się jak wszyscy drapieżcy. Kiedy drapieżnik zaczyna ścigać zdobycz, to ma tunelowe widzenie, zogniskowane na ofierze. Oni też skupią się na zdobyczy i zignorują wszystko inne. Jeśli będę nieprzytomny, pójdą za mną. Jak już wejdą za nami do wąwozu, a żołnierze ze stoków zamkną im odwrót, powiedz Zeddowi, żeby puścił ogień czarodzieja w dół wąwozu. W takiej ciasnej przestrzeni narobi więcej szkód. Niektórzy z nich są niestety odporni na taką magię, toteż zawróć żołnierzy, niech zaatakują z dwóch stron. W wąwozie posiekacie na kawałki tych, co mają tajemną moc. Mogą sobie być odporni na magię, ale krwawią i umierają jak wszyscy.

– Dobrze, lordzie Rahlu, lecz co, jeśli się mylisz i wyczują żołnierzy kryjących się na stokach i czekających, żeby zamknąć pułapkę? Co wtedy?

Richard pokręcił głową.

– Nie. To jest taniec ze śmiercią. Dajesz wrogowi to, czego pragnie ponad wszystko, a on przestaje być ostrożny i rusza za tym. Ja jestem tym czymś, to po mnie wysłał ich ten król-duch. Równie ważne jest to, że jeśli uznają, iż mogą mnie usunąć, to tym samym pomyślą, że da im to okazję do pożarcia was. Wiedzą, że gdy mnie dostaną, kiedy będę bezbronny, to jednocześnie dopadną i was. Jeżeli zobaczą, że taka okazja im się wymyka, będą musieli za wami podążyć.

– Czyli naprawdę zamierzasz być nieprzytomny podczas tej walki? – zapytał z niedowierzaniem major Fister.

Kahlan z trudem nad sobą panowała.

– Jeżeli będziesz nieprzytomny, to będziesz bezbronny.

– No właśnie. Tak powinno być, żeby plan się udał. Od Samanthy i miecza dostałem siłę, żeby zachować świadomość wystarczająco długo, by wam przekazać plan. Lecz czuję, jak ogarnia mnie wewnętrzny mrok. Tym razem musicie na to pozwolić. Pozwólcie mi odejść, a potem rzućcie na konia i w drogę. Pozostali wykonają plan beze mnie.

– Ale... – zaczął major.

Moc miecza, tak wyraźnie widoczna w szarych oczach, zniknęła. Zaczęły się robić szkliste. Kahlan rozpoznała ogarniającą Richarda słabość. Była bliska paniki. Z jednej strony wiedziała, że Richard ma rację i że daje im najlepszą szansę na przetrwanie.

Ale z drugiej strony... Richard będzie nieprzytomny, zupełnie bezbronny, najbardziej zagrożony. Żeby już nie wspominać o jego flircie z zewem śmierci, starającym się wykorzystać tę okazję, żeby go ostatecznie zabrać.

– Kiedy się przedostaniemy przez wąwóz, jak tylko rozsiekacie ich na strzępy, niech Zedd i Nicci zrobią, co w ich mocy, żeby mnie obudzić – powiedział im Richard.

Kahlan miała wrażenie, że w jego głosie brzmi pewność, że tym razem będą w stanie to zrobić. Jeśli przetrwają walkę. Jeżeli tamci nie pojmają Richarda. Nawet jeśli wszystko pójdzie tak, jak zaplanował, to może być za późno, żeby Zedd i Nicci go ożywili. Może umrzeć.

– Lordzie Rahlu, mogę teraz dodać ci sił – odezwała się Samantha, najwyraźniej bliska paniki.

Zawsze był jej ostoją i nie mogła znieść myśli o utracie tej opoki.

– Nie tym razem – powiedział jej. – To nasza jedyna szansa.

Kahlan czuła napływające jej do oczu łzy.

– Richardzie...

Chwycił jej ramię, osuwając się na kolano.

– Nie zmarnujcie tej szansy. Zróbcie, jak powiedziałem. Zróbcie to natychmiast. Liczę na was.

Przyciągnął do siebie Kahlan.

– Kiedy już mnie przywiążą do konia, weź mój miecz. Będzie ci potrzebny. – Zdołał do niej mrugnąć. – Tylko mnie nim nie przebij.

Major Fister chwycił Richarda, kiedy ten poleciał do przodu, i utrzymał go w pionie, klęczącego. Głowa Richarda zwisała bezwładnie. Był nieprzytomny.

Major popatrzył na Kahlan.

– Czy ktoś ci już powiedział, że poślubiłaś szaleńca?

Kahlan nie zdołała się uśmiechnąć w odpowiedzi na tę posępną próbę złagodzenia grozy sytuacji.

– Nie jest szalony. Po prostu dał nam szansę.

Major podniósł bezwładne ciało Richarda, otaczając ramieniem jego szerokie barki.

– Samantho – powiedziała Kahlan, dając jej znak – każ jednemu z żołnierzy natychmiast przyprowadzić konia. I niech dwaj inni pomogą majorowi przy Richardzie.

Samantha pobiegła, a Kahlan zwróciła się do majora:

– Dbaj o niego i utrzymuj przy życiu, póki Zedd i Nicci nie będą mogli go uleczyć. Liczę na ciebie.

Major skinął głową.

– Przyrzekam, Matko Spowiedniczko. Póki żyję, nikt się do niego nie zbliży.

Kahlan powstrzymała łzy. Za dużo było do roboty, żeby się poddawać emocjom.

– Pod jednym warunkiem, Matko Spowiedniczko – dodał major. – To nie ja powiem Zeddowi i Nicci o tym planie. Ty musisz to zrobić. Mnie by usmażyli i zjedli na śniadanie.

Tym razem udało się jej przelotnie uśmiechnąć. Zobaczyła biegnących ku nim żołnierzy. Jeden z nich prowadził konia.

ROZDZIAŁ 21

Dwaj żołnierze pomogli majorowi Fisterowi przerzucić bezwładne ciało Richarda przez grzbiet konia, a trzeci trzymał wodze. Widok Richarda w takim stanie bardzo ich zasmucił. To był lord Rahl, który w nich wierzył, uwolnił ich od poddaństwa Rahlowi Posępnemu, a potem przeprowadził przez długą i okrutną wojnę ze Starym Światem. Wyszedł cało z niezliczonych zagrożeń i dokonał niemożliwego – sprawił, że zapanowały pokój i dobrobyt, o jakich nawet nie marzyli, nie oczekiwali, że nastaną za ich życia. Teraz był nieprzytomny, a sprawy wyglądały ponuro.

Żołnierze najpierw ułożyli Richarda na grzbiecie klaczy, a potem pomogli majorowi przywiązać go linkami. Nie tracili czasu na zadawanie pytań. Żołnierze Pierwszej Kompanii skupiali się na robocie i wykonywali ją bez względu na to, co się działo wokół.

Major Fister chwycił jednego z nich, sierżanta Remkina, za ramię.

– Ilu ludzi nam zostało?

– Przed bitwą była nas niemal setka. Sam widziałem, że paru padło, chociaż nie wiem ilu. Lecz z pewnością jest nas mniej.

– Dobrze. Zbierz najszybciej, jak zdołasz, trzy tuziny żołnierzy. – Major wskazał mieczem. – Przeprowadzimy lorda Rahla i Matkę Spowiedniczkę za to zbocze i potem pójdziemy w górę wąwozu. Rozdziel ludzi. Połowę zabierz na stok po drugiej stronie. Każ im się rozproszyć i ukryć. – Skinął na drugiego żołnierza. – Jenkins, ty zabierzesz pozostałych na lewy stok. Zrób to samo: rozproszcie się i ukryjcie.

Sierżant obejrzał się, żeby ocenić ledwo widoczny wąwóz.

– Uznaj to za wykonane, majorze. Co potem?

– Kiedy rozmieścicie swoich ludzi, my pójdziemy w górę wąwozu z lordem Rahlem. Chcemy, żeby Shun-tuk nas ścigali, myśląc, że mają okazję nas wykończyć. Jak wejdziemy dość głęboko w wąwóz, ciągnąc za sobą ścigających nas Shun-tuk, ty, Remkin, wydaj głos przedrzeźniacza i niech ludzie zejdą ze stoków, żeby zamknąć wyjście. Kiedy już ich zamkniemy w pułapce, początkowo trzymajcie się dość daleko za nimi, bo Zedd rozpęta piekło ognia czarodzieja, żeby spopielić, ilu się da.

– A potem wymłotkujemy ich na kowadle? – domyślił się sierżant Remkin.

– Właśnie – powiedział major, energicznie kiwnąwszy głową. – Wybierając żołnierzy, zapoznaj ich z planem. Nie zostawiaj niebronionych luk. Ruszaj i zbierz żołnierzy. Mamy wystarczająco dużo kłopotów z odpieraniem ataku. Jak ich zbierzesz i wyruszycie, nie zdołamy zbyt długo utrzymać pozycji, toteż nie masz dużo czasu.

Sierżant zasalutował, przykładając pięść do serca. Odwrócił się do Jenkinsa i żołnierza, który przyprowadził konia:

– Ruszamy. Skoro mamy się wspinać na stoki w ciemnościach, to wybierajcie żołnierzy, o których wiecie, że się wychowali w górzystych okolicach. Potrzebni nam tacy, co wiedzą, jak się szybko poruszać w takim terenie.

– Kiedy będziecie wybierać ludzi z pozycji obronnych – przypomniał im ponownie major – każcie pozostałym trochę się cofnąć, żeby zacieśnić przedni szereg i zamknąć luki, żebyśmy nie stworzyli słabych punktów, przez które wróg mógłby się przedrzeć.

Kahlan słyszała w jego głosie zatroskanie. Wiedziała, że kiedy żołnierze odejdą, reszta nie zdoła zbyt długo utrzymać pola.

– Jenkins – powiedział sierżant – zbierz ludzi i ruszajcie. Wyjaśnisz im plan po drodze na prawy stok. Ja zrobię to samo.

Kiedy obaj żołnierze odbiegli w mrok, Kahlan powiedziała do Samanthy:

– Znajdź matkę. Powiedz jej, że odchodzimy i chcemy, żeby była przy nas i pomogła chronić Richarda. Pospiesz się.

Samantha skinęła głową i pobiegła przez obóz, omijając wielkich żołnierzy, by poszukać matki.

Dwóch Shun-tuk nagle wypadło z ciemności na majora Fistera, starając się unieruchomić mu prawą rękę. Nawet szarpiąc się z nim, rozdziawiali usta i usiłowali go ugryźć.

Kahlan gwałtownie się odwróciła ku leżącemu na grzbiecie konia Richardowi, po jego miecz. W samą porę, bo ujrzała gnającego ku niej z ciemności Shun-tuk. Gruba warstwa spękanej bieli sprawiała, że jego twarz wyglądała jak rozpadający się gliniany garnek.

Wyciągnął rękę, żeby ją złapać, a ona chwyciła go za dłoń i wykorzystała jego impet, żeby pociągnąć ją w dół najmocniej, jak zdołała. Potknął się, poleciał w przód, obezwładniony przeraźliwie bolesnym naciskiem na przegub. Poczuła, jak pęka staw. Wrzasnął z bólu, a Kahlan łokciem drugiej ręki walnęła go w twarz. Usłyszała, jak pękają kości.

Upadł, zwinął się na ziemi, zdrową dłonią zakrywając płynącą mu z twarzy krew, Kahlan zaś zobaczyła nadbiegającego drugiego Shun-tuk. Oczy miał dzikie, usta szeroko rozdziawione, zęby wyszczerzone – zamierzał ją powalić i ukąsić w szyję.

Kahlan natychmiast wyszarpnęła z pochwy Richardowy miecz, okręciła się i wbiła klingę prosto w rozdziawione usta napastnika. Ostrze wyszło u podstawy czaszki, przecinając pień mózgu. Tak szybko padł, martwy i bezwładny, że ledwo zdążyła uwolnić miecz, zanim ciało wyszarpnęłoby go jej z ręki. Odwróciła się szybko, gotowa na zagrożenie z drugiej strony.

Kiedy się odwróciła z mieczem wyciągniętym przed siebie, był tam już major Fister, z mieczem w dłoni, gotowy przyjść jej z pomocą. Zatrzymał się w samą porę, żeby uniknąć czubka jej klingi.

Uniósł ręce.

– Spokojnie. To ja.

Tuż za nim leżały zmaltretowane ciała tych dwóch, którzy próbowali go unieruchomić. Nie było wątpliwości, że nie powiodła się im ta próba. Jeden dostał mieczem przez środek twarzy, drugi – przez żebra, na tyle głęboko, że niemal rozpłatało go na pół.

Kahlan, rozumie się, wiedziała, że dzierżenie miecza uwalnia jego gniew, lecz pamiętać to jedno, a doświadczyć – to coś zupełnie innego. Szalały w niej jego moc, furia, dzika wściekłość. Czuła, jak ciężko dyszy, jak zaciska zęby z własnego gniewu uwolnionego przez oręż.

Jakby trzymała powolną jej błyskawicę.

Dała ostrzu zakosztować krwi i chciało więcej.

Kahlan dostrzegła sierżanta Remkina i Jenkinsa, każdego z grupą żołnierzy, pędzących przez obóz ku wąwozowi. Nie zajmie im dużo czasu wspięcie się na stanowiska i zniknięcie z oczu. Wiedziała, że po odejściu tylu żołnierzy ich linie obronne stały się niebezpiecznie słabe. Gniew miecza kazał jej przyłączyć się do obrońców siekących Shun-tuk, którzy próbowali się przedrzeć.

Ale nie miała zamiaru się temu poddać. Jej priorytetem było chronienie Richarda, a to oznaczało trzymanie się jego planu. Będą jednak musieli szybko się przemieścić i przeprowadzić skoordynowany odwrót.

Wiedziała, że próba odwrotu podczas ataku to niebezpieczny manewr, wymagający dyscypliny przy wykonywaniu planu, żeby wszystko się nie zmieniło w paniczną ucieczkę. Miała plan, musiała się postarać, żeby się powiódł.

Kahlan zawołała Zedda i Nicci. Kiedy się odwrócili, nagląco ich przywołała gestem ręki trzymającej miecz. Zedd, zanim zszedł ze stanowiska, osłonił swój odwrót falą ognia i dławiącego dymu. Nicci posłała w drugą stronę ścianę porywistego wichru, który poniósł kurz i różne szczątki ku nadbiegającym z mroków lasu Shun-tuk. Szła na nich oślepiająca ściana kurzu i pyłu, niosąca patyki, gałęzie, piach i kamienie – żeby już nie wspomnieć o fali ognia – i Shun-tuk stracili rozpęd, kuląc się i osłaniając twarze rękami.

Zedd i Nicci wykorzystali tę przerwę, żeby popędzić ku Kahlan i majorowi, stojącym obok konia z nieprzytomnym Richardem.

– Drogie duchy! – wykrzyknął Zedd. – Co się stało?!

Nicci przykucnęła, żeby popatrzeć na twarz Richarda. Jedną ręką uniosła mu głowę, kciukiem drugiej odchyliła powiekę.

– Zagraża mu…

– Wszystkim nam zagraża – przerwała jej Kahlan. – Zostaw go na razie.

– Ale… – zaczął Zedd.

– Uciszcie się obydwoje i posłuchajcie. Nie ma czasu na wielkie tłumaczenia.

Major się odwrócił i szybko pozbawił głowy Shun-tuk mijającego ich biegiem, żeby zaatakować innego żołnierza.

– Słuchamy – powiedział Zedd.

– Kiedy major Fister wyda rozkaz, wszyscy żołnierze natychmiast zejdą z pozycji obronnych i przybiegną, żeby ruszyć za nami. – Kahlan wskazała mieczem ku narożnikowi obozu, na skraju skalnej ściany, gdzie spływał potok. – Wszyscy musimy się dostać do tego wąwozu najszybciej, jak się da. WSZYSCY. Zeddzie, trzymaj się z tyłu i gdy wszyscy nasi żołnierze opuszczą obóz, a Shun-tuk pogonią za nimi, rozpal na całej tej przestrzeni ogień czarodzieja.

– Nie wszyscy są wrażliwi na zwyczajną magię – przypomniał jej.

– Wiem, lecz wielu jest, no i nawet wśród tych, co nie są, wywoła to zamęt i da nam fory.

– Fory? Po co? – spytała Nicci.

– Wyczuwają, kiedy Richard jest nieprzytomny. Pójdą za nim i za nami, kiedy popędzimy w górę wąwozu.

Zedd, bliski apopleksji, wyrzucił w górę ręce.

– Wykorzystujemy Richarda jako przynętę?!

– Tak.

– Czyj jest ten wariacki pomysł?!

– Twojego wnuka.

Zedd się skrzywił.

– No jasne.

– Kiedy wejdą na otwarty teren, zabij ogniem czarodzieja tylu, ilu zdołasz, kiedy my będziemy iść w górę wąwozu. Chcemy, żeby potem reszta tych krwiożerczych półludzi nas ścigała. Nasi żołnierze zajmują pozycje na stokach. Kiedy już wejdziemy wystarczająco daleko w głąb wąwozu, a Shun-tuk za nami, to zamkną pułapkę. W tak wąskiej przestrzeni niewielka liczba żołnierzy może dać odpór o wiele liczniejszym siłom. Kiedy Shun-tuk znajdą się w pułapce, poślesz ogień czarodzieja w wąwóz i usmażysz tych nieodpornych na magię. Potem nasi ludzie ruszą z obu stron naraz i rozniosą na strzępy pozostałych.

– Co ci każe myśleć... – zaczął Zedd.

– Ten plan ułożył Richard. Z własnej woli stracił świadomość. Nasze dotychczasowe działania nas nie ocalą. Musimy zrobić coś innego albo wszyscy tu zginiemy. To nasza szansa. Naraził własne życie, żebyśmy ją mieli, więc nie mam zamiaru słuchać żadnych sprzeciwów. Dotarło?

– Dotarło – powiedział trochę spokojniej Zedd.

– Jak tylko miniemy wąwóz i będziemy mieć wszystko pod kontrolą – powiedziała Kahlan do Nicci – ty i Zedd ocucicie Richarda.

Kahlan widziała, że Zedd chciał coś powiedzieć, ale kiedy zobaczył wyraz jej oczu, pełnych gniewu starożytnego oręża, które zaciskała w garści, nabrał wody w usta.

Za to Nicci musiała się odezwać:

– Niektórzy z nich mają tajemną moc. Nawet nie wiemy, co potrafią.

Kahlan – z mieczem w dłoni, płonąca jego uwolnionym gniewem – już nie uważała planu za szalony. To była szansa zabicia Shun-tuk, zanim oni ich zabiją.

– Równie dobrze mogą i teraz użyć tych mocy. Wcześniej czy później to zrobią. Kiedy ich otoczymy w wąwozie, przynajmniej nie będą mogli się rozbiec. To nam da szansę zabicia ich. Nawet ci z darem czy tajemną mocą umrą, kiedy przeszyjemy ich mieczem.

– Masz rację – westchnęła Nicci. – No to zabierzmy się do tego.

Kahlan dostrzegła biegnące ku nim Samanthę i Irenę. Uznała, że żołnierze powinni już być na stokach albo wkrótce będą. Wolną ręką chwyciła wodze.

– No to w drogę – powiedziała do zgromadzonych wokół niej ludzi. – Zabijmy tych sukinkotów.

ROZDZIAŁ 22

Na obrzeżu obozu, w pobliżu potoku, major gwizdnął na palcach, wydając głośny, modulowany dźwięk. Wznoszące się i opadające nuty, które rozpoznali wszyscy żołnierze, były sygnałem do rozpoczęcia odwrotu.

Żołnierze natychmiast, bez wahania, odwrócili się i popędzili tam, gdzie czekała Kahlan i pozostali. Po drodze chwytali rynsztunek, zarzucali na ramię plecaki i zapasy.

Kiedy zniknęli z otwartej przestrzeni, Shun-tuk osłupieli, widząc, jak pospiesznie żołnierze porzucają pozycje obronne, o których utrzymanie tak zaciekle walczyli. Przez chwilę byli skołowani i nie wiedzieli, co się dzieje, czego się mają spodziewać, jak na to zareagować. Efekt zaskoczenia i szybkość działania dały żołnierzom niewielkie fory. Nie było to dużo, lecz Kahlan wiedziała, że w bitwie takie „okienka" mogą decydować o życiu lub śmierci.

Zedd, szykując się, już uformował pomiędzy dłońmi wyciągniętych rąk kulę płynnego ognia czarodzieja. Złowieszczy płomień zwijał się i przetaczał niczym żywa istota pomiędzy jego dłońmi, trzeszcząc i plując iskrami.

Kahlan widziała w płynnym jądrze kuli – małym świecie samym w sobie – przejrzysty, jarzący się, płonący księżyc w pełni. To był relikt prastarej mocy, której większość z czasem zaginęła. Próbka mocy, która niegdyś istniała na świecie i którą władał imperator Sulachan, a teraz znowu ją sprowadził do świata życia.

Zedd trzymał ów urzekający okaz – śmiercionośnego, posłusznego wykonawcę życzeń – w dłoniach i czekał na właściwy moment. Pomarszczona twarz wydawała się spokojna w blasku stworzonego przezeń syczącego, migotliwego ognia.

Wydawał się niezwykle spokojny, kiedy tak czekał, żeby rozpętać kataklizm, który łagodnie trzymał w rękach.

Kahlan pojmowała ten spokój. Kiedy miała uwolnić moc Spowiedniczki, też się stawała niesamowicie spokojna. W takiej chwili obce jej były wszelkie emocje, tylko ona kontrolowała tę prastarą moc.

Dla większości ludzi ogień czarodzieja był czymś mitycznym. Tak rzadko i tak nieliczni go widywali, że wielu uważało go za legendę z minionych czasów. Ci, którzy wierzyli, że naprawdę istnieje – a zwłaszcza ci nieliczni, którzy go widzieli – bardzo się bali ognia czarodzieja. Większość tych, co go widziała, dostrzegała go w chwili, kiedy ich zabijał.

Kahlan wiele razy widywała, jak Zedd wykorzystuje ogień czarodzieja. Podczas wojny była to konieczność; jedna z sytuacji, kiedy niezbędna była gwałtowna destrukcja.

Czarodzieje, wśród których Kahlan dorastała, ani razu w swoim życiu nie zaklinali i nie uwalniali tak niszczycielskiej mocy. Zapewne większość nawet by nie wiedziała, jak to zrobić.

Zedd wiedział.

Kahlan zauważyła jednak, że poprzednio Zedd nigdy się nie wydawał taki spokojny. Nigdy też nie widziała, żeby trzymał ogień tak mocno i długo, jak wspaniały, przepiękny skarb. A był piękny. Przerażająco nieskazitelny.

Zwykle uwalniał go niemal tak szybko, jak wyczarował tę cudowną materię. Tym razem trzymał go w dłoniach, jakby mu pozwalał poznać świat, na który właśnie przyszedł, pozwalał nabrać sił. Kahlan zauważyła też, że barwne wiry były intensywniejsze, niż pamiętała.

Zedd wykorzystywał ogień czarodzieja wyłącznie w ostateczności, żeby ratować życie. Tym razem starał się uratować życie nie tylko im wszystkim, ale i samemu lordowi Rahlowi, własnemu wnukowi.

Kahlan, wiedząc, co nadchodzi, chwyciła strzęp bluzy i zakryła koniowi oczy, żeby go choć trochę uspokoić. Konie bojowe były wykorzystywane w walce i przyzwyczajane do wybuchów i ognia, lecz podejrzewała, że ten może nie być.

Po przeciwległej stronie obozu, wzdłuż ich pozycji obronnych, Shun-tuk prędko się zorientowali, że posterunki gwałtownie porzucono i – jakby pękła tama – wlali się na otwartą przestrzeń. Mieli dla siebie niebroniony teren i zdobycz, której pragnęli. Teraz nic ich nie powstrzyma.

Kiedy ostatni żołnierz Pierwszej Kompanii minął biegiem starego czarodzieja, Zedd gwałtownie otworzył ręce. Na jego rozkaz skondensowana kula mocy nagle się rozdęła i pomknęła, rycząc.

Całą otwartą przestrzeń u stóp urwiska, potężne świerki i sosny wokół nich, rozświetlił oślepiający blask żółto-pomarańczowych płomieni.

Buzujące płynne piekło przemknęło przez opuszczony obóz, ryczące i groźne. Ryk był tak ogłuszający, że Shun-tuk przystanęli. Pochylili się, drżąc i zakrywając sobie uszy. Ogień czarodzieja zawsze wyje, lecz ten robił to z bolesnym natężeniem.

Wirująca kula płynnego ognia utrzymywała się w powietrzu, lecąc tuż nad granitową półką, gdzie leżały setki martwych Shun-tuk. Oświetliła tę krwawą scenerię; tak jaskrawo podświetliła martwe białe postaci, przelatując nad nimi, że wyglądały jak nie z tego świata, jak cmentarzysko duchów.

Kahlan dostrzegła leżących wśród Shun-tuk zabitych żołnierzy. Już nie można było im pomóc. Przynajmniej ich ciała spłoną na popiół, nie pożrą ich półludzie. Dla nich już by to nie miało znaczenia, ale dla Kahlan tak. Lepiej zostać spalonym, niż żeby ci przeklęci półludzie zżarli szczątki.

Ogień czarodzieja, wirująca, płonąca furia, uderzył w ziemię z tak potężną siłą, że drzewa się zatrzęsły. Posypały się igły sosen, zapalając się, przypominało to ognisty deszcz. Gęsta, jarząca się kula pękła przy uderzeniu w ziemię, rozbryzgując płynny ogień na otwartym terenie. Niczym olbrzymia samotna fala zalała nadchodzącą hordę Shun-tuk. Uniosła wielu z ziemi i poniosła ze sobą niczym płonące szczątki okrętu.

Ogień czarodzieja płonął z niespotykaną intensywnością. Przyklejał się i kiedy już mocno przylgnął, nie można go było strząsnąć ani ugasić. Palił się, póki nie wykorzystał całej mocy. Kropla, która przylgnęła do nogi, mogła wypalić ciało do kości. Powiedzieć, że powodował przeraźliwy ból, to niedomówienie. Ci, na których spadła choć maleńka kropelka, mogli myśleć wyłącznie o tym, żeby się go pozbyć.

Kahlan widziała żołnierzy, którym na ramię lub dłoń spadła w walce choć odrobinka. Własnym mieczem odrąbywali sobie kończynę, żeby ogień czarodzieja nie ogarnął ich całych. Inni, w obłąkańczej ucieczce, wbiegali w całe jego rozlewiska.

Kahlan – w oślepiającym blasku morza ognia – widziała podświetlonych Shun-tuk, w jednej chwili zmienianych w czarne szkielety. W następnej chwili nawet i one znikały.

Spiesząc wąwozem, starali się nie oglądać za siebie, bo blask był tak silny. Tak oślepiejąco jaskrawy, że – podobnie jak pozostali – Kahlan nie tylko musiała odwrócić twarz, ale jeszcze mrużyć oczy przed zadającą ból jaskrawością. Miała uczucie, że bijąca od ognia fala żaru spali jej włosy i stopi skórę.

Koń niosący Richarda zrobił się płochliwy. Kahlan mocno trzymała wodze w pobliżu pyska, żeby nie poniósł. Była zadowolona, że zasłoniła mu oczy.

Nie miała pojęcia, ilu Shun-tuk spłonęło w kłębiącym się morzu ognia czarodzieja, a ilu nie wyrządził żadnej szkody. Wiedziała, że teraz nie ma czasu na przejmowanie się tym.

– Chodźmy – powiedziała, chwytając Zedda za rękaw.

Miał nieobecny wzrok. Wszystko włożył w wywołanie pożogi. Był zdeterminowany włożyć każdą krztynę wysiłku, jaki zdoła z siebie wykrzesać, w chronienie ich, w chronienie nieprzytomnego wnuka.

Zedd zamrugał.

– Co takiego?

– Dobrze się spisałeś, Zeddzie. Dałeś nam szansę. – Kahlan znowu pociągnęła go za rękaw. – A teraz chodźmy. Musimy iść.

Stary czarodziej wyglądał na wyczerpanego, ale dotrzymywał kroku Kahlan, kiedy zaczęła prowadzić konia w głąb wąwozu. Koń był zadowolony, że go zabierają od tego koszmaru. Kahlan wiedziała, że ogień czarodzieja będzie jeszcze jakiś czas płonął i chwytał ofiary w swoje sidła. Ci, na których spadnie choć odrobinka, będą okaleczeni i potrwa miesiące lub lata, zanim się wyleczą – jeśli w ogóle tak się stanie. Wielu poparzonych umrze po paru godzinach lub dniach. Co więcej, ci, którzy nie spłonęli, lecz byli na tyle blisko, by wdychać zabójczy żar, w krótkim czasie się uduszą.

Kiedy Kahlan prowadziła konia w górę mrocznego wąwozu, podeszła do niej Nicci.

– Jeszcze nigdy nie widziałam, żeby coś takiego zrobił – szepnęła do Kahlan. – Myślę, że włożył w to wszystko, żeby spróbować powstrzymać nawet tych, co mają tajemną moc.

Kahlan obejrzała się na czarodziejkę.

– Sądzisz, że się udało?

– Nie. Ale była to godna pochwały próba. Wiem, ile trzeba, żeby stworzyć coś takiego. Mam nadzieję, że zostawił kilku dla mnie, na czas, kiedy ich wciągniemy głębiej w wąwóz. Wtedy wspomogę go magią subtraktywną.

Czarodziejka szybko wysunęła się przed Kahlan i wyrzuciła rękę przed siebie. Pojawił się płomyk, uniósł w powietrze pomiędzy sosnowe gałązki. To nie miał być niszczycielski płomień, lecz ognik mający im ukazać drogę i na tyle oświetlić ziemię, żeby się nie potknęli o korzenie drzew i kamienie.

Nicci popatrzyła na idącą za nimi zwartą grupę żołnierzy.

– Patrzcie przed siebie. Wasze oczy muszą się przyzwyczaić do ciemności. Postarajcie się nie oglądać, bo kiedy wejdziemy głębiej, Zedd pośle do tyłu kolejny ogień czarodzieja. W ciasnym i mrocznym wąwozie będzie jeszcze jaskrawszy. Spowolni wroga i go oślepi. Nie oglądajcie się.

Skinęli głowami na znak, że zrozumieli.

Nicci prowadziła, Kahlan szła tuż za nią. Musieli ostrożnie wybierać drogę brzegiem potoku, często po śliskich, porośniętych mchem skałach. Kahlan jako Spowiedniczka całe życie podróżowała po wiejskich okolicach; za to Nicci dorastała w miastach i zanim poznała Richarda, rzadko kiedy stawiała stopę w pyle. Będąc tak długo z Richardem, nauczyła się chodzić po lasach – i całe szczęście, bo w wąwozie nie było żadnej ścieżki. Byli w nieznanej głuszy i musieli wybierać drogę najlepiej, jak umieli.

Czasem któryś z żołnierzy musiał wybiegać naprzód, żeby odrzucić leżącą gałąź albo ściąć siewki – oczyścić drogę, żeby koń się nie potknął. Kahlan pozwalała koniowi wybierać, gdzie chce stąpnąć. Nie mogli dopuścić, żeby złamał nogę.

Małe światełka, które Nicci od czasu do czasu uwalniała,

odsłaniały skalne ściany. Były wilgotne od wody sączącej się z najdrobniejszych szczelin. Porosty wisiały w długich pasmach, z ich czubków kapała woda. Tam, gdzie stoki były skaliste, w pobliżu potoku rosły cedry. Wyżej na skałach, tam, gdzie mogły się zaczepić korzeniami, wyrastały olbrzymie sosny. Tam, gdzie było za stromo lub zbyt twardo dla tych władców lasu, mniejsze drzewa i krzaki czepiały się kamienistego podłoża wachlarzowato rozcapierzonymi korzeniami.

Dnem wąwozu nie byłoby łatwo iść i za dnia. Nocą było to trudne, lecz nie niemożliwe. Tyle że dość powoli szło wyszukiwanie drogi na stale wznoszącym się terenie. Ale Shun-tuk nie będzie łatwiej.

Dzięki urwiskom i niebezpiecznie stromym stokom Kahlan miała pewność, że Shun-tuk nie będą mogli ich ominąć; zwłaszcza że najłatwiejszą drogą po dnie wąwozu szli właśnie oni. Stoki były o wiele bardziej zdradliwe. To oznaczało, że Richard miał rację i że wciągną Shun-tuk w wąską gardziel.

Drzewa przed nimi oświetlił nagle jaskrawy żółty blask – to Zedd idący na końcu posłał ogień czarodzieja ku ścigającym ich wrogom. Oświetlił im drogę.

Ziemia zadrżała od kolejnego wybuchu. Kahlan odczuła go w głębi piersi. Nie wiedziała, ilu Shun-tuk zabił ani jak wielu się przedostało. Tak jak pozostali, nie patrzyła za siebie, żeby jej nie oślepił jaskrawy blask.

Nicci pobiegła pomóc Zeddowi. Kiedy Kahlan usłyszała odgłos jakby rozdzieranego płótna i zobaczyła nad czubkami otaczających ich drzew białe światło, wiedziała, że czarodziejka uderzyła we wroga magią addytywną i subtraktywną. Było to równie niszczycielskie jak ogień czarodzieja, lecz wątpiła, czy podziała na tych z tajemnymi mocami bardziej niż ów ogień. Przynajmniej uśmierci tych, którzy nie mieli takiej osłony, i zmniejszy liczebność przeciwnika.

Trzymając w dłoni miecz, przepełniona jego gniewem, aż się paliła do walki z półludźmi, którzy się przedarli. Zagrażali życiu Richarda. Życiu ich wszystkich. Musiała panować nad chęcią walki.

To jeszcze nie był właściwy czas. Wkrótce nadejdzie, wiedziała to, i wtedy jej miecz – miecz Richarda – posmakuje ich krwi.

ROZDZIAŁ 23

Kahlan od czasu do czasu patrzyła przez ramię na nieprzytomnego męża, przewieszonego przez grzbiet konia. Był bezbronny, zależny od niej. Nie zawiedzie go. Przeprowadzi ich przez zagrożenia, zapewni względne bezpieczeństwo, a przede wszystkim doprowadzi do Pałacu Ludu, żeby Zedd i Nicci mogli usunąć powoli zabijający ich jad.

Miała dość tego, że nie mogą zwyczajnie żyć, że nie może być z nim sama, nie może po prostu z nim porozmawiać, kochać się z nim, kochać go zwyczajnie i radośnie, bo zawsze desperacko walczą nie tylko o swoje życie, ale i o to, żeby inni mogli tak żyć.

Pokój, jaki nastał po wojnie, był cudowną zapowiedzią tego wszystkiego. Ślub Cary w Pałacu Ludu stanowił przebłysk tego, jakie mogłoby być życie. Lecz ta radość aż za szybko zmieniła się w gorycz nie tylko dla Cary i Bena, ale i dla wszystkich innych.

Miecz Prawdy, który trzymała w dłoni, rozpalił te wspomnienia, wydobył na powierzchnię.

Po raz kolejny walczyli o życie. Jeśli tym razem mają przetrwać, jeżeli mają żyć, to muszą nie tylko uciec ścigającym ich Shun-tuk, ale i wrócić do domu.

Ale dom w samym sercu D'Hary był bardzo daleko.

Bez koni będzie to długa i ciężka podróż, zwłaszcza że obydwoje z Richardem są tacy słabi. Nie było, rzecz jasna, wyboru. Pomyślała, że trzeba spróbować znaleźć jakieś miasto czy miasteczko, gdzie mogliby dostać konie.

Daleko z tyłu słyszała grzmiące wybuchy ognia czarodzieja Zedda, toczącego się wąwozem, przerywane od czasu do czasu przeszywającym grzmotem czarnej błyskawicy Nicci. Niekiedy słyszała wrzaski umierających. Dźwięki odbijały się echem od ścian wąwozu, niczym wojna emanująca ze świata duchów, jakby to była mistyczna wojna pomiędzy dobrem a złem.

Im wyżej szli, tym bardziej wąwóz się zwężał, skalne ściany po obu stronach sięgały, zdało się, aż ku niebu. Miało się wrażenie, że wspinają się głęboką rysą w górze – pęknięciem w samym świecie. Ściany po obu stronach, zwykle skryte w ciemności, od czasu do czasu oświetlały rozbłyski wybuchów daleko z tyłu.

Irena trzymała się w pobliżu konia, żeby w razie potrzeby pomóc chronić Richarda swoim darem. Rozglądała się, wypatrując oznak zagrożenia. Kahlan nie wiedziała, jakie zdolności ma Irena, czy mogłaby pomóc Nicci i Zeddowi w wybudzeniu Richarda.

Chciała dotrzeć w bezpieczne miejsce, żeby mogli go obudzić. Wiedziała, jakich okropieństw Richard doświadcza. Im dłużej trwała ciemność, tym gorsza i bardziej niebezpieczna się stawała. Pragnęła z całego serca, żeby Nicci i Zedd mu pomogli, lecz w tej chwili należało się rozprawić z Shun-tuk.

Nicci wykorzystywała swój dar przeciwko wrogowi, toteż Irena i Samantha przejęły posyłanie małych płomyków, żeby im oświetlały drogę w górę wąwozu. Z wysoka spływały strużki wody, łączyły się i spadały kaskadami, chlapiąc i mocząc ich, przez co wędrówka w strachu przed pościgiem stawała się jeszcze dokuczliwsza.

Kahlan się zorientowała, że od jakiegoś czasu ciemność rozjaśniały tylko unoszące się przed nimi małe płomyki; że od niebosiężnych skalnych ścian nie odbijał się blask ognia czarodzieja. Nie słyszała też grzmiących wybuchów wywołanych mocą Nicci. Przez chwilę wspinali się w ciszy, a potem obok Kahlan pojawiła się Samantha.

– Jak lord Rahl? – zapytała młoda czarodziejka.

Kahlan położyła dłoń na plecach Richarda.

– Nadal oddycha, to wiem.

– Ja mogłabym się dowiedzieć czegoś więcej – powiedziała Samantha, kładąc małą dłoń na jego policzku. – Znam już aurę tkwiącego w was jadu. Powinnam móc oszacować każdą zmianę.

Wkrótce niechętnie cofnęła dłoń.

– No i? – zapytała Kahlan, bo Samantha milczała.

Dziewczyna podniosła na nią ciemne oczy.

– Przykro mi, Matko Spowiedniczko, ale to jest gorsze niż przedtem.

Kahlan po raz pierwszy poczuła, w pełni sobie uświadomiła, że Richard umiera. Oddalał się od niej i nic nie mogła na to poradzić. Mimo woli wyobraziła sobie, że Richard umarł i jaki świat będzie pusty bez niego.

Przełknęła ślinę i mocniej chwyciła miecz.

Usłyszała z daleka wołanie przedrzeźniacza i rozpoznała sygnał żołnierzy. Ogień czarodzieja zabił wszystkich, których zdołał. To oznaczało, że pozostali Shun-tuk, z którymi przyjdzie im się zmierzyć, będą mieli tajemne moce, o których Kahlan i towarzyszący jej ludzie nic nie wiedzieli. Nie było wiadomo, co potrafią, poza jednym: umieli wskrzeszać zmarłych, co samo w sobie przysparzało kłopotów.

Ale krwawili. Teraz żołnierze powinni być chroniącą ich stalą, powinni bronić swojego lorda Rahla. Nadszedł czas, żeby wyeliminować zagrożenie.

Kahlan popatrzyła na Samanthę.

– Weź wodze.

– Co???

– Weź wodze. Nie mamy wielu żołnierzy. Każdy miecz się liczy. – Uniosła Miecz Prawdy, szalała w niej jego moc. – Muszę im pomóc. Teraz ty poprowadzisz konia.

Samantha, choć przerażona, kiwnęła głową.

– Rozumiem.

Kahlan zauważyła Nicci idącą ku niej wśród żołnierzy. Piękna twarz czarodziejki wyrażała determinację.

– Idziemy. Czas to zakończyć.

Tym razem to Kahlan poprzedzała Nicci.

Nareszcie nadszedł czas, żeby jej miecz posmakował tyle krwi Shun-tuk, ile tylko zapragnie.

Kahlan i miecz rwali się do walki.

ROZDZIAŁ 24

Nie musiały daleko iść, żeby spotkać żołnierzy. Zwalniali, zostawali trochę w tyle, żeby zostawić odstęp na wypadek, gdyby ludzie przy Richardzie musieli z nim uciekać. Starali się dać fory reszcie, gdyby ta walka okazała się ostatnią, rozpaczliwą walką na śmierć i życie. Kiedy Kahlan i Nicci przecisnęły się między nimi, idąc w dół wąwozu, czarodziejka posłała przed nie płomyk, żeby łatwiej im się szło, ale oświetlał jedynie kawałeczek gruntu.

Wiedziała, że wyprzedzili Shun-tuk, co dawało im niewielką przewagę, lecz teraz żołnierze zmniejszyli trochę ten odstęp, żeby chronić Richarda. Kahlan nie miała pojęcia, ile muszą przejść, zanim natrafią na wroga.

Kiedy Nicci posłała wreszcie większy, unoszący się wyżej płomień, który oświetlił cały teren poniżej, Kahlan zmroziło krew w żyłach.

– Drogie duchy – wyszeptała.

Poniżej ciemnych postaci ich żołnierzy w kolczugach i skórzanych pancerzach w dole wąwozu widać było bezkresne morze białych postaci wlewające się w rozpadlinę. Było ich tyle, że Kahlan nie widziała końca tego węża.

Sierżant Remkin miał odciąć odwrót, kiedy wszyscy Shun-tuk wejdą w wąwóz. Jego ludzie mieli być młotem, który zmiażdży półludzi na kowadle majora Fistera. Ponieważ nie widziała końca szeregów wroga, nie miała jak się przekonać, czy Remkin zdołał zamknąć odwrót.

Kahlan sobie uświadomiła, że jest o wiele więcej wrogów, niż się spodziewała. Liczyła na to, że ogień czarodzieja i moc Nicci zabiły wielu. Lecz chociaż sporo ich zginęło, to zostało aż za dużo, żeby wykonać robotę, którą im zlecono.

Kiedy byli w obozie, nie mieli jak się dowiedzieć, ilu Shun-tuk czai się w lasach. Cały czas nadchodzili nowi, lecz teraz uświadomiła sobie, że widzieli ledwie cząstkę. Nigdy nie docierało do niej, jakie masy Shun-tuk kryją się w ciemnościach.

Nie sądziła, by major Fister czy ktokolwiek inny się spodziewał, że może ich być aż tylu. To nie byli tylko tropiciele dusz, lecz cała armia. Nie ulegało wątpliwości, że kiedy Sulachan i Hannis Arc posyłają ludzi, by wykonali zadanie, to wysyłają ich tak wielu, żeby mieć pewność, iż nie zawiodą.

Teraz wiedziała o nich coś ważnego: nigdy nie byli nierozważni. Starannie planowali i wysyłali miażdżące siły, żeby wykonały ich plany. Żaden się nie bawił w subtelności – byli zdecydowani użyć przemożnej siły, żeby zgnieść każdy opór.

I chociaż ta wiedza przygnębiała, to Kahlan właśnie się dowiedziała czegoś ważnego o ich wrogach. Czegoś, co sprawi, że nie będzie ich nie doceniać.

Przypomniało jej to także, co powiedział więzień – że Sulachan ma demony czekające na nią i na Richarda za zasłoną świata umarłych. Sulachan nie był kimś, kto by się zadowolił samym zabiciem tych, co mu się sprzeciwiają.

Nagle pojęła, że ów Shun-tuk nie wpadł im w ręce przypadkiem. Sulachan chciał, żeby go złapano. Chciał przekazać wiadomość. Król-duch chciał, żeby Richard i Kahlan wiedzieli, iż śmierć nie będzie końcem udręki, ale początkiem niekończących się mąk.

Ani ona, ani Richard nie zaznają po śmierci spokoju.

Odpychając na bok te troski i skupiając się na czekającym ją zadaniu, Kahlan wiedziała, że na ich korzyść działa przynajmniej jedno – ciasnota wąwozu. W tak wąskim gardle Shun-tuk nie będą mogli iść ławą i zgnieść ich samą liczebnością.

Ponieważ wąwóz był wąski, wystarczy niewielu żołnierzy, żeby go zablokować. Będą mogli stale przesuwać na czoło nowych ludzi, żeby ci, którzy zaciekle walczyli, mogli choć przez chwilę odpocząć i nabrać sił; a ich zastępcy z nową energią siekliby wroga. Dzięki temu mogliby walczyć o wiele dłużej, równie skutecznie.

Richard to oczywiście wiedział i dlatego nie chciał przeciągać walki w obozie. Widząc teraz ich liczebność, Kahlan zrozumiała, że w samą porę wykonał ten manewr. Wiedział, że największą szansę da im walka w ciasnym wąwozie, a nie na otwartym terenie obozu.

Rotacja żołnierzy – żeby ci na czele byli zawsze wypoczęci, zwłaszcza kiedy walczą na dwa fronty, w ograniczonej przestrzeni – to była mordercza machina mogąca z przerażającą skutecznością się przebić przez tak lekkozbrojnego przeciwnika jak Shun-tuk. W takiej sytuacji liczebność Shun-tuk wcale nie dawała im przewagi. Taka bitwa bardziej przypominała rzeź niż walkę. No ale tym właśnie była wojna. Celem wojowników było zabijanie wroga tak szybko i skutecznie jak to możliwe, żeby zakończyć konflikt.

Zdyscyplinowani i doświadczeni żołnierze Pierwszej Kompanii stanęli w zwartych szeregach; ustawili tarcze jak płyty zbroi i atakowali zbliżającego się wroga. Pierwszy szereg dźgał lancami nieosłoniętych przeciwników. Jeżeli półludzie orientowali się w zagrożeniu i zatrzymywali, nie robiło to różnicy, bo żołnierze zaczynali iść ku nim całym szeregiem. Wróg nie mógł się wycofać. Dostał się w tryby maszynki do mięsa, która nieustępliwie się z nimi rozprawiała.

Jedynym szkopułem w planie, czymś, co bezustannie dręczyło Kahlan, było to, że Shun-tuk kierowało nie tylko chore pragnienie pożywienia się żywym ciałem, żeby mogli ukraść duszę. Oni mieli też tajemną moc.

Nie dawało jej to spokoju.

W słabo oświetlonym, wąskim przejściu widziała, że niektórzy z idącego na nich morza postaci mają jarzące się czerwone oczy. Byli ożywionymi trupami. To będzie kolejny problem w ich taktyce.

Nawet tych Shun-tuk, którzy nie mieli tajemnych mocy, a pozostali w jednym kawałku, można było ożywić – staliby się o wiele groźniejsi niż za życia. Można było wykorzystać nawet tych, których spalono, jeśli wciąż mieli ręce i nogi. Nie krwawili i nie umierali jak żywi ludzie. Ponieważ nie żyli, nie powstrzymywało ich wyprucie wnętrzności. Należało ich posiekać na kawałki albo spalić na popiół.

Kahlan minął Zedd idący w górę wąwozu. Posłał jej nieobecne spojrzenie. Przestraszyło ją niemal tak jak widok Shun-tuk.

Po tym, jak powłóczył stopami i zwieszał ramiona, poznała,

że Zedd zbliża się do kresu możliwości korzystania z daru, nie wspominając już o zebraniu sił niezbędnych do wytworzenia ognia czarodzieja. Już wykonał wyczerpującą robotę i zajmował się tym od pewnego czasu. Jeżeli ma nadal walczyć, powinien odpocząć. Trzeba go odesłać na tyły, jak walczących na pierwszej linii żołnierzy. Zeddowi przydałaby się woda i coś do jedzenia, żeby odzyskał siły.

Kahlan przytknęła dłoń do policzka staruszka.

– Może byś został trochę z tyłu i przypilnował Richarda?

Skinął głową i uśmiechnął się do niej. Poszedł.

Kahlan zobaczyła Nicci i stwierdziła, że i ona jest wyczerpana, ale czarodziejka nie miała zamiaru akurat teraz odpoczywać.

Poniżej rzesza upiornych postaci wytężała wszystkie siły, żeby jak najszybciej się wdrapać w górę wąwozu. Spowalniała ich wyłącznie uciążliwość terenu, ciasna przestrzeń i ich własna liczebność. Musieli się przeciskać przez przewężenia, toteż każdy musiał czekać na swoją kolej. Niektórzy, gnani żądzą zdobycia duszy, popychali tych przed nimi i przechodzili po nich. Bez względu na to, jak ich spowolniło przewężenie, gdy tylko je minęli, każdy z nich z determinacją gnał przed siebie.

Richard miał rację. To byli drapieżcy wabieni przynętą, teraz istniał dla nich tylko pościg.

Kahlan pojęła, że plan Richarda zadziałał – Shun-tuk pójdą za nimi w górę wąwozu. Jedyny problem w tym, że – choć plan był skuteczny – było ich zbyt wielu. Instynktownie to rozumiała. Za dużo było przeciwko nim. Sama przewaga liczebna Shun-tuk będzie sporym problemem. Może przypieczętować ich los.

Lecz miecz w jej dłoni nie dbał o przeciwności. Tylko nasilały jego gniew. Żądał krwi wroga, ciasnota zaś dawała im największą szansę powstrzymania Shun-tuk.

Problemem żołnierzy będą ożywione trupy.

Lecz miecz w jej dłoni stworzono właśnie do takich potrzeb.

Kahlan przecisnęła się pomiędzy żołnierzami, spiesząc ku tym na pierwszej linii walczącym najbliżej wroga.

Pogrążyła się w szaleństwie.

ROZDZIAŁ 25

Shun-tuk, opanowani chorą żądzą zdobycia dusz żołnierzy, rwali się do walki. Wyciągali zakrzywione palce i kłapali zębami, mając nadzieję wbić je w ciało. Żołnierze nieustannie ich siekli. Nadchodzące zza tamtych białe postaci były równie zdeterminowane. Nie przejmowały się tym, ile białych ciał leżało u ich stóp. To oznaczało, że oni będą mieć swoją szansę. Włazili na własnych zabitych, żeby się dostać do żołnierzy, tylko po to, żeby zginąć od pchnięcia kopią albo od miecza czy topora.

Kahlan dostrzegła prącego ku nim umarlaka. W słabym świetle łatwo było zauważyć jarzące się czerwone oczy. Zobaczyła, że ma tylko jedną rękę. Pierś miał otwartą, żebra połamane, tak że widziała jego płuca. Były nieruchome, bo nie musiał oddychać, ale z pewnością szedł na nich. Teraz kierowały nim tajemne, ciemne moce.

To była robota dla Kahlan. Umarlaki nie padały łatwo od zwyczajnej stali, lecz Miecz Prawdy był starożytnym orężem przeznaczonym do eliminowania takiego właśnie zła.

Kahlan, mogąc wreszcie uwolnić furię miecza, cięła z taką siłą, że rozpłatała głowę umarlaka i większość ciała. Usiłował się poruszać, iść, ale tylko bezskutecznie się szamotał. Prawa strona odpadła, lewa zaś usiłowała ją wlec za sobą. Drugi cios zakończył te wysiłki.

Już go minęła, rozglądając się za chodzącymi trupami. Widziała ich czerwone oczy jarzące się w ciemnościach. Żołnierze mogli walczyć z Shun-tuk, ona musiała wyeliminować te trudne-do-powstrzymania chodzące trupy.

Wodziła wzrokiem po twarzach, rozdziawionych ustach, wymalowanych na czarno oczach, póki nie dostrzegła drugiej pary jarzących się ślepi. Gdy tylko je wypatrzyła, miecz zatoczył łuk i roztrzaskał głowę. Ciosem od dołu pozbawiła czaszki martwą kobietę, potem wbiła klingę w pierś Shun-tuk. Szeroko otworzył zdumione oczy, a potem zniknęło z nich życie. Uwolniła miecz i szybko wymierzyła parę sztychów, żeby unieszkodliwić bezgłowe trupy, uniemożliwić im użycie rąk przeciwko żołnierzom.

Kahlan, ogarnięta szaleńczą chęcią dopadnięcia wroga, zorientowała się, że półludzie zaczynają się kierować właśnie ku niej. Przypomniała sobie, że rozpoznają jej duszę. Była zdobyczą, której pragnęli. Wspomniała, jak więzień mówił, co chcą jej zrobić.

Przypomniała też sobie zapowiedź króla-ducha, że mroczne istoty czekają na nią w zaświatach.

Dotarło do niej, że wyszukując ożywione trupy, za daleko się zapędziła w gęstwę Shun-tuk.

Otoczona, wciąż czuła euforię, ilekroć któregoś zabiła. Gęściejszy tłum Shun-tuk wokół niej oznaczał, że nie musiała nigdzie iść, żeby ich zabijać. Nie dawała się i eliminowała Shun-tuk, w miarę jak się do niej zbliżali. Zagrożenie było niczym w porównaniu z radością zabijania wroga. Każde życie, które miecz odbierał, podsycało jego gniew, dając cudowną satysfakcję, a ta z kolei pobudzała nienasyconą żądzę krwi przeciwnika.

Jej miecz dziesiątkami kosił pomalowanych na biało mężczyzn i kobiety. Zamykająca się wokół niej pułapka zmieniła się w stosy ciał blokujących wąwóz, utrudniających innym wdrapywanie się na zwłoki, żeby się do niej dostać. Niektórzy ślizgali się na krwi i wnętrznościach i przewracali się – jedni rozbijali sobie głowę o skały, inni ginęli od miecza, zanim się podnieśli.

Kahlan – chociaż miecz był głodny krwi wroga – starała się upewnić, że zabija tych z jarzącymi się czerwonymi oczami. Zabijanie wszystkich innych – zanim znalazła kolejnego chodzącego trupa – było czystą przyjemnością.

Robiąc mieczem, rozpłatując piersi, odrąbując kończyny, rozbijając czaszki – czuła, jak ciepła krew ochlapuje jej twarz. Skapywała z pasm jej włosów.

I tak było jej za mało. Chciała więcej. Atakowała z narastającą furią. Zaciskając z wściekłości zęby, zabijała ich równie szybko, jak się do niej zbliżali.

Lecz nawet pochłonięta walką czuła, że jest ich zbyt wielu.

Żołnierze się zorientowali, w jakim znalazła się niebezpieczeństwie, zapędzając się tak daleko w hordy napastników, żeby dopaść tych z jarzącymi się czerwonymi oczami. Major Fister wyrąbał sobie ku niej drogę, starał się nie dopuścić do niej białych postaci. Jego mocarne ramiona wydawały się stworzone do siekania przeciwnika mieczem.

Inni żołnierze też się do niej przebili przez Shun-tuk i pomagali jej metodycznie redukować szeregi napastników.

Kahlan tylko mgliście zdawała sobie z tego sprawę. Zatraciła się w zabijaniu.

Z Mieczem Prawdy w dłoniach, przy tylu otaczających ją Shun-tuk miała wrażenie, że cel całego jej życia zogniskował się w tej jednej chwili zadawania śmierci. Jej wyszkolenie, doświadczenie, przekonania, całe życie – doprowadziły ją do tej chwili jako idealną machinę do zabijania.

Miecz Prawdy kierował się intencjami tego, kto go dzierżył. Wyczuwał, co dana osoba uważa za dobro, co za zło. Ostrze nie zraniłoby dobra, miało obowiązek zniszczyć zło. We właściwych rękach, w rękach osoby ceniącej rozum i życie, Miecz Prawdy stawał się upostaciowaniem sprawiedliwości.

Kahlan uważała, że półludzie i ci, którzy ich nasłali, to najczystsze zło. Jeszcze nigdy nie czuła takiej furii. Wszystko, co białe, przyciągało jej miecz. Odrąbane ramiona fruwały w powietrzu. Głowy toczyły się po kamieniach. Ciała i ich części zaścielały ziemię. Wszędzie była krew.

Nacierający Shun-tuk miejscami brodzili po kostki w trzewiach. Głowa, którą Kahlan odrąbała gniewnym cięciem, potoczyła się po skałach wąwozu. Nawet ponad wrzaskami i wyciem słyszała, jak czaszka pęka przy kolejnych uderzeniach o podłoże. Nadchodzący Shun-tuk odsuwali się z drogi.

Żołnierze walczący u jej boku byli równie morderczy. W końcu Shun-tuk nie tak trudno było zabić. Nie mieli zbroi, tarcz i nie korzystali z broni, żeby zablokować atak. Osłonięcie twarzy ramieniem kosztowało ich ramię, zanim miecz wbił się im w twarz. Jeszcze nie widziała, żeby któryś z Shun-tuk użył noża. Zęby były ich ulubioną bronią. Byli zwierzętami pędzącymi, żeby zagryźć zdobycz, a w rezultacie byli szlachtowani.

Topory zabijały ich bez ustanku. Maczugi miażdżyły czaszki, wgniatały żebra i płuca. Miecze rozpłatywały twarze. A oni stale nadciągali. Nie było widać końca białego tłumu prącego w górę wąwozu. Sierżant Remkin i jego ludzie byli za daleko i bez wątpienia toczyli taką samą walkę o życie.

I wtedy jeden ze znajdujących się przed nią Shun-tuk zrobił coś dziwnego. Znieruchomiał w samym środku chaosu i się uśmiechnął. Ten uśmiech sprawił, że Kahlan – pomimo furii – zamarła i zmroziło jej krew w żyłach.

Patrząc jej w oczy, uniósł rękę ku jednemu z żołnierzy po jej prawej.

Żołnierz zaczął krzyczeć, a skóra na jego twarzy natychmiast pokryła się pęcherzami i zaczęła się topić. Wrzaski stopniowo ucichły. Skóra głowy odpadła krwawymi pasmami, odsłaniając szczyt czaszki. Oczy roztopiły się w oczodołach, spłynęły, mieszając się z breją gotującego się ciała. Już nie żył, kości mu się rozpadły, osunął się na ziemię.

Uśmiechnięty Shun-tuk, nieodrywający od Kahlan oczu, niemal jednocześnie uniósł drugą rękę ku żołnierzowi po jej lewej. Ten wrzasnął, a jego mięśnie, upłynniając się, odpadły od kości rąk lepkimi pasmami. Nos i usta zniknęły, kiedy tak krzyczał w straszliwej męce. Ciało odpadło od kości policzkowych i czaszki. Obaj żołnierze umarli niemal w mgnieniu oka.

Kiedy to wszystko jeszcze się działo, miecz Kahlan już mknął jak błyskawica. Wbiła oczy w cel, w zło. Klinga dążyła tam, gdzie patrzyła. Ze świstem rozcinała powietrze. Kahlan włożyła w cios wszystkie siły. Słyszała, jak krzyczy w furii, łącząc swój gniew z gniewem miecza. Trafiła uśmiechniętego Shun-tuk w bok szyi, tuż pod lewym uchem, zanim ten bezczelny uśmieszek zdążył zniknąć. Cięła z taką siłą, że odrąbała mu głowę wraz z prawym barkiem i wciąż jeszcze wyciągniętym ramieniem. Głowa, bark, ramię i część piersi odpadły. Kiedy dolna część ciała upadła, na kamienie wylały się trzewia.

Chociaż go zabiła, to teraz uświadamiała sobie, jakie niebezpieczeństwo im groziło ze strony Shun-tuk, którzy mieli ciemne moce.

Oni nie musieli mieć zbroi, tarczy lub miecza; ale żołnierze też nie mieli żadnej osłony przed ich mroczną mocą. Kolczuga nie pomogła, ciało się stopiło i wypłynęło przez nią. Kahlan nie sądziła, by Zedd, Nicci lub Irena potrafili ich ochronić przed takimi czarami. Gdyby zwykła magia działała na półludzi, już by im zaszkodziła. Kahlan widziała, jak niektóre z tych upiornych postaci idą przez ogień bez żadnej szkody dla siebie. Uśmiechniętego Shun-tuk w ogóle by tu nie było, gdyby zwyczajna magia mogła go zabić.

Miecze spisywały się doskonale, lecz ilu zabiją ci obdarzeni ciemnymi mocami, zanim zostaną usieczeni? Co gorsza, nie było wiadomo, czy był tylko ten, którego właśnie zabiła – tak jak oni mieli tylko jednego czarodzieja – czy też podobnych Shun-tuk było wielu. Przecież mogły ich być setki.

W jednej chwili zmienił się ogląd sytuacji.

Kahlan gwałtownie się odwróciła i energicznie zaczęła napierać na najbliższych jej żołnierzy, ich także zawracając.

– Uciekajcie! – wrzasnęła. – Uciekajcie!

Major Fister, który widział to co ona, stanowczym gestem podkreślił rozkaz.

– Cofnąć się! Uciekać! Odwrót! Odwrót!

Żołnierze zostaliby i walczyli do śmierci, gdyby im tak rozkazano, lecz na komendę Kahlan i swojego dowódcy porzucili beznadziejną sprawę, zawrócili i uciekli, ratując życie.

Przechodząca Nicci chwyciła Kahlan za ramię.

– O co chodzi? Co się dzieje?

Kahlan pociągnęła czarodziejkę za wszystkimi.

– Lepiej uciekaj, chyba że wiesz, jak powstrzymać czarną magię, którą dopiero co widziałam.

Nicci się nie sprzeczała. Kahlan nie miała pojęcia, co powinni zrobić. Jej zdaniem, skoro nie mieli żadnej obrony przed ciemną mocą, ich jedyną nadzieją było uciec Shun-tuk.

A ucieczka przed drapieżcą to bardzo zła decyzja.

ROZDZIAŁ 26

Kiedy biegli w górę wąskiego wąwozu, pomiędzy niebotycznymi ścianami z ciemnej skały, to i Shun-tuk musieli się przeciskać tak jak oni, nie mogli pójść ławą i spróbować ich okrążyć.

Kahlan wiedziała, że jeśli któryś z żołnierzy w ciemnościach się poślizgnie i przewróci, to będzie fatalnie. Biegli ile sił w nogach, więc jeśli któryś z tych na czele by upadł, to reszta nie uniknęłaby potknięcia się o niego i upadku. Gdyby tak się stało, to by ich na tyle spowolniło, że zalałaby ich rzeka ciągnących za nimi białych postaci.

To, co widziała, ogromnie ją przeraziło. Często widziała umierających ludzi – i to w tak przerażający i bolesny sposób, że naznaczyło ją to na resztę życia – lecz jeszcze nigdy nie widziała czegoś takiego. Wiedziała, że Zedd, Nicci i Irena nie mają sposobu na tak morderczą czarną magię. Jej zdaniem pozostawała im jedynie ucieczka przed dziczą następującą im na pięty. Nie miała pojęcia, jak mieliby powstrzymać półludzi mających taką moc.

Jeśli ci mają takie możliwości, to aż bała się pomyśleć, jakie umiejętności może mieć powstały z martwych król-duch.

Ponieważ mieli buty, a Shun-tuk byli boso, to na tak nierównym terenie zaczynali powoli ich wyprzedzać. Nawet osobom przywykłym do biegania boso trudno było biec po ostrych kamieniach. Przy tak szaleńczym tempie także stwardniała stopa mogła natrafić na ostrą krawędź głazu i się skaleczyć. Co prawda bieganie po kamieniach w mroku szło im lepiej, niż Kahlan się spodziewała, ale i tak na tyle ich to spowalniało, że ona wraz z żołnierzami zaczęli zwiększać dystans.

Nie za wiele, ale to już było coś i odległość stale się zwiększała. Jasne, że to nie umożliwi im ucieczki, ale najwyraźniej nie pozwalało Shun-tuk wykorzystywać ciemnych mocy.

Lecz jeśli teren stanie się mniej kamienisty, to krwiożerczy półludzie wkrótce ich dogonią, bo żołnierze musieli biec z ciężkim orężem i w zbrojach. Większość była krzepka i muskularna, dobra w robieniu bronią i w walce wręcz, toteż z łatwością dźwigali rynsztunek, lecz teraz dodatkowe obciążenie ich spowalniało. Na dodatek – w przeciwieństwie do żylastych Shun-tuk – ich organizmy nie były za dobrze przystosowane do biegania. Żołnierze Pierwszej Kompanii musieli być najlepsi we wszystkim, lecz wyglądało na to, że Shun-tuk byli przystosowani do ścigania zdobyczy.

Kahlan od czasu do czasu oglądała się przez ramię. Choć to wydawało się niemożliwe, zdołali sporo wyprzedzić Shun-tuk. Sama mogłaby biec trochę szybciej, lecz żołnierze już byli wyczerpani długą walką w obozie, zanim zaczęła się ta w gardzieli wąwozu. Wiedziała, że siły do biegu daje im wyłącznie morale Pierwszej Kompanii.

Ci żołnierze nigdy się nie poddawali. Dla nich nie wchodziło to w grę. Nigdy nie przyszło im na myśl. Było obce ich sposobowi myślenia. Skupiali się wyłącznie na znalezieniu sposobu, żeby zwyciężyć.

Irytowało ich, że choć walka – pomimo wszelkich przeciwności – toczyła się tak skutecznie, to w jednej chwili wszystko się zmieniło. Lecz i oni, i Kahlan wiedzieli, że w bitwie trzeba być gotowym na nagłą zmianę taktyki.

Ci, którzy z uporem trwali przy nieskutecznej taktyce, ginęli. Nieprzyjaciel, który odmawiał uznania nieskuteczności swojej strategii, stawał się łatwym łupem.

Skuteczni wojownicy zawsze woleli to od regularnej walki. Skuteczni wojownicy wygrywali wojny. Richard sam nabył tę umiejętność i nic dziwnego – był czarodziejem wojny. Zawsze szukał rozwiązania, które zadziała. Jeżeli znalazł się w sytuacji bez wyjścia, znajdował sposób na zmianę zasad.

Lecz w tej chwili zasada była prosta: uciekaj albo giń.

Kahlan, z mieczem w dłoni, nie miała zamiaru wysforować się naprzód i zostawić żołnierzy za sobą bez pomocy, blisko wroga. Jeśli wśród ścigających Shun-tuk byli ożywieni umarli, to – choć to nie Richard go dzierżył – Miecz Prawdy był ich największą szansą na uporanie się z zagrożeniem.

Biegnąc po stromym gruncie, natknęli się na Zedda idącego powoli w górę skalistego wąwozu. Zostawał za żołnierzami. Był żylasty i silniejszy, niż się zdawało, i w zwyczajnych okolicznościach dorównałby najlepszemu Shun-tuk, lecz mnóstwo sił zużył na tworzenie ognia czarodzieja. Był u kresu wytrzymałości.

Kahlan chwyciła żołnierza za rękaw kolczugi i przyciągnęła ku sobie.

– Pomóż mu. Nie mów, że ja ci kazałam.

Żołnierz kiwnął głową i ujął Zedda za ramię.

– Pozwól sobie pomóc, panie. Wiem, ile dokonałeś. Musisz być wyczerpany. Widziałem, co zrobiłeś. Nigdy czegoś takiego nie widziałem. To było wspaniałe.

– Tak, to było wspaniałe – przyznał Zedd i od razu poweselał. – Niestety, to nie wystarczyło... – Znowu posmutniał.

– W porządku – powiedział inny żołnierz, ujmując drugie ramię czarodzieja.

Obaj ponieśli Zedda w górę wąwozu. Ich ramiona miały taki obwód, jak chudy czarodziej w pasie. Kahlan widziała, że jego stopy dotykają ziemi tylko przy co trzecim lub czwartym kroku.

Ciężko jej było zostać z żołnierzami, zamiast zawrócić i walczyć z wrogiem. Bo tego właśnie chciała. Miecz wrzał bitewnym gniewem i łaknął krwi. Kiedy go dobyto i użyto w walce, jego magia nie zaznawała ukojenia, póki choć jeden wróg trzymał się na nogach. Zagrożenie wciąż istniało i miecz chciał je zniszczyć. Taka była jego natura. Był wolą i mocą mającymi jeden cel – zniszczyć to, co chciał unicestwić ten, kto go dzierżył. To ta osoba musiała zdecydować, co uważa za wrogie, i ustalić granice dokonań oręża. Tylko rozważny umysł mógł właściwie wykorzystać moc miecza.

Już samo trzymanie go i niepozwalanie, by za nią decydował, było dla Kahlan wyzwaniem. Jeszcze bardziej doceniła to, że Richard potrafił panować nad sobą, trzymając go w ręku.

Byli cali mokrzy od wody spływającej strużkami po ścianach wąwozu. Mroczne Ziemie były posępną krainą, w której – jak się Kahlan przekonała – niemal zawsze było mroczno i pochmurno. Częste były mgły, mżawki i prawie codziennie padało.

Cała ta woda bez ustanku wypływała z gór, przesączając się przez wszystkie najdrobniejsze rysy, pęknięcia i szczelinki, wnikając w skałę. Sprawiała, że granit z czasem się rozpadał i jego odłamki gromadziły się w wąwozie, miejscami utrudniając przejście. Skały były pokryte mokrym mchem i oślizłą roślinnością. Buty trochę pomagały, ale i tak niebezpiecznie było tu biec, zwłaszcza nocą. Na szczęście Nicci wysyłała flary ognia, by żołnierze coś widzieli i mogli biec ile sił.

Kahlan się obejrzała i zobaczyła, że paru Shun-tuk pośliznęło się na szczególnie mokrej, szerokiej, płaskiej skałce i przewróciło. Inni się o nich potknęli i upadli na nich. Ponieważ wąwóz był wąski, musieli się zatrzymać, póki nie podnieśli i nie odsunęli na bok tych, co się przewrócili. Następnym razem zobaczyła, że znowu się ślizgają i przewracają, ale zirytowani pobratymcy nie zwolnili, żeby im pomóc. Po prostu stratowali współplemieńców setkami stóp. Niektórzy potykali się o tę plątaninę kończyn i ciał, przewracali się, łamiąc ręce i nogi – ich też tratowano. Miejscami na leżące postaci upadały coraz to nowe, tworząc zatory.

Dało to Kahlan i żołnierzom tak potrzebny czas na odpoczynek.

Takie sytuacje się powtarzały; im więcej bosonogich półludzi się pośliznęło i przewróciło, tym bardziej ich to spowalniało, Kahlan i żołnierzom zaś pozwalało zwiększyć dystans do ścigających.

Nie był on jednak duży i wiedziała, że Shun-tuk byli teraz skupieni na swojej zdobyczy i że za nic nie zrezygnują.

Kahlan zobaczyła, że poprzedzający ją żołnierze omijają kogoś stojącego pośrodku wąwozu. Wkrótce tam dotarła i przekonała się, że to Samantha. Dziewczyna stała nieruchomo na płaskiej skale pośrodku potoku, omywanej jego wodami.

Kahlan gwałtownie się zatrzymała, pozwoliła, żeby żołnierze przebiegli obok. Kiedy zobaczyli, że przystanęła, zawrócili, żeby ją chronić. Gwałtownie ponagliła ich gestami.

– Nie zatrzymywać się! Biec!

Niechętnie wykonali jej rozkaz. Spojrzała w górę wąwozu. Wszyscy biegli ile sił w nogach. Poniżej Shun-tuk też gnali wąwozem najszybciej jak mogli.

Samantha stała nieruchomo, sama we własnym świecie. Głowę miała pochyloną. Kościste łokcie przyciśnięte do boków. Palce wskazujące przyciskała do skroni. Gęstwa czarnych włosów była równie nieruchoma.

Kahlan popatrzyła w dół wąwozu. Zostało bardzo niewiele czasu, zanim półludzie dotrą do miejsca, gdzie obie stały.

– Co ty robisz, Samantho?

Kiedy nie odpowiedziała, Kahlan nachyliła się ku niej i wrzasnęła:

– SAMANTHO!!!

Ona zaś, nie podnosząc głowy, szepnęła jedno słowo:

– Uciekaj.

Kahlan nachyliła się bardziej.

– Gdzie Richard? Miałaś być przy nim. Mówiłam, żebyś się nim zajęła.

– Uciekaj – powtórzyła cicho.

– Co takiego?

Kiedy dziewczyna nie odpowiedziała, zdesperowana Kahlan przeczesała zakrwawionymi palcami lewej ręki nasiąknięte krwią włosy i rzuciła okiem w górę wąwozu. Nie dostrzegła konia wśród biegnących stromizną żołnierzy. Uświadomiła sobie, że skoro go nie widzi, to znaczy, że ktoś inny prowadzi wierzchowca niosącego Richarda – pewnie Irena – że nie pozostał z tyłu. Richard nadal musiał być bezpieczny.

Schyliła się jeszcze bardziej i zobaczyła, że Samantha ma zamknięte oczy. Nawet nie drgnęła. Nie poruszyła się, twarz miała spokojną, palce przyciskała do skroni.

Idący ku nim Shun-tuk zaczęli wyć, żądni krwi.

– Samantho...

– Uciekaj.

ROZDZIAŁ 27

Kahlan się wyprostowała.

Poczuła na ramionach gęsią skórkę. Wlepiła oczy w zdumiewająco nieruchomą Samanthę. Nie miała pojęcia, w czym rzecz, ale nie było czasu tkwić tutaj i się zastanawiać.

Gorączkowo starała się myśleć. Na pewno nie mogły tu zostać. Lada moment będzie za późno na ucieczkę.

Akurat gdy Kahlan obejrzała się w mrok, nie mogąc się zorientować, jak blisko są Shun-tuk, po raz pierwszy tej nocy przez lukę w grubej powłoce chmur ukazał się księżyc – świecił bezpośrednio nad nimi; bladą, nierzeczywistą poświatą oświetlił ciasny wąwóz. Zobaczyła wilgotne, śliskie, niemal pionowe skalne ściany, strzelające ku niebu z wąskiej rozpadliny o dnie usianym kamieniami, po których płynął potok.

U podstawy tych niebosiężnych skalnych ścian rzesza białych postaci pędziła w górę wąwozu; drapieżcy mieli zdobycz niemal w zasięgu.

Setki gnających na przedzie kobiet i mężczyzn wyciągały przed siebie szponiasto zakrzywione palce, każdy chciał pierwszy zdobyć dla siebie duszę. Usta mieli rozdziawione, szczerzyli zęby. Wyli jak wilki.

Kahlan nie miała pojęcia, co robi Samantha lub co mogło się jej stać. Przyszło jej na myśl, że może skamieniała z przerażenia. Widziała, jak to się zdarzało podczas bitwy. Ktoś mógł tak spanikować, że przestawał myśleć i się poddawał, stał nieruchomo w miejscu, czekając na śmierć. Niekiedy śmierć mniej przerażała niż to, co oferowało życie.

W pierwszym porywie chciała otoczyć Samanthę ramieniem w pasie, podnieść, usadowić na biodrze i ponieść w górę wąwozu. Lecz natychmiast sobie uświadomiła, że z pewnością nie wyprzedziłaby Shun-tuk, niosąc dziewczynę, choć ta była mała i drobna.

Wiedziała, że jeśli spróbuje, obie zginą.

Wiedziała, że musi walczyć lub uciec.

Uciec i zostawić Samanthę oznaczało rzucić ją na żer dzikusom, skazać na pożarcie żywcem. Kahlan mocniej chwyciła miecz.

Choć magia szaleńczo rwała się do walki, żądna krwi wroga, Kahlan wiedziała, że samotna walka z Shun-tuk – nawet z Mieczem Prawdy – byłaby samobójstwem.

Nie było czasu. Teraz albo nigdy. Uciekaj lub walcz.

Jedynym sensownym wyborem była ucieczka.

Jeżeli uciekać, to teraz. Musiały uciec, bo zginą.

– Samantho, nie ma czasu...

– UCIEKAJ.

Tym razem dziewczyna powiedziała to tak zimno i władczo, że Kahlan przeszył dreszcz.

Wyprostowała się i przez chwilę patrzyła na nieruchomą młodą czarodziejkę – palce przyciśnięte do skroni, głowa pochylona, oczy zamknięte.

Obejrzała się na czarne oczodoły, szponiasto zakrzywione palce, rozdziawione usta Shun-tuk pędzących ku nim na oślep wąwozem.

Nie było wyboru. Jeśli zostanie, zginą obie. Nikomu już nie pomoże, jeżeli umrze, próbując ratować jedną osobę.

Jeśli się tak na to spojrzało, nie miała wyboru.

Kahlan, zrozpaczona, że musi to zrobić, ruszyła biegiem w górę wąwozu, pędząc, jakby jej życie od tego zależało – bo tak było.

Od żołnierzy dzieliła ją spora odległość. Rzut oka w tył – odległość od Shun-tuk była o wiele mniejsza. Samantha stała nieruchomo na skałce pośrodku potoku, pomiędzy Kahlan a Shun-tuk.

Kiedy znowu najszybciej jak mogła pobiegła w górę wąwozu, ziemia zatrzęsła się nagle tak gwałtownie, że Kahlan upadła twarzą w wodę.

Przekręciła się i usiadła, wykaszlała wodę i obejrzała się, kiedy przewrócił ją kolejny wstrząs. Był tak potężny, iż miała wrażenie, że jej serce na moment zamarło.

Skołowana, usiadła ponownie – w samą porę, żeby zobaczyć, że w powietrzu w oświetlonym księżycem wąwozie fruwają skały. Nie wierzyła własnym oczom. Kawały granitu zakreślały spirale. Wielkie płyty, odłupane wzdłuż linii ryftu, ześlizgiwały się z narastającą prędkością. Ciągnęły za sobą skalny rumosz i smugi dymu wywołanego tarciem.

Po obu stronach ciasnego wąwozu wybuchy rozsadzały skałę, rozrzucając na boki wielkie jej fragmenty. Wewnątrz tych odrywających się i zderzających wielkich odłamków Kahlan dostrzegała pozostałości rozbłysków, które zapłonęły głęboko we wnętrzu skały i ją rozsadziły. Odgłosy wybuchów grzmiały i huczały; eksplozje rozdzierały skalne ściany. Kolejne, szybko po sobie następujące wybuchy pomknęły w dół wąwozu; dziesiątki dławiących serce uderzeń w szybkich seriach rozwalających górę na kawałki.

Samantha nawet nie drgnęła, choć poniżej się kotłowało.

Grzmoty wstrząsające gruntem zbiły z nóg Shun-tuk. Ściany po obu stronach dygotały od powtarzających się wybuchów biegnących w dół wąwozu, rozsadzających ściany. Kahlan widziała, jak się przewracają skalne iglice, jak się łamią, upadając. Niezliczone tony skały runęły na schwytanych w pułapkę Shun-tuk.

Poprzez grzmiący, niosący się echem huk, poprzez trzask pękającego granitu Kahlan słyszała wrzaski mężczyzn i kobiet. Shun-tuk byli bezbronni wobec tego kataklizmu rozdzierającego górujące nad nimi skały. Nie mieli czasu na ucieczkę, nie mieli gdzie uciec.

Kahlan osłupiała, widząc serię wybuchów biegnących szerokimi łańcuchami w dół skalnych ścian. Błyski, niczym błyskawice w głębi skały, strzelały raz za razem, jeden po drugim.

Nie było wątpliwości, że to, co się działo – cokolwiek to było – było celowe. Kahlan była tego pewna – kolejność i umiejscowienie rozdzierających skały wybuchów wskazywały, że miały zawalić ściany wąwozu. Wybuchy tworzyły skoordynowaną sekwencję rozbijającą podstawę skał, żeby olbrzymi ciężar kamienia ściągnął je w dół. Musiały się zawalić.

To była najbardziej idealnie skomponowana scena całkowitego zniszczenia, jaką Kahlan kiedykolwiek widziała. Patrzyła na walące się ściany, wzbijające się wśród drzew tumany pyłu i odłamków. To wszystko trwało niczym w ataku niszczycielskiego szału.

Brzmiało to tak, jakby grzmiące wybuchy, następujące jeden po drugim, rozdzierały świat na strzępy. Dźwięk odbijał się echem od okolicznych gór. Kawałki skał – rozmaitej wielkości i kształtu – latały w powietrzu, odrywając się od osuwających się ścian wąwozu, wzbijając ponad rozbłyski wybuchów lub spadając na te już leżące na ziemi.

Miało się wrażenie, że w wąwozie poniżej Samanthy świat się rozpada. Runął szczególnie wysoki klif, skręcając się przy tym tak, że upadł wzdłuż wąwozu; w powietrze wzbiły się tumany pyłu. Podmuch eksplozji i uderzenia skał o ziemię znowu niemal zbiły Kahlan z nóg.

Przez moment się zastanawiała, czy to świat życia, czy już dzieło Sulachana, wściekłego, że mogą uciec jego Shun-tuk.

Pochyliły się kolejne urwiska – naruszone przez eksplozję w ich wnętrzu, która niczym błyskawica rozświetliła je od środka – i runęły z hukiem. Upadły z taką siłą, że ziemia się zatrzęsła. Świat się kołysał i przesuwał, jakby to było trzęsienie ziemi. Lecz Kahlan wiedziała, że to nie to. Tylko celowo wywołana i sterowana destrukcja.

Wciąż było słychać niosący się echem łoskot pękającego granitu. Ziemią wstrząsnęła kolejna seria wybuchów, niżej w wąwozie. Każdy był niczym pięść uderzająca Kahlan w pierś.

Runęły kolejne skały, wzbijając tumany pyłu i rumoszu, świadcząc o tym, że żadna część kanionu nie ujdzie katastrofie.

W krótkiej przerwie Kahlan z trudem wstała i pobiegła ku Samancie. Dziewczyna wciąż się nie poruszała. Czarne włosy były tak obsypane pyłem, że wyglądały na siwe. Świat wokół niej się rozpadał, a ona się nie poruszała. Shun-tuk umierali setkami, jeśli nie tysiącami, a ona trwała nieruchomo.

Kahlan nie miała wątpliwości, że to jej umysł kierował wciąż trwającym spektaklem.

To nieprawdopodobne, ale zobaczyła nielicznych Shun-tuk, pokrytych pyłem, wygrzebujących się spod zawaliska. Musiało ich być kilkudziesięciu. Zobaczyli Kahlan i Samanthę i ruszyli ku nim. Kahlan miała nadzieję, że nie mieli tajemnej mocy i że jej miecz ich zatrzyma.

I właśnie wtedy usłyszała, jak dokładnie nad nimi pęka granit. Podniosła wzrok i zobaczyła, że urwisko drży i dygocze. Widziała wielkie szczeliny mknące przez skałę. Oddzielały się wielkie jej fragmenty, zabierając ze sobą drzewa. Nagły huk po obu stronach sprawił, że zachłysnęła się oddechem.

Podniosła szczuplutką dziewczynę i pobiegła w górę wąwozu. Gnała ile sił w nogach.

Tuż za nimi potężna skalna ściana oddzieliła się od góry, osunęła i z ogromną siłą runęła tam, gdzie przed chwilą stała Samantha. Ziemia tak się zatrzęsła, że Kahlan omal się nie przewróciła, ale udało się jej utrzymać na nogach.

Skalne odłamy rozmiarów małego pałacu wylądowały tam, gdzie przed chwilą stały. Gdyby Kahlan nie zabrała stamtąd dziewczyny, byłoby po niej.

Shun-tuk, którzy chwilowo uniknęli zagłady, zostali pogrzebani pod niezliczonymi tonami zwalonej góry.

Kahlan się zatrzymała, odwróciła, starała się złapać oddech. Wszędzie poniżej widziała wciąż spadające, obluzowane płyty granitu. Olbrzymie bloki, pozbawione podparcia, ześlizgiwały się z narastającą prędkością, wylatywały poza zachowaną krawędź i spadały na wypełniający wąwóz rumosz.

Kiedy tak patrzyła jak urzeczona, oderwało się kilka popękanych fragmentów i runęło na głazy już leżące na dole. Wąwóz wypełniały setki stóp kamiennego rumowiska. Jak daleko sięgał jej wzrok, widziała, że zawaliły się ściany wąwozu.

Nie mogła mieć co do tego pewności, ale nie potrafiła sobie wyobrazić, żeby przetrwał choć jeden Shun-tuk.

– Drogie duchy, dziewczyno, co zrobiłaś?

– To, czego mnie nauczył lord Rahl – powiedziała dławionym przez łzy głosem Samantha.

Mocno obejmowała szyję Kahlan chudymi ramionkami i chlipała na jej ramieniu.

Kahlan nie wiedziała, o czym ona mówi.

– Tak się bałam – szlochała. – Tak się bałam, że wszystkich nas zjedzą. Nie mogłam na to pozwolić. Musiałam coś zrobić. Tak mnie wściekało, że nas pożrą, myśląc, że przywłaszczą sobie nasze dusze. Tak mnie gniewało, że zjedzą moją mamę, którą dopiero co uratowaliśmy, i lorda Rahla, i ciebie, i wszystkich innych. Przez jakieś chore wierzenia. Tak mnie to rozzłościło.

– Użyłaś jakiejś magii? – zapytała Kahlan. Nie mogła pojąć, co i jak zrobiła Samantha.

– Wiem, że mama, Zedd i Nicci próbowali zwykłej magii i że to nie zaszkodziło Shun-tuk, toteż wiedziałam, że taka magia nic im nie zrobi. Ale słyszałam, jak mówiłaś, że nawet gdy mają ciemną moc, to i tak krwawią. Wtedy zrozumiałam, że można ich powstrzymać: zabić ich bez magii. Przyszło mi na myśl tylko to, czego nauczył mnie lord Rahl.

Kahlan przytuliła do ramienia głowę młodej czarodziejki.

– Już dobrze, Samantho. Świetnie się spisałaś. Richard będzie z ciebie dumny, kiedy mu opowiem, jak nas wszystkich ocaliłaś.

Za nic nie potrafiła pojąć, czego Richard mógł nauczyć Samanthę, że dziewczyna potrafi rozwalać góry.

Przez chwilę rozglądała się w blasku księżyca.

Nikt ich nie ścigał.

ROZDZIAŁ 28

Niespokojny major Fister czekał z grupą swoich ludzi, kiedy Kahlan do nich dołączyła.

– Co się stało? – zapytał gniewnie i zarazem z lękiem.

– Ściany wąwozu runęły – powiedziała Kahlan.

Zrobił zdziwioną minę i otworzył usta, żeby coś powiedzieć, ale się rozmyślił.

Kahlan nie sądziła, żeby któryś z nich widział coś tak niezwykłego. Właśnie byli świadkami działania mocy na najwyższym poziomie.

– Z Richardem wszystko w porządku? – spytała Kahlan.

Fister potaknął.

– Przynajmniej dotychczas.

Samantha wciąż mocno się wtulała w Kahlan i płakała. Jakby i ją przerażało to, co zrobiła. Właśnie posłużyła się swoją mocą, żeby zabić tysiące ludzi. No, właściwie półludzi.

Kahlan sądziła, że to skutek emocjonalnego wyczerpania i przerażenia, które skłoniły ją do takiego czynu. Ona sama po szczególnie gwałtownej bitwie miała ochotę usiąść i porządnie się wypłakać. Ale była Spowiedniczką i matka od małości ją uczyła, że nie można okazywać słabości przy ludziach, którzy na nią liczą. Słabość przywódcy odbiera ludziom zaufanie i do niego, i do samych siebie.

– Hmmm, mówiono mi – rzekł major – że Samantha stanęła pośrodku potoku i tam sobie stała. No to jak…

– Nie teraz, Jake – przerwała mu Kahlan. – Ruszajmy. Nie sądzę, żeby któryś z Shun-tuk to przeżył, ale jeśli któremuś się udało, to nie chciałabym, żeby nas przyłapali, jak tak sobie siedzimy i świętujemy. Chcę się od nich oddalić, na wszelki wypadek.

Wskazał na niebotyczne ściany wąwozu.

– Poza tym to chyba nie najlepszy pomysł, żeby sobie stać pod skałami i urwiskami, które mogą być obluzowane po tych wstrząsach. Nie chciałbym, żeby nas spotkało to, co Shun-tuk.

Kahlan przytaknęła, patrząc z zatroskaniem w głąb wąwozu. Do pogrzebanych pod skałami Shun-tuk nie było aż tak daleko. Takie wstrząsy z łatwością mogły osłabić skały i tutaj.

Major przekrzywił głowę.

– Myślisz, że nadal żyją? W końcu mają ciemne moce.

Kahlan krótko to rozważała.

– Nie mogę, rzecz jasna, mieć pewności, ale nie wyobrażam sobie, żeby mogli przeżyć, kiedy zwaliły się na nich skały. Uważam, że wszystkich zmiażdżyły tony kamienia. Nieważne, jak wielką masz moc, jeżeli spada na ciebie głaz wielkości domu. Jestem przekonana, że wszyscy nie żyją.

– Przekonana… – Wciąż nie dowierzał. – Może niektórzy ocaleli w jakiejś kieszeni pod szeroką płytą? Jeśli tak, to mogą się wygrzebać. Potrafią ożywiać umarłych, pamiętasz? Jeśli żyje choć jeden mający taką moc, to może wystawić armię umarlaków, która na nas ruszy.

– Nie sądzę, po tym, czego byłam świadkiem, że jakimś cudem któryś mógłby ocaleć i zrobić coś takiego. Nawet jeżeli przetrwali w jakiejś kieszeni, to i tak są przysypani tonami skały. Nie mam pojęcia, jak by się mieli wydostać. – Kahlan głęboko westchnęła. – Ale ruszajmy, tak na wszelki wypadek, no i – co ważniejsze – żeby się oddalić od tych stromych ścian i od pogrzebanych tam Shun-tuk. Wolę nie być tak blisko nich, choć teraz to cmentarzysko. Nie za bardzo lubię spać w pobliżu cmentarza. Ruszajmy, ale w trochę wolniejszym tempie. Myślę, że wszyscy jesteśmy zmęczeni.

– To są żołnierze Pierwszej Kompanii, Matko Spowiedniczko. Mogą cię nieść i szybkim marszem iść całą noc.

Kahlan skinęła głową.

– Wiem, ale do nas należy zapewnienie im wypoczynku, choć mogą nie zdawać sobie sprawy, że go potrzebują. – Uniosła brew. – Czyż nie dbałam zawsze o to, żebyście byli wypoczęci, zanim pójdziecie na nocny wypad, żeby mi przynieść sznury uszu wroga?

Major Fister zaśmiał się krótko.

– Wejdźmy trochę wyżej – powiedziała Kahlan. – Potem pozwólmy żołnierzom przespać się do rana.

Major Fister zasalutował, przykładając pięść do serca.

– Gdzie Richard? – zapytała Kahlan.

Major wskazał kciukiem w górę wąwozu.

– Nicci nad nim czuwa. Zedd z Ireną poszli wyżej, sprawdzają, czy droga bezpieczna.

Kahlan z radością to usłyszała. Gdyby miała kogoś wybrać do czuwania nad Richardem, byłaby to Nicci.

Samantha się nie poruszyła. Dobrze jej było w ramionach Kahlan. A ta pomyślała, że może dziewczyna nie chce, żeby inni zobaczyli ślady łez na obsypanej pyłem twarzy.

– Nic ci nie jest? – szepnęła Kahlan.

Samantha dała znak, że wszystko w porządku.

– Tylko zmęczona... Taka zmęczona.

Kahlan aż za dobrzc to rozumiała.

Niosła Samanthę w górę wąwozu, idąc wśród odprężonych żołnierzy, i w końcu dotarła do konia. Samantha zasnęła. Kahlan była wykończona, a młoda czarodziejka, choć szczuplutka, trochę ważyła. Lecz z radością ją niosła. Dobrze było kogoś chronić i pocieszać.

Kiedy się zbliżyła, Nicci pospiesznie się poderwała.

– Co to było?

– Czemu się tak złościsz? – spytała Kahlan, bo czarodziejka wyglądała, jakby chciała obedrzeć smoka ze skóry. – To zabiło Shun-tuk, nie nas.

Nicci łypnęła podejrzliwie na Samanthę śpiącą w ramionach Kahlan.

– Ona to zrobiła?

Kahlan potaknęła.

Nicci trochę dłużej przyglądała się dziewczynie.

– Jak?

– Powiedziała, że Richard ją nauczył.

Nicci spojrzała przez ramię na nieprzytomnego Richarda.

– No jasne.

Kahlan dostrzegła w oddali biegnącą ku nim Irenę.

– Posłuchaj, Nicci, nie denerwujmy teraz jej matki. Później o tym porozmawiamy. Uważam, że na wszelki wypadek powinniśmy stąd odejść. Wszyscy potrzebujemy odpoczynku. Ty i Zedd, no i Samantha, powinniście odpocząć, żeby odzyskać moc. Zgoda?

Nicci ciężko westchnęła. Irena wołała córkę.

– Zgoda – powiedziała Nicci. – Ruszajmy. Chcę znaleźć bezpieczne miejsce, a potem razem z Zeddem zajmiemy się wybudzaniem Richarda.

– Już nie mogę się tego doczekać – odrzekła Kahlan. – Irena mogłaby wam pomóc.

Nicci skrzyżowała ramiona na piersi.

– Damy sobie radę. Obudzimy go, przyrzekam.

Kahlan skinęła głową.

– Dzięki, Nicci.

Ciekawa była, dlaczego Nicci nie chciała, żeby Irena im pomogła. No ale chodzi o Richarda, toteż sądziła, że Nicci nie chciała ryzykować, pozwalając komuś, kogo w zasadzie nie znała, dotknąć go swoją mocą.

Nicci pochyliła się ku niej i pogroziła jej palcem.

– A kiedy już obudzę twojego męża, to zamierzam go wypytać, czego nauczył tę dziewczynę.

Kahlan się uśmiechnęła.

– Nie wątpię.

ROZDZIAŁ 29

Po blisko dwugodzinnym marszu dotarli do wzniesienia u wylotu wąwozu, skąd niewielki wodospad zasilał potok, przy którym stali. Musieli się wspiąć na stromiznę i wyjść z wąwozu. Chociaż wspinaczka nie powinna być aż tak trudna, Kahlan nie podobał się pomysł wspinania się po nocy. Nie chciała używać pochodni lub latarń, bo wtedy z daleka byliby widoczni dla każdego, kto by ich ścigał. Ale wciąż świecił księżyc.

Major Fister chciał się wydostać na wyżej położony teren, bo to zapewniłoby lepszą obronę. Oni wykorzystali wąwóz jako pułapkę na Shun-tuk, ten sam manewr można było wykorzystać przeciwko nim.

Kahlan nie sądziła, by jakiś Shun-tuk ostał się przy życiu, musiała jednak wsunąć miecz w pochwę u boku Richarda, co oznaczało odcięcie się od gniewu oręża. Uwolniona od jego żądzy walki, poważnie potraktowała radę majora co do dodatkowych środków bezpieczeństwa. Poza tym nie miała jak się upewnić, że wszyscy Shun-tuk nie żyją. A jeśli naprawdę była jakaś kieszeń pod granitową płytą? Co, jeśli przetrwał choć jeden obdarzony tajemną mocą i wygrzebie się, żeby ich szpiegować?

Co, jeśli dlatego, że nie chciała się wspinać w ciemności, ów Shun-tuk zabije Zedda lub Nicci? Albo Richarda.

Albo kogokolwiek spośród nich. Każde życie było bezcenne. Ostatecznie właśnie w obronie tego walczyli – w obronie świętości życia. Kahlan nie chciała, żeby któryś z żołnierzy zginął. Pragnęła, żeby mogli żyć w spokoju i nie musieli wykonywać tego, w czym byli tacy dobrzy.

A najgorsza ze wszystkiego była myśl, że nagle się obudzą i będą się próbować wydostać z wąwozu, żądni krwi Shun-tuk zaś będą ich łapać za kostki i ściągać w dół, wprost w czekające ramiona półludzi – to ją skłoniło do zrobienia tego, co było konieczne: do wydostania się z wąwozu, zanim się zatrzymają na resztę nocy.

Nie trzymała już w dłoni miecza i dopadło ją zmęczenie, ale przede wszystkim zależało jej, żeby Zedd i Nicci mieli bezpieczne miejsce do odpoczynku i strawę, których potrzebowali do odzyskania pełni mocy, niezbędnej, żeby dodać sił Richardowi i wyrwać go z pazurów śmierci.

Kiedy Kahlan przystała na radę majora, żeby nie odkładać niebezpiecznej wspinaczki i znaleźć bezpieczniejsze miejsce na obóz, Fister wysłał paru ludzi, by wyszukali najlepszą drogę.

Ubranie Kahlan było sztywne i lepkie od krwi Shun-tuk. Nie miała pojęcia, ilu ich zabiła. Mgliście pamiętała nieustanną walkę, punktowaną przebłyskami obrazów szczególnie desperackich, gwałtownych działań.

Włosy miała zlepione krwią. Cieszyła się, że nie ma tu lustra, ale ze spojrzeń, jakie jej posyłano, domyślała się, jak musi wyglądać.

W czasie wojny żołnierze, którymi dowodziła w walce, nazywali ją swoją królową-wojowniczką. Nie miało to umniejszyć jej rangi jako Matki Spowiedniczki – w ich ustach był to wyraz najwyższego uznania, toteż zawsze tak przyjmowała ten tytuł.

Tytuły znaczyły dla Kahlan więcej niż dla Richarda, prawdopodobnie dlatego, że urodziła się jako Spowiedniczka – jej tytuł był częścią wrodzonej mocy. Trzeba było dotknięcia śmiercią przez Zaszytą Służkę, żeby zablokować tę wrodzoną moc.

Ze względu na nią ludzie się jej bali i unikali. Ów strach ją izolował, pozbawiał wielu prostych życiowych przyjemności, którymi inni się cieszyli – choćby nieświadomie – nawet życzliwego uśmiechu czy skinienia głową na ulicy. Rzecz nie w tym, że sama chciała się trzymać na uboczu, lecz w tym, że ludzie zawsze trzymali się z daleka od Spowiedniczek.

Większość bała się Spowiedniczek, a u wielu ten lęk przeradzał się w nienawiść.

Nikt się nie uśmiechał do Spowiedniczki ani nie kiwał jej głową przy powitaniu, jak zwykłemu człowiekowi. Spowiedniczek bali się nawet ci, którzy je szanowali. Zawsze dostrzegała napięcie na twarzach ludzi, którzy ją zobaczyli. Całe życie wyczuwała drżenie w głosie mówiących do niej osób. Często widziała, jak zaczynają się im trząść ręce, kiedy się do nich odzywała. Zawsze starała się udawać, że tego nie widzi, żeby ich choć trochę uspokoić. Zazwyczaj tylko tyle mogła zrobić. Bali się i kropka.

Większość tych przez jakiś czas przebywających w jej pobliżu przyzwyczajała się do niej i zaczynała rozumieć, że Spowiedniczka nie straci znienacka kontroli nad swoją mocą i nie dotknie ich nią. Niekiedy niemal zapominali o jej mocy. Niemal.

Owa wrodzona moc przyciągała również tych, którzy chcieli ją zabić. Z tego powodu każdej Spowiedniczce przydzielano niegdyś czarodzieja, który miał ją chronić. Lecz wszystkie Spowiedniczki od dawna nie żyły, a z nimi ich czarodzieje – w tym Giller, przydzielony niegdyś Kahlan. Ci, którzy nienawidzili zdolności Spowiedniczek do ujawniania prawdy, mogli je wreszcie pozabijać. Wszystkie prócz niej.

Teraz Kahlan była żoną swojego czarodzieja – Richarda – będącego, co najważniejsze, człowiekiem, którego kochała.

Przynależny jej tytuł, z którym się urodziła, Spowiedniczka, a potem Matka Spowiedniczka, nadany jej przez siostry Spowiedniczki, stanowił jej zbroję, którą nosiła, by walczyć o prawdę. W tym sensie była królową-wojowniczką. Inne Spowiedniczki chciały, żeby to ona im przewodziła w tej walce. Została wybrana.

Urodzona jako zwykła Spowiedniczka, była teraz i już zawsze będzie Matką Spowiedniczką, ostatnią ze swojej wspólnoty.

Richard był pierwszym człowiekiem, który jej nie unikał z powodu tego, kim była. Oczywiście nie wiedział wtedy, że jest Matką Spowiedniczką, a nawet co to znaczy być Spowiedniczką. Kiedy jednak lepiej go poznała, zrozumiała, że nawet gdyby wiedział, to i tak by go to nie powstrzymało od zbliżenia się do niej. Nic by go nie powstrzymało.

Richard był kimś wyjątkowym.

Nie miał sobie równych.

Dla niej był tym jedynym, wybranym. W każdym sensie tego słowa był jedyny. Niezwykły.

Tamtego pamiętnego dnia w lasach Hartlandu, kiedy ich oczy po raz pierwszy się spotkały, coś między nimi zaiskrzyło.

Proroctwo nazywało Richarda „kamykiem w stawie". Zmarszczki, jakie ów kamyk wywoływał, dotykały wszystkiego. Oddziaływał tak mocno na proroctwo, że wywołał fale w samym czasie.

Niekiedy aż głowa ją bolała od rozmyślań o tych splatających się powiązaniach, toteż po prostu go kochała i starała się nie myśleć o ogólniejszych implikacjach.

Lecz Richard zawsze o tym myślał, nawet wtedy, kiedy nie zdawał sobie z tego sprawy. Czytała to w jego szarych oczach, kiedy w milczeniu obserwował zachód słońca. Także kiedy patrzył jej w oczy, wiedziała, że w głębokich zakamarkach jego umysłu toczą się jakieś doniosłe rozważania.

Od kiedy znalazł się w jej życiu, ludzie zaczęli ją inaczej traktować, akceptować. Teraz się do niej uśmiechali, pozdrawiali skinieniem głowy. Zwłaszcza żołnierze. Walczyła u ich boku i zrozumieli, jaka naprawdę jest, że nie jest tylko Spowiedniczką.

To Richard tego dokonał. Wszystko zmienił.

Kahlan, czekając, aż żołnierze wybiorą drogę wspinaczki, przyłączyła się do tych, którzy stali pod niewielkimi kaskadami wody, żeby zmyć krew z włosów i ubrań. Podali jej kostkę mydła – wszyscy byli żołnierzami zmywającymi z siebie krew wroga. Zimna woda łagodziła napięcie obolałych po zaciętej walce mięśni. Nie była to kąpiel – Kahlan miała na sobie ubranie – ale wszyscy potrzebowali się obmyć, a w głuszy Mrocznych Ziem nawet to było luksusem, który bardzo sobie ceniła.

Kiedy wyciskała czystą wodę ze swoich długich włosów, paru żołnierzy powiedziało jej, jak bardzo ją podziwiają za to, że miała na sobie tyle krwi wroga. Przesiąknięte nią włosy Kahlan były dla nich honorową szatą, na którą zasłużyła. Podobało im się zwłaszcza to, że tak jak oni była zdecydowana zabijać przeciwnika, że chciała robić to samo, co im nakazywała, i że wykonywała to zadanie z takim samym oddaniem jak oni.

Kahlan rozumiała ich odczucia, ale chciała zmyć z siebie krew.

Nie mogła się doczekać, kiedy Richard się wybudzi, kiedy będzie mogła go ucałować. Chciała wtedy jak najlepiej wyglądać, witając jego powrót do świata żywych.

ROZDZIAŁ 30

Kiedy zwiadowcy znaleźli drogę, wspinaczka okazała się łatwiejsza, niż się spodziewali. Na szczęście droga była na tyle wygodna, że koń dość łatwo wchodził na stromiznę – nie musieli odwiązywać Richarda, przez co zyskali na czasie.

Wspinaczka na szczęście była krótka, ale Kahlan wciąż miała skurcze w nogach po długim marszu wąwozem – głównie po szaleńczym biegu – żeby już nie wspominać o niekończącej się walce. Bardziej strome podejście u wylotu wąwozu zmusiło ją do wykorzystania resztek sił.

Od wymachiwania mieczem ramiona miała jak z ołowiu. Wiedziała, że przez parę dni będzie obolała. Napomniała się, że powinna się cieszyć z obolałych mięśni – lepsze to niż śmierć. Starała się nie myśleć o tym, ile razy była jej bliska. Myślała o Richardzie i próbowała zapomnieć, jak blisko śmierci wciąż byli obydwoje.

Za wąwozem otoczony górami teren był płaski. Niewielkie jezioro, zbierające strugi spływające z gór, zasilało wodospady i płynący wąwozem potok. Jeden z żołnierzy zapuścił się aż poza bagnisty, porośnięty trzcinami grunt, a potem w lasy na przeciwległym brzegu; dwaj inni przeprowadzali rekonesans po obu stronach. Zwiadowca wybiegł z lasów i dał im sygnał, krzesząc trzy iskry. Pospiesznie okrążyli oświetlone księżycem jeziorko, minęli trzciny i weszli w las.

Przeszli za żołnierzem krótki odcinek po miękkiej ściółce z sosnowych igieł, które opadły z niebosiężnych drzew, wyszli z lasu i zatrzymali się na skraju przepaści. W księżycowej poświacie przypominała czarnego węża, rozciągała się w lewo i prawo tak daleko, jak mogli sięgnąć wzrokiem. Nicci posłała migotliwy płomyk w głąb rozpadliny. Światełko opadało dłużej, niż Kahlan się spodziewała. Cofnęli się od jej skraju, widząc, jaka jest głęboka. Było o wiele za stromo i za głęboko, żeby zejść w dół.

Kahlan nie wypatrzyła żadnego przejścia nad przepaścią.

– Wygląda na to, że będziemy musieli iść albo w prawo, albo w lewo – orzekł Zedd.

Kahlan przepatrzyła las po drugiej stronie rozpadliny.

– Nie mamy wielkiego wyboru. Jesteśmy pomiędzy wąwozem a tą rozpadliną. Gdybyśmy się mogli przedostać na drugą stronę, taka naturalna bariera zapewniłaby nam o wiele bezpieczniejsze miejsce do wypoczynku, którego tak potrzebujemy.

– Zostawiłem skrzydła w domu – burknął Zedd.

Kahlan się ucieszyła, że wraca mu szelmowski humor.

Odwróciła się, słysząc zbliżający się lasem tumult. Nadchodziła grupa żołnierzy, których koledzy poklepywali po plecach. Kiedy się zbliżyli, rozpoznała ich.

To był sierżant Remkin i jego ludzie, którzy mieli zamknąć wąwóz, żeby Shun-tuk znaleźli się w pułapce.

– Remkin! Jak się tu dostałeś? – zapytał major Fister. – Bałem się, że was straciliśmy. Jak wam się udało uciec przed tymi walącymi się skałami?

– Zablokowanie tyłów okazało się nie takie proste – powiedział i umilkł na chwilę, żeby złapać oddech.

– Dlaczego? – spytała Kahlan.

– Czekaliśmy i czekaliśmy, żeby wszyscy Shun-tuk weszli do wąwozu. Ale oni wciąż nadchodzili. Zaczęliśmy się denerwować, że będzie ich tylu, że nie zmieszczą się w wąwozie i nie będziemy mogli zamknąć ich w pułapce. Wiedzieliśmy, że to by zniszczyło cały plan. Potem zobaczyliśmy daleko na przedzie ogień czarodzieja. To ich czasami spowalniało, ale zamiast zawrócić, szli ku niemu. Cały czas coraz więcej ich wychodziło z lasu i gnało w wąwóz.

– Ale wszyscy weszli? – zapytała Kahlan. – Wszyscy weszli do wąwozu?

Sierżant potaknął.

– Kiedy zobaczyliśmy ogień czarodzieja i poczuliśmy, że ziemia się trzęsie, zrozumieliśmy, że musimy się dostać na ich tyły, na wypadek gdyby chcieli spróbować ucieczki. Na koniec byliśmy pewni, że wszyscy weszli do wąwozu. Odczekaliśmy chwilę, żeby się przekonać, czy z lasu nie wyjdą jacyś maruderzy i nie napadną nas od tyłu. Chcieliśmy zamknąć pułapkę, a nie sami w nią wpaść. Kiedy przez jakiś czas żadnego nie zobaczyliśmy, wiedzieliśmy, że mamy okazję zamknąć za nimi bramę. Pomimo ognia i błyskawic, które widzieliśmy daleko przed nami, tak się palili do was, że się nie zatrzymali. Więc zeszliśmy ze stoków, żeby odciąć im drogę. I wtedy... pojawiło się dwóch, szli na nas. Uśmiechali się. – Popatrzył na nich. – UŚMIECHALI SIĘ! Zaczęli coś robić naszym ludziom.

– Co masz na myśli? – zapytał Fister.

Sierżant potarł ramię i zapatrzył się przed siebie.

– Nie wiem. To dziwnie zabrzmi. – Znowu na nich spojrzał. – Widziałem, jak żołnierz się... bo ja wiem...

– Topi – podpowiedziała Kahlan.

Zaskoczony uniósł brwi.

– Tak. Właśnie. Skóra zaczęła się topić na paru moich ludziach. Kości im się skruszyły i upadli, nie mając już ludzkiej postaci.

– Powiadasz, że był więcej niż jeden uśmiechający się Shun-tuk? – zapytała Kahlan.

– Widziałem dwóch. Może było ich więcej, ale tylko dwóch widziałem. Uświadomiłem sobie, że jeśli zostaniemy, próbując odciąć im drogę, to wszyscy umrzemy. Uznałem, że powinniśmy się tu dostać i ostrzec was. Pomóc wam wyrąbać sobie drogę ucieczki.

– Przykro się dowiedzieć, że ten, którego widzieliśmy, nie był jedyny – powiedziała Kahlan. – Dobrze zrobiłeś. Nie można z takimi walczyć.

– Ty walczyłaś – przypomniał jej major Fister. – Ruszyłaś na niego. Zabiłaś go.

Kahlan zbyła tę uwagę machnięciem ręki.

– Tak, ale miałam miecz Richarda. Sierżant Remkin i jego ludzie zginęliby na próżno. Dobrze zrobili. Powinnam wpaść na to, że Shun-tuk z ciemnymi mocami będą w tylnej straży.

Sierżant Remkin kiwnął głową.

– To samo sobie pomyślałem, bo jak zabili kilku naszych i się wycofaliśmy, to ci uśmiechnięci Shun-tuk pognali w wąwóz, jakby chcieli chronić ich tyły.

– Ale jak wam się udało obejść ich wszystkich i nas dogonić? – spytała Kahlan.

– Nie było to łatwe – odparł. – Ci spośród moich ludzi, którzy przeżyli, są z gór. Dorastaliśmy w podobnej krainie i nawykliśmy do chodzenia po górach. Mogliśmy wejść na wyższe partie, gdzie te demony z ciemnymi mocami nas nie widziały. Z ukształtowania terenu wiedzieliśmy, że granie często biegną równolegle do wąwozu i można nimi swobodnie iść. Mieliśmy szczęście i znaleźliśmy grań, którą mogliśmy szybko się przemieszczać.

Wskazał w otchłań.

– Szliśmy granią i nie oddalaliśmy się od wąwozu, żeby mieć pewność, że na was trafimy. Znaleźliśmy tę przepaść, biegnącą w tę samą stronę, co grań, jak ryft w górach. O ile nam wiadomo, przecina spory obszar. Nie poszliśmy w drugą stronę, żeby sprawdzić, jak daleko się ciągnie, bo chcieliśmy się trzymać blisko wąwozu. No i zobaczyliśmy, jak się wspinacie.

– Przynajmniej wiemy, że przepaść ciągnie się w tamtą stronę spory kawałek – stwierdziła Kahlan, starając się wymyślić, co powinni zrobić, żeby obejść rozpadlinę. – Więc widzieliście, że wszyscy Shun-tuk zostali w wąwozie? Czy któryś próbował uciec tam, gdzie weszliście na grań?

– Byliśmy jeszcze na tyłach i dotarliśmy na grań, kiedy się skończył ogień czarodzieja. Trochę poczekaliśmy, żeby zobaczyć, czy zawrócą, ale szli naprzód, wyjąc, żeby was dopaść. Pewnie czuli się bezpieczni z tymi uśmiechniętymi, którzy zamykali pochód. Nie widzieliśmy, żeby któryś zawrócił. Potem usłyszeliśmy wybuchy. Cały wąwóz dygotał i zaczął się rozpadać. Tak się trzęsło, że czasem tam na górze nie mogliśmy ustać na nogach. To było szaleństwo. Rozpadły się urwiska po obu stronach wąwozu i zawaliły, grzebiąc Shun-tuk. Zwaliła się na nich taka masa kamieni, że z pewnością żaden nie uszedł z życiem. Kiedy to się skończyło, już nie słyszeliśmy ich wycia. Nie było żadnych krzyków i wrzasków rannych. Panowała zupełna cisza.

Major Fister westchnął.

– To dobre wieści.

– Mimo to wolałabym, żebyśmy się jakoś przedostali na drugą stronę przepaści – powiedziała Kahlan.

– No to przejdźmy – odezwał się sierżant Remkin, jakby wystarczyło przeskoczyć.

Ale przepaść była okropnie szeroka – o wiele za szeroka na skok.

– Nie mamy jak – stwierdziła Kahlan.

Remkin wzruszył ramionami.

– To łatwe.

– Łatwe? – Spojrzała na niego ze zdziwieniem.

– Nic nigdy nie jest łatwe – wtrącił się do rozmowy Zedd.

Sierżant Remkin znowu wzruszył ramionami.

– Ależ tak. – Skinął ręką ku wznoszącym się nad nimi olbrzymim drzewom. – Wystarczy ściąć drzewo i przejść po nim. Jak już się przedostaniemy, zepchniemy je w przepaść. Nawet gdyby jacyś Shun-tuk ocaleli, nie będą w stanie za nami podążyć.

Kahlan wymieniła spojrzenia z majorem Fisterem. Ciekawa była, czy czuł się równie głupio jak ona.

– To powinno się udać – stwierdził Fister, starając się nie zdradzać zdziwienia tym prostym pomysłem. – Dobrześ to wymyślił, Remkin.

– A co z koniem? – zapytał Zedd. – Jak skłonisz konia, który niesie Richarda, żeby przeszedł po tym „moście" nad przepaścią? To już nie takie łatwe, czyż nie?

Remkin znowu wzruszył ramionami.

– Musimy przerzucić drugie drzewo, blisko pierwszego. Potem ściąć kolejne i pociąć na deski. Położyć deski na pniach, robiąc coś w rodzaju kładki, potem zawiązać koniowi oczy i przeprowadzić go na drugą stronę. – Znowu wzruszył ramionami. – Proste. Jak już przejdziemy, to za pomocą kilku lin zwalimy to wszystko w przepaść. Nie widziałem Shun-tuk z czymś więcej niż nóż, więc nie sądzę, żeby byli w stanie ściąć drzewo. Musieliby iść naokoło, a coś mi się wydaje, że byłaby to długa droga.

Kahlan znowu wymieniła spojrzenia z majorem Fisterem.

– Chyba że potrafią latać – dodał z uśmiechem sierżant.

– Wciąż nie takie to łatwe – odezwał się Zedd. – To o wiele więcej roboty, niż się wydaje. – Skrzyżował ramiona na piersi. – Ale odrobina magii przyspieszy sprawę.

Sierżant Remkin skłonił głowę.

– Z pewnością, panie.

– Na pewno sobie z tym poradzisz, sierżancie – powiedział major. – Weź tylu ludzi, ilu ci trzeba, i załatw to jak najszybciej. Zedd pomoże. Musimy przejść na drugą stronę, w bezpieczne miejsce, i rozbić obóz. Już minęła połowa nocy i powinniśmy odpocząć do rana.

Sierżant przyłożył pięść do serca.

– Wedle rozkazu.

Kiedy pobiegł zebrać ludzi, Zedd podszedł bliżej.

– O wiele bardziej bym wierzył w plan sierżanta, gdyby ten nie wyglądał na młodzieniaszka.

Kahlan znowu się zatroskała o Richarda. Położyła mu dłoń na plecach.

– Wkrótce będziemy mogli mu pomóc – odezwała się Nicci.

Kahlan skinęła głową. Była w owym mrocznym miejscu, w którym on teraz tkwił. Wiedziała, jakiego wysiłku od mających dar będzie wymagało sprowadzenie go do niej.

Zedd położył jej dłoń na ramieniu.

– Nicci ma rację. Sprowadzimy go z powrotem. Przyrzekam.

Kahlan zmusiła się do uśmiechu.

– Czarodzieje zawsze dotrzymują słowa.

– O tak – przytaknął z powagą.

ROZDZIAŁ 31

Kahlan znalazła ustronne miejsce, żeby rozłożyć koc – na drugim końcu obozu, tuż przy niewielkiej skałce na skraju lasu. Skałka ochroni ją przed przelotnym nocnym wiaterkiem. Księżyc wciąż świecił, więc przynajmniej nie musieli budować żadnego schronienia przed deszczem. Było to rzadko się trafiające wytchnienie od paskudnej pogody i oznaczało, że nie będą musieli budować szałasów. Noc i tak była późna, na sen nie zostało im dużo czasu.

Większość żołnierzy coś pospiesznie przegryzła i już spała. Wystawiono warty, ale Kahlan czuła się tutaj niezwykle bezpiecznie. Gdy tylko przekroczyli przepaść, zrzucili most w mrok na dnie. Lepiej się czuła z taką fizyczną barierą pomiędzy nimi a Shun-tuk, którzy teoretycznie mogli przeżyć.

Była na samej granicy pola zniszczenia, kiedy runęły skalne ściany wąwozu, omal jej pod sobą nie grzebiąc. Najlepiej ze wszystkich zdawała sobie sprawę z rozmiarów i gwałtowności kataklizmu.

Trudno jej było uwierzyć, żeby ktokolwiek przeżył, przywalony skałami. A gdyby nawet, to wcale nie oznaczało, że zdołaliby się wygrzebać spod ton gruzów. Tkwili przysypani połową góry i gdyby nawet ktoś ocalał, to umarłby powolną śmiercią z głodu. A jeśli rumowisko zablokowałoby potok, to podniósłby się poziom wody i przysypani by się potopili.

Imperator Sulachan i Hannis Arc, rozumie się, wyślą w końcu kolejnych półludzi, żeby tropili ich dusze.

Najgorsze, że nie był to ich największy problem.

Ponieważ na razie czuła się bezpieczna w obozowisku, nie sprzeciwiała się za bardzo, kiedy major jej powiedział, że nie będzie stała na warcie. Stwierdził, że walczyła jak dziesięciu żołnierzy i że chce, żeby się wyspała i była wypoczęta, gdyby jej przyszło znowu stanąć do walki. Mówił, że jest zbyt cenna z mieczem w ręku, póki Richard jest nieprzytomny, i że powinna być w gotowości.

Trochę się sprzeciwiała, ale tylko trochę. Z uśmiechu, który podpatrzyła, kiedy major się odwracał, żeby odejść, wyczytała, że świetnie wiedział, iż protesty były tylko na pokaz. Prawdę mówiąc, była wykończona i marny byłby z niej wartownik. Pewnie by zasnęła na stojąco.

Była strasznie zmęczona, ale i głodna. Długotrwała walka – od pierwszego obozu i całą drogę przez wąwóz – kosztowała ją wiele energii i musiała coś zjeść, zanim się ułoży do snu. Było za późno, żeby gotować, więc wszyscy musieli się zadowolić racjami podróżnymi. Zedd coś przegryzł, kiedy znaleźli miejsce na obóz i wreszcie się zatrzymali. Wydawał się zadowolony z dostępnej strawy.

Most zbudowali zadziwiająco szybko. Żołnierze z toporami mieli krzepkie ramiona i raz-dwa ścięli drzewa. Mieli wprawę w takiej robocie i dwa drzewa położyli od razu nad przepaścią, jedno tuż obok drugiego. Zedd pomagał. A przynajmniej tak twierdził. Kahlan sądziła, że żołnierze sami wiedzieli, co robić.

Część żołnierzy przeszła na drugą stronę na zwiady, a inni, krocząc po kłodach, odrąbywali toporami gałęzie, które by mogły przeszkadzać. Na skraju przepaści ścięto dwa kolejne drzewa, pocięto na kawałki, a te rozszczepiono na deski, żeby ułożyć kładkę dla konia. Pozostałym żołnierzom też łatwiej było po nich przejść, niż balansować na pniu nad przepaścią w środku nocy.

Koń niespecjalnie się palił do przejścia, ale z zasłoniętymi oczami i Zeddem, szepczącym łagodnie i kojącym go magią, przeszedł szybko i bez przygód.

Kahlan po raz pierwszy od jakiegoś czasu czuła się bezpieczna.

Richarda ułożono wygodnie. Pragnęła spać obok niego, ale Zedd i Nicci chcieli się choć trochę zdrzemnąć, po obu jego bokach i wypocząć na tyle, żeby się nim zająć. Kahlan nie chciała im przeszkadzać.

W księżycowej poświacie patrzyła na leżącego w pobliżu Richarda. Zedd siedział koło wnuka, pogryzając kawałek kiełbasy. Nicci leżała przy Richardzie i już twardo spała; przerzuciła mu ramię przez pierś, kołysana jego powolnym oddechem, wiedząc, że nadal żyje.

Niedaleko za nimi Samantha spała obok matki. Irena siedziała – obejmując ramionami podciągnięte kolana – i obserwowała obóz. Od czasu do czasu odgryzała kawałeczek suchara i żuła. Było tak późno, że Kahlan nie miała czasu omówić z Ireną zdumiewających rzeczy, jakich dokonała jej córka. Ireny dziwnie to nie interesowało. Kahlan uznała, że może się boi o tym usłyszeć. Niektórzy wolą, żeby nic się nie zmieniało i żeby ich dzieci na zawsze pozostały dziećmi.

Podejrzewała, że może po części dlatego Samantha właściwie nie była szkolona na czarodziejkę. Richard mówił, że najwyraźniej otrzymała mniej wskazówek, niż – jak słyszał – było to zalecane dla czarodziejek.

Niektórych – na przykład Richarda – nigdy nie uczono korzystania z daru. Nigdy mu nie powiedziano, że się urodził z darem – żeby go chronić i ukryć przed tymi, którzy go chcieli zgładzić. Kahlan za to uczono, szkolono i ćwiczono w panowaniu nad wszystkim, co się łączyło z jej mocą; i to od samego początku, żeby potrafiła się bronić przed tymi, którzy jej chcieli zaszkodzić. Dwie zupełnie różne metody, ale najwyraźniej odpowiednie dla nich obydwojga. W końcu Zedd miał powody, żeby zatajać przed Richardem jego umiejętności, matka Kahlan zaś miała swoje powody, nalegając na jej gruntowną edukację.

Samantha najwyraźniej niewiele też wiedziała o misji swojego ludu, a zwłaszcza mających dar, z leżącej na odludziu wioski Stroyza. Przez tysiąclecia jej lud zatracił świadomość owej misji i przyczyny istnienia granicy.

Kiedy Richard się wybudzi, wypytają Irenę, żeby się przekonać, czy coś z tego, co ona wie, mogłoby im pomóc. To, co przez tysiąclecia było zamknięte za owym murem, teraz wyrwało się na świat, a oni niemal nic nie wiedzieli o tym, jak można by to powstrzymać, zanim będzie za późno.

Kahlan powiodła wzrokiem po obozie i przekonała się, że żołnierze śpią. Tak się cieszyła, że stracili niewielu ludzi i uciekli, że była bliska łez. Ale się nie rozpłakała.

Rozwinęła nasączone oliwą płótno z suszonym mięsem, kawałkiem twardej kiełbasy i porcją solonej ryby. Łykiem wody z bukłaka popiła pierwszy kęs. Nie przepadała za suszonym mięsem i soloną rybą, ale teraz były to pyszności, którymi się rozkoszowała. Pachnącą wędzoną kiełbasę zostawiła na koniec.

Podniosła wzrok, bo wydało się jej, że słyszy jakieś ciche mruczenie. Na szczycie skałki, o którą się opierała, przycupnęło jakieś stworzenie. Kahlan patrzyła teraz w jego wielkie zielone oczy. Przykucnęło, milcząc, i wpatrywało się w nią.

ROZDZIAŁ 32

Kahlan przestała żuć. Ręka z kawałkiem suchego mięsa zamarła w pół drogi do ust.

Zwierzę było co najmniej dwa, trzy razy większe od zwykłego kota, z takimi samymi migdałowymi ślepiami. W księżycowej poświacie widziała, że jasnobrązowy grzbiet pokrywają ciemnawe cętki, ciemniejące ku barkom i zadowi. Było masywniejsze od zwyczajnego kota, bardziej podobne do rosomaka czy borsuka, z muskularnymi barkami, ale nie miało wydłużonej mordki czy krótkich łap jak te zwierzęta. Łeb bardziej przypominał łeb pumy, z wydatniejszymi brwiami. Sierść też była krótka.

Nigdy nie widziała takiego zwierzaka.

Siedział spokojnie i nie zdradzał żadnych oznak agresji, toteż trochę się uspokoiła. Palce lewej dłoni dotknęły rękojeści noża u pasa, upewniając się, że jest pod ręką i można go szybko dobyć.

Zwierzę poruszało oczami, śledząc najdrobniejszy ruch jej ręki, kiedy sprawdzała nóż. Długie, spiczaste uszy miały na czubkach kępki sierści. Podobnie jak kot, miało wąsy. Łapy wyglądały na znacznie masywniejsze, z nieproporcjonalnie dużymi „stopami". Wiele młodych zwierząt ma duże łapy. Kahlan pomyślała, że może to po prostu młode. Jednak nie zawsze tak bywało, więc nie mogła mieć pewności.

Stworzenie popatrzyło na nią wielkimi zielonymi ślepiami, a potem spojrzało na mięso w jej ręce. Ślepia pod bujnymi brwiami miały taką samą pionową źrenicę jak kocie. Miało wyrazistą mordkę, niemal mówiącą Kahlan, co ono myśli. Spokojna wiara we własne możliwości sprawiała, że było zaciekawione i rozluźnione. Skierowało ku niej uszy. Najwyraźniej je interesowała, uznało, że zasługuje na zbadanie.

– Masz zielone oczy, jak ja.

Na dźwięk jej głosu głośniej zamruczało i na chwilę zamknęło ślepia. Znowu na nią popatrzyło i ostrożnie odrobinkę się przysunęło, próbując powąchać suszone mięso w jej dłoni, oceniając odległość, na wypadek gdyby zdecydowało się skoczyć.

Kahlan uniosła dłoń z mięsem.

– Chcesz trochę?

Zwierzak popatrzył na nią, jakby zrozumiał, co powiedziała. Najwyraźniej chciał jeść, ale był ostrożny.

Żeby go nie wystraszyć, Kahlan została na miejscu i tylko powolutku wyciągnęła rękę z kawałkiem mięsa.

Zwierzak też się wyciągnął, pochylając na mocnych przednich łapach; poruszał nosem, obwąchując jej dłoń. Widziała mięśnie grające pod gładką sierścią barków. Zadowolony, powąchał mięso i wreszcie ostrożnie wziął je z jej palców. Wtedy zobaczyła, że ma pysk z długimi, ostrymi, groźnymi zębami.

Nie spuszczając z niej oczu, odsunął się trochę z łupem, pochylił i zaczął gryźć; bardzo przypominał w tym kota.

Kahlan też odgryzła kawałek ze swojej porcji i żuła, przyglądając się zwierzakowi, dając mu odczuć, że i ona jest głodna. Choć zwierzak się ucieszył z poczęstunku, to wyglądał, jakby mu nie brakowało pożywienia. Jego postura wskazywała, że jest stworzony do polowania. I najwyraźniej dobrze mu się wiodło.

Ciemne cętki na grzbiecie zlewały się na bokach i szyi. Sierść na łbie, nogach i wielkich łapach była bardzo ciemna. W księżycowej poświacie trudno było orzec, czy ciemnobrązowa, czy czarna. Jaśniejsze miejsca na grzbiecie były jasnobrązowe, więc uznała, że pewnie jest ciemnobrązowa. Jedynym wyjątkiem były kępki niemal białej sierści na czubkach uszu.

Zwierzak zjadł, spojrzał na nią i zaczął mruczeć; dobrze mu tu było, nie miał zamiaru odchodzić.

– Wciąż głodny? – zapytała z uśmiechem Kahlan i podsunęła mu drugi kawałek.

Wziął go równie ostrożnie i cofnął się trochę, żeby zjeść. Kahlan popiła wodą kęs solonej ryby. Zwierzak obserwował kątem oka. Podniosła bukłak.

– Chcesz pić, zwierzaczku?

Patrzył na nią wielkimi zielonymi ślepiami. Najwyraźniej interesowało go wszystko, co robiła, cały czas się jej przyglądał, strzygł ku niej uszami.

Nalała trochę wody w stuloną dłoń i wyciągnęła do niego. Zwierz uniósł się nieco, przysunął ku niej, przykucnął i łapczywie wychłeptał wodę szorstkim kocim językiem. Kiedy skończył, Kahlan nalała drugą porcję wody, a on czekał i patrzył. Wypił większość, wreszcie zadowolony.

Kahlan podsunęła mu trzeci kawałek mięsa. Kiedy się podniósł i ruszył do niej, zauważyła, że oszczędza lewą przednią łapę.

Tym razem się nie odsunął. Przegryzł mięso na połowę i jedną część połknął. Kiedy wziął drugą część z ziemi, odciążył lewą przednią łapę. Wyraźnie mniej się bał po poczęstunku, więc Kahlan ostrożnie wyciągnęła rękę i palcem pogładziła mięciutką sierść na przedniej łapie, która niemal nie dotykała skały.

– Coś ci się stało w łapę, kiciu?

Cofnął się. Kahlan powolutku sięgnęła do łapy.

– Mogę popatrzeć? Może pomogę.

Zwierz się nie poruszył. Pochylił łeb i obserwował jej rękę, kiedy delikatnie uniosła łapę. Kciukiem głaskała grzbiet łapy, wsuwając palce pod duże, miękkie poduszki. Wyczuła ostre haczyki rzepu, który utkwił pomiędzy palcami. Sierść była wilgotna tam, gdzie zwierzę ją lizało i pewnie usiłowało wyciągnąć rzep zębami.

– Przestanie boleć, jak mi pozwolisz to wyjąć. Pozwolisz?

Wiedziała, że stworzenie jej nie rozumie, ale wciąż mruczało, toteż uznała, że jej cichy głos dodaje mu otuchy.

Ponieważ zwierz nie miał zamiaru się przysunąć, podniosła się na kolana, żeby móc się pochylić i lepiej przyjrzeć. Ostrożnie rozsunęła jego palce i zobaczyła pomiędzy nimi kolczasty rzep.

– Boli, jak na to następujesz. Nie zabije cię, ale może jednak pozwolisz mi to wyjąć – powiedziała łagodnie. – Lepiej się poczujesz.

Stworzenie patrzyło na nią, niczego nie okazując, ale aż za dobrze była świadoma, jak blisko jej twarzy jest szeroka, pełna zębów paszcza. Poza pomrukiem nie wydawało żadnego innego dźwięku.

Kahlan, nie chcąc, żeby paskudnie wyglądający rzep wbił się jej w palce, sięgnęła po leżący w pobliżu patyczek i zgięła go w połowie, by posłużył jako szczypce. Podparła się na łokciach, jedną dłonią rozpościerała palce zwierzaka, a drugą starała się wyjąć rzep. Był małą, pokrytą kolcami kulką i mocno utkwił.

Kiedy poruszała rzepem, usiłując go wyjąć, pomruk zwierzęcia przeszedł w cichy skowyt. Miała nadzieję, że to nie jest warczenie. Rzep mocno się wbił.

Zwierzę uniosło wargi, nastawiło uszy i zaczęło wyrywać łapę, którą Kahlan trzymała. Spojrzała w zielone ślepia, tylko o cale od jej oczu.

– Muszę to wyjąć. Pozwól mi sobie pomóc, dobrze?

Zwierzak jeszcze raz szarpnął, a potem zostawił jej łapę. Kahlan uznała to za zgodę. Choć się najeżył, była przekonana, że rozumie, iż stara się mu pomóc. Mocniej szarpnęła, próbując wyjąć rzep. Widziała, że skóra się zaczepia o czubki haczyków.

Stworzenie jęknęło z bólu, ale się nie poruszyło, więc szarpnęła. Rzep wreszcie wyszedł. Kahlan przycisnęła kciukiem krwawiącą rankę, żeby złagodzić ból.

Uniosła rzep, pokazując go zwierzakowi, żeby odwrócić jego uwagę.

– Widzisz? Wyszedł. Już dobrze.

Kiedy puściła łapę, zwierz się pochylił i powąchał kolczaste paskudztwo. Potem się przeciągnął, przednie łapy i pierś na ziemi, zad uniesiony wysoko. Przesunął przy tym łapami po skale i Kahlan się przekonała, że pazury ma równie groźne jak zęby. W końcu wstał, odwrócił się i odszedł ku lasom cichym, swobodnym, sprężystym kocim krokiem. Zobaczyła, że ma bardzo krótki, płaski ogon. I że jest samcem.

Zwierzak przystanął i przez chwilę patrzył przez ramię

na Kahlan, a potem cicho zeskoczył ze skałki w las. Bezdźwięcznie zniknął w jednej chwili.

Kahlan uśmiechnęła się, układając się do snu, zadowolona, że nakarmiła pięknego górskiego kota, czy co to było za zwierzę, i usunęła mu z łapy rzep.

Chociaż na początku noc była ciepła, zaczęło się ochładzać, kiedy zniknęły chmury. Kahlan najszczelniej jak zdołała owinęła się kocem. Zwinęła się, leżąc na boku, przytrzymując koc na ramionach i starając się rozgrzać, żeby móc zasnąć. Była wyczerpana.

Myślała o Richardzie, o tylu związanych z nim sprawach. Martwiła się o niego, ale przecież Zedd obiecał go wybudzić, co dodawało jej ufności. Czuła, jak odpływa w sen, w pamięci przebłyskiwały jakieś obrazy. Raz-dwa zasnęła.

I w pewnej chwili się obudziła.

ROZDZIAŁ 33

Zmrużyła oczy, spoglądając w górę, i przekonała się, że księżyc przebył po niebie sporą drogę. Ale do świtu było jeszcze trochę czasu.

Nie całkiem wybudzona, była na tyle przytomna, by sobie uświadomić, że jest jej ciepło i przyjemnie. Zdziwiona, ocknęła się na tyle, żeby sprawdzić, o co chodzi. I wtedy dotarło do niej, że coś miękkiego i ciepłego dotyka jej brzucha.

Spało przy niej, przytulone do niej, zwinięte w kulę futrzaste stworzenie. Leżało plecami do niej, głowę przykrywało wielką łapą, teraz już wolną od rzepu.

Uśmiechnęła się, ucieszona, że jej mały przyjaciel tak wygodnie się umościł, kiedy spała, i ją ogrzewał. Teraz, kiedy mocno się w nią wtulał, zdała sobie sprawę, że wcale nie jest taki mały. Prawdę mówiąc, był całkiem spory. Jedwabista sierść okrywała twarde mięśnie.

Kahlan delikatnie położyła na nim rękę. Sierść była krótka i mięciutka jak aksamit. Tak przyjemna w dotyku, że miała ochotę głęboko zanurzyć w niej palce, ale oparła się pokusie, bo się bała, że wystraszy zwierzaka. Toteż tylko delikatnie pogłaskała bark i grzbiet, a potem zostawiła dłoń na ciepłej sierści, czuła spokojny oddech stworzenia.

Łapa leciutko się poruszyła, powieka się uchyliła i ślepie sprawdziło, kto głaszcze grzbiet. Kiedy się okazało, że to Kahlan, ślepie powoli się zamknęło. Zwierzak leciutko się poprawił i znowu nakrył mordkę łapą.

Ponieważ trochę głośniej mruczał i nie odsunął się spod jej ręki, Kahlan była pewna, że mu się to podoba. Mruczenie brzmiało niezwykle. Było bardziej gardłowe niż kocie, przypominało warczenie.

Wiedziała, że to nie jest zwyczajny kot.

I wtedy zauważyła coś jeszcze w księżycowej poświacie. Na skałce leżały równiutkim rządkiem trzy martwe króliki. Świeżo zabite, żaden nie został nadgryziony.

Stworzenie przyniosło jej podarek.

Kahlan spojrzała na zwiniętego przy niej zwierzaka.

– Teraz wiem, jak się nazywasz, Łowco – powiedziała cicho. – Łowca do ciebie pasuje. – Podrapała go za uchem. – Podoba ci się Łowca?

Łowca w odpowiedzi trochę głośniej zamruczał. Wyczuwała na brzuchu wibracje pełnego zadowolenia mruczenia. Kahlan położyła głowę, zostawiła dłoń na grzbiecie Łowcy – czuła pod nią spokojny oddech i leciutkie wibracje cichego mruczenia.

Uśmiechnęła się, przypominając sobie, jak Richard ją kiedyś pouczał, żeby nie nadawała imion dzikim stworzeniom. Przyniósł jej wtedy słój z małymi rybkami, żeby miała choć taką rozrywkę, kiedy wracała do zdrowia po okropnym pobiciu. Powiedział, żeby nie nadawała im imion. Razem z Carą szybko wszystkie je nazwały.

– Miłych snów, Łowco.

I z uśmiechem zasnęła.

ROZDZIAŁ 34

Ludwig Dreier rozglądał się po ciasnych, wąskich ulicach Saavedry, kiedy razem z Eriką jechali konno przez miasto ku cytadeli. Tuż przy błotnistej drodze tłoczyły się dwupiętrowe budynki z ciasnymi mieszkaniami. Na parterach niektórych mieściły się małe sklepiki i warsztaty, wózki i stragany przekupniów zaś wciskały się pomiędzy domy i w zaułki. Niektóre były przykryte plandeką, żeby chronić towar przed mżawką.

Przez lata Ludwig wiele razy przyjeżdżał do cytadeli w Saavedrze i nawet mu się tu podobało. No i lubił zapach miasta.

Pachniało strachem.

Mieszkańcy Saavedry bali się cytadeli patrzącej na nich ze wzgórza, obserwującej ich. Tak naprawdę to Hannis Arc ich obserwował, to jego się bali. Cytadela była ucieleśnieniem owych lęków. Hannis Arc uważał, że strach równa się szacunek, toteż prawie wszystkie jego czyny miały mu zyskać pełny i absolutny szacunek.

Biskup uważał, że jeśli ludzie się go boją, to go szanują, są mu posłuszni, kłaniają mu się. Dbał, żeby zawsze mieli powody, by się go bać.

Ludwig Dreier przechylił się w siodle i splunął. Hannis Arc był jedynie pomniejszym tyranem, władcą niewielkiej prowincji Fajin, dumnym z tego, że potrafi wzbudzać lęk. Uważał, że jest szanowany i że zasługuje na więcej.

Że zasługuje na imperium.

Mroczne Ziemie były bardzo niebezpieczne, toteż ludzie ściągali do Saavedry dla ochrony przed zagrożeniami. Potrzebowali strawy, odzienia i mnóstwa innych rzeczy – co przyciągało jeszcze więcej ludzi zaspokajających te wszystkie potrzeby; ściągali tu rzeźnicy, piekarze, uzdrowiciele, kupcy, drwale i prostytutki. Wszyscy oni potrzebowali schronienia i względnego bezpieczeństwa Saavedry, ale przez to miasto sprawiało wrażenie zwróconego do środka, kulącego się z lęku przed wszystkim, co się kryło w okolicznych mrocznych lasach, i w strachu przed cytadelą na wzgórzu. Te lęki – tak przed tym, co na zewnątrz, jak i tym, co wewnątrz – były w pełni usprawiedliwione.

Hannis Arc był osobą obdarzoną wielką ciemną mocą i w zamian za „szacunek" chronił mieszkańców swojej prowincji w ogólności, a Saavedry w szczególności, przed rzeczami jeszcze mniej litościwymi niż on. Co prawda żyli w strachu przed nim, ale żyli.

Na pustkowiach Mrocznych Ziem ludzie umierali łatwo, prędko i często. Szpony i kły zawsze były gotowe dopaść nieuważnych, a nawet i ostrożnych; no i były też rzeczy o wiele gorsze od kłów i pazurów, zawsze gotowe dopaść człowieka, kiedy się tego najmniej spodziewał.

Mroczne Ziemie były w głównej mierze pustkowiem; i nie bez powodu. Toteż ludzie chcieli mieszkać w Saavedrze lub podobnych miastach – dla ochrony przed tymi aż za bardzo realnymi zagrożeniami czyhającymi w nieprzebytych mrocznych lasach.

Przez wzgląd na to Hannis Arc był władcą, którego chętnie tolerowali, choć i tak nie mieli nic do powiedzenia w tej sprawie. Jak Ludwig dobrze wiedział, ludzie, jeśli będą mieli wybór, zawsze się skłonią ku mniej bolesnym rozwiązaniom. Zadaniem mądrego władcy było ograniczyć i odpowiednio ukierunkować te możliwości, żeby ludzie bardzo wyraźnie je dostrzegali.

Mieszkańcy zmierzający we wszystkich kierunkach wąskimi ulicami usuwali się z drogi, bo Ludwig i Erika się nie wysilali, żeby uważnie prowadzić wśród nich konie. Jeśli się na czas nie odsunęli, to ich sprawa. Nie miał zamiaru zważać na nieostrożnych, niedbających o to, gdzie idą. To ich wybór – dać się stratować przez wielkiego konia czy w porę zejść z drogi.

On był pochłonięty mrocznymi rozmyślaniami o czekającym go zadaniu.

Ludzie gapili się na niego, bo rozpoznawali czarny kabat zapięty aż pod szyję, biały sztywny kołnierzyk i pozbawione ronda, czworokątne nakrycie głowy. Nawet jeśli wcześniej go nie widzieli, to o nim słyszeli. Po charakterystycznym stroju poznawali, że nie może być nikim innym jak opatem biskupa Arca. Wiedzieli, że Ludwig prowadzi opactwo, a było ono jednym z tych miejsc w rozległych lasach poza miastem, których słusznie się obawiali.

Ludwig Dreier się uśmiechnął, bo nagle do niego dotarło, że i on jest „szanowany".

Mężczyźni i kobiety na ulicach gapili się także dlatego, że u jego boku jechała pani Erika. Olśniewająco piękna kobieta, wspaniale się trzymająca na koniu, warta nie tylko jednego spojrzenia. Ale większość ludzi odwracała oczy, gdy tylko się zorientowali, kim jest, i szybko się ulatniali. Ci, którzy zbyt późno odwracali wzrok, mogli napotkać zimne spojrzenie błękitnych oczu.

Sama postać Mord-Sith w czarnym skórzanym uniformie wystarczała, żeby ludzie schodzili z drogi; konie już nie musiały ich roztrącać. Nikt nie chciał, żeby Mord-Sith – podobnie jak opat – zwróciła na niego uwagę, a już zwłaszcza Mord-Sith tak przerażająca jak Erika. Wierzyli, że spojrzenie takiej kobiety może przeniknąć ich duszę.

Ludwig Dreier uśmiechnął się do siebie, bo ów lęk był bliższy prawdy, niż ludzie sobie uświadamiali.

Erika, eks Mord-Sith, była świetna w swoim fachu. Inne, z których usług korzystał, w porównaniu z nią były tępymi niezdarami. Ich marne umiejętności nie umywały się do jej talentów. Erika była artystką.

Potrafiła całymi dniami utrzymywać kogoś na granicy śmierci, zawieszonego pomiędzy światem życia a światem umarłych, skąd – kiedy Ludwig użył swoich ciemnych mocy – taka osoba mogła zajrzeć w mroczne, wiekuiste czeluści zaświatów i wydobyć dla niego z tej ciemnej otchłani proroctwo w zamian za łaskę przejścia za zasłonę, by uciec od bólu wypełniającego tę resztkę życia, którą Erika zostawiła.

Zrozpaczeni, złamani ludzie – kiedy tylko odpowiednio im przedstawiono opcje – błagali o śmierć, świetnie wiedząc, że to ich jedyna ucieczka przed panią Eriką. Kiedy Ludwig dodawał ostatnie tajemne ingrediencje, wprost nie mogli się doczekać, żeby zrobić to, o co prosił, w zamian za umożliwienie im ucieczki.

Toteż Ludwig Dreier uważał się za przedstawiciela Grace. Prowadził ich ową nitką daru wychodzącą z centrum Grace i przenikającą przez granicę pomiędzy życiem a śmiercią.

Lecz dla Ludwiga Dreiera minęły dni, kiedy był opatem. Były już tylko etapem jego przeszłości, okresem zdobywania wiedzy, stopniem do świetniejszej przyszłości. Zawsze był kimś więcej niż tylko zwyczajnym opatem. Nikt sobie z tego – rzecz jasna – nie zdawał sprawy, a już zwłaszcza Hannis Arc. Jako lojalny opat pozostawał niezauważony, nie rzucał się w oczy, obserwował, uczył się i czekał. Ta anonimowość była użytecznym narzędziem, którym się posłużył, żeby zmienić wrodzony dar w moce, które ukrywał.

Aż do teraz.

Ludwig z zadowoleniem spędził lata na uboczu, szlifując swoje umiejętności i układając plany. Cały czas pomagał Hannisowi Arcowi w realizacji jego dalekosiężnych zamierzeń. Wspierał go, bo to było korzystne dla jego własnych planów, z żadnego innego powodu.

Ludwig urodził się w pobliżu potężnych ciemnych mocy, przez tysiące lat zamkniętych za wielkim północnym murem. Jednakże takich sił nie można całkowicie odgrodzić i od czasu do czasu wydostawały się zza muru, jeszcze zanim ten całkowicie zawiódł. Ludwig zawsze wiedział, że przynajmniej niektóre z jego wrodzonych zdolności pochodziły od tamtych mocy, niezauważalnie wysączających się zza muru i zagnieżdżających się w jego iskrze życia w chwili poczęcia.

Było to też źródło sporej części talentów Hannisa Arca oraz wielu pomniejszych talentów niektórych chowańców grasujących na pustkowiach Mrocznych Ziem. Lecz Ludwig miał takie umiejętności – i to bardzo liczne – dodające mocy jego darowi. Toteż jego zdolności i moc były jedyne w swoim rodzaju, chociaż przez cały ten czas pozostawały w ukryciu.

Uważał, że to go łączy z Richardem Rahlem. Lord Rahl dorastał zupełnie nieświadomy swoich umiejętności. Nikt ich w nim nie dojrzał, podobnie jak nikt ich nie dostrzegł w Ludwigu Dreierze; tyle że Ludwig był świadom swoich talentów. Potajemnie się uczył, pracował nad nimi i je rozwijał.

Hannis Arc nie ukrywał owych prastarych mocy, z którymi się urodził; przeciwnie, pysznił się nimi – ujawniał je swoimi tatuażami. Chciał się wyróżniać. Ludwig Dreier wolał zatajać swoje talenty, póki nie nadejdzie właściwy czas. Teraz sporo jego planów przynosiło owoce i czas był wreszcie odpowiedni.

Hannis Arc był zwolennikiem chaosu; sądził, że doprowadzenie do zamętu da mu władzę. Lecz Ludwig pojął, że prawdziwa władza przypada temu, kto się pojawia w świecie ogarniętym chaosem i nakłania ludzi do obwołania go orędownikiem nowego porządku, którego tak rozpaczliwie potrzebują. W takiej sytuacji, mając możliwości wyboru, które Ludwig starannie dla nich przygotuje, każdy oferowany przez niego ład przyjmą jako wybawienie od walącego się wokół nich świata, niszczonego przez Hannisa Arca.

Hannis Arc uważał się za tego, co stworzy nowy porządek świata, całkowicie zmieniając naturę życia. Ludwig w zasadzie od początku pomagał biskupowi Arcowi zburzyć ład świata, wyrwać go spod kontroli i zepchnąć w chaos – on sam zaś miał być tym, który poskłada wszystko na nowo dla ludzi desperacko wyglądających zbawcy. Ale, ma się rozumieć, poskłada po swojemu.

Wszystko szło dobrze, zgodnie z planem, póki król-duch nie przyniósł Hannisowi Arcowi wieści z zaświatów, nie powiedział mu o tym, co Ludwig robił i co cały czas planował. Obydwaj wysłali dzikusów, półludzi, żeby wywarli pomstę, eliminując Ludwiga.

Ludwig Dreier miał potężną moc, ale nawet taka moc ma swoje ograniczenia. W końcu był sam jeden i półludzie mogli go pokonać samą swoją liczebnością. Hannis Arc i Sulachan go zaskoczyli. Dopadli znienacka i niemal pokonali.

Na szczęście akurat pojawił się Richard Rahl, żeby ocalić żonę, zanim Ludwig i Erika zaczną nad nią pracować.

Ludwig się spodziewał, że Matka Spowiedniczka dostarczy niezmiernie ważne proroctwo. Bardzo chciał nad nią popracować, ale lord Rahl i jego ludzie przybyli w samą porę, żeby zniweczyć te plany. I w samą porę, żeby natrafić na grasujących półludzi wysłanych, żeby zamordować Ludwiga. Lord Rahl w swojej uprzejmości ich wyeliminował, ratując Ludwiga i Erikę od losu, jaki chcieli im zgotować Hannis Arc i duch Sulachan.

Niekiedy chaos, raz zapoczątkowany, działa na szkodę swoich zwolenników.

To właśnie Ludwig pomagał Hannisowi Arcowi przy proroctwach, żeby ten mógł sprowadzić z zaświatów dawno zmarłego imperatora Sulachana, który by całkowicie zmienił naturę świata. Ludwig uważał, że wskrzeszanie umarłego, by dalej prowadził przegraną wojnę, nie było zbyt rozsądne, ale było też korzystne dla jego planów, toteż pomagał biskupowi w realizacji najważniejszego zadania.

Hannis Arc – po części dzięki kluczowemu proroctwu, które dostarczył Ludwig – mógł sprowadzić imperatora Sulachana do świata życia.

Jeden ani trochę nie ufał drugiemu, lecz każdy uważał, że jak dotąd wychodzi na swoje, toteż na razie byli dobrymi kompanami. Ludwig podejrzewał, że każdy z nich przyjacielsko się uśmiecha, a w głębi ducha zakłada, że poderżnie temu drugiemu gardło i sam zostanie na placu boju.

Ludwig dotąd nie przejmował się ich zamiarami – po prawdzie było dla niego korzystne, że pilnowali jeden drugiego, inicjując osuwanie się świata w chaos. W końcu ów chaos był jedną z możliwości, które Ludwig zamierzał zaofeować ludziom – najbardziej niepożądaną ma się rozumieć. Z przyjemnością zostawił to tamtym dwóm. To ich na jakiś czas zajmie.

Ludwig miał swoją robotę do wykonania. Ledwo uszedł z życiem z opactwa i teraz musiał znaleźć nową siedzibę, w której mógłby pracować i skąd mógłby nadawać bieg swoim planom.

Cytadela – którą niedawno pospiesznie opuścił Hannis Arc, żeby się zająć ważnymi sprawami – znakomicie się nadawała na nową siedzibę Ludwiga; mógłby wreszcie zwielokrotnić swoją moc.

Hannis Arc nie znosił tkwić w odległej, zapomnianej prowincji Fajin, w brudnym miasteczku Saavedra. Nie miał zamiaru tu wracać. On miał na oku Pałac Ludu. Uważał, że zasługuje na siedzibę władcy imperium D'Hary. Chciał zemsty na dynastii Rahlów. Marzył, że rozgromi ich ród i sam przejmie władzę. W swoich marzeniach władał z ich siedziby, wspaniałego Pałacu Ludu, odwiecznego gniazda rodu Rahlów.

Ludwig był na ślubie jednej z Mord-Sith lorda Rahla. Pałac Ludu z pewnością był ogromny i wspaniały. Uważał, że robi wrażenie, jeśli się coś takiego lubi. On nie był z tych. Chciał istnieć w umysłach swoich poddanych, władać z perspektywy każdej ich świadomej myśli – nie z pałacu z zimnego marmuru.

Będzie mieszkał w umysłach ludzi, nie w jakiejś budowli.

Hannis Arc natomiast pałał chęcią rozkoszowania się wspaniałościami pałacu.

To, co czyniło cytadelę tak nieodpowiednią dla Hannisa Arca, sprawiało, że była idealna dla Ludwiga Dreiera. Była niemal zapomnianym miejscem. Nikomu nie przyjdzie na myśl, by go tam szukać, a już zwłaszcza Hannisowi Arcowi. W końcu on sądził, że wyeliminował swojego opata. Nikt nie będzie Ludwigowi przeszkadzał ani mieszał się w jego sprawy.

Pewnego dnia wszyscy się o nim dowiedzą i chętnie wybiorą to, co im zaoferuje w miejsce chaosu. To uczyni go potężnym – ludzie sami go wybiorą na swojego władcę.

Hannis Arc uważał, że włada się za pomocą strachu. Ludwig zrozumiał, że ludźmi włada się tylko za ich zgodą. Podsunie im dobrze dobrane opcje i wybiorą go na swojego władcę.

Nie miało dla niego znaczenia, gdzie ten proces się zacznie. Cytadela, Saavedra i prowincja Fajin świetnie się nadawały na początek. Były zbyt małe, żeby się nimi interesowali ludzie podobni Hannisowi Arcowi, żeby w ogóle o nich myśleli wcześniej.

Lecz pewnego dnia ludzie o nich pomyślą i wtedy pożałują, że się nie interesowali.

Ludwig, będąc opatem, zdobywał proroctwa i te ważne przekazywał Hannisowi Arcowi do cytadeli – przynajmniej te, które jego zdaniem tamten powinien poznać. Arc był napuszonym bubkiem. Nie miał pojęcia, że Ludwig karmi go tylko tym, co jego zdaniem powinien wiedzieć.

Z tego, jak ludzie na ulicach się w niego wpatrywali, Ludwig wnioskował, że pora zmienić garderobę, na bardziej odpowiadającą jego nowej randze. Był ostrożnym człowiekiem i niczego nie zaczynał, nie znając z góry skutków swojego działania. Nigdy nie rozpoczynał walki, nie mając pewności, że wygra.

Czas zacząć. Czas objąć we władanie nową siedzibę.

Hannis Arc wyświadczył mu ogromną przysługę, opuszczając cytadelę i pozostawiając zaczątek siły zbrojnej. Choćby jego ciemna moc była potężna, to był tylko człowiekiem. Potrzebował ochrony i żołnierzy, by nad nim czuwali, kiedy zajmie się poważniejszymi sprawami.

Ludwig Dreier skierował konia w górę brukowanej głównej ulicy wiodącej ku kwaterom garnizonu Fajin i cytadeli, której żołnierze strzegli.

ROZDZIAŁ 35

Ludwig wprowadził konia za bramę, na brukowany plac przed koszarami, i po raz pierwszy bliżej się przyjrzał wznoszącej się nad nim cytadeli. Erika jechała o pół długości konia za nim – jego nieustannie obecna ochrona. Jak na razie jedyna ochrona. Wkrótce będzie miał liczniejszą.

Z zadowoleniem stwierdził, że żołnierzy powiadomiono, iż się zbliża, i już utworzyli zwartą linię. Właśnie tak powinni zareagować, gdyby przyszło im się bronić przed niemającymi daru.

Żołnierze go znali, toteż było to pełne szacunku wojskowe powitanie. Wszyscy stali w szyku na zewnątrz. W wilgotnym bruku odbijały się równiutko ustawione pod tym samym kątem kopie, końcem drzewca oparte o ziemię. To była pozorowana formacja obronna, ale Ludwig z zadowoleniem stwierdził, że nie ufają nikomu, nawet opatowi, osobie prawdopodobnie najwyższej rangą w prowincji Fajin, oczywiście po samym biskupie.

Ma się rozumieć, Hannis Arc nigdy nie patrzył przychylnym okiem na ludzi mających znaczenie. Uważał, że jego talenty w zupełności wystarczają do władania prowincją Fajin, że nie potrzebuje innych wysokiej rangi urzędników. Uważał, że silni ludzie mogą sprowadzić na niego kłopoty. Tolerował swojego opata, bo Ludwig był na tyle bystry, by się nie rzucać w oczy.

Po obu stronach drogi, która prowadziła na plac, stali żołnierze w brązowych tunikach. Ci na placu ustawili się tak, żeby skierować nadjeżdżających ku środkowi brukowanego placu.

Żołnierze w pierwszym szeregu mieli kolczugi. Miecze pozostały w pochwach, ale w gotowości. Drugi szereg trzymał pochylone kopie. Przed żołnierzami w kolczugach klęczeli łucznicy; strzały były nasadzone, lecz cięciwy nienaciągnięte.

Była to formacja obronna, lecz nie wroga wobec odwiedzającego. Miała skierować wizytujących na środek placu, gdzie w razie potrzeby można by ich szybko otoczyć, odcinając wszystkie drogi ucieczki.

Miał to być również czytelny sygnał, że nie będzie się tolerować żadnych niepożądanych działań – niczyich.

Oficerowie blokowali środek formacji w kształcie klina, prowadzącej ku drodze do cytadeli. Ponieważ go znali, zrobili to otwarcie. Prawdopodobnie uważali, że będzie lepiej, jak go zawrócą dowódcy, a nie prości żołnierze. Gdyby był wrogiem, a nie opatem, przejście zostałoby całkowicie zamknięte, a oficerowie znajdowaliby się gdzieś na tyłach, dowodząc żołnierzami. Nakazaliby im się wycofać lub wyeliminować wroga.

Na szczycie stoku, widocznego za stojącymi na placu żołnierzami, poprzecinanego terasami obsadzonymi rozłożystymi drzewami oliwnymi, wznosiła się cytadela. Miało to być imponujące wejście do siedziby władcy w małej prowincji Fajin. Żołnierze chronili ową skromną siedzibę, jakby była cennym skarbem.

Ludwig się uśmiechnął. Tak się złożyło, że od teraz będzie.

Czterej oficerowie stali niemal ramię przy ramieniu, blokując przejście obstawione żołnierzami z kopiami, mieczami i gotowymi do strzału łukami. Skoro biskup Arc zapewne zostawił instrukcje, że podczas jego nieobecności nikomu nie wolno wejść do cytadeli, to żołnierze zamierzali strzec koronnego klejnotu Saavedry.

Ludwig westchnął w głębi duszy.

Biskup Arc, ma się rozumieć, zawsze uważał swojego opata za lojalnego totumfackiego. W zasadzie nikt – poza tymi, od których wymuszał proroctwa – nie uważał, że Ludwig jest niebezpieczny. Hannis Arc dopiero po opuszczeniu cytadeli zaczął widzieć w nim zagrożenie i wysłał półludzi, żeby go zamordowali. Był to błąd, bo nie wziął pod uwagę, że może się pojawić Richard Rahl.

Hannis Arc oczekiwał, że jego lojalny opat będzie wypełniał swoje obowiązki, lecz nigdy nie zwracał uwagi na to, jak Dreier to robi. Zakładał, że opat sprowadza do opactwa ludzi mających dar i chowańców, żeby studiować znane im proroctwa. Nigdy się nie orientował, w jaki sposób opat zebrał taki zbiór proroctw, jakiej pracy to wymagało, jakich umiejętności. Hannis Arc nie miał pojęcia, jakie moce posiada Ludwig Dreier.

Po prawdzie to nikt – z wyjątkiem najbliższych pomocników, jak Erika – nie miał pojęcia o mocach, z którymi Ludwig Dreier się nie zdradzał. Nigdy nie rozgłaszał, jaką ma moc. Nigdy – w przeciwieństwie do Hannisa Arca – nie lubił się przechwalać i popisywać.

Jego umiejętności były jego prywatną sprawą. Korzystał z nich w razie potrzeby, nie ściągając na siebie uwagi.

I dlatego niewielu ludzi zdawało sobie sprawę, jakimi siłami włada.

Pomyślał, że nadszedł czas, by zaczęli to pojmować.

Ludwig i Erika mogli roztrącić końmi czterech oficerów, ale tylko by ściągnęli na siebie deszcz strzał. Ludwig by sobie z tym poradził, lecz to nie przysłużyłoby się jego głównemu celowi – podsuwaniu opcji. Żołnierze będą użyteczni, kiedy już zaprowadzi nowy ład w prowincji Fajin.

– Opat Dreier? – zapytał generał Dobson. – Co tu robisz? Nie powiedziano nam, że się zjawisz.

Ludwig Dreier spokojnie się w niego wpatrywał, pozwalając, żeby cisza stała się nieprzyjemna. Generał w końcu uznał, że musi się odezwać:

– Jesteś zaufanym pomocnikiem biskupa Arca, lecz on zostawił bardzo konkretne zalecenia. Obawiam się, że podczas jego nieobecności nie możemy cię wpuścić do cytadeli. Proszę więc, byś z łaski swojej zawrócił i pojechał do miasta. Znajdziesz tam kwaterę. A jeszcze lepiej by było, żebyś wrócił do opactwa i pozostał tam, aż biskup wróci i cię wezwie.

– Bo inaczej co? – spytał z uśmieszkiem Ludwig. – Każesz swoim łucznikom mnie zastrzelić?

Wielki generał, nieprzyzwyczajony do takich przekomarzań z opatem, naburmuszył się gniewnie.

– Jeśli będę musiał. Powiedziano mi, że nikt nie ma prawa tam wejść, aż do nowych zaleceń.

– Cóż... problem rozwiązany. – Ludwig uniósł ramię i wykonał zamaszysty gest. – Oto otrzymałeś nowy rozkaz. Z drogi, generale.

Generał jeszcze bardziej się nastroszył. Ludwig zobaczył, że naciągnięto cięciwy. Siedział spokojnie, koń uderzał kopytem o bruk.

– Obawiam się, że nie możesz wydać takiego rozkazu, opacie.

Ludwig poprawił się w siodle.

– Tu się mylisz. Nie jestem już opatem służącym cytadeli. Jestem teraz lordem Dreierem i zarządzam cytadelą.

– Lord Dreier? – prychnął szyderczo generał. – Nie sądzę!

Ludwig przestał się uśmiechać.

– Proponuję, żebyś to przemyślał, póki jeszcze możesz. Albo zostaniesz generałem dowodzącym moimi oddziałami, albo ktoś cię zastąpi. Masz ostatnią szansę, generale Dobson. Dobrze się zastanów.

Krzepki generał zrobił krok naprzód, wsparł się pięściami pod boki.

– Bo co? – Wskazał Erikę. – Każesz swojej Mord-Sith, żeby mnie nauczyła szacunku?

– Rzecz w tym – powiedział niemal przepraszająco Ludwig, odkaszlnąwszy, i odrobinę pochylił się ku generałowi – że pani Erika jechała cały dzień i biedaczka jest zapewne zbyt wyczerpana, żeby zsiąść z konia i nauczyć cię szacunku. – Popatrzył na Erikę. – Nieprawdaż, moja droga?

Gładka twarz Eriki nie zdradzała żadnych uczuć, Mord-Sith siedziała sztywno wyprostowana w siodle, a koń leciutko pod nią tańczył.

– Nie, lordzie Dreierze. – Przerzuciła do przodu blond warkocz, głaskała go dłonią. – Świetnie się czuję, chętnie zsiądę i nauczę tego wieprza, że należy ci okazywać szacunek.

Ludwig wyciągnął ku niej rękę i powiedział do generała:

– Widzisz? Biedną dziewczynę wykończyła długa jazda, nie podoła tak ciężkim obowiązkom.

Ludwig się uśmiechnął.

– Toteż będę musiał sam się tym zająć.

ROZDZIAŁ 36

Generał zrobił drugi krok naprzód i dał znak łucznikom. Ludwig, nawet się nie odwracając, usłyszał „szszszsz”, kiedy wszystkie łuki zapaliły się w rękach łuczników, zanim zdążyli wypuścić strzały, a potem odgłos uderzających o bruk łuków, rzuconych na ziemię, nim poparzyły żołnierzom dłonie. Nie spuszczał oka z coraz bardziej czerwonej twarzy generała.

Uniósł palec i wskazał.

– Co to takiego, generale? W kąciku twoich ust. Wydaje się, że krwawisz.

Generał był tak wściekły, że tego nie zauważył.

– Co?

Ludwig ponownie wskazał.

– W kąciku ust. Czy to nie krew spływa ci po brodzie?

Generał otarł brodę i popatrzył na dłoń – była zakrwawiona.

– Złapałeś jakąś chorobę. Przypominam sobie, że słyszałem o pewnej chorobie. Z tego, co mówiono, bolesnej.

Oficerowie zaczęli się zbliżać, ale Ludwig posłał im gniewne spojrzenie.

– Lepiej nie podchodźcie do tego człowieka. Moglibyście się zarazić. – Ostrzegawczo uniósł palec. – To zapewne mór. Nie chciałbym, żeby ktoś jeszcze złapał tę zarazę, na którą zapadł wasz generał.

Oficerowie przystanęli, nie wiedząc, co robić.

Z przerażeniem patrzyli na generała. Twarz Dobsona była niemal tak czerwona jak strużki krwi skapującej mu z brody.

– Dreier! – krzyknął generał. – Jak śmiesz...

Głos zamarł w gardle, zduszony bulgotaniem.

– Z przykrością muszę ci powiedzieć, generale, że te objawy pasują do tej straszliwej choroby, o której słyszałem. Wtedy sądziłem, że to tylko bajanie wieśniaków, lecz pogłoski okazują się prawdziwe. Słyszałem, że choroba atakuje nagle. Najpierw w ustach i w gardle otwierają się rany. Obficie krwawią.

Generał chwycił się rękami za szyję. Oczy niemal wyskakiwały mu z głowy. Bruk u jego stóp był zachlapany krwią.

– Jak słyszałem – ciągnął Ludwig, patrząc w niebo i stukając palcem w brodę, jakby próbował sobie coś przypomnieć – druga fala objawów pojawia się dość gwałtownie.

– Co... – wykrztusił tylko generał.

– Wkrótce po otwarciu się ran zaczynają się łamać kości, które stają się kruche. Najpierw łamią się te, które podtrzymują ciężar ciała, czyli kości nóg.

Po placu poniósł się echem głośny trzask. Zaraz po nim drugi. Generał opadł na kolana, bo złamały mu się kości goleni.

– Potem szybko zaczynają się łamać kości w całym ciele – mówił Ludwig. – Okropne, zważywszy na to, ile ich mamy. Nie znam dokładnej liczby, ale jest ich mnóstwo.

Ludwig spojrzał na szeregi żołnierzy po swojej lewej.

– Czy któryś z was wie, ile kości jest w ludzkim ciele?

Pokręcili głowami.

Ludwig wzruszył ramionami.

– Nie będę się upierał, ale chyba jest ich ze sto, a może i dwieście.

Żołnierze chłonęli każde jego słowo. Patrzyli z przerażeniem, jak ich generał – wymiotując krwią – trzyma się za szyję.

Co chwilę na wilgotnym od mżawki placu rozlegały się głośne trzaski. Generał osunął się na bok.

– Słyszałem, że to bolesne, kiedy tak kości łamią się jedna po drugiej – powiedział Ludwig i westchnął. – Potem oddychanie staje się zbyt wielkim obciążeniem dla kruchych żeber i wszystkie pękają.

Rozległa się seria szybkich trzasków, jakby łamała się garść gałązek.

Generał dusił się i krztusił, wierzgając połamanymi nogami. Mięśnie nie mogły już poruszać kończynami, toteż tylko bezładnie drgały.

– No cóż – odezwał się Ludwig z udawaną troską – masz wszystkie objawy, o jakich słyszałem. Najwyraźniej złapałeś mór głupców.

Żołnierze, odrętwiali z przerażenia, nie wiedząc, co robić, nie ośmielając się ruszyć, patrzyli, jak generał umiera okropną, bolesną śmiercią.

– Wystarczy – powiedział Ludwig, straciwszy cierpliwość. Skinął ręką.

W ciemnawym świetle dżdżystego popołudnia coś błysnęło czerwienią w głębi piersi generała – rozbłysk był widoczny poprzez ciało i mundur. W jednej chwili zrobił się czarny jak węgiel. W następnej chwili poczerniałe ciało rozpadło się pod wielkim ciśnieniem na małe czarne kawałki przypominające żużel. W kolejnym mgnieniu sczerniałe szczątki wysypały się z munduru. Ciemne cząstki, będące niegdyś generałem Dobsonem, potoczyły się po bruku.

Wszyscy stali nieruchomo, nie wiedząc, co powinni zrobić. Nadszedł czas, żeby lord Dreier podsunął im decyzję, do której tak starannie ich przygotował.

Położył dłonie na kuli siodła.

– Kto teraz dowodzi?

Dwaj z trzech pozostałych oficerów cofnęli się o krok od tego, który stał pomiędzy nimi. Ten popatrzył na nich, na koniec przełknął ślinę i powiedział:

– Chyba ja, lordzie Dreierze. Jestem porucznik Wolsey.

Ludwig się uśmiechnął.

– Wygląda na to, poruczniku Wolsey, że garnizon cytadeli Fajin potrzebuje generała. Mianuję ciebie. Gratuluję, generale Wolsey.

Tamten zrobił wielkie oczy ze zdziwienia, ale zawahał się tylko na moment. Potem przyłożył pięść do serca i nisko się skłonił. Wiedział, że darowano mu życie – przynajmniej na razie.

Podjął decyzję.

– Dziękuję, lordzie Dreierze.

– Módlmy się, abyście ty i twoi ludzie nie zarazili się tą samą śmiertelną chorobą, na którą zapadł wasz poprzedni dowódca. Nie chciałbym, żeby jeszcze ktoś się rozchorował. Jesteś zdrowy, nieprawdaż, generale? Jesteś w formie i gotowy wypełniać obowiązki?

Wolsey energicznie przytaknął.

– Tak, oczywiście, lordzie Dreierze. Jestem zdrowy i w pełni gotowy wypełniać obowiązki pod twoimi rozkazami. Co mamy zrobić?

Ludwig się rozejrzał.

– Hmmm, wygląda na to, że moi łucznicy będą potrzebować nowych łuków. Dotychczasowe na szczęście się rozpadły, zanim żołnierze niechcący zrobili coś głupiego, na przykład narazili się na spalenie.

– Żaden problem, lordzie Dreierze – pospiesznie wszedł mu w słowo Wolsey. – Mamy zapas łuków, jak też ludzi wykonujących łuki i strzały. Natychmiast się tym zajmę, tak żeby łucznicy byli uzbrojeni i zdolni do obrony ciebie i cytadeli.

Ludwig popatrzył na łuczników.

– Odpowiada wam to, żołnierze?

Wszyscy stanęli na baczność i przyłożyli pięść do serca.

– Czy mogę jeszcze w czymś pomóc, lordzie Dreierze? – zapytał nowy generał.

– Właściwie tak. Biskup wyruszył z jakąś misją. – Ludwig skinął dłonią ku południowemu zachodowi i skrzywił się z niesmakiem. – Obawiam się, że nie wróci, i dlatego teraz ja dowodzę cytadelą. Rozumiem, że wszyscy rozsądnie postanowiliście być lojalni wobec mnie, lecz musicie zadbać, żeby służba i pozostali żołnierze oraz strażnicy zostali powiadomieni o nowym głównodowodzącym.

– Wedle rozkazu, lordzie Dreierze – powiedział Wolsey, skłaniając głowę.

Ludwig pochylił się w siodle.

– Jak mówiłem, nie chciałbym, żeby ktoś zapadł na chorobę, która zabiła generała. Takie miazmaty w powietrzu mogłyby ogromnie zaszkodzić mieszkańcom Saavedry i prowincji Fajin. Zaraza z łatwością mogłaby zabić połowę mieszkańców miasta i wypędzić pozostałych na pustkowia. Zrozumiano?

Generał Wolsey przycisnął pięść do serca i potaknął.

– Zrozumiano, lordzie Dreierze. Osobiście się tym zajmę. Jestem przekonany, że wszyscy dołożą wszelkich starań, żeby nie złapać tej samej okropnej choroby, którą tak nierozważnie zaraził się generał. Zadbam, żeby moi ludzie wykonali swój obowiązek i zaprowadzili rządy prawa. Mogę cię zapewnić, że każdy, kto nie okaże należytego szacunku lordowi Dreierowi, otrzyma surową nauczkę.

Ludwig wskazał dłonią zakrwawiony mundur i kupkę czarnych okruchów, które się z niego wysypały i potoczyły po ziemi.

– Zadbaj, żeby to uprzątnięto i rzucono na kupę gnoju, to właściwe miejsce, dobrze?

– Natychmiast, lordzie Dreierze.

Nowy generał pstryknął palcami na stojącego najbliżej żołnierza, na końcu szeregu kopijników. Ten skinął głową i pobiegł po coś, żeby posprzątać.

Generał Wolsey popatrzył na Ludwiga.

– Za twoim pozwoleniem, lordzie Dreierze, wezmę kilku żołnierzy i natychmiast zadbamy o to, żeby służba poczyniła przygotowania i żeby wszystko było, jak trzeba. Postaram się, żebyś był zadowolony.

Ludwig z satysfakcją kiwnął głową.

– Czy w cytadeli zostały jakieś Mord-Sith? – zapytała Erika.

Wolsey natychmiast się pokłonił.

– Tak, pani, lordzie Dreierze. Kilka.

– Niech się zbiorą – nakazała.

Ludwig potwierdził jej słowa skinieniem głowy.

– Chcemy z nimi porozmawiać.

Erika uśmiechnęła się na tę myśl, gładząc dłonią długi blond warkocz przerzucony przez ramię.

ROZDZIAŁ 37

Ludwig z rozmachem otworzył wielkie główne drzwi i wszedł do wspaniałego westybulu cytadeli. Zobaczył służące w ciemnoszarych sukniach i świeżo wyprasowanych białych fartuchach, biegnące galeriami za kamiennymi kolumnami po obu stronach; niosły bieliznę stołową i pościelową i inne rzeczy. Starszy mężczyzna przyklęknął przed jednym z dwóch kominków i układał szczapy, ogień miał usunąć wilgoć z powietrza. Parę kobiet w ciemnoszarych sukniach rozsuwało ciężkie zasłony, wpuszczając smugi szarego światła. Inne zapalały lampy na bocznych stolikach, żeby rozjaśniły mroczne pomieszczenie i powitały pana domu.

Po drugiej stronie wspaniałego westybulu dwudzielne schody prowadziły na balkony biegnące po bokach westybulu ponad galeriami podtrzymywanymi przez kamienne kolumny. Drzwi na tym poziomie wiodły do rozmaitych sektorów cytadeli. Pośrodku, na poziomie balkonu, zaczynały się od spiralnych marmurowych słupków jednobiegowe wspaniałe schody wiodące na najwyższe piętro, gdzie – jak Ludwig słyszał – znajdowało się miejsce pracy Hannisa Arca i sala przepowiedni.

Żołnierze, którzy postanowili przyjąć podsuniętą przez lorda Dreiera możliwość, też spiesznie kroczyli galerią, wchodząc w drzwi tak na niższym piętrze, jak i na poziomie balkonów, upewniając się, że każdy się zaznajomił z nowym porządkiem w cytadeli. Ludwig słyszał rozkazy wydawane w korytarzach. Wyglądało na to, że wszyscy się krzątają, czyniąc przygotowania do przyjęcia nowego lorda.

Kiedy już rozsunięto zasłony, przez wysokie okna we frontowej ścianie, obok paradnego wejścia, wlało się słabe światło, ukazując barwne dywany i gobeliny, gustowne fotele i kanapy w stonowanych kolorach oraz małe, lśniące mahoniowe stoliki ustawione w pobliżu foteli. W powietrzu wisiała delikatna mgiełka z paleniska, dorzucając gryzącą woń dymu z palącego się drewna do zapachu stęchlizny.

Ludwig już to wcześniej widział i nie zrobiło to na nim aż takiego wrażenia. Nie dlatego, że brakowało tu wytworności, lecz dlatego, że dla niego liczyli się przede wszystkim ludzie. Nigdy nie przejmował się dobytkiem.

Uważał, że jeśli się skupić na ludziach i obdarzyć ich należną uwagą, to rzeczy materialne same się znajdą. Zdawało mu się, że większość tego nie rozumie i skupia się na wartości przedmiotów, a nigdy nie postępuje właściwie z ludźmi. Sądzą, że taka otoczka przekona innych, że zdobyli wielką władzę. A zdobyli wyłącznie rzeczy.

– Cóż za rozczarowanie – powiedział do Eriki.

– To znaczy? – zapytała.

– Że tak szybko się ugięli. Spodziewałem się, że liczysz na... środki perswazji.

– Tylko jeśli są niezbędne – odparła, splatając dłonie za plecami, kiedy tak stali, obserwując westybul i krzątającą się służbę. – Poza tym znam twoje talenty, toteż wcale się nie zdziwiłam, że wystarczyło, byś zabił generała, aby reszta przeszła na twoją stronę. Umiesz postępować z ludźmi.

Uśmiechnął się.

– Hmmm, przekonałem się, że obcięcie głowy wężowi unieszkodliwia resztę, czyniąc ją bardziej giętką i łatwą do kontrolowania.

Erika skinęła głową, obserwując westybul i zapamiętując każdego, kogo zobaczyła.

– Mamy jeszcze Mord-Sith.

Ludwig wzruszył ramionami.

– To mniejszy kłopot. Generałów jest wielu, lecz Mord-Sith są cenne, toteż nie chciałbym być zbyt obcesowy, wyjaśniając im to.

Erika spojrzała na niego z ukosa.

– Znam te kobiety, lordzie Dreierze. Służyłam z nimi, kiedy byłyśmy z Rahlem Posępnym. Pojmuję, że cenisz Mord-Sith i chcesz zachować je wszystkie, lecz jest wśród nich taka, o której powinieneś się dowiedzieć.

– Dlaczego?

– Będzie się do ciebie uśmiechać, lecz milczkiem zdradzi.

Spojrzał na nią ponuro.

– Wszystkie tak robicie. Uśmiechałyście się do swojego pana Rahla Posępnego i służyłyście mu, i zostawiłyście, kiedy spuścił was z oka.

– By przejść do lepszego pana – przypomniała mu Erika.

Kiedy Ludwig zbył tę wymówkę burknięciem, Mord-Sith podjęła:

– Przyjęłam twoją propozycję i z chęcią przysięgłam ci wierność. Dałeś mi szansę wykorzystania moich umiejętności i spełnienia się jako Mord-Sith w większym stopniu, niż zrobił to kiedykolwiek Rahl Posępny. Okazałeś mi zaufanie, powierzając szeroki zakres obowiązków. Czyż nie okazałam się godna twego zaufania, lordzie Dreierze? Czyż nie wypełniłam wszystkich poleceń, nie zaspokoiłam wszystkich twoich pragnień, bez względu na to, czy były trudne, łatwe, wielkie lub pomniejsze? Czyż nie dochowałam twoich tajemnic? Nie stałam u twego boku nawet w obliczu śmierci? Mogłam cię porzucić, kiedy w opactwie pojawili się półludzie. Rzesze pozbawionych duszy rozszarpałyby cię na strzępy. Mogłam cię porzucić na ich pastwę. Gdybyś umarł, zniknęłaby łącząca mnie z tobą więź i byłabym wolna. I nikt by już o mnie nie usłyszał. Lecz zostałam z tobą, kiedy nie wiedziałeś, co robić. Chroniłam cię, póki nie zdołałeś się stamtąd wydostać. Czyż tym wszystkim nie dowiodłam, że jestem wobec ciebie lojalna?

Ludwig skrzywił się; pożałował pochopnie rzuconego oskarżenia. Szły na niego takie rzesze żądnych krwi półludzi, że nie był w stanie jasno myśleć. W tamtych okropnych chwilach Erika ich stamtąd wyprowadziła, zadbała, żeby byli bezpieczni. Wiedziała, co robić. Nigdy wcześniej nie domagała się pochwał za to, co zrobiła.

– Okazałaś się godna – przyznał spokojnie. – Nieraz dowiodłaś, ile jesteś warta. Na wiele sposobów.

Uśmiechnęła się. Rzadko to robiła, chyba że wtedy, kiedy pracowała Agielem nad tymi, którzy tego wymagali. Miała dumę prawdziwej Mord-Sith i z oddaniem wypełniała obowiązki.

Dreier uważał, że z całą pewnością miała ważne powody, żeby porzucić Rahla Posępnego i Hannisa Arca, i że potem udowodniła, że jest wobec niego lojalna.

Przemyślał jej słowa i uświadomił sobie, że coś się mogło za nimi kryć. Nie lubił się martwić o cios nożem w plecy, by tak to ująć.

– No to która? – zapytał. – Która by knuła za moimi plecami?

– Brunetka. Alice. Jest starsza od innych i ma dłuższy warkocz. To ona jako pierwsza podpowiedziała, że mogłybyśmy zostawić Rahla Posępnego i związać się z biskupem Arkiem. Sądziłyśmy, że coś takiego nie jest możliwe. W końcu z Rahlem Posępnym łączyła nas więź. Nie można łatwo zerwać takiej więzi. Rahl Posępny wysyłał Mord-Sith w wiele miejsc swojego rozległego imperium. Podczas jednej z takich misji Alice przybyła do tej cytadeli. Wtedy po raz pierwszy spotkała się z Hannisem Arkiem. Kilka towarzyszących jej Mord-Sith zmarło podczas tej wyprawy. Rahl Posępny wzruszył ramionami, kiedy po powrocie powiedziała mu, że straciła kilka sióstr. Powiedział, że to niebezpieczne miejsce, toteż można się było tego spodziewać. Uważał, że Mord-Sith śmiało można poświęcić dla osiągnięcia celu. Miał wiele Mord-Sith oraz aż za dużo innych kobiet, których mógłby zapragnąć. Alice nam powiedziała, że właśnie wtedy postanowiła, iż zerwie łączącą ją z nim więź, kiedy tylko będzie miała po temu okazję. Potem, pewnej wiosny, znowu wysłał kilka z nas, żebyśmy skontrolowały tutejszego pomniejszego władcę, biskupa Arca. Ponieważ Alice już tutaj była, to ona nas poprowadziła. Podczas podróży zaczęła nas przekonywać, że mogłybyśmy „zginąć” w trakcie tej długiej wyprawy do odległej i niebezpiecznej krainy.

Ludwig słuchał, przesuwając palcami po sztywnym kołnierzyku.

– Skąd jej przyszło na myśl, że Hannis Arc przyjąłby was wszystkie? W końcu nadal łączyła was więź z jego władcą.

– Spytałam ją o to. Powiedziałam, że porzucenie go to jedna sprawa, lecz że nadal będziemy z nim złączone mocą więzi. Będzie wiedzieć, że żyjemy. Samo porzucenie go nic nie da. Odparła, że w tym przypadku da. Że podczas swojej pierwszej wizyty w prowincji Fajin dowiedziała się o nienawiści Hannisa Arca do rodu Rahlów. Powiedział Alice, że jeśli ona i któreś z jej sióstr zechcą porzucić Rahla Posępnego, to da im schronienie i swoją mocą zerwie łączącą je z Rahlem więź, zastępując ją więzią z nim samym. Powiedziała nam, że wreszcie trafiła się jej okazja i że chce, żebyśmy się do niej przyłączyły, zostały tutaj i uwolniły się od Rahla Posępnego. Zgodziłyśmy się i nigdy nie wróciłyśmy do Pałacu Ludu. Nasza więź z Rahlem Posępnym została zerwana, toteż wszyscy myśleli, że umarłyśmy. Zamieniłyśmy jednego pana na drugiego. Dopiero później zrozumiałam, że to Alice podsunęła ten plan biskupowi Arcowi, wiedząc, że pragnie wszystkiego, co należy do rodu Rahlów. Ceną za zgodę na jej plan miały być Mord-Sith. Obmyśliła wszystko i wydała nas Hannisowi Arcowi. Okazało się też, że w zamian za przekazanie nas biskupowi Alice zyskała nad nami władzę. Hannis Arc połączył ją z nami oddzielną, przypisaną jej więzią, co było nie tylko niewłaściwe, ale i uderzyło jej do głowy. Jesteśmy jej siostrami, nie poddanymi. Delektowała się władzą nad nami, dawała nam ją odczuć tylko po to, żeby się poczuć ważna. Nadal w pierwszej kolejności musiałyśmy służyć Hannisowi Arcowi i spełniać jego nakazy, toteż nigdy mu to nie przeszkadzało. Alice wykorzystuje tę więź nie po to, żeby służyć swojemu panu, lecz wyłącznie dla swoich kaprysów, żeby czuć przewagę nad równymi sobie. Kiedy kilka z nas wysłano do opactwa, żebyśmy ci pomagały, to ani ona, ani Hannis Arc nie wiedzieli, że i ty masz moc. Prawda jest taka, że wysłała mnie do ciebie za karę, żeby mnie upokorzyć, każąc ci pomagać w tym, co ona i biskup często wykpiwali jako robotę podrzędną i bez znaczenia.

Ludwig, słysząc, że Alice miała jego pracę za nieistotną, zmienił o niej zdanie.

– Dowiedziałam się, że i ty masz moc, dopiero wtedy, kiedy mi zaoferowałeś więź z tobą – powiedziała Erika. – Od tamtej pory nie byłam w cytadeli. Alice nie wie, że teraz więź łączy mnie z tobą i że już nie jestem jej niewolnicą.

Z tej przyczyny oraz z innych powodów nie uważam jej za godną zaufania. Uważam, że gdyby miała po temu okazję, sprzedałaby cię równie tanio jak nas.

Popatrzył na posępną minę Eriki.

– Chciałabyś, żebym się jej pozbył?

Erika naprawdę była urzekająco piękną kobietą. Jedną z jego słabostek. Bez wątpienia między innymi dlatego Alice się cieszyła, że może nad nią dominować.

Teraz posłała mu twarde, wymowne spojrzenie.

– Lordzie Dreierze, od tamtej pory sprawy całkowicie się zmieniły. Więź łączy mnie z tobą, a nie z Hannisem Arkiem, toteż Alice nie ma nade mną władzy. Mogę jej dać nauczkę, jeśli zechcesz ją wziąć na służbę. Zapewniam cię, że nie tylko sobie z nią poradzę, ale że sprawi mi to wielką przyjemność. Lecz ponieważ jej nie ufam, to nie wiem, czy taka nauczka byłaby w twoim najlepszym interesie. Powiedziałam ci, co o niej wiem, żebyś mógł sobie wyrobić o niej zdanie i zadecydować. Uważam, że to moja powinność wobec ciebie.

Uniósł brew i skinął głową.

– W istocie tak jest.

– Ani odrobinę nie ufam tej kobiecie, lecz masz sposoby, by skłonić nawet Mord-Sith do pójścia za tobą – powiedziała Erika. – Chcę cię tylko ostrzec, żebyś, biorąc ją na służbę, wiedział, jaka jest, i był czujny.

W zamyśleniu skinął głową.

– Rozumie się. – Znowu na nią popatrzył. – A pozostałe?

– Są takie jak ja. Je też za bezcen sprzedano Hannisowi Arcowi. Ufam im. Ale nie będą skłonne ci zaufać. Są Mord-Sith i nadal łączy je więź z Hannisem Arkiem. Żyje, toteż więź działa. Z chęcią by cię zabiły, gdyby podejrzewały, że jesteś zagrożeniem dla ich pana czy jego władzy. Ich zadaniem jest pilnowanie, byś ty lub ktokolwiek inny nie ukradł z jego cytadeli nawet filiżanki, a tym bardziej nie zrobił tego, co ty zamierzasz. Kiedy usłyszą, że chcesz władać jego krainą, staną się groźne.

Uśmiechnął się do niej i ruszył przez westybul. Dywany tłumiły odgłos ich kroków.

– Nie ma się czym przejmować.

ROZDZIAŁ 38

Naprzeciwko nich do westybulu weszło pięć Mord-Sith w czerwonych skórzanych uniformach, prowadzonych przez dwóch żołnierzy z krótkimi włóczniami. Kolejni dwaj żołnierze szli za kobietami. To było wyłącznie na pokaz. Nawet jedna Mord-Sith bez trudu by zabiła wszystkich czterech.

Żołnierze stanęli po bokach westybulu, pięć Mord-Sith zaś stało sztywno u szczytu trzech stopni, na podeście pomiędzy dwudzielnymi schodami. Ludwig, zbliżając się do nich, poznał po ich minach, że wcale nie są zadowolone, że wezwał je jakiś opat.

Z pewnością usłyszały już pogłoski, że ten opat przejmuje cytadelę. Może i nie były rade z wymuszonego posłuszeństwa wobec Alice, lecz to nie oznaczało, że chciały mieć coś wspólnego z Dreierem lub że zamierzały pozwolić, by długo pozostawał zagrożeniem dla ich pana. Ludwig wiedział, że jeszcze chwila, a postanowią wziąć sprawy w swoje ręce.

Uznał, że najwyższy czas, by zmienić ich nastawienie i pozwolić wybrać, jak sprawy się dla nich potoczą.

– Jestem lord Dreier – powiedział, przystając.

Jedyną ich reakcją były gniewne spojrzenia. Czekały, chcąc się dowiedzieć, co to oznacza. Poza tym były Mord-Sith i mało czego się bały, a już najmniej śmierci. Tu będą potrzebne inne argumenty.

Brunetka, Alice, stała druga po jego prawej. Wyglądała jak żmija gotowa ukąsić.

Ludwig podszedł wprost do niej.

– Chcesz mi coś powiedzieć, pani Alice?

Przez chwilę wypychała policzek językiem, wpatrując się w Ludwiga, oceniając go tak, jak Mord-Sith ocenia ofiarę, zanim ją zabije.

– Hannis Arc nic nam nie powiedział o takiej zmianie – rzekła w końcu. – Nie wiem, jakie urojenia kazały ci uwierzyć, że możesz wejść do jego domu, kiedy go nie ma, i ogłosić się „lordem Dreierem", panem tego domu, i oczekiwać, że weźmiemy to na poważnie.

– Panem prowincji Fajin – poprawił ją. – Nie jedynie panem tego domu, ale całej prowincji Fajin.

Jeszcze wyżej uniosła brew.

– Lord Arc powiedział nam, że wyrusza, by pokonać naszego wspólnego wroga, ród Rahlów. – Wskazała na towarzyszące jej Mord-Sith w czerwonych skórzanych uniformach. – Uciekłyśmy Rahlom. Hannis Arc nas przyjął. Jest naszym panem. Jako nasz pan daje moc naszym Agielom i cieszy się naszą lojalnością.

– Hannis Arc nie daje mocy Agielowi pani Eriki.

Bardziej się nachmurzyła.

– Co ty mówisz? Oczywiście, że tak.

Ludwig popatrzył na Erikę.

– Zechciej im zademonstrować, jak dobrze działa twój Agiel. – Gestem objął wszystkie Mord-Sith. – Sama wybierz.

Erika natychmiast zacisnęła zęby i wbiła Agiel w brzuch wysokiej blond Mord-Sith po prawej obok Alice.

Kobieta sapnęła ze zdumienia i zgięła się wpół. Za bardzo ją bolało, żeby mogła krzyczeć, a nawet wziąć oddech. Erika cofnęła Agiel i pozwoliła, żeby zawisł na złotym łańcuszku okalającym jej prawy przegub.

Mord-Sith, z szeroko otwartymi błękitnymi oczami, osunęła się na bok, zwinęła na podłodze. Dygotała ze straszliwego bólu, nie mogąc złapać tchu, chociaż bardzo się starała.

Ludwig zachęcającym gestem wyciągnął dłoń ku Erice.

– Możecie jej odpłacić tym samym. Każda z was. Nie żałujcie sobie, tak jak ona sobie nie żałowała. Pokażcie jej, że nie jesteście słabymi Mord-Sith, którymi można pomiatać, i że wasz pan wciąż daje moc waszym Agielom.

– Chętnie – powiedziała przez zaciśnięte zęby Alice.

Chwyciła Agiel w dłoń. Zamarła, zanim zrobiła krok. Ze zdumieniem spojrzała na Agiel.

Ludwig przekrzywił głowę.

– Jakiś problem?

– Jest... martwy – wyszeptała zdumiona Alice. – Nie czuję go. To niemożliwe...

Kobieta, którą Erika powaliła, z trudem wstała i zdołała się wyprostować. Wszystkie przesunęły Agiele w palcach, zacisnęły w dłoniach. Były zaskoczone i o wiele mniej pewne siebie niż przed chwilą.

– Zdumiewające, nieprawdaż? – zapytał pięć stojących rządkiem kobiet, chodząc przed nimi.

Służba spieszyła w swoich sprawach, starając się nie patrzeć na Mord-Sith i na to, co czyni nowy pan domu. Najwyraźniej usiłowali jak najszybciej wyjść z westybulu. Żołnierze, idący z nowymi rozkazami, też przyspieszyli kroku. Ci po bokach westybulu stali na baczność, patrząc wprost przed siebie, jakby byli posągami.

Ludwig podszedł i otoczył ramieniem barki Alice.

– Rzecz w tym, Alice, że moc twojemu Agielowi daje więź z twoim panem. Niegdyś więź łączyła cię z Rahlem Posępnym i lojalność wobec niego dawała moc twojemu Agielowi.

– Wiemy o tym – prychnęła Alice, znowu gniewna. – Teraz naszym panem jest Hannis Arc. Dzięki swojej potężnej mocy uwolnił nas od poddaństwa Rahlowi, został naszym panem, który daje siłę naszym Agielom. Teraz to z nim łączy nas więź.

Ludwig mocniej objął jej barki i potrząsnął nią.

– Czyż nie jest oczywiste, co się stało? – Wskazał Erikę, a potem się pochylił i z bliska spojrzał w twarz Alice. – Agiel Eriki działa jak należy, co, jak sądzę, może poświadczyć kobieta obok ciebie. Za to ani jeden z waszych nie działa. Jak wedle ciebie można to wyjaśnić?

Alice niespokojnie poruszyła ramionami, zaczynała odczuwać nieprzyjemne skurcze. Uniosła dłoń i zobaczyła, że skóra się jej pomarszczyła. Grzbiet dłoni pokrywały ciemne plamy i wypukłe niebieskie żyły. Długo się wpatrywała w rękę, starając się zrozumieć, czemu jej gładka, jasna skóra tak się zmieniła.

Gwałtownie dotknęła włosów. Przerzuciła do przodu warkocz i zobaczyła siwe pasma w czarnych włosach. Z każdą chwilą – na co patrzyły inne Mord-Sith – jej czarne włosy coraz bardziej siwiały i robiły się kruche. Skóra stawała się coraz bardziej cienka i pomarszczona.

Nagle z jej otwartych ust wypadł jeden z przednich górnych zębów i potoczył się po dywanie. Cztery kobiety nie odrywały od niej oczu.

Raz-dwa wypadły dwa kolejne zęby. Alice włożyła do ust drżące, zdeformowane palce i wyjęła kilka zębów, które się obluzowały w dziąsłach. Trzymała je w garści i wpatrywała się w nie.

W parę chwil postarzała się o jakieś sześćdziesiąt lat.

– Nie wyglądasz dobrze, Alice – powiedział Ludwig z udawaną troską, nadal obejmując ramieniem jej barki. – Właściwie fatalnie. – Popatrzył na Erikę. – Moim zdaniem wygląda kiepsko. Jak myślisz?

– Też tak uważam, lordzie Dreierze – odparła spokojnie Erika.

– Jjja... nie rozumiem – wyjąkała Alice.

Zdumienie malujące się na jej pomarszczonej twarzy wskazywało, że mówi prawdę. Nie pojmowała. Dotknęła obwisłych policzków, pokrytych plamami nadgarstków. Położyła dłoń na zbyt luźnym czerwonym skórzanym uniformie, wyczuła obwisłe piersi.

– Co się ze mną dzieje?

Ludwig – wciąż ku niej pochylony, otaczający ramieniem jej barki – zmarszczył brwi, z troską patrząc jej w twarz.

– Wiesz, Alice, czego, jak słyszałem, najbardziej boją się Mord-Sith?

Nagle zwróciła ku niemu przerażone wyblakłe oczy.

– Że stare i bezzębne umrą w łożu...

Energicznie potaknął.

– Otóż to, Alice. Że umrą w łożu, stare i bezzębne. – Wreszcie cofnął ramię z jej barków i wskazał korytarz. – Chcę, żebyś położyła się do łoża, Alice.

Bez sprzeciwu, otępiała z powodu podeszłego wieku, przygarbiona kobieta w obwisłym czerwonym skórzanym uniformie podreptała zrobić, co jej kazano.

Kiedy powłócząc nogami, odchodziła korytarzem, Ludwig stanął przed pozostałymi czterema Mord-Sith i splótł dłonie za plecami.

– Obawiam się, że spełniły się najgorsze lęki Alice. Wkrótce umrze we własnym łożu, stara i bezzębna. – Westchnął i ze smutkiem pokręcił głową. – Co za wstyd.

Jedna z nich przełknęła ślinę.

– Co się dzieje, opacie... chciałam rzec, lordzie Dreierze?

Uśmiechnął się.

– Wygląda na to, że właśnie zrobiłyście pierwszy krok. Uznałyście mnie za lorda Dreiera. Czy to oznacza, że akceptujecie mnie jako swojego pana?

Przekrzywił głowę, patrząc pytająco na Mord-Sith.

– Bez zastrzeżeń? Pana, za którego oddacie życie? Pana, z którym połączy was więź i który da moc waszym Agielom?

Ludwig ani przez chwilę nie lekceważył mocy Hannisa Arca, lecz nie sądził, żeby biskup mógł zrobić to, co on przed chwilą. I najwyraźniej żadna z Mord-Sith też tak nie myślała.

Jedna po drugiej skinęły głową.

– Dobrze – powiedział, uśmiechając się i energicznie zacierając ręce. – Bardzo dobrze. A teraz znowu wypróbujcie Agiele.

Zrobiły to, chwytając oręż. Powróciła ich pewność siebie, co oznaczało, że Agiele znowu działają. Kobiety na nowo stały się Mord-Sith. Połączyła je z nim więź.

– Każda z was zerwała więź z dawnym panem i nawiązała nową. We właściwym czasie podjęłyście rozsądne decyzje. Najpierw zerwałyście więź z Rahlem Posępnym i z własnej woli przysięgłyście lojalność i posłuszeństwo Hannisowi Arcowi. Lecz on okazał się was niegodny, by już nie wspominać o tym, że pozwolił Alice wam rozkazywać, co jest niestosowne dla Mord-Sith.

Wymieniły spojrzenia.

– Teraz każda z was wybrała sobie nowego pana, tym razem takiego, który zasługuje na waszą niezachwianą lojalność. Teraz was wszystkie łączy więź ze mną, lordem Dreierem, tak jak Erikę. Hannis Arc, podobnie jak Rahl Posępny, jest byłym niegodnym władcą. Teraz moja moc daje siłę waszym Agielom.

– Rozumiemy, lordzie Dreierze – powiedziała jedna z nich, przyjmując dumną postawę. – Dziękujemy, że pozwoliłeś nam sobie służyć.

Pozostałe też się dumnie wyprostowały i również ślubowały mu posłuszeństwo i lojalność, ofiarowały mu swoje życie.

Ludwig położył dłoń na ramieniu Eriki.

– Pani Erika jest przy mnie od jakiegoś czasu. – Uśmiechnął się do nich. – Będzie oczywiście wami dowodzić, macie spełniać jej polecenia. Lecz to jedynie zależność służbowa, nie jest waszą panią, jak była Alice. Zrozumiałyście?

Wszystkie – z dumną postawą i zadowoloną miną – przytaknęły ochoczo.

– Dostatecznie dużo wiem o Hannisie Arcu, by wam powiedzieć, że mam inne wymagania wobec moich Mord-Sith. Po pierwsze, macie nosić czarne skórzane uniformy na znak, że jesteście w mojej służbie. Jasne?

Ponownie przytaknęły.

– Ta służba obejmuje też sypialnię.

Zdziwiło je to nieoczekiwane oświadczenie, to, jak otwarcie je wypowiedział. Wcale ich jednak nie zaszokowało. Między innymi z tego powodu odeszły od Rahla Posępnego. Ludwig słyszał, w jaki sposób Rahl Posępny traktował kobiety. Za to Hannisa Arca nie obchodziły ich ciała, a jedynie to, że Mord-Sith mu służyły. Ludwig Dreier był zainteresowany jednym i drugim.

Lecz w przeciwieństwie do więzi z Rahlem Posępnym ich więź z Ludwigiem powstała dzięki ciemnym mocom. Mogły sobie wierzyć, że to po części efekt ich wiary w jego władzę nad nimi i tego, że mu przysięgły lojalność – jak w poprzednim przypadku – lecz tak nie było. Tym razem więź powstała dzięki mocom, których nie złamią, póki żyją, póki on żyje. Jedynie śmierć je uwolni od tej więzi, choćby nie wiem jak chciały porzucić służbę u niego, jak przedtem porzuciły służbę u Rahla Posępnego.

Ludwig nie miał takich dziwacznych seksualnych upodobań jak Rahl Posępny. Po prawdzie uważał, że to, co tamten robił kobietom w sypialni, było odrażające. Nic dziwnego, że chciały się od niego uwolnić. Jego Mord-Sith nie nabiorą chęci porzucenia go tylko dlatego, że je wziął do łoża. Miał proste upodobania i cieszył się obcowaniem z kobietami tak, jak to zamyślił Stwórca. Przeważnie.

– Jakieś pytania? Uwagi?

– Nie, lordzie Dreierze – odparły jednym głosem.

Popatrzył na Erikę.

– Wybierz za mnie. Wybierz tę, która spędzi ze mną dzisiejszą noc.

Erika wskazała na Mord-Sith, która, jak wiedziała, na pewno mu będzie najbardziej odpowiadać – na blondynkę, którą potraktowała Agielem.

– Ty.

Mord-Sith skłoniła głowę.

– Tak, pani. Jestem tej nocy twoja, lordzie Dreierze. I każdej innej nocy, kiedy zechcesz.

Ludwig był zadowolony, że znowu wybrały rozsądnie spośród tych możliwości, jakie dla nich przygotował. Jeszcze raz jego upór, by skupiać się na ludziach, przysłużył się jego sprawie. Tak się złożyło, że dzięki temu zyskał wygodny nowy dom, gdzie będzie mógł się przygotowywać do zaoferowania remedium na chaos Hannisa Arca.

Skinął głową.

– Jeszcze jest wcześnie. Najpierw pokaż mi gabinet biskupa Arca, salę przepowiedni, gdzie pracował nad proroctwami, które mu przesyłałem.

Chociaż Ludwig czasem osobiście dostarczał niektóre z ważnych proroctw biskupowi – co do których chciał mieć pewność, że ten je zobaczy – on zawsze się z nim spotykał w małym gabinecie albo we wspaniałym westybulu. Siedzieli w fotelach, pili herbatę i omawiali proroctwa, a Ludwig przekazywał te, które biskup – jego zdaniem – powinien znać.

Hannis Arc nigdy mu nie pokazał sali przepowiedni, w której najczęściej pracował. Ludwig chciał ją zobaczyć i dowiedzieć się, dlaczego tak było.

Kobieta, którą Erika dla niego wybrała, wskazała w bok.

– Tędy, lordzie Dreierze.

ROZDZIAŁ 39

Na najwyższym piętrze stary skryba, Mohler, jedną ręką nerwowo szarpał się z kluczami, a w drugiej trzymał latarnię. Ludwig go znał. Był jedyną osobą, której Hannis Arc wydawał się ufać; przynajmniej na tyle, na ile on komuś ufał. Był jedynym skrybą, któremu wolno było zajmować się proroctwami, jakie Ludwig przysyłał do cytadeli.

Dreier niecierpliwie się przyglądał, jak Mohler przebiera w zawieszonych na kółku kluczach – przerzucał je kciukiem, szukając właściwego. Ludwig miał ochotę wykorzystać swoją moc i wyrwać z zawiasów ciężkie drzwi. Napomniał się z westchnieniem, że nie ma pośpiechu i nie ma co wykorzystywać mocy na takie błahostki.

Między innymi dlatego udało mu się tak długo ukrywać pod samym nosem Hannisa Arca, że nie korzystał ze swojej mocy, póki nie było to absolutnie konieczne. Nikt się nie zjawi, żeby go przepędzić spod drzwi gabinetu biskupa. Teraz cała cytadela należała do niego, do Ludwiga Dreiera. Toteż cierpliwie czekał.

Mohler spojrzał na niego.

– Wybacz, mistrzu Dreierze…

– Lordzie Dreierze.

– Tak – powiedział Mohler z roztargnieniem, kiwając głową. – Lordzie Dreierze, chciałem rzec.

Erika wzięła od niego latarnię, żeby mógł obiema rękami szukać klucza. Od czasu do czasu podnosił wzrok, zdenerwowany, lękając się, że jest zbyt powolny. Na koniec westchnął z ulgą, bo znalazł klucz, którego szukał. Spróbował włożyć go drżącą dłonią w zamek, ale kilka razy mu się nie udało.

Erika wreszcie ujęła powykręcaną dłoń Mohlera, unieruchomiła ją i wetknęła klucz w zamek.

Popatrzył na nią.

– Dziękuję, pani. Całe życie otwierałem te drzwi – zawahał się. – Po prostu zawsze je otwierałem...

– Zrozumiałe – powiedział Ludwig, popatrując na rzadkie siwe włosy na czubku łysej głowy starego skryby. – Lecz nadal otwierasz je swojemu panu.

Mohler podniósł wzrok i zamrugał.

– Tak, tak sądzę.

Uśmiechnął się i zaczął przekręcać klucz w zamku, poruszając nim we właściwy, znany mu sposób, by zamek odsłonił ukryte tam tajemnice. Pod dotknięciem doświadczonej dłoni skryby zasuwa w końcu się cofnęła, odblokowując drzwi. Mohler je otworzył i odsunął się na bok, przepuszczając nowego pana.

Wewnątrz skryba wziął latarnię od Eriki i sięgnął długi patyczek z żelaznego pojemnika przymocowanego do ściany przy drzwiach. Zapalił patyczek od płomienia latarni, opuścił szklaną pokrywę, a potem obszedł pokój, zapalając patyczkiem świece i lampy.

Sala przepowiedni była o wiele większa, niż Ludwig się spodziewał. Miała wysoki belkowany sufit, ale nie było tu okien. Nawet przy tylu zapalanych przez Mohlera świecach i latarniach było tu dość ciemno i ponuro. Ludwig przyglądał się kolekcji rozmaitych dziwacznych rzeczy.

Ustawiono je na kratownicy, przez co niemal przypominały figury na szachownicy. A przecież te wszystkie gabloty, witryny, posągi i postumenty wymieszano zupełnie przypadkowo – nie było w tym żadnego logicznego porządku, chyba że był to układ figur w rozgrywanej partii szachów.

Ludwig uznał, że to po prostu paskudne. Uświadomił sobie, że jeśli tylko zechce, może je uporządkować albo umieścić pod ścianami. Pomyślał, że sensowniej by było, gdyby poustawiał obok siebie podobne rzeczy. Kiedy tak chodził po pokoju, zaczął w myślach na nowo go urządzać, umieszczać obok siebie konkretne przedmioty, by ułatwić znalezienie tych, których akurat będzie szukać.

Nie pojmował, jak Hannis Arc mógł pracować w takim chaosie. Przypuszczał, że biskup spędził tu całe życie i był do tego przyzwyczajony. No i, ma się rozumieć, Hannis Arc był zwolennikiem chaosu, toteż to wszystko do niego pasowało.

Powiedziało to też jednak Ludwigowi coś ważnego o toku myślenia Hannisa Arca. Z pewnością był błyskotliwy, skoncentrowany, potężny, skuteczny i groźny – lecz niekoniecznie logiczny. Niekiedy kierował się kaprysem albo skupiał się na czymś, lekceważąc wszystko inne. Ta jego obsesja na punkcie rodu Rahlów...

Ludwig zauważył, że w przeszklonej gablocie, którą mijał, znajduje się dziwaczna mieszanina osobliwości: kości dziwnych stworzeń, mechaniczne urządzenia, statuetki, fiolki pokryte jakimiś symbolami. Owe symbole przypominały te wytatuowane na skórze Hannisa Arca. Nazywano je fiolkami opowieści, które spisano w mowie Początku. Ludwig wiedział, że takie przedmioty są niezwykle stare i nadzwyczaj rzadkie. Za tak cenne skarby płacono życiem.

W rozmaitych miejscach ustawiono wypchane zwierzęta. Poza zwykłymi stworzeniami w normalnych pozach – jeleń stojący na owalnym „trawniku", rodzina bobrów na stercie patyków, drapieżne ptaki z rozłożonymi skrzydłami na gałęzi – był również niedźwiedź stojący na tylnych łapach, z szeroko otwartą paszczą, z wystawionymi pazurami, jakby się szykował do ataku.

Tak naprawdę uwagę Ludwiga Dreiera przyciągały dziesiątki postumentów, równomiernie rozmieszczonych w całym pokoju, zgodnie z siatką kratownicy. Na każdym leżała otwarta księga. Wszystkie księgi były ogromne, w skórzanej oprawie, bardzo starej i zniszczonej na obrzeżach. Na pewno trudno było je przenosić – ze względu na rozmiary, a także dlatego, że wyglądały na bardzo kruche – toteż spoczywały na postumentach, a nie na którejś ze stojących pod tylną ścianą półek.

Stoły w pobliżu postumentów były zawalone stertami zwojów. Ludwig rozpoznał te, które wysłał do cytadeli, żeby je wpisano do ksiąg przepowiedni.

Pieczęcie na niektórych zwojach nadal nie były złamane – czekały na swoją kolej, żeby je otwarto i zapisano. Ludwig uznał, że to irytujące. Tyle trudu i czasu kosztowało go zdobycie każdej z tych przepowiedni, nie wspominając już o ludziach, którzy oddali życie przy tej robocie.

Mohler uniósł rękę o powykrzywianych palcach.

– To moja praca, lordzie Dreierze. To księgi, o które pytałeś. – Delikatnie położył dłoń na jednym z otwartych tomów, z pełną respektu miłością. – To w nich spisywałem wszystkie przepowiednie dostarczone do cytadeli.

Ludwig się nachmurzył.

– Masz na myśli proroctwa, które tu wysłałem.

Stary skryba potarł knykciem wychudły policzek.

– Tak, lordzie Dreierze, te i inne.

Ludwig jeszcze bardziej się zasępił.

– Co rozumiesz przez „inne"? To ja byłem opatem biskupa Arca. To ja wyszukiwałem dla niego przepowiednie i wysyłałem je tutaj.

Mohler pochylił głowę.

– Tak, ale byli i inni.

– Jacy inni?

Starzec wzruszył przygarbionymi ramionami, rozłożył ręce.

– Wybacz, lordzie Dreierze, ale nie byłem wtajemniczony w takie sprawy. Wskazał na jeden ze stolików. – Przynoszą tu zwoje i księgi, a ja przepisuję ich zawartość do tych woluminów.

– Zapisujesz wyłącznie proroctwa? Spisałeś wszystko, co jest w tych księgach?

Mohler znowu położył zdeformowaną dłoń na jednej z ksiąg na postumencie.

– Te księgi to moja robota, lecz, ma się rozumieć, są i starsze ode mnie. Zawierają pracę wielu moich poprzedników. Wszystko jest tam zapisane. Zapisałem wszystkie znajdujące się w nich proroctwa od czasu, gdy biskup Arc mi zaufał i powierzył tę pracę, kiedy byłem jeszcze młody. Całe życie nad tym pracowałem.

Ludwig uświadomił sobie, że Hannis Arc nie był jedynym wtajemniczonym w proroctwa. Przez te wszystkie lata pracy nad księgami Mohler z pewnością je przewertował i przeczytał to, co zapisano wcześniej. Ten skromny starzec zapewne znał więcej proroctw niż ktokolwiek z żyjących.

To go czyniło użytecznym. Lub groźnym.

Ludwigowi nagle przyszło coś na myśl.

– Skąd wiesz, do której z ksiąg wpisać proroctwo? Zapisujesz jedną księgę, a potem przechodzisz do następnej?

– Nie. Każde proroctwo musi trafić do właściwej księgi.

– Jak, u licha, się w tym orientujesz?

Mohler zmarszczył brwi i popatrzył na rozstawione w pokoju postumenty z księgami. Speszyło go to pytanie.

– Cóż, lordzie Dreierze, każda przepowiednia musi trafić na swoje miejsce.

– Skąd wiesz, gdzie jest to właściwe miejsce? – spytał cierpliwie Ludwig. – Czy biskup ci to mówił?

– Nie... to była moja praca. – Wskazał na zwoje. – Jak widzisz, wcześniej ich nie otwierał. Przeglądał je potem, jak już je wpisałem. Mawiał, że łatwiej mu czytać, kiedy już przeszły przez moje ręce. Niekiedy pismo jest niedbałe, pospieszne lub niewyraźne, trudno je odczytać, więc zawsze czekał, aż je przepiszę. Do mnie należy ustalenie, co zostało napisane, i wyraźne zapisanie tego dla biskupa.

– Czym się kierujesz, zapisując dane proroctwo w tej, a nie innej księdze?

– Tematem, rozumie się – powiedział skryba szczerze. – Zapisuję je tam, gdzie przynależą. Dzięki temu, kiedy biskup chciał się zapoznać z konkretnym tematem, sięgał po właściwą księgę i nie marnował czasu, wertując wszystkie.

Wskazał na umieszczoną w pobliżu księgę.

– Na przykład wszystkie proroctwa w tym woluminie dotyczą rodu Rahlów. Rozumie się, że często trudno zakwalifikować proroctwo, bo zwykle dotyczy więcej niż jednej sprawy. Wtedy sam decyduję. Staram się ustalić zasadniczą myśl proroctwa, do czego się odnosi, i wtedy wpisuję je do odpowiedniej księgi.

– To czyste wariactwo – mruknął do siebie Ludwig.

– Lordzie Dreierze?

Popatrzył chmurnie na skrybę.

– To oznacza, że nie są spisywane chronologicznie. Nic, żadna chronologia nie łączy tych tematów i wydarzeń.

Ludwig dobrze wiedział, że chronologia jest najważniejsza. Jakie znaczenie miało to, co proroctwo mówiło o wydarzeniu sprzed tysięcy lat?

Chyba że się chciało wiedzieć o takim zdarzeniu.

Mohler wzruszył ramionami.

– Rzadko mogłem ustalić chronologię, lordzie Dreierze, dlatego jako kategorię wybraliśmy temat.

Ludwig instynktownie pojął, że cała ta robota była na nic. Kiedy się tylko czytało przepowiednię, nie było jak ustalić, czego tak naprawdę dotyczyła. Proroctwa niemal zawsze były pokrętne, a ich prawdziwe znaczenie – ukryte. Słowa zwykle były jedynie wskazówką dla tych, co mieli właściwy dar. A często tekst proroctwa miał ukryć prawdziwe znaczenie.

Cała ta robota, której Mohler poświęcił życie, była na nic. Kategorie nie będą miały znaczenia, chyba że wykorzysta się dar lub ciemne moce, by wejrzeć w wizję i określić prawdziwy, ukryty temat, a dzięki temu właściwe miejsce proroctwa.

Ludwig przypuszczał, że biskupa nie obchodziło, iż marnuje życie skryby na bezwartościową pracę. Bo kiedy chciał, mógł spojrzeć na spisane jedną ręką – co ułatwiało czytanie – przepowiednie. Hannis Arc zapewne w ogóle nie zwracał uwagi na kategorie Mohlera.

Zanim Ludwig podszedł do ksiąg z proroctwami, żeby sprawdzić, jakie przepowiednie zdobył Hannis Arc z innych źródeł, coś na wielkim biurku przyciągnęło jego uwagę. Uznał, że na księgi może spojrzeć potem. Zapewne zawierały jedynie redundantne przepowiednie, które już znał, bo to on zbierał proroctwa na godne uwagi tematy. Pozostałe nie mogły być tak cenne jak te, które on znalazł i wysłał do cytadeli, toteż mogły poczekać.

Sięgnął po leżący na zabałaganionym biurku starożytny zwój. Rozwinął go częściowo na blacie i zobaczył sieć linii łączących konstelacje elementów tworzących mowę Początku. Zmarszczył brwi i pochylił się, wpatrując w napisy na zwoju.

– To zwój ceuleański – szepnął ze zdumieniem i wyprostował się. Spojrzał na obserwującego go starca. – To zwój ceuleański – powtórzył głośniej.

Stary skryba przyjął to obojętnie.

– Skoro tak mówisz, lordzie Dreierze. Nie znam się na takich sprawach. Nie umiem tego odczytać. Ja tylko przepisuję zwyczajne przepowiednie. Jedynie Hannis Arc korzystał z czegoś takiego. To była jego domena.

Jego domena.

Bardzo niebezpieczna domena.

– Chcesz powiedzieć, że jest tego więcej?

Mohler oblizał wargi.

– Nie mam pewności. Jak powiedziałem, to była domena biskupa. Myślę, że to jeden z najwyżej paru zwojów z tymi symbolami. Ale miał i inne pisane osobliwości, lordzie Dreierze, które mogą być do tego podobne.

– Pokaż.

Ludwig ruszył za przygarbionym skrybą ku szafce pod kamienną ścianą. I nagle gwałtownie się zatrzymał. Przeszył go lodowaty dreszcz.

– Duchy ... – wyszeptał.

– Lordzie Dreierze? – zapytał Mohler, odwracając się.

Ludwig spojrzał na niego.

– W tej komnacie były duchy. Wyczuwam ślad, jaki po sobie pozostawiły.

Mohler, trochę zaniepokojony, rozejrzał się dokoła, jakby się spodziewał, że duchy zmaterializują się w powietrzu. Cztery Mord-Sith, stojące koło drzwi, przyglądały się bez słowa. Erika, stojąca w pobliżu, rozejrzała się, a potem wzruszyła ramionami.

– Co wiesz o duchach, które były w tej komnacie? – zapytał starca Ludwig.

– O duchach? Nic, lordzie Dreierze – zawahał się, a potem dorzucił: – Mogę rzec, iż czasem miałem wrażenie, że tu straszy.

– Byłam tu wcześniej z biskupem – powiedziała jedna ze stojących przy drzwiach Mord-Sith – i miałam to samo uczucie: że w tej komnacie straszy.

– Bo bywały tu duchy – rzekł Ludwig.

Mohler znowu się rozejrzał, jakby się bał, że niewidzialne duchy usiądą mu na ramieniu.

– Czyli naprawdę jest nawiedzana?

– Była, powiedziałem. Teraz nie jest. Przedtem duchy bywały w tej komnacie.

Mohler zamrugał.

– Skoro tak mówisz, lordzie Dreierze. Nie wiedziałem o takich sprawach. Biskup nigdy nie rozmawiał ze mną o duchach.

Ludwig wiedział, że Hannis Arc nie mówiłby swojemu pokornemu skrybie o sprawach, które omawiał z istotami z innego świata.

Skinął głową i dał starcowi znak, żeby mu pokazał zawartość szafki. Mohler się odwrócił i otworzył drzwiczki, odsłaniając schowki; niemal we wszystkich były zwoje.

Ludwig wyjął ten z pociemniałym ze starości brzegiem. Otworzył go ostrożnie, żeby nie uszkodzić. Tak jak myślał, był to kolejny zwój ceuleański. Nie rozpoznawał kątów azymutu. Jednakowoż znał mowę Początku i z niepokojem stwierdził, że zwój mówi o przepowiedni.

Nie tyle przekazuje proroctwo, ile mówi o nim niemal tak, jakby było żywą istotą.

Zwój mówił o czasie, kiedy samo proroctwo mogło dobiec kresu.

ROZDZIAŁ 40

Ludwig odłożył zwój i pospieszył ku jednej z wielkich otwartych ksiąg na postumencie. Na pobliskim stole zobaczył zwoje – poznał je, to on je wysłał do cytadeli.

Nie wszystkie były otwarte.

– Ostatnio tutaj pracowałem – powiedział Mohler, wskazując księgę. – Zapisywałem najnowsze przepowiednie.

Ludwig odsunął od siebie myśli o śmierci proroctwa, wspomnianej w starożytnym zwoju, i zajął się otwartą księgą. Zobaczył proroctwo, które rozpoznał. To on niedawno przysłał je biskupowi. Był zadowolony, że przynajmniej to wpisano do księgi. A już się zaczynał zastanawiać, czy wszystkie zwoje pozostawiono nieotwarte.

Zaczął ostrożnie unosić i przewracać wielkie stronice, wodząc wzrokiem po proroctwach, cofając się do starszych wpisanych tekstów. Ujrzał proroctwo, którego nie rozpoznał. Ważne.

Ludwig, coraz bardziej podejrzliwy, podszedł do najbliższego stolika ze zwojami. Odłożył na bok te nieotwarte, które sam wysłał biskupowi, i po drugiej stronie zgrupował te, których nie rozpoznawał. Kiedy już je rozdzielił, wybrał jeden z najnowszych i złamał nieznaną mu pieczęć. Otworzył proroctwo z innego źródła.

Czytał i coraz bardziej się chmurzył.

Chociaż nie rozpoznawał ani zwoju, ani charakteru pisma, to aż za dobrze znał przepowiednię.

To było proroctwo, które zataił przed biskupem. Jedno z tych, które osobiście odnalazł i uznał za zbyt ważne, żeby je wysłać Hannisowi Arcowi.

Szybko złamał pieczęć i otworzył inny zwój – znowu była to ważna przepowiednia, którą zataił przed biskupem. Pospiesznie otwierane kolejne zwoje tylko bardziej go zaniepokoiły. Jeden zawierał banalną przepowiednię, którą przekazał biskupowi, lecz resztę proroctw sam zdobył i rozmyślnie zataił.

Jednakowoż ktoś inny dostarczał mu te przepowiednie, które Ludwig z Eriką odkryli, wysyłając ludzi na granicę śmierci. Zdobycie takich proroctw jest bardzo trudne. Nie miał pojęcia, jak komuś innemu się udało je uzyskać.

Ludwig zatrzymywał dla siebie to, co odkrył, a ktoś inny przekazywał to Hannisowi Arcowi.

Wiedział, że to nie mogła być Erika. Nie potrafiłaby przepisać tego, co czytał. Mord-Sith nie pojmowała złożonej magii, takiej jak proroctwo, no i było ono zbyt szczegółowe, żeby je zapamiętała.

Trzeba było jego tajemnych mocy, żeby to skopiować.

Poza tym niemal cały czas była przy nim. Była jego ochroną i pomocnicą. W tych krótkich chwilach, kiedy nie było jej u jego boku, nigdy by nie miała czasu, żeby przepisać choć jeden zwój, a co dopiero całą resztę.

Co więcej, w żaden sposób nie zdołałaby wynieść zwojów z opactwa i dostarczyć do cytadeli. Ludwig wiedział o każdym przyjściu i wyjściu. Jego ciemne moce ostrzegłyby go, gdyby ktoś usiłował coś potajemnie wykraść.

Nie, to nie była Erika. Lecz jeśli nie ona, to kto? Nikt inny w opactwie nie mógłby sporządzić tych zwojów; nikt inny nie był przy wysłuchiwaniu proroctw. Nikt nie mógłby zapisać tego, czego nie słyszał. Wiedziałby, gdyby ktoś wykorzystywał swój dar, żeby podsłuchać proroctwa podawane przez osoby na krawędzi życia i śmierci.

Zwoje zawierające tak ważne proroctwa pochodziły z innego źródła. Hannis Arc miał jeszcze kogoś, kto mu dostarczał przepowiednie. Lecz kto i – co ważniejsze – jak?

Ludwig zgrzytnął z gniewu zębami.

Podszedł do innych ksiąg na postumentach i przejrzał po parę stronic. Były tu proroctwa, których nie powinno być, których nie chciał pokazać Hannisowi Arcowi, które odkrył i zataił.

Popatrzył ponuro na starego skrybę, wskazując zwoje.

– Skąd pochodzą? Kto je przysłał?

Mohler pobladł, widząc wyraz oczu Ludwiga.

– Wybacz, lordzie Dreierze, ale nie wiem. Czasami żołnierze przywozili biskupowi zwój. Czasem, kiedy przychodziłem rankiem, biskup już tu był i mówił mi, że więcej przepowiedni dostarczono nocą i mam je zapisać. Nigdy nie mówił, skąd pochodzą, a ja wolałem nie pytać. Wiedziałem, które zwoje są z opactwa, bo rozpoznawałem posłańca. No i czasami sam je przywoziłeś. Nawet jeśli nie byłem w pobliżu, kiedy je dostarczono, to rozpoznawałem zwoje pisane twoją ręką. Ale nic nie wiem o innych. Mogę tylko powiedzieć, że pisało je co najmniej pół tuzina ludzi i że dostarczano je z różnych miejsc.

– Z różnych miejsc? Więcej niż jednego? Na pewno?

Mohler nerwowo wzruszył ramionami.

– Nie mam pewności, lordzie Dreierze. Możliwe, że są z tego samego miejsca, lecz spisywali je rozmaici ludzie. Pismo się różni, więc założyłem, że je dostarczono z rozmaitych miejsc.

To pewnie bliższe prawdy, pomyślał Ludwig. On zawsze pracował sam, ale dlatego, że miał ukryte motywy. Inni pewnie nie musieli pracować w pojedynkę i mogli korzystać z pomocników zbierających przepowiednie z tego samego źródła.

Ludwig chodził tam i z powrotem, rozmyślał. To nie były dobre wieści. W żadnym przypadku. Trzeba będzie mnóstwa roboty, żeby skatalogować wszystkie proroctwa i sprawdzić, które i tak jakoś dotarły do Hannisa Arca, choć on je przed nim zataił.

Musiał się przekonać, ile biskup wiedział. Nie lubił niespodzianek. Musiał się dowiedzieć, czego nie był świadomy. Proroctwo było ostrzem, którym tamten rozprawiał się z przeciwnikiem. Ludwig musiał się dowiedzieć, jak ostra była ta klinga.

Kiedy tak chodził, jego uwagę przyciągnęło coś w gablocie. Na szklanej półce był nóż. Wbity w sękatą dłoń.

Lecz nie ludzką dłoń.

To była dłoń ducha, otoczona delikatną poświatą, jakby zamrożona w cielesnym kształcie.

Drzwiczki gabloty skrzypnęły, kiedy je otwierał. Wyjął nóż. Uniósł go, pokazując Erice nadzianą nań niemal przezroczystą dłoń.

– Nie mam pewności, co to jest – powiedziała – ale uważam, że znalazłeś dowód na to, że w tej komnacie były duchy.

– Co ważniejsze – dopowiedział z uśmiechem – znalazłem nóż, który robi im krzywdę.

Zsunął dłoń z noża – uwolniona, zniknęła w smużce mgły. Ostrze najwyraźniej zatrzymywało ją w świecie życia.

Ludwig, zadowolony, że nóż był tym, za co go uważał, wsunął go za pas; potem sprawdzi, czy znajdzie odpowiednią pochwę. Nóż był zbyt cenny, żeby go ot, tak zostawiać. Ciekaw był, jakie jeszcze cenne przedmioty znajdzie w komnacie. Zastanawiał się też, co Hannis Arc zabrał ze sobą. Wodził wzrokiem po znajdujących się w komnacie otwartych księgach z proroctwami. Których nie chciał pokazać Hannisowi Arcowi. A biskup – pomimo jego wysiłków – je zobaczył.

Ludwig westchnął.

– Czy z tego będą jakieś kłopoty? – zapytała Erika, widząc, z jakim niepokojem patrzy na proroctwa.

– Kości już zostały rzucone – powiedział, patrząc w jej stalowe błękitne oczy. – Wydarzenia już wprawiono w ruch. Nie można tego cofnąć. Hannis Arc ma poważny kłopot. Kłopot nie mniej groźny dla króla-ducha. Potrzebują się nawzajem. Ja nie potrzebuję żadnego z nich. Światu zagraża chaos, lecz ja go powstrzymam.

I wtedy poczuł leciuteńkie mrowienie w pasie. Sięgnął pod kurtę i przesunął kciukiem pod paskiem, aż natrafił na ukrytą kieszeń. Wsunął w nią palec i wyjął podróżną książeczkę. Otworzył czarną skórzaną okładkę i odwrócił pierwszą stroniczkę. Zawsze z ostrożności usuwał wcześniejsze wiadomości.

Zobaczył nowy wpis.

– No, no, no. Czyż to nie jest ciekawe?

– Co takiego? – zapytała Erika.

– Wydawałoby się… – mruknął, czytając wiadomość – że sprawy idą coraz lepiej.

ROZDZIAŁ 41

Richard usłyszał, że ktoś na niego krzyczy.

Wołali, żeby oddychał.

Kiedy spróbował, przekonał się, że nie może wziąć oddechu. Znowu spróbował, ale się nie udało. Płuca go paliły i miał wrażenie, że jakaś góra przygniata mu piersi.

Poczuł wstrząs, jakby uderzyła weń błyskawica.

Kobieta wrzasnęła znowu, głośniej:

– ODDYCHAJ!!!

Gwałtownie usiadł i zachłysnął się oddechem. Otworzył oczy.

Wziął kolejny rozpaczliwy wdech, jakby trwał pod powierzchnią czarnej wody, a teraz wreszcie znów wynurzył głowę.

Widział ich tam – czekali w czerni, rozpościerali ciemne skrzydła, czekali, by go dopaść.

Nicci klęczała na ziemi po jego lewej stronie, Zedd po prawej. Oboje szarpnęli się w tył, kiedy znienacka usiadł. Znowu przycisnęli mu palce do skroni. To Nicci słyszał, krzyczącą, że ma oddychać, a teraz się zorientował, że to moc Zedda przeszyła go niczym błyskawica.

Nicci zamknęła oczy, pochyliła głowę i dotknęła czoła drżącymi palcami drugiej dłoni.

– Drogie duchy... dziękuję wam... – szepnęła do siebie.

Richard ciężko oddychał, nadal oszołomiony, wciąż usiłując zaczerpnąć wystarczającą ilość powietrza, nadal próbując się zorientować, gdzie jest i co się dzieje. Tak dobrze było czuć, jak powietrze wypełnia jego piekące płuca, że chciał tylko czuć, jak oddycha. Jakaż to ulga nie widzieć idących po niego mrocznych stworów.

Kiedy powoli umysł mu się rozjaśnił, zaczął wyczuwać wokół siebie desperację.

Irena pochyliła się ku niemu, radośnie zaskoczona. Tak żywiołowo wyciągnęła ręce, żeby go chwycić za ramiona, że odtrąciła od niego dłonie Nicci i Zedda.

– Richard! – Wesoło nim potrząsnęła. – Wróciłeś! Wreszcie się ocknąłeś!

Richard zamrugał, rozejrzał się, w końcu zaczynał łapać oddech. Potem ją zobaczył.

Kahlan, rozpromieniona, uśmiechnięta, odepchnęła Irenę i objęła go, tuląc tak mocno, że omal nie wypchnęła mu z płuc całego powietrza. Na koniec się odchyliła, bo chciała spojrzeć mu w oczy.

Jej zielone oczy, chociaż załzawione, jeszcze nigdy nie wydały mu się takie piękne.

– Witaj znowu – szepnęła z ulgą.

Potem się ku niemu pochyliła i pocałowała go.

Zaparło mu dech w piersi, ale tym razem w miły sposób.

W jednym rozbłysku pamięci ujrzał wszystkie wspaniałe spędzone z nią chwile – od momentu, kiedy pierwszy raz spojrzał jej w oczy w lasach Hartlandu, poprzez dzień ślubu, do teraz, kiedy znowu ją zobaczył.

Świat wciąż wirował, kiedy gwałtownie powracały otaczające go obrazy i dźwięki, lecz miękkie wargi Kahlan na jego ustach sprawiły, że wszystko się z gracją zatrzymało.

Wszystko nareszcie wróciło na swoje miejsce.

Kiedy Kahlan w końcu się odsunęła, żeby mógł złapać oddech, zobaczył żołnierzy Pierwszej Kompanii, z respektem trzymających się za otaczającą go grupką; mieli poważne, zatroskane miny. Teraz się uspokoili.

Ołowiane niebo późnego popołudnia groziło mżawką, przed którą osłonią ich potężne sosny. Światło w tych lasach – pod tymi chmurami, wśród drzew – było stonowane i przyćmione. Richard dostrzegł biegnącą po gałęzi wiewiórkę, usłyszał śpiew i ćwierkanie ptaków. Połyskiwały kołysane wiaterkiem liście pochylonej brzozy. Widok lasu, oznaki otaczającego ich życia dodawały mu otuchy. Było tu przytulnie. Jak w domu. Bezpiecznie.

W pewnym sensie był w domu; wrócił do domu, do świata życia.

Jakby ze sto lat przebywał w jakimś mrocznym miejscu, nie mając pewności, czy kiedykolwiek odnajdzie drogę powrotną.

Na widok Kahlan zapomniał nawet o bólu, zatarła się wizja mrocznych istot.

Zobaczył łzę spływającą po policzku Nicci. Zedd też był poruszony.

– A więc zrobiliśmy to – powiedział Richard. Bardziej mówił do siebie, niż pytał, no i chciał ich upewnić, że naprawdę wrócił, że nic mu nie jest. – Przeszliśmy przez wąwóz. Udało się.

Samantha wetknęła głowę z masą czarnych loków pod ramię Zedda, żeby się dostać bliżej i objąć chudymi ramionami pierś Richarda.

– Nic ci nie jest, lordzie Rahlu! Tak się martwiliśmy.

– Ja nie – powiedział Zedd do dziewczyny, która przecisnęła szczuplutkie ciało pod jego ramieniem. – Nie było czym się martwić. – Zamilkł, żeby przełknąć ślinę. – Trzeba było tylko zastosować właściwe moce.

Rchard spojrzał na Nicci. Przewróciła wilgotnymi błękitnymi oczami. Zrozumiał, że to wcale nie było takie proste.

Chociaż wszyscy w obozie wyglądali na względnie spokojnych – wyjąwszy zatroskanie jego zdrowiem – martwił się, że wciąż mogą im zagrażać Shun-tuk.

– Gdzie jesteśmy? Uciekliśmy im? Wszyscy nasi ludzie są bezpieczni? Ponieśliśmy jakieś straty?

– Niestety, straciliśmy paru żołnierzy, ale teraz wszyscy jesteśmy bezpieczni – zapewniła go Kahlan. – Wydostaliśmy się z wąwozu, a potem żołnierze zbudowali most, żebyśmy mogli przejść na drugą stronę przepaści.

– Przepaści?

– I to głębokiej i ciężkiej do obejścia – odezwał się major Fister zza Samanthy i jej matki. – Gdyby jakimś cudem wrogom udało się przeżyć, to dużo czasu by im zajęło obejście jej i dotarcie do nas.

– Mogą nas wytropić – przypomniał im Richard.

– Most już jest na dnie przepaści – powiedziała Kahlan. – Toteż sądzimy, że na razie jesteśmy bezpieczni.

– Sulachan mógł wysłać innych – napomniał ich. – Co gorsza, musimy się obawiać nie tylko tych, których wysłał. W murze granicznym powstał wyłom i teraz mogą się stamtąd wydostać wszelkie szczepy i plemiona półludzi, by polować na tych z duszami. Migrują jak chmary szarańczy. Każdy z nich może się pojawić w dowolnym miejscu, w dowolnym czasie.

– Musieliśmy się zatrzymać, żeby Nicci i Zedd mogli cię wybudzić – usprawiedliwiała się Kahlan. – Nie mieliśmy wyboru. Nie ośmielili się dłużej czekać.

Nicci i Zedd mieli posępne miny na znak, że Kahlan nie mówi mu nawet połowy.

Irena przechyliła się, żeby go widzieć zza Kahlan.

– Ja też pomagałam.

– Dziękuję – powiedział Richard.

Zauważył spojrzenie, jakie Nicci rzuciła tamtej, lecz Irena się uśmiechała do niego, toteż nic nie zauważyła. Bo inaczej trzymałaby buzię na kłódkę.

Nagle się zorientował, jak niewiele mówią o bitwie z Shun-tuk.

– Czyli plan zadziałał? – zapytał.

– Na razie jesteśmy bezpieczni – zapewniła go znowu Kahlan, kiedy zobaczyła, że kolejno na nich patrzy, nie wierząc, że to było takie proste.

Wreszcie spojrzał na nią. W owej chwili nikt inny nie istniał.

– Użyłaś miecza?

Pytanie najwyraźniej ją poruszyło.

Długo patrzył w jej urzekające zielone oczy, obserwował, jak cień tego doznania przemyka po jej twarzy – i wiedział, że tak.

Wiedział, jak to jest. Wszystko o tym wiedział.

– To odmienne – powiedział do niej łagodnie – niż zabijanie tych, co mają duszę.

Ze zrozumieniem skinęła głową. Teraz i ona wiedziała.

– Nie wiem, jak w ogóle potrafisz myśleć, trzymając w dłoni ten miecz – powiedziała.

– Odmienne? – wtrącił się Zedd, unosząc dłoń, lekko się ku nim pochylając i patrząc to na jedno, to na drugie. – Co macie na myśli?

– Kiedy odbierasz mieczem życie – powiedział Richard – miecz domaga się zapłaty za to, że spełnia twoją wolę. Zabranie życia wywołuje ból. Słuszny gniew jest twoją tarczą przeciwko bólowi. Zabicie mieczem oddziela duszę od jej ziemskiego siedliska, ciała, a tym samym życie od śmierci. Lecz półludzie nie mają duszy, toteż miecz jest wolny od poczucia winy za przerwanie Grace, więc jego gniew jest niepohamowany i nie zadaje ci bólu za twoje czyny.

– Wina? – zapytał Zedd. – O co chodzi?

Richard zastanawiał się przez chwilę, jak to wyjaśnić.

– Istnieje rodzaj nacisku, oporu, odpierającego twój zamiar zabicia. Dusza danej osoby walczy o pozostanie na tym świecie, jej wola życia przeciwstawia się przekroczeniu granicy pomiędzy życiem i śmiercią. A ty w głębi umysłu zawsze pojmujesz życie jako coś uświęconego. Chociaż jesteś zdecydowany zabić, żeby ocalić niewinnych ludzi, to owa świadomość duszy, którą wysyłasz w zaświaty, i twoja wrodzona cześć dla życia wywołuje wewnętrzny opór przeciwko potrzebie zabicia. Jako że miecz został stworzony przez osobę mającą duszę, to ów wewnętrzny opór stał się nieodłączną częścią oręża. Lecz kiedy zabijasz pozbawionych duszy półludzi, to chociaż nadal jest to odbieranie życia, a oni mogą wyglądać jak ludzie, to nie są prawdziwymi ludźmi. Nic więc nie przeciwstawia się furii miecza ani twojej. Nie wysyłasz duszy do zaświatów. Walka z półludźmi to jak pogrążenie się w oszalałym świecie, gdzie bezgranicznie upajasz się rzezią, jaką sprowadza magia. Ty i miecz możecie zabijać, nie czując owego wrodzonego oporu. Zabijasz wolny od poczucia winy. Twój gniew i gniew miecza znajdują upust na zupełnie nowym poziomie. To jest zarówno przerażające, jak i wspaniałe.

Wciąż patrzył Kahlan w oczy.

– Wiesz, o czym mówię.

Kiedy powoli potaknęła, wiedział, przez co przeszła.

– Majorze Fister – odezwała się w nagłej ciszy Nicci. – Zabierz, proszę, Irenę i Samanthę i daj im tej potrawki, którą ugotowałeś. Długo trwały przy nas na wypadek, gdyby były potrzebne. Richard już jest przytomny, toteż wreszcie mogą się posilić. Powinny to zrobić teraz, bo później możemy ich potrzebować.

Z tonu jej głosu major Fister zrozumiał, że to polecenie, które należy wykonać. Wsunął wielką łapę pod ramię Ireny i podniósł ją.

– Chodźmy, moje panie, dam wam gulaszu z dzika – powiedział, ucieszony, że skosztują. – Osobiście pomagałem go przyrządzać. Dodaliśmy królika, przypraw i grzybów, które zebraliśmy, oraz dzikiego szczawiu i tłustych ślimaków znad potoku. Naprawdę chciałbym usłyszeć, co kobieta myśli o mojej potrawie.

– Jjja... wolałabym... – wyjąkała Irena, oglądając się na Richarda w nadziei, że się sprzeciwi.

Ale tylko się uśmiechnął na znak, że major ma rację i że powinna coś zjeść.

– Trzeba to zrobić od razu – mówił major Fister, ciągnąc ją za sobą. – Zanim podamy innym. Byłbym zaszczycony, gdybyś pierwsza spróbowała i powiedziała mi, co o tym myślisz. Chodź z nami, Samantho, i spróbuj wraz z matką gulaszu.

Samantha wstała, rozdarta pomiędzy chęcią pozostania przy Richardzie i ochotą pójścia z matką. Po chwili wahania pobiegła za matką.

– Chętnie spróbuję – powiedziała Irena, oglądając się przez ramię. Wtem się rozpogodziła. – Spróbuję, żeby mieć pewność, że już doszedł, a potem przyniosę miskę Richardowi. Bardziej potrzebuje strawy niż my.

– Dobry pomysł – orzekł major Fister. – Najpierw nałóżmy gulaszu do misy i przekonajmy się, co o nim myślisz.

ROZDZIAŁ 42

Gdy tylko obie kobiety znalazły się wystarczająco daleko, Nicci – wybitnie niezadowolona – pochyliła się ku Richardowi. Jej błękitne oczy pałały. Pasma długich jasnych włosów zsunęły się z ramienia. Patrzyła na niego bacznie.

– Czego nauczyłeś tę dziewczynę o korzystaniu z magii?

Widział uśmieszek Kahlan. Siedziała z boku, nie chcąc się w to mieszać.

– O czym ty mówisz?

Nicci zgrzytnęła zębami.

– Ta dziewczyna ma charakterek. Bardzo zły charakterek.

– A ty nie? – zapytał Richard.

– Nie taki jak ona.

Richard nachmurzył się podejrzliwie, patrząc na pełną rezerwy minę Zedda i znowu na Nicci.

– A co? Co zrobiła?

– To właśnie chcę wiedzieć. Pytałam, gdzie się tego nauczyła – Nicci dźgnęła go palcem w ramię – a ona na to, że ty ją nauczyłeś.

Richard odchylił głowę w tył, bo uświadomił sobie, o czym ona mówi.

– Ach, to.

– Tak, to – warknęła Nicci, podkreślając każde słowo dźgnięciem palcem. – Czego ją nauczyłeś, panie „nie wiem, jak wykorzystywać mój dar"?

– Właściwie to tylko tego, czego ty mnie nauczyłaś – odparł Richard.

Trochę się rozchmurzyła.

– Co masz na myśli?

– Pamiętasz, jak mi tłumaczyłaś, jak sprawiasz, że drzewa wybuchają?

Nicci błądziła wzrokiem, usiłując sobie przypomnieć, co powiedziała.

– Powiedziałam tylko, że wykorzystuję dar do skupienia żaru w danym punkcie we wnętrzu pnia drzewa, żeby gwałtownie zmieniło soki w parę, a ta, nie mając ujścia, rozsadza drewno.

– Otóż to. Przekazałem jej to. – Richard pochylił ku niej głowę. – Lecz pozwól sobie powiedzieć, że Samantha jest w tym naprawdę dobra. NAPRAWDĘ.

– To, co ci opowiedziałam o rozsadzaniu pni drzew, było dość pobieżne. – Nicci wpatrywała się w niego ze sceptycznym grymasem. – Nigdy nie podałam ci żadnej ważnej informacji, jak zrobić coś takiego, bo nigdy nie byłam w stanie uczyć cię o twoim darze. To znaczy, że nie masz wiedzy o związanych z tym zasadach i czynnikach sprawczych, którą mógłbyś jej przekazać. Czyli usiłujesz mi wmówić, że po prostu podałeś jej te powierzchowne wyjaśnienia, a ona była w stanie tego dokonać? Jakbyś kazał jej machać rękami, a ona pofrunęłaby jak ptak?

– No cóż, to nie było aż tak proste – przyznał.

– Czyżby? – zakpiła. – No to jak się jej udało rzucić tak potężne zaklęcie?

– Czasem w rozpaczliwej sytuacji ludzie instynktownie wykorzystują swoją wiedzę. Ścigało nas mnóstwo zdesperowanych półludzi. Byli jak lecąca ku nam chmara szarańczy. Wydawało się, że są ich tysiące. Nie traciłem czasu na liczenie, ale zabiłem pewnie całe setki, a wcale ich nie ubyło. Nadciągali i nadciągali. Było ich o wiele za dużo, żebym dał im radę mieczem. Samantha próbowała wszystkiego, co znała, ale zwyczajna magia niezbyt działa na półludzi. Wiedziałem, że jesteśmy w tarapatach i potrzebujemy czegoś więcej, bo inaczej zginiemy. No więc skoro półludzi kaleczą miecze, a nawet ciosy kamieniem, opowiedziałem jej o rozsadzaniu pni drzew. Powiedziałem jej, że powinna zogniskować moc wewnątrz pni, żeby je rozsadzić i w ten sposób spróbować powstrzymać półludzi, którzy nas atakowali. Bała się. Nigdy przedtem czegoś takiego nie robiła. Nie dała rady i pozostała nam tylko ucieczka. Potem udało się im nas otoczyć. Półludzi było tylu, że nie mogliśmy ich odeprzeć i znaleźliśmy się w pułapce. Obydwoje myśleliśmy, że umrzemy. Wepchnąłem ją w skalną szczelinę i wcisnąłem się tam za nią. Powiedziała, że w tamtej chwili – kryjąc się w ciemnej, wąskiej dziurze, z której lada moment mieli nas wyciągnąć i pożreć – pomyślała o wszystkim, co nam zabiorą, o przyjaciołach i bliskich, których zabiją, tak jak zabili jej ojca i o mało nie zabili matki, i że tak się rozzłościła, że jej dar nagle przełamał mentalną barierę i zaczęła rozsadzać pnie drzew, żeby ich powstrzymać. Nigdy nie widziałem, żeby mający dar zrobili coś takiego podczas wojny. Trudno to opisać. Chcę powiedzieć, że nie potraficie sobie wyobrazić, jaką to miało skalę.

– O, myślę, że potrafię – powiedziała Nicci spokojnie.

– Zniszczyła las – wyjaśnił Richard. – Nie rozsadziła pni paru drzew czy nawet kęp. Mam na myśli to, że zrównała z ziemią wszystko wokół nas, jak okiem sięgnąć. Wszystko. Zawierucha lecących we wszystkie strony drzazg i odłamków drzew wybiła do nogi półludzi, całe tysiące. Z ziemi sterczały nieliczne rozszczepione pieńki.

– Tysiące – powtórzył Zedd.

Richard przytaknął dziadkowi.

– No właśnie. Nigdy czegoś takiego nie widziałem. Właśnie tego ją nauczyłem: że musi podgrzać soki drzewa, żeby je rozsadzić.

Nicci wyraźnie nie dowierzała.

– Tylko tyle jej powiedziałeś?

Skrzywił się, przypominając sobie resztę.

– Chyba powiedziałem też, że poprzez gniew budzę mój dar. Że ogniskowanie gniewu to skuteczny sposób walki i posługiwania się magią.

Powiódł wzrokiem po zwróconych ku niemu twarzach.

– A co tym razem zrobiła?

– Stała sobie sama jedna – zaczęła Kahlan – i zwaliła na Shun-tuk ściany wąwozu. Byli w pułapce na dnie wąskiego przejścia. Wyglądało to tak, jakby cała góra się waliła.

– Naprawdę? – Richard popatrzył na zasępionych przyjaciół. – Naprawdę zwaliła skalne urwiska? Przecież żołnierze by sobie poradzili. – Spojrzał chmurnie na Kahlan. – Co się stało?

Kahlan westchnęła.

– Zedd i Nicci wyeliminowali magią tylu, ilu zdołali. Bardzo wielu. Lecz było mnóstwo takich, na których zwykła magia nie działała. Żołnierze musieli się zająć resztą. Bitwa toczyła się po naszej myśli i, choć wróg był tak liczny, twój plan działał. Po prawdzie był niesamowicie skuteczny. Zwabiliśmy ich w pułapkę i wybijaliśmy. Lecz wtedy pojawili się Shun-tuk mający ciemną moc i zaczęli wręcz topić naszych żołnierzy.

Richard pochylił się ku niej.

– Topić? Jak to?

Kahlan uniosła rękę, przywołując to okropne wspomnienie.

– To było straszne. Shun-tuk wykorzystał jakiś rodzaj czarnej magii. W jednej chwili ciała żołnierzy stojących po moich bokach jakby się zagotowały i spłynęły. Jednocześnie rozpadły się szkielety. Zginęli w mgnieniu oka. Wiedziałam, że w żaden sposób nie powstrzymamy takich półludzi. Nie mamy żadnej obrony przed czarną magią.

– Miecz by ich powstrzymał – rzekł Richard.

– Wiem – odparła Kahlan. – Zabiłam tego stwora, zanim zdążył zamordować jeszcze kogoś. Ale nie wiem, ilu było podobnych. Jeszcze jeden? Stu? Tysiąc? Potem sierżant, który miał odciąć im odwrót, opowiedział o podobnym wydarzeniu. Shun-tuk nie przejmowali się, ilu ich zginie. Kiedy już opanuje ich żądza krwi, atakują bez względu na wszystko, a ci mający tajemną moc zamierzali zabić wszystkich żołnierzy, byle dopaść ciebie i mnie. Musiałam szybko podjąć decyzję, zanim wszystko stracimy. Zrobiłam to jedno, co mi pozostało. Nakazałam odwrót. Zawróciłam żołnierzy i pobiegliśmy ile sił w nogach. Shun-tuk nas ścigali. Wiedzieliśmy, że nie mamy szansy przeciwko tym czarnoksiężnikom Shun-tuk.

– I co się stało? – zapytał Richard.

– Twoja mała uczennica – wtrąciła się Nicci. – Stanęła samotnie pośrodku wąwozu, zamknęła oczy i rozniosła w pył obie ściany. Wyglądało to jak koniec świata. Jakby cała góra pękała i waliła się na Shun-tuk. Przywaliło ich całe mnóstwo. – Nicci odchyliła się do tyłu. – Teraz wiem, jak to zrobiła.

Zedd ściągnął krzaczaste brwi.

– Uważasz, że zrobiła ze skałą to, co ty robisz z drzewami?

– Wykorzystała to, czego ją nauczył Richard – odpowiedziała Nicci. – W zasadzie zrobiła to samo, co przy rozsadzaniu drzew. Zasada jest taka sama. Zogniskowała ciepło w wodzie sączącej się przez wszelkie rysy w szczeliny. Skała jest wilgotna, przesiąknięta wodą. Podgrzana woda nie mogła się wydostać, podobnie jak soki w pniu drzewa, toteż ciśnienie pary, w którą się zmieniła, rozsadziło skałę. A ponieważ skała jest twardsza od drzewa, to i eksplozja była potężniejsza.

– Potrafisz zrobić coś takiego? – zapytała Kahlan.

Nicci długo na nią patrzyła.

– Może, na mniejszą skalę. Lecz wiem, że nie mogłabym zrobić tego, co ona. Nawet nie próbuję sobie wyobrazić, jaką ta dziewczyna ma moc.

– Powiedziała, że matka ją nauczyła rozgrzewać kamienie, żeby się ogrzewać nocą – powiedział Richard. – Musiała wykorzystać tę samą technikę, ale na większą skalę. Jest bardzo zdolna.

Nicci posłała mu gniewne spojrzenie.

– Jest niebezpieczna.

Wzruszył ramionami.

– Pewnie, jeśli się jest półczłowiekiem, to tak. Ale nas nigdy nie skrzywdzi. Chce nam pomóc.

– Taki charakter…

– Ocalił nam wszystkim życie – wpadł jej w słowo Richard. – A tamtego dnia w lasach ocaliła mnie i siebie. Pomogła mi dostać się do trzeciego królestwa, odnaleźć was wszystkich i dzięki temu mogłem was stamtąd wyciągnąć. Gdyby nie jej charakterek, wszyscy bylibyśmy martwi.

– Pewnie tak. – Nicci skrzyżowała ramiona na piersi. – Lecz prawie nic o niej nie wiemy, podobnie o jej matce. Nie spędziliśmy razem wystarczająco dużo czasu, żebyś mógł mi opowiedzieć, czego się dowiedziałeś, co się wydarzyło w trzecim królestwie. Niemal bez przerwy uciekaliśmy, toteż nie mogłam wypytać Ireny. Chcę wiedzieć, co potrafią Samantha i jej matka, jakie mają uzdolnienia.

– O ile wiem, są czarodziejkami – powiedział Richard.

– Są czarodziejki i czarodziejki.

Richard kiwnął głową.

– Też mam parę pytań.

– Chciałbym się dowiedzieć więcej o ich wiosce, Stroyzie, i po co tam są – dodał Zedd. – Chciałbym zapełnić parę luk i dowiedzieć się kilku rzeczy o nich i o ich współmieszkańcach.

– Richardzie, przyniosłam ci trochę gulaszu! – zawołała Irena, spiesząc ku nim z misą w rękach.

– Teraz masz okazję – orzekł Richard.

ROZDZIAŁ 43

Musisz jeść – powiedziała Irena, podając mu cynową misę wypełnioną po brzegi gulaszem. – Dobre, mnóstwo mięsa z dzika. Pomoże ci odzyskać siły. – Znowu podsunęła mu misę. – No, jedz.

Richard podziękował jej i wziął miskę. Umierał z głodu. Zrobił zapraszający gest.

– Usiądź z nami, Ireno. Chcielibyśmy się więcej dowiedzieć o tobie i o Stroyzie. Ciekawi jesteśmy, co wiesz o północnym murze, jak go u was w wiosce nazywają.

Jej twarz – starsza wersja Samanthy – pojaśniała na to zaproszenie. Kiedy się sadowiła, żołnierze przynieśli miski gulaszu dla pozostałych. Kahlan uśmiechnęła się do tego, który jej podawał miskę. Nicci wzięła swoją, ale postawiła ją na ziemi obok siebie. Zedd zaczął jeść, jak tylko wziął swoją porcję.

Richard był wygłodzony, toteż najpierw musiał zjeść.

– Mmmm, majorze Fister, pyszny gulasz.

Fister się uśmiechnął, zadowolony, że lordowi Rahlowi smakuje.

– Tak też mu powiedziałam – stwierdziła Irena. – Że wam zasmakuje.

Ona i Samantha też miały misy, bo żołnierze przynieśli więcej strawy. Były niezwykle do siebie podobne. Siedziały obok siebie, każda na małym kocu, obie chude, z takimi samymi kędzierzawymi czarnymi włosami, ciemnymi oczami i wąskimi twarzami. Wyglądały jak starsza i młodsza wersja tej samej osoby.

Niedojrzała kobiecość delikatnych rysów Samanthy nadawała jej słodki wygląd. Te same rysy stwardniały już na twarzy Ireny, nadając jej wyrachowany wyraz. Richard widział, że za uśmiechem Ireny i jej ciemnymi oczami kryje się kobieta, która miała ciężkie życie. Samantha nadal zachowała młodzieńczy optymizm, Irena zaś zamieniła ów optymizm w pragmatyzm i wydawało się, że zrobiła to z chęcią.

Richard przełknął kolejny kęs i skinął łyżką ku Irenie.

– Opowiedz mi o Stroyzie. Chciałbym usłyszeć, co wiesz o trzecim królestwie i złu, które czai się za murem. Powiedz, co wiesz.

Irena wzruszyła ramionami.

– W pradawnych czasach obarczono nas obowiązkiem, który przekazywano z pokolenia na pokolenie. Mieliśmy czuwać nad murem. Samantha mówiła mi, że pokazała ci punkt obserwacyjny, z którego patrzyliśmy na mur północny, jak go nazwaliśmy. Naszym obowiązkiem było upewnianie się, że brama wciąż jest zamknięta.

Kiedy zamilkła i znowu zaczęła jeść, Richard spytał o coś konkretnego.

– Czy w Stroyzie zawsze mieszkali mający dar?

– Tak – odpowiedziała, przełknąwszy kęs. – Mój mąż miał starszą siostrę, Clarice. Była czarodziejką, przewodziła nam i pozostałym mającym dar oraz całej wiosce. Była głową starszyzny od... nawet nie pamiętam od ilu lat. Sporo przed narodzinami Samanthy. Była twardą kobietą o nieugiętej woli, ale sprawiedliwą.

– Jak rozumiem, odeszła? – zapytał Zedd.

– Tak, trochę ponad półtora roku temu. Ludzie, którzy ją znaleźli nieżywą w lesie, mówili, że siedziała oparta o drzewo. Wyglądała, jakby drzemała i już się z tej drzemki nie obudziła.

– Potem mama zajęła jej miejsce – oznajmiła z dumą Samantha.

– Nie było w Stroyzie innych mających dar? – zapytał Zedd.

– Byli. Miałam dwie siostry z darem. Ich mężowie też mieli dar, chociaż słabszy. Właściwie nigdy nie zajęłam miejsca Clarice. Stroyza to mała wioska. Nie potrzeba królowej, by nią władała.

– Czyli Clarice uważała się za królową Stroyzy? – spytał Zedd.

Irena wzruszyła ramionami.

– Czasami. Po jej śmierci nasza szóstka omawiała sprawy, kiedy zachodziła taka potrzeba. Nie włączaliśmy do tych rozmów Samanthy, bo nadal jest za młoda... – Ugryzła się w język i uśmiechnęła do córki. – No cóż, była za młoda. Ale wygląda na to, że już nie jest. Wyrasta na wspaniałą czarodziejkę.

Zedd poklepał Samanthę po kolanie i mrugnął do niej.

– O tak.

Samantha się rozpromieniła.

– Czyli wasza szóstka omawiała różne sprawy, na przykład pogłoski o Zaszytej Służce, które do was dotarły? – zapytał Richard, chociaż już to wiedział, bo Samantha mu powiedziała. Chciał jednak usłyszeć wersję Ireny.

– Otóż to. Mąż Millicent uważał, że ma dar prorokowania, i od dawna ostrzegał przed złymi mocami grasującymi na Mrocznych Ziemiach. Traktował pogłoski jako dowód swego daru, ale byłam innego zdania.

– To znaczy? – rzucił Zedd, odrywając wzrok od łyżki z gulaszem.

Irena ponownie wzruszyła ramionami.

– Mroczne Ziemie to rozległa i niebezpieczna kraina. W takim miejscu zawsze działają jakieś ciemne moce, czai się zło. Prawdę powiedziawszy, trudno uznać za proroctwo stwierdzenie, że powodują one kłopoty.

– I uważasz, że działo się tak dlatego, że zło od dawna przenikało przez mur – powiedział Richard.

Spojrzała na niego ze zdumieniem.

– Właśnie. Skąd wiesz?

– Przekonałem się – odparł, zerkając kątem oka na dziadka – że mury powstrzymujące zło nie padają od razu. Z czasem zaczynają niszczeć i odpryski tego, co jest za nimi, mogą przez nie przenikać. Nikt tego nie zauważa, bo mur nadal stoi, a ludzie dawno zapomnieli, czego wypatrywać. Stają się zbyt pewni siebie. Z upływem czasu to, co przeniknęło zza muru, nabiera mocy i pojawiają się zwiastuny.

Samantha pogroziła mu palcem.

– Pewnie masz rację. Nigdy się nad tym nie zastanawiałam, ale założę się, że dlatego niektórzy na Mrocznych Ziemiach mają osobliwą moc.

– Jak chowańcy? – zapytał Richard i pochłonął kolejną łyżkę gulaszu.

– Otóż to – powiedziała Irena, posyłając mu dziwne spojrzenie, jakby się zastanawiała, co on już wie. – Ciemne moce, tysiące lat temu odgrodzone murem, były niewiarygodnie potężne. W końcu niektórzy półludzie potrafią przywrócić życie umarłym.

– A przynajmniej sprawić, że się poruszają – sprostował Richard. – Te moce mogą zwłokom przywracać zdolność ruchu, toteż można je nasyłać na ludzi, ale nie sądzę, żeby naprawdę były żywe.

– Wyczytaliśmy to w napisach na ścianach w tunelach Stroyzy – poinformowała matkę Samantha. – W tunelu przed punktem obserwacyjnym.

Irena spojrzała na córkę, marszcząc brwi.

– O czym ty mówisz? Jakie napisy?

– Te wyrzeźbione na ścianach wzory są pismem.

– Pismem? – zdziwiła się Irena. – Jesteś pewna?

Samantha potaknęła.

– Mowa Początku.

Irena spojrzała karcąco na córkę.

– Chcesz powiedzieć, że Richard to przeczytał.

– No tak, to lord Rahl mi powiedział, że to jest pismo i co tam napisano.

Zedd znowu patrzył na Richarda, marszcząc brwi.

– Co to za napisy? Kto je tam umieścił?

Richard machnął łyżką z gulaszem.

– Są w mowie Początku, jak te, które znaleźliśmy w Pałacu Ludu.

Nie chciał głośno wspominać o prastarej wróżebnej machinie. Chciał się dowiedzieć o rozmaitych sprawach, a nie je ujawniać.

Zedd ugryzł się w język i skinął głową.

– Wiesz, kto je tam umieścił? I kiedy? – zapytała Irena.

– Umieściła je tam czarodziejka Naja Moon – powiedział Richard. – Chciała, żeby przypominały mieszkańcom Stroyzy i nam wszystkim o złu, które imperator Sulachan stworzył w czasach Wielkiej Wojny. Jej lud nie był w stanie wyplenić tego zła, lecz wybudowali mur, wzmocniony zaklęciami, i zamknęli za nim owo zło. Ostrzegali, że mur nie będzie trwał wiecznie, toteż mieszkańcy Stroyzy mieli trzymać straż. Napisała, że tylko tyle mogli zrobić, póki nie zjawi się właściwa osoba i położy kres temu, co jest za murem.

Zedd znowu marszczył brwi. Richard uświadomił sobie, że już za wiele zdradził.

– Czy czarodziejka z pradawnych czasów napisała, kto będzie w stanie położyć kres złu? – zapytał Zedd.

Kiedy Richard ociągał się z odpowiedzią, odezwała się Samantha, aż się paląc do opowiadania. Przesunęła przed nimi łyżką, jakby odsłaniała zasłonę czasu, a potem zdradziła tajemnicę przesłaną przez wieki.

– Naja Moon napisała, że może to zrobić tylko siewca śmierci i tylko kończąc przepowiednię.

Zedd omal nie upuścił miski z gulaszem.

– Siewca…

– Opowiadałaś – przerwał mu Richard, wskazując Irenę i gestem zapraszając, żeby mówiła dalej – o złu wysączającym się zza muru?

Zignorował dziadka i wrócił do spraw, o których naprawdę chciał się czegoś dowiedzieć. Nie chciał rozmawiać o tym, co już wiedział.

Irena znowu skupiła uwagę na Richardzie.

– Właśnie tak. Razem z siostrą zawsze podejrzewałyśmy, że drobiny owej ciemnej mocy przenikały zza muru od… od… jeden Stwórca wie, od jak dawna. Lecz uważam, że to wyjaśnia wiele rzeczy na Mrocznych Ziemiach.

– To z pewnością ma sens – powiedział Zedd po zastanowieniu.

Najwyraźniej zrozumiał, że to nie czas i miejsce na dyskusję o siewcy śmierci. Czarodziej aż za dobrze wiedział, że to określenie odnosi się do Richarda.

– Taką moc niełatwo odgrodzić – wyjaśnił. – Mur mógł wytrzymać tysiące lat, lecz zaczął niszczeć na długo przed tym, jak ostatecznie przestał spełniać swoją rolę. Tak to właśnie działa.

– I ja tak podejrzewałam – odezwała się Irena. – Kiedy zaczęły do nas docierać pogłoski o Zaszytej Służce, Jit, jak ją nazywali wieśniacy, i o tym, jakie ma osobliwe moce uzdrowicielskie, razem z siostrami zaczęłyśmy podejrzewać, że ma z tym coś wspólnego to, co wydostaje się zza muru. Sądziłyśmy, iż może to być zapowiedź tego, że mur ledwo się trzyma. Toteż jesienią, kiedy poziom wody jest najniższy, Martha i jej mający dar mąż ruszyli do Kharga Trace sprawdzić pogłoski o Zaszytej Służce. Martha była doświadczona, miała potężną moc, dlatego uważała, że najlepiej będzie, jak ona wszystko sprawdzi. Nigdy już nie mieliśmy od nich żadnych wieści. Połowa wioski szukała ich całymi tygodniami. Nie wiedzieliśmy, gdzie w Kharga Trace szukać tej Zaszytej Służki, a rozległe bagniska są niebezpieczne. Baliśmy się, że więcej naszych ludzi ucierpi lub zginie, toteż zaprzestaliśmy poszukiwań. W końcu przyszły wiosenne deszcze i bagna wezbrały, wypłukując szczątki. Jak się okazało, mojej siostry i jej męża.

Nicci spojrzała na nią znad miski gulaszu.

– Jakie szczątki? – zapytała, najwyraźniej nie dowierzając, że po tak długim czasie mogły jeszcze pozostać w bagnach jakieś szczątki.

– Kości. – Irena postukała się łyżką w udo. – Trochę większych i cięższych.

Nicci zmarszczyła brwi.

– Skoro Kharga Trace jest tak niebezpiecznym miejscem, a ludzie chodzą do Zaszytej Służki przez wzgląd na jej uzdrowicielskie moce, to mnóstwo osób musiało zginąć na bagniskach. Kości mogły należeć do kogokolwiek. Skąd ludzie z twojej wioski wiedzieli, że to były szczątki twojej siostry?

Irena oparła rękę z łyżką na kolanie, przez chwilę zatonęła w odległych wspomnieniach.

– To ja rozpoznałam kości siostry. Miały w sobie ślad daru. Rozpoznałam ślad daru Marthy.

– Rozumiem – powiedziała Nicci, pochylając głowę nad miską i wracając do jedzenia.

– Wkrótce potem przyszli żołnierze i zabrali do opactwa moją drugą siostrę, Millicent, oraz jej męża, Gylesa. Podejrzewam, że dlatego, że Gyles zawsze się przechwalał, iż ma dar prorokowania. A opat Dreier zbierał przepowiednie dla Hannisa Arca. Żołnierze powiedzieli, że proroctwa należą do wszystkich.

Irena wpatrywała się w miskę i mieszała gulasz.

– Nigdy nie wrócili.

– Wiem wszystko o Ludwigu Dreierze – odezwała się Kahlan, pochmurniejąc. – Przysięgłam, że go zabiję.

Richard wiedział, że jest zdecydowana dotrzymać tej przysięgi. Pamiętał, w jakim była stanie, kiedy się tam zjawił, tuż przed tym, nim Dreier i jego Mord-Sith, Erika, zaczęli ją z zapałem torturować.

– Tak czy owak – podjęła Irena – kiedy zobaczyłam, że brama w północnym murze jest otwarta, że zapora padła, od razu wraz z mężem wyruszyliśmy, żeby powiadomić o tym radę czarodziejów w Wieży.

Zedd podniósł wzrok znad gulaszu i wymienił spojrzenia z Richardem.

– W Wieży nie ma już rady czarodziejów – powiedział.

Irena sposępniała.

– Teraz to wiem. Ale wtedy nie wiedziałam. Nie uszliśmy daleko, gdy półludzie nas porwali. – Przełknęła gulę w gardle. – Mnie porwali. Oni...

– Ogromnie mi przykro z powodu twojego męża – rzekł Richard. – I twojego ojca, Samantho.

Przygnębiona Samantha podziękowała skinieniem głowy.

– Lord Rahl mówi, że w górnod'harańskim *stroyza* znaczy „strażnik" – poinformowała matkę.

– Świetnie pasuje. Byliśmy tam, żeby ostrzec ludzi, gdy północny mur zostanie naruszony.

– I nie wiedzieliście, co jest zapisane w korytarzach? – zapytał Richard. – Napisy pozostawiono, żebyście znali całą historię, miały wszystko wam wyjaśniać.

Irena spojrzała mu w oczy.

– Jakie to teraz ma znaczenie, Richardzie? Cała ta prastara opowieść? Zapora padła. Nie możemy się teraz zajmować historią, przypuszczeniami i spekulacjami. Teraz liczy się twoje uzdrowienie. Musimy usunąć z ciebie zmazę śmierci.

– I z Kahlan – dodał Richard.

Irena obejrzała się na nią.

– Tak, oczywiście, z Kahlan też.

ROZDZIAŁ 44

Możesz mi wierzyć – mówił Richard – iż wiem, że powinniśmy się pozbyć tego śmiercionośnego jadu, lecz nadal są...

– Nie sądzę, byś wiedział. – Irenie skończyła się cierpliwość. Spoważniała tak, jak poważnieją tylko czarodziejki. – Ta trucizna jest zabójcza. Musimy ją z ciebie usunąć. To jest najważniejsze. Wszystko inne może poczekać.

– Wiemy o tym – stwierdził Richard – i zajmiemy się tym, gdy tylko wrócimy do Pałacu Ludu. Zapewniam cię, że bardziej niż tobie zależy mi na usunięciu z nas zmazy śmierci i chcę, żebyśmy wrócili do pałacu najszybciej, jak się da. Musimy się tam dostać nie tylko po to, żeby nas uleczyć. Powinniśmy tam dotrzeć przed Hannisem Arkiem. Jestem przekonany, że właśnie tam zmierza. Musimy się spieszyć. Muszę im pomóc przygotować się na to, co się zbliża, i zorganizować obronę. Wojsko musi bronić miast na trasie Hannisa Arca i jego półludzi.

Irena, wyraźnie zdezorientowana, wodziła wzrokiem po twarzach zebranych. Wreszcie znowu popatrzyła na niego.

– Richardzie, to nie może tak długo czekać. Trzeba to zrobić teraz. Natychmiast.

Zedd przestał przesuwać resztki gulaszu na skraj miski, skąd mógł je nabrać łyżką za jednym razem.

– Wszystkim nam zależy na ich uleczeniu. Jako jego dziadkowi bardziej mi na tym zależy niż tobie, Ireno. To jest najważniejsze dla nas wszystkich.

– Świetnie. Toteż powinniśmy... – zaczęła znowu.

– Ale żeby ich uleczyć musimy dotrzeć do pałacu – ciągnął Zedd z powagą należną Pierwszemu Czarodziejowi.

Irena wyrzuciła ręce w górę.

– Drogi Stwórco! Czy nikt z was nie słucha?! To nie może tak długo czekać!

– Musi. Żeby to zrobić, potrzebujemy pola ograniczającego – wyjaśniał Zedd.

– Pola ograniczającego? Dlaczego? – Skinęła ku Zeddowi, potem ku Nicci. – Mamy czarodzieja i... tak, trzy... czarodziejki, tu i teraz. Możemy połączyć dary, żeby zwielokrotnić naszą moc. Będzie wystarczająco potężna, żeby usunąć z nich ten śmiercionośny jad. Musimy to zrobić już teraz. W tym rzecz. Musimy to zrobić natychmiast!

– Zgadzamy się z tobą i, uwierz mi, też się niecierpliwimy. – Zedd zjadł resztkę gulaszu i odstawił cynową miskę. – Lecz powiadam ci, że należy to zrobić w polu ograniczającym.

Richard na tyle znał dziadka, by wiedzieć, że coś jest nie tak i że Zedd stara się tego nie zdradzić.

– Oszalałeś, starcze? – rzuciła Irena, patrząc gniewnie na Zedda. – To nie może czekać na luksus pobytu w pałacu.

– Będzie musiało – powiedział czarodziej z uporem maskującym głębszą troskę. – Tu nie chodzi o luksus pobytu w pałacu, lecz o dostęp do odpowiednich narzędzi. Zmaza jest zewem samej śmierci. Jeżeli spróbujemy ją usunąć poza polem ograniczającym, może z nimi zrobić to samo, co z Jit: przywołać do nich śmierć. Usunąć to, nie zabijając ani ich, ani siebie, można wyłącznie w polu ograniczającym. Jeśli spróbujemy zrobić to teraz, to nawet połączenie naszych mocy nic nie da. Umrą.

Wszyscy umilkli. Kiedy Richard wystarczająco bacznie nasłuchiwał, mógł usłyszeć krzyki w głębi swego umysłu. To była otwarta w nim pustka pomiędzy światem życia i światem umarłych. Tak w nim, jak i w Kahlan była brama do świata umarłych – gotowa ich tam wciągnąć.

On i Kahlan istnieli teraz w obu światach.

– Ależ mamy tyle mocy, że powinniśmy spróbować – upierała się Irena.

– Po raz ostatni to powtarzam, Ireno, i powinnaś mnie usłuchać. Tę zmazę można bezpiecznie usunąć wyłącznie w polu ograniczającym – powiedział Zedd ze spokojem, lada moment mogącym zmienić się w gniew. – W innym przypadku jad zabije nie tylko ich, ale i każdego, kto spróbuje im pomóc.

Richard i Kahlan wymienili spojrzenia. Wiedzieli, że ich stan się pogarsza. Obydwoje wyczuwali, że mrok usiłuje ich pochłonąć. Wiedzieli, że Zedd ma rację.

– Ale, ale... – wydukała Irena – ...nie pożyją tak długo.

Jej słowa przyprawiły Richarda o lodowaty dreszcz.

– Co takiego?

– Przyznaję, że nie mam takiego doświadczenia w uzdrawianiu jak czarodziej – powiedziała. – Ale nawet ja mogę powiedzieć, po tym, co wyczułam w tobie dzięki mojemu darowi, że nie zostało wam dużo czasu. Richardzie, nigdy nie dotrzecie tak daleko. Nie pożyjecie na tyle długo, żeby przebyć choć połowę drogi do Pałacu Ludu. Nie macie szansy, by to przetrwać. Najmniejszej.

Richard i Kahlan popatrzyli na Zedda. Nie odwzajemnił spojrzenia.

Richard zerknął na Nicci, oczekując odpowiedzi. Długo patrzyła mu w oczy, zanim wreszcie usłyszał tę odpowiedź.

– Obawiam się, że ona ma rację, Richardzie. Zamierzamy oczywiście spróbować wykorzystać nasz dar, żeby dać wam siłę, dopóki zdołamy, ale wiemy, że nie pożyjecie tak długo, żeby dotrzeć do Pałacu Ludu.

– Ale... – Richard szukał słów. – Musi być coś...

Nicci odwróciła wzrok.

– Richardzie, pracowaliśmy nad tobą od przekroczenia przepaści. Byłeś... cały ten czas bliski śmierci. Przedtem to Kahlan była w gorszym stanie, ale „zrównałeś się" z nią i obydwoje gaśniecie. Tego ranka o mało cię nie straciliśmy.

Richard popatrzył na nią, marszcząc brwi.

– Jak to?

– Przestałeś oddychać. Śmierć cię zabierała. Byłeś na granicy, tuż przed przejściem w zaświaty. Traciliśmy cię. Zedd zdołał cię przywołać. Gdyby tego nie zrobił, to jeszcze parę uderzeń serca i by cię nie było.

Richard popatrzył na Zedda. Orzechowe oczy dziadka wreszcie napotkały jego wzrok.

– Wiem, co robię. – Szczwany uśmieszek sprawił, że jego twarz jeszcze bardziej się zmarszczyła. – Wciąż chowam w zanadrzu parę sztuczek.

Richard się uśmiechnął. Pomimo powagi sytuacji.

– O tak, na pewno.

– Możemy jedynie utrzymywać cię przy życiu, jak długo się da – powiedziała Nicci. – Lecz prawda jest taka, że nie dożyjesz powrotu do pałacu i pola ograniczającego.

Irena powiodła po nich wzrokiem.

– No dobrze, skoro to naprawdę musi być zrobione w polu ograniczającym, a Pałac Ludu jest za daleko, to musimy znaleźć jakieś inne pole, bliżej, i tyle.

– Pola ograniczające są rzadkością – westchnął ciężko Zedd. – Nie sądzę, żebyśmy jakieś znaleźli na Mrocznych Ziemiach.

– I owszem, znajdziecie.

Zedd zmarszczył brwi i spojrzał na nią bacznie.

– Gdzie?

– Ach, więc teraz chcesz mnie wysłuchać?

– To sprawa życia i śmierci, Ireno. Nie ma czasu na przekomarzania. Jeśli wiesz coś o bliższych polach ograniczających, to nam powiedz.

– Właściwie to wiem tylko o jednym – odparła. – Jest w cytadeli.

Wszyscy się w nią wpatrywali.

– Prawdziwe, aktywne pole ograniczające? – zapytał Zedd. – Istniejące od czasu, kiedy nasi przodkowie posiadali moc, dzięki której mogli tworzyć takie cuda?

Irena potaknęła, nieco speszona ich niedowierzaniem.

– Prawdziwe pole ograniczające, w cytadeli. W Saavedrze. W sercu Mrocznych Ziem – upewniał się.

Irena znowu potaknęła.

– Bywałam w znamienitych pałacach wzniesionych w pradawnych czasach – odezwała się Nicci – a nie były na tyle ważne, by mieć pole ograniczające. Trochę trudno mi uwierzyć, że jest ona na Mrocznych Ziemiach, w pomniejszej cytadeli w Saavedrze. Skąd ta pewność?

– Byłam tam – wyjaśniła. – Widziałam.

Nicci nadal nie dowierzała.

– Po co pole ograniczające na Mrocznych Ziemiach?

– Sądzę, że umieszczono je tutaj przez wzgląd na bliskość muru – powiedziała Irena. – Przypuszczam, że ludzie, którzy zbudowali cytadelę, uznali, że dobrze by było mieć je pod ręką w razie potrzeby, kiedy zapora padnie lub kiedy ciemne moce zaczną się zza niej wymykać.

– To ma sens – odezwał się Richard. – Naja napisała, że wiedzieli, iż mur zawiedzie. Wiedzieli, co nam zagrozi, kiedy to się stanie. Może zostawili tutaj pole, żeby nam pomóc w takich kłopotach, jakie wywołała Jit.

Zedd potarł podbródek.

– To prawda…

Richardowi przyszła do głowy niepokojąca myśl.

– Ludzie z tamtych czasów wiedzieli o proroctwach o wiele więcej niż my. Dużo wiedzieli o tym, co się teraz dzieje. Mogli nawet wiedzieć, że pole będzie potrzebne i mnie, i Matce Spowiedniczce.

Zedd uniósł krzaczastą brew.

– To nie jest nieprawdopodobne.

– Mogli wiedzieć, że tak będzie – odezwała się do tej pory milcząca Samantha – bo jesteś wybrańcem.

Zedd znowu się zachmurzył.

– Jakim wybrańcem?

– Tym, który powstrzyma to, co się teraz dzieje.

Zedd tylko głęboko westchnął, a potem znowu spojrzał na Irenę, wracając do poważniejszych spraw.

– Wiesz, jak się dostać do Saavedry?

Wskazała na południowy wschód.

– To w tamtym kierunku. Na pewno o wiele bliżej niż pałac.

Richard zmarszczył brwi.

– Mieszkasz w leżącej na uboczu Stroyzie. Co robiłaś w cytadeli w Saavedrze?

Irena wyglądała na zdenerwowaną tym przepytywaniem.

– Kiedy moja siostra Millicent i jej mąż przebywali od jakiegoś czasu w opactwie, bałam się o nich. Słyszałam, że ludzie nigdy stamtąd nie wracają. Do Stroyzy nie dociera zbyt wiele wieści, toteż nie wiedziałam, co się tam dzieje. Ale słyszałam o krewnych udających się do opactwa, żeby błagać, by ich bliskich zwolniono ze służby opatowi. Wiedząc, że takie prośby nigdy nie odnosiły skutku, i ponieważ jestem czarodziejką, poszłam do cytadeli w Saavedrze, by błagać biskupa, żeby uzyskał zwolnienie mojej mającej dar siostry i jej męża, bo są potrzebni w Stroyzie do pełnienia naszej ważnej służby. Myślałam, że może kiedy poproszę go jako osoba mająca dar, która mu służy, zgodzi się.

– I co powiedział Hannis Arc? – zapytał Richard.

Irena potarła dłońmi kolana.

– Każdego ranka prosiłam skrybę biskupa o audiencję. Nigdy jej nie uzyskałam. Skryba mówił, że biskup jest bardzo zajęty. Poprosiłam, żeby przekazał moją prośbę, lecz nigdy nie zobaczyłam się z biskupem, toteż nie mogłam go osobiście poprosić o uwolnienie siostry. Ale kiedy się tam każdego dnia zjawiałam z nadzieją na audiencję, kiedy chodziłam po wspaniałym westybulu lub tam siedziałam, to straże do mnie przywykły. Każdego ranka słyszeli, jak rozmawiam ze skrybą, toteż wiedzieli, czego chcę, lecz nie mogli mi pomóc. Pewnego dnia kapitan wartowników, który mi współczuł, zapytał, czy – jako że jestem czarodziejką w służbie biskupa – nie chciałabym zwiedzić cytadeli, żeby szybciej mi minął czas czekania na odpowiedź. Dla kogoś z malutkiej wioski była to cenna i rzadka sposobność. Chociaż byłam zrozpaczona, zgodziłam się. To wtedy pokazał mi pole ograniczające. Głęboko w podziemiach.

– Czemu miałby to zrobić? – zapytała Nicci. – Zwykle są pilnie strzeżone i często chronione zaklęciami.

Irena wodziła wzrokiem, usiłując sobie przypomnieć.

– Strażnik powiedział mi, że otoczenie pola przyprawia ludzi o gęsią skórkę, toteż trzymają się z dala od tego miejsca. Uznał, iż jako czarodziejka docenię możliwość ujrzenia pola. Nie wiem, jak się gdzie indziej chroni takie miejsca. On został na zewnątrz, a ja na krótko weszłam do kamiennej izby. Była całkiem zwyczajna, stara i zakurzona. Na ścianie wisiały kajdany. Naprawdę nie było na co patrzeć, więc wyszłam. Rzecz w tym, że było to pole ograniczające, wyczuwałam moc osłon, kiedy przechodziłam przez drzwi. Jest o wiele bliżej niż Pałac Ludu. Zdążymy na czas. Możemy tam uzdrowić Richarda i Kahlan. To ich jedyna szansa.

Zedd i Nicci popatrzyli na siebie. Obydwoje się uśmiechnęli.

– Mamy szczęście, że w cytadeli nie ma Hannisa Arca, nie przeszkodzi nam – powiedział Richard. – Niestety, kieruje się ku Pałacowi Ludu. Planowałem ominąć go szybkim marszem, żebyśmy pierwsi tam dotarli. Musimy ostrzec mieszkańców. No ale przynajmniej nie będzie go w cytadeli.

ROZDZIAŁ 45

Jeśli, jak mówisz, Hannis Arc opuścił cytadelę, to będzie o wiele łatwiej skorzystać z pola ograniczającego – wtrąciła Irena.

Richard przypomniał sobie napomnienie Zedda: nic nigdy nie jest łatwe i proste. Popatrzył na dziadka.

– Co o tym myślisz?

Orzechowe oczy Zedda spojrzały na Irenę, potem znowu na Richarda.

– Rozpaczliwa sytuacja wymaga rozpaczliwych metod.

Richard nie był zdziwiony, że dziadek myśli to samo, co on: pałac to znajome miejsce, cytadela nie. Spojrzał na Nicci. Zauważył, że zjadła niewiele gulaszu.

– I?

– Jeśli tam naprawdę jest czynne pole ograniczające, to jest ono waszą jedyną szansą na przeżycie. Mam nadzieję, że razem z Zeddem utrzymamy ciebie i Kahlan przy życiu, póki tam nie dotrzemy.

Richard skinął głową i spojrzał w zielone oczy Kahlan.

– Co ty na to?

– Chcę żyć i chcę, żebyś ty żył. Nie sądzę, byśmy mieli jakąś inną możliwość.

Richard też jej nie widział, ale to nie oznaczało, że ta musiała mu się podobać. Stawką było życie tylu innych ludzi. Musiał się dostać do pałacu. Głęboko westchnął, wpatrzony w ciemniejące niebo. Wiaterek ucichł i liście znieruchomiały. Nadchodziła noc. Czas im się kończył. Kahlan miała go coraz mniej. Pałac był za daleko.

Nie mógł znieść myśli, że Kahlan umrze. Zrobiłby wszystko, co w jego mocy – absolutnie wszystko – żeby utrzymać ją przy życiu, z dala od szponów tego, co z rozkazu Sulachana czekało na nią w zaświatach. Lękał się tego, co sam tam spotka, lecz o wiele bardziej się bał cierpienia Kahlan.

– No dobrze – powiedział stanowczo do obserwujących go ludzi. – Idziemy do tej cytadeli. Choć to oznacza zmianę innych planów.

– Co masz na myśli? – zapytał Zedd.

– Nikt w Pałacu Ludu nie ma pojęcia, co się do nich zbliża. Hannis Arc i imperator Sulachan mają armię półludzi i wszystkich umarlaków, których zechcą powołać. Pałac zbudowano tak, żeby wytrzymał oblężenie wojska, ale to jest coś zupełnie innego. Wszyscy tam muszą pojąć naturę tego, co na nich ciągnie, by móc się przygotować.

– Przygotować?! – wykrzyknęła Irena. – Mieszkańcy pałacu nie mają szans. Jeżeli zostaną, znajdą się w pułapce i zostaną wymordowani. Hannis Arc i jego armia zabiją każdego, kto stawi opór. Sprawa jest beznadziejna. Pałac trzeba ewakuować. Tylko to pozostało jego mieszkańcom.

Richard przyjął jej słowa ze spokojem.

– Uznanie, że sytuacja jest beznadziejna, sprawia, że taka się staje. Nie akceptuję porażki. Musimy obmyślić, jak zwyciężyć.

Zedd odkaszlnął.

– Choć nie zgadzam się z Ireną, to nie wiem, jak moglibyśmy pokonać to zagrożenie. Wiele bolesnych nauczek pokazało nam, że magia nie szkodzi wielu półludziom. Hannis Arc i imperator Sulachan mają potężną ciemną moc. Co chyba jeszcze bardziej przerażające, potrafią ożywić umarłych i posłać ich na nas. Nie muszę wam przypominać, że trudno zabić kogoś, kto już nie żyje.

– Masz rację – odezwała się Kahlan. – Magia nie działa na większość półludzi, a broń niezbyt szkodzi umarlakom. Lecz nasza mała grupa udowodniła, że możemy walczyć z całymi rzeszami półludzi. Wiemy też, że chociaż to trudne, możemy pokonać ich martwych żołnierzy. Można ich powstrzymać ogniem oraz posiekać na kawałki. Powstały z martwych król-duch pochodzi z pradawnych czasów, kiedy ludzie władali magią, która już nie istnieje. Wątpię, by w naszym świecie ktoś mu dorównał. Hannis Arc także może wykorzystywać mroczną moc. W końcu to on sprowadził Sulachana ze świata umarłych. Wolę nie myśleć, co zdziałają wspólnie.

– To właśnie miałam na myśli – upierała się Irena. – Nie da się pokonać takich mocy!

– Jeśli uznasz, że to beznadziejne, to będziesz skazana na taki los.

Irena z irytacją rozłożyła ramiona.

– Niby jak wedle ciebie mielibyśmy ich pokonać? Magia jest wobec nich bezsilna!

– Czyżby? Pomimo ich przerażających tajemnych mocy i liczebności nasza mała Samantha w pojedynkę udowodniła, że są bezbronni wobec pewnych skutków magii, jeśli nie chcesz się pogodzić z porażką.

Samantha rozpromieniła się z dumy.

– Nie twierdzę, że to będzie łatwe – kontynuował Richard. – Powiadam jednak, że należy to zrobić. Nie możemy pozwolić, żeby urzeczywistnili tę koszmarną wizję.

Wszyscy mieli ponure miny.

– Mieszkańcy pałacu nie mają szansy, chyba że pojmą naturę tego, co nadciąga, i się przygotują – powiedziała z rezygnacją Kahlan. – Musimy ich ostrzec.

– Otóż to – przytaknął Richard.

– Ale co im doradzić? – zapytał Zedd. – Naprawdę nie sądzę, że powinniśmy porzucić nadzieję lub opuścić pałac, jak twierdzi Irena, ale niby jak mają walczyć z tym, co na nich idzie? Na równinach Azrith nie ma skał, które można by zwalić na wroga.

– Są tam mający dar – powiedział Richard. – Są Siostry Światła. Jest Nathan. Przez większość życia studiował proroctwa, historię i najrozmaitsze zapomniane związane z magią sprawy. Wie o rzeczach, o których my nigdy nie słyszeliśmy. A nuż ma cenne informacje o tym, co można zrobić. No i przynajmniej będzie mógł posłać ogień czarodzieja na legiony chodzących trupów. Poza tym pałac ma swoje mechanizmy obronne. Jeśli będą wiedzieć, co się zbliża, mogą zamknąć wielkie wewnętrzne wrota, zapieczętować groby, żeby Sulachan nie mógł ożywić umarłych wewnątrz pałacu. Jest tam Pierwsza Kompania ze specjalną bronią, pamiętasz?

Nicci zmarszczyła brwi.
– Specjalną bronią?
– Nathan znalazł bełty z czerwonymi piórami. To ukryte w pałacu relikty z czasów Wielkiej Wojny. Mają pewien rodzaj pradawnej mocy, mogą przenikać przez osłony i zaklęcia. Skoro pochodzą z tamtych czasów, to może zabiją tych, co mają tajemną moc.
Zamyślony Zedd kiwnął głową.
– Richard ma rację. Należy bronić pałacu. Są tam niezmiernie cenne i niebezpieczne rzeczy: księgi zaklęć i artefakty o wielkiej mocy. Byłoby fatalnie, gdyby wpadły w ręce Hannisa Arca.
Richard tarł czoło i zastanawiał się.
– Pierwsza Kompania nigdy się nie podda. To nie leży w ich naturze. Musimy ich ostrzec, co nadciąga, żeby mogli się przygotować najlepiej, jak się da. Powstrzymają atak armii Hannisa Arca i Sulachana.
– Na jakiś czas – powiedziała Kahlan.
– Na jakiś czas – przyznał Richard. – Pierwsza Kompania musi utrzymać pałac. Przynajmniej póki nas nie uzdrowią w cytadeli i dotrzemy do pałacu. Do tego czasu powinni wysyłać wojsko, żeby broniło miast leżących na szlaku nadciągającej hordy. Muszą zrobić, co w ich mocy, żeby uniemożliwić Hannisowi Arcowi opanowanie osad i spustoszenie wszystkiego na drodze.
– Naprawdę myślisz, że to w ogóle cokolwiek da? – zapytała Irena.
– Tak – odparł Richard. – Postaram się. Nie pozwolę, żeby świat osunął się w koszmar. Jestem lordem Rahlem. Mieszkańcy D'Hary oczekują, że będę magią przeciwko magii. Nie opuszczę ich w obliczu zagrożenia. Znajdę sposób. Nie ma innej możliwości. Jeśli mam powstać z martwych, żeby walczyć dla naszego ludu, uczynię to.
Nikt nie powiedział ani słowa, słysząc to ślubowanie.
Robiło się coraz ciemniej. Nie było czasu do stracenia. Richard uniósł rękę i zawołał majora Fistera. Kiedy żołnierz do nich podbiegł, Richard wskazał kamień i poprosił Fistera, żeby usiadł.
– O co chodzi, lordzie Rahlu?

– Kto jest najlepszym jeźdźcem? – zapytał Richard.

Major był zdumiony tym pytaniem.

– Lordzie Rahlu, wszyscy są z Pierwszej Kompanii. Najlepsi. Nie można wstąpić do Pierwszej Kompanii, jeśli nie jest się najlepszym we wszystkim. Niewielu się to udaje. Wybierz któregoś, lordzie Rahlu, i wykona wszystko, co mu zlecisz.

– Musimy przesłać wiadomość do pałacu – powiedział Richard. – Mamy tylko jednego konia. Nie może jechać powoli, nie może dać się złapać, a jednocześnie musi uważać, żeby nie zajeździć konia. Musi z moimi rozkazami dotrzeć do pałacu najszybciej, jak się da.

– Jakimi rozkazami, jeśli wolno mi spytać? Co ma im przekazać?

– Musimy ostrzec pałac, że nadciąga Hannis Arc z armią półludzi i zapewne z legionami umarlaków. Jeździec ma do pokonania sporą połać Mrocznych Ziem, będzie też musiał ominąć Sulachana i jego wojska. To niezmiernie ważne, żeby dotarł do pałacu z instrukcjami. Nie może zawieść.

– No to powinniśmy wysłać Neda – powiedział po chwili namysłu major. – Urodził się na Mrocznych Ziemiach. Dorastał w tym paskudnym miejscu na południowy zachód od naszego obozu, chyba dobrze pamiętam, co mówił. Pojedzie tam, żeby później dostać się do pałacu. Najlepiej zna te strony.

Nicci się zainteresowała.

– Ned. To jego napadnięto, kiedy Shun-tuk pierwszy raz nas zaatakowali.

– Ten sam – potwierdził major. – Najłatwiej mu będzie się przedostać. Jest twardy, zna okolicę i jest dobrym jeźdźcem. Jak reszta naszych żołnierzy, nie zna znaczenia słów „poddaję się".

– Szczęście – odezwała się Nicci.

Richard na nią popatrzył. Kolana miała podciągnięte, obejmowała je ramionami i wspierała na nich podbródek.

– Szczęście? – powtórzył.

Spojrzała mu w oczy.

– Szczęście, że go nie pożarli. Szczęście, że lord Rahl nie porzuci swojego ludu.

Ostentacyjnie nie patrzyła na Irenę, która wtedy chciała, żeby zostawili Neda jego losowi.

Richard, nie chcąc w to wnikać, tylko skinął głową, a potem znowu popatrzył na majora.

– Dobrze, a więc Ned. Szybko się ściemnia. Chcę z nim porozmawiać, a potem niech trochę się prześpi. Powinien wiele się dowiedzieć. Mam sporo rozkazów dla ludzi w pałacu. Chcę, żeby porządnie wypoczął, a o świcie znowu z nim porozmawiam, żeby się upewnić, że wszystko pamięta.

Major Fister kiwnął głową.

– Coś jeszcze, lordzie Rahlu?

– Słyszałem, że przez większość ostatniej nocy trwała ciężka, wyczerpująca walka z Shun-tuk. Wszyscy potrzebują porządnego wypoczynku. Rankiem ruszamy do Saavedry.

– I to nie marnując czasu – włączyła się Irena, grożąc mu palcem. – Musimy tam dotrzeć jak najszybciej.

Major Fister przygładził włosy.

– Saavedra – mruknął w zamyśleniu. Na koniec spojrzał na nich. – Przykro mi to mówić, lordzie Rahlu, ale właściwie nie wiem, gdzie to jest.

– Irena mówi, że na południowy wschód stąd. Poprowadzi nas.

Czarodziejka się zdziwiła.

– Richardzie, nie znam dobrze okolicy. Kiedy ten jeden raz udałam się do Saavedry, wyruszyłam ze Stroyzy szlakiem, a potem szłam drogą. Rzadko opuszczałam wioskę. Od kiedy wyprowadziłeś nas zza północnego muru, uciekamy na chybił trafił. Właściwie to nawet za dobrze nie wiem, gdzie jesteśmy, a przynajmniej nie na tyle, żeby nas doprowadzić do Saavedry.

– To tak duże miasto, że na pewno prowadzą do niego jakieś drogi – powiedział Richard. – Znamy ogólny kierunek, więc wcześniej lub później natrafimy na drogę do Saavedry.

– Wypytam Neda – zaproponował major. – Uważam, że świetnie zna tę krainę i wie, jak tam dotrzeć.

Richard skinął głową.

– Chcę też, żeby tej nocy podwojono warty.

Major Fister przyłożył pięść do serca.

– Wedle rozkazu, lordzie Rahlu.

– Majorze – powiedział Richard i tamten zawrócił. – Chcę, żeby wszyscy zachowali czujność. W lesie jest jakaś istota, która nas obserwuje.

Major Fister zmarszczył brwi i szybko przeszukał wzrokiem las.

– Istota? Jaka istota?

Richard wskazał tam, gdzie ostatnio widział stwora – wśród drzew za Kahlan.

– Tam. Jakiś górski kot. Ma ciemne cętki na grzbiecie. Obserwował nas, ale nie sądzę, by chciał nam zrobić coś złego, bo już by to zrobił. Po prostu bądź czujny.

– Jakiego koloru ma oczy? – zapytała Kahlan.

Richard uznał, że to dziwne pytanie.

– Zielone.

– Zostaw go w spokoju. Nic nam nie zrobi. Po prostu jest ciekawy.

Richard uniósł brew, patrząc na Kahlan.

– On?

– Nazywa się Łowca. – Kahlan uśmiechnęła się do niego, lekko wzruszyła ramionami. – Przyjaciel, którego poznałam, kiedy ty odwiedzałeś zaświaty.

– Łowca. Nadałaś mu imię. – To nie było pytanie, nawiązywał do tego, co jej kiedyś powiedział.

Znowu wzruszyła ramionami.

– Przyniósł mi trzy króliki. Uznałam, że pasuje do niego to imię.

– To tak zdobyłaś króliki do gulaszu? – zapytał zdumiony major. – A ja się zastanawiałem…

– Spał przy mnie ostatniej nocy – powiedziała Richardowi Kahlan. – Byłam zdenerwowana i bałam się o ciebie. A on mnie ogrzewał i dotrzymywał mi towarzystwa.

– Nadałaś mu imię – powtórzył ze zdumieniem Richard.

Kahlan uśmiechnęła się do niego. Zielone oczy zalśniły.

– Potrzebował imienia.

– Z całą pewnością – przyznał Richard, kręcąc głową.

ROZDZIAŁ 46

Czemu wstałeś? – zapytał Zedd, kiedy Richard podszedł w ciemnościach.

W migotliwym blasku odległego ogniska faliste, siwe włosy Zedda wyglądały jak płomienie.

– Spałem cały dzień – odpowiedział Richard. – Właściwie nie jestem zmęczony. Chcę sprawdzić warty.

– Aha – mruknął Zedd, kiwając głową.

– A ty czemu wstałeś? – zapytał go Richard.

Zedd potarł palcem dolną wargę.

– Przyznaję, że zobaczyłem, jak przechodzisz obok, i chciałem z tobą porozmawiać. W cztery oczy.

– Aha – mruknął Richard, kiwając głową. – Pewnie o siewcy śmierci?

Zedd uśmiechnął się w dobrze znany Richardowi sposób. Jeszcze kiedy był chłopcem, dziadek uśmiechał się tak do niego, gdy Richard zrozumiał coś, jeszcze zanim Zedd skończył tłumaczyć.

– No tak, to jedna ze spraw, o których chciałem z tobą porozmawiać. Zechcesz mi o tym opowiedzieć czy mam to wyciągać z ciebie pytaniami?

Richard uniósł rękę na znak, że się poddaje.

– Chciałem ci opowiedzieć, czego się dowiedziałem, w nadziei, że rzucisz na to trochę światła.

– No to cóż napisano w mowie Początku na ścianach w Stroyzie?

– Znalazłem relację spisaną przez Naję Moon. Była czarodziejką współpracującą z Magdą Searus i Merrittem.

Zedd w zdziwieniu uniósł brew.

– Niezwykłe. Nigdy nie czytałem zapisków kogoś tak im bliskiego.

– Osobliwie było czytać jej słowa – powiedział Richard. – Objaśniała, jak imperator Sulachan w czasach Wielkiej Wojny czarami uczynił z ludzi broń i nauczył się ożywiać zmarłych, po części poprzez ściąganie ich duszy z zaświatów.

Zaniepokojony Zedd kręcił głową.

– Przekraczanie granicy pomiędzy światami życia i śmierci wymaga mocy, których nawet nie umiem sobie wyobrazić. Gdybym na własne oczy nie widział ożywionych zmarłych, tobym w to nie uwierzył.

– Naja napisała, że kiedy pierwszy raz stworzono półludzi, tchnięto w niektórych tajemną moc pozwalającą im ożywiać zmarłych, tak jak potrafili to czynić Sulachan i jego czarodzieje. W procesie stwarzania pozbawiano ich dusz, które skazywano na wieczne błąkanie się pomiędzy światami.

Zedd uniósł palec, tknięty nagłą myślą.

– Ci ludzie, którzy się do ciebie podkradli, kiedy stałeś na warcie, i potem zniknęli. Sądzisz...

Richard kiwał głową.

– Uważam, że mogło to być parę zagubionych dusz, które zawędrowały do tego świata, szukając swojego miejsca.

Zedd pokręcił głową.

– Biedne duszyczki.

– W istocie. Naja wspomniała, że niektóre ukazują się na tym świecie i wywołują kłopoty. Niektóre nawet krzywdzą ludzi.

– Podobnie jak półludzie.

Richard potaknął.

– Półludzie pragną duszy i myślą, że mogą ją zdobyć, pożerając żywych. Zagubione dusze zaś chcą znaleźć swoje miejsce. Sulachan sprawił, że żadne z nich nigdy nie zazna spokoju.

Niepokój pogłębił zmarszczki na twarzy Zedda. Czarodziej bezwiednie pocierał dłonią usta i zastanawiał się. Orzechowe oczy spojrzały wreszcie na Richarda.

– A co wspólnego ma z tym wszystkim siewca śmierci?

Richard oparł lewą dłoń na rękojeści miecza.

– Naja napisała, że chociaż próbowali wszystkiego, żeby

powstrzymać stwory Sulachana, to jedynym sposobem na przetrwanie okazało się zbudowanie muru i zamknięcie za nim zła. – Uśmiechnął się. – Myślę, że właściwie zrobili to samo co ty dawno temu, kiedy stworzyłeś granice odgradzające D'Harę i ród Rahlów, żeby Midlandy i Westland mogły żyć w spokoju.

Zedd w zamyśleniu przytaknął.

– Tak, tyle że ja zbudowałem płot z patyków, a ludzie z czasów Wielkiej Wojny wznieśli kamienną fortecę. Moje dzieło przetrwało dziesięciolecia, ich tysiące lat.

Richard kiwnął głową.

– Lecz obie granice musiały kiedyś zawieść. Naja wiedziała, że ich mur, podobnie jak twój płot, nie będzie trwał wiecznie i że kiedyś ludzie Nowego Świata znowu będą musieli przeciwstawić się złu, które zamknięto za północnym murem. Napisała, że mogą jedynie zostawić warty.

– Znam to uczucie – powiedział zamyślony Zedd. – To jedno mogłem zrobić: na jakiś czas odgrodzić zło. Czasem nie możesz go wyeliminować, tylko nie pozwolić mu się rozprzestrzeniać.

– Naja napisała też to, co nam powiedział Shun-tuk: że Sulachan zamierza zniszczyć granicę pomiędzy życiem a śmiercią i władać ujednoliconym światem, gdzie życie i śmierć współistnieją. Nie byłby to już ani świat życia, ani świat śmierci, lecz trzecie królestwo.

Zedd otrząsnął się z zamyślenia.

– To szaleństwo.

– Tak, lecz wykorzystuje tak mroczne moce, które mogą nie tylko nagiąć, ale i złamać elementy Grace, że sama próba może zniszczyć świat życia.

Zedd zerknął na Richarda.

– Uważasz, że jest potężniejszy od Opiekuna? To jakby powiedzieć, że jeden człowiek jest potężniejszy od Stwórcy, może przejąć władzę i decydować o wszystkim, co żyje: od tego, jak szybko rośnie trawa, poprzez to, jak wysoko mogą latać ptaki, do tego, że ludzie muszą mu służyć. Uznanie, że może władać życiem i śmiercią, to czyste urojenie.

– Słuchaj, Zeddzie, nie twierdzę, że Sulachan może tego dokonać. Naja też tak nie uważała. Po prostu wszystko, co zrobił: stworzenie półludzi, ożywianie umarłych, przeciąganie dusz z zaświatów do naszego świata, upewniło ludzi z czasów Nai, że ma sposoby na rozdarcie zasłony. I o to tak naprawdę chodzi.

– Dalej twierdzę, że to urojenia.

– Tak, to urojenie, gdy uważasz, że możesz ukraść czyjeś myśli, rozbijając mu głowę kamieniem, żeby się im przyjrzeć, ale człowiek z głową pełną myśli i tak umrze.

Zedd westchnął.

– Pewnie masz rację. Czy Naja podsunęła jakieś rozwiązanie, odpowiedzi?

– Napisała, że tylko siewca śmierci może zniweczyć zamiary Sulachana.

Zedd posłał Richardowi przenikliwe spojrzenie.

– A co niby ma zrobić siewca śmierci, żeby to powstrzymać?

Richard wodził wzrokiem po ciemnym lesie. Nisko wiszące chmury napłynęły cicho i ocaliły ciepło dnia, toteż nie było tak zimno jak poprzedniej nocy, kiedy on był u bram śmierci.

– Słyszałeś kiedyś o Rachubie Zmierzchu? – zapytał na koniec dziadka.

– Nie, nie słyszałem. Co to takiego?

– Też nie wiem. Na podstawie tego, co mówiła Naja, sądzę, że może to mieć coś wspólnego z chronologią proroctw, taki kalendarz proroctw albo coś w tym rodzaju. Wymaga jakichś specjalnych obliczeń, ale Naja tego nie wyjaśniła. Myślę, że dlatego, iż ludzie w jej czasach świetnie to wiedzieli. Napisała, że dzięki Rachubie Zmierzchu potrafili ustalić, że w proroctwie są wskazówki, jak powstrzymać to zagrożenie.

– Proroctwo. – Zedd się skrzywił. – Oczywiście musiało być proroctwo.

– Pewnie się zdziwisz, ale napisała, że zneutralizować zagrożenie można, tylko kończąc proroctwo.

Zedd jeszcze bardziej się nachmurzył.

– Kończąc proroctwo? Jak niby mamy zakończyć proroctwo?

Richard popatrzył na dziadka.

– My? Naja napisała, że wedle Rachuby Zmierzchu proroctwo może zakończyć jedynie siewca śmierci. To oznacza, iż tylko ja mogę to zrobić.

– Samantha nazwała cię „wybrańcem". O co tu chodzi?
Richard wzruszył ramionami.
– Wszystkie księgi proroctw nazywają mnie siewcą śmierci. Powiadają, że jestem tym, który może powstrzymać Sulachana, kończąc proroctwo. Myślę, że dlatego Samantha i czarodziejki ze Stroyzy zawsze się spodziewały, że pojawi się „wybraniec" i załatwi sprawę. Może uczono je, że we właściwym czasie pojawi się właściwa osoba.
– A może po prostu wiedziały, że mur w końcu zawiedzie, i uznały, że wtedy ktoś się pojawi i zrobi porządek.
– I to ma sens – przyznał Richard. – Ludzie zawsze szukają prostych odpowiedzi, szukają „wybrańca", który rozwiąże ich problemy.
Zedd splótł dłonie za plecami.
– Brzmi całkiem prosto.
Teraz Richard zmarszczył brwi.
– Prosto?
– Z pewnością. Granica padła, jak to przewidzieli ludzie Nai. Mieszkańcy Stroyzy mieli czuwać, wypatrywać tego zagrożenia. Nawet jeśli z upływem wieków zatracili umiejętność odczytania relacji Nai, to pewnie z pokolenia na pokolenie przekazywali ogólny zamysł, ucząc dzieci, że kiedy mur zawiedzie, mają o tym powiadomić. A wtedy ktoś się zjawi i poradzi sobie z zagrożeniem. Z czasem mający dar zaczęli myśleć o tym kimś jako o „wybrańcu".
Przygnębiony Richard popatrzył na dziadka.
– Może to i brzmi prosto, ale rzecz w tym, że to o mnie mówi proroctwo, a ja nie mam pojęcia, jak je zakończyć.
Zedd zrobił kwaśną minę.
– Tak, ta część brzmi podchwytliwie.
– A to nie wszystko – powiedział Richard, pokazując Zeddowi pierścień z Grace. – Magda Searus i Merritt zostawili go dla mnie.
Zedd zmarszczył brwi.
– Sama pierwsza Spowiedniczka?
– We własnej osobie.
– Skąd wiesz, że jest dla ciebie? Była z nim jakaś wiadomość?

Richard przytaknął.

– Na osłoniętych zaklęciami drzwiach był ten pierścień i trzy symbole w mowie Początku. Przetrwały tam trzy tysiące lat. Pierwszy z symboli głosił: *Jeśli to czytasz, to znaczy, że jesteś siewcą śmierci, a przegroda została przerwana. Stoisz w obliczu tego, czego nie zdołaliśmy powstrzymać. Czeka cię walka.*

– Cóż, to na pewno potwierdza, że jesteś „wybrańcem". No a pozostałe symbole?

Richard zmrużył oczy, przypominając sobie słowa.

– Drugi symbol mówił: *Wiedz, że jesteś jedyną szansą, jaką mają żywi. Trwasz w zawieszeniu pomiędzy życiem a śmiercią. Możesz być tym, który ocali świat życia lub położy mu kres. Twój los nie jest przesądzony. Sam o nim postanowisz.*

– To brzmi jak nawiązanie do tkwiącej w tobie zmazy śmierci – stwierdził Zedd. – Ten dotyk śmierci, który w sobie nosisz, oznacza, że jesteś zawieszony pomiędzy światem życia a światem umarłych.

– Tak właśnie pomyślałem – przyznał Richard. – Rzecz w tym, że powiązanie przyczyny i skutku sprawiających, że jestem tym, kto ma ocalić życie, jest tak złożone i w grę wchodzi tyle zmiennych, że nie mam pojęcia, jak te słowa mają mi pomóc.

Zedd przyznał mu rację, kiwając głową i mrucząc „yhm".

– A trzeci symbol? Czy choć trochę to wyjaśnił?

– Właściwie nie. Dopowiedział: *Masz w sobie to, czego potrzebujesz, by przetrwać. Wykorzystaj to. Szukaj prawdy. Sercem jesteśmy z tobą. Wybierz własne przeznaczenie i je urzeczywistnij, albowiem los wszelkiego życia waży się na szali. Zostawiamy ci pamiątkę, miej ją zawsze przy sobie, aby przypominała ci o wszystkim, co ważne.* Magda Searus i czarodziej Merritt chcieli, żebym nosił ten pierścień, aby mi przypominał, o co wszyscy walczymy.

Zedd w milczeniu rozmyślał nad tymi słowami.

– Domyślasz się, co powinienem zrobić? – zapytał wreszcie Richard.

Zedd odwrócił się i zapatrzył w ciemność.

– Prawdę mówiąc, mój chłopcze, domyślam się.

ROZDZIAŁ 47

Richard zmarszczył brwi i popatrzył na dziadka, którego twarz była cieniem na tle blasku ognia.

– Naprawdę wiesz?

Zedd potwierdził mruknięciem i kiwnięciem głową.

– Tak. Właściwie to o tym chciałem z tobą pomówić w cztery oczy. Dlatego tu przyszedłem. Wiadomość od Magdy i Merritta tylko potwierdziła moje domysły.

Richard masował bruzdy na czole. Przestał, kiedy się zorientował, że usiłuje uciszyć wrzaski rozlegające się w głębi jego umysłu. Skupił uwagę na brzęczeniu nocnych owadów. Od czasu do czasu widział rysujące się na tle niemal czarnego nieba sylwetki polujących bezszelestnie nietoperzy.

– Przydałaby mi się jakaś rada, Zeddzie – powiedział cicho. – Sam już nie wiem, co robić. Wszyscy na mnie liczą.

Zedd popatrzył na niego. Z jego ściągniętej troską twarzy Richard wyczytał, że to poważna sprawa.

– Uważam, mój chłopcze, że kiedy dotrzemy do cytadeli i usunę z ciebie ten jad, powinieneś się wycofać.

Richard przez chwilę mu się przyglądał, nie mając pewności, czy dobrze usłyszał.

– O czym ty mówisz? Wycofać się? Jak to?

– To, co właśnie powiedziałem. Wycofać się. Rzucić to.

Richard zmarszczył brwi, starał się zrozumieć.

– Co rzucić?

– Wszystko i wszystkich. Czas, żebyście ty i Kahlan mieli własne życie. Obydwoje poświęciliście się i zrezygnowaliście ze wszystkiego, co mogliście wspólnie mieć, żeby walczyć za innych. Uważam, że nadeszła pora, żebyście żyli dla siebie nawzajem, dbając o wasze szczęście. Już dość zrobiliście, Richardzie. Więcej niż dość.

Richard osłupiał. Ton głosu dziadka świadczył, że mówi śmiertelnie poważnie.

– Nie rozumiem, Zeddzie. Jak mógłbym zrobić coś takiego?

Zedd westchnął.

– Richardzie, świat istniał na długo przed twoimi narodzinami. Ile razy w dziejach zagrażało mu niebezpieczeństwo? Ile razy świat życia stał na granicy zagłady? Takie rzeczy się działy, zanim się pojawiłeś, żeby wszystko ratować.

– Owszem, ale to jedno z zagrożeń, przed którymi ostrzegali ludzie z czasów Wielkiej Wojny, i to oni uznali, że tylko ja będę miał szansę to powstrzymać. To czas, kiedy powinienem się włączyć i działać.

Zedd przez chwilę rozmyślał nad odpowiedzią.

– Od zarania ludzkości zawsze istniały jednostki skłonne krzywdzić innych. Były okresy pokoju i postępu, ale były i mroczne czasy i ludzkość wszystko przetrwała. Nie zawsze było łatwo, lecz życie trwało na przekór tym, którzy by woleli, żeby było inaczej.

Teraz westchnął Richard.

– Mogłoby się wydawać, że ludzie powinni czegoś się nauczyć i żyć w spokoju.

Zedd wzruszył ramionami.

– Moim zdaniem to główna wada ludzkości.

– Co masz na myśli?

– Nienawiść. Uważam, że to główna wada ludzi. Inne istoty wychowują młode i żyją w spokoju, lecz pośród ludzi tylko część tak postępuje.

– Pewnie, są dobrzy i źli ludzie. Nie rozumiem, dlaczego nazywasz to wadą.

– Wstręt, niechęć, nienawiść to zasadnicza funkcja natury. Niechęć to osąd, który jest niezbędny, by żyć. Myszy nie znoszą sów, więc się przed nimi chowają. Króliki nie cierpią wilków. I dlatego zawsze są gotowe do ucieczki. Rzeczy szkodliwe dla życia powinny budzić wstręt. Nie musimy tego za każdym razem na nowo oceniać, bo osąd jest instynktowny. Na przykład nie znosimy woni zwłok. Złości nas, kiedy złodzieje kradną nasz dobytek. Nienawidzimy morderców. Odraza do czegoś takiego to naturalna rzecz, podobnie jak dla ptaków wstręt do kotów i robienie wrzawy, kiedy jakiś się kręci w pobliżu.

Najwcześniejsze wspomnienia Richarda to Zedd przemawiający w ten sposób, pouczający, toteż tylko słuchał dalszej przemowy dziadka.

– Wstręt do woni zwłok każe nam grzebać lub palić umarłych, dzięki czemu nie łapiemy chorób. Odraza do złodziei skłania nas do strzeżenia się tych, którzy mogliby się dostać do naszych domów i ukraść strawę naszym dzieciom. Nienawidzimy morderców, bo odbierają życie. Taki rodzaj nienawiści rodzi ostrożność i skłania nas do obrony. Ryglujemy drzwi, nosimy broń i czynimy wszystko, żeby chronić naszych bliskich przed tymi, którzy by chcieli ich skrzywdzić. U zwierząt nienawiść na tym się kończy. Na przykład królik nie nienawidzi owcy. Widzi się króliki i owce, jak wspólnie się pasą na łące. Zwierzęta bronią swojego terytorium, żeby móc wyżywić siebie i młode, lecz nie zagarniają nowych obszarów tylko po to, żeby je mieć.

Ludzie potrafią mówić, toteż mogą przekazać swój osąd innym. Moglibyśmy powiedzieć: *Nie cierpię tej drogi, bo jest taka stroma, że o mało się nie przewróciłem i nie skręciłem sobie karku.* Ten osąd, wyrażający niechęć, leży w naszej naturze, tak że łatwo możemy go przekazać innym.

Lecz u niektórych ludzi owa zdolność do nienawiści zatraca racjonalne przyczyny. Emocje wymykają się spod kontroli i zaczynają nimi rządzić. Już nie potrafią w niczym dostrzec dobra. Zatracili umiejętność racjonalnej oceny i reagują wyłącznie emocjonalnie. Emocja jest tak silna, że ich zaślepia. Staje się tak przemożna, że wielu z nich nie potrafi już kochać życia. Mogą jedynie nienawidzić.

U zwykłych ludzi istniejące w życiu dobro tłumi nienawiść, podobnie jak uśmiech uśmierza kłótnię. Lecz u tych dotkniętych skazą nienawiść jest tak płomienna, że zaczynają nienawidzić zwłaszcza tego, co w życiu dobre, bo nie chcą czuć inaczej. Nienawiść staje się ich siłą napędową. Żyją, żeby nienawidzić.

Ta skaza, wada, zwraca ich przeciwko wszystkiemu. Żeby nienawidzić, muszą atakować dobro. Zetrzeć ten uśmiech, można by rzec.

Zapiekła nienawiść była od zarania dziejów zasadniczą, tkwiącą w naturze ludzkiej skazą. Każe ludziom walczyć, podbijać, dominować, niszczyć. Z nienawiścią wiążą się tak potężne emocje, że niektórzy poddają się jej z lęku. I tak nienawiść szerzy się jak panika w tłumie.

Nienawiść, przekraczająca racjonalne granice, istnieje wyłącznie w sferze burzliwych, niekontrolowanych emocji. Przestaje być użyteczna i staje się przemożną siłą niszczącą tkankę cywilizacji i zdolność ludzi do pokojowej współpracy. Doprowadza do bijatyk wśród dzieci i sąsiadów, wywołuje wojny, prowadzi do rzezi i eksterminacji. Istnieje tak w każdej wielkiej krainie, jak i w najmniejszej osadzie. Stwarza oprychów i tyranów. Ta nienasycona, gwałtowna, zatwardziała emocjonalna skaza jest powszechna wśród rodzaju ludzkiego.

A oto kolejne prawo magii: *Zawsze byli i zawsze będą tacy, którzy nienawidzą.* Nie możesz tego zmienić. Możesz tylko starać się nie pozwolić, żeby tacy ludzie cię skrzywdzili, bo zrobią to, jeśli zdołają. Walka z nimi jedynie wzmacnia ową nienawiść. Nawet bronienie się przed nimi sprawia jedynie, że są jeszcze bardziej zdecydowani ci zaszkodzić. Ludzie urodzeni z taką zgubną skazą są niczym ślepe zwierzę. Wszystko postrzegają poprzez pryzmat nienawiści, nie potrafią inaczej. Ponieważ utracili zdolność widzenia, zatracili pełną współczucia i tolerancji więź z innymi ludźmi, tak jakby utracili duszę.

Półludzie urodzili się bez duszy i ta cecha sprawia, że postępują tak, a nie inaczej. To zasadnicza skaza ich natury, której nie mogą odmienić. Leży u podstaw wszystkiego, co robią. Ci, którymi kieruje nienawiść, są niczym półludzie: w istocie są żywi, lecz pozbawieni duszy. Jednych i drugich napędza ta wrodzona skaza, chęć zniszczenia życia, które jest pełnią, spójne i godziwe.

W niektórych nienawiść jest tak przemożna, że rozmyślnie zniszczyliby samych siebie, gdyby przy tym unicestwili i innych. Nienawiść podsuwa im usprawiedliwienie każdego zła. Ludzie z taką skazą istnieli na długo przedtem, nim ty się pojawiłeś, Richardzie, i będą długo po tym, jak odejdziesz. To nieustanna walka o zachowanie harmonii wśród rodzaju ludzkiego, walka pomiędzy tymi, co tworzą, a tymi, co chcą tylko niszczyć.

– Przecież nie możemy pozwolić, żeby ci drudzy wygrali – upierał się Richard.

Zedd uśmiechnął się smutno.

– Jeśli nawet wygrasz tę bitwę, to następnego dnia pojawi się ktoś inny. To walka o los rodzaju ludzkiego, walka pomiędzy rozumem a dzikimi emocjami. Nie ma kresu i będzie się toczyć, póki wreszcie nie zniszczy ludzkiej rasy. Co gorsza, sama próba czynienia dobra prowokuje zło. Dobro rozpala ich nienawiść, zmusza do przeciwdziałania. Można więc powiedzieć, że próba czynienia dobra sprzyja złu. Może „zakończyć proroctwo, żeby powstrzymać Sulachana" oznacza, że musisz położyć kres życiu jako takiemu. Może natura skazuje ludzi na śmierć, bo przez ową skazę nie jesteśmy zdolni do życia. Może nasz gatunek nie zasługuje na to, by trwał. Czyli jest to śmiertelna wada rodzaju ludzkiego. Jeżeli wygrają nienawistnicy, to zniszczą ludzkość. Kim jesteś, by decydować o tym, co się stanie? Że nasz rodzaj zasługuje na przetrwanie? W pewnym sensie twoje przekonanie, że możesz decydować o przebiegu dziejów, jest takim samym urojeniem jak plany Sulachana. Kim jesteś wobec porządku rzeczy? Jeśli natura tak koryguje swoje błędy, to rodzaj ludzki wyginie. W takim przypadku niewielkie znaczenie ma to, co zrobisz. Skoro kości zostały rzucone, to jeżeli nie tym razem, to pewnie zaraz po twoim odejściu z tego świata, gdy strawisz całą swoją egzystencję na tę beznadziejną walkę, świat ludzi dobiegnie kresu. Może tego dnia, w którym po walce o uratowanie dobrych i porządnych ludzi umrzesz i już cię nie będzie w świecie życia, urodzi się człowiek, który przechyli szalę i osiągnie to, czego w swojej nienawiści do życia najbardziej pragnie, i wreszcie strąci ludzki rodzaj w niebyt i zapomnienie. Dlatego uważam, Richardzie, że powinieneś wybrać własne życie. Przyjąć to, co ci zostawiło, i przeżyć je na własny rachunek. Walkę o rodzaj ludzki pozostaw rodzajowi ludzkiemu. Zrzuć z barków ciężar świata. Zrzuć ciężar z barków Kahlan. Dźwiga go po części dlatego, że ty postanowiłeś to robić. Pozwól jej żyć, Richardzie. I sobie pozwól żyć.

– Ale jestem lordem Rahlem...

– Czy robisz to dlatego, żeby władać? Nie. Nie dlatego walczysz, żeby cię obwołali imperatorem. Chcesz wywyższyć innych, pozwolić im wykorzystać swój potencjał. Nie walczysz po to, żeby rządzić, lecz by dać innym szansę kierowania własnym życiem. Nie ty jeden powinieneś walczyć na rzecz życia, wszyscy powinni to robić. W ten sposób natura zachowuje równowagę. Jeśli dostatecznie wielu ludzi wystarczająco mocno kocha życie, to rodzaj ludzki przetrwa. Jeśli zbyt wielu nie ceni swojego życia, lecz nienawidzi je i tych, co je kochają, to rodzaj ludzki wyginie. Sam jeden nie przechylisz szali. Może ludzkość nie zasługuje na to, by przetrwać. Jeżeli tak, to żaden z twoich czynów nie pomoże. Wystarczająco wiele razy ocaliłeś świat dla innych, dałeś wszystkim kolejny dzień. Kiedy przyjdzie czas na twoje życie, żebyś je przeżył razem z Kahlan? Uważam, że pora, abyś się wycofał i ocalił samego siebie. Pozwól, by świat życia załatwił to sam, bo i tak w końcu musi to zrobić sama natura.

ROZDZIAŁ 48

Richard nie mógł uwierzyć własnym uszom, zwłaszcza że mówił to Zedd. Poczuł się ogromnie samotny i zagubiony. Świat nagle wydał się zbyt wielki i przytłaczający.

– Zeddzie, jak możesz mi radzić coś takiego? Po tym wszystkim, czego mnie nauczyłeś?

– Bo jestem Pierwszym Czarodziejem, Zeddicusem Zu'l Zoranderem. I ja żyłem dla obowiązku, tak jak ty teraz. Być może z perspektywy swojego wieku lepiej rozumiem, co się liczy w życiu, co nam ucieka, kiedy cały czas walczymy dla innych.

– Przykro mi, Zeddzie, ale po prostu nie rozumiem. Czyżbyś mi radził, żebym pozwolił wszystkim umrzeć? Mogę zrozumieć, że powiadasz, żebym się mimo wszystko starał żyć własnym życiem. Ale jak możesz proponować, żebym się nie przeciwstawiał Hannisowi Arcowi i imperatorowi Sulachanowi? Zabiją rzesze ludzi i najprawdopodobniej zniszczą całą ludzkość, próbując urzeczywistnić swój szalony zamiar władania wszechświatem.

Zedd uśmiechnął się smutno.

– Zawsze jest ktoś, mój chłopcze, kto chce rządzić światem, ktoś, kto pragnie władzy, kto zabije tylu, ilu będzie trzeba, żeby osiągnąć cel. Prawo magii, pamiętasz? Zawsze byli i zawsze będą tacy, którzy nienawidzą. Czy twoim obowiązkiem jest ratować wszystkich przed nimi?

Richard szukał słów.

– Tak jakby, Zeddzie. Jestem lordem Rahlem. Władcą imperium D'Hary. Wziąłem na siebie ten obowiązek, bo chcę, żeby ludzie mogli żyć spokojnie i bezpiecznie. Jestem lordem

Rahlem, magią przeciwko magii, ostoją więzi, tym, który ma obowiązek chronić ludzi.

– Twój obowiązek. – Zedd potrząsnął głową. – Obowiązek jest przeceniony. A co do więzi, zniszczyła ją zmaza, którą w sobie nosisz.

Richard przeczesał palcami włosy.

– Wiem, ale jeśli ja nie...

– Co ci napisała Magda Searus? – Pstryknął palcami. – Co zawarła w tym drugim symbolu?

Richard zamyślił się na chwilę, a potem powtórzył:

– *Wiedz, że jesteś jedyną szansą, jaką mają żywi. Trwasz w zawieszeniu pomiędzy życiem a śmiercią. Możesz być tym, który ocali świat życia lub położy mu kres. Twój los nie jest przesądzony. Sam o nim postanowisz.*

Zedd spojrzał na niego znacząco.

– Wydaje mi się, że radzi ci to samo, co ja. *Możesz być tym, który ocali świat życia lub położy mu kres. Twój los nie jest przesądzony. Sam o nim postanowisz.* To oznacza, że starając się pomóc, mógłbyś niechcący, jako że nosisz w sobie zmazę śmierci, stać się tym, kto położy kres światu życia. Kiedy mówi, że jesteś jedyną szansą, jaką mają żywi, może ma na myśli to, że powinieneś się usunąć.

– Też tak pomyślałem – przyznał Richard. – Lecz mogę być i tym, kto go ocali. A co, jeśli to oznacza, że wycofując się, doprowadzę do zniszczenia życia? Stałoby się to przeze mnie.

Richard wychwycił paradoks, zanim skończył mówić.

Zedd też go zauważył.

– Nie obwiniaj ofiary o zbrodnię. Nie ponosisz odpowiedzialności za decyzje innych. Nie pozwól, żeby ludzie cię obwiniali, po tym wszystkim, co dla nich zrobiłeś, po tych wszystkich poświęceniach, jeżeli wreszcie postanowisz żyć własnym życiem.

Richard skinął głową.

– Wiem. Lecz jeśli mogę pomóc i nie zrobię tego, to nie wiem, jak bym z tym potem żył.

– Słuchaj, Richardzie – powiedział z westchnieniem jego dziadek – to nie tak, że nie rozumiem. Byłem w takiej samej sytuacji, kiedy to połowa świata liczyła, że ją ocalę, a druga połowa próbowała zabić mnie i moich bliskich. Dźwigałem na barkach ciężar świata, podobnie jak ty teraz.

Richard wymienił z dziadkiem wymowne spojrzenia.

– I co zrobiłeś?

– Kiedy świat wbił mi trochę rozumu do głowy, zrobiłem to, co teraz radzę tobie. Odszedłem, rzuciłem wszystko i żyłem własnym życiem.

– Masz na myśli ucieczkę do Westlandu? To, że pozwoliłeś wszystkim myśleć, że umarłeś?

Zedd potaknął, zapatrzony we wspomnienia.

– Rzuciłem wszystko i zabrałem twoją matkę do Westlandu, gdzie żyliśmy spokojnie i szczęśliwie. Mieliśmy dobre życie. Gdy umarła, radowało mnie głównie wychowywanie ciebie, z dala od poczucia obowiązku i tych, którzy by cię skrzywdzili, z dala od tych, którzy mnie potrzebowali. Mieliśmy dobre życie, nieprawdaż? Czyż nie były to wspaniałe czasy?

Richard nie mógł się nie uśmiechnąć na to wspomnienie.

– O tak. Najwspanialsze. Przynajmniej póki granica nie zawiodła i Rahl Posępny po mnie nie przyszedł. Tęsknię za czasami, kiedy byliśmy tylko we dwóch. Tęsknię za Hartlandem.

Zedd zacisnął kościste palce na ramieniu Richarda.

– Radzę, Richardzie, żebyś teraz zrobił to samo, co ja wtedy. Zabierz swoją wspaniałą żonę i odejdź z nią gdzieś. Znajdź bezpieczne miejsce, gdzie nikt was nie znajdzie. Zostaw światu jego problemy, kochaj Kahlan, załóżcie rodzinę. Niech rodzaj ludzki sam się sobą zajmie, niech przetrwa albo zginie. Może twoim przeznaczeniem, sposobem na ocalenie ludzi, jest spłodzić dzieci i wychować je, tak jak ja wychowałem ciebie.

Richard poczuł, że po policzku spływa mu łza. Wspomniał, jak Kahlan pobito, tak że nie wiedział, czy przeżyje. Przez tamte zbiry straciła dziecko. Niemal straciła życie. Jak mógłby bez niej żyć? Bez niej życie nie byłoby nic warte. Kiedy ją tak straszliwie pobito, rzucił wszystko i zabrał ją w głąb Westlandu, na odludzie. Zbudował chatkę, gdzie mogli żyć w spokoju, gdzie wracała do zdrowia. To był jeden z najszczęśliwszych okresów jego życia. To było życie, które Zedd mu teraz doradzał.

Zastanawiał się, czy dziadek może mieć rację, czy on nie rezygnuje z własnego życia dla beznadziejnych wysiłków ocalenia ludzi od nich samych; czy nie marnuje też życia Kahlan. Chociaż Cara znalazła szczęście, to ona i jej mąż wypełniali obowiązek, walcząc z przeciwnikami życia, i straciła Bena oraz szansę na szczęście. I po co? Czy światu to coś dało?

Aż go mdliło od tych rozmyślań. Czuł się zagubiony, zdezorientowany.

– Zeddzie, jak mogłeś podjąć taką decyzję, skoro tylu porządnych ludzi na ciebie liczyło? Jak byłeś w stanie to zrobić?

Zedd przez jakiś czas się zastanawiał.

– To była jedna z najtrudniejszych rzeczy, jakie kiedykolwiek zrobiłem. A zarazem było to łatwe, bo robiłem to z miłości do twojej matki i do ciebie, chociaż wtedy jeszcze się nie urodziłeś. Chciałem, żebyście wiedli życie wolne od ciężkich obowiązków, żebyście mogli się nim cieszyć. W tamtym czasie i miejscu, chociaż się wycofałem i nie istniałem dla reszty świata, ty się nauczyłeś tego, co cię uczyniło takim człowiekiem, jakim jesteś dzisiaj. Może jednak, Richardzie, Magda Searus powiedziała ci to samo: że właściwie nie dasz rady ocalić świata życia, że swoimi próbami możesz go zniszczyć. Może ujrzała w Rachubie Zmierzchu, że powinieneś zabrać ukochaną Spowiedniczkę i żyć własnym życiem. Może „zakończyć przepowiednię” oznacza, że przestaniesz być jej niewolnikiem.

Richard chwycił lewą dłonią rękojeść Miecza Prawdy. Powiedział łagodnie, lecz zdecydowanie:

– Walczę o świat, w którym chciałbym żyć, Zeddzie, o świat, w którym ludzie decydują o sobie, mogą pracować, tworzyć, prowadzić interesy i żyć bez lęku, że ktoś im wszystko odbierze. Właściwie o taki świat, do którego uciekłeś i w którym mnie wychowałeś.

– I ja chciałbym żyć w takim świecie, Richardzie, ale to tylko marzenie. To między innymi dlatego życie mnie już męczy. Mam dość niekończącej się walki z nieprawością. Mam uczucie, że z każdą chwilą życie ma mniej do zaoferowania. Dwoje ludzi, których kocham najbardziej na świecie, ty i Kahlan, wydaje się skazanych na niekończącą się wojnę, stopniowo niszczącą wszystko, co na tym świecie dobre. Cały czas zadaję sobie pytanie: Co ludzie mają z życia? Nie mogę żyć w spokoju. Całe życie przed ucieczką do Westlandu strawiłem na walce na śmierć i życie z tym złem. To się nigdy nie kończy. Mam tego dość. Mam dość walki, dość zarazy nienawiści, dość wszystkiego. To dlatego mówię, że powinieneś to rzucić i cieszyć się życiem, póki jeszcze je masz, póki możesz. Rzuć to, Richardzie. Odejdź i żyj dla siebie. Zapomnij o reszcie świata. Pozwól, by nastąpiło to, co nieuniknione. Odwróć się plecami do nienawiści, chwytaj radość, żyjcie dla siebie. I ty, tak jak ja, przekonasz się, że z czasem owa paskudna cecha ludzi zamazuje się w pamięci, staje się nieistotna. Spraw, by stała się mało ważna dla ciebie i Kahlan.

Richard wrócił do tego, co dla niego było najważniejsze.

– Ale ta walka dała mi Kahlan.

Zedd łypnął na niego.

– No to bierz, co zdobyłeś, i zmykaj, zanim to utracisz. Odejdź, Richardzie, kiedy usuniemy z was jad. To moja rada. Odejdź, zanim wszystko stracisz. Będę za tobą tęsknić i może serce pęknie mi z żalu, że cię przy mnie nie ma, lecz umrę szczęśliwy, wiedząc, że ty i Kahlan żyjecie w szczęściu i spokoju. Będę walczyć, wiedząc, że jesteście bezpieczni. Kocham was i chcę, żebyście wiedli wspólne życie. Bo kochać kogoś to chcieć dla niego tego, co najlepsze, choćby się cierpiało, kiedy pozwala mu się odejść.

Richard się uśmiechnął.

– Zeddzie, jak mógłbym być szczęśliwy, gdyby ciebie nie było w moim życiu?

– No i w tym cały problem, mój chłopcze.

ROZDZIAŁ 49

Nie śpisz, Kahlan?

Kahlan obejrzała się przez ramię – to Nicci się nad nią pochylała. Usiadła.

– O co chodzi?

Nicci popatrzyła na pusty śpiwór.

– Gdzie Richard?

Kahlan wskazała na obóz.

– Powiedział, że nie jest zmęczony, bo długo był nieprzytomny, i teraz chce sprawdzić straże. Mówił, żebym odpoczęła i że niedługo wróci. Coś się stało?

Nicci przygryzła dolną wargę, rozejrzała się.

– Mogę z tobą porozmawiać? Na osobności?

Kahlan była wyczerpana i nie miała ochoty na rozmowy, ale wiedziała, że Nicci musi być tak samo zmęczona. I że czarodziejka nigdy nie lubiła czczych pogaduszek. Jeśli chciała porozmawiać, to albo musiała to być poważna sprawa, albo coś było nie tak.

Rozejrzała się. W pobliżu byli ludzie. Chcieli, żeby obóz był zwarty – na wypadek napaści. Wszyscy już leżeli, było cicho, toteż z pewnością inni będą je słyszeć. Nicci powiedziała „na osobności". Kahlan wskazała skraj obozu.

– Jasne. Chodźmy tam. Możemy usiąść na tym głazie, pod jesionami.

Nicci spojrzała na wskazane przez Kahlan miejsce.

– W sam raz.

Wyszło na to, że to Kahlan siedziała na głazie, zasłaniając usta dłonią, gdy ziewała, a Nicci chodziła przed nią tam i z powrotem. Kahlan czekała, obserwując przez chwilę wędrującą Nicci, aż wreszcie uznała, że czarodziejka nie odezwie się bez zachęty.

– O co chodzi, Nicci? Co jest nie tak?

Kahlan pomyślała, że to dość ogólne pytania. Całe mnóstwo rzeczy było nie tak.

– Nie ufam Irenie.

Akurat nie to spośród wszystkich dręczących Kahlan spraw domagało się najpilniej uwagi. Wybrałaby raczej to, że wraz z Richardem stoją u bram śmierci.

– No dobrze – rzekła spokojnie Kahlan.

Nicci przystanęła i spojrzała na nią.

– Słyszałaś, co powiedziałam? Mówię ci, że nie ufam tej kobiecie.

Kahlan wzruszyła ramionami.

– W porządku. Dlaczego?

Nicci się najeżyła.

– Muszę mieć jakiś powód?

Kahlan rozmyślała przez chwilę, a Nicci się w nią wpatrywała. Ludzi zazwyczaj ogromnie stresowało takie gniewne spojrzenie uroczej czarodziejki, ale Kahlan nie była jedną z tych osób. Nie miała ochoty wysłuchiwać w środku nocy zagadkowych osobistych wynurzeń. Jeśli coś było nie tak, chciała to usłyszeć.

– Hmmm, jeśli chcesz, żebym ją wykreśliła z listy gości na następny bal w pałacu, to nie muszę znać powodów. Zgoda. Uznaj to za załatwione. Ale jeżeli prosisz o pozwolenie na zabicie tej kobiety, to chciałabym usłyszeć dlaczego.

Nicci skrzyżowała ramiona na piersiach i znowu zaczęła chodzić. Westchnęła z irytacją.

– Irena powiedziała, że kiedy woda wymyła kości z bagniska, rozpoznała w nich szczątki siostry.

– To prawda. Wykryła w nich ślad daru i stwierdziła, że to dar siostry.

Nicci się zatrzymała i pochyliła nad Kahlan. Ramiona wciąż miała skrzyżowane.

– Kahlan, mam spore doświadczenie, byłam Siostrą Światła, Siostrą Mroku, Panią Śmierć, a nigdy nie słyszałam, żeby dało się wykryć dar w kościach.

To dało Kahlan do myślenia.

– Nie potrafisz wykryć śladów daru w czyichś szczątkach?

– Nie.

Kahlan to zdziwiło, ale była zmęczona i nie miała ochoty rozwiązywać takiej, zdawałoby się, banalnej zagadki.

– Cóż, ty o tym nie słyszałaś i nie umiesz tego zrobić, ale to nie znaczy, że to niemożliwe.

– Jestem przekonana, że w tym przypadku właśnie to znaczy. – Ton głosu świadczył, że i Nicci nie ma ochoty na gierki. Oczekiwała, że jej słowa zostaną potraktowane poważnie. – Bardzo wiele wiem o darze. Kiedyś uczyłam się nim posługiwać. Pracowałam i uczyłam się w Pałacu Proroków przez ponad cztery twoje życia, plus życie Ireny i jej córki. Powiadam ci, że się na tym znam i że nie można wykryć daru w ludzkich szczątkach, a tym bardziej określić, czyje to kości. Może czarna magia to potrafi, lecz dar na pewno nie. Irena powiedziała też, iż wie, że więzień ma tajemną moc. Zedd i ja nie mogliśmy niczego wykryć.

– Przyznaję, że to dość dziwne, ale może, jak tłumaczyła, niektóre osoby mieszkające tak blisko muru powoli nabywały tych ciemnych mocy.

– Może – przyznała pod nosem Nicci.

– O to chodzi? Dlatego jej nie ufasz?

Nicci znowu zaczęła chodzić.

– Jak się dostałaś do kryjówki Jit w Kharga Trace?

Kahlan zrozumiała, że to jeszcze nie koniec. Odgarnęła włosy z twarzy i spoważniała.

– Szłam drogą do Kharga Trace, która zmieniła się w wąską ścieżkę przez bagniska. Trudno było jej nie zauważyć. Zbudowano ją z gałęzi i młodych drzewek, tak żeby wystawała ponad poziom wody. Miejscami przypominała most ponad bajorami. Prowadziła prosto do kryjówki Jit.

– Czyli cały czas biegła ponad wodą i mogłaś ją widzieć?

– Oczywiście. Z pewnością to wiesz. Musiałaś przejść tę samą trasę, żeby wydostać mnie i Richarda.

Nicci kiwnięciem głowy potwierdziła.

– Irena powiedziała, że nikt ze Stroyzy nie wiedział, gdzie

jest kryjówka Zaszytej Służki, toteż nie miała pojęcia, gdzie szukać siostry.

Kahlan potarła brew.

– No i?

– Ty znalazłaś drogę do Jit. Ten chłopiec, Henrik, też. I ludzie żywiący nadzieję, że ich uleczy. My także znaleźliśmy ścieżkę z gałęzi i pnączy. To jedyna droga do kryjówki Zaszytej Służki. Nikt z nas nie był przedtem na Mrocznych Ziemiach, a ją znaleźliśmy. Stroyza to wioska leżąca najbliżej Kharga Trace. Jak Irena mogła nie wiedzieć, gdzie jest kryjówka Jit, nie wiedzieć o szlaku przez bagniska?

Kahlan zmarszczyła brwi.

– Nie wiem, Nicci. To się wydaje dziwne, ale w końcu jej pobratymcy mogli się trzymać w pobliżu pieczar. Mroczne Ziemie są niebezpieczne. Samantha mówiła, że właściwie nigdzie nie bywała, póki nie wyruszyła z Richardem. Naprawdę sądzisz, że to takie ważne? Że to wystarczający powód, by jej nie ufać?

Nicci się zatrzymała i spojrzała na Kahlan z lodowatą furią.

– Ona jest zakochana w Richardzie.

– Ty też.

Gdyby światło było jaśniejsze niż poświata prześwitującego zza chmur księżyca i poblask dalekiego ogniska, to Kahlan z pewnością by zobaczyła, jak twarz Nicci robi się purpurowa.

Czarodziejka znowu zaczęła chodzić i dopiero po chwili powiedziała:

– Nie wiem, co na to odpowiedzieć, Kahlan. Znasz tę sprawę lepiej od innych, z wyjątkiem Richarda. Mnóstwo ludzi go kocha, z najrozmaitszych powodów. Ale nikt nie kocha go tak jak ty. A Richard w ten sposób kocha tylko jedną kobietę: ciebie. Wiesz, co mam na myśli.

Kahlan nie odpowiedziała.

Nicci z irytacją machnęła ręką.

– Samantha też kocha Richarda.

– Wiem – powiedziała Kahlan.

Nicci znowu przystanęła i popatrzyła na nią.

– Ale Samantha jest niewinną dziewczyną, po prostu zauroczoną przystojnym, silnym, mądrym, starszym od niej mężczyzną. To całkiem niewinne. A i tak nie ufam jej charakterkowi.

– Tak samo może być z Ireną – orzekła Kahlan. – Po prostu niewinne zauroczenie.

– Czyżby? – Nicci się zatrzymała i spojrzała na nią. – Jej męża niedawno zamordowano, pożarto go żywcem na jej oczach. Raz-dwa się z tym pogodziła.

– Tego nie wiemy, Nicci. Nie wiemy, czy nie płacze przed snem.

– Nie sądzę – burknęła Nicci i pokręciła głową. – Z Ireną jest coś nie tak. Stara się trzymać blisko Richarda, co mi się nie podoba. Zawsze go dotyka, przymila się, stara się przyciągnąć jego uwagę – mruczała z irytacją. – Nie wiem, jak to wytłumaczyć.

– Ściska cię w dołku, kiedy widzisz, jak dotyka Richarda – powiedziała Kahlan.

Nicci się zatrzymała, wysunęła w jej stronę palec.

– Tak! To jest to.

– Mnie też wtedy ściska w dołku – przyznała Kahlan.

ROZDZIAŁ 50

Nicci była zaskoczona.

– Ty też nie ufasz Irenie?

Kahlan uśmiechnęła się do niej leciutko.

– Nicci, kiedy chodzi o Richarda, nie ufam nikomu. Chcę go tylko dla siebie. Lecz wiem, że w pewien sposób należy do wszystkich, i muszę tolerować pewne rzeczy.

– Na przykład mnie?

Kahlan długo kazała czekać na odpowiedź.

– Kiedyś niczego tak rozpaczliwie nie pragnęłam, jak cię zabić. Wciąż na nowo cię zabijać na wszystkie możliwe najokropniejsze sposoby. Zabijać cię setki razy i wrzeszczeć. W końcu byłaś Siostrą Mroku. Byłaś również zagorzałą zwolenniczką Imperialnego Ładu i imperatora Jaganga, którego wojska mordowały mój lud i usiłowały zniszczyć nasz styl życia. Ale co najgorsze, pojmałaś Richarda i zabrałaś go ode mnie, od wszystkich, którzy go potrzebowali... na bardzo długo. NIENAWIDZIŁAM CIĘ. Lecz Richard zrozumiał, że Imperialny Ład kontrolował cię i warunkował od najmłodszych lat. Pomimo tej indoktrynacji zobaczył w tobie coś wartościowego, co było głęboko ukryte. Dostrzegł, że jesteś inna i że choć postępowałaś zgodnie z ich zasadami, to nie byłaś zaślepiona. Musiał tylko znaleźć sposób, żeby cię zachęcić, byś na nowo to w sobie odkryła. Richard w ciebie wierzył, wierzył w twój rozum, wierzył, że masz w sobie iskierkę ducha pozwalającą patrzeć własnymi oczami, że potrafisz zobaczyć prawdę. Z czasem go poznałaś i zaczęłaś rozumieć, wreszcie zaczęłaś się zastanawiać nad tym, co tobą kieruje. Posłużyłaś się rozumem, przemyślałaś wszystko i tym sposobem odkryłaś prawdę o sobie.

Kiedy rozum wziął górę nad ślepą wiarą, którą ci wpojono, zmieniłaś się. Odrzuciłaś śmierć i ukochałaś życie. Miałaś odwagę dostrzec własne wady. Miałaś odwagę dostrzec, ile zła uczyniłaś, i wolę, by to naprawić. Od tamtej chwili walczyłaś po naszej stronie i tysiące razy udowodniłaś mi, że jesteś godna zaufania. Wiele razy ocaliłaś życie nam obojgu. Pomogłaś ukazać innym prawdę.

Zaczęłam pojmować, że byłaś ofiarą tej samej pokrętnej i niemoralnej ideologii, z którą walczyliśmy. Można rzec, iż Imperialny Ład złamał cię tak, jak chciał złamać nas. Dzięki temu, co zrobiłaś, żeby się wydobyć z mroków, w które cię wepchnięto, i pomimo tego, co robiłaś, kierując się plugawymi zasadami, jakie ci wpojono, zaczęłam cię cenić i widzieć w tobie kobietę, którą naprawdę jesteś. Zaczęłam dostrzegać twoją wewnętrzną siłę i odwagę, jakiej było trzeba, by stawić czoło rzeczywistości i wydobyć się z mroku na światło.

Kiedy to się stało, już nie miałam powodu, by cię nienawidzić. Nienawiść nie miała podstaw i mogłam ją odrzucić. Oznacza to również, że nie mam powodu, by czuć do ciebie urazę, by czuć gorycz. Zmieniłaś się, a przez to i ja się zmieniłam. Obu nam to wyszło na dobre. Wiem, że nadal kochasz Richarda, ale wiem również, że ponieważ go kochasz, to chcesz, żeby był szczęśliwy. Teraz go rozumiesz i wiesz, że nie możesz nikogo zmusić, żeby cię pokochał. Lecz wciąż go kochasz. Nic na to nie możesz poradzić, a ja to rozumiem. Czasem, choćby się nie wiem jak starało, nie można zmusić serca, żeby przestało czuć to, co czuje. Lecz teraz zharmonizowałaś swoje uczucia z tym, czego on pragnie dla siebie.

Nicci przełknęła ślinę.

– Masz rację. Nie mogę nic na to poradzić. Naprawdę chciałabym, żeby było inaczej, ale nie mogę odmienić serca. Zrobiłabym wszystko, o co Richard by poprosił. Oddałabym życie, gdyby tego chciał. Wszystko bym dla niego zrobiła. Ale już nigdy nie spróbuję ci go odebrać, bo wiem, że to wbrew jego woli. A ponieważ naprawdę go kocham, to nigdy mu tego nie zrobię.

Kahlan patrzyła w błękitne oczy Nicci.

– Wiem.

Bardzo współczuła czarodziejce. Nawet nie próbowała sobie wyobrazić, jak by to było, gdyby tak jak teraz kochała Richarda, a on by nie odwzajemniał jej miłości. To byłaby śmierć za życia. Miała nadzieję, że pewnego dnia Nicci spotka mężczyznę, który będzie jej wart, tak jak spotkała Cara, chociaż jej szczęście trwało o wiele za krótko.

Nicci nie odrywała od niej wzroku.

– Długo trzymałam Richarda w Starym Świecie. Zrozumiałam, co nosi w sercu. Nieważne, kto go kocha. Liczy się tylko to, kogo on kocha. A on kocha ciebie, Kahlan.

Kahlan potaknęła.

– To też wiem, Nicci.

Nicci westchnęła z ulgą.

– To dobrze.

– Czyli nie sądzisz – odezwała się po chwili ciszy Kahlan – żeby Irena naprawdę wyczytała z kości czyjś dar, chyba że ma nieznaną ci moc, której nabyła, mieszkając całe życie w pobliżu mocy wydostających się zza muru odgradzającego trzecie królestwo. I uważasz, że powinna wiedzieć, gdzie mieszkała Zaszyta Służka. I że kocha Richarda.

– Nie wiem, czy naprawdę go kocha, bo jak się nad tym zastanowiłam, to uznałam, że raczej ma na jego punkcie obsesję.

– Może i tak, ale walczyła po naszej stronie, chroniła nasze życie. Co twoim zdaniem mam zrobić w jej sprawie?

– Nie wiem – burknęła Nicci. – Może powiedz, że oszalałam.

– Wcale nie uważam, że oszalałaś. Ja też jej nie ufam.

Nicci znowu przystanęła i spojrzała na Kahlan.

– Zechcesz mi powiedzieć dlaczego?

– Wiem, że to zabrzmi dość małostkowo, ale nie ufam jej, bo mówi do niego „Richardzie”, a nie „lordzie Rahlu”.

Nicci była zdumiona.

– Richard nie dba o tytuły.

– Nie w tym rzecz. Tytuły wiele sugerują. Na przykład szacunek. Ludzi z odległych miejsc, jak Stroyza, zazwyczaj przerażają osoby mające władzę. Dorastałam, widząc, jak ludzie bledną, słysząc mój tytuł. Ludzie obawiają się tego, czego nie znają, i boją się mocy. Kobieta, nawet czarodziejka, z tak małej osady powinna okazywać więcej respektu... władcy imperium D'Hary, lordowi Rahlowi we własnej osobie.

– I Matce Spowiedniczce – dodała Nicci.

– I Matce Spowiedniczce – przyznała Kahlan. – To błahostka, ale za błahostkami zawsze coś się kryje. Mogą być rysą na czyjejś starannie skomponowanej fasadzie, przez którą możesz zajrzeć do wnętrza. Richard nie dba o to, że nie nazywa go lordem Rahlem, ale ja tak, ponieważ mówi mi to, że za fasadą coś się kryje, co nie jest tym, na co wygląda. Samantha jest zauroczona Richardem, jak mówisz, ale nazywa go lordem Rahlem. Tak zwykle zachowują się ludzie.

Nicci się zatroskała.

– Co powinniśmy w tej sprawie zrobić?

– Być czujni. Mieć oczy otwarte.

– Zawsze. – Nicci spojrzała ku obozowi. – Richard wraca. Powinnaś iść do niego i trochę się przespać. – Uśmiechnęła się, patrząc, jak idzie ostrożnie wśród śpiących żołnierzy. – Uściskaj go. Obojgu wam się to przyda. Nie chcę, żebyś się martwiła. Wkrótce będziemy w cytadeli, przy polu ograniczającym, i wtedy wreszcie uwolnimy was od jadu Jit.

Kahlan wstała i uściskała Nicci.

– Tobie też to się przyda.

Nicci odwzajemniła uścisk.

– Wiesz, że i ciebie kocham?

– Wiem. – Uśmiechnęła się Kahlan.

Kahlan wiedziała, że kochać kogoś i być w kimś zakochanym to dwie różne rzeczy. A jednak ufała Nicci. Kiedy czarodziejka uprowadziła Richarda, zrozumiała, że nie zdobędzie jego serca, pogodziła się z tym i uczyniła coś, co najlepiej świadczyło o jej miłości. Odprowadziła go tam, gdzie było jego serce, oddała go Kahlan.

Nikt nie zranił Kahlan bardziej niż Nicci. Ale wszystko naprawiła.

Teraz pewnie nie było w obozie nikogo, komu Khalan bardziej by ufała.

A ponieważ ufała Nicci, musiała jej zadać trudne pytanie.

ROZDZIAŁ 51

Nicci, mogę ci zadać pytanie i otrzymać szczerą odpowiedź?

– Oczywiście.

Kahlan przez chwilę patrzyła na obóz niewidzącym wzrokiem, starając się to ubrać we właściwe słowa, wymyślić, jak to powiedzieć na głos. Wypowiedzenie tego głośno sprawi, że stanie się to nieodwołalne. Wreszcie zapytała tak otwarcie, jak tylko zdołała.

– Jak długo pożyjemy, jeśli nas nie uleczycie?

– Hmmm. – Nicci na chwilę się zamyśliła. – Trudno powiedzieć.

– Nie chcę słyszeć, że „jeszcze trochę" czy „niezbyt długo" albo podobnych wykrętów. Chcę prawdy. Chcę wiedzieć. Ile czasu zostało Richardowi i mnie, jeżeli nie wydobędziecie z nas tego jadu?

Kiedy Kahlan na nią spojrzała, Nicci się w nią wpatrywała. Posępny wyraz błękitnych oczu ostrzegał, że zaraz padnie wyrok śmierci.

– Zew zaświatów narasta w was wykładniczo. Nie mogę dokładnie określić ile, ale prawda jest taka, że zostało wam najwyżej kilka dni.

Kahlan przełknęła ślinę.

– Dni. – To brzmiało zbyt bezlitośnie. – Tylko tyle?

– Trudno dokładnie ocenić. Muszę ci wyznać, że kiedy starałam się wybudzić Richarda, wyczułam, iż obydwoje minęliście punkt krytyczny i chociaż może pozostało wam kilka dni życia, to śmierć może nadejść w każdej chwili.

– Ale jest ostateczna granica – domyśliła się Kahlan. – Nawet jeśli się nam uda jej przez jakiś czas uniknąć. Nawet jeśli będziemy mieć szczęście, jeśli będziemy z tym walczyć, to i tak jest nieprzekraczalna granica.

Nicci potaknęła.

– Byłam Siostrą Mroku i miałam do czynienia z takimi okropieństwami jak to, które was dotknęło, toteż wiem o tym więcej nawet od Zedda. Rozumie powagę sytuacji, ale boi się mnie o coś konkretnego zapytać, bo wie, że rozpoznaję takie moce i ich znaczenie w sposób mu niedostępny. Opierając się na mojej wiedzy i doświadczeniu, mogę rzec, iż zew śmierci działa i zabija w niespotykany sposób.

– Co to znaczy? Co robi?

– Oddziela wasze dusze.

Kahlan myślała, że już nie może być gorzej. Myliła się.

– Chcesz powiedzieć, że tak jak u półludzi? Że staniemy się jak oni? Pozbawione duszy ciała wiodące bezcelowy, bezsensowny żywot?

Nicci pokręciła głową.

– Nie. Źle to rozumiesz. To zupełnie coś innego. U ciebie i Richarda zew śmierci powoli niszczy więź z duszą, jakbyście wisieli na linie nad otchłanią. To, co uwolniła Jit, przecina tę linę łączącą każde z was z duszą. To linia daru, z którą się urodziliście, biegnąca w Grace od Stwórcy, poprzez życie i przenikająca za wami do świata umarłych. Zatruty zew Jit przedarł się przez granicę pomiędzy światami. Niszczy, przecina linię łączącą wasze dusze z wami.

– Chcesz powiedzieć – zapytała Kahlan, tłumiąc lęk – że to się stanie, kiedy zniszczy więź z duszą? To będzie nasz kres? Umrzemy?

Nicci szukała słów.

– Trudno to wytłumaczyć, ale to raczej będzie kres gorszy od śmierci. Jeśli tego nie powstrzymamy, nie usuniemy z was, to umrzecie, co i tak jest okropne, ale na dodatek wasze dusze zostaną od wszystkiego „odcięte", nie tylko od świata życia, ale i od więzi z darem, linii, która wiedzie przez nasze dusze do świata za zasłoną. Kiedy wasze dusze zostaną „odłączone", to już nigdy nie znajdą drogi do dobrych duchów za zasłoną. Można więc rzec, że „odłączając" wasze dusze, ów jad zabija także je, nie tylko wasze ciała.

W tej chwili to, jak długo jeszcze pożyjecie, zależy, jak sądzę, od waszej woli życia, od tego, jak mocno się opiera wasz duch, wasza dusza. Ale i tak nie wytrwacie dłużej niż kilka dni, a potem walka się zakończy. Jad oddzieli od was dusze. Wasze ciała umrą, a dusze przestaną istnieć, zgasną jak żarzące się węgielki.

Kahlan się zorientowała, że wstrzymuje oddech. Czuła napływające do oczu łzy.

– Czy będą o nas pamiętać?

Gdy tylko to powiedziała, uznała, że to bez znaczenia, ale dla niej było ważne.

Nicci powoli pokręciła głową.

– Kiedy dusze zostają oddzielone, zanika sam byt. Będzie tak, jakbyście nigdy nie istnieli.

Wszystko stało się jeszcze gorsze. Kahlan popatrzyła na Nicci. Zaprotestowała:

– Ale z Jit tak się nie stało. Ten wrzask, zew śmierci nie wymazał jej istnienia. Pamiętamy ją.

– Jit była stworzeniem innego rodzaju. Jad, który w sobie nosiła, był nieodłączną częścią jej istoty. Ludzie mieli nigdy nie słyszeć tego wrzasku. Nie miała duszy, którą by można oddzielić.

Nicci otarła łzę z policzka Kahlan.

– Ty masz.

Kahlan słyszała z tyłu głowy szepty i krzyki, głos niecierpliwie na nią czekającej śmierci. Wyczuwała, że szepty się przybliżają. Po doświadczeniach Richarda z poprzedniej nocy wiedziała, że jeżeli któreś z nich znowu straci przytomność, to zapewne już nigdy się nie ocknie.

Sama nie wiedziała, jaki los jest gorszy: wpaść w szpony tych, którzy na rozkaz Sulachana czekają na nich w zaświatach, czy koszmar niepamięci po utracie duszy.

– Czyli powinniśmy jak najwcześniej wyruszyć, żeby jak najszybciej dotrzeć do Saavedry – stwierdziła Kahlan.

Nicci przytaknęła.

– Zgadza się. Ale nie zapominaj, że nie zamierzam pozwolić, by to spotkało któreś z was. – Ujęła ramię Kahlan i ruszyła z powrotem. – Usunę to z was.

ROZDZIAŁ 52

Następnego dnia przeszli wysoką przełęczą, pomiędzy niebotycznymi szczytami. Wśród wysokich sosen zeszli w niższe partie gór, w bardziej lesiste tereny. Niżej rosnący las był wilgotniejszy, liczne potoki spływały z wyżej położonych obszarów. Czasem, żeby ominąć stojącą wodę, musieli brnąć przez błoto. Żołnierze wyruszali na zwiady, szukając najlepszej drogi dla głównej grupy, pozostali chronili ich przed atakiem z tyłu.

Nieustannie się martwili, czy jakiś Shun-tuk nie przeżył. Kahlan po tym, co widziała na własne oczy, była przekonana, że wszyscy nie żyją, ale nie było jak się upewnić. Co gorsza, Sulachan mógł wysłać innych albo też w lesie mogły grasować inne plemiona półludzi, które uciekły przez otwarte bramy trzeciego królestwa. W końcu nie byli zbyt daleko od budzącej grozę, przerwanej bariery.

Ned wyruszył o brzasku, zabierając ich jedynego konia i rozkazy Richarda, by jak najszybciej dotrzeć do Pałacu Ludu. Brak konia był dość uciążliwy – to był ich najszybszy środek transportu – ale z jednego i tak by nie mieli pożytku. O wiele ważniejsze było przesłanie wieści mieszkańcom pałacu, powiadomienie ich, co nadciąga, żeby mogli się przygotować.

Kahlan drżała na myśl, że Hannis Arc, imperator Sulachan i Shun-tuk zajmą pałac i zyskają dostęp do przechowywanych tam artefaktów. Pałac był, by tak rzec, ostoją nadziei dla cywilizacji. Myśl, że mógłby wpaść w ręce takiego zła, mroziła jej krew w żyłach. Musieli go utrzymać, póki Richard nie zostanie uleczony i nie wróci.

Choć koń ani trochę by nie przyspieszył dotarcia do Saavedry, to gdyby ona lub Richard zaczęli tracić siły, mógłby ich nieść – byłoby to prostsze od innych możliwości. Chociaż Kahlan się tym martwiła, to im dalej, tym wyraźniej było widać, że stok był miejscami zbyt urwisty dla konia. Tu i tam mogliby obejść takie obszary, ale to by wydłużyło podróż, a oni nie mieli czasu do stracenia.

Każda chwila zwłoki oznaczała, że ona i Richard są bliżsi śmierci. Kahlan nieustannie wracała myślami do mrocznych demonów na rozkaz Sulachana czekających na nich za zasłoną. Nie będzie dla nich spokojnej wieczności. Król-duch się o to postarał.

Kiedy schodzili z góry, teren miejscami był taki trudny, że żołnierze musieli ścinać drzewka i układać je na stromych, kruszących się ścianach, żeby ziemia im się spod stóp nie osuwała. To była szybka i nietrwała metoda przedostawania się przez niedostępne miejsca, ale pozwalała im iść naprzód bez utraty podparcia dla stóp i bez tracenia czasu. Miejscami musieli iść po śliskich stromiznach, gdzie było mnóstwo głazów staczających się w dół przy każdym dotknięciu. Tutaj przydawała się przywiązywana do drzew lina, której się trzymali.

Przez te dzikie pustkowia nie było łatwej drogi. Wiedzieli, w jakim kierunku leży Saavedra, i jeśli chcieli się tam dostać, to najlepsza była droga przez góry. Na szczęście były tu przełęcze. Obejścia wydłużyłyby podróż o wiele dni, a oni nie mogli sobie na to pozwolić.

Kiedy zeszli wąskimi, kamienistymi ścieżkami, teren nieco się wyrównał. Irena i Samantha wykorzystały sposobność, żeby trzymać się blisko Richarda, po jego bokach, żeby go chronić, kiedy szli przez brzozowe lasy. Nicci podążała za nimi, żeby mieć Irenę na oku. Irenie zaś zawsze się udawało być tuż obok Richarda, czasem nawet wpychała się przed Kahlan.

Kahlan nie miała ochoty zaczynać z nią sprzeczki. Najmądrzej było ją ignorować i dotrzeć do Saavedry. Poza tym, z tego, co wiedziała, mogły im się przy uzdrawianiu przydać dodatkowe talenty Ireny.

Kiedy szlak znowu się zwęził i musieli przejść wąwozem pomiędzy stromymi szarymi górskimi stokami i kiedy miała po temu okazję, Kahlan wzięła Richarda za rękę i jasno, choć uprzejmie, dała innym do zrozumienia, że chce pobyć z mężem. Irena, o dziwo, zrozumiała aluzję. Kahlan pomyślała, że może tamta nie jest tak nietaktowna, jak jej się zdawało.

Samantha początkowo nie zrozumiała i – kiedy szlak się poszerzył – trzymała się blisko Richarda, zarzucając go nieistotnymi pytaniami o to, jak drzewa mogą rosnąć na tak kamienistych zboczach, jak jest w okolicach, w których bywał, co przedtem widział. Najwyraźniej miała niewyczerpany zasób pytań i wyglądała na szczerze zaciekawioną każdym jego słowem. Richard był roztargniony i nie miał nastroju na pogawędki, lecz był na tyle uprzejmy, że odpowiadał na jej pytania, chociaż zwięźle.

Kiedy szli ścieżką wydeptaną przez zwierzęta w wysokiej po kolana trawie, Zedd w końcu podszedł bliżej i otoczył ramieniem barki dziewczyny. Powiedział, że chce jej pokazać kilka ziół, o których młoda czarodziejka powinna wiedzieć. Poprowadził ją wśród wysokich traw i krzaków, żeby pokazać rośliny z czerwonymi jagodami rosnące na skrawku ziemi pod stromym stokiem. Zaczął wykład o rozmaitych zastosowaniach jagód, liści i korzeni roślin, które jej pokazywał.

– Wszystko w porządku? – zapytała Kahlan Richarda, kiedy wreszcie zostali względnie sami.

Spojrzał na nią.

– Raczej nie.

– Co się stało?

– No cóż – zaczął, niby starając się sobie przypomnieć – jest człowiek, który nie żył od trzech tysięcy lat, a który powrócił do życia, kiedy Hannis Arc polał moją krwią jego zmumifikowane zwłoki. A teraz chce władać światem życia, z lordem Arkiem jako władcą imperium D'Hary, jak przypuszczam. A my obydwoje jesteśmy bliscy śmierci z powodu tkwiącego w nas jadu, ale wcześniej mogą nas pożreć żywcem półludzie.

– Wybacz, nie chciałam cię zdenerwować.

Machnął ręką.

– Nie w tym rzecz.

– No to o co chodzi?

Westchnął głęboko.

– O wszystko.

– Wszystko? Czy coś szczególnie cię przygnębia? To znaczy poza tym, o czym wspomniałeś.

Przez jakiś czas patrzył na lasy za trawiastą połacią i dopiero potem odpowiedział:

– Chciałbym być z tobą sam i tyle.

– Aha. – Uśmiechnęła się znacząco. – To.

Raczej trudno było o intymne chwile w obozie pełnym żołnierzy.

– Nie to miałem na myśli. No, to też, ale nie o tym mówiłem.

– A o czym?

– O tym, jak zbudowałem dla ciebie chatę w Westlandzie. Myślałem o czasach, kiedy byliśmy sami, daleko od kłopotów tego świata.

Kahlan na krótko przytuliła głowę do jego ramienia.

– Tak się stanie, Richardzie. Sprawy pójdą lepiej. Pozbędziemy się tego okropnego jadu i wtedy zrobisz, co trzeba, żeby powstrzymać tych rozhukanych bliźniaków, i później będziemy mogli żyć w spokoju.

Uśmiechnął się, słysząc, jak nazwała imperatora Sulachana i Hannisa Arca – jakby byli tylko niesfornymi chłopcami.

– Ale nie chcę mieszkać w malutkiej chatce – dodała. – To znaczy zamieszkałabym, gdybyśmy musieli, ale wolałabym Pałac Ludu.

– Ach... – Uśmiechnął się. – Poślubiłem dziewczynę łasą na to, co w życiu najlepsze.

Kahlan objęła go ramieniem w pasie.

– Lepsze niż włóczenie się z gromadą żołnierzy w wilgotnej i ponurej głuszy? No pewnie. Chcę mieć prawdziwe łoże. W komnacie z drzwiami. Z drzwiami z ryglem.

Richard nie mógł się nie uśmiechnąć.

– Bardzo by mi się to podobało.

– No myślę – drażniła się z nim, delikatnie trącając go biodrem.

Znowu się uśmiechnął. Była szczęśliwa, że zdołała poprawić mu humor. Nie wiedziała, co go trapi, ale cieszyła się, że przynajmniej sprawiła, że się uśmiechnął.

ROZDZIAŁ 53

Pod koniec długiego dnia wędrówki po niebezpiecznie stromych stokach, wąskimi szczelinami pomiędzy skalnymi ścianami i gęstymi lasami dotarli wreszcie na bardziej płaski teren. Teraz szli z biegiem strumienia opływającego porośnięte mchem głazy, wijącego się przez rzadki las młodych liściastych drzewek. Dzięki strumieniowi o kamienistym dnie leśna kopuła była mniej szczelna i lepiej widzieli w gasnącym świetle dnia.

Richard wypatrywał miejsca, w którym mogliby rozbić obóz.

Wreszcie udało mu się oddzielić siebie i Kahlan kilku osobami od Ireny i Samanthy. Kahlan też się cieszyła, że w końcu są sami. Nie wiedział, co jest z matką Samanthy, ale uważał, że jest nużąca. Starała się być bez przerwy radosna i przyjacielska.

A Richard nie był w nastroju ani na jedno, ani na drugie. Miał ważniejsze sprawy na głowie.

Sądził, że Irena po prostu stara się zachować optymizm w tej fatalnej sytuacji. W końcu zarządzała Stroyzą, kiedy mur padł. Kiedy wyruszyli zawiadomić o tym, co się stało, półludzie pożarli żywcem męża na jej oczach, a ją uprowadzili. Ludzie z jej wioski, których dobrze znała, zostali zamordowani przez chodzące trupy wysłane, by zabiły jej córkę. Teraz pomagała ocalić życie jego i Kahlan. Nie miała zbyt wielu powodów do radości.

Uważał, że z pewnością się cieszy, iż jej córka jest cała i zdrowa, i dlatego stara się zachować optymizm. Ale i tak był zdania, że powinna trochę bardziej przejmować się sytuacją, w jakiej wszyscy się znaleźli – na bezdrożu, wśród lasów Mrocznych Ziem, wędrując przez tajemnicze i groźne knieje. Omal wszyscy nie zginęli podczas ataku Shun-tuk i nie było wiadomo, czy lada chwila nie pojawią się nowe rzesze tych ludożerców.

W przypadku Samanthy żywiołowość wynikała z młodzieńczej niewinności. Martwiła się sytuacją, chciała być pomocna, czasami była wyraźnie wystraszona, lecz również podekscytowana „przygodą". Była – i słusznie – dumna, że potrafiła im pomóc, kiedy byli w prawdziwych opałach. Richard też był z niej dumny. Już drugi raz zrobiła coś takiego.

Nicci uważała, że Samantha jest niebezpiecznie porywcza. Za to Richard był zadowolony, że wściekła się na tyle, żeby to zrobić, bo inaczej wszyscy by już nie żyli. Niekiedy gniew był użyteczny, toteż był rad, że Samantha potrafiła go przywołać.

Richard ostrożnie szedł po gąbczastym gruncie wśród porośniętych mchem skałek i miał oko na las. Kahlan idąca tuż za nim trzymała go za rękę, żeby nie stracić równowagi przy przechodzeniu przez strumień. Po głazach jak po kładce przeszli na drugi brzeg, gdzie teren był bardziej otwarty, mniej kamienisty i łatwiej się szło.

Richard od czasu do czasu oglądał się za siebie, sprawdzając, czy pozostali nadążają. W gęstniejącym mroku Zedd niekiedy z uśmiechem pochylał się ku Samancie, pokazując jej rozmaite pożyteczne rośliny. Chłonęła jego nauki.

To przypomniało Richardowi czasy, kiedy był młodszy i dziadek zabierał go na spacery po lasach, żeby mu pokazać, gdzie rosną konkretne rośliny, i opowiedzieć o ich zastosowaniu. Tak bardzo za tym tęsknił. Tęsknił za czasem spędzonym z dziadkiem.

Nie mógł przestać myśleć o radzie Zedda, żeby odejść, rzucić wszystko i zabrać Kahlan w jakieś odległe miejsce, gdzie mogliby wspólnie cieszyć się życiem. Usiłował myśleć o innych sprawach, lecz wciąż słyszał słowa Zedda.

Jeśli był na świecie ktoś, czyje rady traktował serio, to tym kimś był Zedd. A przecież tym razem…

Richard stawiał stopy na odsłoniętych korzeniach, żeby uniknąć grząskich miejsc, gdzie mogły się kryć jakieś jamy.

Nieustannie wpatrywał się w cienie, sprawdzając, czy się poruszają. Obserwował punkty światła, pilnując, czy nie znikają w cieniach. Czasem zdarzało się jedno i drugie. Zwykle był to ptak przelatujący z gałęzi na gałąź. Raz wiewiórka. Zwierzęta poruszyły gałąź, co strząsnęło z liści grube krople skondensowanej mgły.

Richard wypatrywał, ale nie dostrzegł przyjaciela Kahlan, Łowcy. Cokolwiek to był za zwierzak o wielkich zielonych oczach, nie zachowywał się agresywnie. Wyglądało na to, że ciekawi go tylko Kahlan. Podzielał to zainteresowanie, ale niezbyt mu się ono podobało u dzikiego zwierzęcia. Jeszcze nie było agresywne, ale to nie znaczyło, że w pewnej chwili się nie stanie. Mimo to coś w tym stworzeniu go uspokajało. Nie sądził, żeby było groźne. Nie widział go cały dzień, więc pewnie zostało na swoich terenach, kiedy oni je opuścili.

Od czasu do czasu kruki ochrypłymi krzykami ostrzegały przed zbliżaniem się ludzi. Chrypliwe, niosące się echem ptasie nawoływania drażniły w tych cichych lasach. Richard widział, jak niektórzy z idących przodem żołnierzy patrzą w korony drzew, kiedy jakiś kruk zaczynał hałasować. Idący z tyłu też wszystko bacznie obserwowali.

Coś sprawiało, że Richard się niepokoił, że mu się tu nie podobało. Strumień trochę za bardzo, jak na jego gust, otwierał kopułę lasu. Przez luki pomiędzy liśćmi widział wznoszące się po obu stronach kamienne ściany. Zwiadowcy powiedzieli, że wąwóz, którym idą, to jedyna droga umożliwiająca w miarę szybki marsz.

Ponad nimi były setki miejsc, z których ktoś z łatwością mógłby ich dostrzec, jak idą z biegiem strumienia. Czuł się jak mysz obserwowana przez sowę.

Lecz pośpiech był najważniejszy, a to była jedyna droga, która ich doprowadzi do Saavedry i pola ograniczającego w cytadeli.

Zauważył, że wszystkie małe ptaki nagle się poderwały i odleciały. Niemal natychmiast trzy kruki bezszelestnie wzbiły się w powietrze i pofrunęły razem pomiędzy drzewa.

Richard zamarł na chwilę przed tym, nim usłyszał urywany krzyk jednego z idących z tyłu żołnierzy.

Gwałtownie się odwrócił, zdążył jeszcze zobaczyć nogi żołnierza wciąganego w górę drzewa. Coś dużego i ciemnego go porwało. Nogi kopały, kiedy się szarpał z tym czymś, a potem – tuż zanim zniknęły – znieruchomiały i zwiotczały.

Natychmiast dobył miecza. Charakterystyczny szczęk stali odbił się echem od skalnych ścian. W ciszy lasu zabrzmiał przerażająco gniewnie.

Wszyscy żołnierze szybko chwycili za broń. Spojrzeli w górę, uchylając się, starając się dojrzeć zagrożenie.

Richard obserwował mrok w lasach.

Coś ciemnego skoczyło ku nim spomiędzy drzew i porwało najbliższego żołnierza, łamiąc mu kark, kiedy go unosiło w powietrze. Miecz biedaka upadł na skały. Żołnierz nie zdążył nawet krzyknąć.

Cokolwiek to było, nie byli to ani półludzie, ani czarna magia. Richard rozpoznał tę metodę – to wielki drapieżca porywał zdobycz.

– Zewrzeć szeregi! – zawołał major Fister.

Z obu stron nadbiegli żołnierze, zabierając po drodze Zedda, Nicci, Irenę i Samanthę. Richard lewą ręką przyciągnął ku sobie Kahlan, chroniąc siebie i ją mieczem. Zedd ze zmarszczonymi brwiami rozglądał się wokół, wypatrując intruza, którego mógłby zabić darem. Nicci obracała się powoli, badając wzrokiem leśną kopułę. Irena osłaniała córkę. Samantha szeroko otworzyła oczy z przerażenia.

Jeśli będą tkwić nieruchomo, staną się łatwym celem.

– Ruszać się! – zawołał Richard. – Biegiem!

Nie można już było ocalić porwanych żołnierzy. Mogli się tylko starać, żeby nikt więcej nie zginął.

– Jak myślisz, co to było? – wyszeptała tuż obok niego Kahlan.

– Nie mam pojęcia – odparł, biegnąc brzegiem strumienia, przeskakując z korzenia na głaz. – Ale musimy się wydostać z tego parowu.

– Jakiś mały leśny smok? – spytała, starając się dotrzymać mu kroku.

– Nie widziałem za dobrze. Jest za mało światła, a to było zbyt ciemne, żeby je rozpoznać.

– Ruszać się! – zawołał major Fister do żołnierzy, machając mieczem. – Uważajcie na siebie, chłopcy!

– Majorze! – krzyknął Richard, kiedy tak pędzili otwartym terenem przy strumieniu.

Kiedy Fister się zatrzymał i spojrzał na niego, Richard wskazał mieczem.

– Kierujcie się do tej skalnej szczeliny. Za nią są gęste lasy. Musimy się wydostać z tej otwartej przestrzeni. Czymkolwiek są te stwory, jesteśmy na ich terenie łowieckim.

Major Fister kiwnął głową i skierował żołnierzy w miejsce, które wskazał Richard. Ten zaś, biegnąc pomiędzy potężnymi głazami, przekonał się, że dalej las był gęsty i zwarty. Gęsta osłona utrudni łowy skrzydlatym drapieżcom.

Jedyny problem w tym, że robiło się ciemno. Musieli rozbić obóz, a nie pędzić przez las w ciemnościach.

Wiedział, że nie mają innej możliwości. Zanim się odważą zatrzymać na noc, muszą się wydostać z tej okolicy.

Lasy, w których się znaleźli, tworzyły gęsto rosnące świerki i sosny. Rosły tak blisko siebie, że pnie do sporej wysokości pozbawione były gałęzi. To oznaczało, że grunt był bardziej odsłonięty – lecz w takim labiryncie żaden wielki skrzydlaty drapieżca nie mógłby swobodnie latać.

Oznaczało to również, że dno lasu, ocienione gęstwą znajdujących się wysoko gałęzi, było bardziej gołe, dzięki czemu łatwiej im było biec.

I pędzili, chcąc jak najszybciej wydostać się z tej okolicy.

ROZDZIAŁ 54

Był późny wieczór i niemal ciemno, kiedy znaleźli miejsce niżej na stoku góry, które Richard uznał za na tyle bezpieczne, żeby się zatrzymać na noc. A przynajmniej było tak bezpieczne jak każde inne, jakie by znaleźli w ciemnościach w nieprzebytych lasach, których nie znał. Rosły tu gęsto młode liściaste drzewa, wśród których trudno się było poruszać, nie robiąc przy tym mnóstwa hałasu. Kilka dużych drzew zapewniło im odrobinę bardziej odsłonięty kawałek ziemi, gdzie mogli rozłożyć śpiwory i trochę się przespać przez pozostałą część nocy.

Trudno byłoby się przedzierać przez takie lasy, a i żadne skrzydlate stworzenie nie mogłoby na nich spaść i porwać, jak to się stało w pobliżu strumienia. Gąszcz utrudniłby też atak każdemu drapieżcy, bez względu na rozmiary. Ponieważ musieli się zatrzymać i trochę przespać, nie miało znaczenia, jak trudno będzie wędrować przez taki teren – najważniejsze, że zapewniał ochronę.

Jasne, że napastnik – w tym półludzie – mógłby się tu dostać, ale natrafiłby na mur uzbrojonych żołnierzy Pierwszej Kompanii. Wciąż gniewnych, że nie mogli przeszkodzić tamtemu drapieżnikowi, który porwał ich dwóch towarzyszy.

– No i jak? – zapytał major Fister, rozglądając się w świetle płomyków unoszących się nad dłońmi Nicci, Zedda i Ireny.

Richard bacznie się rozglądał.

– To wygląda na równie dobre miejsce jak każde inne, no chyba że byłaby to kamienna forteca.

– Jesteśmy dość daleko od miejsca, gdzie widzieliśmy tamte stwory – powiedział major. – Może zostawiliśmy je za sobą i nie poszły za nami.

– A może się najadły – odezwała się Irena. – Mówiłam, że Mroczne Ziemie są niebezpieczne i pełne potworów, których nikt nigdy nie widział, a przynajmniej nie przeżył, żeby o nich opowiedzieć. Większość z nas słyszała wyłącznie pogłoski i mgliste opowieści.

– Wygląda na to, że niektóre okazały się prawdziwe – stwierdził major.

Richard nie pojmował, co im przyjdzie z tych rozważań, ale nie miał ochoty się nad tym rozwodzić. Po ciężkim dniu wędrówki w trudnym terenie wszystkim potrzebny był sen, a nie dyskusje o niebezpieczeństwach na Mrocznych Ziemiach.

Pojawiły się cienie – to księżyc wyjrzał przez lukę w pokrywie chmur. Niebo zaczęło się przecierać i ustała mżawka. Ale i tak będzie to wilgotna, zimna noc.

– Każ żołnierzom znaleźć miejsce na rozwinięcie śpiworów – powiedział Richard. – Musimy się trzymać blisko siebie.

Jake Fister rozejrzał się wokół w blasku księżyca i magicznych płomyków.

– Przynajmniej teren nie jest tu tak odkryty. Trudno będzie jakiemuś stworowi nas powybijać.

– Żadnych ognisk, jak już się rozlokujemy – dodał Richard.

To oznaczało zimną, suszoną strawę, nic świeżo ugotowanego, ale i tak było zbyt późno na gotowanie. Musieli coś zjeść dla zachowania sił i się przespać, żeby o pierwszym brzasku wyruszyć.

Major Fister, krążąc wśród swoich ludzi, cicho wydawał rozkazy, pilnując, żeby część z nich rozlokowała się na noc, innych wyznaczał na nocną wartę.

– Ty nie będziesz stał na warcie – oznajmił Zedd Richardowi. – Musisz odpocząć.

– Masz rację – odpowiedział Richard.

W gąszczu nie było zbyt dużo przestrzeni, więc wszyscy ułożyli się blisko siebie. Zedd wybrał sobie miejsce blisko Richarda i Kahlan. Nicci, Irena i Samantha zaczęły szykować sobie posłania w pobliżu. Richard pomyślał, że czarodziej rozmyślnie wybrał to miejsce, żeby uniemożliwić Irenie i Samancie ułożenie się zbyt blisko niego i Kahlan. Był za to dziadkowi wdzięczny, nieważne, czy zrobił to świadomie czy nie. Chciał się trochę przespać.

Richard i Kahlan rozłożyli śpiwór i koc obok skalnego stoku. Bez szałasu nie będzie żadnej osłony, jeżeli znowu zacznie padać. Kahlan się mościła, a Richard podszedł do dziadka rozkładającego koc.

– Będzie ci tu wygodnie?

Zedd się uśmiechnął.

– Idealnie. Mogę spać na czubku ciernia.

Richard się uśmiechnął, bo wiedział, że to bliskie prawdy. Stary czarodziej zawsze spał z otwartymi oczami, ale zwykle mocno.

– Zeddzie, mówiłeś serio? – zapytał Richard cicho, żeby inni nie słyszeli.

Dziadek popatrzył na niego ze zdziwieniem.

– To znaczy co?

Richard milczał przez chwilę, bojąc się odpowiedzieć.

– Że jesteś zmęczony życiem.

– A... – Zedd znacząco kiwnął głową. – Cóż, mój chłopcze, czasem tak, a czasem nie. – Uśmiechnął się i wyglądał trochę mniej poważnie. – Myślę, że sędziwy wiek to sposób natury na przygotowanie nas na śmierć, żebyśmy chętniej odchodzili z tego świata. Po tak wielu latach ma się dość patrzenia, jak ludzie stale postępują okrutnie i podle. Ma się dość głupoty. Po jakimś czasie to odbiera radość życia. Ale z drugiej strony, bliskość twoja i Kahlan nadaje wszystkiemu wartość.

Richardowi trochę ulżyło.

– Dobrze to słyszeć.

Zedd położył dłoń na ramieniu wnuka, pochylił się ku niemu w księżycowej poświacie.

– Dzięki tobie, Richardzie, życie jest dla mnie cenne. Zawsze tak było. Już nie żyję dla siebie, lecz dla ciebie i Kahlan. Myślę, że to wspaniałe: mieć coś, dla czego warto żyć. – Przekrzywił głowę. – Czy to nie dla Kahlan walczysz o życie? Pomyśl o egzystencji bez niej, a zrozumiesz, o co mi chodzi, i pojmiesz, po co tak naprawdę żyjesz.

Richard potaknął.

– To z pewnością prawda. – Spojrzał na leżącą w pobliżu Kahlan, która podciągała koc, żeby on mógł się ułożyć obok niej i ją ogrzać. – Nie wyobrażam sobie świata bez niej. Nie chciałbym bez niej żyć.

Zedd zdecydowanie kiwnął głową.

– Właśnie to miałem na myśli, Richardzie. I jestem przeszczęśliwy, mogąc się kręcić w pobliżu i pomagać ci utrzymać pion. Ktoś musi to robić.

Richard głęboko westchnął i skinął głową.

– Właśnie. Kocham cię.

– Wiem. I ja cię kocham, mój chłopcze. – Potem wskazał Kahlan. – A teraz idź spać. Będę tuż obok, gdyby któreś z was czegoś potrzebowało. I będę z wami w tych dobrych czasach, które nadejdą. Jeszcze nie jestem za stary i mogę się przydać. Wkrótce uwolnimy was od zmazy śmierci i wtedy zdecydujecie, co chcecie robić. Czy postanowicie odejść i żyć własnym życiem, czy dalej walczyć, będę was kochać i wspierać. Wiem, że podejmiecie właściwą decyzję, swoją własną. Jak powiedziała Magda Searus, postanowicie o własnym losie.

– Dzięki, Zeddzie. Mieliśmy burzliwe życie, od kiedy opuściliśmy Hartland.

– Fakt. Ale nie wszystko było złe. Było też mnóstwo szczęśliwych chwil.

– Chciałbym, żeby przygody się już skończyły – powiedział Richard.

Zedd się uśmiechnął.

– Ja też. A teraz odpocznij. Nie chcę, żebyś znowu stracił przytomność, zanim cię uzdrowię. Ostatnim razem było ciężko.

– Naprawdę możesz nas uleczyć?

Zedd wstał, wyprostował się na całą wysokość i spojrzał Richardowi w oczy.

– W polu ograniczającym tak, jak najbardziej. Nie musisz się obawiać, Richardzie. A teraz pozwól mi odpocząć.

– Jasne. Wypocznij porządnie.

Czarodziej popatrzył na lasy.

– To naprawdę przepiękne miejsce. Ważne, by chłonąć piękno, ilekroć się da, mój chłopcze. To dobre miejsce na odpoczynek. A jutro ruszamy w drogę, by dotrzeć tam, gdzie będziemy mogli was uleczyć.

Richard się uśmiechnął i kiwnął dziadkowi głową, a potem odszedł i wpełzł pod koc obok Kahlan. Położył się na boku, a ona ułożyła się przy nim na łyżeczkę.

– Wszystko w porządku? – spytała. – Z Zeddem.

– Chce, żebyśmy się przespali.

Kahlan objęła go ramieniem w pasie.

– Jestem za.

Kiedy się przytulała, Richard patrzył na obóz. Nicci, Irena i Samantha już się owinęły kocami, oddychały powoli i równomiernie, jak większość żołnierzy. Przyglądał się im wszystkim, martwił się o nich, bał się snu, z którego mógłby się już nie obudzić.

ROZDZIAŁ 55

Richard zbudził się w nocy, kiedy Zedd wstał. Spał niespokojnie, bo martwiło go wiele spraw. Było mnóstwo problemów, lecz niezbyt wiele rozwiązań, oprócz pójścia do cytadeli. Poza tym spał płytko, bo miał się na baczności, toteż dziadek go obudził.

Zobaczył w księżycowej poświacie, jak Zedd zsuwa z siebie koc, układa go na ziemi i się przeciąga. Potem ziewa, znowu się przeciąga i ostrożnie rusza pomiędzy śpiącymi Nicci, Ireną, Samanthą i kilkoma żołnierzami. Richard wiedział, że chociaż Zedd zwykle dobrze sypia, to czasem mawiał, że go bolą kości, więc nie było nic niezwykłego w tym, że w nocy wstawał, żeby „rozchodzić supły", jak mówił.

Richard wyczuwał w tej nocy coś dziwnego. Nawet całkiem nieruchome lasy, wśród których się rozłożyli obozem, były jakieś osobliwe, nienaturalne. Księżyc przesunął się po niebie, toteż wiedział, że świt jest blisko. Wyruszą, gdy tylko się rozwidni.

Kiedy Zedd zniknął za młodymi świerkami i Richard już go nie widział, przekręcił się na plecy i spojrzał na Kahlan. Przesunęła się we śnie, umościła pod jego ramieniem. Uśmiechnął się, patrząc, jak śpi. Obraz idealnej niewinności. Delikatnie musnął dłonią jej policzek, myśląc, jak bardzo ją kocha, że zrobiłby dla niej wszystko. Gniewała go myśl, że ktoś mógłby ją skrzywdzić.

Gdy już zaczął się martwić o jej bezpieczeństwo, to nie mógł na nowo zasnąć. Coś było nie tak, a w żaden sposób nie mógł ustalić co.

Skoro już się obudził, to trochę się uniósł, żeby widzieć las, wypatrywał czegoś, co w nim nie pasowało. W nieruchomym powietrzu nie drgnął nawet listek. Nie słyszał żadnych nocnych ptaków ani owadów. W otaczających ich lasach panowała głucha cisza. Obserwował śpiących, wodząc wzrokiem od jednego żołnierza do drugiego. Żaden się nie poruszył we śnie. Cieszył się, że przynajmniej oni mogą spać. Tylko Zedda – poza żołnierzami trzymającymi wartę – nie było na posłaniu. W pewnej chwili, kiedy Richard się zdrzemnął, usłyszał dziwne, stłumione łupnięcie, lecz poza tym nic nie zakłócało ciszy lasów. Natychmiast się ocknął, przekrzywił głowę, nasłuchiwał, czekał, żeby odgłos się powtórzył, by lepiej się zorientować, co to takiego, lecz lasy pozostały ciche. Pomyślał, że może to duża sosnowa szyszka spadła na miękką wyściółkę lasu. Czasem szyszka potrafiła zrobić taki hałas w naprawdę spokojną noc, że się budził.

Znowu ułożył się obok Kahlan. Wiedział, że powinien spać, ale był zbyt spięty, żeby zasnąć. Ilekroć zamknął oczy, same się otwierały. A wtedy obserwował obóz, przyglądał się Nicci, Irenie, Samancie i żołnierzom. Nikt się nie poruszył, najwyraźniej tylko jego obudził ten dźwięk.

W księżycowej poświacie dostrzegł idącą przez obóz ciemną postać. Raz-dwa się zorientował, że to major Fister. Po jego ruchach poznał, że ma jakąś pilną sprawę.

Richard usiadł, marszcząc brwi, a major podszedł i przyklęknął obok niego. Nawet w księżycowej poświacie widział, jak zbielała mu twarz.

Zedd jeszcze nie wrócił.

Popatrzył na majora Fistera.

– Co się stało?

Kahlan się obudziła i gwałtownie usiadła.

– Co się dzieje? – szepnęła.

Major nie mógł wydobyć głosu.

– Co się stało? – spytał ponownie Richard z większym naciskiem.

– Ttto... Zedd.

Richard zmarszczył brwi i obejrzał się na pusty śpiwór dziadka.

– Co z nim? – zapytał, wodząc wzrokiem po obozie. – Gdzie on jest?

Major Fister przełknął ślinę. Wstał i wskazał w stronę, gdzie Richard ostatnio widział dziadka.

Richard skoczył na równe nogi. Kahlan natychmiast stanęła obok niego.

Widział, że major wciąż nie może znaleźć słów.

– Pokaż.

Żołnierze zaczynali się poruszać, siadać. Major kiwnął głową. Odwrócił się ku obozowi i zawołał:

– Wstawać! Do broni!

Żołnierze pospiesznie wydostawali się ze śpiworów, chwytali za miecze, topory, łuki.

Major Fister ruszył pospiesznie przez obóz, żołnierze zaś, z bronią w ręku, tworzyli szyk obronny. Major, Kahlan i Richard przeszli pomiędzy Nicci, Ireną i Samanthą. Też się budziły, przecierały oczy i pospiesznie wstawały.

Samantha spojrzała na stojących wokół uzbrojonych żołnierzy.

– Co się dzieje? – spytała.

Nikt jej nie odpowiedział, wszyscy spieszyli za majorem.

Mgła przedświtu wisiała tuż nad ziemią. Richard i Kahlan szli za krzepką sylwetką majora idącego spiesznie przez niewielki obóz i potem przez ścianę młodych świerków. Poprowadził ich krótką drogą przez las na niewielką, oświetloną księżycowym blaskiem polankę, otoczoną drzewami jak wartownikami.

Na łożu z mchów – pod delikatnym całunem z mgły, w plamie księżycowej poświaty – leżał na plecach Zedd.

Richard szeroko otworzył oczy. Kahlan zachłysnęła się oddechem.

Głowa dziadka leżała kilka stóp dalej wśród paproci.

Cała scena wydawała się tak spokojna, pogodna, cicha.

Richard znowu zamrugał, początkowo nie pojmując, co widzi – lub nie chcąc pojąć.

W nagłym przebłysku dopadło go zrozumienie.

ROZDZIAŁ 56

W następnej chwili Richard dobył miecza, jego gniew był już w pełni rozbudzony, gdy tylko dotknął dłonią rękojeści. Parę mgnień po tym, jak szczęk stali zabrzmiał w nocnej ciszy, spomiędzy drzew nadbiegła ku nim cała Pierwsza Kompania.

Richard ciężko oddychał, próbował znaleźć cel dla swojej furii. Wodził wzrokiem po oświetlonej księżycem scenie, wypatrując przyczyny, zagrożenia, wyjaśnienia. Nie zobaczył niczego odbiegającego od normy, poza pozbawionym głowy ciałem dziadka, leżącym na miękkim łożu z mchów, otoczonym małymi, pierzastymi paprociami.

W następnej chwili Samantha krzyknęła ze zgrozy. Jej matka patrzyła z niedowierzaniem, obiema dłońmi zakrywając otwarte usta.

Nicci stanęła obok niego i przelotnie spojrzała na jego twarz, a potem podbiegła i uklękła przy ciele Zedda.

– Jak to się mogło stać? – zapytał Richard, nie zwracając się do nikogo konkretnego. – Kto mógł to zrobić? Rozstawiliśmy straże!

Własny grzmiący głos wrócił do niego echem z milczących lasów. Nie mógł dostrzec niczego nietypowego. Krew plamiła tylko Zedda.

Żołnierze już się rozbiegali, szukając zabójcy, zawstydzeni, że ktoś się przedostał przez posterunki. Członkowie Pierwszej Kompanii nie popełniali tego rodzaju błędów.

Jeden po drugim wracali, kręcili głowami, dając znak majorowi. Żaden nie chciał spojrzeć na Richarda.

– Ślady? – zapytał major swoich ludzi, wodząc po nich wzrokiem.

Jeden wskazał ku lasom.

– Paru z nas było tu wcześniej, żeby sprawdzić teren, i widzieliśmy te ślady, ale poza nami nikt tu nie przechodził. Dalej nie było żadnych śladów. Nie znaleźliśmy żadnych dowodów na to, że ktoś przyszedł z lasu. Musiał się zakraść przez obóz. Innej możliwości nie ma.

– Chyba że się tu kryli cały czas, kiedy my się rozbijaliśmy – powiedział major Fister. – Czekali, aż nadejdzie ktoś ważny. I wymknęli się, gdy już to zrobili.

Richard nie sądził, żeby to było sensowne wyjaśnienie – chyba że ich śledzono. Lecz poza zwierzakiem, którego Kahlan nazwała Łowcą, nie widział nikogo ani niczego, co by ich obserwowało. Podejrzewał, że ci, którzy za nimi szli, wykorzystali czarną magię, żeby się osłonić. Inaczej trudno było zrozumieć, jak to się mogło stać. W jego umyśle kotłowało się tysiąc myśli, nie pozwalając jasno rozumować.

Bez względu na to jak, do obozu dostał się zabójca.

Nie mógł jasno myśleć także dlatego, że serce tłukło się w nim wściekle. Musiał znaleźć ujście dla furii, ale nie mógł.

Patrzył z twarzą zalaną łzami, jak Nicci delikatnie podniosła głowę Zedda, przyniosła i złożyła przy jego ciele.

Richard osunął się na kolana obok Nicci, zapatrzył na dziadka. Martwe orzechowe oczy Zedda wpatrywały się w ciemne niebo. Kahlan uklękła przy nim. Jedną dłoń położyła mu na ramieniu, płakała, osłaniając drugą drżącą dłonią usta, tłumiąc krzyk.

Richard zauważył, że żołnierze wracają i cicho raportują majorowi Fisterowi. Spojrzał wreszcie na niego.

– Jest coś? Znaleźli cokolwiek? – Własny głos wydawał mu się obcy i drewniany, jakby należał do kogoś innego.

– Przykro mi, lordzie Rahlu. Poza tym – powiedział major, skinąwszy głową ku ciału Zedda – nic nie odbiega od normy.

– Jak to się mogło stać właśnie tutaj, pod naszym nosem? Jak mogliśmy nie widzieć, niczego nie zauważyć, nie usłyszeć?

I wtedy Richard przypomniał sobie głuchy stuk, który usłyszał. Uświadomił sobie, że słyszał, jak głowa dziadka uderza o ziemię.

– Chciałbym mieć dla ciebie odpowiedź, lordzie Rahlu – powiedział major ledwie słyszalnym, pełnym smutku głosem.

– Mówiłam wam – odezwała się cicho Irena – że takie rzeczy są powszechne na Mrocznych Ziemiach. Są tu nieznane niebezpieczeństwa.

Richard nie był w nastroju do rozmawiania o zagrożeniach Mrocznych Ziem. Wstał. Myśli miotały się jak oszalałe, serce mu się tłukło, zaciskał dłoń na rękojeści miecza. Zmusił się do zapanowania nad emocjami. Nie mógł żadnej z nich uwolnić. Absolutnie nie mógł teraz stracić panowania nad sobą. Słyszał w głowie własny głos nakazujący mu myśleć. Miał wrażenie, że unosi się gdzieś w górze i obserwuje samego siebie stojącego na małej polance oświetlonej księżycowym blaskiem, patrzącego na ciało Zedda.

Nikt nie wiedział, co robić, co Richard powinien zrobić. Bali się poruszyć, bali się cokolwiek uczynić. Czekali, żeby nimi pokierował.

Richard przełknął ślinę i odchrząknął, upewnił się, że głos go nie zawiedzie.

– Nie możemy go zabrać do Saavedry – powiedział zadziwiająco spokojnym głosem. – Nie ma takiej potrzeby. Zedd nie znał tego miasta. Nic by to dla niego nie znaczyło.

Kahlan nadal klęczała, pochylona nad piersią Zedda. Płakała, kryjąc twarz w dłoniach. To Zedd był czarodziejem, którego miała odnaleźć, przekroczywszy granicę. Był tym wybranym, właściwym. Wszyscy go potrzebowali. Przyszła, żeby go odciągnąć od spokojnego życia w Westlandzie, zabrać do świata szarpanego wojną. Wszyscy potrzebowali Pierwszego Czarodzieja, żeby wyznaczył Poszukiwacza. Przywrócił porządek rzeczy.

Richard wiedział, co jeszcze teraz wspomina – to samo wspominał i on – Zedda udzielającego im ślubu.

Nicci stojąca przy jego lewym ramieniu popatrzyła na niego.

– Co chcesz, żebyśmy zrobili, Richardzie? – zapytała łamiącym się głosem.

Wiedział, że wahanie, niemożność podjęcia decyzji są śmiertelnie groźne. Już mieli wystarczająco dużo kłopotów, a jeszcze więcej tych, których nie byli świadomi, czaiło się w mroku nocy. Musiało się to jakoś wiązać z czarną magią, bo inaczej Zedd i Nicci by to wykryli.

Musiał podjąć decyzję, zrobić to szybko, i musiała to być właściwa decyzja.

Próbował się domyślić, czego Zedd by od niego oczekiwał, co by doradził. Rozejrzał się. Nikt lepiej od niego nie znał Zedda. Wiedział, że dziadek by powiedział, by nie przerywał wędrówki, że musi dotrzeć do cytadeli, bo inaczej wszystko, cały ich wysiłek pójdzie na marne.

Powiedziałby mu, że żywi nie powinni marnować życiowej szansy na opłakiwanie umarłych.

– Zedd mi powiedział, że to piękne miejsce. Teraz jego dusza jest w rękach dobrych duchów. Jest przy nich bezpieczny i wreszcie trwa w spokoju. Już nie potrzebuje statku, w którym tak długo żeglował przez świat. Chciałby, żebyśmy oczyścili jego ciało w ogniu stosu pogrzebowego. Musimy zbudować drewniane podwyższenie i umieścić go na nim. Musimy to zrobić szybko. Nie wiemy, jakie zagrożenie czai się wśród nas. Nie możemy tu zostać. Trzeba zająć się Zeddem i potem odejść.

– Natychmiast, lordzie Rahlu – powiedział major.

Richard spojrzał na Nicci.

– Jeśli dotrzemy do pola ograniczającego, czy będziesz mogła sama uleczyć Kahlan i mnie?

– Tak.

– Na pewno?

Nicci się nie zawahała.

– Z całą pewnością.

– Możesz powiedzieć, jak go zabito? Jakim sposobem?

Nicci przełknęła ślinę.

– Nie. Wygląda na to, że głowę odcięto ostrzem, ale to mogło być coś innego.

– Masz na myśli dar?

– Tak. Dość często to widywałam. Wyglądało tak samo. Lecz nigdzie w pobliżu nie wyczuwam mających dar, poza mną, Ireną i Samanthą.

– Mogli czekać w ukryciu, a potem, kiedy się nadarzyła sposobność, zabili pierwszą ważną osobę, jaka im się nawinęła, i uciekli – powiedział major Fister.

Richard potaknął.

– Możliwe. Wyślij najlepszych zwiadowców, niech ich szukają, a my zajmiemy się Zeddem. A jeśli znajdą ślad jakiegoś intruza, to może on mieć dar, toteż nie chcę, żeby go śledzili czy próbowali ująć. Niech po mnie przyjdą.

Znowu zwrócił się do Nicci:

– Czy może to być ktoś używający czarnej magii?

Nicci miała łzy w oczach.

– Tak, tak sądzę, ale nie mam pewności, nie wyczuwam takich ludzi. Mogliby stać obok mnie, a ja nie potrafiłabym poczuć ich mocy. Tajemne moce są jak ciemna strona księżyca. Pozostają poza zasięgiem wzroku, tajemnicze.

Richard spojrzał na zaszokowaną Irenę.

– A ty potrafisz?

Otarła nos rękawem i pokręciła głową.

Richard na chwilę zacisnął zęby, walcząc o utrzymanie pod kontrolą szalejącej w nim furii. Był o włos od utracenia panowania nad sobą, lecz nie było celu, na którym mógłby wyładować gniew. Jeszcze raz się napomniał, aby się zastanowić, co by mu doradził dziadek.

– No dobrze, w takim razie jak najszybciej musimy się zająć ciałem Zedda. Teraz jest z dobrymi duchami. Możemy płakać za jego duszą, lecz musimy to czynić w drodze. Chociaż jego ciało jest teraz jedynie pustym naczyniem, to nie chcę, żeby się do niego dobrały zwierzęta. Dzięki naszym mającym dar możemy uzyskać na tyle potężne płomienie, żeby raz-dwa oczyścić szczątki. Wkrótce będzie jasno. Nie możemy zwlekać ani chwili dłużej niż to konieczne. Musimy to zrobić i ruszyć do Saavedry. Jeśli zwiadowcy niczego nie znajdą o pierwszym brzasku, to wszystkie wysiłki powinniśmy skierować na to, co teraz najważniejsze: na dotarcie do cytadeli.

Richard zobaczył, że wszyscy na małej polance przykładają pięść do serca. Nawet Samantha, Irena i Nicci w milczeniu pochyliły głowy, wykonując ten gest.

– A potem znajdę tego, kto to zrobił, i zabiję go gołymi rękami – oznajmił Richard.

ROZDZIAŁ 57

Z pierwszym brzaskiem, kiedy niebo ledwo zaczynało się leciutko różowić, zwiadowcy nic nie znaleźli. Co prawda były pewne podejrzane tropy, które Richard chciałby sam sprawdzić, ale zajęłoby to większość dnia. Chociaż niezmiernie ważne było wyśledzenie, kto zabił Zedda – w końcu zabójca mógł znowu uderzyć – to nie mogli poświęcić tyle czasu. Jedyną szansą Richarda i Kahlan było dotarcie do cytadeli, zanim jad ich zabije.

Richard, patrząc na dymiące popioły, które były szczątkami jego dziadka, miał kłopoty z dopasowaniem części układanki. Nie mógł tego pojąć, nie rozumiał, jak to się mogło stać.

Czuł się otępiały.

Ukląkł obok pozostałości stosu pogrzebowego i włożył ręce we wciąż jeszcze ciepłe popioły, żałując, że nie może ostatni raz dotknąć dziadka.

– Przykro mi, Zeddzie, ale jeszcze nie mogę tego porzucić.

– O czym mówisz? – zapytała znad jego ramienia Kahlan.

Richard wstał. Uniósł rękę na wysokość twarzy i wpatrywał się w rękawicę z szarych popiołów.

– Nieważne. – Spojrzał na Kahlan. – Gotowa?

Kiwnęła głową, broda się jej trzęsła, starała się powstrzymać łzy. Potem padła mu w ramiona i znowu zaczęła płakać.

– Zwykle jestem silniejsza – powiedziała, szlochając.

Richard przez chwilę mocno ją tulił, kryjąc twarz w jej włosach.

– Wiem – szepnął. – Kocham cię.

Po chwili się wyprostował i trzymał ją za ramiona, patrząc w jej zielone oczy.

– Nie mogę cię stracić, Kahlan. Musimy ruszać. Zedd by chciał, żebyśmy się spieszyli. Zrozumiałby. Nie chciałby, żebyśmy tak stali i wpatrywali się w popioły.

Kahlan potaknęła, pociągając nosem.

– Wiem. Rozumiem. Odszedł, lecz będzie żył w naszych sercach, póki będą bić.

Richard skinął głową, nie był w stanie się uśmiechnąć. Nicci i pozostali czekali w milczeniu wśród drzew na obrzeżu małej polanki.

Po raz ostatni się rozejrzał.

– To piękne miejsce. Powiedział mi, żebym zawsze doceniał piękno.

Niewyraźne sylwetki sosen i świerków stały niczym żałobnicy w czerni, przyglądający się im w milczeniu.

Richard wziął Kahlan za rękę i podeszli do czekającej na nich grupy.

– Jest już wystarczająco jasno. Musimy ruszać.

Potaknęli.

– Są tu te skrzydlate drapieżniki, które wczoraj porwały dwóch żołnierzy, i ktoś zabił Zedda. Tamte stwory to latające bestie. Ten tutaj był dwunożną istotą. Chyba nie muszę wam mówić, żebyście byli czujni. – Kiedy wszyscy potrząsnęli głowami, dodał: – Ruszamy.

– Zwiadowcy wrócili, lordzie Rahlu – powiedział major Fister. – Wyznaczyli dla nas drogę, ale zdążyli to zrobić tylko na pierwszą godzinę marszu.

– Dobre na początek. Idziemy.

Richard, nic już nie mówiąc, z Kahlan u boku, zostawił za sobą popioły dziadka. Nie obejrzał się.

Nicci znalazła się tuż za nim. Na pięty następowały jej Irena i Samantha. Szli przez gąszcz młodych liściastych drzew. Kiedy Richard i kobiety znaleźli się wśród żołnierzy, jedni stanęli na przedzie grupy, inni zamknęli tyły.

Do wschodu słońca pozostało jeszcze trochę czasu, a las sam w sobie był nie tylko mroczny i złowrogi, ale i skrywał zabójcę. W poświacie zbliżającego się świtu wyraźnie było widać tylko to, co w pobliżu.

Kiedy szli granią, Richard widział rysujące się na tle nieba ciemne postaci idących przodem żołnierzy i pnie strzelistych sosen. Wykorzystał skrawek odsłoniętego błękitu, żeby wypatrywać latających stworów, które by mogły kogoś porwać. Dostrzegł tylko stadko małych ptaków. Wyżej na niebie zobaczył kołujące kruki wypatrujące żeru, czegoś, co by się dało zjeść.

Wbił wzrok w ziemię, żeby widzieć, gdzie stawia stopy, zadowolony, że tak, a nie inaczej postąpił z ciałem Zedda. Nadal trudno mu było uwierzyć, że to prawda. Spędził przy Zeddzie całe życie. Nie potrafił pojąć, że dziadek odszedł, nie mógł się z tym pogodzić. Nawet jego popiołów nie chciał opuścić. Miał uczucie, że go zostawia. Mimo że otaczali go ludzie, czuł się samotny i zagubiony.

Miał wrażenie, że obserwuje samego siebie idącego przez gęsty las, po wygłoszeniu mowy nad ciałem dziadka, zanim Nicci podpaliła stos. Płomienie szalały, niczym rozgniewane okropnym zadaniem, które im zlecono. Nicci zadbała, żeby szybko to poszło.

Nie przestawał myśleć o sprawach, o które chciał zapytać Zedda, o tym, co chciał powiedzieć, o tym, co chciał zapamiętać. Nic z tego nie wydawało się realne. Chciał sobie wszystko przypomnieć, cofnąć rzekę czasu i zmienić jej bieg.

Wiedział, co Zedd myślał i w co wierzył. Znał jego poglądy niemal na każdy temat. Pomyślał o radzie, jaką teraz dałby mu Zedd. Kiedy sobie uświadomił, co dziadek by powiedział, odwrócił się i ujął ramię Nicci. Z Kahlan po prawej ręce, przyciągnął Nicci blisko lewą ręką, kiedy tak wędrowali wśród władców lasu. Grunt był na tyle płaski, że mogli iść obok siebie.

– Tylko ty i Zedd moglibyście nas uleczyć, mając pole ograniczające – odezwał się. – Prawda?

– I zapewne Irena – powiedziała Nicci. – Nie znam jej umiejętności. To niezwykle skomplikowane zadanie, lecz możliwe, że potrafiłaby tego dokonać.

– Nie sądzę, by rozsądnie było na nią liczyć – wtrąciła Kahlan, oglądając się, by mieć pewność, że tamta jest poza zasięgiem słuchu. Potem spojrzała na Nicci. – Za mało wiemy o jej zdolnościach. Może popełnić błąd w krytycznym punkcie zaklinania. Nie chciałabym składać życia Richarda w ręce kogoś niesprawdzonego.

– Ja też nie – przyznała Nicci. – Przynajmniej dopóki nie będziemy musieli.

Richard, nadal trzymając ją za ramię, pomógł czarodziejce przekroczyć szczelinę w skale, a zanim ruszyli dalej, przeczesał wzrokiem lasy.

– Przyjmijmy więc, że ty i Zedd byliście jedynymi osobami, które by mogły nas uleczyć. Uznajmy, że Irena wie za mało lub nie ma niezbędnego doświadczenia. Powiedzmy, że nie powinniśmy jej uwzględniać. Samantha z pewnością ma wystarczająco silny dar, lecz jestem przekonany, że nie ma ani wiedzy, ani wyszkolenia, toteż i ją musimy wykluczyć.

– Czyli zostaję ja – stwierdziła Nicci. – Mówiłam ci, że potrafię to zrobić.

– To prawda. Czyli nasza trójka, ty, Kahlan i ja, powinna tam dotrzeć, żeby się tym zająć. Było was dwoje, lecz Zedd nie żyje. Uważam, że to bardziej niż podejrzane. I oznacza, że możemy liczyć wyłącznie na ciebie.

– Nie spuszczam z was oka, jeśli o to się martwisz.

– I owszem. Lecz oznacza to również, że skoro z was dwojga mogących nas uleczyć zostałaś tylko ty, to teraz jesteś celem, jak przedtem Zedd. Chcę, żebyś była tuż przy nas przez resztę drogi do cytadeli. Nie tylko dlatego, żebyś mogła nad nami czuwać, ale i po to, żebym ja mógł czuwać nad tobą.

– Richardzie, świetnie potrafię o siebie zadbać.

– Zedd też potrafił.

Spojrzała mu w oczy i skinęła głową.

– Niech ci będzie. Ty i Kahlan będziecie mieli dość mojej osoby pałętającej się wam pod nogami.

Richard nie mógł się nie uśmiechnąć.

– Dzięki, Nicci. Liczymy na ciebie.

– Chciałabym, żeby moja moc działała – powiedziała Kahlan. – Wtedy i ja mogłabym ją chronić. Ale możesz mi wierzyć, że umiem posługiwać się nożem i zamierzam stale mieć go pod ręką. Mam nadzieję, że nie będziesz miała mnie dość.

– Przenigdy – odparła Nicci z uśmiechem, który miał im dodać otuchy.

ROZDZIAŁ 58

Późnym rankiem dotarli na skraj wzniesienia, skąd Richard mógł zobaczyć niższe góry i dolne partie lasu schodzącego daleko w dół. Saavedry nie było widać, lecz okolica była zasłonięta poszarpanymi skalnymi ścianami. Całkiem możliwe, że zobaczą miasto, kiedy zejdą niżej i poza ten trudny teren.

Z miejsca, w którym stali, widzieli przed sobą wzniesienia. Kiedy już zejdą w niższe partie lasu, stracą z oczu otoczenie, musieli się orientować w ukształtowaniu terenu, żeby unikać skręcania w niewłaściwych kierunkach, bo inaczej czekałby ich powrót po własnych śladach. Nie mogli sobie na to pozwolić.

Richard wiedział, że wciąż jeszcze mają długą drogę przed sobą, zanim dotrą do Saavedry. Widział też, że w niższych partiach gór będą musieli wędrować przez trudny teren. Z miejsca, w którym stał, wydawało się to całkiem łatwe, ale doświadczenie go nauczyło, czego wypatrywać, wyszukując trasę.

Ponieważ szli tak szybko, zwiadowcy nie zdążyli dotrzeć dalej. Richard dorastał jednak w lasach, chodził po nich i wybierał szlaki w górzystych okolicach. Badał wzrokiem ukształtowanie terenu przed nimi, wypatrywał ewentualnych ścieżek i zapamiętywał, co omijać.

– Co o tym myślisz? – zapytała Kahlan. – Mnie się to nie wydaje obiecujące. Widzisz jakąś drogę?

– Może i nie wygląda obiecująco, ale musimy iść w tym kierunku. Nie mamy wyboru. – Richard wskazał miejsce, w którym stykały się dwie góry, tworząc zagłębienia i urwiste kaniony. – Musimy tam zejść. Nie widzę, co jest pomiędzy tymi krętymi rozpadlinami, ale właśnie tam musimy się kierować.

– A może tam? – Nicci wskazała trochę bardziej w lewo. – Droga wygląda na łatwiejszą, bez tych wszystkich łuków, zakrętów i rozpadlin. Tamtędy będzie się fatalnie szło. Omińmy to, skręcając trochę w lewo.

– Tak się tylko wydaje z tej odległości. – Richard pochylił się ku niej i wskazał, gdzie powinna patrzeć. – Widzisz to tam? Jeśli pójdziemy tamtędy, to dojdziemy do stromych urwisk. Stąd nie wyglądają tak strasznie, ale możesz mi wierzyć, że są nie do przebycia. Zejście jest trudniejsze niż wspinaczka, a to paskudna stromizna. Nie próbowałbym tego i wiem, co mówię.

Nicci westchnęła sfrustrowana.

– Więc czekają nas rozpadliny.

– No a tam? – zapytała Kahlan. – Teren jest łagodniejszy.

– I owszem – powiedział Richard. – Póki nie dotrzesz do rumoszu. Nigdy byśmy się na to nie wspięli. Skała jest tak zerodowana, że niewiele trzeba, by się to wszystko na nas zwaliło lub porwało ze sobą. Popatrz na obrzeże i pomyśl, co się stanie, jeśli spróbujesz to okrążyć.

– O... – mruknęła Kahlan, patrząc zmrużonymi oczami. – Okropność.

– Tak. Co gorsza, gdybyśmy tam zeszli, to znaleźlibyśmy się w ślepym zaułku, musielibyśmy się cofać po własnych śladach i obejść to inną trasą. Stracilibyśmy co najmniej pół dnia, a może i więcej. Od razu musimy pójść właściwym szlakiem.

Kahlan westchnęła.

– A więc widzisz jakąś drogę?

Richard kiwnął głową.

– Jest trasa, ale nie będzie łatwa. Lepsze to niż marnowanie dodatkowych dni na okrężną drogę. Najlepiej iść prosto i przedostać się przez ten teren z rozpadlinami.

Martwił się, czy zdążą na czas do cytadeli. Nie mógł sobie pozwolić na pomyłki w wyborze drogi przez leżące przed nimi pustkowia. Nie do końca go to obchodziło. Świat wydawał się pusty. Mógłby się poddać i czekać, aż pochłonie go ciemność.

Ale ta ciemność przyszłaby i po Kahlan. Dla Richarda, otępiałego z bólu po stracie dziadka, tylko jedno się liczyło – Kahlan. Ponad wszystko pragnął, żeby była bezpieczna. Nie mógł znieść myśli, że ją utraci. Wszystko by zrobił, żeby ją uleczono.

Zedd mu powiedział, że najwspanialej jest żyć dla tych, których się kocha. Richard uczepił się tego. Zależało mu, żeby Kahlan była zdrowa, i zrobiłby wszystko, żeby ją chronić.

Powiódł wzrokiem za nurtem paru spływających potoków, badając ukształtowanie terenu, patrząc, gdzie płyną.

– Nie mogę uwierzyć, że tak trudno tam dotrzeć – odezwał się major Fister.

– Nic nigdy nie jest łatwe i proste – odparł Richard, przypominając sobie powiedzonko Zedda.

– Idziemy tam nie z tej strony, co trzeba – powiedział jeden z żołnierzy. – Można by rzec, że to tylne wejście.

Richard potaknął.

– Z tego, co wie Irena i co nam powiedział Ned, zanim wyruszył do pałacu, są drogi i szlaki, z których korzystają kupcy i handlarze jeżdżący po prowincji Fajin, a potem dalej w głąb D'Hary. Problem w tym, że żadna z tych dróg i żaden ze szlaków nie prowadzi tu, gdzie jesteśmy, bo tam, skąd przychodzimy, nie ma żadnej cywilizacji. To dlatego w pradawnych czasach zbudowano tu mur graniczny. Ludzie z czasów Wielkiej Wojny chcieli zamknąć zło w najodleglejszym, najodludniejszym miejscu.

Saavedra znajdowała się w zakolu rzeki i Richard wiedział, że idą w dobrym kierunku i że najłatwiej dostaną się do miasta, kierując się przez pustkowia do strumieni i idąc z biegiem dopływów rzeki. Kiedy wreszcie znajdą się w pobliżu, natrafią na drogi i szlaki. Albo droga, albo rzeka doprowadzi ich do Saavedry i cytadeli. Wiedział, dokąd iść, problemem będzie sama droga.

– Widzisz trasę, którą powinniśmy pójść? – upewniał się major.

– Tak – odparł Richard.

Major i paru żołnierzy pochylili się ku niemu, a on wskazał szlak, omówił krzyżówki, skalne ściany, wzdłuż których musieli iść, oraz niebezpieczne podejścia i zejścia, których należy unikać. Zwiadowcy potwierdzali jego słowa kiwnięciami głów.

– Jeszcze nie widzimy wszystkiego, co tam jest – orzekł jeden z nich. – Moglibyśmy tam zejść i sprawdzić, czy damy radę przejść.

Richard ciężko westchnął.

– Wiem. Ale nie widzę innej możliwości. Czasem jest tylko jedna droga przez góry, a żeby znaleźć inną, trzeba przejść spory dystans. Z tego, co widzę, tylko tamtędy się przedostaniemy. To trudny teren i pewnie dlatego nie ma tu żadnych szlaków. – Spojrzał na żołnierzy badawczo się przyglądających okolicy przed nimi. – Jeśli ktoś ma lepszy pomysł, niech mówi.

Wszyscy żołnierze pokręcili głowami. Przy każdym innym szlaku dostrzegli te same problemy co Richard.

– Na moje oko – powiedział jeden ze zwiadowców, ze zmarszczonymi brwiami wpatrując się w rozpadliny – masz rację, że to jedyna droga. Albo pójdziemy tędy, albo będziemy musieli przez wiele dni okrążać tamte szczyty.

– Dotarłem tam – dodał drugi. – U podnóża gór musisz iść w przeciwnym kierunku, licząc na to, że wreszcie uda ci się zawrócić. To by prawdopodobnie zajęło ze sześć dni.

– Nie mamy ani jednego dodatkowego dnia – powiedziała Nicci, chcąc im wybić z głowy choćby samą myśl o czymś takim. – Nie mamy nawet dodatkowych godzin.

Jej słowa wszystkich otrzeźwiły.

Żołnierze wiedzieli, co się stanie, jeżeli nie dotrą na czas do cytadeli. Major Fister wygłosił do nich przemowę, dokładnie wyjaśnił, jaka jest stawka. Ich zadaniem było chronienie lorda Rahla. Całe życie dążyli do tego, żeby służyć w Pierwszej Kompanii. Nie dopuszczali myśli, że mogliby zawieść.

Richard był jeszcze bardziej zdeterminowany, bo chodziło o życie Kahlan, a nic nie było dla niego ważniejsze. Lecz najpierw musieli przebyć sporą połać trudnego terenu. Nie zrobią tego dzisiaj, ale Richard sądził, że gdyby im się udało pokonać spory odcinek, to jutro mogliby dotrzeć do Saavedry.

Uleczenie było tak blisko, a zarazem tak daleko. Co za koszmar.

Spojrzał w niebo, wypatrując oznak zagrożenia. Zobaczył ptaki, ale nie wyglądały na spłoszone. Nie wypatrzył nic groźniejszego niż myszołów rdzawosterny.

– No tak – stwierdził jeden ze zwiadowców. – Będziemy musieli wejść do Saavedry tylnymi drzwiami.

– Słyszałeś stare porzekadło, żeby zawsze sadzić oleander przy tylnych drzwiach? – spytała Nicci.

Zmarszczył brwi, zaskoczony.

– Nie. Czemu oleander miałby rosnąć przy tylnych drzwiach?

– Dla ochrony – odparła. – Oleandry są trujące. Saavedrę zapewne nie bez powodu tu zbudowano: te tereny strzegą jej tylnych drzwi.

Żołnierze wymienili spojrzenia.

– Ruszamy – powiedział do wszystkich Richard.

Przodem ruszyła część zwiadowców, którzy rozprawiali o najlepszej trasie. Richard, Kahlan, Nicci, Irena i Samantha oraz pozostali żołnierze podążyli za nimi i wszyscy znowu zniknęli w lesie.

ROZDZIAŁ 59

Późnym popołudniem, kiedy schodzili gęstym lasem, grunt stał się bardziej nierówny, bo pęknięcia i rowy stały się szersze i głębsze, zmieniły się w rozpadliny. Wkrótce schodzili pomiędzy ogromnymi ścianami z szarego granitu. Długie, ciężkie, obciążone wilgocią chmury przemykały pomiędzy niebotycznymi górami, wraz ze wznoszącymi się blisko siebie stokami sprawiały, że było duszno i ponuro. Mżawka skrapiała im twarze i skalne ściany.

Niektóre ze śliskich głazów zwieszały się nad znajdującymi się niżej kamiennymi płytami, więc nie można się było wspiąć. Jeśli chcieli znaleźć przejście przez góry, musieli podążać wijącą się rozpadliną. Richard widział z góry kręte kaniony, toteż wiedział, że mają do przebycia cały labirynt.

Jeżeli jakaś bariera strzegła tylnego wejścia do miasta, to było nią właśnie to. Miał tylko nadzieję, że nie jest trująca jak oleander.

Kiedy zeszli głębiej w rozpadlinę prowadzącą do jedynego przejścia przez góry, przekonali się, że jest zadziwiająco szeroka. Z tamtego odległego wzniesienia trudno się było zorientować, jak naprawdę jest w kanionach. Teraz Richard widział, że miejscami ściany miały setki, a gdzie indziej tysiące stóp wysokości. Tu i ówdzie porośnięte gęstą roślinnością dno krętych wąwozów się poszerzało, ściany ich niemal stykały się w górze, przez co w dole było ponuro prawie jak pod ziemią. Miejscami wysoko nad ich głowami kamienne płyty spinały ściany niczym mosty.

Richard zauważył stada małych ptaków śmigające pod skalnymi mostami. Ściany pewnie umożliwiały względnie bezpieczne gniazdowanie najrozmaitszym gatunkom. W kanionach roiło się od małych stworzeń: komarów i ptaków w powietrzu, po pareczniki i norniki na ziemi. Wiedział, że gdzie jest tyle stworzeń, muszą być drapieżcy.

Roślinność na dnie rozpadlin, choć podobna do tej w lasach powyżej, była gęściejsza. Potężne skalne ściany tłumiły światło, toteż drzewa rosły wolniej. Pomiędzy ogromnymi pniami starych majestatycznych świerków dno zalesionej rozpadliny było bardziej odsłonięte i mogli widzieć skalne ściany. Szli po grubej, uginającej się warstwie brązowych igieł.

Miejscami przestrzeń pomiędzy ścianami się zwężała; rosły tu mniejsze drzewa liściaste i krzaki. Klony tworzyły bardziej zwarty las; plątanina młodych drzewek rosła między zwalonymi starszymi drzewami, mając dostęp do bezcennego światła. Żołnierze odchylali butami małe, smukłe pieńki, żeby tym z tyłu było łatwiej iść. Miejscami ziemię pokrywała gruba warstwa liści i rozmaitych szczątków, które się nagromadziły pomiędzy głazami i skałami, z powodu wilgoci zalatywało tu zgnilizną. W nielicznych płaskich miejscach widzieli długie rozlewiska stojącej wody; na powierzchni i pod nią roiły się owady, na obrzeżach – ślimaki.

Ze ścian nad nimi bezustannie skapywała woda. Długie, zielone pasma narastały tam, gdzie wilgoć prawie cały czas ściekała po powierzchni skały, barwiąc ją na czarno. Gdzie indziej, tam gdzie skalne ściany pochylały się ku sobie, woda spływała strumyczkami z wysokości setek stóp; rozchlapywała się o ziemię albo odsłaniała miejscami skalne dno wąwozu, albo karmiła grube warstwy mchów tworzących najrozmaitsze kształty, miniaturowe miasta. W paru miejscach woda spadała z tak dużej wysokości, że zmieniała się we mgłę, zanim dotarła na dno wąwozu.

Przez tę wodę i wilgoć wędrówka była bardzo uciążliwa. Szli albo przez wilgotny gąszcz, albo po pochyłych granitowych półkach, na które woda naniosła szlam, przez co były okropnie śliskie. Czasem spadająca woda rozbrzmiewała echem, innym razem ryczała.

Richard nie był zadowolony, że muszą wędrować w takim miejscu. Wiedział, że w tak ciasnej przestrzeni bywa niebezpiecznie. W razie potrzeby mogli trochę zboczyć z trasy, lecz w kanionach nie mieli wyboru, jak iść ich dnem lub zawrócić i poświęcić wiele dni na okrężną drogę.

Wiedział, że obydwoje z Kahlan nie pożyliby tak długo, by przebyć taką trasę. Czuł, że mają coraz mniej czasu.

Wędrówka rozpadlinami nie podobała mu się, bo gdyby się natknęli na jakiegoś polującego drapieżcę, to nie mieliby ani dokąd uciec, ani gdzie się schować. Drapieżnik mógł ich zabić tak samo jak jad. Przynajmniej gęsta roślinność nie pozwoli łatwo ich dopaść tamtym latającym drapieżnikom, z którymi wcześniej się zetknęli.

Richard osłonił oczy przed kropelkami wody i popatrzył przed siebie, w wąskie przejścia rozdzielone cienkimi skalnymi ściankami. Niektóre się zawaliły, wypełniając kanion głazami i rumoszem. Kiedy weszli głębiej, zobaczyli, że miejscami ściany zwietrzały i powstały otwory łączące sąsiednie kaniony.

Im dalej szli, tym otwory robiły się większe, wręcz olbrzymie. Miejscami tworzyły płytkie pieczary. Gdzie indziej prowadziły krótką drogą przez ciemność do porośniętych mchem skałek u stóp niebotycznych urwisk w przyległym wąwozie.

Niekiedy musieli się wdrapywać na sterty granitowych płyt leżących na dnie. Niektóre z nich wyżłobiła i wygładziła nieustannie ściekająca woda. Granit z czasem zwietrzał i rozpadł się, tworząc piargi. W tym labiryncie przejść i tuneli bujnie rosły mchy, paprocie i małe krzaki. Pnącza czepiały się skałek i pięły po ścianach, tak że te miejscami bardziej przypominały liść niż kamień.

Richard chwycił Kahlan za ramię, zanim nadepnęła na zielonego węża leżącego sobie w mchu. Westchnęła z ulgą i go ominęła. Żołnierze przekazali idącym z tyłu, żeby uważali. Richard nie wiedział, czy wąż był jadowity, ale on i Kahlan mieli już w sobie wystarczająco dużo jadu i wolał nie ryzykować.

Przed nimi wiły się zalesione rozpadliny i widniały olbrzymie pieczary. Łączyły sąsiadujące ze sobą rozpadliny. Kiedy w nie zaglądali, mijając je, widzieli najpierw mrok, a za nim światło oraz bujną roślinność po drugiej stronie.

Kiedy się wdrapywali na stertę kamiennych płyt, żeby wejść do pieczary wiodącej do rozpadliny, którą musieli iść, Richard zobaczył, jak coś nisko ulatuje w mrok. Nie był to nietoperz – bo było o wiele za duże – lecz jego lot przypominał właśnie nietoperza.

Richardowi zmroziło krew w żyłach, kiedy spojrzał w głąb ciemnego przejścia, ponad głowy żołnierzy, i zobaczył coś ciemnego poruszającego się ponad nimi po powierzchni skały. Wydawało się, że ożył cały strop pieczary, tak jak się to dzieje w jaskiniach pełnych nietoperzy. Kiedy stwory się poruszyły, z pieczary wydobył się dławiący odór guana.

Richard położył palec na ustach, dając znak żołnierzom za nim, żeby się zachowywali jak najciszej, a potem ponaglił ich gestami, żeby się wycofali. Ci z przodu nagle zawrócili i pobiegli ku wylotowi pieczary, krzycząc, żeby uciekać. Richard nie wiedział, co zobaczyli, ale ci nieznający strachu żołnierze tak pędzili, że nie zamierzał ich zatrzymywać i wypytywać. Zawrócił Kahlan i ruszyli z powrotem.

ROZDZIAŁ 60

Kiedy żołnierze wybiegali z ogromnej, ciemnej pieczary, coś machającego skrzydłami, dwa razy większe od człowieka, spadło z wysokiego występu w mrokach i poszybowało ku biegnącemu żołnierzowi. Ten zobaczył nadlatującego stwora i zdążył paść na ziemię, by uniknąć rozdarcia szponami. Richard nie wiedział, co to za stwór, ale nawet w mroku dojrzał, jak wielkie są jego szpony, i wolałby nie mieć z nimi do czynienia.

Kiedy biegli ku drugiemu wylotowi, licząc, że znajdą jakąś osłonę, stada stworów wyleciały z wrzaskiem z pieczary, do której Richard i pozostali ledwo zaczęli wchodzić. Żołnierze chwycili za miecze i topory i machali nimi, odpędzając maszkary. Kilku posłało strzały w kłębiącą się ciemną chmurę. Wszystkie trafiły w cel, ale to nie powstrzymało stworów.

W labiryncie rozpadlin, o ścianach niemal się stykających w górze, było tak ciemno, że trudno było zobaczyć mknące nad głowami zwierzęta, zorientować się, gdzie są. Wiadomo było tylko, że są wielkie i agresywne. Poruszały się tak szybko, że zlewały się w czarną chmurę trzepoczących skrzydeł. Richard był jednak przekonany, że jak tylko na razie ostrożne stworzenia przełamią początkowe opory, wpadną w szał żarłoczności.

Pojawiło się ich więcej – wylatywały z rozpadlin i otworów w ścianach, tak jak robactwo wypełza spod kamieni i kłód.

Richard zobaczył, jak jeden ze skrzydlatych stworów odłącza się od czarnej chmury i leci ku niemu i Kahlan. Obrócił się w ostatniej chwili, kiedy stwór celował szponami w Kahlan, śmigając ponad jego głową. Trafił go potężnym zamachem miecza. Ostrze rozcięło stworowi brzuch, toteż spadając, ciągnął za sobą trzewia i smugę krwi. Matowoczarny kształt łupnął o ziemię tuż za Kahlan. Kłapał zębami, machał nogami, wykręcał długą szyję, wił się w przedśmiertnych drgawkach.

Jeszcze więcej skrzydlatych stworów wylatywało z pieczary, niczym pojawiające się o zmierzchu nietoperze. Ciemna, falująca wstęga latających bestii wygięła się ku dołowi, a Nicci, stając pomiędzy Richardem i Kahlan, uniosła ręce, jakby je odpychała. Osiem lub dziesięć z nich zwinęło się w powietrzu i spadło, uderzając o ziemię tak, że zadrżała. Richard widział ciemną tkankę pomiędzy kośćmi skrzydeł, podobną do skóry nietoperzy. Lecz ciała miały pokryte czarnymi jak sadza łuskami, a nie sierścią. Chociaż miały pewne cechy wspólne z innymi zwierzętami, to jednak były niepodobne do żadnych zwierząt, jakie wcześniej widział.

– Co zrobiłaś? – zapytał, ponaglając Kahlan i Nicci, starając się im zapewnić osłonę drzew.

– Zatrzymałam ich serca – odparła Nicci. – Ale mogłam to zrobić tylko w przypadku kilku. Jest ich za dużo, żebym sobie z nimi poradziła. Mam nadzieję, że dzięki temu reszta będzie się bała zbliżyć.

Kiedy biegli wśród pni brzóz i jesionów, do schronienia w innej skalnej pieczarze, jakieś stworzenie wrzasnęło. Przypomniało to Richardowi głos wielkiego kota, na przykład górskiego lwa lub kuguara. Zwierzę znowu się odezwało, kiedy biegli ku schronieniu.

Kahlan chwyciła Richarda za rękaw.

– Patrz! – powiedziała, pokazując rozpadlinę odgałęziającą się po ich prawej.

Cokolwiek to było, stało w głębi wąskiego kanionu, gdzie wysoko w górze kamienne płyty spinały skały. Ze ścian zwieszały się pnącza i korzenie. W łączeniach kamieni rosły małe rośliny i krzaki.

– Co to jest? – zapytał Richard, odwracając się w biegu, skoncentrowany na wypatrywaniu, czy jakiś stwór nie odłączył się od stada i nie spada na nich z góry przez leśny baldachim. Nie palił się do wyjścia na otwartą przestrzeń tylko po to, żeby popatrzeć.

– To Łowca! – wyjaśniła Kahlan. – Popatrz. To Łowca. Tam.

Richard wcale się nie zdziwił. Widział, jak zwierz idzie za nimi. Ciekaw był, czy liczy na kolejny poczęstunek. Ale bardziej się troszczył o ich bezpieczeństwo niż o zielonookiego zwierza.

– Chodź, musimy się schować, zanim te stwory nas dopadną.

Kiedy się odwrócili i zaczęli spod osłony drzew zmierzać do wlotu pieczary, Łowca znowu wrzasnął, głośniej, dodając do tego gniewne prychnięcie, które się poniosło echem w wąskim kanionie. Ten groźny głos przyciągnął ich uwagę.

Tym razem prawie wszyscy się odwrócili. Gdy tylko zwierz się przekonał, że zwrócił ich uwagę, odwrócił się i umknął. Po chwili Łowca wrócił na krawędź wysokiej skały, patrzył na nich. Powtórzył wszystko – uciekł, a potem wrócił i usiadł, patrząc na nich.

– Łowca nie chce, żebyśmy tędy szli. Mamy pójść za nim – powiedziała ze zdziwieniem Kahlan.

Richard się wahał. Zastanawiał się, dlaczego zwierz to robi. Zajrzał w pieczarę, do której o mało co nie weszli. Daleko w głębi jakby tysiąc nietoperzy jednocześnie uleciało ku nim.

Te stwory były dwa razy większe od człowieka. Powietrze ryczało, smagane ich skrzydłami.

Łowca znowu wrzasnął. Tym razem bardziej nagląco.

– Ruszać! – wrzasnął Richard. – Za nim!

Zostawili za sobą pieczarę i pobiegli ku wejściu do kanionu, w którym zniknął Łowca. Richard słyszał za nimi dźwięk tysięcy łopoczących skrzydeł. Obejrzał się przez ramię – wyglądało to tak, jakby leciała na nich złowieszcza, kłębiąca się chmura. Jeden z żołnierzy zniknął, kiedy spadła na niego czarna chmara. Chociaż Richard to widział, wiedział, że już za późno na ratowanie biedaka. Kiedy rozszarpywały go w powietrzu, spadł krwawy deszcz.

Falująca czarna wstęga zniżyła się nad ich głowami, a Richard zobaczył Irenę i Samanthę – biegły przygarbione, Irena osłaniała ramieniem głowę córki. Z tego, co Richard widział, wynikało, że te bestie z największą ochotą oderwałyby komuś ramię, gdyby tylko udało im się w nie wczepić.

Przepuścił kobiety i ponaglił, trzymając w dłoni miecz.

– Słyszałam pogłoski o tych stworach – powiedziała Irena, przystając, żeby raz za razem rzucić jakieś zaklęcie, po którym kilka bestii zatraciło poczucie kierunku i walnęło łbami w skalne ściany. – Mówi się, że na Mrocznych Ziemiach żyją ponoć jaskiniowe smoki.

– Czymkolwiek są, jest ich za dużo, by je powstrzymać – stwierdził Richard. – Zginiesz, jeśli będziesz tu stać i próbować to zrobić. Musimy się dostać w bezpieczne miejsce. No dalej, pospiesz się.

Irena i Samantha pognały ile sił w nogach, a Nicci położyła dłoń na plecach Richarda, popychając go, by się nie zatrzymywał. Odwróciła się i w biegu wyczarowała kłębiącą się chmurę ognia, która spopieliła dziesiątki czarnych stworów, na chwilę zmieniając tor lotu głównej chmary.

Niektóre stwory, ciągnąc za sobą tłusty dym z palących się skrzydeł, ryczały z gniewu i z bólu; spadały na ziemię i mocno o nią uderzały. Na ziemię sypały się płonące łuski. Jeden stwór, ogarnięty ryczącym płomieniem, który szybko trawił ciało, kości i skrzydła, uderzył o sosnę, mocno ją przyginając. Igły spłonęły. Na szczęście w lesie panowała taka wilgoć, że ogień się nie przeniósł na inne drzewa.

Nicci odwróciła się i znowu wyrzuciła przed siebie ręce, tym razem zatrzymując serca lecących na przedzie stworów. Zwinęły się w powietrzu. Te z tyłu, lecąc z pełną prędkością, zderzyły się z nimi, zaplątały skrzydłami, łamiąc kości i rozdzierając membrany między nimi. Powietrzna kolizja zmusiła resztę do zmiany kierunku i ludzie zyskali cenne sekundy na ucieczkę.

Kiedy Richard skierował ostatniego żołnierza w wąski kanion, chwycił Nicci za ramię i pociągnął za sobą. Kahlan, trzymając się tuż przy nim, chwyciła drugą rękę czarodziejki.

Cała trójka popędziła za żołnierzami, a wszyscy gnali za małym, cętkowanym zwierzakiem, który daleko z przodu skakał ze skałki na skałkę.

Richard miał nadzieję, że podążanie za Łowcą było dobrym pomysłem. Kiedy się obejrzał przez ramię, pojął, że zwierzak odezwał się w samą porę – zanim weszli za głęboko w pieczarę pełną jaskiniowych smoków. Prawdopodobnie ocalił im życie.

Najsensowniej było pójść za Łowcą, dokądkolwiek ich prowadził.

ROZDZIAŁ 61

Wzdłuż skalnego stropu pieczary, do której wbiegli, ciągnął się wypukły grzebień. Z kamiennego sufitu zwieszały się mchy i rośliny, nadając mu zieloną miękkość. Doskonale nieruchoma woda w małych bajorkach nagle się marszczyła, kiedy przebiegali żołnierze. Tupot ich butów i plusk wody budził grzmiące echa. Część żołnierzy biegła przodem, upewniając się, że droga jest wolna, a większość zwolniła i znalazła się z tyłu, żeby chronić Richarda i Kahlan przed tym, co ich ścigało. Nicci też trzymała się tuż za nimi. Irena i Samantha biegły przy nim, po przeciwnej stronie niż Kahlan.

Richard obejrzał się przez ramię i zobaczył w mętnym świetle pieczary, że skrzydlaci drapieżcy nie wlatują za nimi do środka. Z jakiegoś powodu krążyli tuż przed wlotem niczym czarne tornado. Stwory ryczały gniewnie, lecz żaden się nie ośmielił wlecieć do jaskini. Większość krążyła w potężnym wirze, niektóre machały olbrzymimi skrzydłami, utrzymując się w powietrzu tuż przed otworem pieczary. Opuszczały podłużne łby, zaglądając tam, gdzie zniknęła ich zdobycz.

Przedtem były tak zawzięte, że teraz Richard nie mógł pojąć, dlaczego nie wlatują za nimi, lecz był ogromnie zadowolony, że nie musi ich przepędzać. Jednocześnie martwiło go, dlaczego się zatrzymały. Musiały się czegoś bać. Pieczara, do której wbiegli, była z pewnością dość duża, a nawet większa niż te, w których stwory gniazdowały.

Przed nimi niewielka jaskinia otwierała się na jaśniejszy teren u podnóża ciemnych, stromych skalnych ścian. Rumosz nagromadzony na dnie wietrzał przez tysiąclecia, aż kamienie zrobiły się okrągłe. Wszystko pokrywały grube warstwy jaskrawozielonych mchów. Po ścianach pięły się pnącza. Wśród mchów, na kopczykach kamieni, wyrosły drzewa, oplatając je korzeniami.

Woda, oświetlona z góry, spływała strumyczkami i opadała mgłą. Wodospady wąskimi smugami spadały do jeziorek, tworząc bryzę. Miało się wrażenie, że woda znika w wąskich pęknięciach odprowadzających ją pod ziemię.

– Widziałaś, dokąd poszedł nasz mały futrzasty przyjaciel? – spytał Richard Kahlan.

– Widziałam, jak pobiegł tam. – Wskazała. – Zatrzymał się na tamtych skałkach i upewnił, że za nim idziemy.

– Szkoda, że nie wiem, co nim kieruje – powiedział Richard.

– Może chce pomóc – odparła Kahlan. – Zna te okolice i chce nas zaprowadzić w bezpieczne miejsce.

Richard nie sądził, żeby to było tak proste, ale nic nie powiedział. Na pewno było w tym coś więcej. Nie wiedział co, lecz jak na razie dziki kot ocalił ich od straszliwej śmierci.

Skalisty grunt wznosił się warstwami płyt i głazów, które niegdyś spadły. Plątanina krzaków o dużych liściach i małych pierzastych drzewek rosła na skałkach i pomiędzy nimi. Wznoszące się dno rozpadliny prowadziło ich coraz wyżej. Richard widział, że przed nimi ściany znowu się stykały w górze. Na drugim końcu rozpadliny spadająca woda tworzyła mokrą kurtynę.

Wyglądało to jak droga do dobrych duchów.

Richard przypomniał sobie, co mu powiedział Zedd o docenianiu piękna świata. Tu, na dnie rozpadliny, z pewnością było pięknie. Temperatura w wąwozie była wyrównana, w porównaniu do gorąca lub zimna na górze. Nie zachodziły tu żadne gwałtowne zmiany, toteż rośliny bujnie rosły w umiarkowanym, wilgotnym klimacie.

Skała wznosiła się wraz z dnem rozpadliny, więc kanion – im głębiej się zapuszczali – stawał się coraz płytszy. Im więcej charakterystycznych punktów Richard mógł dostrzec, tym lepiej się orientował, gdzie są. Uświadomił sobie, że wreszcie wychodzą z labiryntu.

Po godzinie wspinaczki wreszcie wydostali się z kanionów do rosnących ponad nimi lasów. Wszędzie dokoła wierzchołki gór niknęły w nisko wiszących, ciemnych, postrzępionych chmurach. Lasy były zupełnie zwyczajne.

Potem teren stał się płaski i okazało się, że wchodzą w las sękatych, powykręcanych drzew liściastych. Przypominały dęby, ale Richard nigdy nie widział takich drzew. Baldachim listowia tworzył sklepienie, przez co na dole było ciemno i ponuro.

Porowate, nagie pnie wydawały się czarne w słabym świetle. Wyższe partie drzew stawały się coraz bardziej gruzłowate i sękate. Powykręcane gałęzie tworzyły w górze gruby baldachim czarnozielonych liści. Zdawało się, że wchodzą do rozległej komnaty z czarnymi kolumnami podpierającymi ciemnozielony dach. Światło, które docierało do dna lasu, było przymglone, szarozielone. Jak daleko Richard sięgał wzrokiem, setki czarnych pni podtrzymywały baldachim listowia.

Wysoko w gałęziach nawoływały się kruki, ich krzyki niosły się echem przez powykrzywiany las. Richard widział, jak daleko przed nimi ptaki wyłaniają się spośród liści i odlatują pomiędzy pnie drzew, kracząc.

– Popatrz, tam jest Łowca. – Wskazała Kahlan.

Zobaczył zwierza w pewnej odległości przed nimi – przysiadł i czekał na nich. Richard położył lewą dłoń na rękojeści miecza i bacznie obserwował otoczenie. To było niesamowite, upiorne miejsce. Tylko tak można było je określić.

Ujrzał, że żołnierze idący wachlarzem przez dziwaczny las, zawsze czujni, też się niespokojnie rozglądają. Nicci miała równie posępną minę. Irena i Samantha najwyraźniej się bały.

Kiedy tak szli ostrożnie przez niekończące się, na wpół martwe lasy, Richard dostrzegł w zamglonej dali coś ciemnego, i nie były to drzewa. Przypominało ludzi stojących nieruchomo i w milczeniu, tyle że, jak się zdawało, mieli rogi.

Potem zobaczył, że kolejni wychodzą zza drzew. Wszystkie postaci trzymały długie, proste laski, nieco wyższe od nich. Wkrótce otoczyli ich rogaci ludzie.

Irena powoli zatarła dłonie, popatrując podejrzliwie od jednej nieruchomej i milczącej postaci do drugiej.

Richard widział w oddali Łowcę obserwującego ich zza ludzi, którzy ich otoczyli luźnym kręgiem.

– Kto to? – szepnęła Samantha do matki.

Irena wodziła wzrokiem po milczących, ciemnych, rogatych postaciach.

– Chowańcy.

Richard nie musiał pytać, czy uważa, że są niebezpieczni. Z tego, jak pobladła, wynikało, że tak.

ROZDZIAŁ 62

Chowańcy? – zapytał major Fister cicho.

Irena potaknęła, kiedy się ku niej pochylił.

– Tak myślę. Nigdy żadnego nie widziałam. I nigdy nie chciałam zobaczyć, po tym, co o nich słyszałam.

Major ocenił sytuację. Sprawdził, ile dziwacznych postaci stoi tu i tam w ciemnym lesie. Było ich za mało, żeby żołnierze musieli się martwić. Ale też nikt nie myślał, że to liczebność jest problemem.

– Nakaż ludziom spokój – polecił majorowi Richard. – Nie wiemy, czy mają złe zamiary, i nie chcemy ich sprowokować. To nadal część imperium D'Hary. Nie jesteśmy najeźdźcami, lecz weszliśmy na ich teren, toteż powinniśmy im okazać respekt. Nie chcę, żeby ujrzeli w nas zagrożenie.

– Zrozumiałem – powiedział major Fister, poprawiając spodnie. – Mamy być uprzejmi dla ludzi z rogami.

Odszedł i przekazywał to czekającym żołnierzom.

Richard zobaczył, jak jedna z bliższych postaci trzy razy uderza laską w ziemię. Na górnym końcu laski błysnęły iskierki.

Richard spojrzał kątem oka na Nicci.

– Magia mających dar?

– Nie – odparła. – Jakaś inna moc, prawdopodobnie tajemna.

– Tym bardziej należy zachować ostrożność i ukazać im spokojne oblicze – powiedziała Kahlan.

Richard potaknął.

– Zaczekajcie.

Nicci natychmiast chwyciła go za ramię.

– O nie. Zostań tu, gdzie jesteś, chroniony przez nas wszystkich. Niech podejdzie do nas.

Richard głęboko westchnął.

– No dobrze.

Uniósł ramię, skinął, żeby zobaczył go ten, który uderzał laską. Ciemna postać przez chwilę obserwowała Richarda, chcąc się przekonać, co zrobią stojący po bokach żołnierze, a potem do nich podeszła.

Po drodze dołączyło do niej sześć innych postaci. Szli tuż za nią, nieco po bokach. Wszyscy oni wyglądali tak samo. Mieli laski. Byli czarni jak węgiel, podobnie jak pnie okolicznych drzew. Mieli długie rogi.

Kiedy znaleźli się dość blisko, Richard ze zdziwieniem zobaczył, że wszyscy są od stóp do głów pokryci lepkim, czarnym błotem wymieszanym ze słomą. Wszyscy mieli na głowach czaszki wołu. Też pokryte czarnym, wymieszanym ze słomą błotem.

Uznał, że noszenie na głowie wolej czaszki to dość głupi pomysł, lecz kiedy tamci tak stali, pokryci grubą warstwą czarnego błota, patrząc z wnętrza owych czaszek, wcale głupio nie wyglądali. Budzili grozę. Wiedział, że o to właśnie im chodziło. Zastraszanie często zapewnia bezpieczeństwo.

Widział tylko grubą warstwę błota ze słomą i wole czaszki. Nie było wiadomo, czy to mężczyźni, czy kobiety.

– Mam na imię Richard – powiedział, kiedy chowaniec się przed nim zatrzymał.

Tamten czekał w milczeniu.

– Ważne dla nas, byśmy dotarli do Saavedry – dodał.

– Nie dla nas – odezwał się chowaniec głosem stłumionym przez czaszkę, którą miał na głowie.

Richard zauważył, że zza drzew wyszło jeszcze więcej takich samych postaci. Chowańcy otoczyli intruzów. Wiedział, że żołnierze łatwo by sobie poradzili z taką ich liczbą, lecz nie sądził, żeby dali sobie radę z tajemnymi mocami, które – jak się obawiał – tamci mogli mieć.

– Nie mamy wobec was złych zamiarów – powiedział Richard. – Chcielibyśmy tylko przejść i ruszyć w swoją drogę.

Chowaniec popatrzył na zebranych za Richardem.

– Wśród was jest zło.

Richard nie bardzo wiedział, o co mu chodzi.

– Zło?

– Ty – powiedział tamten, pochylając laskę ku Richardowi. – Masz je w sobie. – Pochylił laskę ku Kahlan. – Ona też.

Richard potaknął.

– Jesteśmy chorzy. To dlatego musimy się dostać do Saavedry. Musimy tam dotrzeć, żeby można było nas wyleczyć. Lecz nie musisz się martwić, nie zarazicie się od nas.

– Wiemy o tym.

Richard był ciekaw, czy to prawda, a jeśli tak, to skąd tamten wie. Potrafił oczywiście rozpoznać jad w nim i w Kahlan, to z pewnością było zło. Ale to wskazywało, iż chowańcy mają tajemne moce. Jit też je miała, a ten jad pochodził od niej, więc nic dziwnego, że go wyczuli.

– Nie mamy wobec was złych zamiarów – powtórzył Richard. – Chcemy jedynie spokojnie przejść przez wasze ziemie. Szybko to zrobimy i pospieszymy w swoją stronę.

– Będziecie mogli przejść tylko wtedy, kiedy wyrocznia wam pozwoli.

Richard wzruszył ramionami.

– To brzmi uczciwie. Z przyjemnością porozmawiam z waszą wyrocznią.

Głowa z rogami się poruszyła. Mężczyzna najwyraźniej patrzył przez oczodoły czaszki na ludzi po bokach Richarda.

– Nie ty wybierzesz, kto porozmawia z wyrocznią. To wyrocznia wybiera tego, kto do niej przemówi.

Richard z rozmysłem nie zareagował na wrogi ton, spróbował być spokojny i uprzejmy. Ale był o włos od dobycia miecza, gdyby sytuacja zmieniła się na gorsze.

– W porządku. Zaprowadzisz nas do waszej wyroczni?

Tamten trochę dłużej się im przyjrzał. Uderzył laską, wzbudzając na jej czubku małe rozbłyski.

– Chodźcie z nami.

Wraz z pozostałymi odwrócił się i ruszył wśród drzew, przez eteryczną mgiełkę, do miejsca, gdzie Richard ostatnio widział Łowcę.

Richard obejrzał się na Nicci, a potem wziął Kahlan za rękę i razem poszli za chowańcami.

ROZDZIAŁ 63

Spacer przez dziwny las sękatych drzew był dłuższy, niż Richard się spodziewał. Ziemia, zawsze mająca za mało światła pod grubym baldachimem liści, była niemal jałowa; niewiele rosło na spękanym, czarnym gruncie. Widać było trochę pełzającego po ziemi zielska, lecz to, co całkiem nie uschło, było brązowe i rachityczne. Richard wiedział, że są drzewa, których korzenie są trujące dla innych roślin. Nie pozwalały im rosnąć i zabierać drzewom substancji odżywczych.

Richard żałował, że nie ma z nimi Zedda. Dziadek z pewnością miałby coś do powiedzenia o tym miejscu i ludziach. Brakowało mu jego rad. I towarzystwa. Zedd zawsze był obecny w myślach Richarda. Nawet wtedy, kiedy byli daleko od siebie, pocieszała go świadomość, że Zedd gdzieś tam jest. A teraz odszedł.

Bez starego czarodzieja – dziadka, przyjaciela, najbardziej zaufanego doradcy – świat był martwym i samotnym miejscem. Wydawało się niemożliwe, że Zedd gdzieś tam nie żyje, ciesząc się dobrym zdrowiem. On zawsze był, przez całe życie Richarda, zawsze dbał o wnuka.

Richard pragnął, żeby dziadek wrócił. Wiedział, że to się nigdy nie stanie. Lecz pewnego dnia zaciśnie dłonie na gardle osoby winnej śmierci Zedda.

Po pewnym czasie dotarli do bardziej otwartego terenu, z grupą ciasno stłoczonych budowli stojących na polanie w mrocznym lesie. Wszystkie były prostokątne, jednopiętrowe. Zbudowano je z takiej samej mieszaniny błota i słomy jak ta, która pokrywała ludzi. Chociaż prześwit w lesie odsłaniał niebo, było ono tak zasnute groźnymi, ołowianymi chmurami, że światła było niewiele. Wszystko – od drzew, poprzez ludzi, do czarnych budowli – było mroczne, smętne, ponure.

Richard pojął, że błoto ze słomą, pokrywające ludzi i budowle, musi być trwalsze niż glina, bo inaczej częste na Mrocznych Ziemiach deszcze zmyłyby słomiany strój i rozmoczyły domy. Musiało też być bardziej elastyczne, bo inaczej by popękało i odpadło w trakcie ruchu. A widział, że warstwa błota i słomy była zwarta i nieuszkodzona.

Richard widział twarze w oknach będących po prostu otworami w błotnisto-słomianych ścianach. Tych twarzy, jak u zwykłych ludzi, nie zasłaniały czaszki.

Za budowlami zobaczył rozpięte na ramach schnące skóry, najprawdopodobniej jelenie. Zauważył też wędzarnie. Były tu również drewniane cebry i inne przedmioty, jak to w wiosce.

Kiedy ludzie zaczęli wychodzić z domów, zobaczył ze zdziwieniem, że są zwyczajnie ubrani. Ubrania były workowate i bure, ale nie raziłyby chyba nigdzie. Zobaczył mężczyzn i kobiety w różnym wieku oraz nieliczne dzieci. Stały za domami lub zostawały w środku, zbyt nieśmiałe, żeby wyjść, ale za bardzo zaciekawione obcymi, żeby pozostać w ukryciu. Ludzie byli ostrożni, ale ciekawscy. Nie okazywali wrogości. Z tego, co Richard wiedział o Mrocznych Ziemiach, wynikało, że ostrożność była jak najbardziej uzasadniona.

W małej wiosce było blisko stu ludzi. Lecz liczba budowli wskazywała, że nie widział wszystkich. Człowiek, który przemówił do Richarda, poszedł z nimi porozmawiać.

Dyskusja wyglądała na ożywioną, wymachiwali rękami, mówiąc coś do tamtego. Trwało to jakiś czas, a potem mężczyzna uderzył laską w ziemię. Wtedy rozmowa się skończyła. Wszyscy umilkli. Ludzie zniknęli w domach.

Richard i pozostali nie mieli pojęcia, co się dzieje, i mogli tylko czekać, aż wróci ich rozmówca.

– Chodźcie ze mną – powiedział do nich.

Weszli za nim do malutkiej wioski, starając się wyglądać niegroźnie, kiedy tak szli pomiędzy domkami na centralny placyk. Ci, których wcześniej widzieli, otoczyli placyk, kiedy stłoczyli się na nim Richard, Kahlan, Nicci, Irena, Samantha i żołnierze.

Kiedy czekali na to, co się stanie, Richard popatrzył na Samanthę. Mówiła mu kiedyś, że bardzo by chciała podróżować w różne miejsca, widzieć nowe rzeczy. Że Stroyza była nudna i ma nadzieję, iż pewnego dnia opuści małą wioskę i wyruszy w podróż.

– Nie masz już dość przygód? – zapytał z uśmiechem.

Spojrzała na niego wielkimi, ciemnymi oczami i kiwnęła głową, w końcu odwzajemniając uśmiech. Wydawał się trochę wymuszony.

– Myślisz, że pozwolą nam przejść? – spytała.

– Tak – odparła za Richarda Nicci, nie odrywając wzroku od ludzi – bo inaczej spotkają się z Panią Śmierci.

Samantha cofnęła się ku matce. Richard nie miał zamiaru napominać Nicci, żeby się nie irytowała i nie działała pochopnie. Miała doświadczenie i wiedział, że nie jest z tych, co wszczynają awantury. Za to jeśli się zaczną kłopoty, to raz-dwa sobie z nimi poradzi.

Słyszał zgiełk w jednym z dalszych domów. Stłumione głosy prowadziły ożywioną rozmowę. Wreszcie umilkły. Wkrótce wyszedł stamtąd tłumek. Ludzie szli tuż obok siebie, ciągnąc się i popychając nawzajem. Bali się, ale wiedzieli, że muszą się zbliżyć.

Wśród nich była kobieta, zupełnie różna od pozostałych mieszkańców wioski. Była ubrana jak wszyscy, tyle że jej bluzę zabarwiono henną. Proste, ciemne włosy związała rzemykiem w luźny koński ogon. Oczy miała przewiązane płótnem barwionym henną, tyle że o wiele jaśniejszą niż bluza.

Szła, wyciągając ręce przed siebie. Richard się zastanawiał, czy zmierza do nich z własnej woli. Uznał, że nie będzie robić problemu, póki będzie miała tylko zawiązane oczy.

Wiele osób z otaczającej ją grupy pomagało się jej orientować, dodawało otuchy, zachęcało. Jeden z młodszych mężczyzn ujął jej dłoń i położył sobie na ramieniu, żeby łatwiej było jej iść. Wyglądała na oszołomioną, speszoną, a jednocześnie dumnie unosiła głowę, być może odrobinę zaszczycona, że to jej zawiązano oczy. Sprawiała też wrażenie, że nie bardzo wie, czego się spodziewać.

Otaczający ją tłumek zatrzymał się przed Richardem i jego towarzyszami. Najwyraźniej brali udział w wyjątkowym wydarzeniu. Richard pomyślał, że w tej głuszy nieczęsto widują obcych.

A przecież, skoro mieli wyrocznię, to od czasu do czasu powinni do niej i z daleka przychodzić ludzie.

Człowiek spojrzał na Richarda.

– Za pośrednictwem ślepej kobiety wyrocznia wybierze tego, kto do niej przemówi.

Kobieta macała dłonią, a mężczyzna ujął jej rękę i położył na swojej lasce. Zamknął jej palce wokół laski.

Kiedy skinęła głową na znak, że jest gotowa, odsunął się.

Kobieta z zawiązanymi oczami poczłapała naprzód, macając laską drogę. Kiedy się zbliżyła do szeregu obcych, zatrzymała się, dumnie unosząc brodę. Starała się wyczuć, kto przed nią stoi. Znowu ruszyła, tym razem doszła do ostatniego żołnierza, a potem zawróciła, z uniesioną brodą, starając się coś wyczuć w tych, co czekali.

Wreszcie się zatrzymała. Obróciła się ku nim, kładąc na lasce drugą rękę. Richard wiedział, że nie mają czasu do stracenia. Jeśli ta ceremonia wkrótce się nie skończy, to będzie musiał sam położyć jej kres. Lewą dłoń trzymał na rękojeści miecza. Musieli się dostać do pola ograniczającego w Saavedrze. Albo ci ludzie im pomogą, albo będzie musiał wyrąbać sobie drogę.

Na koniec kobieta z zawiązanymi oczami pochyliła laskę i stuknęła nią w ramiona Kahlan.

– Ty – powiedziała. – Wyrocznia spotka się z tobą, z nikim innym.

Richard już miał powiedzieć, że na to nie pozwoli, kiedy Kahlan wystąpiła z szeregu i odezwała się, zanim on zdążył to zrobić.

– Dziękuję. Proszę, zaprowadź mnie natychmiast do wyroczni. Nie mamy czasu do stracenia.

Dwaj ludzie skrzyżowali laski przed Richardem, kiedy chciał postąpić krok.

– Zaczekasz, kiedy wyrocznia będzie z nią rozmawiać – oznajmił jeden z nich.

Kahlan uniosła dłoń, nakazując Richardowi pozostać na miejscu.

– Wszystko dobrze. Po prostu tu zaczekaj.

– Nie podoba mi się…

– Jestem Matką Spowiedniczką. Całe życie robiłam takie rzeczy. Nie mamy czasu. Pozwól mi to załatwić, żebyśmy mogli ruszyć w drogę. Tylko to się liczy.

Chciał powiedzieć, że kiedy w przeszłości robiła takie rzeczy, to miała dostęp do swojej mocy. A teraz nie. Lecz miała rację: to będzie najlepszy sposób, żeby tędy przejść, i mniej ryzykowny niż walka.

O ile dobrze pójdzie.

Ciężko westchnął.

– Masz rację. Poczekamy tutaj.

– Zawołaj w razie potrzeby – odezwała się Nicci. – Usłyszę cię.

Kahlan skinęła głową i poszła za kobietą z zawiązanymi oczami wspierającą się na lasce.

Richard nie bardzo wiedział, co się dzieje, lecz ani trochę mu się to nie podobało.

ROZDZIAŁ 64

Kahlan szła za kobietą kroczącą przez środek wioski. Kobieta w barwionej henną bluzie lepiej się orientowała, trzymając laskę, którą dostała od jednego z mężczyzn – zupełnie jakby laska wskazywała jej drogę, kiedy szła pomiędzy domami. Mieszkańcy stali po bokach, w milczeniu je obserwując. Dzieci, trzymając się obrzeża otworów okiennych, opierały brody na dłoniach. Nikt się nie odzywał.

Kahlan nie podobało się, że tak ponuro się im przyglądają. Przypominali jej ludzi patrzących na kondukt pogrzebowy.

– Jak się nazywasz? – zapytała kobietę.

Tamta, krocząc z uniesioną brodą, zwróciła ucho ku Kahlan.

– Jestem tą, którą wybrała wyrocznia. Jestem tą, która jej dzisiaj służy.

– Rozumiem – powiedziała na poły do siebie Kahlan.

Na drugim końcu wioski znowu weszły w posępny las dziwacznych drzew. Grunt, wciąż nagi, martwy i ciemny, zaczął się obniżać pod przesłaniającym światło baldachimem z listowia. Po pewnym czasie Kahlan zauważyła po bokach skalne urwiska wytyczające im drogę.

Kiedy doszły do miejsca, gdzie wąwóz trochę się zwężał, dziwaczny las zaczęły zaczęły zastępować zwyczajniej wyglądające drzewa. Krzaki i inne rośliny pstrzyły grunt wśród białych brzóz i lip o pachnących żółtawych kwiatuszkach.

Kobieta zatrzymała się na skraju lasu.

– Dotąd wolno mi dojść – powiedziała.

– A co ja mam zrobić? – zapytała Kahlan.

Kobieta pochyliła laskę.

– Masz iść sama. Nie mogę pójść dalej. Resztę drogi musisz przebyć sama.

– Jak rozpoznam drogę?

Kobieta znowu pochyliła laskę.

– Wyrocznia jest tam. Znajdziesz ją, jeśli pójdziesz w tamtą stronę. – Kiedy wyczuła, że Kahlan się waha, przechyliła głowę ku wiosce. – To twoja ostatnia szansa, żeby zawrócić. Dobrze się zastanów. Niewielu się podoba to, co wyrocznia ma im do powiedzenia.

– Ludzie rzadko z przyjemnością wysłuchują wyroczni – odparła Kahlan. – Ale ja nie mam wyboru.

Kobieta kiwnęła głową.

– Wyczuwam w tobie chorobę.

Kahlan głęboko wciągnęła powietrze i spojrzała w las.

– Dziękuję, że mnie tu przyprowadziłaś.

– Nie dziękuj mi, póki nie spotkasz się z wyrocznią. Potem możesz nawet przeklinać dzień, w którym się urodziłam.

– Chcę ci podziękować. Żadna z nas nie ma wpływu na to, co dzisiaj robimy.

Kobieta się uśmiechnęła.

– Masz rację. Kiedy będziesz rozmawiać z wyrocznią, ja poczekam w wiosce z tymi, z którymi wędrujesz. Jeśli wyrocznia uzna, że możecie przejść, będę o tym wiedzieć i przyprowadzę ich.

Kiedy kobieta zawróciła drogą, którą przyszły, Kahlan ruszyła w przeciwnym kierunku. Była rada, że znowu jest w bardziej zwyczajnym lesie, a nie w tamtym upiornym. Znalazła mały strumyk, gdzie mętne światło przesączało się przez koronkę liści młodych drzew rosnących na skalnym, pokrytym mchem brzegu. Osłoniła twarz dłonią, przechodząc przez roje komarów unoszących się nad strumykiem.

Na brzegach rosły zarośla i większe drzewa. Nawet w towarzystwie komarów i z innymi brzęczącymi owadami łatwiej było iść z biegiem strumienia, niż się przedzierać przez las. Od czasu do czasu widziała przez luki pomiędzy drzewami, że skalne ściany wąwozu cofnęły się i zmieniły w podnóża zalesionych gór.

Strumyk poprowadził ją przez brzezinę. Ciemne punkty na białej korze wyglądały jak obserwujące ją tysiące oczu. Potem brzozy się przerzedziły i wyszła z biegiem strumyka na odsłoniętą łąkę. Ciemna ściana lasu została w oddali, ustępując miejsca trawiastej równinie. Strumyk o żwirowatym dnie zrobił się szerszy; krystalicznie czysta woda tworzyła płytkie rozlewiska.

Kahlan, nareszcie na otwartym terenie, mogła w końcu zobaczyć, jak olbrzymie są góry. Zamglone, bladosine ściany wyrastały po obu stronach. Nie mogła sobie wyobrazić żadnego innego przejścia przez niebotyczne, ośnieżone góry. Z tego, co widziała, wynikało, że naprawdę znaleźli drogę, która ich doprowadzi do Saavedry.

Teraz musiała tylko skłonić wyrocznię, żeby im pozwoliła tędy przejść.

Wśród niewielkich, trawiastych pagórków znalazła źródło strumyka. Woda wypływała ze szczeliny w sięgającym jej do kolan głazie i spływała po nim. W przejrzystej wodzie jeziorka okalającego głaz zobaczyła pływające nad żwirowym dnem płotki. Całe to miejsce przypominało Kahlan coś, co kiedyś widziała, ale nie mogła sobie dokładnie przypomnieć co.

Za strumykiem i trawiastym wzniesieniem zobaczyła szeroką dolinę z lasem potężnych dębów i klonów. Masywne pnie tworzyły poniżej koron piękną, naturalną katedrę. Gdyby jej zadanie nie było tak ważne, Kahlan zachwycałaby się wielkością i pięknem drzew rosnących w bujnej trawie.

Kiedy szła przez wysoką po pas trawę, coś jej zachrzęściło pod stopami. Czasem podłoże się uginało, kiedy postawiła stopę. Zatrzymała się i spojrzała w dół. Wśród kępy traw zobaczyła coś okrągłego, tuż pod brązową warstwą uschłych źdźbeł. Zauważyła, że ziemia wokoło jest nierówna. Bokiem podeszwy poskrobała zbitą warstwę suchej trawy u podstawy nowych zielonych pędów. Odsłoniła coś, co wyglądało jak kość.

Powiodła wzrokiem wokół siebie i przekonała się, że cała łąka jest usiana małymi okrągłymi wybrzuszeniami. To one chrzęściły i zapadały się, kiedy na którąś stąpnęła. Skrobała butem, żeby bardziej odsłonić ten okrągły przedmiot.

To była czaszka. Kucnęła i wyciągnęła ją. Spojrzały na nią puste oczodoły.

To była ludzka czaszka.

Kahlan gwałtownie wstała. Popatrzyła na okolicę, wszędzie widniały małe okrągłe kopczyki, jak daleko sięgała wzrokiem. Nawet w oddali mogła dojrzeć charakterystyczne wybrzuszenia pod trawą. Były tak blisko siebie, że nie sposób było przy każdym kroku nie nadepnąć na czaszkę.

Tylko w pobliżu niej musiały być setki ludzkich czaszek. Grunt usiany był kopczykami, toteż Kahlan podejrzewała, że czaszki nie tylko leżą na ziemi, lecz tworzą wysokie stosy. Nie miała pojęcia, na ilu ludzkich czaszkach stoi, ale szybko zmieniła oszacowanie z setek na tysiące.

Nie miała pojęcia, co się tutaj stało, ale powiedziała sobie, że jeżeli nie uzyska dla siebie i pozostałych pozwolenia na przejście i jeśli spróbują się przedostać wbrew mieszkańcom, to całkiem możliwe, że skończą tutaj i trawa porośnie ich kości.

Jeżeli nie przejdą, to ona i Richard za parę dni umrą. Nicci jej powiedziała, jak niewiele życia im pozostało, jeśli nie usunie się z nich tego jadu.

Nie mając czasu do stracenia, nie mogła zamartwiać się umarłymi, po których stąpała. Teraz musiała się troszczyć wyłącznie o żywych – nie tylko o siebie i Richarda, ale i wszystkich, którzy na nich liczyli.

Idąc wśród majestatycznych dębów, patrząc na śmigające w gałęziach śpiewające ptaki, zauważyła, że drzewa ustępują polanie, która powinna być oświetlona słońcem, gdyby dzień nie był taki pochmurny. Dostrzegła kogoś – bez wątpienia wyrocznię – siedzącego na kamiennej ławie niemal pośrodku odsłoniętej płaszczyzny.

Kahlan nie traciła czasu na zastanawianie się, co powinna zrobić, co powiedzieć. Pomaszerowała wprost ku kobiecie.

Kiedy wreszcie do niej podeszła, zatrzymała się. Kobieta siedziała bokiem na szarej granitowej ławie i patrzyła w przeciwną stronę. Jej włosy były gęstwą splątanych, długich kędziorów. Jaskrawoczerwonych.

– Dzień dobry, Matko Spowiedniczko – powiedziała kobieta aksamitnym głosem, nie odwracając się. – Dziękuję, że przyszłaś.

I wtedy Kahlan dostrzegła Łowcę siedzącego spokojnie z boku, patrzącego wielkimi zielonymi oczami.

W owej chwili zrozumiała, że dzieje się o wiele więcej, niż jej się początkowo zdawało.

ROZDZIAŁ 65

Kobieta na ławce wreszcie się odwróciła, przez chwilę patrzyła na Kahlan, a potem wstała. Jej szara suknia była o wiele za elegancka jak na lasy. Kahlan nie widziała żadnego domu ani budowli.

Przenikliwe, niebieskie jak niebo oczy kobiety sprawiały, że szopa długich czerwonych kędziorów wydawała się jeszcze bardziej ognista. Były to oczy, które łatwo mogły się stać okrutne. Oczy, które widziały wiele okropności.

Kahlan pomyślała, że wyrocznia byłaby całkiem atrakcyjna, gdyby nie pomalowała ust na czarno.

– Dziękuję, że zechciałaś się ze mną zobaczyć – powiedziała Kahlan.

Kobieta z wdziękiem skłoniła głowę.

– Naturalnie. Jestem zaszczycona, że sama Matka Spowiedniczka przyszła się ze mną spotkać. Mam na imię Red.

– Red – powtórzyła Kahlan, patrząc na włosy kobiety i myśląc, że imię rozumie się samo przez się.

Kobieta o czarnych ustach uśmiechnęła się z niejakim rozbawieniem.

– Sądzisz, że nazywają mnie tak z powodu moich włosów.

– Przyszło mi to na myśl – przyznała Kahlan.

– No jasne. Ale się mylisz. – Wyrozumiały uśmiech pozostał na ustach, nie obejmując gładkiej twarzy. – Nazywają mnie Red, ponieważ były czasy, kiedy to przejście przez góry – wyciągnęła ramię najpierw w kierunku, w którym musiała pójść Kahlan, a potem tam, skąd przyszła – było czerwone od krwi. Były czasy, kiedy zmieniłam ten wąwóz w rzekę krwi. – Wzruszyła ramionami. – I dlatego zaczęto mnie nazywać Red. Włosy przyszły później. – Uśmiech stał się szerszy. – Ponieważ imię mi się spodobało.

– Rozumiem – powiedziała Kahlan.

– Nie musisz mówić z takim wyrzutem, Matko Spowiedniczko. W końcu były czasy, kiedy i ty sprawiałaś, że ziemia czerwieniała od krwi.

– To prawda – przyznała Kahlan. Postanowiła odrobinę wyjaśnić sprawę. – Czasem ludzie muszą zabijać.

Red się roześmiała.

– O tak, istotnie. – Śmiech umilkł, kiedy się odrobinę ku niej pochyliła, twardo patrząc w oczy. – Cieszę się, że tak sądzisz.

Kahlan obejrzała się na Łowcę – siedział spokojnie i przyglądał się. Wskazała go gestem.

– Znasz to małe stworzenie?

Red nawet się nie obejrzała.

– Bystry, nieprawdaż? Jego matka jest... moją obrończynią. Ale jej bym nie nazwała bystrą. Nigdy byś nie zgadła, patrząc na małego, jaka jest wielka i okrutna. To dobry malec. Wysłałam go do ciebie.

Kahlan zmarszczyła brwi.

– Dlaczego?

– Żeby mieć pewność, że tu dotrzecie. Wbiłam mu rzep w łapę, żebyście się zaprzyjaźnili. Chociaż jest jeszcze mały, to, podobnie jak matka, jest nieustępliwym obrońcą.

Kahlan nadal marszczyła brwi.

– Skąd wiedziałaś, że mnie znajdzie, że ja znajdę rzep i go wyjmę? A tak w ogóle, to skąd wiedziałaś, że tędy pójdziemy?

– Ależ, Matko Spowiedniczko, cóż byłaby ze mnie za wyrocznia, gdybym w nurcie czasu nie widziała takich ważnych wydarzeń.

Nurt czasu... Kahlan nagle pojęła, dlaczego czyste źródło bijące spod głazu i katedra drzew wydawały się takie znajome.

– Jesteś wiedźmą.

Red uśmiechnęła się pobłażliwie.

– Tak. Tutejsi prości ludzie nigdy na to nie wpadli. Nie sądzę, żeby zrozumieli. Daję im okruchy z nurtu czasu, jak wtedy, kiedy im powiedziałam, że przyjdziecie na ich tereny. No i myślą, że jestem wyrocznią.

Kahlan przekrzywiła głowę.
– W przeszłości miałam do czynienia z wiedźmą. Znasz Shotę?
Red niedbale skinęła dłonią.
– Nigdy o niej nie słyszałam.
Kahlan się rozejrzała.
– No a gdzie są twoje węże?
Red przesadnie zadygotała.
– Węże. Paskudne stworzenia. Nienawidzę ich.
– Ja też – powiedziała Kahlan, czując się odrobinkę lepiej. Może Red nie była taką sekutnicą jak tamta. – Shota przepada za wężami.
– Obrzydliwe – oznajmiła Red, znowu dygocząc. – Ja tam wolę robale.
Kahlan aż zamrugała.
– Robale?
Red z zapałem przytaknęła.
– O wiele milsze stworzenia niż węże. Posłuszniejsze i bardziej przydatne.
– Do czego się przydają robale?
Red, rozbawiona, pochyliła się ku niej.
– Żartujesz sobie.
– Nie, naprawdę.
Red wskazała za Kahlan na kopczyki czaszek.
– Przede wszystkim maleństwa świetnie uprzątają bałagan.
Kahlan przekrzywiła głowę.
– Maleństwa?
Red się wyprostowała i obejrzała przez ramię.
– Robalu! Chodź do mnie!
Kahlan nigdy nie słyszała o robakach przychodzących, kiedy się je woła. Zastanowiła się przelotnie, czy Red nie brak piątej klepki. Lecz po chwili poczuła, że ziemia pod jej stopami drży. A potem zatrzęsła się jak przy trzęsieniu ziemi.
I nagle, tuż za Red, ziemia się otwarła. Wyłoniło się coś wielkiego, rozsiewając wokół pył i kurz.
Kahlan patrzyła z niedowierzaniem. Spod ziemi wynurzył się częściowo robal, gruby niemal jak pień średnich rozmiarów dębu. Uniósł wilgotny łeb nad ramieniem Red.

Nie było twarzy, oczu, jedynie wielka okrągła gęba okolona zębami. Ów otwór falował razem z resztą rozdętych członów nieustannie pulsującego ciała. Zęby uderzały o siebie, kiedy gęba się zamykała i otwierała.

– Robale dla zabawy zjadają węże – powiedziała Red rozbawiona wystraszoną miną Kahlan.

Z tymi słowy pochyliła się i wyciągnęła węża spod ławy. Uśmiechając się do Kahlan, przerzuciła wijącego się węża za ramię. Olbrzymi robal złapał go w powietrzu niczym pies chwytający rzucony mu kąsek.

Red, nie oglądając się, machnęła ręką, odprawiając stwora. Krzepkie ciało robala zafalowało, kiedy się chował pod ziemią. Pył i darń się zapadły wokół dziury, w której zniknął.

– Matka twojego małego futrzastego przyjaciela robi jeszcze większe wrażenie – oznajmiła wiedźma.

– Potrafię to sobie wyobrazić – powiedziała Kahlan, patrząc na Łowcę. – Red, najwyraźniej zadałaś sobie wiele trudu, żeby mnie tu sprowadzić.

– Wcale nie tak wiele – odparła Red, wzruszając ramionami. – Zobaczyłam w nurcie czasu, że przyjdziecie. Nie chciałam, żeby coś was rozszarpało i pożarło w rozpadlinach, więc wysłałam małego przyjaciela, żeby wam wskazał drogę i utrzymał przy życiu.

– Dziękuję – powiedziała Kahlan. – Ale co ja tu robię? Potrzebne nam pozwolenie, żeby tędy przejść. Musimy ruszać w drogę. Czego ode mnie chcesz?

– Ach – mruknęła Red – bezpośrednia i konkretna. Sądzę, że w waszym przypadku istotnie nie ma czasu do stracenia, toteż od razu przejdziemy do rzeczy.

– Moja rzecz to dotrzeć do Saavedry – powiedziała Kahlan. – Spieszy nam się. Nie chcemy żadnych kłopotów. Po prostu zależy nam, żebyś pozwoliła nam przejść przez ten wąwóz.

– Taaak – przeciągnęła samogłoskę Red – ale najpierw mamy ważną sprawę.

Kahlan znowu zmarszczyła brwi.

– Jaką sprawę?

Red utkwiła w niej przenikliwe niebieskie oczy.

– Chcę, żebyś kogoś dla mnie zabiła.

ROZDZIAŁ 66

Jestem ci potrzebna po to, żeby kogoś zabić? – zapytała Kahlan. Nie mogła pojąć, czemu mająca taką moc wiedźma nie może sama tego zrobić, skoro to takie ważne. – Nie jestem zabójczynią. Dla nikogo, także dla ciebie.

– Tak, wszystko to pięknie i ładnie, ale musisz zabić, więc żebyś mnie nie zawiodła, muszę sprawić, byś zrozumiała, jakie to ważne.

Kahlan wzięła głęboki oddech. Wiedziała, że kobieta nie pozwoli im przejść, póki jej przynajmniej nie wysłucha.

– Dobrze, posłucham, ale się streszczaj. Nie zostało mi wiele życia, jeśli nie usuną ze mnie jadu.

– Taaak – znowu przeciągle mruknęła Red. – Zew śmierci tej wstrętnej kreatury Jit.

Kahlan spojrzała na nią podejrzliwie.

– Wiesz o Jit i o zmazie?

Red przewróciła oczami.

– Jestem wiedźmą. Rozumie się, że wiem o poważnych sprawach dotyczących tak ważnych osób jak ty i lord Rahl. To wszystko jest częścią większej całości. Po części dlatego musisz wypełnić zadanie, jakie dla ciebie mam.

– Masz na myśli zabicie kogoś.

– Właśnie. – Red wzięła głęboki oddech, zastanawiając się, jak zacząć. – Skoro tak szybko kończy ci się czas, to spróbuję mówić jak najkrócej.

– Byłabym wdzięczna – powiedziała Kahlan, właściwie nie chcąc tego słyszeć.

Pomyślała o polu czaszek i uświadomiła sobie, że pewnie

rozsądnie będzie jednak wysłuchać. Musieli ruszać w drogę. Wyrąbywanie sobie przejścia byłoby niepotrzebnym ryzykiem. Wysłuchanie zajmie mniej czasu.

– Bo wiesz, Matko Spowiedniczko, widziałam demona. Jest tutaj, w świecie życia.

– Demon.

– Ten, którego zwą Sulachanem. Długo był martwy. Należy do świata umarłych i…

– Oczekujesz, że zabiję Sulachana? – Kahlan nie wierzyła własnym uszom.

– Nie, nie do końca. W każdym razie nie osobiście. Oczekuję, że umożliwisz odesłanie go z powrotem w zaświaty, gdzie jego miejsce.

Kahlan z całą pewnością chciała, żeby powstrzymano Sulachana, udaremniono jego plany. Skoro Red najwyraźniej miała ten sam cel, to Kahlan nagle okazała większe zainteresowanie.

– Umożliwić… Jak mam to niby zrobić?

– Staram się ukazać ogólniejszy obraz, jeśli mi na to pozwolisz. Mówiłaś, że się spieszycie.

Kahlan potaknęła.

– Wybacz. Już słucham.

– Sulachan to prastare zło, które zaatakowało świat. Umarł dawno temu i jego miejsce jest w świecie umarłych. Wedle wszelkich zasad nie powinien dziś być dla nas problemem, ale jest. Za życia był chorowity. Był również wizjonerem. Miał złą, pokręconą wizję, niemniej była to wizja. Wiedząc, że powoli umiera, zaczął przygotowania na długo przedtem, zanim przeszedł do świata umarłych. Choć słabowity, był potężnym czarodziejem, mającym tak dar, jak i ciemną moc.

– Nie rozumiem ciemnych mocy – przerwała jej Kahlan. – Nigdy wcześniej się z nimi nie spotkałam. Czemu nagle wszędzie ich pełno?

Red zatoczyła krąg ramieniem.

– Wszystko wymaga zrównoważenia. Równowaga obejmuje wszystko, od najmniejszych elementów po te najważniejsze. Konflikty wymagają przeciwwagi, równowagę często się uzyskuje poprzez konflikt. Ciepło i zimno, mrok i światło, zło równoważone przez dobro, nienawiść przez miłość, tego typu rzeczy. Mniejsze elementy, jak na przykład dobre duchy kontra demony, są częścią ogólniejszej harmonii życia i śmierci. Wszystkie elementy składają się z mniejszych, zrównoważonych cząstek. Dar też jest równowagą pomiędzy magią addytywną i magią subtraktywną. Na większą skalę wewnętrzna harmonia w darze, dar jako taki, jest równoważona przez ciemne moce. W czasach Wielkiej Wojny tacy jak Sulachan gromili mających dar. Groziło to wytrąceniem z równowagi światów życia i śmierci. Jednak mający dar zwyciężyli i zamknęli dysponujących ciemnymi mocami za murem. Dar zdobył przewagę. Lecz ponieważ wszystko zawsze dąży do równowagi, to wiedzieli, że pieczęcie na murze nie będą trwać wiecznie, i istotnie pękły. Ciemne moce od jakiegoś czasu się stamtąd wymykają i teraz znowu są wśród nas, uwolnione.

– Rozumiem – powiedziała Kahlan, rozmyślając nad następstwami. – Mówiłaś, że kiedy Sulachan umierał...?

– Dzięki swoim talentom i pomocy tych, którym rozkazywał, przed śmiercią posłużył się mocami zaświatów, ciemnymi mocami, żeby sobie tam przygotować miejsce. Jego duch przez trzy tysiące lat, jakie upłynęły od jego śmierci, starał się ponownie złączyć z siłami, jakie Sulachan umieścił na tym świecie, kiedy jeszcze żył.

– Siłami... masz na myśli półludzi?

– Tak. Wiedział, że nie można ich na zawsze odizolować. Że pewnego dnia uwolnią się i będą mogli się trudzić nad przywołaniem jego ducha ze świata umarłych do ciała w świecie życia. Wykorzystywał też zmarłych, których ożywiał, wywlekając ich dusze z wiekuistego spoczynku w zaświatach, by spełniały jego rozkazy. Kiedy już pozbawił je więzi z darem, który przeniósł je za zasłonę, nie wiedziały, gdzie ich miejsce. Wykorzystywał je jako posłańców pomiędzy światami. Ostatnio Sulachanowi udało się uzyskać pomoc człowieka, który mieszkał parę dni drogi w tamtym kierunku – powiedziała, skinąwszy dłonią za przełęcz ku Saavedrze.

– Hannis Arc – domyśliła się Kahlan. – Władał prowincją Fajin z cytadeli w Saavedrze.

– Władał prowincją Fajin, ale nie całą – uściśliła wiedźma nagle rozeźlona. – Tutaj ja rządzę. Ale to on – powiedziała odrobinę mniej jadowicie. – Hannis Arc wielce skorzystał na wydostających się zza muru ciemnych mocach. Przez co był w stanie ingerować w naturę Grace, w zasady świata życia, naginając owe prawa, żeby sprowadzić ducha Sulachana.

– A twoja moc płynie z tego, co symbolizuje Grace – odezwała się Kahlan – toteż zagrożony jest twój byt.

– Otóż to. A także dar twój i lorda Rahla, gdybyście nie mieli w sobie jadu Jit. Sulachan chce naginać owe moce, póki ich nie złamie. Hannis Arc pragnie władać światem życia. Pomógł Sulachanowi zrealizować jego dążenia w zamian za pomoc. Obydwaj wiedzą, że zawsze są tacy, którzy aż się palą do pomagania. Te sługusy tworzą grono chwalców zła, jakie Sulachan i Hannis Arc ściągają na świat. W zamian dostają ochłapy od niegodziwców. Hannis Arc, chociaż ma potężną moc i włada ciemnymi siłami zdolnymi podważyć proroctwo i sprowadzić zza zasłony ducha Sulachana, to nie ma armii niezbędnej do zrealizowania ambitniejszych planów i przejęcia władzy. Dlatego potrzebował pomocy. Żeby ją uzyskać, sprowadził z zaświatów Sulachana.

– Ręka rękę myje – stwierdziła Kahlan.

– Tak. Zawiązali sojusz. Hannis Arc zrobił na tym świecie, co trzeba, żeby sprowadzić Sulachana ze świata umarłych. Między innymi oznaczało to wykorzystanie bezcennej krwi siewcy śmierci, twojego męża. Ta równowaga, o której mówiłam. W zamian Sulachan dostarczył armię półludzi i ożywione zwłoki, których Hannis Arc może potrzebować do podboju. Arc z kolei nadal zapewnia ciemne moce z tego świata, konieczne, żeby Sulachana tu utrzymać. I tak to się kręci: zależni od siebie, pomagają jeden drugiemu, lecz każdy ma własne motywy, każdy korzysta z usług drugiego, bo musi. Każdy z nich sądzi, że kontroluje drugiego. Na razie współdziałają. Mają wspólne cele i potrzebują się nawzajem. Lecz są jak dwie żmije, z których każda trzyma w pysku ogon drugiej. Niestety, wszyscy od dawna będziemy martwi i w bezlitosnych łapach Opiekuna, zanim ten sojusz przestanie któremuś z nich odpowiadać. A wtedy, o ile się ich nie powstrzyma, będzie za późno dla tego świata, ponieważ Sulachan pragnie zniszczyć granicę pomiędzy światem życia a światem umarłych. Zostanie zniszczona równowaga bytu. To będzie fatalne. Niewyobrażalnie złe. Tak więc musimy działać, bo inaczej wszyscy pomrzemy.

ROZDZIAŁ 67

Posłuchaj, Red – odezwała się Kahlan – nie musisz mi tłumaczyć następstw. Zdaję sobie sprawę z tego, co to oznacza.

– Naprawdę? – zapytała Red. – To by oznaczało nie tylko kres naturalnych kolei życia takiego, jakie znamy, ale i to, że Opiekun by mnie dopadł. Czy ty w ogóle wiesz, jak bardzo Opiekun zaświatów pragnie dostać w swoje łapy wiedźmy, poza naturalnym porządkiem Grace?

– Prawdę mówiąc, tak. Shota mi o tym powiedziała. Lecz nie jesteś jedyna. Gdyby Sulachanowi i Hannisowi Arcowi się udało, to nas wszystkich czekałyby wiekuiste męczarnie. Tu nie tylko o ciebie chodzi, Red, ale o wszystkich. – Kahlan nachyliła się ku niej. – Wszystkich.

Red uśmiechnęła się sprytnie, jakby cały czas jej o to chodziło.

– I zawsze o tym pamiętaj, Matko Spowiedniczko. Może i mam w tym własny interes, ale tak się składa, że taki sam jest interes wszystkich ludzi. Mój los będzie losem każdego człowieka. Opiekun zostanie wypuszczony na ten świat, na nas wszystkich. Umarli będą się karmić żywymi.

Red odrobinę się wyprostowała, wygładziła na biodrach szarą suknię.

– Nie jestem pewna, czy w pełni rozumiesz grozę tego, że naprawdę pojmujesz całą potworność. Kiedy Sulachan i Hannis Arc zniszczą granicę pomiędzy życiem a śmiercią, nie będzie można jej przywrócić. Całe istnienie zostanie na zawsze wytrącone z równowagi. Taki chaos oznaczałby kres wszystkiego, co istnieje. Nawet Stwórca na koniec by zgasł niczym żarzący się węgielek. Lecz w całej skali czasu mogłoby to oznaczać tysiąc lub dziesięć tysięcy lat nieustannej męki dla nas wszystkich, którzy jesteśmy po niewłaściwej stronie w tej przegranej bitwie. Sulachan w swoich aroganckich rojeniach wierzy, iż może kontrolować takie moce i nagiąć je do swojej woli. Dla Hannisa Arca, ogarniętego żądzą władzy, tysiąc lat panowania to wieczność. Tworzą idealną zabójczą parę: urojenia i żądza. Każdy z nich ma wielką moc, zwielokrotnioną ich sojuszem i obłąkańczym dążeniem do celu. Obydwaj są zagrzewani do działania przez tych, którzy nienawidzą, radują się utratą nadziei. Kiedy uwolni się takie moce i chaos, nikt nie będzie w stanie ich opanować. Kiedy wszystko wymknie się spod kontroli, będzie jedynie kwestią czasu, kiedy wszystko się skończy. Zniknie wszelkie życie. Dlatego Sulachana i Hannisa Arca należy powstrzymać, zanim urzeczywistnią swoje chore zamysły.

Kahlan westchnęła ze zniecierpliwieniem.

– Wiem o tym wszystkim, Red. Nie mówisz mi nic nowego. Już wiem, jak niezmiernie ważne jest to, by im przeszkodzić. I właśnie to staramy się zrobić, a ty marnujesz nasz czas. Musimy przejść wąwozem i potem, gdy już nas uleczą, będziemy próbować powstrzymać zagrożenie. Mów, w czym rzecz, lub pozwól nam przejść.

Red skrzyżowała ramiona na piersiach i pochyliła się ku Kahlan.

– Staram się pokazać kontekst tego, co powinnaś zrobić, żebyś pojęła, jakie to ważne.

Kahlan przycisnęła dłoń do czoła. Czuła, jak tkwiące w niej zło stara się uwolnić. Tak będzie ze wszystkimi. Odetchnęła, starając się zachować cierpliwość.

– Red, ja umieram. Uwierz, że rozumiem, w czym rzecz. Nie zostało mi tyle czasu, żebym mogła ci jakoś pomóc. Musimy ruszać. Wiem, że należy ich powstrzymać, bo inaczej zrobią coś nieodwracalnego. Czy mogłabyś mi powiedzieć, co według ciebie powinnam zrobić?

Red spojrzała na nią ostro.

– Rzecz nie w tym, co myślę, a w tym, co wiem. Widzę w nurcie czasu wydarzenia. I widzę, że tylko jedna osoba może nie dopuścić do tych okropieństw.

– Któż taki? – zapytała Kahlan z największą cierpliwością, na jaką mogła się zdobyć.

– Dobrze wiesz, Matko Spowiedniczko, kto – powiedziała gniewnie Red. – To kamyk w stawie, siewca śmierci, lord Rahl, wybraniec, twój mąż.

Kahlan głęboko westchnęła.

– Oczywiście. Czy ten nurt czasu, w którym wy, wiedźmy, uwielbiacie pływać, mówi ci, że mu się powiedzie?

– To nie tak działa. Nie wybieram, co chciałabym zobaczyć w nurcie czasu.

– Świetnie, czyli możesz mi powiedzieć tylko to, co już wiem, i że nie wiesz, czy nam się uda. Po prostu wspaniale. Bardzo dziękuję. Możemy już iść?

Red znowu się gniewnie zachmurzyła.

– Nie wybieram odpowiedzi, które są mi potrzebne lub które by mi się spodobały. Nie zadaję pytań i nie dostaję odpowiedzi. Nurt czasu ujawnia mi to, co chce. Nic więcej, nic mniej. Nie mam na to wpływu. Jestem tylko posłańcem.

– Dlatego, że to proroctwo – powiedziała Kahlan.

– W pewnym sensie. W tym przypadku nurt czasu pokazał mi jedynie, że twojemu mężowi może się udać. Lecz nie ujawnił, czy tak się stanie.

Kahlan wyrzuciła w górę ręce.

– I na co całe to prorokowanie nurtu czasu, skoro mówi tylko o możliwościach? Sama mogłabym ci powiedzieć, że Richard może temu zapobiec, i nie musiałabyś się wpatrywać w nurt czasu!

Red, zamiast się rozgniewać tonem Kahlan, stała się spokojniejsza, a nawet smutna.

– To akurat jest mętne, za to inne wydarzenia w nurcie czasu są krystalicznie wyraziste. Widzę je bardzo dokładnie.

– Lecz nie to, co najważniejsze – powiedziała Kahlan, rozważając opuszczenie wiedźmy i pójście po Richarda i pozostałych.

Uznała, że skoro Red wie, że Richard jest ważny, to nie stanie do walki, jeśli przemaszerują przez jej kryjówkę.

– Rzeczywiście. – Tym razem to Red westchnęła, żeby się uspokoić. – Albowiem, Matko Spowiedniczko, w jedynym w swoim rodzaju przypadku twojego męża jego wolna wola zamazuje wydarzenia w nurcie czasu.

Kahlan zmarszczyła brwi.

– Niby dlaczego?

– Bo on jest kamykiem w stawie. Wywołuje falowanie zdarzeń. Ponieważ kieruje się wolną wolą i ma dar, nie można przewidzieć, jak owe fale podziałają na innych ludzi i inne wydarzenia. Proroctwo nie ma łatwego zadania z tym twoim mężczyzną.

– Jeśli to cię pocieszy, to wiedz, że zawsze mieliśmy problem z proroctwami – powiedziała Kahlan. – I dlatego niezbyt na nie zważamy.

Red pochyliła się ku niej.

– W tym przypadku lepiej poświęćcie im uwagę.

– Dlaczego?

– Bo chociaż nie wiem, czy mu się powiedzie, to wiem, że jeśli umrze, to nie będzie miał okazji spróbować. Jeśli umrze, nas los zostanie przypieczętowany i wszyscy pomrzemy. Próbuję ci pomóc utrzymać go przy życiu, żeby mógł zrobić to, co należy, żeby dać nam szansę. Umrze, jeżeli mnie nie wysłuchasz. To nie możliwość, a niezachwiana pewność. Umiem odczytywać wydarzenia w nurcie czasu. Odróżniam to, co jest jedynie możliwością, od tego, co na pewno się wydarzy. W tym konkretnym przypadku to nie „być może". To się z całą pewnością wydarzy... Umrze, zanim będzie miał okazję urzeczywistnić swoje możliwości, chyba że zrobisz, co trzeba, żeby temu zapobiec. Tylko ty możesz zapobiec jego śmierci. Tylko ty możesz do niej nie dopuścić. Chcesz, żeby żył, czy nie? Wszystko zależy od ciebie, Matko Spowiedniczko.

ROZDZIAŁ 68

Kahlan wpatrywała się w srogie niebieskie oczy Red.

– No dobrze, słucham. Co z tego, co ujrzałaś w nurcie czasu, jest takie pewne?

– Nicci zabije Richarda.

– Co? – zdumiała się Kahlan. – Czemu miałaby to zrobić? Drogie duchy, ona go kocha!

– I dlatego go zabije... bo go kocha.

Kahlan potrząsnęła głową, jakby się starała oczyścić umysł z szaleństwa.

– Naprawdę powinnaś poznać Shotę. Polubiłabyś ją. Obie widzicie wydarzenia w nurcie czasu i uważacie, że rozumiecie ich prawdziwe znaczenie, choć wcale tak nie jest. Obie jesteście szalone.

– Nie jestem szalona. Założyłabym się, że Shota podała ci informację równie ważną jak ta. Powiadam ci, co się wydarzy w nurcie czasu, jeśli pozwoli mu się swobodnie płynąć. Usiłuję ci to uzmysłowić.

– Nie mam czasu na bzdury.

Kahlan już miała odejść, ale Red chwyciła ją za ramię.

– Nicci wie, że serce Richarda należy do ciebie. Kocha go, ale nie może go mieć. Nurt czasu mówi, że właśnie dlatego go zabije.

Kahlan ścisnęła głowę dłońmi, zrozpaczona tą bezcelową, wciąż powracającą do tego samego rozmową. Pragnęła już ją zakończyć.

– Sama powiedziałaś, że ten nurt czasu ukazuje tylko możliwości, a nie konkrety.

Red wymownie pokręciła głową.

– Nie, nie to powiedziałam. Powiedziałam, że ponieważ Richard jest kamykiem w stawie, to jego wolna wola mąci moją zdolność ujrzenia, jak przebiegną wydarzenia, w których gra główną rolę. W jego przypadku to zaledwie nieokreślona możliwość. Lecz inne wydarzenia widzę niezwykle jasno.

Kahlan spojrzała na nią z gniewem, już nie potrafiła być uprzejma.

– Tak twierdzisz.

Red skinęła gniewnie ku Łowcy.

– Wysłałam go, bo ujrzałam, że wszyscy tu przyjdziecie, zginęlibyście w rozpadlinach, gdybym nie zadziałała. Ważne było, żeby nikt z was tam nie zginął. Zobaczyłam w tym samym nurcie, że się zaprzyjaźnisz z Łowcą, jak go nazywasz, i pójdziesz za nim, kiedy będziesz potrzebować jego pomocy: ale tylko wtedy, kiedy go poślę, żeby cię uratował. To nie była możliwość, a niezbity fakt. Widziałam w nurcie czasu inne możliwości i dążyłam do tego, żeby was utrzymać na kursie, który ocali wam życie. No i jesteś tutaj. Powiedziałabym, że to pokazuje, iż całkiem dobrze pojmuję znaczenie tego, co widzę w nurcie czasu, czyż nie? I choć nie jest tak w przypadku Richarda, to jest tak w przypadku otaczających go ludzi. Sprawdziło się w twoim. To nie była szansa albo możliwość, lecz przemyślane decyzje, które podjęłam, żeby zachować was przy życiu. Być może, jak mówisz, tej Shocie tylko się wydaje, że pojmuje prawdziwe znaczenie tego, co widzi w nurcie czasu, ale nie osądzaj mnie wedle jej niedociągnięć. Wiem, o czym mówię, i wiem, co robię.

Red nachyliła się bliżej ku Kahlan i wycelowała palec w jej twarz.

– Powiadam ci, Matko Spowiedniczko, i lepiej mnie wysłuchaj, że Nicci zabije Richarda, jeżeli wcześniej ty jej nie zabijesz. Richard jest naszą jedyną szansą. On jeden może uratować świat życia. Nawet pierwsza Spowiedniczka, Magda Searus, wiedziała o tym trzy tysiące lat temu i zrobiła, co w jej mocy, żeby mu pomóc. Teraz ty jesteś ostatnią Spowiedniczką. Sprawy zatoczyły krąg. Do ciebie zależy zadbanie, żeby miał szansę. Musisz zabić Nicci, zanim ona zabije Richarda.

Kahlan skrzyżowała ramiona na piersiach, patrzyła w przenikliwe niebieskie oczy wiedźmy.

– Jeśli uważasz, że trzeba ją zabić, to czemu sama tego nie zrobisz?

Red się wyprostowała.

– Mądra jest ta wiedźma, która wie, kiedy nie ingerować w wydarzenia w nurcie czasu.

– To zwykła wymówka. Już ingerujesz w wydarzenia w nurcie czasu. Sprowadziłaś mnie tutaj i prosisz, żebym dla ciebie zabiła. To to samo.

– Wcale nie. To co innego. To sprawa pomiędzy tobą, Richardem i Nicci, pomiędzy wami trojgiem a losem. Wszyscy troje znaleźliście się w samym środku wzburzonego nurtu czasu. Nie mogę ingerować. To wasz los, zależy tylko od was. Rzecz w tym, iż mam pewność, że jeśli Nicci będzie żyć, kiedy nadejdzie czas, to zabije Richarda Rahla. Mam również pewność, że zrobi to dlatego, że go kocha. Musisz ją wcześniej zabić.

Sfrustrowana Kahlan przeczesała palcami włosy, zacisnęła dłonie w pięści.

– Mówię ci, Red, że ją znam. Wiem, że kocha Richarda. I wiem też, że Nicci by mu tego nie zrobiła. Mnie by tego nie zrobiła.

– Tobie? – Wiedźma spojrzała posępnie na Kahlan i z wolna potrząsnęła głową. – Wybacz, Matko Spowiedniczko, lecz widzę w nurcie czasu, że to zrobi. Zabije go, chyba że wcześniej sama zginie.

Kahlan nie mogła tego pojąć. Widziała, że Red jest tego absolutnie pewna, lecz sama nie mogła się w tym dopatrzeć sensu. Czuła, że wiedźma coś ukrywa.

– Kiedy? – zapytała w końcu. – Kiedy wedle ciebie Nicci to zrobi?

Red długo na nią patrzyła mrożącym krew w żyłach spojrzeniem, jak to tylko wiedźma potrafi.

– Tego pytania naprawdę nie powinnaś mi zadawać, Matko Spowiedniczko. Uwierz mi, proszę, na słowo i je wycofaj. Odpowiedź ci się nie spodoba.

Pod tym spojrzeniem wiedźmy Kahlan zmroziło krew w żyłach.

– Jestem w centrum tego wszystkiego. Wcale mi się to nie podoba, ale sama powiedziałaś, że kontekst ma zasadnicze znaczenie. Muszę go poznać. I dlatego pytam: Kiedy Nicci zabije Richarda?

Red długo milczała, wpatrując się w oczy Kahlan. Wreszcie się odezwała cichym, lecz pewnym głosem:

– Nie mam pewności kiedy. Mogę tylko powiedzieć, że stanie się to wtedy, kiedy już cię zamordują.

Kahlan zamrugała, potem zmarszczyła brwi, niepewna, czy dobrze usłyszała.

– Co takiego?!

– Nicci zabije Richarda jakiś czas po tym, jak zostaniesz zamordowana.

– Jak zostanę zamordowana? Czyli będę martwa?

– Tak. Bardzo niewiele czasu zostało do tego wydarzenia. Dlatego musisz zabić czarodziejkę najszybciej jak to możliwe. Nie możesz zwlekać. Powinno się to stać dzisiaj albo jutro, kiedy dotrzecie do cytadeli, najpóźniej następnego dnia. Nie widzę, byś miała więcej czasu.

– A kto ma mnie zamordować?

– Uwierz mi, proszę, że gdybym wiedziała, tobym ci powiedziała. Szukałam tej odpowiedzi, lecz nurt czasu skrywa ją przede mną. Musi być po temu jakiś powód. Tak samo jest ze starym czarodziejem. Starałam się dowiedzieć, kto go zamordował, żeby ci to powiedzieć, bo oba te morderstwa są powiązane ze sobą. Lecz nie zdołałam znaleźć odpowiedzi w rzece czasu.

– Jego zabójstwo jest powiązane… z tym, co się stanie ze mną? Jak? Co je łączy?

Sfrustrowana odwróciła wzrok.

– Chciałabym to wiedzieć, ale nie wiem. Dostrzegam jedynie, że jest jakiś związek. Możliwe, że zabije cię ta sama osoba, która zamordowała Zedda, lub może to być jakaś forma powiązania przyczyny i skutku. Wiem tylko, że oba te zdarzenia są powiązane.

Red znowu spojrzała Kahlan w oczy.

– Wiem, że musisz zabić Nicci teraz, zanim ktoś cię zamorduje, bo inaczej będzie za późno i wydarzy się cała reszta. Nicci zabije Richarda Rahla, a wraz z nim jedyną nadzieję świata życia.

Kahlan wpatrywała się w wiedźmę, czując, jak po policzku spływa jej łza. Myśl, że zabiją Richarda, przekraczała jej wytrzymałość. Myśl, że ją zamordują – przerażała i druzgotała. To wszystko było zbyt przytłaczające, wprost nie do pojęcia.

– Może jednak się mylisz.

– Przykro mi, Matko Spowiedniczko – powiedziała łagodnie Red, delikatnie podtrzymując brodę Kahlan i ocierając jej łzę. – Prawda jest taka, że czy zabijesz Nicci czy nie, to każde możliwe rozgałęzienie w nurcie czasu pokazuje, że wkrótce zostaniesz zamordowana. Widywałam cię, kiedy patrzyłam w rzekę czasu. Widziałam twoją prawość, szlachetność, oddanie prawdzie. Twoje decyzje świadczyły o tym, że jesteś dzielna, odważna, współczująca, że dbasz o innych. Podziwiałam cię. Wiedźmy tradycyjnie malują usta na czarno na znak żałoby, kiedy dostrzegą śmierć ważnej dla nich osoby. Dzisiaj umalowałam usta na czarno dla ciebie, Matko Spowiedniczko. Rozumiem, co to dla ciebie znaczy, lecz musisz zobaczyć swoje cenne życie w kontekście tego, co się przydarzy innym. To o wiele ważniejsze niż ty sama. Nigdy nie będziesz mieć drugiego życia, ale nie będą go też mieć niewinni ludzie, którym zostanie odebrane. Powinnaś na to spojrzeć w ten sposób. Bez Richarda wszyscy umrą. Jeśli nie ocalisz go, zabijając Nicci, wszyscy zginą. Już zabijałaś, żeby uratować ważnych dla ciebie ludzi. To jeden z takich przypadków. Losy wszystkich są w twoich rękach, Matko Spowiedniczko. Wciąż jest szansa, żeby Richard przeżył, lecz nic nie zmieni tego, co ma się przytrafić tobie. Jedynie ty możesz ocalić życie człowiekowi, którego kochasz. Jeśli ci na nim zależy, jeśli jego życie jest dla ciebie bezcenne, jeśli cię obchodzi los innych, to musisz zabić Nicci.

Kahlan miała wrażenie, że wali się cały świat. Rozwiały się wszystkie jej nadzieje i marzenia.

A chciała tylko zapytać, czy mogą przejść przez przełęcz.

Przypomniała sobie, co Zedd jej kiedyś powiedział: wiedźma nigdy nie powie ci tego, czego chcesz się dowiedzieć, nie dodając przy tym czegoś, o czym nie chcesz wiedzieć.

ROZDZIAŁ 69

Richard nie wiedział, co robić. Kiedy minęli przełęcz, ponad godzinę szedł dobre dwanaście kroków za Kahlan, a jej nastrój się nie poprawiał.

Kobieta z zawiązanymi oczami przywołała ich i powiedziała, że wyrocznia pozwoliła im przejść, a potem poprowadziła przez przełęcz, omijając wyrocznię. Richard zatrzymał kobietę na przełęczy, chciał się zobaczyć z wyrocznią. Odparła, że wyrocznia spotkała się z jedną osobą z ich grupy i na tym koniec. Powiedziała też, iż ostrzegła, że jeśli chcą przejść, muszą to zrobić natychmiast albo wcale.

Kahlan nie powiedziała ani słowa o spotkaniu z wyrocznią. Prawdę mówiąc, w ogóle się do Richarda nie odezwała. Od kiedy dołączyła do nich na przełęczy, nie powiedziała do nikogo ani słowa. Poszła przodem, przed Richardem, Nicci, Ireną i Samanthą i nie było wątpliwości, że chce być sama. Richard nie był przyzwyczajony do takiego jej zachowania i ogromnie go ono niepokoiło, lecz nie postąpił wbrew wyraźnemu życzeniu Kahlan.

A co najgorsze, nawet na niego nie spojrzała.

Cały czas po jej twarzy spływały łzy, choćby nie wiem jak starała się je powstrzymać.

Richard nie wiedział, czy zrobił coś nie tak, choć nie miał pojęcia, co by to mogło być, a nawet jeśli coś takiego zrobił, to nigdy by nie pomyślał, że Kahlan nie będzie chciała z nim rozmawiać. Nawet kiedy ją zdenerwował, zawsze przynajmniej chciała z nim porozmawiać, wyjaśnić mu, co ją irytuje. Nie mógł pojąć, że tym razem nie chce mówić o tym, co ją niepokoi, cokolwiek to było.

Ogromnie się o nią martwił. Choć nie mógł się całkiem pozbyć podejrzenia, że zrobił coś nie tak, to uznał, że Kahlan musiało wstrząsnąć to, co usłyszała od wyroczni. Z jakiegoś powodu wyrocznia wytrąciła ją z równowagi. Nie potrafił pojąć, co by to mogło być innego.

Kahlan była za mądra, żeby wierzyć w przepowiednie. Lecz to nie oznaczało, że wyrocznia nie powiedziała czegoś, co było jak cios sztyletem w serce, i z jakiegoś powodu Kahlan potraktowała to poważnie.

– Jak myślisz? – szepnął do Nicci. – Powinniśmy spróbować z nią porozmawiać?

Nicci popatrzyła na niego.

– Lepiej nie wkładać kija w mrowisko. Radziłabym zostawić ją w spokoju. Rozprawi się z tym albo ci o tym powie, kiedy będzie gotowa. Na razie daj jej spokój.

Samantha wetknęła głowę pomiędzy Richarda i Nicci.

– Co waszym zdaniem może być nie tak? – szepnęła.

– Nie wiemy – odparła Nicci. – Lecz rozsądna czarodziejka wie, kiedy się trzymać z dala od osoby, która chce coś przemyśleć. – Popatrzyła na Samanthę. – Powinnaś się tego nauczyć.

– Przepraszam – odszepnęła dziewczyna i cofnęła głowę.

– Pewnie po prostu nie czuje się dobrze – powiedział do Samanthy Richard, chcąc złagodzić ostrość słów Nicci. – Zmaza, którą w sobie mamy, jest równie przerażająca jak dolegliwa. Mnie też czasem daje się we znaki.

Samantha skinęła głową.

– Wiem, lordzie Rahlu. Wyczułam to w was. Wiem, jakie to przerażające.

Przypomniał sobie, jaka przerażona była Samantha, kiedy po raz pierwszy natrafiła w nich na zmazę śmierci.

– Oj tak, wiesz.

Zastanawiała się przez chwilę.

– Jeśli mama lub ja mogłybyśmy jakoś pomóc, po prostu powiedz, dobrze?

Richard uśmiechnął się do niej przez ramię.

– Dzięki, Samantho.

Kiwnęła głową i cofnęła się do matki.

– Jesteś dla niej zbyt miły – szepnęła Nicci.

– To mój paskudny nawyk być miłym dla miłych ludzi – odparł. – Powinienem spróbować być taki jak ty i ranić ich uczucia. Wygląda na to, że to zawsze działa.

Nicci leciutko się uśmiechnęła.

– Dotarło.

– Może powinnaś z nią porozmawiać.

– Z kim?

– Z Kahlan.

– Mówiłam ci, że mam za dużo oleju w głowie, żeby pchać kij w mrowisko. – Nicci pokręciła głową. – Nie widziałeś, jak na mnie spojrzała.

– Jak?

– Cóż, gdyby spojrzenie mogło zabijać...

– Co jej zrobiłaś, że tak na ciebie popatrzyła?

– Nic nie zrobiłam – powiedziała Nicci, rozkładając ręce w geście urażonej niewinności. – A ty co zrobiłeś? Do ciebie też się nie odzywa.

Richard westchnął.

– Chciałbym wiedzieć.

Nicci przelotnie dotknęła jego ramienia, kiedy szli obok siebie.

– Przejdzie jej, Richardzie. Z pewnością chce przemyśleć słowa wyroczni i nie życzy sobie, żebyśmy jej przeszkadzali.

– Brzmi sensownie – uznał Richard. – Ale chciałbym w to wierzyć.

Nicci westchnęła.

– Ja też.

Richard popatrzył przez luki między drzewami ku odległym górom. Przybierały ciemniejszy odcień stalowego błękitu. Słońce opadło za szczyty na zachodzie i szybko robiło się ciemno. Gruba warstwa chmur jeszcze przyspieszy zapadanie zmroku.

Richard został w tyle, czekając, żeby Fister przyspieszył kroku i go dogonił.

– Co jest Matce Spowiedniczce? – zapytał major.

Fister, podobnie jak wszyscy żołnierze, widział, że coś jest nie tak, i martwił się. Kahlan była źródłem ich siły. Jej duch zawsze podnosił ich morale. Teraz wszyscy mieli posępne miny.

Richard zmusił się do uśmiechu.

– Kahlan? Och, nic jej nie jest. Po prostu nasza choroba jest ogromnie wyczerpująca, tak fizycznie, jak i psychicznie.

– Och... – Rozwiązanie zagadki rozpogodziło majora. – Mogę sobie wyobrazić.

Choroba była złem sama w sobie, lecz major się martwił, że po rozmowie z wyrocznią stało się coś jeszcze.

Richarda też to martwiło.

Wskazał na sylwety gór na zachodzie.

– Słońce za górami, wkrótce będzie ciemno. Musimy rozbić obóz.

Major Fister potaknął.

– Jak powiedzieli zwiadowcy, dojdziemy tędy do drogi do Saavedry, ale dopiero rankiem. Nie możemy tak daleko iść po nocy.

– To dobre wieści – stwierdził Richard. – Drogą łatwiej będzie iść i jutro powinniśmy dotrzeć do cytadeli. Lecz dzisiaj musimy znaleźć miejsce na obóz, i to zanim się zrobi ciemno.

– Jest przed tobą, lordzie Rahlu. Doniesiono mi o odpowiedniej okolicy, całkiem niedaleko przed nami.

– Świetnie – powiedział Richard. – Wyślij paru żołnierzy przodem, niech wszystko sprawdzą.

Major przyłożył pięść do serca i poszedł wypełnić polecenie.

Richard patrzył na długie włosy i znajomą piękną sylwetkę idącej samotnie Kahlan i serce mu pękało. Tak by chciał wiedzieć, co się stało. Ponad wszystko chciał to naprawić i zobaczyć jej wyjątkowy uśmiech przeznaczony wyłącznie dla niego.

Nie mógł patrzeć, jak płacze.

A po śmierci Zedda dość się jej naoglądał płaczącej, wystarczy mu na całe życie.

Wspomnienie o tym, co spotkało Zedda, znowu obudziło w nim gniew zmieszany z rozpaczą. Richard siłą go stłumił. W tej chwili najważniejsza była Kahlan.

ROZDZIAŁ 70

Major Fister pospiesznie podszedł do Richarda, żeby z nim porozmawiać.

– Wszystko w porządku, lordzie Rahlu. Zwiadowcy raportowali, że nikogo w pobliżu nie ma. Nie ma nawet śladu czyjejś obecności.

– Pewnie dlatego, że jesteśmy dokładnie za przełęczą – powiedziała Nicci – a sam wiesz, co czyha w rozpadlinach, żeby już nie wspominać o uzyskaniu od wyroczni pozwolenia na przejście. Nikt też nie ma powodu, żeby tu wędrować.

– Tak – odezwał się Richard. – To nieużywane tylne wejście do Saavedry. Gdyby było inaczej, to chowańcy widywaliby podróżujących, a nie widują.

Major potwierdził skinieniem głowy.

– Nie sądzę, żeby jacyś półludzie mogli iść naszym tropem.

Richard patrzył, jak żołnierze na usłanym liśćmi dnie lasu młodych drzew liściastych rozkładają śpiwory, zbierają drewno na tuzin małych ognisk. Dym płynął powoli przez obóz, nadając cichemu lasowi znajomy podnoszący na duchu aromat.

Widzieli się w blasku niewielkich ognisk i na sporą odległość w rzadkim lesie. Grunt nie był całkiem płaski, tu i tam wznosiły się małe pagórki, ale było to dobre miejsce na obóz. Ziemia po prawej stronie zaczynała się wznosić ku odległym wzgórzom i górom. Tej nocy żołnierze będą mogli porządnie wypocząć.

Richard nie miał pojęcia, jakie środki obrony zastosował i jakie rozkazy wydał Hannis Arc, zanim opuścił cytadelę, ale musieli być przygotowani na wszystko. Jednak nie sądził, żeby straż cytadeli była zagrożeniem dla zahartowanych w bitwach żołnierzy Pierwszej Kompanii. Musieli się dostać do pola ograniczającego i nikt z nich nie był w nastroju na głupoty. Każdy, kto miałby ochotę stawiać opór, powinien z tego zrezygnować, zanim straci głowę.

Richard się zastanawiał, czemu jest taki zdenerwowany. Cytadela była częścią prowincji Fajin, a prowincja Fajin z kolei częścią imperium D'Hary. Wszyscy w cytadeli mu podlegali.

Niektórzy żołnierze już piekli króliki, jelenie czy ryby złowione w pobliskim strumieniu. Wszyscy byli głodni i musieli trochę podjeść, żeby zachować siły. Następny dzień będzie przełomowy.

Richard przypuszczał, że to dotyczy i jego, ale nie był głodny. Piekące się mięso smakowicie pachniało, lecz on za bardzo się martwił o Kahlan, żeby mieć apetyt. Poza tym tkwiąca w nim zmaza sprawiała, że dudniło mu w głowie i miał mdłości. Wytężał siły, żeby nie stracić przytomności. Jedzenie nie było dla niego najważniejsze.

Nieoczekiwanie podeszła do nich Kahlan. Wskazała skalne wychodnie, które Richard widział w oddali.

– Żołnierze znaleźli bezpieczne miejsce na uboczu, gdzie możemy spać. Rozłożyłam tam nasze śpiwory.

– Brzmi wspaniale – powiedział Richard, usiłując nie okazać zdziwienia, że odezwała się do niego. – Chciałabyś najpierw coś zjeść?

– Nie – odparła, a potem się odwróciła i ruszyła do miejsca, które wskazała.

Richard i Nicci wymienili spojrzenia.

– Lepiej zadbaj, żeby jej było ciepło i wygodnie – powiedziała Nicci. – Bądź miły i postaraj się nie upodabniać do mnie, nie rań jej uczuć. Słyszałam, że to nie popłaca.

Richard uśmiechnął się do czarodziejki.

– Nie zapomnisz mi tego, prawda?

– Nie – odparła, odwzajemniając uśmiech. – Idź i powiedz jej, że ją kochasz, Richardzie.

Richard skinął głową.

– Dzięki, Nicci. Tak zrobię.

Wziął głęboki oddech, zarazem pragnął być z Kahlan, jak i nie kwapił się dowiedzieć, co ją tak niepokoi. Najbardziej chciał, żeby znów była sobą.

Przypuszczał jednak, że dopóki nie zostaną uleczeni, żadne z nich nie będzie sobą.

– Wypocznijcie porządnie – powiedział do majora i Nicci. – Majorze, trzymaj żołnierzy z dala od nas. Myślę, że Kahlan potrzebuje trochę prywatności.

Wielki d'harański oficer przyłożył pięść do serca.

– Oczywiście, lordzie Rahlu. Zadbam o to.

Odwrócił się, żeby odejść, i zobaczył Irenę i Samanthę siedzące obok siebie na kocu i jedzące kiełbasę.

Irena pomachała do niego.

– Powiedz jej, proszę, że mam nadzieję, iż wkrótce poczuje się lepiej. Jeśli potrzebna jej pomoc osoby mającej dar, z radością zaoferuję swoje usługi.

Richard podziękował skinieniem głowy i ruszył przez obóz. Szedł zygzakami, żeby przechodzić obok ognisk, zobaczyć, co u żołnierzy, pokrzepić ich uśmiechem, życzyć dobrej nocy. Wielu proponowało mu strawę. Richard dziękował, ale odmawiał.

Kiedy dotarł do miejsca, które wskazała Kahlan, przekonał się, że naprawdę było dość daleko od obozu, osłonięte skalną wychodnią. Z tyłu z dna lasu wznosiły się większe partie granitowego występu, po przeciwległej stronie rosły drzewa. Było to przytulne schronienie.

Kahlan odrzuciła koc i popatrzyła na niego. Miała zapłakane oczy.

Richard zrozumiał ten gest i położył się obok niej na plecach, odrobinę uniesiony, z głową opartą o skałę, żeby móc na nią patrzeć.

– Kahlan, powiedz mi, proszę, co się stało.

Rozpłakała się. Przytuliła się do niego – jedno ramię pod jego ramieniem, druga ręka na jego piersi. Położyła głowę na jego ramieniu.

– Po prostu mnie przytul, Richardzie.

Przykrył ją kocem i objął, tuląc w milczeniu.

Słuchał, jak gdzieś daleko przedrzeźniacz powtarza swoje monotonne wołanie, jak brzęczą i cykają owady, słyszał z oddali ciche głosy żołnierzy. Słuchał przez chwilę, jak Kahlan cicho płacze, aż wreszcie nie mógł już wytrzymać.

– Umrę przez ciebie, Kahlan, jeśli mi nie powiesz, co jest nie tak.

Nie odpowiedziała. Przez jakiś czas pociągała nosem, próbując nad sobą zapanować.

– Nie wiem, co się ze mną dzieje. Całe życie uczono mnie, żebym była silna. Żebym przybierała „minę Spowiedniczki", kryjąc to, co czuję. Ale teraz tak nie mogę.

– Dlaczego?

Wzruszyła ramionami, wycierając nos w chusteczkę.

– Co powiedziała wyrocznia, że tak się zdenerwowałaś?

Znowu wzruszyła ramionami.

– Po prostu sprawiła, że myślę o swoim życiu. Twoim życiu. Naszym wspólnym życiu.

– Chyba miło o tym myśleć.

Nie odpowiedziała, więc zapytał:

– Nieprawdaż?

– Richardzie, kiedy Nicci nas jutro uleczy, jeśli nas uleczy, to czy… bo ja wiem… czy moglibyśmy sobie pójść?

Zmarszczył brwi, obserwując w zmierzchu małe ogniska strzelające iskrami.

– Co masz na myśli?

– Co robiliśmy, od kiedy cię poznałam?

– Co robiliśmy? Chyba mnóstwo rzeczy.

– Dla innych. Zawsze walczyliśmy o to, żeby inni mogli żyć. Kiedy będziemy mieć własne życie?

– Wiem, co masz na myśli. Naprawdę. Ale nie mieliśmy wyboru. Byli tacy, którzy próbowali działać na szkodę ludzi, na których nam zależy, na naszą szkodę.

– Zawsze jest wybór.

– O co ci chodzi?

– Że zawsze będzie ktoś próbujący wyrządzić zło. Zawsze będą tacy, którzy nienawidzą tych, co nie pozwalają im zawłaszczyć władzy, bogactw i życia. Zawsze będzie jakieś zagrożenie. Zawsze. Świat nigdy nie był wolny od zagrożeń ze strony barbarzyńców. Tym razem zagrożenie nas przerasta. Przewyższa wszystko. Wykracza poza nasze możliwości, naszą kontrolę. Wykracza poza świat życia i sięga aż w zaświaty. Nie możemy z tym walczyć. Już nie możemy. I niby dlaczego mielibyśmy? Kiedy będzie nasz czas? Kiedy będziemy mogli wieść wspólne życie?

– Nasz czas nadejdzie, Kahlan – powiedział miękko.

Potrząsnęła głową opartą o jego ramię.

– Nie nadejdzie, póki go sobie nie weźmiemy. Richardzie, czas, żeby odpuścić i przeżyć to, co nam zostało, co zostało wszystkim.

– Pewnego dnia – powiedział Richard. – Ale teraz nie mogę. Nie mógłbym żyć dla siebie, dla ciebie, gdybym tego nie zrobił.

– Rozumiem, co czujesz, wiem, co masz w sercu. Ja czuję to samo. Lecz tym razem to za wiele. Nie możesz tego powstrzymać, Richardzie. Prawdziwa mądrość to zaakceptować swoje ograniczenia, uznać je i odstąpić od tego, czego nie możesz zmienić. Czas, żebyś porzucił walkę i żył. Żył wspólnie ze mną. Dla mnie.

Richard przełknął gulę w gardle. Zedd powiedział mu to samo. Serce go bolało, kiedy słuchał, jak Kahlan prosi, żeby dał im wspólne życie. Zedd miał rację, mówiąc, że Richard nie tylko sam się poświęca, ale i skazuje na to samo Kahlan. Nie przychodziły mu na myśl żadne słowa, które by nie były okrutne.

– Pora, żebyśmy spędzili razem czas, jaki nam pozostał. Proszę, Richardzie, nie odmawiaj mi tego życia, jakie mi pozostało. Nie opuszczaj mnie dla misji. Cały wspólny czas poświęcaliśmy obronie życia i nie mieliśmy ani chwili dla siebie. Żyjmy własnym życiem, póki jeszcze możemy. Błagam, Richardzie. Tylko tego pragnę, tylko o to cię proszę.

Chociaż nie wiedział, jakie słowa wyroczni do tego doprowadziły, zaczynał pojmować, co dręczy Kahlan.

Czując, jak łza spływa mu po policzku, pomyślał, że chyba i on tak czuje.

– Znana mi bardzo mądra kobieta, którą kocham – odezwał się łamiącym się głosem – powiedziała mi kiedyś, że możemy być tylko tym, kim jesteśmy, nikim mniej i nikim więcej.

Kahlan otarła mu łzę z policzka.

– Przepraszam, Richardzie. Wybacz, że okazuję słabość. Jutro na pewno lepiej się poczuję.

– Nie jesteś słaba – wyszeptał. – Jesteś tą, którą kocham, i wcale a wcale nie jesteś słaba. Jesteś najsilniejszą ze znanych mi osób.

– Masz o mnie zbyt dobre zdanie, Richardzie. Jestem słabsza, niż ci się zdaje.

Musiał zapytać.

– Co powiedziała wyrocznia?

Kahlan położyła mu palec na ustach.

– Ciii. Musimy odpocząć. Strasznie mnie boli głowa.

– Mnie też – przyznał.

– Jutro wszystko załatwimy. Odpoczywaj. Jutro Nicci nas uzdrowi. Dzisiaj jestem słaba, więc proszę, najmilszy, przytul mnie i pozwól mi na słabość. Bo jutro, gdy już mnie uleczy, muszę być silna.

ROZDZIAŁ 71

Richard z główną częścią oddziału szedł przez mroczne miasto Saavedra, pozostali zaś żołnierze rozeszli się po ulicach i zaułkach, upewniając się, że nigdzie nie czai się zagrożenie. Richard nie sądził, by Hannisowi Arcowi nadal zależało na małej, leżącej na uboczu Saavedrze, i uważał, że z pewnością się nie kłopotał jakimiś blokadami. Bo niby po co? Miał większe ambicje. Chciał władać światem, a nie prowincją Fajin.

Jake Fister idący na czele wyglądał ponuro i groźnie, krocząc główną brukowaną ulicą, prezentując silne i budzące lęk oblicze żołnierza Pierwszej Kompanii. Rozumiał, że siła nie przyciąga kłopotów, tylko je odstrasza.

Kolczugi, które nosiła część żołnierzy, lśniły w mżawce. Żołnierze osłaniali Richarda i kobiety, gotowi ich bronić w razie potrzeby. Broń tkwiła w pochwach, lecz Richard wiedział, jak szybko potrafili jej dobyć. Ten oręż nie był na pokaz. To były ich narzędzia, a żołnierze mistrzowsko nimi władali.

Ludzie stali po bokach ulicy i przyglądali się. Większość mieszkańców dokądś spieszyła tak główną brukowaną, przecinającą miasto ulicą, jak i błotnistymi bocznymi uliczkami. Ciasno stojące budynki tworzyły labirynt przejść, zaułków, uliczek i wąskich ulic. Stłoczenie wszystkiego i wszystkich źle wpływało na Richarda po długim marszu przez bezkresne Mroczne Ziemie. Miało się wrażenie, że miasto zamyka się w sobie, kryjąc się przed leżącymi poza nim pustkowiami.

Richard wraz z pozostałymi od czasu do czasu zwalniali, żeby przepuścić wystraszone kobiety w szaroburych sukniach. Ludzie po bokach ulicy starali się dyskretnie obserwować obcych, lecz tak Richard, jak i żołnierze widzieli, jak podążają za nimi wzrokiem.

Sprzedawcy osłonili swoje towary brezentem, chroniąc je przed niepogodą. Klienci podnosili brezent, wybierali warzywa lub mięso, starając się udawać, że nie zauważają mijających ich żołnierzy. W głębi, z cieni, ludzie wyglądali z okien i drzwi ciasno stojących, obskurnych domków.

Kahlan, idąca po lewej ręce Richarda, znowu była dawną sobą. Poprzedniego wieczoru była tak wyczerpana, że zasnęła w jego ramionach. On pół nocy nie spał, nie mogąc zamknąć oczu. Jeszcze nigdy nie powiedziała, że chce, by się wycofał z walki, zostawił to innym. W przeszłości zawsze się temu sprzeciwiała.

A teraz chciała, żeby wszystko zostawił. To samo radził Zedd. Nie wiedział, że tak bardzo pragnie, by żyli własnym życiem.

Pamiętał, że czuł to samo, kiedy straciła ich dziecko po straszliwym pobiciu. Rzucił wszystko i zabrał Kahlan na pustkowia zachodniego Hartlandu. Kiedy wyzdrowiała, nastąpił najszczęśliwszy okres w jego życiu, z dala od wszystkich i wszystkiego.

Zastanawiał się, czy nie postąpił głupio, nie słuchając rad Zedda i tęsknoty Kahlan za schronieniem. Czy oni nie mieli racji? Czy nie powinien pozwolić, żeby świat sam sobie radził?

Może gdyby Cara i jej mąż bardziej myśleli o sobie, to Ben by żył i szczęśliwie gdzieś by sobie mieszkali. A tak Cara straciła szansę na szczęście. Richard tęsknił za nią, serce mu się krajało na myśl o niej i o tym, co straciła. Opłakiwał też Zedda.

Za kogo niby się uważa? Jak w ogóle wpadł na pomysł, że świat sobie bez niego nie poradzi? Był leśnym przewodnikiem, który podjął wyzwanie powstrzymania tyrana, i z tego powodu wszyscy uznali go za wybawcę. Nigdy nie chciał być wodzem. Po prostu robił, co należy, chroniąc siebie i ludzi, na których mu zależało.

Pomyślał, że to była główna sprawa: nie chciał być wodzem.

Lecz inni byli opanowani chęcią dominowania i rządzenia. Pragnęli mówić ludziom, jak powinni żyć i co myśleć. Żeby narzucić swoją egoistyczną wizję, gotowi byli torturować i zabijać niezliczone rzesze.

Rozumiał radę Zedda i uczucia Kahlan. Tyle że nie wiedział, jak mógłby robić co innego niż teraz. Gdyby nie działał, to i jego by zamordowano. Nie pragnął władzy, sama do niego przyszła.

Pomiędzy obskurnymi dwupiętrowymi domami, stłoczonymi tuż przy ulicy, dostrzegł wreszcie kamienną cytadelę wznoszącą się wysoko nad miastem.

Samantha, idąca z matką za nim, pochyliła się ku niemu.

– Lordzie Rahlu, tak się cieszę, że ty i Matka Spowiedniczka wreszcie wyzdrowiejecie. Nie mogę się doczekać, żeby zobaczyć pole ograniczające, jak to jest zrobione.

Richard się obejrzał i uśmiechnął do niej. Dużo zrobiła, żeby pomóc im dotrzeć aż tutaj. Bez jej pomocy wiele razy straciliby życie.

Oprócz tych, którzy się im przyglądali kątem oka, Richard widział innych, gapiących się z bezmyślnymi minami. Nikt nie wyglądał na szczęśliwego, wyczekującego, podekscytowanego czy choćby zaciekawionego osobami, którym towarzyszyło tylu żołnierzy.

Richard pochylił się do Nicci.

– Co ci przypomina to miejsce?

Nicci się rozejrzała.

– Miasta Starego Świata, pozbawione nadziei, gdzie ludzie spędzali życie pod jarzmem Imperialnego Ładu.

– Otóż to – powiedział. – Nie miałem pojęcia, że taka jest ta część D'Hary. Nie wiedziałem, że cały czas gnieździł się pod naszym nosem podrzędny tyran. To każe mi się zastanowić, czy i inne części D'Hary, o których nigdy nie słyszałem, są podobne.

– Hannis Arc już nie jest taki mało ważny – rzekła, nie patrząc na nich, Kahlan. – Chce zniszczyć dobro i ma szansę to zrobić.

W głuszy Mrocznych Ziem gnieździło się zło, aż wreszcie zaczęło się rozprzestrzeniać.

Richarda kusiło, żeby ją zapytać, jak mógłby odejść, skoro istnieje takie zagrożenie, ale wolał milczeć.

Kahlan, Matka Spowiedniczka, zjawiła się w jego ojczystym Hartlandzie, w Westlandzie, żeby odnaleźć starego czarodzieja, by mianował Poszukiwacza. Nieoczekiwanie dla Richarda okazało się, że ten stary czarodziej to Zedd.

Ale to nie miało znaczenia. Richard wiedział, kim naprawdę był Zedd. Był jego dziadkiem, nauczycielem, przyjacielem. A także tym, kto obwołał Richarda Poszukiwaczem Prawdy i dał mu długo ukrywany miecz przynależny takim obowiązkom. Zedd powiedział, że jako Pierwszy Czarodziej powinien wybrać właściwą osobę, a Richard jest tym, kto powinien nosić ów miecz. Chociaż początkowo na to nie wyglądało, to teraz Richard rozumiał, że Zedd dobrze wybrał.

Kiedy patrzył w oczy wystraszonych, przyglądających im się w milczeniu, ludzi, to zastanawiał się, jak mógłby teraz porzucić obowiązki, które mu powierzył Zedd. Jak mógłby się odwrócić od tych, co wykuli jego miecz? Czy tych, którzy zostawiali mu wskazówki na różnych etapach jego walki o sprawiedliwość? Jak mógł się łudzić, że mógłby odejść w jakieś bezpieczne miejsce i żyć sobie spokojnie, zostawiając za sobą wojenną zawieruchę i udając, że jej nie ma? Jak mógłby żyć w kłamstwie?

Najszczęśliwszy okres jego życia to czas spędzony z Kahlan na odludziu. Próbował się odwrócić od świata. Usiłował wszystko rzucić i żyć wspólnie z Kahlan.

Kiedy wyzdrowiała, zrobiła się niespokojna i niecierpliwa, starała się go przekonać, że muszą wrócić do świata, na swoje w nim miejsce.

Pojawiła się Nicci i go pojmała. Uprowadziła go daleko i długo trzymała w niewoli. Richard wiedział, że tylko się łudził, myśląc, że mogliby porzucić świat i znaleźć jakąś kryjówkę, że mogliby żyć w spokoju, że nikt by po niego nie przyszedł. Ktoś zawsze się zjawia.

Czy chciał to przyznać, czy nie, prawda była taka, że łączyło się z nim zbyt wiele spraw. Powinien stawić czoło rzeczywistości, a nie się przed nią chować. Albo walczysz ze złem, gdy je napotkasz, albo zło przejmie kontrolę nad twoim życiem. Nie mogli przed tym uciec nawet mieszkańcy Mrocznych Ziem.

Zło zawsze rośnie w siłę i się rozprzestrzenia, jeśli się go nie zwalcza.

Tak naprawdę chodziło o to, że Kahlan była jego ostoją. Był od niej fizycznie silniejszy, ale dawała mu emocjonalną stabilność, zawsze nieugięta w tym, co słuszne. Zdarzało się, że czuł się za słaby, żeby dalej to wszystko ciągnąć. Wtedy Kahlan była jego siłą. Zawsze brał się w garść dla niej.

Przerażało go, że ona słabnie.

Wiedział jednak, że jest zbyt silna, zbyt oddana sprawie, żeby to trwało. Przypuszczał, że niemądrze byłoby oczekiwać, by stale była tak samo niezłomna. Była tylko człowiekiem.

Chociaż ogromnie pragnął zrobić to, co doradzał Zedd, o co ona go prosiła w chwili ludzkiej słabości, to wiedział, że naprawdę nie mogłaby tak żyć. Wcześniej lub później – prawdopodobnie wcześniej – zaczęłaby być niespokojna i musiała wrócić do walki.

Był Poszukiwaczem, a ona Matką Spowiedniczką. Po to się urodziła i – na dobre lub złe – nie mogła przed tym uciec, podobnie jak on nie mógł uciec przed tym, kim był. W końcu nosiła białą szatę, oznakę jej statusu, szata przynależała do niej tak samo jak Miecz Prawdy do niego. Ani szata, ani miecz nie były odświętnymi rekwizytami. Stworzono je do walki. Były orężem przeznaczonym do walki o prawdę.

Powiedział sobie, że nie powinien upadać na duchu przez jej wczorajszą słabość. Zawsze brał się w garść i tak samo zrobi Kahlan. Po prawdzie to już kiedy wyruszali rankiem, widział, jak wracają jej siły. Znowu była stanowcza.

Wciąż żałował, że nie wie, co jej powiedziała wyrocznia.

– Bądźcie czujni, chłopcy – rzucił cicho major Fister, kiedy mijali straż cytadeli, w brązowych bluzach, stojącą po obu stronach brukowanej drogi wiodącej na szczyt wzgórza.

Żołnierze, po dwunastu z każdej strony, stali w postawie na baczność – broda uniesiona, pięść na sercu. Na pewno nie sprawiali wrażenia, że myślą o walce.

Major wysłał przodem żołnierzy, żeby zapowiedzieli przybycie lorda Rahla i polecili straży przygotować się na przyjęcie jego i eskorty. Zwiadowcy donieśli, że obrońcy cytadeli byli zaskoczeni, lecz przyjacielscy i chętni powitać lorda Rahla i jego świtę. Richard, chociaż przebywał daleko, nie mógł być całkiem nieznany tutejszym ludziom. Wielu żołnierzy z odległych części D'Hary walczyło w długiej wojnie i wrócili do siebie z opowieściami o lordzie Rahlu i Matce Spowiedniczce prowadzących ich do zwycięstwa.

Richard starał się nie widzieć w tych żołnierzach i w mieszkańcach Saavedry zagrożenia, lecz ludzi takich jak inni, mających te same nadzieje i marzenia. Może teraz, kiedy się zjawił w ich krainie, a Hannis Arc odszedł, poczują się częścią wolnej D'Hary.

Na końcu drogi, na wzgórzu ponad miastem, dotarli wreszcie do masywnych żelaznych wrót w wysokim kamiennym murze. Kolejny dobry znak – wrota były otwarte. Po obu stronach drogi w równych szeregach stali żołnierze.

Mimo tych oznak respektu Richard czuł się jak mucha zbliżająca się do pajęczyny.

Pochylił się ku majorowi Fisterowi.

– Pamiętaj, co ci powiedziałem.

– Życie każdego żołnierza, zanim cokolwiek stanie się Nicci. – Spojrzał na Richarda. – I oczywiście tobie i Matce Spowiedniczce.

Nic by im nie dało pole ograniczające w cytadeli, gdyby jakiś niemądry porywczy żołnierz przeszył serce Nicci strzałą. Nawet osobę mającą największą moc można powalić zwykłą strzałą. A bez Nicci pole ograniczające na nic im się nie przyda.

Z tego, czego się dowiedział, wynikało, że aby powstrzymać zło, jakie imperator Sulachan i Hannis Arc wypuścili na świat, powinien zakończyć proroctwo. Żałował, że nie mógł tego zrobić, zanim Kahlan porozmawiała z wyrocznią.

– Wydaje się spokojnie – powiedział major Fister, przyglądając się straży cytadeli. – Ale każdy żołnierz jest gotowy.

Wszyscy wiedzieli, jak ważne jest, by byli stalą przeciwko stali, żeby Richard mógł być magią przeciwko magii.

A on bardzo chciał dostać jakąś wskazówkę, jak niby ma zakończyć proroctwo.

ROZDZIAŁ 72

Cały garnizon Fajin stał na baczność na brukowanym placu za główną bramą. Za szeregami żołnierzy w kolczugach, z mieczami w pochwach, stał szereg łuczników w brązowych bluzach, łuki i kołczany mieli na ramieniu. Lansjerzy stali w równej linii po drugiej stronie placu; groty lanc mierzyły w ołowiane niebo, końce opierały się o wilgotny od mżawki bruk.

Wszyscy stali w takim szyku, by skierować Richarda i jego eskortę do człowieka czekającego pośrodku drogi wiodącej ku cytadeli.

Richard nie znosił, jak mu wytyczano drogę. Major Fister też, sądząc po jego gniewnej minie.

Dalej, za żołnierzami, drogę do stojącej na szczycie wzgórza kamiennej cytadeli okalały terasy z drzewami oliwnymi. W większości miast dowolnej wielkości nie byłaby nadzwyczajną budowlą, lecz w miejscu takim jak Saavedra cytadela była niczym klejnot posadowiony ponad obskurnym miastem. Richard pomyślał, że kiedy mieszkał w niej Hannis Arc, stanowiła symbol ucisku, podobnie jak Pałac Ludu za panowania Rahla Posępnego.

Dla Richarda budynek był tylko budynkiem i nie symbolizował pasji i osobowości jego mieszkańców. W tym konkretnym budynku obchodziło go wyłącznie pole ograniczające w podziemiach. To był ratunek dla Kahlan. Widział w zielonych oczach brzemię tkwiącej w niej zmazy. Czuł, jak przygniata go ten sam ciężar.

Kiedy Richard i otaczający go żołnierze – zbrojni w topory bojowe, noże i miecze, jedni w skórzanych napierśnikach, inni w kolczugach na tunikach – się zatrzymali, człowiek pośrodku placu dotknął pięścią serca i głęboko się pokłonił.

– Jestem generał Wolsey – powiedział, kiedy się wyprostował. – Witaj w cytadeli... lordzie Rahlu, jak sądzę?

– Tak jest – odparł Richard, skinąwszy głową.

– Forpoczta twoich żołnierzy poinformowała nas o twoim przybyciu. Brak mi słów, by wyrazić, jakim zaszczytem jest dla nas twoje zjawienie się w naszym skromnym mieście. Wszyscy jesteśmy na twoje rozkazy. Żądaj, czego tylko zechcesz, a dostaniesz to, jeśli będziemy w stanie to dostarczyć.

– Dziękuję, generale. Zapamiętam – powiedział Richard.

Wolsey się rozejrzał.

– Wszyscy wyglądacie tak, jakbyście potrzebowali wypoczynku. Są komnaty, jeśli zechcecie i...

– Dziękuję – przerwał mu Richard, zanim tamten skończył się przypochlebiać. – Jak zauważyłeś, zmęczyła nas wędrówka przez przełęcz od północnej strony.

– Przełęcz?! – zdumiał się generał. – Nikt nie chodzi przełęczą. To... niebezpieczne.

– Tamci ludzie to mieszkańcy D'Hary, tak jak i ty. Byli uprzejmi, mili i pokazali nam drogę.

Wpatrzony w niego generał odrobinę rozdziawił usta.

– To... niezwykłe.

Richard uznał, że tamten jest trochę za bardzo spięty jak na generała, no ale to było malutkie miasteczko, toteż i generał niekoniecznie był taki, jakiego on by się spodziewał. Ten człowiek zapewne był odpowiedni do swej rangi w leżącym na odludziu miasteczku. Poza tym ludzie często bywali kimś więcej, niż się wydawali.

Zanim generał Wolsey znowu zabrał głos, Richard zaczął wydawać polecenia.

– Chociaż jesteśmy pewni, że jesteście przygotowani do obrony cytadeli, to istnieją zagrożenia, na które, jak się obawiam, nikt z was nie jest przygotowany. Toteż dowództwo przejmie major Fister. – Wskazał go ręką. – Będziesz przyjmował rozkazy od niego.

Wolsey zmarszczył brwi.

– Ale ja jestem generałem, a on tylko majorem.

– Ty jesteś generałem straży cytadeli w Saavedrze. On jest majorem Pierwszej Kompanii z Pałacu Ludu – oznajmił Richard.

– Pierwsza Kompania! – Wolsey znowu popatrzył na towarzyszących Richardowi żołnierzy. – Nie miałem pojęcia, lordzie Rahlu. Jeszcze nigdy nie spotkałem nikogo z Pierwszej Kompanii. Będziemy, rozumie się, współdziałać.

– Dobrze. To oznacza, że każdy z żołnierzy będących moją przyboczną strażą, żeby móc mnie chronić, ma prawo w razie potrzeby rozkazywać każdemu z was. Nie mamy zamiaru pozbawiać cię dowództwa w obronie cytadeli lub miasta i oddamy ci dowodzenie, gdy tylko wypoczniemy i będziemy mogli wyruszyć dalej. Czyli pewnie za dzień czy dwa.

– Tak jest, lordzie Rahlu.

Richard z rozmysłem popatrzył na grupkę stojących z boku oficerów. Zrozumieli i przyłożyli pięść do serca. Potem spojrzał na obserwujących to wszystko stojących w szeregach żołnierzy – zrobili to samo. Nie zanosiło się na żadne sprzeciwy czy szemrania.

– Dziękuję wam za zrozumienie, jak ważne jest nasze bezpieczeństwo – powiedział Richard. – Są zagrożenia, na które musimy być gotowi.

Generał uniósł dłoń.

– Jakiego rodzaju zagrożenia? – odchrząknął. – Jeśli wolno mi spytać.

Richard spojrzał mu w oczy.

– Czy widziałeś kiedyś, jak umarli wstają z grobów i atakują żyjących, rozdzierają ich na kawałki?

Generał szeroko otworzył oczy.

– Umarli...?

– Tak. Ponieważ już są martwi, nie można ich zabić. Moi żołnierze wiedzą, jak sobie radzić z takim zagrożeniem, toteż sugeruję, żebyście im nie wchodzili w drogę i pozwolili się rozprawić z każdym napastnikiem.

Generał energicznie potakiwał.

– Rozumie się, lordzie Rahlu.

– Odbyliśmy długą podróż przez bardzo nieprzyjazne ziemie. Musimy się schronić przed tą mokrą pogodą i trochę odpocząć.

Młody generał Wolsey zrobił zapraszający gest.

– Pozwól więc, lordzie Rahlu, że wskażę drogę.

Richard i pozostali bez słowa poszli za nim krętą brukowaną drogą ku cytadeli na szczycie wzgórza. Wolsey od czasu do czasu oglądał się przez ramię, jakby się upewniając, że się nie zgubili.

Richard specjalnie nie przedstawił Kahlan ani nikogo innego. Nie chciał, żeby tutejsi wiedzieli, kim właściwie są. Sądził, iż może jest nadmiernie ostrożny, ale jeżeli zbójcy kazano się ukryć i wypuścić strzałę do Matki Spowiedniczki lub Nicci czy Ireny, to nie chciał wystawiać ich na cel. Ponieważ wszyscy znali jego rozumowanie, to milczeli, a mówienie pozostawiali jemu.

Generał otworzył skrzydło wielkich drzwi i odsunął się, żeby Richard i towarzyszące mu osoby mogli wejść do wspaniałego westybulu.

Kiedy już znaleźli się w środku, wskazał stojące z boku i w głębi kobiety w uniformach.

– Służba zaprowadzi was do pokoi i przyniesie wszystko, czego będziecie potrzebować. Biskup wyjechał na długo, toteż mamy dla was mnóstwo pokoi, możecie swobodnie korzystać z cytadeli. Mamy urocze pokoje gościnne, w których na pewno będzie wam wygodnie. Może nie zapewnią takich wygód, do jakich jesteś, lordzie Rahlu, przyzwyczajony, lecz ufam, że uznasz je za odpowiednie.

Im więcej generał mówił, tym bardziej irytował Richarda. Przypuszczał, że biedak po prostu nie miał okazji na tych rubieżach spotkać zbyt wielu ważnych ludzi. Richard widział służących i służące ustawionych rządkiem w głębi westybulu, zdenerwowanych i czekających na rozkazy.

– Dziękuję – powiedział do generała. – Teraz już sami się wszystkim zajmiemy. Wróć, proszę, do swoich ludzi, zamknij bramę i zadbaj, żeby nikt tu nie wszedł, póki jesteśmy w cytadeli.

Generał popatrzył na wielkich, brudnych, posępnych, odzianych w zbroje, zahartowanych w bojach d'harańskich żołnierzy z Pierwszej Kompanii, połyskujących orężem i woniejących potem, stojących w nieskalanie czystym westybulu. Zanim zdążył się sprzeciwić, major Fister posłał mu spojrzenie odbierające mowę większości ludzi.

Generał przyłożył pięść do serca.

– Tak jest, lordzie Rahlu.

Potem, z oporami, lecz coraz szybciej, ruszył ku drzwiom. Jeden z żołnierzy je za nim zamknął.

Wszyscy żołnierze Pierwszej Kompanii wyglądali groźnie, a major najbardziej. Richard, rozumie się, znał wielu z nich osobiście, niektórzy byli nieśmiali – ale nie w walce.

– Dziękuję wam – powiedział do służby, czekającej przy paradnych schodach. – Mamy sprawy do omówienia, toteż na razie nie będziecie nam potrzebni. Zajmijcie się, proszę, swoimi powinnościami, a któryś z żołnierzy was zawoła, kiedy będzie trzeba.

Służba, nieco speszona tym, że nie dostała żadnych poleceń, odeszła bocznymi korytarzami.

Pozostał – celowo – jeden przygarbiony starzec.

– Co mogę dla ciebie zrobić? – zapytał go Richard.

Starzec lekko się skłonił. Plecy miał tak zgięte, że prawie nie musiał się pochylać. Kiedy się wyprostował, na ile mógł, Richardowi się wydało, że dostrzegł w jego przysłoniętych opadającymi powiekami oczach cień wrogości.

– Nazywam się Mohler, lordzie Rahlu. Jestem w cytadeli skrybą. Pracowałem tu całe życie. – W jego oczach znowu pojawiło się wyzwanie. – Znałem twojego ojca.

Richard bardziej się zainteresował. Teraz rozumiał, skąd ta wrogość w oczach starca.

– Przykro mi to słyszeć.

Nie tego spodziewał się Mohler i słowa Richarda go speszyły. Zmarszczył brwi, bruzdy na czole się pogłębiły.

– Słucham, lordzie Rahlu?

Richard musiał się zająć swoimi sprawami i nie miał ochoty owijać w bawełnę.

– Rahl Posępny, podobnie jak jego ojciec, był tyranem, który torturował i zabijał ludzi, żeby się utrzymać przy władzy. Był złym człowiekiem. Pod jego władzą wszyscy cierpieli. Krzywdził bliskich mi ludzi.

Przygarbiony skryba nie wyzbył się podejrzliwości.

– A więc go znałeś.

– To ja go zabiłem.

Oczy Mohlera po raz pierwszy pojaśniały, na ustach pojawił się cień uśmiechu.

– Słyszałem pogłoski, lordzie Rahlu. Nie wiedziałem, czy to prawda. Mogłem źle usłyszeć.

Richard się pogubił.

– Co słyszałeś?

– Że go zabiłeś, by przejąć władzę.

– Byłem leśnym przewodnikiem i chętnie byłbym nim do dziś. Wypełniam obowiązki lorda Rahla, żeby dać ludziom szansę życia po swojemu. Nic by mnie bardziej nie uszczęśliwiło, jak powrót do dawnego zajęcia. Lecz czasem, kiedy trzeba wybierać, wszyscy musimy zdecydować, czy staniemy w obronie tego, co słuszne. Jeśli tego nie zrobimy, źli ludzie będą nam dyktować, jak mamy żyć.

Stary skryba skinął głową.

– Dziękuję za wyjaśnienia.

– Czym się zajmuje skryba w cytadeli? – spytał Richard.

– Pracowałem tu całe życie, spisując proroctwa dostarczane biskupowi Arcowi. Ma ich ogromny zbiór.

Richard nie mógł się opanować.

– Kolejny zły człowiek, z taką samą nienawiścią w sercu jak Rahl Posępny.

Starzec skłonił niemal łysą głowę z kępkami siwych włosów.

– Skoro tak mówisz, lordzie Rahlu. Jestem tylko pokornym sługą i takie sprawy wykraczają poza mój status.

– Wcale nie – stwierdził Richard, unosząc karcąco palec. – Masz prawo, tak jak wszyscy, żyć po swojemu. Twój poprzedni pan, Hannis Arc, zapewne tu nie wróci. Wyruszył, żeby – jak to zrobił tutaj – nieść reszcie świata niedolę i udrękę. Chyba że go powstrzymam. Proroctwa, które spisywałeś, mogą mi pomóc znaleźć sposób na powstrzymanie Hannisa Arca od skrzywdzenia bardzo wielu ludzi, od skrzywdzenia ich tak, jak to robił Rahl Posępny.

Mohler leciuteńko się uśmiechnął. Richard pomyślał, że to szczery uśmiech wyglądający jak promyk słońca.

– Będę tutaj do twoich usługi, lordzie Rahlu, gdybyś potrzebował mojej pomocy – powiedział cicho.

Richard skinął głową.

– Dziękuję. Byłbym bardzo rad, gdybyś mi pokazał proroctwa, którymi się zajmujesz, lecz później, jak wypoczniemy.

– Oczywiście, lordzie Rahlu. Odejdę teraz i wrócę, jak będę potrzebny.

Richard patrzył, jak stary skryba człapie ku paradnym schodom po drugiej stronie westybulu, i zastanawiał się, czy proroctwa, z których korzystał Hannis Arc, pomogą mu się dowiedzieć tego, na czym mu zależy, a może nawet pomogą mu znaleźć sposób na przeszkodzenie Hannisowi Arcowi i nieżywemu królowi-duchowi.

ROZDZIAŁ 73

Gdy tylko skryba zniknął na schodach, Richard odwrócił się ku czekającej grupce.

– Mamy szczęście. Mają tutaj konie. Jak tylko zostaniemy uzdrowieni i rzucę okiem na proroctwa, z których korzystał Hannis Arc, to jeśli się pospieszymy, zdążymy do Pałacu Ludu przed nim i Sulachanem. Ale najpierw musimy się wreszcie pozbyć trucizny Jit.

Chwycił Irenę za ramię, przyciągnął bliżej.

– Gdzie jest pole ograniczające? Zaprowadź nas.

Irena kiwnęła głową.

– Z przyjemnością, Richardzie. Nareszcie! Tędy – powiedziała, wskazując w prawo, pomiędzy kolumny podtrzymujące balkon ponad ciemną arkadą.

Zdawała się podekscytowana tym, że wreszcie jest w centrum uwagi, że może wypełnić swoje zadanie. Pospieszyła przodem, wskazując drogę, z rozradowaną Samanthą u boku. Córka, dumna z udziału matki w ratowaniu im życia, uśmiechnęła się szeroko, oglądając się przez ramię.

Richard też się cieszył. Odwzajemnił uśmiech.

Nie mógł się doczekać, żeby uzdrowiono Kahlan. Po zamglonym spojrzeniu zielonych oczu poznawał, że wewnętrzny mrok rośnie w siłę. Chciał, żeby ją pierwszą uleczono.

Był przekonany, że gdy tylko jad zostanie usunięty, Kahlan znowu będzie sobą i zrozumie konieczność powstrzymania Hannisa Arca i Sulachana. Gniewało go, ilekroć pomyślał o tym, że wykorzystano jego krew, żeby przywołać z zaświatów ducha imperatora. Richard musiał to naprawić. Gdy tylko Kahlan wyzdrowieje, też to przyzna.

W korytarzu za arkadami, kiedy Irena dotarła do schodów i ruszyła w dół, Richard dał znak żołnierzom. Kilku ustawiło się u szczytu schodów. Nie wiedział, co jest poniżej, lecz chciał, żeby żołnierze chronili tyły, kiedy oni tam zejdą. Reszta grupy – Richard, Kahlan, Nicci, major Fister i pozostali żołnierze – ruszyli szerokimi schodami za Ireną i Samanthą. Kahlan ujęła jego dłoń. Uścisnęła ją, a on odwzajemnił ten gest.

U stóp schodów Nicci wykorzystała swój dar, żeby zapalić lampy zawieszone w równych odstępach na ścianie, żeby im oświetliły drogę korytarzem ku drzwiom na końcu. Były to zwyczajne dębowe drzwi, wyglądały na bardzo solidne. Na milczący znak majora Fistera jeden z żołnierzy uniósł topór i wyprzedził ich.

– Czy to naprawdę konieczne? – zapytała Irena, patrząc ze zdziwieniem na majora.

– Konieczne – odparł, ani się nie usprawiedliwiając, ani nie tłumacząc.

Dla majora potrzeba takiego działania była nie tylko oczywista, ale wręcz rutynowa i nie wymagała wyjaśnień.

Irena wzruszyła ramionami.

– Ostrożności nigdy za wiele.

Wszyscy zwolnili i czekali, a żołnierz z toporem zdjął lampę ze ściany i wśliznął się za drzwi, żeby sprawdzić znajdujący się za nimi korytarz. Kiedy wrócił i zasygnalizował, że wszystko w porządku, poszli pospiesznie za Ireną w mrok za drzwiami.

Zatrzymała się niedaleko za nimi, świetlne kule zajaśniały, kiedy się przy nich znalazła. Wzięła jedną z nich leżących w żelaznych uchwytach i podała Nicci, następną dała Samancie i jedną wzięła dla siebie. Dar zasilał świetlne kule i kiedy znalazły się w dłoniach kobiet, zaczęły świecić jaśniej zielonkawym blaskiem. Ponieważ Richard nie miał dostępu do swojego daru, świetlna kula na nic by mu się nie przydała. Dlatego, jak kilku żołnierzy, wziął pochodnię ze stojącego z boku wiklinowego kosza. Uniósł pochodnię i Samantha ją zapaliła. Wyczarowała płomyk nad dłonią i zapaliła pochodnie paru żołnierzy, którzy pospieszyli korytarzem, zapalając pochodnie kompanom. Żółtopomarańczowe płomienie rozświetliły ciemność. Gryzący dym wzbił się ku okopconemu sufitowi.

Twarz Ireny przybrała zielonkawą barwę w dziwacznym blasku kuli, którą trzymała w dłoni.

– Tamtędy – powiedziała, odwracając się i ruszając ku kolejnym, mniejszym schodom.

Schody, podobnie jak ściany, były wykute w skale i nie tak szerokie jak poprzednie. Schodzilli dwójkami, minęli kilka podestów, aż do fundamentów budowli. Richard pomyślał, iż to rozsądne, żeby pole ograniczające umieścić w tak ustronnym i bezpiecznym miejscu.

U stóp schodów unieśli świetlne kule i pochodnie, żeby zajrzeć w mrok kamiennego korytarza. Powietrze było wilgotne i zatęchłe, ale przynajmniej nie stała tu woda.

– Tam – powiedziała Irena. – Bliżej końca. Myślę, że teraz jest bardzo rzadko używane, toteż jest to dość zapomniany kąt.

Pospieszyła korytarzem. Zaścielające podłogę odłamki granitu trzeszczały i pękały im pod butami, budząc echa, kiedy mijali boczne pomieszczenia. Niektóre nie miały drzwi, lecz większość tak. Z tego, co Richard zobaczył, wsuwając pochodnię w parę otworów wejściowych, wynikało, że czarne jak smoła pomieszczenia były magazynami rzadko używanych rzeczy i materiałów budowlanych potrzebnych do napraw – jak dachówki łupkowe, belki, deski najrozmaitszych wymiarów. Wszystko było pokryte grubą warstwą kurzu.

Major gestami wysyłał żołnierzy w różne strony, żeby sprawdzili pomieszczenia i boczne korytarze. Richard wiedział, że przeszukanie całego – jak się okazało – rozległego labiryntu pod cytadelą zajęłoby sporo czasu, ale przynajmniej sprawdzą najbliższy sektor.

Korytarz z granitowymi ścianami wyglądał upiornie w zielonkawym blasku świetlnych kul. Przypominało to Richardowi zasłonę zaświatów. Czuł ulgę na myśl o tym, że otwarte przejście w zatruwające ich zaświaty wkrótce zostanie z nich usunięte i zamknięte w polu ograniczającym, które nie pozwoli mu się wydostać na świat życia.

– Tutaj – powiedziała Irena, wskazując żelazne drzwi po prawej stronie korytarza. – Tam dalej – szarpnęła klamkę. – W tym pomieszczeniu.

Jeden z żołnierzy podszedł i otworzył ciężkie drzwi. Irena, nie czekając, aż żołnierz sprawdzi, co jest za nimi, weszła do środka ze swoją świetlną kulą.

– To przejście wiodące do pola ograniczającego – rzekła, a jej głos poniósł się echem w ciemnościach.

Jej kula znacznie pociemniała, kiedy Irena znalazła się w środku. Pochodnie dawały więcej światła, ale i one przygasły.

Richard zobaczył w słabym, migotliwym blasku zakurzone, brudne pomieszczenie. O kształcie prostokąta. Promyki światła przecinały mrok, ukazując porzucone przedmioty – połamane wrzeciono, części rusztowania i inne zużyte sprzęty rzucone w kąt. Deski i stare narzędzia w drugim kącie były przykryte płachtami, żeby osłonić je od kurzu. Gruba warstwa brązowawoszarego pyłu pokrywała wszystko.

Richard, wyciągając przed siebie pochodnię, wszedł do ciemnego pomieszczenia. Poczuł mrowienie wywołane mocą osłony. Trzymał za rękę idącą za nim Kahlan. Major Fister i żołnierze zostali w korytarzu, pilnując drzwi.

Świetlna kula Ireny niemal zupełnie pociemniała.

– O, zapomniałam – powiedziała czarodziejka, wyraźnie z siebie niezadowolona. – Musimy tędy przejść, a świetlne kule przestają działać w pobliżu pola ograniczającego. Mają tu specjalne kule przeznaczone dla tego miejsca, są przechowywane w pobliskim pomieszczeniu. Pobiegnę po nie i zaraz wrócę – wyszła, zanim Nicci zdążyła wejść do środka. – Chodź, Samantho, pomożesz mi je nieść.

Ale Samantha zanurkowała pod ramieniem matki i wyprzedziła Nicci, chcąc wszystko zobaczyć.

– Zostanę z lordem Rahlem – powiedziała, rozglądając się w słabym świetle. Jej głos poniósł się echem. Uniosła świetlną kulę, żeby lepiej widzieć, lecz kula szybko ciemniała.

– W porządku – stwierdziła Irena. – Sama to zrobię. Wezmę paru żołnierzy, żeby pomogli mi je nieść. Wrócę za chwilkę, wiem, gdzie są.

– Pomogę ci – zaproponował jeden z żołnierzy, idąc za nią korytarzem.

Richard zauważył, że na przeciwległej ścianie wiszą płachty, które najwyraźniej coś zasłaniają.

– To się wydaje zbyt proste – odezwała się Kahlan, rozglądając się w migotliwym blasku pochodni.

Przypomniało im się częste napomnienie Zedda.

– Nic nigdy nie jest łatwe – powiedział Richard.

Uniósł odrobinę miecz, sprawdzając, czy luźno wychodzi, a potem opuścił go z powrotem.

– Gdzie wejście do pola ograniczającego? – zapytała Samantha, rozglądając się. – Nie widzę go.

Kiedy Nicci weszła do pomieszczenia, jej świetlna kula niemal zgasła. Richard spostrzegł, że czarodziejka spochmurniała.

Gdy tylko znalazła się w środku, stała się jeszcze bardziej niespokojna.

– To nie jest pole ograniczające – powiedziała podejrzliwie.

– No pewnie – odparła Samantha. – Mama mówiła, że jest za tym pomieszczeniem.

– Czułam osłony – odezwała się Kahlan.

– Ja też – potwierdziła Samantha – więc musi być tam dalej. Muszą być jakieś drzwi, ale jest tak ciemno, że z tą jedyną pochodnią nic nie widzę.

– Były osłony – przyznała Nicci – ale ich nie rozpoznałam.

– Może tworząc je, wykorzystali ciemne moce ze względu na bliskość granicy trzeciego królestwa – zasugerował Richard.

Nicci pokręciła głową, rozglądając się.

– Jest coś w tym pomieszczeniu…

– Może wejście do pola ograniczającego jest za jedną z tych płacht – powiedziała Samantha.

Za bardzo podekscytowana, żeby czekać, aż matka przyniesie świetlne kule, umierając z ciekawości, szarpnęła jedną z zakurzonych płacht wiszących na ścianie. Kiedy płachta spadła, wbijając tumany dławiącego kurzu, Richard zobaczył cztery pary kajdan rozmieszczonych równomiernie na ścianie. Do kamiennej ściany przymocowano cztery metalowe opaski na krótkich łańcuchach.

– To nie jest pole ograniczające – powtórzyła zaniepokojona Nicci. – To loch. Te osłony mają uniemożliwić mającym dar korzystanie z mocy. To dlatego świetlne kule tu nie płoną.

Gwałtownie zawróciła Kahlan i popchnęła ku drzwiom.

– Wychodzić! Wszyscy!

To były ostatnie słowa, jakie usłyszał Richard.

Poczuł, jak drętwieje mu całe ciało. Nie czuł bólu, a dziwaczne mrowienie rozchodzące się po ciele, biegnące do czubków palców rąk i nóg.

Zdał sobie sprawę, że klęczy, ale nie pamiętał, jak się osuwa. Nic nie słyszał.

W oczach mu pociemniało, czuł mocny nacisk, jakby mu ktoś kciukami uciskał gałki oczne. To jedyny ból, jaki czuł. Poza tym tylko drętwota.

Richard, coraz słabiej widząc, miał wrażenie, że cela się przechyliła. Uświadomił sobie, że leży na boku, zwinięty w kłębek. Kahlan, Nicci i Samantha też leżały na podłodze, w pozycji płodowej, gwałtownie dygocząc od stóp do głów.

Z trudem dostrzegł, że kurz na płachtach w końcu celi wzbił się kłębami, jakby strząśnięty.

Usiłował dobyć miecza, ale nie czuł palców. Co gorsza, ręce go nie słuchały. Pomimo ogromnego wysiłku nie mógł nimi poruszyć. Całe ciało zrobiło się całkiem odrętwiałe, bezwładne. Nawet nie był pewny, czy nadal je ma, czy też jest wciągany do świata umarłych.

Usłyszał nikły dźwięk – i uświadomił sobie, że słyszy własny krzyk.

Chyba dostrzegał kogoś z tyłu celi.

Potem nawet krzyk ucichł i ogarnęła go ciemność. Świadomość zgasła i stracił przytomność.

ROZDZIAŁ 74

Kiedy Richard otworzył oczy, nic nie widział. Przebywał w całkowitej czerni. Oczy go bolały. Czuł narastającą panikę, bał się, że go oślepiono.

Spróbował się poruszyć, ale okazało się to niemal niemożliwe. Był unieruchomiony. Spojrzał w prawo, ale coś w rodzaju wysokiego, chropowatego metalowego kołnierza wbijało mu się pod żuchwę, kiedy za mocno odwracał głowę.

Powoli odzyskiwał wzrok. Spoglądając w bok najdalej jak mógł, zdołał kątem oka dostrzec Kahlan. Podobnie jak on, wisiała z żelazną obrożą na szyi i kajdanami na nadgarstkach. Chyba była nieprzytomna. Łańcuchy biegnące do obroży i kajdan przymocowano do kamiennej ściany. Były tak krótkie, że nie pozwalały więźniom usiąść.

Richard poczuł falę lęku, widząc Kahlan. Wyglądała, jakby nie żyła.

Odwrócił głowę w lewo, mrugał, starał się wyostrzyć wzrok – zobaczył, że Nicci też tak uwięziono. Za nią ledwo dostrzegł czarne włosy i wiedział, że Samanthę też zawieszono w żelaznych pętach.

Nadgarstki Nicci krwawiły. Pomimo swojej mocy wyglądała na zupełnie bezradną. Zaczęła się poruszać. Jęknęła i przerzuciła ciężar ciała na nogi, żeby poluzować obrożę i kajdany. Zakaszlała i zamrugała, starając się wyostrzyć wzrok.

Richard rozejrzał się po celi, na ile mu pozwalała obroża. Na bocznych ścianach płonęły z sykiem dwie pochodnie w żelaznych uchwytach. Nie zobaczył nikogo poza nimi czworgiem, przykutych łańcuchami do ściany.

Znowu spojrzał na Kahlan – nadal była bez życia. Popatrzył na Nicci.

– Nicci! – zawołał. Jego głos zabrzmiał ochryple, gardło go bolało. – Słyszysz mnie, Nicci?!

Kiwnęła głową, przełykając ślinę obolałym gardłem. Mrugała i mrużyła oczy, odwracając głowę, na ile pozwalała obroża.

– Nic ci nie jest, Richardzie?

Przyszła mu na myśl kąśliwa odpowiedź, ale był na to za bardzo przerażony.

– Tak mi się zdaje. Ale wszystko mnie boli.

– Mnie też – powiedziała. Popatrzyła w drugą stronę, ku Samancie, potem znowu spojrzała na niego. – Gdzie Kahlan?

– Po mojej drugiej stronie. Jeszcze się nie ocknęła.

– Orientujesz się, jak długo byliśmy nieprzytomni? – zapytała.

Richard leciutko potrząsnął głową.

– Nie. Ale trochę czasu zajęło przykucie nas wszystkich. Na pewno pojmali też żołnierzy i Irenę, bo inaczej byśmy tu nie tkwili.

Bał się, że tamtych zabito, bo nie byli tak cenni jak oni.

Jakaś jego część żałowała, że i on nie umarł. Nie chciał się borykać z tym, co ich czekało. Zedd mówił, że jest zmęczony życiem. Richard, przytłoczony tymi wszystkimi okropnościami, czuł to samo co dziadek. Tylko Kahlan powstrzymywała go od poddania się kuszącemu zewowi śmierci, jaki w sobie nosił. Tak łatwo byłoby się poddać i na zawsze pogrążyć w wiekuistym mroku.

Ale był potrzebny Kahlan.

Poruszył nadgarstkami w żelaznych kajdanach połączonych z ciężkim łańcuchem i przekonał się, że prawie nie mają luzu. Spróbował się przesunąć do przodu – i już po kilku calach unieruchomiła go obroża na szyi. Ledwo mógł się odsunąć od wilgotnej kamiennej ściany. Mógł stać, ale w żadnym razie usiąść.

Rozpoznał metodę pętania więźnia. Była to prosta, ale skuteczna forma tortury. Kiedy więzień nie był w stanie czuwać i zasypiał lub tracił przytomność, osuwał się i zawisał na obroży i kajdanach. Ból, powodowany przez szorstkie metalowe obręcze wbijające się w ciało, zmuszał więźnia do czuwania – lecz nie można czuwać bez przerwy, toteż były krótkie okresy snu lub omdlenia, kiedy zawisał w żelaznych pętach. Im dłużej to trwało, tym straszniejsze robiły się rany, aż w końcu się zaogniały i wdawało się zakażenie. Dochodziło do zgorzeli i ręce czerniały. Ciało zaczynało gnić, odchodzić od kości, odpadać. Śmierć była nieunikniona, lecz trwało to długo i było bardzo bolesne; ciężko było tak umierać w samotności, w poczuciu bezradności.

– Musimy się stąd wydostać – rzuciła gniewnie Nicci.

– Popieram. Jak wedle ciebie mamy to zrobić?

Przez chwilę milczała, a potem powiedziała:

– Mój dar nie działa w tym pomieszczeniu. Osłony nie pozwalają, żeby mający dar wykorzystali go, by uciec.

– No a magia subtraktywna? Przetnij nią żelazo.

– Myślisz, że nie próbowałam? – warknęła z irytacją. – Magia subtraktywna to też element daru. Zapewne była o wiele powszechniejsza, kiedy budowano ten loch. Osłony skutecznie blokują oba rodzaje magii.

Richard westchnął z rozczarowaniem.

– Całkiem możliwe. – Spojrzał w dół. – Nadal mam miecz, ale nie mogę go dosięgnąć.

– Irena to idiotka – mruknęła Nicci. – Niedoświadczona idiotka z zapadłej wiochy. Pomyliła ograniczającą celę z polem ograniczającym.

– Są podobne? – zapytał Richard.

– Pod pewnymi względami – przyznała. – Mają blokować moc.

– Co się dzieje? – spytała półprzytomnie Samantha, która zaczęła się wybudzać. – Gdzie jesteśmy? Co się dzieje?

– Przeżywamy przygodę – powiedział Richard.

– Chyba mi się nie podoba – stwierdziła.

– Ja tam nigdy nie przepadałem za przygodami – dodał.

– Z mamą wszystko w porządku? Gdzie ona jest?

– O tamtych nic nie wiemy – powiedziała Nicci. – Wszystko, co wiemy, to że naszą czwórkę tu przykuto. Pozostałych muszą trzymać w innych celach.

– Co z Matką Spowiedniczką? – zapytała Samantha. – Nie widzę jej.

– Jest po mojej drugiej stronie – wyjaśnił Richard.

Ugiął kolana, zniżając się odrobinę, ale to wszystko, co mógł zrobić. Był wyczerpany. Czuł się tak, jakby go pobito pałką. Wszystko go bolało.

– Co zrobimy, lordzie Rahlu? – zapytała zrozpaczona i bliska paniki dziewczyna.

– Jeszcze nie wiem, Samantho – odparł.

– Kto nam to zrobił? Wydawało się, że współdziałają.

– Nie wiem. Oszczędzaj siły.

Znowu popatrzył na Kahlan. Nadal wisiała bezwładnie, nieprzytomna, w metalowych obręczach na naprężonych łańcuchach. Głowę miała zwieszoną, ręce szeroko rozpostarte i nieco wygięte ku ścianie. Z brody ściekała jej krew w miejscu, gdzie metalowa obroża wrzynała się w szyję.

Jej widok rozpalił w Richardzie gniew. Starał się go stłumić. W tej chwili nic by mu nie dał, a jedynie strawił resztkę sił, jaka mu została. A musiał zachować siły na wypadek, gdyby miał okazję je wykorzystać.

Słyszał, jak Samantha cicho płacze. Nie przychodziło mu na myśl nic, co by ją pocieszyło.

Teraz pozostawała mu tylko nadzieja, że szybko ich zabiją, że nie czeka ich długa, bolesna droga ku śmierci.

ROZDZIAŁ 75

Richard gwałtownie poderwał głowę. Zdał sobie sprawę, że musiał na krótko przysnąć. Na podłodze przed nim zebrała się kałuża krwi z rany zadanej przez żelazną obrożę. Świeża rana piekła.

Był wykończony wyczerpującym marszem przez bezdroża do cytadeli, działaniem mocy, która ich pozbawiła przytomności, oraz brzemieniem tkwiącego w nim mroku usiłującego wciągnąć go w śmierć.

Jego siły podkopywały też starania, żeby jasno myśleć, znaleźć jakieś rozwiązanie. Ledwo był w stanie sformułować jakąś myśl, a i tak na nic się to nie przydawało.

Obejrzał się – Kahlan się nie poruszyła. Nadal zwisała bezwładnie, nieprzytomna. Przypomniał sobie, jak Nicci mówiła, że jeśli tkwiąca w nich trucizna znowu odbierze któremuś z nich świadomość, będzie to po raz ostatni, już się nie obudzi. Nie wiedział, czemu Kahlan jest nieprzytomna, lecz jeśli z powodu tkwiącej w niej zmazy, to możliwe, że już odeszła. Nie mógł nawet pomyśleć, że ją straci, ale wolałby, żeby to się stało tak, a nie po długiej udręce.

Myśl o jej śmierci sprawiała, że chciał krzyczeć. Nie mógł znieść myśli, że umarła. Nie mógł znieść myśli o życiu bez niej. Wszystko by zrobił, żeby ją ocalić. Wszystko.

Ale nie wyglądało na to, by któremuś z nich zostało jeszcze dużo życia.

Tak głęboko wierzył, że pozbędą się tkwiącej w nich zmazy, że Nicci ich uleczy. Że potem wezmą konie i wrócą na czas do pałacu. Był też przekonany, że gdy tylko Kahlan znowu będzie sobą, to odzyska siłę ducha i gotowość do walki. Oddanie prawdzie, dbałość o dobro porządnych ludzi były jej nieodłącznymi cechami, tym, co w niej kochał. Były nią.

Teraz zniszczono te nadzieje.

A wszystko wydawało się w zasięgu ręki. Tak się trudzili, żeby tu dotrzeć – a tylko po to, żeby się przekonać, że nie ma żadnego pola ograniczającego. Czuł się oszukany. To było nieuczciwe.

Richard podniósł głowę, bo usłyszał coś za drzwiami. Nicci też. Wymienili spojrzenia.

– Bądź silny, Richardzie. Bądź silny.

– Ty także.

– Zawsze. Stawiliśmy czoło gorszym rzeczom i przetrwaliśmy.

Uśmiechnęła się do niego. A on odwzajemnił uśmiech. Była wyjątkową kobietą.

Poczuł ogromny smutek na myśl, że Nicci umrze w tym obskurnym lochu, w samym środku Mrocznych Ziem. I Samancie odbiorą życie, zanim się na dobre zaczęło. To nie było sprawiedliwe.

Wiedział jednak, że w życiu nie ma czegoś takiego jak sprawiedliwość. Istnienie nie miało żadnego planu, żadnych założeń. Życie po prostu istniało. To ich sprawą było staranie się, żeby było prawe i dobre, jeśli tego właśnie chcieli. Gdyby zaprzestali starań, zło by się rozpanoszyło i wszystko urządziło po swojemu. I teraz zło wygra.

Drzwi zaskrzypiały, kiedy je otwierano.

Richard nie mógł uwierzyć własnym oczom, kiedy do celi wkroczył Ludwig Dreier. Uśmiechał się z wyższością, a uśmiech ten stał się jeszcze szerszy, kiedy opat napotkał spojrzenie Richarda. Zamiast czarnego odzienia, w którym go przedtem widywano, nosił królewskie purpurowe i złote szaty szeleszczące przy każdym ruchu.

Za nim stała Mord-Sith w czarnym skórzanym uniformie. Richard zdziwił się na jej widok. Kahlan mu o niej opowiadała, lecz zdumiewało go to, skąd się wzięły Mord-Sith inne niż te, które znał z Pałacu Ludu. W końcu Mord-Sith stworzyli okrutni przodkowie Richarda.

– No, no, lordzie Rahlu, jak miło ponownie cię widzieć.

Znowu przyszła mu na myśl kąśliwa odpowiedź, ale wolał nic nie mówić. To wszystko było częścią misternego planu Ludwiga Dreiera i nic, co Richard mógłby powiedzieć lub zrobić, tego nie zmieni.

Opat najpierw podszedł do Samanthy, nieco się pochylił, żeby spojrzeć jej w oczy.

– Ach, czarodziejka. Jak uroczo. W przeszłości potrafiłem uzyskiwać od mających dar użyteczne proroctwa. – Uszczypnął ją w nos. – Chyba się przydasz, mała.

– Wypuść nas – odezwała się Samantha bliska łez. – Nic ci nie zrobiliśmy.

– To kwestia do dyskusji, ale może innym razem. Jest środek nocy i nie mam na to ochoty.

Mord-Sith posłała Samancie zimne znaczące spojrzenie, a Dreier podszedł do Nicci.

– Jeszcze jedna czarodziejka – powiedział. – Nie tylko czarodziejka. Kobieta o umiejętnościach i talentach przewyższających te, z którymi się urodziła.

Nicci patrzyła na niego gniewnie, ale – podobnie jak Richard – nie raczyła mu odpowiedzieć. Dorastała i spędziła większość życia wśród sadystów. Wiedziała, że szkoda czasu na dyskusje z szaleńcami.

– Kolejna kobieta z darem, która, jak sądzę, dostarczy niezwykłe proroctwo, kiedy się ją odpowiednio przygotuje. Jestem przekonany, że jej trzewia ujawnią wspaniałe tajemnice. – Obejrzał się przez ramię. – Nie sądzisz?

Mord-Sith uśmiechnęła się do niego przebiegle.

– Uważam, że możesz mieć rację, lordzie Dreierze.

– Lordzie? – odezwał się Richard. – Chyba żartujesz. Czemuż od razu nie nazwałeś się imperatorem Dreierem?

Ludwig skupił uwagę na Richardzie. Podszedł ku niemu.

– Znakomita sugestia. Brzmi wspaniale. Lecz muszę jeszcze wiele zrobić, zanim nadejdzie ten dzień.

– Co to za robota? – zapytał Richard, zanim sobie uświadomił, że postanowił milczeć.

– Hannis Arc wskrzesił króla-ducha dzięki użyciu twojej nasyconej darem krwi i przez to sprawy stały się bardziej… chaotyczne, skomplikowane. Będę musiał uciec się do proroctw, żeby przezwyciężyć przeszkodę, jaką jest zarówno to niezwykłe zdarzenie, jak i ci obdarzeni potężną mocą mężczyźni. – Uniósł palec i pochylił się ku Richardowi. – Zapewniam cię, że przezwyciężę.

– Nie masz pojęcia, na co się porywasz – powiedział Richard, patrząc na niego gniewnie.

Ludwig Dreier się uśmiechnął, jakby był to żart zrozumiały wyłącznie dla niego.

– Ależ mam.

– A czego chcesz od nas? – zapytał Richard.

Dreier machnął ręką, podchodząc do Kahlan.

– Wielu rzeczy. Wszystko w swoim czasie. Zaczniemy jutro. Dzisiaj zostaniecie tutaj i poczekacie, aż się wyśpię. Chcę być wypoczęty, żebym się mógł w pełni cieszyć tym, co się wydarzy.

Uniósł brodę Kahlan. Kiedy cofnął dłoń, głowa z powrotem opadła. Richard zobaczył, że ten ruch otworzył ranę na szyi.

– Eriko, bądź miła i obudź ją.

Mord-Sith, stojąca przed Richardem i patrząca na niego tak, jak patrzą Mord-Sith, kiedy chcą zastraszyć bezbronną ofiarę, po raz pierwszy się uśmiechnęła. Dawała mu odczuć, że wie, iż tak naprawdę to jego zrani o wiele bardziej niż Kahlan.

ROZDZIAŁ 76

Erika w końcu oderwała wzrok od Richarda i odwróciła się.

– Z przyjemnością, lordzie Dreierze.

Odgłos jej butów uderzających o kamienną podłogę, kiedy podchodziła do Kahlan, niósł się echem po zakurzonym lochu. Richard aż za dobrze pamiętał ten miarowy, nieśpieszny odgłos. Mord-Sith nie lubią się spieszyć przy robocie.

Erika bez ceregieli zacisnęła zęby i stęknąwszy z wysiłku, wbiła Agiel w brzuch Kahlan.

Kahlan szeroko otworzyła oczy i usta, budziła się, dławiąc się oddechem. Potem wrzasnęła, spróbowała się cofnąć, ale już była przy ścianie. Nie mogła nic zrobić, zwisała w kajdanach, bezbronna. Richard widział na twarzy kobiety, którą kochał nad życie, nie tylko ból, ale i szok.

Odgłosy jego szarpaniny budziły echa w celi, kiedy wytężając wszystkie siły, próbował wyrwać łańcuchy ze ściany. Żelazo wbijało mu się w ciało, ale okowy trzymały.

Mord-Sith wreszcie cofnęła Agiel. Kahlan się osunęła, uginając kolana, i zawisła w obroży i kajdanach. Dławiła się, próbując złapać oddech, nie mogła ustać na nogach. Nie można było słuchać jej rozpaczliwych prób złapania tchu. Odrobinę pocieszało to, że to nie tkwiąca w niej zmaza odebrała jej świadomość, lecz ciemne moce użyte przez Ludwiga Dreiera. Lecz wewnętrzna zmaza najwyraźniej osłabiła Kahlan bardziej niż Richarda.

Kiedy Kahlan wreszcie zapanowała nad sobą, zaczęła oddychać i zdołała częściowo przenieść ciężar ciała na stopy, żeby poluzować ucisk obroży i kajdan, uniosła głowę i spojrzała gniewnie na Mord-Sith.

– Erika.

– Pani Erika – poprawiła z uśmiechem Mord-Sith. – Musisz się nauczyć właściwie do mnie zwracać.

Kiedy Kahlan nie odpowiedziała, Erika znowu wbiła jej Agiel w brzuch. Kahlan dygotała i krzyczała ze straszliwego bólu.

Erika cofnęła Agiel, a ona się osunęła i jakiś czas wisiała w okowach, spazmatycznie chwytając powietrze, drżąc. Za drugim razem dłużej trwało, nim ból minął na tyle, żeby mogła oddychać. Richard oddałby życie, żeby zabić Mord-Sith.

Ludwig Dreier uniósł dłoń, powstrzymując Erikę przed trzecim użyciem Agiela.

– Cóż, Matko Spowiedniczko – powiedział, podchodząc bliżej – wygląda na to, że znowu jesteś z nami.

Kahlan wypluła krew i posłała mu gniewne spojrzenie.

– Przecież wiesz, opacie, że cię zabiję.

– Wiem, że czarodzieje dotrzymują obietnic, ale nie sądzę, żeby to dotyczyło i czarodziejek.

– W tym przypadku tak – rzuciła zjadliwie Kahlan. – Już jesteś martwy. Tylko jeszcze o tym nie wiesz.

– Tak, tak, pogroziłaś mi. Uznaj, że jestem przerażony, jeśli to cię uszczęśliwi, ale jest już późno i choć to przyjemne, to nie mam ochoty na pogaduszki.

Uniósł jej brodę, żeby mogła mu spojrzeć w oczy. Richard miał nadzieję, że Kahlan ma na tyle rozsądku, żeby nie plunąć mu w twarz. Wiedział, że kiedy się rozzłości, może zrobić wszystko – a była zła. Na szczęście tylko gniewnie patrzyła.

– Mamy niedokończoną sprawę – powiedział do niej Dreier, uśmiechając się tak, że Richarda zmroziło. – Albowiem niezachwianie wierzę, że Spowiedniczka dostarczy znakomite proroctwo, proroctwo mające większą wagę niż to od czarodziejki, proroctwo, jakiego nikt inny nie mógłby dać. Nigdy przedtem nie miałem takiej okazji, lecz wreszcie mi się trafiła i zamierzam ją wykorzystać pod każdym względem. Przez wiele lat udoskonalałem mój specyficzny fach, by być gotowym na taką właśnie okazję.

– „Specyficzny fach”? To żałosne usprawiedliwienie tortur. Prawda jest taka, że znajdujesz upodobanie w okaleczaniu i dręczeniu ludzi. W głębi duszy wiesz, że wszyscy cię uważają za zwyrodniałego sadystę, więc próbujesz to usprawiedliwić, uczynić z tego szlachetną sprawę. Ale nikogo nie oszukasz. Wszyscy znają prawdę.

Uniósł dłoń w lekceważącym geście.

– Przyznaję, to prawda, że znajduję... specyficzną satysfakcję w zabieraniu ludzi w owo miejsce, gdzie ból jest tak silny, że mogą zajrzeć na drugą stronę, błagając o wyzwolenie od cierpień. To wtedy, dzięki moim wyjątkowym umiejętnościom, są w stanie wyłowić proroctwo z wieczności zaświatów. Tak, cieszy mnie ta umiejętność, lecz kto by się nie cieszył, mogąc dobrze robić to, do czego się urodził? Czyż i ciebie, Matko Spowiedniczko, nie raduje wykorzystywanie twojej mocy zgodnie z jej przeznaczeniem? Oczywiście, że tak, widzę w twoich oczach, jak bardzo byś chciała teraz z niej skorzystać. Jakie to smutne, że już nie możesz jej przywołać. A więc tak, lubię wykorzystywać moje specyficzne talenty. Uwielbiam obserwować mniej ważnych ludzi na granicy życia i śmierci, patrzeć, jak się trzęsą i dygoczą, płaczą. Bo ból poszerza percepcję, a udręka prowadzi do odkupienia poprzez prorokowanie. Z biegiem lat pojąłem, że mający dar dostarczają najwartościowszych proroctw. Uważam jednak, że Spowiedniczka mogłaby dać najbardziej doniosłe proroctwo, naprawdę wyjątkowe i użyteczne. Kiedy skończę z czarodziejkami, rozumie się. Chcę, żebyś najpierw „skruszała".

Poklepał ją po policzku, jak czuły człowiek mógłby poklepać po głowie psiaka.

– Przyznaję, że sprawi mi niezwykłą przyjemność widok miny twojego męża, kiedy wyciągnę ci jelita i zacznę nawijać na patyk, a ty będziesz krzyczeć, wyć, trząść się i dygotać. Jak widzisz, nie potrzebuję żadnej wymówki. Po prostu bardzo lubię swoją robotę. Może przestaniesz być niemiła, kiedy tylko ja będę mógł ci pomóc. Może wtedy, kiedy będę mógł cię uwolnić, okażesz więcej szacunku tym, którzy są bystrzejsi i lepsi od ciebie.

Kahlan nie kryła gniewu.

– Jesteś żałosnym wybrykiem natury.

Richard wyczytał z jej oczu, że jeśli miała chwilę słabości i chciała się usunąć, żeby żyć na własny rachunek, to ta chwila minęła. Pojął, że mowy nie ma, by zrezygnowała. Ponad wszystko pragnęła walczyć.

W oczach Dreiera dostrzegł żywiołową nienawiść, podsycaną wściekłością na wszystko, co dobre i prawe, nienawiść, która chce jedynie niszczyć dla samej radości niszczenia.

– Gdybyś tylko wiedziała, co dla ciebie przyszykowałem…

– Możesz się łudzić – powiedziała Kahlan spokojnie i władczo, jak tylko Spowiedniczka potrafi – ale i tak zamierzam cię zabić.

Ludwig Dreier się wyprostował, rozgniewany.

– Chcesz, żebym teraz z nią zaczęła? – spytała Erika.

Zastanowił się, ale wreszcie machnął ręką.

– Nie, to był długi dzień układania planów i tkwienia za płachtą, kiedy czekaliśmy, aż przyjdą.

Uśmiechnął się do Richarda.

– Pojmujesz, lordzie Rahlu, wartość proroctwa? Ja cenię i szanuję proroctwa. To znajomość proroctwa, zrozumienie go i wiedza, jak je wykorzystać, doprowadziła cię tutaj, w łańcuchy, a mnie pozwoli pójść do wygodnego łoża w miłym towarzystwie, które mi dostarczy rozkoszy i przyjemności.

Odwrócił się do drzwi.

– Miłej nocy wszystkim. Jutro zaczniemy. Chodź, Eriko. Aha, weź pochodnie. Nie potrzeba im światła. Niech tkwią w ciemnościach. Jak do tej pory.

Mord-Sith wyjęła z uchwytów pochodnie i zabrała je, rzucając na odchodnym lodowate spojrzenie Richardowi i Kahlan. Drzwi się zatrzasnęły i zostali sami w czarnej jak smoła celi. Słyszał, jak przekręcają klucz w zardzewiałym zamku. Zasuwa ze szczękiem wsunęła się na miejsce.

– Kahlan – szepnął – bez względu na to, co się stanie, pamiętaj, że cię kocham. Tego nigdy ci nie odbierze.

I dlatego, pomyślał, Dreier tak szaleńczo ich nienawidzi. W jemu podobnych wzbiera nienawiść, bo inni cenią sobie takie zwykłe szczęście w życiu. I właśnie to najbardziej pragną zniszczyć.

– Wiem, Richardzie. Ja też cię kocham.

– Nie martwcie się – odezwała się Nicci. – Wydostaniemy się stąd.

– Skąd ta myśl? – zapytał Richard.

– Bo musimy – odparła z przekonaniem. – Matka Spowiedniczka przyrzekła go zabić, a ja jej wierzę.

– To najprawdziwsza prawda – rzuciła w ciemnościach Kahlan.

Richard, wbrew wszystkiemu, się uśmiechnął.

ROZDZIAŁ 77

Kilka godzin po tym, jak Ludwig Dreier i Erika wyszli, Richard usłyszał, jak w korytarzu jacyś ludzie rozmawiają cichymi, stłumionymi głosami. Uniósł głowę i popatrzył na drzwi, chociaż w tej czerni nic nie widział. Ciemność przytłaczała, sprawiała, że czuł się ślepy, że miał uczucie, iż osuwa się w tkwiący w nim mrok.

– Słyszycie? – wyszeptała Kahlan.

– Tak – odszepnęła Samantha. – Ktoś rozmawia.

– To brzmi jak głos kobiety – powiedział Richard, bezskutecznie próbując zrozumieć słowa.

– Pewnie ta Mord-Sith – odezwała się Nicci – przyszła nas ucałować na dobranoc swoim Agielem.

Richard nie wiedział, jak długo byli nieprzytomni, wisząc w łańcuchach przymocowanych do kamiennej ściany, lecz był przekonany, że do rana jeszcze daleko, toteż nie sądził, żeby to Ludwig Dreier tak szybko wrócił.

Lecz wcale by go nie zdziwiło – bo dobrze znał Mord-Sith – gdyby Nicci miała rację.

Usłyszał klucz obracający się w zardzewiałym zamku, cofającą się ze szczękiem zasuwę. Odgłos długo niósł się echem w ciemnościach. Żelazne drzwi otworzyły się, skrzypiąc, budząc echa w kamiennym lochu.

Richard zmrużył oczy, bo przez otwarte drzwi wdarły się do celi snopy migotliwego blasku pochodni. Długo tkwił w kompletnej ciemności i teraz światło wydawało się przeraźliwie jaskrawe. Po chwili oczy zaczęły się przyzwyczajać. Wciąż je mrużąc, zobaczył, jak wchodzą trzy osoby. Niosły dwie pochodnie. Zdziwił się, widząc, że to trzy Mord-Sith w czarnych skórzanych uniformach. Czwarta osoba została w mroku kamiennego korytarza, tuż za drzwiami.

Mord-Sith umieściły pochodnie w żelaznych uchwytach. Trzy Mord-Sith to aż nadto, żeby sobie poradzić z czworgiem bezbronnych więźniów. Richard nie mógł znieść myśli, że kobiety skrzywdzą Nicci i Samanthę, a myśl, że zrobią coś Kahlan, na nowo budziła w nim wściekły gniew.

Był w kajdanach i nie mógł sięgnąć po miecz, lecz nadal miał go u biodra. Zapewne zostawili go, by stale mu przypominał, jaki jest bezbronny. Ludzie tacy jak Dreier uwielbiają sprawiać, żeby inni czuli się bezradni.

Jeśli było jakieś wyjaśnienie, czemu nie może zrezygnować z walki, to właśnie to – niewinni ludzie bezbronni wobec przemocy. Miecz przypominał, że chociaż inni często byli bezsilni, to on miał możność działania w ich imieniu. Tyle że właśnie teraz nie mógł dosięgnąć broni, żeby pomóc samemu sobie, a co dopiero innym.

Lecz miał miecz i jego gniew był blisko. Ilekroć rozpalała się w nim wściekłość, gniew miecza wyczekująco się budził. Czuł, że pragnie, by go uwolnił.

Podeszła do niego najwyższa z trzech kobiet. Podobnie jak tamte, była blondynką, muskularna i miała tradycyjny długi warkocz Mord-Sith. Uznał jednak, że czarny uniform nie robi takiego wrażenia jak czerwony. Czerwień jako kolor w ich przypadku praktyczny sprawiała, że Mord-Sith budziły jeszcze większą grozę. Miała maskować plamy krwi, toteż czerwony skórzany uniform dobitnie świadczył o budzących lęk powinnościach Mord-Sith. Czerń – wymyślona przez tego, który kazał im ją nosić – była nieudolną i prostacką próbą stworzenia czegoś bardziej zastraszającego. Richard podejrzewał, iż Ludwig Dreier uważa, że może uczynić śmierć jeszcze bardziej przerażającą niż Opiekun zaświatów.

Dwie Mord-Sith nie podeszły do zakutych w łańcuchy kobiet, lecz trzymały się za tą, która patrzyła Richardowi w oczy.

– Jestem Cassia – powiedziała na koniec, potem wskazała towarzyszki. – A to Laurin i Vale.

Richard pomyślał, że może mu się uda skupić na sobie ich okrucieństwo, sprawić, że zapomną o kobietach.

– Jesteśmy na wieczornej przechadzce? – zapytał.

Cassia uśmiechnęła się krzywo kącikiem ust.

– Słyszałam, że masz poczucie humoru. Dziwna cecha u człowieka o twoim statusie.

Richard przygotował się na dotyk Agiela, ale go nie użyła. Tylko pokręciła głową.

– Nie. Przyszłyśmy cię o coś zapytać.

Chociaż nie usłyszał w jej głosie wrogości, to jęknął w duchu. Aż za dobrze wiedział, co oznaczało u Mord-Sith zadawanie pytań. Tylko trochę go zdziwił jej swobodny ton. To nie był lodowaty głos, jakim zwykle mówiły Mord-Sith, kiedy zamierzały torturami wydobyć z kogoś odpowiedzi.

– Co byście chciały wiedzieć?

– Słyszałyśmy pogłoski o tobie. Chcemy wiedzieć, czy to prawda. Jeśli nas okłamiesz... cóż, sądzę, że wiesz, co się wtedy stanie.

– Tak. Denna mnie nauczyła.

To dało do myślenia wszystkim trzem. Towarzyszki Cassii wymieniły spojrzenia. Richard był ciekaw, jak się tu znalazły, skoro znały Dennę.

– Znałeś Dennę? – zapytała Cassia. – To prawda?

– Tak. Rahl Posępny kazał jej mnie pojmać. Długo mnie więziła i w tym czasie nauczyła wielu rzeczy.

Cassia skinęła głową, czujna i skupiona.

– Znałam Dennę. Dobrze ją kiedyś znałam. – Ściągnęła brwi. – Jeżeli byłeś więźniem Denny i ona cię tresowała, to jak się uwolniłeś? Rahl Posępny wysłałby ją tylko z jednego powodu: ludzie Dennie nie uciekali.

Richard nie odwrócił spojrzenia od bacznych błękitnych oczu Cassii.

– A ja się uwolniłem. Co chcecie wiedzieć?

– Najpierw odpowiedz na moje pytanie, tak będzie o wiele łatwiej... dla nas wszystkich.

Richarda wszystko bolało, bo w łańcuchach nie mógł ani usiąść, ani się położyć. Rwały go nogi, plecy, dudniło mu w głowie. Nie wiedział, jakich ciemnych mocy użył Dreier, żeby ich poskromić, ale skutki były bolesne.

– Zabiłem ją – odparł, patrząc Cassii w oczy. – Oto, jak się uwolniłem. Zabiłem ją. Nie chcę o tym mówić. Zrobiła mi to wszystko, bo ją złamano.

Cassia kiwnęła głową, najwyraźniej to rozumiejąc. Richard nie miał pojęcia, co o tym myśleć. Ta kobieta nie zachowywała się tak jak zazwyczaj Mord-Sith zamierzająca wydobyć odpowiedzi lub kiedy ją wysyłano, żeby kogoś torturowała.

Postanowił odpowiadać nieco mniej wrogo.

– O co przyszłaś zapytać, Cassio?

Rozmyślnie nie użył tytułu „pani".

Cassia, rozmyślająca ze spuszczonym wzrokiem, wreszcie uniosła głowę.

– Słyszałam plotki, że wydałeś za mąż jedną z Mord-Sith.

Richard kątem oka wymienił spojrzenia z Kahlan. Obie Mord-Sith stojące za Cassią bacznie się w niego wpatrywały.

– Tak, to prawda. Carę.

– Cara? Cara wyszła za mąż? – Cassia była zarazem zdumiona i pełna niedowierzania. – Ona jest tak stanowcza i groźna jak to tylko możliwe.

– Cara była naszą obrończynią, lecz stała się kimś więcej niż strażniczką lorda Rahla. Stała się naszą, moją i Matki Spowiedniczki, dobrą przyjaciółką.

Cassia popatrzyła na Kahlan.

– To prawda?

– Tak – odparła bez wahania Kahlan. – Cara była twarda jak stal, ale miała też dobre serce. Kochaliśmy ją.

Wszystkie trzy nie mogły wyjść ze zdumienia, nie wiedziały, co o tym myśleć.

– To gdzie teraz jest? – zapytała stojąca z tyłu Vale. – Jeśli jest waszą obrończynią i przyjaciółką, to dlaczego jej tu nie ma? Czemu was nie broni? Oddała życie, służąc wam?

– Nie – powiedział z głębokim westchnieniem Richard. – To długa historia.

– To ją skróć – odrzekła Cassia. – Nie mamy wiele czasu.

Richard spojrzał na skupione miny stojących za nią Mord-Sith, a potem znowu popatrzył na Cassię. Zastanawiał się, co miała na myśli, mówiąc, że nie mają wiele czasu, ale odpowiedział:

– Kahlan i mnie pojmała Jit, Zaszyta Służka. Skaziła nas śmiercionośnym jadem. Cara wraz z innymi przyszła nam na pomoc. W tym czasie zawiodła granica trzeciego królestwa. Hannis Arc przywołał z zaświatów, wykorzystując do tego moją krew, dawno zmarłego imperatora Sulachana. Półludzie, ludzie bez duszy, pojmali Carę, jej męża i pozostałych naszych przyjaciół. Kahlan i ja byliśmy nieprzytomni, toteż Cara ukryła nas na wozie, zanim zaatakowali. Dlatego półludzie nas nie zabrali. Później do nich dotarliśmy i wydostaliśmy. Mąż Cary zginął podczas ucieczki.

– Rozumiem – powiedziała Cassia. – A co się stało z Carą? Czemu nie jest przy tobie?

Richard milczał, przytłoczony bolesnymi wspomnieniami. Długo trwało, zanim odparł:

– Cara poprosiła, żebym ją zwolnił ze służby.

W ciszy słychać było jedynie syczenie pochodni. Mord-Sith starały się pojąć kompletnie niezrozumiały – jak wiedział – dla nich czyn.

– Co tak naprawdę chcecie wiedzieć? – zapytał na koniec Richard.

– Nazywają cię lordem Rahlem. Rahl Posępny był lordem. Naszym panem. – Cassia zadarła brodę, patrząc mu w oczy. – Zabiłeś go?

To było pytanie, którego się obawiał. Niemniej szczerze i otwarcie odpowiedział:

– Tak.

ROZDZIAŁ 78

Cassia, Laurin i Vale wpatrywały się w niego w milczeniu przez długą, nieprzyjemną chwilę.

Richard uznał, że może powinien wyjaśnić, dlaczego to zrobił, żeby błędnie nie pomyślały, że stało się to przypadkiem lub niechcący. Chciał, żeby poznały prawdę.

– Rahl Posępny był złym człowiekiem, sprawcą niewypowiedzianych cierpień i niezliczonych śmierci. Wysłałem go w zaświaty, żeby już nie mógł nikogo skrzywdzić, i zrobiłbym to znowu.

– Więc jak to się stało, że zostałeś lordem Rahlem?

– Zgwałcił moją matkę. Czyli jestem jego potomkiem. Odziedziczyłem po nim dar. W tamtym czasie nie chciałem być lordem Rahlem, a nawet nie chciałem uznać, że mam dar. Lecz zacząłem rozumieć, że mogę wykorzystać moją moc i więź pomiędzy lordem Rahlem a mieszkańcami D'Hary w walce o coś cennego, o wolność. Wolność życia bez buta tyrana na karku. Wolność życia w godziwym świecie. Wielu chciało mieć taką szansę i pomogło w walce. Cara była jedną z nich. Ona i pozostałe Mord-Sith, które się do nas przyłączyły, nie były słabe w pragnieniu wolności. Były silne, bo do tego trzeba siły. Trzymałem Mord-Sith w ramionach, kiedy umierały za naszą wspólną sprawę. Nosiłem Agiele tych, które oddały życie, walcząc o to, w co wierzymy. Zagrzewają mnie do walki ludzie, którzy, jak tamte Mord-Sith, pragną w życiu tego samego. To w ich imieniu walczę. Zdarzało się, że byłem znużony i chciałem porzucić walkę, zostawić ją innym.

Spojrzał przelotnie na Kahlan.

– Lecz Matka Spowiedniczka, która pierwsza poprosiła mnie o pomoc, daje mi siły, to dla niej, dla jej podobnych, walczę. Będę do samego końca bronił tego, co godne i sprawiedliwe. Do ostatniego tchu, jeśli tak będzie trzeba. Oto dlaczego, Cassio, Laurin i Vale, zabiłem Rahla Posępnego. Zasługiwał na śmierć i tylko ja mogłem go zabić. Dlatego jestem i muszę być lordem Rahlem.

Kahlan posłała Richardowi ten szczególny, przeznaczony wyłącznie dla niego uśmiech. Dodał mu otuchy, choćby i miał się okazać ostatnim.

Cassia nagle odwróciła się do Nicci.

– Słyszałam, że byłaś kiedyś Siostrą Mroku, lecz już nie jesteś. Dlaczego?

Nicci odpowiedziała krótko i szczerze:

– Richard pokazał mi lepszą drogę. Jest prawym mężczyzną, a Kahlan jest prawą kobietą. Chciałam mieć takie życie, jakie mi ukazali, jakie wedle nich mogę wieść, jeśli tak postanowię.

Cassia, zamyślona, kiwnęła głową. Spuściła wzrok i jakiś czas obracała w palcach Agiel, starannie dobierając słowa. Richard wiedział, jak straszliwy ból wywołuje dotykanie tego oręża. Mord-Sith szkolono, żeby go wytrzymywały i ignorowały. W obłędzie, w jaki wepchnięto te kobiety, ból był ucieczką.

– Ból Agiela pomaga wam myśleć – powiedział. – Jest znany, zawsze obecny, podnosi na duchu.

Popatrzyła na niego ze zdumieniem.

– Denna naprawdę wiele cię nauczyła.

– Nauczyła mnie, że ludzie, którym odebrano wszystko, co w życiu dobre, i którym kazano cierpieć tylko po to, żeby ich zmienić w bestie wykorzystywane w służbie zła, potrafią się zmienić.

– Nie wszyscy – powiedziała ze skruchą.

– Nie, nie wszyscy. Niektórym odebrano dusze i nigdy nie będą mogli odzyskać człowieczeństwa. Lecz niektórzy nadal mogą.

Cassia puściła Agiel – zawisł na delikatnym złotym łańcuszku wokół nadgarstka – jakby nagle wolała, żeby jej nie przypominano bólu.

– Służyłyśmy pod Rahlem Posępnym – powiedziała, wskazując towarzyszki. – Wszystkie. Był taki, jak powiedziałeś. Ośmielam się twierdzić, że wiemy to lepiej od ciebie.

Richard potaknął.

– Rozumiem. Trochę wiem o tym, co wam zrobił, lecz na pewno nigdy nie dowiem się wszystkiego.

Na te słowa po jej twarzy przemknął cień.

– W końcu znalazłyśmy sposób, żeby go porzucić – powiedziała Cassia. – Biskup Arc zaproponował nam, że dzięki swojej mocy przejmie naszą więź i znajdziemy u niego schronienie. Uznałyśmy, że tak będzie lepiej. Przekonałyśmy się, że życie u Hannisa Arca niewiele się różni od poprzedniego, z wyjątkiem tego, że jego plany czynienia zła były jeszcze bardziej ambitne niż Rahla Posępnego. Przekonałyśmy się o tym na własnej skórze, jak tylko przejął naszą więź. Alice nas oszukała, zdradziła swoje siostry w Agielu. – Sposępniała. – Wydała mu nas w zamian za łaski dla siebie. Parę dni temu pojawił się lord Dreier i kazał nam sobie służyć, dzięki swoim mrocznym mocom przejął naszą więź, jakbyśmy były dobytkiem, który można sobie przywłaszczyć. Okazało się, że brutalnością przewyższa i Rahla Posępnego, i biskupa Arca. Dla tamtych tortury były środkiem do osiągnięcia celu. Lordowi Dreierowi sprawia przyjemność to, co robi ludziom. Chorą przyjemność. Byłyśmy cztery, kiedy się zjawił i przejął naszą więź. Podobnie jak Rahl Posępny, brał nas do łoża: na znak dominacji, żeby nam pokazać nasze miejsce, żebyśmy wiedziały, iż jesteśmy jego własnością, że może nas wykorzystywać, jak chce i kiedy chce. Pewnego wieczoru wziął do łoża Janel. Zafascynowała go i oczarowała jej uroda. Rankiem uznał, że ponieważ jest Mord-Sith, i to tak przepiękną, to idealnie się nada do uzyskania proroctwa zza zasłony.

– Torturował ją? – zapytał Richard. – Jedną ze swoich Mord-Sith?

Cassia potaknęła.

– Oboje z Eriką kazali nam na to patrzeć, żeby nam ukazać, jak to powiedział, ogromną wartość i znaczenie jego pracy. Nie było żadnej wartości w tym, co zrobił Janel. Nie miał w tym żadnego innego celu poza patrzeniem, jak się poddaje jej nagie ciało. Nie dostał proroctwa w zamian za jej życie. Nazwał to lekceważąco „cenną wprawką".

Kiedy umilkła, Richard powiedział:

– Uwierz mi, Cassio, że podzielam twoją odrazę do tych mężczyzn, którzy cię zmienili w niewolnicę. To dlatego walczę z nimi oraz z im podobnymi.

Skinęła głową, patrząc w podłogę, znowu obracając w palcach czerwony pręt. Zastanawiała się. Wpatrzona w ruch Agiela powiedziała:

– Trawiłyśmy życie, służąc okrutnikom, a jeden był gorszy od drugiego. Nigdy nie miałyśmy nic do powiedzenia. Zawsze przedstawiano nam to jako wybór, ale tak naprawdę to nigdy nie był wybór. Byłyśmy własnością złych ludzi, ich rzeczami, bronią, którą wykorzystywali do własnych celów, do zastraszania i krzywdzenia innych. Niektórym Mord-Sith zaczęło to odpowiadać. Innym nie.

Dwie pozostałe milczały, gdy Cassia mówiła za nie wszystkie. Richard się nie odzywał, pozwalał, żeby znalazła słowa.

– Przyszłyśmy zapytać – powiedziała na koniec cicho – czybyś nas nie przyjął z powrotem, czy mogłybyśmy zostać twoimi Mord-Sith. Czy zechciałbyś być naszym lordem Rahlem.

Richard wymienił z Kahlan spojrzenia.

Cassia wciąż nie patrzyła mu w oczy.

– Nie mogę tego zrobić, Cassio – powiedział łagodnie Richard.

Wreszcie podniosła wzrok. Po jej policzku spływała łza.

– Mogę wiedzieć dlaczego?

Richard skinął głową, na ile mu pozwalała żelazna obroża.

– Umieram, Cassio. Przyszliśmy tutaj, bo sądziliśmy, że jest tu pole ograniczające, w którym Nicci mogłaby nas uzdrowić. Ale pola nie ma. Tkwiąca w nas zmaza zablokowała moc moją i Kahlan. Gdybym was przyjął, to tylko naraziłbym wasze życie, bo nie mogę nadać mocy więzi, a bez niej wasze Agiele nie będą działać. Co gorsza, teraz to tylko kwestia dni, zanim ów jad zabije mnie i Kahlan. Wtedy byłybyście bezbronne wobec człowieka, który na pewno zechciałby się zemścić. Pradawna więź ludu D'Hary z lordem

Rahlem wymaga przeciwwagi. Oznacza to, że nie tylko służycie lordowi Rahlowi, lecz że i on wam służy. Jesteście jego obrończyniami, a w zamian on was chroni. Ludzie są stalą przeciwko stali, żeby on mógł być magią przeciwko magii. Umieram. Nie mogę wypełnić obowiązku, nie mogę was chronić. Podziwiam waszą decyzję, szczerze, lecz nie mogę już być nie tylko wodzem, ale i magią przeciwko magii. Rozumiesz więc, że nie mogę przyjąć waszej oferty, bo byłoby to ze szkodą dla was.

Cassia się uśmiechnęła. To był piękny, ciepły, cudowny, smutny uśmiech. Kolejna łza powoli spłynęła jej po policzku.

– To, lordzie Rahlu, była prawidłowa odpowiedź.

I wszystkie trzy Mord-Sith uklękły i pokłoniły się, dotykając czołem podłogi. Razem, jednym głosem wyrecytowały modły, tak jak się tego nauczyły jako młode kobiety, jak to robią wszyscy d'Harańczycy.

– Prowadź nas, mistrzu Rahlu – mówiły ze czcią. – Nauczaj nas, mistrzu Rahlu. Chroń nas, mistrzu Rahlu. Rozkwitamy w twojej chwale. Osłania nas twoje miłosierdzie. Twoja mądrość przerasta nasze zrozumienie. Żyjemy tylko po to, żeby ci służyć. Nasze życie należy do ciebie.

Kiedy skończyły, *Nasze życie należy do ciebie* niosło się po celi powoli cichnącym echem.

Kiedy i echo ucichło, pozostały tak, dotykając czołami podłogi, a potem wspólnie wyrecytowały modły drugi raz, a kiedy znowu echo zamilkło, powtórzyły je po raz trzeci, jak nakazuje tradycja.

Kiedy skończyły, wstały i wymieniły spojrzenia. Laurin i Vale skinęły głowami Cassii, żeby mówiła za wszystkie.

– Lordzie Rahlu – powiedziała w imieniu całej trójki Cassia – wolimy, żeby nasze życie skończyło się dzisiaj, w służbie tobie, naszemu lordowi Rahlowi, niż żebyśmy żyły sto lat, służąc tym bestiom, jako niewolnice tyranów, jako narzędzia zła. Lepiej żyć choćby jeden dzień tak, jak chcemy, jak postanowimy, dla naszych własnych celów, dla czegoś dobrego, niż spędzić całe życie jako niewolnice. Błagamy cię, lordzie Rahlu, przyjmij nasze służby, zaakceptuj naszą więź z tobą. Bądź naszym lordem Rahlem choćby tylko przez ostatni dzień życia. Będzie dla nas zaszczytem dopełnić naszej części powinności, choć nie jesteś w stanie dopełnić swojej. Wystarczy nam, byś miał tę więź w swoim sercu.

Trzy kobiety przyłożyły prawą pięść do serca i skłoniły głowy, czekając na jego decyzję.

Richard przełknął gulę w gardle. To dlatego nie mógł się wycofać. To dlatego walczył – dla tych, co potrzebowali nadziei, chcieli żyć godziwie, pragnęli kierować się wartościami, a nie pędzić życie w zdziczeniu i nienawiści.

– Przyjmuję – powiedział, bojąc się dodać coś jeszcze, żeby głos go nie zawiódł.

Wszystkie trzy szeroko się uśmiechnęły. W wilgotnych oczach zamigotały iskierki.

Vale natychmiast pobiegła do drzwi i wprowadziła kogoś do celi.

Kiedy wszedł, Richard rozpoznał Mohlera, starego skrybę.

– Lordzie Rahlu – powiedział starzec – myślę to co one. Pracowałem tutaj całe życie. Znałem Hannisa Arca od dziecka. Patrzyłem, jak wyrasta na mężczyznę zgorzkniałego i zawistnego. Teraz jego miejsce zajął Ludwig Dreier i nie różni się od niego. I ja, tak jak te kobiety, nie chcę dłużej stać z boku i patrzeć, jak niszczą wszystko, co dobre, żeby narzucić wszystkim swoją wolę. Znałem te cztery, a teraz trzy Mord-Sith, od kiedy zaczęły służyć w cytadeli. Ciemiężyli nas tyrani. Powiedziałem im, co wiem o tobie, czego się dowiedziałem. Powiedziałem, że postanowiłem ci dopomóc, i poprosiłem, żeby się do mnie przyłączyły. I ja, lordzie Rahlu, jestem w twojej służbie.

Po tych słowach poczłapał ku niemu z dużym pękiem kluczy, już wybrał ten właściwy. Najpierw otworzył obrożę, potem kajdany.

Oswobodzony Richard osunął się na kolana, nie mógł ustać na nogach. Cassia i Vale pomogły mu wstać, a Mohler przeszedł do Kahlan, by uwolnić ją z okowów.

Richard był przy niej, kiedy starzec ją oswobodził. Padła mu w ramiona i przytuliła ze wszystkich sił.

– Dziękuję, że nas nie opuściłeś – szepnęła mu na ucho.

– Nigdy – powiedział.

ROZDZIAŁ 79

Czy ktoś wie, gdzie są pozostali? – zapytał Richard Mord-Sith i Mohlera. – Żołnierze Pierwszej Kompanii? Dużo ich było.

– I moja mama – dodała Samantha.

– Wszyscy są w lochach – powiedział Mohler.

– W lochach? – spytał Richard.

– Dreier wykorzystał swoją ciemną moc, żeby wszystkim odebrać przytomność, tak jak wam – wyjaśniła Laurin. – Są tu okowy tylko dla czterech osób, toteż straż cytadeli was tu przyniosła, a pozostałych zaniesiono do niżej położonych cel.

Richard się rozejrzał po kamiennej izbie. Była zabezpieczona osłonami.

– Myślałem, że właśnie to jest loch.

Cassia pokręciła głową.

– To tylko górny poziom lochów cytadeli, najmniejszy. Cytadela ma rozległy kompleks kazamatów: całe trzy piętra pod nami, z dziesiątkami cel. Niektóre są tak małe, że zmieści się w nich tylko jedna osoba, lecz większość jest dużo większa od tej. Mogą z łatwością pomieścić setki więźniów.

Richard zmarszczył brwi, patrząc na Mord-Sith.

– Po co mieliby trzymać tylu więźniów?

Cassia przeciągnęła palcem po szyi.

– Żeby czekali na egzekucję.

Vale potaknęła.

– Na każdym z niższych pięter jest miejsce kaźni. Wyżłobiono w skale odpływy dla krwi spływającej z bloków, na których obcina się głowy. W każdym miejscu kaźni są liczne i mocno zużyte bloki.

Cassia wskazała w dół.

– Wszystko wskazuje na to, że zapewne tylko czasowo przetrzymywali w tych celach ludzi, do dnia egzekucji. To, co widziałam na dole, pokazuje, że z tych cel i miejsc kaźni nie korzystano od wieków, lecz jest mnóstwo dowodów na to, że kiedyś intensywnie je wykorzystywano. Ciała wrzucano do studni pod lochami. W jednej z nich są tylko czaszki. W pozostałych kości są wymieszane, pewnie wrzucano tam ciała i zostawiano, żeby zgniły. Nie mam pojęcia, jak głęboko sięgają warstwy kości.

– Musimy wydostać stamtąd mamę – nalegała bliska paniki Samantha. – Musimy ją natychmiast uwolnić.

Richard, zastanawiając się nad tym wszystkim, położył jej dłoń na ramieniu.

– Wydostaniemy ją, Samantho, wydostaniemy.

– Ona by mnie zabrała – upierała się.

Richard popatrzył na Mord-Sith i skrybę.

– Nie rozumiem. Po co tu tyle cel? Czy ktoś z was wie? Rzecz w tym, że to małe miasto jak na tyle więzień, nie mówiąc już o egzekucjach.

– Ze starych zapisków, które widziałem – odezwał się Mohler – wynika, że cytadela długo była więzieniem dla całych Mrocznych Ziem, miejscem przetrzymywania niebezpiecznych ludzi, na przykład władających czarną magią, do egzekucji.

Richard nagle zrozumiał.

– Mur graniczny trzeciego królestwa znajdował się w tych okolicach – powiedział. – Ludzie w czasach Pierwszej Spowiedniczki, w czasach Wielkiej Wojny, wiedzieli, że pieczęcie granicy w końcu osłabną i że zamknięte za nimi ciemne moce zaczną się wydostawać. Zostawili ludzi w Stroyzie, żeby pilnowali, kiedy mur całkiem zawiedzie. Co więcej, zbudowali cytadelę, żeby zamykać tu każdego władającego ciemnymi mocami, które od czasu do czasu wydostawały się zza muru. Takie osoby jak Jit.

– Niestety, owe moce najwyraźniej zagnieździły się w Hannisie Arcu i Ludwigu Dreierze – odezwała się Kahlan.

– Wspaniale. Czyli człowiek z mrocznymi mocami zawiadywał więzieniem, w którym powinno się go zamknąć – mruknęła sfrustrowana Nicci.

– Raczej ściąć – sprostowała Kahlan.

Richard obejrzał się na przymocowane do ściany kajdany. Wpadł na pewien pomysł. Potrzebował czasu, żeby to przemyśleć. Ale czasu nie było, musiał działać, zanim będzie za późno.

– Znam to spojrzenie – odezwała się Kahlan. – O czym myślisz? Wydostać wszystkich z lochów i błyskawicznie zaatakować?

W umyśle Richarda, czarodzieja wojny, rozpoczął się taniec śmierci. Zatracił się w tym tańcu, który tak dobrze poznał.

– Na to zagrożenie żołnierze nie poradzą. Na razie musimy ich zostawić na dole. Trzeba, żeby wszyscy w cytadeli sądzili, że nadal jesteśmy zamknięci.

Samantha zacisnęła pięści.

– Moja mama ma dar. Musimy ją wydostać. Może pomóc.

– Uspokój się, Samantho. Wiem, jak bardzo chcesz ją uwolnić, ale wiem też, co robię. Uwolnimy ją, obiecuję, ale najpierw musimy zadbać, żeby można to bezpiecznie zrobić. Musisz mi zaufać. Nie chciałabyś jej uwolnić tylko po to, żeby ją zabili, bo nie zdołaliśmy dokładnie rozpoznać zagrożenia, nieprawdaż?

– Nie, pewnie, że nie, ale…

– Dreier włada ciemną mocą. Już dowiódł, że w mgnieniu oka poradzi sobie z każdym mającym dar. Unieszkodliwił i nas, i żołnierzy, zanim ktokolwiek się zorientował, co się dzieje. Twoja mama nie ma szans w starciu z nim. Żadne z nas nie ma.

Nicci uśmiechnęła się przebiegle.

– Mam pewne pomysły.

Richard był tego pewny: Nicci miała doświadczenie w takich sprawach, potrafiła wykorzystywać rozum, nie tylko mięśnie. Była też za mądra, żeby próbować czegoś, co nic by nie dało.

– Musimy działać przez zaskoczenie, szybko i zdecydowanie – powiedział im Richard. – Najważniejsze to pojmać Dreiera.

Twarz Kahlan wykrzywił grymas gniewu.

– Pojmać go! Richardzie, nie możemy tak ryzykować! I niby po co? Najlepiej działać tak, jak powiedziałeś: zaskoczenie, szybkość, zdecydowanie. Powinniśmy zabić kanalię, zanim zdoła przeciwdziałać. Mając taką moc, mógłby nas wszystkich zabić. Nie obronilibyśmy się przed nim. Musimy go wyeliminować, a nie pojmać. Teraz mamy okazję go zaskoczyć i pozbyć się zagrożenia.

– Zagrożenia ze strony Dreiera – powiedział Richard. – A co z resztą?

– No co? – Kahlan uniosła ręce, a potem je opuściła. – Co możemy zrobić, Richardzie? Umrzemy od jadu Jit, zanim będziemy mogli cokolwiek zrobić. Możemy przynajmniej unicestwić Ludwiga Dreiera, zanim umrzemy. Żeby zrobić cokolwiek innego, musielibyśmy zostać uzdrowieni.

– Otóż to.

Richard się uśmiechnął, dobywając miecza. Szczęk stali poniósł się echem w kamiennym lochu.

Wszyscy mieli zdumione miny, kiedy się odwrócił. Potężnym zamachem ciął łańcuch obroży, którą przedtem miał na szyi. Miecz odciął łańcuch od ściany, rozgrzane żelazne odłamki przeleciały przez celę, sunęły po podłodze, odbiły się od ścian.

Kiedy obroża upadła na podłogę, Richard podniósł ją za resztkę łańcucha i pokazał pozostałych.

– To obroża mająca blokować moc mających dar.

– Dreier ma ciemną moc – przypomniała Kahlan. – Potężniejszą niż moc mających dar.

Nicci się uśmiechnęła.

– Lecz to pomieszczenie specjalnie przygotowano, żeby więzić nie tylko mających dar, ale i takich o ciemnej mocy.

– Właśnie – powiedział Richard. – Toteż możemy pojmać Ludwiga Dreiera i nie pozwolić, żeby użył przeciwko nam swoich zdolności.

Kahlan skrzyżowała ramiona na piersiach, zaciekawiona, ale nie przekonana.

– Po co? Prościej byłoby go zabić. Po co mamy się trudzić?

– Jaką mamy w sobie zmazę? – zapytał ją.

Kahlan wzruszyła ramionami.

– Zew śmierci, przekazany przez Jit.

– Którą...? – ponaglił Richard.

Zrozumiała.

– Spowodowała ciemna moc.

– Otóż to. Jit miała ciemną moc. Przez to chorujemy.

Nicci się uśmiechała.

– A Ludwig Dreier włada ciemną mocą. Toteż jeśli go uwięzimy, żywego, i założymy mu tę obrożę, może uda się nam dowiedzieć, czy jest jakiś sposób uleczenia was bez pola ograniczającego.

– To nasza jedyna szansa – powiedział Richard. – Musimy spróbować.

– Jeśli nawet zdołasz założyć mu obrożę – powiedziała Kahlan – to jak go zamierzasz nakłonić do współpracy?

Cassia pochyliła się ku niej, uśmiechając się lodowato, jak to tylko Mord-Sith potrafi.

– Zostaw to nam, Matko Spowiedniczko. Teraz jesteśmy Mord-Sith lorda Rahla. Nakłonimy Dreiera do współpracy.

– Przez tę zmazę więź ze mną nie daje mocy waszym Agielom – przypomniał im Richard.

– Nie – przyznała, wciąż się uśmiechając. – Ale Dreier mówił, że jego ciemna moc zasila teraz nasze Agiele i że więzi z nim nie można zerwać, póki żyje.

– Czyli – odezwała się Vale – możemy wykorzystać przeciwko niemu jego własną moc.

– Zrobimy wszystko, co trzeba, żeby chronić życie lorda Rahla – dodała Laurin. – Tak właśnie postępują Mord-Sith. Zmusimy opata do mówienia. Jeśli istnieje jakieś lekarstwo, to powie nam wszystko, co wie.

Kahlan wyczytała w ich oczach determinację.

– Ale niech żyje, jak skończycie, żebym mogła go zabić.

– Tak się stanie, Matko Spowiedniczko – powiedziała Laurin.

– Ty go zabijesz – dodała Cassia.

– Ale przedtem jest nasz – odezwała się Vale i w jej oczach błysnęła groźba.

– Czy któraś z was wie, gdzie on sypia? – zapytał Richard Mord-Sith.

Popatrzyły na siebie.

– O tak, wiemy – odparła Cassia. – Na trzecim piętrze.

– Prowadź – polecił Richard. – Po drodze wyjaśnię plan.

– Chętnie.

– Czy jest jakieś boczne dojście do jego sypialni? – spytał.

– Tak – odparła Cassia. – Ale niektóre drzwi są zamknięte.

Mohler uniósł kółko z kluczami.

– Żaden kłopot.

– Żołnierze pilnują jego komnaty – powiedziała Laurin. – Dzisiaj zabawia go Erika. Nie mógł się doczekać pójścia do łoża, więc wątpię, czy śpi.

– To oznacza, że nie będzie czujny – stwierdził Richard. – Ale i tak będzie to wymagało ostrożności. Powinniście wszyscy robić dokładnie to, co powiem. Niektóre z was będą musiały zostać z tyłu, dla bezpieczeństwa. Nie życzę sobie żadnych sprzeciwów ani domysłów. Nie będzie czasu na wyjaśnienia lub dyskusje. Nie możemy sobie na to pozwolić, jeśli ma się nam powieść i jeśli mamy potem uwolnić z lochów pozostałych. Wszyscy musicie zrobić dokładnie to, co powiem, i wtedy, kiedy to nakażę.

Kierował te napomnienia głównie do Samanthy, nie patrząc na nią, bo nie chciał, żeby to brzmiało, jakby ją o coś oskarżał, zanim czymkolwiek zawiniła. Lecz wiedział, jaka potrafi być. Wiedział też, że może liczyć, iż pozostali wypełnią jego polecenia.

– Jeśli komuś z was to nie odpowiada, to powinien tu poczekać, reszta idzie ze mną. Zgoda?

Wszyscy potaknęli.

ROZDZIAŁ 80

Na skrzyżowaniu korytarzy Richard wyjrzał zza narożnika. Nikogo nie dostrzegł i szybko się schował. Korytarze, słabo oświetlone lampami odbłyśnikowymi wiszącymi na ścianach w jednakowych odstępach, były wewnętrznymi, pozbawionymi okien przejściami.

Cassia powiedziała mu, że w sypialni są okna. Ponieważ nadal panowała noc, nie wpadało przez nie światło, ale można by przez nie uciec. Richard wątpił jednak, żeby Dreier – kiedy sprawy się skomplikują – skakał z trzeciego piętra.

– Jak daleko? – zapytał.

Cassia ostrożnie wyjrzała.

– Na końcu boczne korytarze odchodzą w prawo i w lewo. Sypialnia jest po prawej, na końcu, ale niezbyt daleko. Jak mówiłam, tamten korytarz kończy się tuż przed sypialnią małą rotundą. Cały czas trzyma tam co najmniej dwóch żołnierzy. Czasem więcej. Niekiedy wartę pełni ośmiu lub dziesięciu. Nie będziemy wiedzieć, ilu ich jest, aż do ostatniego zakrętu przed sypialnią.

– Skoro jest z nim Erika – odezwała się Nicci – to może nie potrzebuje liczniejszej straży.

Mohler pokręcił głową.

– Oni nie są dla ochrony. Opat ma wystarczającą moc, żeby się rozprawić z każdym zagrożeniem. Myślę, że lubi mieć żołnierzy na pokaz, jako symbol swojej rangi.

Cassia się skrzywiła.

– Trzyma ich tam, żeby słyszeli, co się dzieje w sypialni. Dreier każe kobietom, które bierze do łoża, żeby były głośne, by żołnierze za drzwiami je słyszeli. Wie, że będą o tym plotkować. Myśli, że imponuje żołnierzom.

Vale potakiwała.

– To świnia.

– W porządku. Mohlerze, Samantho, Laurin, Vale i Kahlan, wszyscy pięcioro czekacie tutaj. – Richard wskazał na dwie Mord-Sith i Samanthę. – Wy trzy chronicie Matkę Spowiedniczkę. Polegam na was. Jeśli Dreier jakoś się nam wymknie, to będzie jedyna droga wyjścia. Będziecie musiały go zatrzymać i bronić Kahlan, jeśli się tu pojawi. Mohler, masz w pogotowiu obrożę?

Wszyscy potaknęli. Skryba uniósł obrożę za łańcuch, jakby trzymał za ogon martwego lisa. Richard wziął obrożę lewą ręką, zwijając w dłoni większość łańcucha, żeby nie brzęczał.

– Gotowa, Cassio?

Uśmiechnęła się szelmowsko.

– Nie masz pojęcia jak bardzo.

Kahlan chwyciła go za ramię.

– Richardzie, masz pewność? To się wydaje za proste.

– Czasami prostota jest najlepszą metodą walki. Skomplikowane plany mogą się nie powieść. Mamy tylko jedną szansę, zanim wykorzysta swoją moc. Prostota, szybkość i brutalność działania to nasza największa szansa.

Kahlan nachyliła się i cmoknęła go w policzek.

– Jeśli ktokolwiek może to zrobić, to z pewnością wy troje.

– No to idziemy – powiedział Richard do Nicci i Cassii. – Zachowujcie się cicho. Obie wiecie, co robić.

Richard już miał w dłoni miecz, żeby nie musiał go dobywać w pobliżu sypialni. Wiedział, że szczęk stali poniósłby się korytarzami. Nie miał pojęcia, jak czujni są strażnicy – czy naprawdę nasłuchują groźnych odgłosów w korytarzach, czy też raczej słuchają głosów z sypialni – ale wolał nie ryzykować i nie robić niepotrzebnego hałasu. Nie mogli ich wykryć do samego końca.

Korytarz za rogiem był pusty. Wyścielający go długi niebieski dywan tłumił kroki szybko idącej trójki. Ostrożnie minęli stojący pod ścianą długi stół z dwiema pustymi szklanymi misami. Tu i tam wisiały niewielkie gobeliny dodatkowo wyciszające dźwięki.

Kiedy się znaleźli na końcu korytarza, w pobliżu skrzyżowania, Richard i kobiety przykucnęli. Kiedy dał znak, Cassia położyła się na brzuchu i ostrożnie poczołgała do zakrętu. Wyciągnęła szyję i zerknęła za róg.

Cofnęła się i podniosła dwa palce.

Richard westchnął z ulgą. To ułatwiało Nicci pierwszą część. Jak już zaczną, muszą być szybcy. Nicci postawiła to, co niosła.

Cassia cofnęła się od narożnika i wstała. Rozpięła guziki i odczepiła czarne rzemienie, odwróciła się od Richarda i opuściła do pasa górę uniformu. Obejrzała się przez nagie ramię i kiwnęła głową na znak, że jest gotowa.

Richard pokazał jej, żeby ruszała.

Cassia zuchwale wyszła zza rogu i ruszyła ku sypialni. Wszyscy wartownicy znali Mord-Sith i wiedzieli, że często zachodzą do sypialni Dreiera. Szła spokojnie, jakby ją wezwano.

Kiedy Richard i Nicci usłyszeli, jak Cassia mówi do żołnierzy: „Lord Dreier po mnie posłał", czarodziejka wyszła zza rogu.

Natychmiast wyciągnęła przed siebie ręce, wnętrzami dłoni ku wartownikom.

Kiedy Richard usłyszał dwa łupnięcia, wiedział, że Nicci zatrzymała im serca i obaj umarli. Zgon był tak szybki, że nie zdążyli krzyknąć. Pewnie nawet nie dostrzegli Nicci.

Richard podał jej to, co przyniosła. Nicci znów wychyliła się zza rogu i swoim darem sprawiła, że pomknęło to cicho korytarzem – widział kiedyś, jak Zedd kazał latać głazom. Miał nadzieję, że na tyle to kontroluje, żeby nie uderzyło w ścianę, żeby już nie wspomnieć o utrzymaniu tego przez chwilę w miejscu i trafieniu w cel. Nicci zachowywała się tak, jakby to była dziecinna igraszka, ale on nie potrafił wykorzystywać swojego daru w ten sposób, toteż nie potrafił ocenić stopnia trudności.

Musiał wierzyć, iż Nicci wie, co robi.

Usłyszał, jak Cassia puka do drzwi sypialni.

W korytarzu panowała cisza. Richard zerknął. Żołnierze leżeli martwi po obu stronach białych dwuskrzydłowych drzwi. Rotundę rozświetlały liczne lampy odbłyśnikowe. Cassia stała przed drzwiami, obnażone piersi miały przyciągnąć uwagę Dreiera, podobnie jak to było ze strażnikami. Miał patrzeć na Cassię, a nie w bok.

Cassia znowu zapukała.

Richard usłyszał, że drzwi się otwierają.

– O co chodzi? – To był głos Dreiera. – Och...

Nicci natychmiast posłała ku niemu kamienny blok.

Gdy tylko Richard usłyszał, że głaz uderza w głowę Dreiera, wyskoczył zza rogu i popędził do drzwi.

Biegnąc ile sił w nogach – miecz w jednej ręce, obroża w drugiej – kopnął na bok stojący pośrodku okrągły stół. Uderzył o ścianę i rozpadł się.

Dreier był na kolanach, pochylony w przód, głową niemal dotykał podłogi. Był nagi. Ściskał oburącz zakrwawioną głowę, jęczał, otumaniony i zdezorientowany. Ciężki kamienny blok, który posłała ku niemu Nicci, leżał z boku.

Richard się zatrzymał i opadł na kolano, a Cassia przerzuciła nogę nad Dreierem i usiadła mu okrakiem na plecach. Zacisnęła w garści jego gęste włosy i uniosła mu głowę. Ręce opadły mu do boków. Krew cieknąca z rany na głowie barwiła na czerwono ucho i kark.

Gdy tylko Cassia uniosła Dreierowi głowę, Richard założył mu obrożę na szyję i zatrzasnął. Szczęk poniósł się echem w korytarzu.

Dreier był tak otumaniony ciosem w głowę, że nawet nie wiedział, co się stało. Był jak szmaciana lalka, nie stawiał oporu.

Zza rogu wypadły dwie pozostałe Mord-Sith, usłyszawszy odgłos uderzenia i potem szczęk zatrzaskiwanej obroży.

Na korytarz wybiegła Erika, naga, lecz z Agielem w dłoni, i wyhamowała, zanim się zderzyła z Dreierem, nadal leżącym na podłodze i przyciskającym do rany częściowo oderwany kawałek skóry.

Richard wstał z mieczem w dłoni. Erika uśmiechnęła się do niego ponad powalonym panem. Wiedział, że się spodziewa, iż spróbuje ją zaatakować mieczem i będzie go mogła pojmać, przejmując jego magię.

Ale on wsunął miecz do pochwy.

– Wybacz, ale już kiedyś się tak bawiłem. Nie mam zamiaru tego powtarzać.

Vale i Laurin stanęły u jej boków. One też zaciskały w dłoniach Agiele.

– Twój wybór – powiedział Richard. – Poddaj się albo walcz z moimi Mord-Sith.

Ściągnęła brwi.

– Twoimi Mord-Sith? Za kogo się...

Laurin dźgnęła Erikę Agielem w nerkę. Erika krzyknęła i opadła na kolano.

– Jeśli chcesz, to możemy tak robić na zmianę całą noc – powiedziała Laurin. – Radziłabym, Eriko, żebyś się ubrała.

Cassia wyciągnęła rękę.

– Ale najpierw oddaj mi Agiel.

Erika niechętnie oddała jej pręt i wróciła do sypialni. Richard poszedł za nią, żeby wziąć ubranie Dreiera. Znalazł je na oparciu krzesła.

Kiedy podniósł purpurową szatę, wyczuł coś twardego. Obejrzał szatę i znalazł ukrytą kieszonkę na wysokości pasa, od wewnątrz. Wyjął z niej coś małego i płaskiego.

Zdziwił się, widząc, że to książeczka podróżna. Otworzył czarną skórzaną okładkę, żeby sprawdzić zapiski.

Nicci wyglądała na równie zdumioną jak Richard.

– No i? – zapytała.

– Nic nie ma – odparł. – Wyczyszczona.

Skinęła głową.

– Wiele Sióstr wymazywało wszystko ze swoich książeczek, z ostrożności. Inne wolały zachowywać wieści na wypadek, gdyby potrzebowały potwierdzenia poleceń lub żeby pamiętać pewne rzeczy, a nawet jako dowód, że działają zgodnie z rozkazami.

Richard westchnął, chowając wyczyszczoną książeczkę podróżną do własnej kieszeni.

– Niestety, ta nam nic nie powie.

Nicci popatrzyła na niego znacząco.

– Chciałabym przejrzeć jej odpowiednik.

– Ja też. Ale nie mam pojęcia, kto mógłby go mieć.

Kiedy wyszedł z sypialni z szatami, zobaczył Kahlan patrzącą gniewnie na leżącego na podłodze, półprzytomnego więźnia.

– Lepiej niech się na coś przyda.

– Nicci powinna go najpierw uleczyć – powiedział Richard. – Mogła mu rozbić czaszkę.

Samantha rzuciła okiem na nagiego mężczyznę.

– Moglibyśmy teraz wydostać z lochu mamę?

– Oczywiście – odparł Richard. – Musimy też uwolnić majora Fistera i żołnierzy. Powinni wziąć pod kontrolę straż cytadeli, bo inaczej wkrótce będziemy mieć kłopoty.

– Poradzę sobie z każdym, kto będzie nam przeszkadzał – powiedziała Nicci. – Samantha i jej matka też.

– Mają łuczników – przypomniał jej Richard. – Strzała w plecy i będziesz równie martwa, jak gdyby czarodziejka zatrzymała ci serce.

Nicci westchnęła.

– Niestety.

– Możemy już zakuć w lochu tego wieprza? – zapytała Cassia, zapinając górę uniformu.

– Dobry pomysł. – Richard uśmiechnął się do trzech Mord-Sith. – Dobrze się spisałyście. Wszystkie. Jestem z was dumny. Pojmaliśmy niebezpiecznego człowieka, mającego potężną tajemną moc, i nikt z nas nie ucierpiał.

– To Samantha podsunęła mi ten pomysł – powiedziała Nicci, uśmiechając się do niej. – Jeśli nie możesz wykorzystać magii do powstrzymania tych, którzy mają tajemną moc, zwal im głazy na głowę.

Samantha, dumna z pochwały, patrzyła, jak Mord-Sith stawiają na nogi krwawiącego, otumanionego Dreiera.

ROZDZIAŁ 81

Żołnierze Pierwszej Kompanii, gdy tylko ich uwolniono z lochów na niższych poziomach cytadeli, wbiegli schodami do paradnego westybulu i rozstawili się w arkadach. Kiedy wybiegli spośród kolumn, zaskoczona straż cytadeli dobyła broni. To właśnie oni znieśli nieprzytomnych żołnierzy Pierwszej Kompanii do lochów i tam zamknęli.

Major Fister, na czele swoich ludzi, bez ceregieli powalił dwóch pierwszych strażników, którzy skoczyli do niego z mieczami. Było to działanie piorunująco szybkie i zdecydowane. Nawet nie zadał sobie trudu, by kazać swoim ludziom zaatakować, jakby obrońcy byli drobnym utrudnieniem, z którym sam sobie poradzi.

Niemal od razu po tym, jak tamci dwaj padli martwi i leżeli, plamiąc krwią wspaniały dywan, pozostali rzucili broń i podnieśli ręce.

Zamknięto ich w lochach do czasu, aż zapadnie decyzja, co z nimi zrobić.

Ludwig Dreier też znalazł się w lochu – przykuto go dokładnie tam, gdzie przedtem Richarda. Osłony obroży i celi blokowały jego dar i tajemne moce – po to umieścili je tam ludzie z pradawnych czasów, którzy zbudowali cytadelę, ci sami, którzy niegdyś zbudowali mur odgradzający trzecie królestwo. Erikę przykuto obok niego, gdzie przedtem Nicci.

Kiedy czarodziejka zajmowała się raną opata, chcąc mieć pewność, że ten pożyje na tyle długo, by się na coś przydać, Cassia wróciła i powiedziała, że znalazła im obydwojgu ustronną sypialnię, w której mogliby poczekać, aż Nicci skończy. Richard uznał, że po udręce w lochu przydałoby się im parę godzin snu. Choroba bardzo ich osłabiała i nie mogli pozwolić, żeby ich pozbawiła przytomności, zanim Nicci coś wydobędzie z Dreiera i wreszcie – oby – będzie mogła ich uleczyć.

Dreier był teraz jedyną nadzieją, jaka im pozostała.

Kiedy on i Kahlan szli za Cassią do sypialni przez labirynt korytarzy, Richard próbował wymyślić jakieś inne rozwiązanie, znaleźć inny sposób uwolnienia się od trucizny, ale bez skutku.

Irena, wybiegając z jednego z bocznych korytarzy, zauważyła ich przed sobą i zawołała go. Kiedy Richard się odwrócił i zobaczył ją w głębi korytarza, jeszcze bardziej przyspieszyła, chcąc ich dogonić.

Richard wiedział, że ona zawsze stara się znaleźć blisko niego. Widział, jak Kahlan patrzyła na Irenę, kiedy ta chichotała i przymilała się do niego. Nie podobało mu się to jeszcze bardziej niż Kahlan, ale nie bardzo wiedział, co z tym zrobić. Nie chciał być niegrzeczny, no i w końcu była to matka Samanthy. Uznał, że powinien być uprzejmy.

– Richardzie! Jesteś! – zawołała Irena, unosząc rękę, żeby przyciągnąć jego uwagę. – Nareszcie uwolniono mnie z tych okropnych lochów. To było straszne! Nigdy bym się stamtąd nie wydostała. Ulżyło mi, kiedy się dowiedziałam, że i ty jesteś wolny. Nic ci nie jest? Zranili cię? Mogę jakoś pomóc?

Richard i Kahlan wymienili spojrzenia pełne rezygnacji. Cassia przystanęła pomiędzy dwiema lampami odbłyśnikowymi, trochę dalej w korytarzu, czekając, aż skończą rozmawiać z Ireną.

– Nic nam nie jest – powiedział zwięźle Richard.

Kiedy Irena mijała skrzyżowanie korytarzy, biegnąc ku nim, uderzyła biodrem o kant stolika stojącego pod ścianą tuż za rogiem, w pośpiechu go nie zauważyła. Z jej sukni wysunęło się coś ciemnego i upadło na złocisty błękitny dywan. Przeklęła pod nosem zawadzający stolik, zebrała spódnicę.

Nie zorientowała się, że coś jej wypadło.

– Nicci powiedziała, że kazała wam odpocząć – oznajmiła. – Potrzebny ci wypoczynek, Richardzie.

– Właśnie po to idziemy – powiedziała Kahlan, mając nadzieję, że tamta zostawi ich w spokoju.

Irena, nie pojmując aluzji, skinęła dłonią.

– Kazałam żołnierzom rozstawić tam warty i zapowiedziałam, że będę czuwać nad tobą i Kahlan, by mieć pewność, że spokojnie wypoczywacie. Powiedziałam, żeby stanęli w sporej odległości w korytarzach i nie pozwolili nikomu was niepokoić. Ważne, żeby nikt wam teraz nie przeszkadzał, a wiecie, jacy potrafią być hałaśliwi.

Richard już miał jej powiedzieć, że to on wydaje żołnierzom rozkazy i że to bezczelność z jej strony rościć sobie do tego prawo, ale odebrało mu mowę, gdy zobaczył przedmiot na dywanie.

Mały ciemny przedmiot, który wypadł jej z sukni, okazał się książeczką podróżną.

Zamarł na moment ze wzrokiem utkwionym w książeczce.

Zanim zauważyła, na co on patrzy, Richard położył jej dłoń na plecach i skierował ją ku Kahlan.

– Dobrze, Ireno, będziemy wdzięczni za pomoc. Kahlan akurat mówiła, że chce cię zapytać o coś, co mogłabyś dla mnie zrobić, i proszę, oto jesteś.

Posłał Kahlan spojrzenie ponad głową Ireny. Kahlan, dobrze go znając, zrozumiała i powiedziała:

– Tak, zastanawiałam się... czy mogłabyś nam pomóc.

Irena splotła palce, patrząc wyczekująco na Kahlan.

– W czym? Jakiej pomocy potrzebujecie?

Skupiała uwagę na Kahlan, a Richard prześliznął się za nią i podniósł z dywanu książeczkę podróżną. Uniósł ją wysoko za plecami Ireny, pokazując Kahlan, potem dał znak, że chce, by zajęła Irenę. Kahlan zrozumiała.

Obrócił się tyłem na wypadek, gdyby Irena spojrzała za siebie. Stronice książeczki podróżnej były zapisane. Był przekonany, że to odpowiedniczka tej, którą wyjął z szaty Dreiera, ale to nie miało sensu. Czemu Irena miałaby ją mieć?

Musiał w taki czy inny sposób znaleźć potwierdzenie. Możliwe, że ta miała całkiem inną odpowiedniczkę. Mogło istnieć doskonale logiczne wytłumaczenie, po co jej była książeczka podróżna i czemu ją przed nimi ukrywała.

– Mieliśmy nadzieję – powiedziała przeciągle Kahlan, żeby to przedłużyć – że mogłabyś coś poradzić na bóle głowy Richarda. Nicci jest teraz zajęta, liczyłam, że mogłabyś pójść z nami i sprawdzić, czy mogłabyś mu jakoś pomóc, no, wiesz, swoim darem. Położyć na nim dłonie i uśmierzyć ból, pomóc mu zasnąć, coś w tym rodzaju. Masz takie umiejętności, że uznałam, iż jeśli ktoś mógłby pomóc, to na pewno ty.

Irena dotknęła palcami szyi, zachwycona pochlebstwem.

– Z największą przyjemnością.

Irena ględziła, wypytując Kahlan o naturę jego bólu. Richard nawet nie słyszał, co Kahlan jej odpowiadała, pochłonięty czytaniem wieści krążących pomiędzy książeczką Ireny a jej odpowiedniczką.

Zobaczył to, czego szukał, i zmroziło go.

Serce mu się tłukło, kiedy czytał książeczkę podróżną. Irena cały czas porozumiewała się z Ludwigiem Dreierem.

ROZDZIAŁ 82

Książeczka była pełna zapisków, Irena żadnego nie wymazała. Wymiana wieści trwała ponad rok.

Były wiadomości od Ludwiga Dreiera, który mówił, co ona ma dla niego zrobić, z obietnicami nagrody za lojalność i oddane usługi. Była nawet nota, którą Dreier napisał z Pałacu Ludu, opowiadająca o ślubie Mord-Sith, w którym uczestniczył. Ze swobodnego tonu tej korespondencji łatwo było wyczytać, że obydwoje podobnie myślą i dobrze się rozumieją.

Richard szybko się zorientował, że pismo Ireny jest wyraźniejsze i czytelniejsze niż Dreiera. Zauważył notkę, w której zawiadamiała opata, że pozwoliła się pojmać Hannisowi Arcowi, by być bliżej niego i móc łatwiej donosić, co robi, żeby wskrzesić króla-ducha.

Opowiadała Dreierowi, jak Richard ją „wyzwolił" i co robił, żeby razem z nimi uciec z pieczar, jak mu się udało pokonać półludzi, którzy więzili jego przyjaciół. Wykorzystała okazję, żeby się przyłączyć do grupy Richarda i Kahlan i podróżować z nimi.

Dreier z kolei doradzał jej, jak powinna reagować i postępować i czego powinna się dowiedzieć. Ostrzegał, że powinna dbać o to, żeby nikt się nie dowiedział, że ma mroczną moc.

Irena cały czas była przy nich, obserwując i donosząc o wszystkim, co robili, żeby odeprzeć półludzi i uciec im.

Irena była zdrajczynią.

Zapisków w książeczce podróżnej było za dużo, żeby je od razu przeczytać. Richardowi trudno się było skupić, tak mu się serce tłukło przez tę zdradę, tak gorączkowo starał się ustalić, jak zostali narażeni. Przerzucił kilka stroniczek i zauważył notkę, w której Irena pisała Dreierowi, że on i Kahlan potrzebują pola ograniczającego, że tylko tam można ich uleczyć.

Napisała, że dostrzegła w tym sposobność, żeby wreszcie doprowadzić ich do cytadeli, gdzie Dreier będzie mógł ich pojmać.

Wstrząśnięty Richard trząsł się, czytając odpowiedź Dreiera, który pisał Irenie, jak go cieszy, że znalazła sposób, by ich nakłonić do przyjścia do cytadeli. Napisał, gdzie niby ma być to pole ograniczające w cytadeli, jak się tam dostać – żeby ich doprowadziła w miejsce, gdzie będzie mógł ich pojmać z zaskoczenia.

Opisywała mu całą trasę, informując, kiedy mają nadzieję dotrzeć do cytadeli.

Richard czuł wstyd i wściekłość, że tak się dał jej omamić.

Szybko wrócił do początkowych zapisków i – czego się domyślał – przeczytał notkę do Dreiera, że Irena zabiła swoją siostrę Marthę i jej męża, kiedy wyruszyli sprawdzić, czy pogłoski o Jit są prawdziwe. Potem wrzuciła ich zwłoki do bagniska. Korespondowali z Dreierem o tym, że nie mogą ryzykować, by ktokolwiek z mających dar w Stroyzie się dowiedział, że granica słabnie. Dreier pisał, że wyśle żołnierzy po jej drugą siostrę, Millicent, i jej męża, Gylesa, by ich zabrali do opactwa, dla pewności, że nie będą się mieszać.

Richard nie mógł uwierzyć, że zabiła siostry i ich mężów, był zaszokowany, czytając notkę Ireny, że jej mąż zaczął zadawać za dużo pytań, toteż jego także zabiła, kiedy się nadarzyła okazja. Szokowała swoboda, z jaką pisała o morderstwie męża.

Dreier odpisywał, że jeśli kiedyś i jej córka zrobi się podejrzliwa, to Irena będzie musiała ją także wyeliminować. Richard był przerażony, widząc odpowiedź Ireny, że gdy tylko Richard i pozostali zostaną pojmani w cytadeli, to Dreier, jeśli zechce, może się zająć Samanthą, żeby przestała być potencjalnym zagrożeniem.

A potem zobaczył to.

Irena pisała: *Stary czarodziej zrobił się podejrzliwy. Tego wieczoru rzuciłam urok ukrywający, żeby się wydawało, iż jestem w śpiworze, tak żebym mogła wyjść z obozu i napisać do ciebie. Jakimś sposobem poszedł moim śladem i przyłapał mnie na pisaniu w książeczce podróżnej. Na szczęście uważał mnie za zwykłą czarodziejkę i nie wiedział, że mam tajemną moc. Kiedy próbował mnie poskromić swoim darem i odebrać mi książeczkę podróżną, ucieszyłam się, że wreszcie nadarza mi się sposobność, i pozbawiłam głowy uciążliwego starucha. Już nam nie będzie przeszkadzał.*

Richardowi pociemniało w oczach.

Odwrócił się i z okrzykiem wściekłości rzucił na Irenę, całkowicie ją zaskakując. Oburącz chwycił ją za gardło, zanim się zorientowała, co się dzieje.

Walnął nią o ścianę z taką siłą, że głową i ramionami odbiła tynk. Rozpaczliwie drapała mu nadgarstki. Znowu walnął jej głową o ścianę, zanim zdołała się uciec do swoich ciemnych mocy. Odgłos potężnego uderzenia poniósł się echem po korytarzu. Krew splamiła białą ścianę. Ogłuszona, przewracając oczami, ze wszystkich sił próbowała zachować świadomość. Czerwona jak burak, walczyła o oddech.

Stopy wierzgały nad podłogą, kiedy Richard przydusił ją do ściany i miażdżył jej tchawicę.

Cały czas krzyczał, nieprzytomny z furii. Nic nie miało dla niego znaczenia, chciał udusić tę zdrajczynię, która zabiła Zedda.

Kiedy ją dusił, jej twarz zrobiła się ciemnoczerwona i na koniec sina. Szeroko otwarte oczy wychodziły z orbit. Ręce i nogi zwisały bezwładnie, a on raz za razem walił jej głową o ścianę.

– Richardzie, co się stało?! – krzyknęła Kahlan. – Co ty robisz?!

Uświadomił sobie, że Kahlan w kółko powtarza to pytanie. Krzyczała na niego.

Tak gwałtownie oddychał, że ledwo mógł mówić.

– Zabiła Zedda!!!

Kahlan szeroko otworzyła oczy.

– Co???

Morderczy szał Richarda koncentrował się na kobiecie, na jej sinej skórze, wlepionych w niego martwych oczach; jego dłonie drżały z wysiłku, kiedy miażdżył jej gardło.

– Cały czas była zdrajczynią, sabotowała nas, żeby mieć pewność, że nas pojmają, żeby zobaczyć, jak Dreier nas zabija. – Richard zgrzytał z wściekłości zębami, łzy płynęły mu po policzkach. – Zabiła Zedda!!!

Warcząc z wściekłości, znowu walnął o ścianę jej bezwładnym ciałem. Dusił ją, chociaż wiedział, że jest martwa. Chciał ją zabijać tysiąc razy, wciąż na nowo.

Jego dziadek, człowiek, który go wychował, najlepszy, najmądrzejszy, najmilszy, najbystrzejszy ze znanych mu ludzi, został z zimną krwią zamordowany przez tę złą, wredną, przebiegłą i podstępną zdrajczynię.

Kahlan delikatnie pociągnęła go za ramię.

– Richardzie… już po niej.

Wreszcie ją puścił – upadła bezwładnie na podłogę, z rękami i nogami rozrzuconymi na boki – stał nad nią, ciężko oddychając.

Wtedy dotarło do niego, że zza rogu właśnie wyszła Samantha.

Stanęła jak wryta. Ciemne oczy były tak szeroko otwarte, jakby miały wypaść. Twarz zbielała pod czarnymi włosami.

ROZDZIAŁ 83

Samantha, skamieniała ze zgrozy, przez chwilę wpatrywała się w martwą matkę. Potem popędziła ku Richardowi z krzykiem, wymachując pięściami.

– Coś ty zrobił! Morderco! Coś ty zrobił!

– Samantho – zaczęła Kahlan, starając się odciągnąć dziewczynę od Richarda, a przynajmniej unieruchomić jej wściekle młócące pięści. – Nie rozumiesz.

– Świetnie rozumiem!!! – wrzasnęła. – Zabił moją mamę! Zabił ją! Widziałam!!!

– Samantho!!! – odkrzyknął Richard. – Nie wiesz...

– Wszystko wiem! Wiem, że mi wszystko zabrałeś! Nienawidzę cię! Zabiłeś ją! Była wszystkim, co mi zostało na świecie, a ty ją zabiłeś!!! Zabrałeś mi ją! Wszystko mi odebrałeś!!!

Richard słyszał z głębi korytarza tupot butów żołnierzy pędzących do nich na złamanie karku.

Zza rogu wybiegła Nicci.

– Co się dzieje?

– Samantho!!! – krzyknęła Kahlan, starając się ją odciągnąć. – Wysłuchaj nas!!!

Nicci dostrzegała trupa Ireny i gwałtownie się zatrzymała.

– Co się stało?

– Richard ją zabił!!! – wrzasnęła Samantha.

Cassia wyciągnęła rękę ku dziewczynie, chcąc pomóc Kahlan ją przytrzymać. Samantha się im wyrwała, cofnęła poza zasięg ich rąk. Zaciskała pięści i zęby, płakała.

– Samantho – powiedział Richard – nie rozumiesz. Powinnaś mnie wysłuchać. Bardzo mi przykro, ale twoja matka cały czas spiskowała z Dreierem przeciwko nam. Zamordowała Zedda. Pomogła Dreierowi nas pojmać, żeby obydwoje mogli...

– Kłamca! Kłamiesz! Nie lubiłeś jej, więc ją zabiłeś! A teraz szukasz wymówek! Kochała nas wszystkich! Jesteś kłamcą!

– Samantho – kontynuował Richard, starając się ją uspokoić, nakłonić do wysłuchania go. – Twoja matka zabiła siostry, żeby pomóc Dreierowi...

– To kłamstwo! Nieprawda! Kłamiesz! Kłamiesz!

– Wysłuchaj nas, Samantho – wtrąciła się Kahlan. – Zamordowała i twojego ojca. Możemy pokazać ci...

– Kłamcy! Tylko udajecie, że nas lubicie! Jesteście kłamcami! Nienawidzę was wszystkich!!!

Kahlan zbliżyła się do niej na krok.

– Samantho, proszę, musisz nas wysłuchać.

– Zabrałeś mi to, co najbardziej kochałam! Nienawidzę cię!!! – wrzasnęła dziewczyna na Richarda. – Zabrałeś mi to, co najbardziej w życiu kochałam!!!

Korytarzami pędzili żołnierze, gnali ku źródłu krzyków. Samantha rozłożyła ramiona, odpychając ich potężnymi uderzeniami powietrznych „pięści".

– Zabrałeś mi to, co najbardziej kochałam – powiedziała jadowicie do Richarda. – A teraz ja zabiorę ci to, co najbardziej kochasz!

Wyciągnęła rękę i wyrwała Kahlan nóż zza pasa.

Richard skoczył do niej.

Zanim jej dosięgnął, Samantha gwałtownie się okręciła i wbiła nóż aż po rękojeść w środek piersi Kahlan.

Rozległ się mdlący odgłos.

Wstrząśnięty Richard widział, jak Kahlan szeroko otwiera oczy, próbując nabrać powietrza. Oczy uciekły jej w głąb czaszki, upadła.

Nie mógł zapobiec temu, co już się stało. Samantha cofnęła się poza zasięg jego rąk.

Kahlan już nie żyła, kiedy upadła na podłogę.

Dziewczyna skoczyła w odgałęzienie korytarza i odwróciła się, zaciskając pięści, patrzyła gniewnie na Richarda.

– Nienawidzę cię! Od teraz jesteśmy wrogami!

Kiedy żołnierze chcieli ją złapać, wyrzuciła przed siebie ramię. Moc, jaką uwolniła, odrzuciła żołnierzy – uderzali o ściany, rozbijali meble, lecąc w głąb korytarza.

Rzuciła Richardowi ostatnie gniewne spojrzenie i uciekła.

Richardowi nawet nie przyszło na myśl, żeby za nią biec. Klęczał nad martwą Kahlan.

Jej martwe oczy wpatrywały się w nicość.

– Nie!!! – krzyczał. – NIE!!!!

Nicci go ciągnęła, ale nie była w stanie ruszyć z miejsca. Nawet nie poczuł, że próbuje go odepchnąć. Zatracił się w rozpaczy.

– Zabierz go – powiedziała Nicci do Cassii.

Szarpała go za ramię, kiedy nadbiegły Laurin i Vale, przeskakując wciąż leżących na podłodze i jęczących z bólu żołnierzy.

Mord-Sith stanęły jak wryte, kiedy zobaczyły nieruchome ciało Ireny, a potem leżącą na podłodze martwą Kahlan z nożem w piersi.

Richard musiał coś zrobić. Musiał powstrzymać to, co się działo. Musiał to naprawić. Usiłował wymyślić, jak to odkręcić, ale nie potrafił myśleć.

– Zabierzcie go – powtórzyła Nicci z twarzą zalaną łzami, próbując odciągnąć go od Kahlan, zabrać jego dłonie z jej ramion, żeby mogła sprawdzić, czy da radę coś zrobić.

Richard nie chciał puścić Kahlan. Nie mógł. Był jak we śnie – wszystko działo się tak powoli, że nie rozumiał, co mówią niosące się echem głosy. Nawet nie wiedział, że coś mówią. Wszystko było nierealne.

Nie mógł dopuścić, żeby to się stało. Musiał to powstrzymać.

Nie rozumiał, czemu tylko rękojeść długiego noża Kahlan sterczy z jej piersi.

Nie oddychała. Jej oczy patrzyły w nicość.

– Nie! – krzyknął znowu, kiedy Mord-Sith próbowały go odciągnąć.

Richard widział tylu martwych ludzi, że wiedział, iż Kahlan nie żyje, a mimo to nie był w stanie tego pojąć. To nie mogło być prawdą. Wiedział, że nie. Nie Kahlan.

– Richard! – krzyknęła na niego zapłakana Nicci. – Pozwól mi, proszę, zobaczyć, co mogę zrobić! Odsuń się, Richardzie, proszę!

Trzy Mord-Sith, starające się go odciągnąć, nie dorównywały mu siłą.

– Lordzie Rahlu – powiedziała Cassia, pochylając twarz przed jego twarzą, zasłaniając mu Kahlan. – Lordzie Rahlu, w Nicci jedyna nadzieja. Musisz jej pozwolić pomóc Matce Spowiedniczce.

Richard zamrugał. To miało sens. Nicci mogłaby pomóc. Trzęsąc się niekontrolowanie, wreszcie się odsunął, z pomocą trzech Mord-Sith, natarczywie go ciągnących.

Wyciągnął rękę ku Nicci.

– Zrób coś!

Zignorowała go, pochylając się nad Kahlan i pospiesznie próbując naprawić to, co nieodwracalne.

Żołnierze się otrząsnęli i zebrali w korytarzach. Patrzyli, milczący i wstrząśnięci.

– Musisz ją uleczyć – powiedział Richard. – Musisz, Nicci. Nie pozwól jej umrzeć. Błagam, Nicci, nie daj jej umrzeć.

Nicci spojrzała na niego przelotnie, opanowała emocje i powiedziała do Mord-Sith:

– Zanieście ją do sypialni. Połóżcie na łożu. Nie dotykajcie noża.

Richard wyrwał się próbującym go przytrzymywać i już był przy Kahlan, wziął w ramiona jej bezwładne ciało.

– Ja to zrobię.

ROZDZIAŁ 84

Ściany komnaty, którą znalazła dla nich Cassia, były z kremowego marmuru. Na jednej wisiał duży, gruby gobelin przedstawiający ciemny las. Przypomniało to Richardowi miejsce w Hartlandzie, gdzie po raz pierwszy zobaczył Kahlan.

Przez jedyne okno sączył się mrok Mrocznych Ziem. Krople deszczu uderzały miękko w romboidalne szybki w ołowianych ramkach. Ciemny, rdzawy dywan tłumił odgłosy. Łoże z baldachimem przykrywała ciemnoniebieska i zielona tkanina obszyta złotą lamówką. Taką samą tkaninę udrapowano wokół wszystkich czterech słupków, nadając łożu wygląd sanktuarium.

Teraz Kahlan leżała na tym łożu jak zwłoki wystawione na widok publiczny przed ceremonią pogrzebową.

Richard, odrętwiały i milczący, patrzył, jak Nicci gorączkowo się stara. I choć miał nadzieję, choć próbował sam siebie przekonać, że Nicci zdoła ocalić Kahlan, to już wiedział.

Czarodziejka powoli wyjęła nóż, cały czas badając ranę. Richard nie mógł uwierzyć, że ostrze jest aż tak długie. Nie potrafił pojąć, że aż tyle stali przebiło jej serce.

Sam wyostrzył ten nóż dla Kahlan, toteż wiedział, że jest ostry jak brzytwa. Wystarczająco ostry, żeby nawet chuda dziewczyna przebiła nim mostek.

Kiedy Nicci wreszcie wyciągnęła całe zakrwawione ostrze, patrzyła na nie przez chwilę, nie wiedząc, co z nim zrobić. W końcu wsunęła je do pochwy, pewnie po to, żeby się nikt przez przypadek nie skaleczył.

Trzy Mord-Sith w milczeniu pilnowały drzwi, żeby nikt nie wszedł. Nie znały Kahlan zbyt długo, lecz i to wystarczyło, żeby wszystkie płakały, w milczeniu trzymając wartę.

Richard rozkazał majorowi Fisterowi, żeby żołnierze zabili Samanthę, jeśli się do nich zbliży, lecz żeby jej nie szukali. Miała moc, przed którą by się nie obronili.

Sam by ruszył za dziewczyną, ale nie chciał zostawiać Kahlan. Samantha w ogóle się teraz nie liczyła. Cokolwiek by jej zrobił, to i tak by nie naprawiło tego, co uczyniła.

Ciało Kahlan kilka razy drgnęło pod gwałtownym uderzeniem mocy Nicci. To była rozpaczliwa próba przywrócenia jej życia. Nic to nie dało. Nie było w niej już życia.

Richard patrzył na przerażający bezruch kobiety, którą kochał ponad wszystko. Nicci zamknęła Kahlan powieki, żeby jej piękne zielone oczy nie wpatrywały się w nicość. Nigdy nie przypuszczał, że te oczy będą tak przerażające, kiedy nie będzie w nich duszy, kiedy nie będzie w nich Kahlan.

Wszystko by zrobił, żeby się z nią zamienić, byle tylko znowu oddychała, znowu na niego patrzyła. Znowu się do niego uśmiechnęła tym wyjątkowym uśmiechem.

Po pewnym czasie Nicci się wyprostowała i powoli, z oporami odwróciła ku niemu.

– Musimy porozmawiać, Richardzie.

– To rozmawiajmy.

Nicci wstała i podeszła, ostrożnie ujęła go za ramię.

– Odeszła.

– Nie, wcale nie. Nie może odejść. Musisz ją uzdrowić.

Nicci odwróciła spojrzenie od jego oczu, przycisnęła palce do czoła.

– Nóż przebił jej serce, Richardzie. Jej pierś jest pełna krwi...

– Moja pierś też była kiedyś pełna krwi, a mnie uzdrowiłaś, pamiętasz?

Nicci potaknęła.

– Pamiętam.

– Posłużyłaś się magią subtraktywną, żeby usunąć krew, i addytywną, żeby naprawić uszkodzenia. Zrób teraz to samo dla niej.

– Richardzie – powiedziała najspokojniej jak mogła – żyłeś, kiedy to zrobiłam, a strzała przebiła ci płuco, nie serce.

– Zrób to – powtórzył.

Nicci wpatrywała się w niego.

Richard zacisnął zęby.

– Zrób to, Nicci. Napraw wszystkie szkody. Posłuż się darem i spraw, żeby znowu była taka jak przedtem.

Nicci zwilżyła wargi.

– Jej dusza odeszła, Richardzie. Ten nóż nie tylko przebił jej serce. Oddzielił duszę od ciała. Odeszła. Tak jak Zedd. Nie mogę uleczyć ze śmierci.

Richard tracił cierpliwość.

– Nicci, wiem pewne rzeczy o światach życia i śmierci. Mam w sobie oba. Tak jak ona. Moja dusza, jej dusza, mają w sobie oba światy.

– I co to da? Co masz nadzieję osiągnąć, przywracając jej martwemu ciału taki stan, w jakim było za życia?

– Zrób to. Natychmiast. Nie zwlekaj. Nie mamy wiele czasu.

Nicci wlepiała w niego wzrok.

– ZRÓB TO!

Nicci się wzdrygnęła. W końcu skinęła głową, z wyrazem współczującego zrozumienia. Usiadła na skraju łoża obok Kahlan i natychmiast zaczęła działać. Położyła dłonie na krwawej ranie i zamknęła oczy. Richard patrzył, jak pierś Kahlan się zapada pod naciskiem rąk Nicci.

Czarodziejka zacisnęła zęby.

Na zewnątrz błysnęło i grzmot potoczył się echem wśród gór.

W komnacie też migotały błyskawice, rozświetlając kamienne twarze Mord-Sith. Lampy ściemniały, nie dlatego, że przygasły w nich płomyki, lecz dlatego, że powietrze zgęstniało od tego, w czym Richard rozpoznał magię subtraktywną, magię samych zaświatów.

Królestwa, do którego odeszła Kahlan.

Wokół łoża wyginały się łukowato węże czarnych błyskawic. Oślepiające linie wiły się wokół niego, tworząc spirale, przeskakując z jednego miejsca w drugie. Dźwięk, jaki przy tym powstawał – zwłaszcza kiedy białe i czarne błyskawice się stykały – chwilami był ogłuszający.

Parę razy Richard widział, jak Kahlan bierze oddech pod dłońmi Nicci, lecz wiedział, że to nie ona oddycha, że to Nicci próbuje na powrót tchnąć w nią życie. Robiła wszystko, co w jej mocy, żeby sprowadzić Kahlan z powrotem.

Wreszcie dźwięki ucichły i błyskawice zniknęły.

Nicci wstała i przez chwilę patrzyła na Kahlan. Krew zniknęła, usunięta magią subtraktywną. Magia addytywna scaliła tkanki i jej nieruchome serce znowu było całe.

Nicci wzięła głęboki oddech. Była wyczerpana. Przygnębiona.

– Tak mi przykro, Richardzie – wyszeptała, nie potrafiąc na niego spojrzeć. – Naprawiłam wszystkie uszkodzenia. Jest znowu taka jak przedtem. Ale to za mało.

Richard wpatrywał się w nieruchome ciało Kahlan.

– Dziękuję, Nicci. Nawet nie wiesz, jak jestem ci wdzięczny za to, co dla nas zrobiłaś.

– Richardzie, nie zrobiłam nic, co by naprawdę pomogło. Uszło z niej życie. Jej duch już przeszedł za zasłonę. Wyruszył w podróż liniami Grace.

– Wiem o tym, Nicci – powiedział Richard, szykując się na to, co miało nadejść. – Chcę, żebyś coś jeszcze dla mnie zrobiła.

ROZDZIAŁ 85

Nicci podejrzliwie ściągnęła brwi.

– Co mam zrobić?

Richard, nie odpowiadając, podszedł do drzwi, do Mord-Sith w milczeniu trzymających wartę. Kolejno dotknął policzka każdej.

– Dziękuję, że przypomniałyście mi, dlaczego walczę.

Nieco zdumione, skinęły głowami.

– Dziękujemy, lordzie Rahlu, że nas oswobodziłeś – powiedziała Cassia.

Uśmiechnął się. To był wymuszony uśmiech.

– Chcę, żebyście poczekały na zewnątrz. Proszę.

Wymieniły spojrzenia, niepewne, o co mu chodzi.

– Lordzie Rahlu – odezwała się Cassia – my...

– Wiem – powiedział. – Proszę, poczekajcie na zewnątrz.

Kiwnęły głowami ze łzami w oczach i niechętnie wyszły, zamykając za sobą drzwi.

Richard wrócił do łoża. Serce tak mu się tłukło, że leciutko się chwiał przy każdym jego uderzeniu. Wpatrywał się w Kahlan.

– Musimy się spieszyć.

Nicci uniosła głowę.

– Słucham???

– Liczy się każda chwila. Chcę, żebyś jeszcze tylko to dla mnie zrobiła. Musimy się spieszyć.

Nicci patrzyła mu w oczy.

– Co mam zrobić, Richardzie?

Przełknął ślinę.

– Chcę, żebyś zatrzymała moje serce.

Nie zdziwiła się.

– Nie mogę tego zrobić, Richardzie.

– Możesz i musisz. Uleczyłaś jej ciało. Teraz muszę przejść za zasłonę i odzyskać jej duszę, zanim odejdzie zbyt daleko po promieniach Grace i na zawsze zniknie w zaświatach.

– Richardzie, to... rozumiem, co czujesz, przysięgam, ale to nie...

– Mam w sobie zmazę śmierci.

– I chcesz przyspieszyć jej działanie?

Richard odwrócił wzrok od Kahlan, spojrzał w udręczone błękitne oczy Nicci.

– Kiedy Hannis Arc was pojmał, trzymał was w celach odgrodzonych zasłoną zaświatów. Przechodziłem przez tę zasłonę w zaświaty, żeby się do was dostać i was uwolnić. Pamiętasz?

– Nie byliśmy martwi, Richardzie.

– W trzecim królestwie oba światy współistnieją w jednym czasie i miejscu. Ponieważ mam w sobie śmierć, jestem cząstką tego trzeciego królestwa. Żyję, ale i mam w sobie śmierć. Przeszedłem przez świat umarłych, żeby was wydostać z więzienia. Krótko tam byłem i dotarłem do was. Sporo wiem o zaświatach.

– Richardzie, teraz jest inaczej. Nie możesz wejść do świata umarłych i wyprowadzić duszy, która się tam znalazła. Nie można czegoś takiego zrobić.

– Z reguły nie, ale Kahlan, tak jak ja, ma w sobie zmazę śmierci. To znaczy, że w tym świecie owa zmaza powoli pozbawia nas życia. Lecz Kahlan i ja, mając w sobie zarazem życie, jak i śmierć, należymy do trzeciego królestwa. A to oznacza, że tu i teraz Kahlan wciąż ma w sobie zew życia. Nosi w sobie oba światy, póki iskierka życia, wciąż tkwiąca w jej duszy, nie zagaśnie w tamtym mrocznym miejscu. Muszę do niej dotrzeć, zanim to się stanie. I tak jestem martwy. Jad mnie zabija.

– Ale może skłonimy Ludwiga Dreiera, żeby nam powiedział, jak cię uleczyć.

– Dopiero po tym, jak sprowadzę Kahlan. Wtedy nas uleczycie. Lecz zanim spróbujemy pozbyć się zewu śmierci, muszę go wykorzystać.

– Richardzie, to nie takie proste, jak ci...

– Nicci, byłaś Siostrą Mroku. Wiesz, że kryje się w tym więcej, niż większość ludzi potrafi zrozumieć. Musisz zatrzymać moje serce i posłać mnie za zasłonę. MUSISZ.

Nicci pokręciła głową.

– Nie, Richardzie, nie mogę tego zrobić. – Zaczęła płakać. – Nie mogę ci tego zrobić. Nie mogę. Błagam, nie proś mnie o to.

Richard chwycił ją za ramiona, skłonił, żeby na niego spojrzała.

– Proszę cię.

Łkała.

– Nie mogę.

– Umarłabyś dla mnie? – zapytał.

Spojrzała mu w oczy, zdumiona tym pytaniem.

– Tak.

– Więc rozumiesz, że czasem warto umrzeć dla tych, których się kocha. Jeżeli ci na mnie zależy, jeśli mnie kochasz, zrobisz to dla mnie.

– Richardzie, to się nie uda – załkała Nicci. – Ona odeszła. Nie możesz tego zmienić. Nic by to nie dało.

– Nie rozumiesz? Jeżeli nie zdołam sprowadzić tu jej duszy, to chcę być z nią. Błagam, Nicci, nie odmawiaj mi tego. Kahlan mnie teraz potrzebuje. Potrzebuje tego, co tylko ja mogę zrobić. Nikt inny nie ma takiej możliwości. Muszę to zrobić teraz, zanim będzie za późno. Pozwól mi odejść. Pozwól mi przy niej być. Nie więź mnie w świecie życia, skoro masz moc posłania mnie za zasłonę. Nie zmuszaj mnie, żebym zrobił to sam i uszkodził sobie ciało, pozbawiając się szansy na powrót. Musisz to zrobić teraz, póki w jej duszy tli się jeszcze iskierka życia, zanim jej duch odejdzie tak daleko w mrok, że jej nie znajdę. Liczy się każda sekunda. Z każdą sekundą dusza Kahlan coraz głębiej wchodzi w zaświaty, gdzie czekają na nią demony.

Nicci się trzęsła i szlochała, ledwo go widząc przez łzy.

– Na ciebie też czekają.

Richard dobył miecza. Jeśli będzie trzeba, zabije się sam, mieczem. Jeśli będzie musiał, zrobi to.

– Mam miecz.

– Oszalałeś? – zapytała gniewnie przez łzy. – Miecz jest z tego świata. Nie przejdzie tam z tobą.

Kiedy chwycił rękojeść, zapłonął w nim gniew. Dał mu moc, siłę, żeby zrobić to, co trzeba.

– Jego gniew przejdzie. Klingę łączy ze mną więź. Ta więź przedostanie się ze mną, chociaż miecz tu zostanie.

Richard położył się obok Kahlan. Nigdy nie przyszło mu na myśl, że będzie leżał przy jej martwym ciele. Musiał podzielić umysł, żeby móc funkcjonować, myśleć, bo inaczej przytłoczyłaby go rozpacz i wtedy nie miałby szansy.

Położył miecz na sobie, z rękojeścią na sercu, czując, jak wbija mu się w dłoń słowo PRAWDA. Nicci, płacząc, stała przy łożu.

Tylko furia miecza pozwalała mu nad sobą panować, nie krzyczeć w straszliwej udręce.

– Szybko, Nicci. To musi być teraz.

Zacisnęła zęby, pięści, pochyliła się nad nim.

– Nie chcę cię stracić, Richardzie. Nie możemy cię stracić. Potrzebujemy cię.

– Czemu jestem wam potrzebny? – zapytał, patrząc w zapłakane błękitne oczy.

– Bo jesteś jedynym, wybrańcem. Zawsze byłeś. Zawsze wiedziałeś, co robić, żeby nas ocalić. Zawsze robiłeś, co trzeba.

– I teraz też to robię. – Uśmiechnął się. – Wiesz, że jesteś dla mnie kimś wyjątkowym, ważnym. Ocaliłaś mi życie tyle razy, że nawet nie zliczę. Teraz musisz je odebrać.

– Jak mogę to zrobić? – zapytała.

– Nie martw się, Nicci. Tego właśnie chcę.

Patrzył jej w oczy. Łkała niepowstrzymanie, ale się nachyliła – długie jasne włosy zsunęły się z ramion – i położyła dłonie po obu stronach spoczywającej na jego sercu rękojeści miecza.

Richard jej nie powiedział, że choć uważa, iż ma szansę na powrót wprowadzić duszę Kahlan w ciało w świecie życia, to wie, że on sam nie będzie mógł wrócić.

Nie będzie nikogo, kto by miał w sobie zarazem życie

i śmierć, nikogo mającego wiedzę i doświadczenie płynące z pobytu w zaświatach, kto by mógł po niego pójść.

Wierzył, że ma szansę – niewielką, ale jednak – żeby na czas pochwycić duszę Kahlan i pozwolić jej wrócić do świata życia, do uleczonego ciała.

Lecz wiedział również, że dla niego będzie to podróż w jedną stronę.

Tym razem nie ma sposobu, żeby wrócił.

Był przerażony umieraniem, oddaniem jedynego życia, jakie miał, lecz bardziej go przerażało życie bez Kahlan.

Był zdecydowany zrobić to, co musiał. Podjął decyzję. Nic go od tego nie odwiedzie.

Dobrze wiedział, że to ostatni raz, kiedy przejdzie przez zasłonę.

ROZDZIAŁ 86

Moc Nicci uderzyła w niego jak piorun, zgniatając mu pierś. W jednej chwili jego serce znieruchomiało.

Richard mocno zacisnął powieki. Rozpaczliwie, spazmatycznie wciągnął powietrze, przygnieciony przeraźliwym bólem.

Był aż nadto świadomy, że to jego ostatni oddech.

Rozdzierający ból sparaliżował mu mięśnie. Płynął ogniem po nerwach żuchwy, rąk, pleców.

Wszystko działo się za szybko, wymykało spod kontroli. Czuł, jak się dusi, nie mogąc złapać powietrza.

Czas się rozciągał, aż przestał mieć znaczenie. Straszliwy ból zaczynał się stopniowo oddalać. Zacierał się w świadomości, w miarę jak jego miejsce zajmował mrok.

Miał wrażenie, że usiłuje odepchnąć noc, lecz ona ma przewagę.

W pewnym momencie zapomniał, co to ból. Bo już nie miał on znaczenia.

Lecz miejsce bólu zajęło coś znacznie gorszego: ślepa panika wywołana poczuciem oddalania się od świata życia.

To się działo za szybko.

Poczuł lodowate przerażenie, kiedy w pełni pojął, że umiera, poczuł ostateczność tego faktu i spróbował desperacko się uczepić cieniutkiej nici życia, która mu została. Przez jego umysł przelatywały obrazy i światło. Widział ludzi, których pamiętał, miejsca, w których był. Barwy były żywe, jaskrawe i realne. Słyszał daleki śmiech. To on, kiedy był chłopcem – śmieje się, uciekając Zeddowi. Zedd też się śmieje, goniąc Richarda.

Ale przede wszystkim wszędzie była Kahlan. Widział, jak patrzy na niego z miłością, wręcz nią promieniejąc, jak się uśmiecha tym specjalnym uśmiechem przeznaczonym wyłącznie dla niego.

Potem i to zgasło, a jego umysł ogarnęła gęstniejąca ciemność, ciężka, namacalna ciemność, niepodobna do żadnej innej.

Czuł woń siarki.

Nie było góry ani dołu. Nie było żadnych granic, tylko czarna pustka.

Skupił się na tym, co musiał zrobić, na tym, dlaczego to robił.

Przepotężna konieczność stała się wszystkim.

W tym wiekuistym mroku musiał odnaleźć jedyną osobę, którą kochał ponad życie.

Musiał odnaleźć bratnią duszę.

Z tą myślą – że Kahlan jest tą jedyną osobą, którą mógł tak kochać, jak tylko jedna bratnia dusza może kochać drugą – zaczął wyczuwać w wiekuistym mroku świetlisty trop. Lecz ten blask nie przypominał światła słońca.

Było to światło duchowe, jakim mogły jaśnieć dobre duchy. Było wszędzie i nigdzie. Było obecnością ducha.

Rozpoznał je – to był ten blask, ten duch.

Pomyślał, że blask zaczyna się skupiać, ale potem zdał sobie sprawę, że wcale nie. Raczej zaczął się poruszać po śladzie pozostawionym przez duszę, którą tak dobrze znał, teraz podążał ścieżką, jaką ona pozostawiała za sobą w wiekuistym mroku.

Zrozumiał, że widzi jaśniejący promień daru w samej Grace.

A potem dostrzegł blask jej ducha coraz bardziej się oddalającego, schodzącego coraz głębiej.

Był zdezorientowany. Coś było nie tak. Nie rozumiał, czemu dusza kieruje się w dół.

A potem je zobaczył.

Demony.

Były tak czarne, że zlewały się z wiekuistym mrokiem. Były samą ciemnością, tak jak kamień w nocy jest ciemniejszy niż czerń. A mimo to je widział, dostrzegał ich sylwety, kiedy się skręcały i wiły, kierowały w dół.

Mroczne stwory oplotły duszę Kahlan i zabierały ze sobą, schodząc coraz niżej w otchłanie wieczności, tam, gdzie będą mogły stłamsić jej ducha i na zawsze odciąć od światła, jak już stłumiły blask jej duszy do tego stopnia, że zostawała za nią tylko lekka poświata, za którą Richard podążał.

Skierowały się ku niemu połyskujące czarne kły. Demony z pełną groźby gracją rozpostarły szeroko skrzydła.

Richard, zamiast stawić opór, wykorzystał furię miecza i pomknął ku nim. Miał wrażenie, że skoczył z urwiska, że spada w bezdenną przepaść, która nawet nie jest przepaścią, lecz czarną pustką. Leciał, coraz bardziej oddalając się od światła. Nawet duch Kahlan ciemniał, jakby tłumiony ciężarem ciemnych, spowijających go skrzydeł.

Richard przedarł się poprzez splecione skrzydła i dotarł do Kahlan, objął ją, łącząc się z jej duszą.

W owej chwili, na cudowne mgnienie czasu, połączył się z bratnią duszą i byli jednością.

Wiedział, że to krótkie, jedyne w swoim rodzaju zespolenie, kiedy byli sami i razem w tym mroku, musi mu wystarczyć – musi wystarczyć im obydwojgu – na całą wieczność.

A przecież w zaświatach czas nie istnieje. Wiedział, że w tej drobinie czasu, kiedy się złączyli, miał całą wieczność na zrobienie tego, co konieczne, choćby w świecie życia była to zaledwie ulotna chwilka.

Lecz tutaj czas należał do niego.

Kiedy się dokonało, Richard natężył całą wolę, żeby ją zostawić i przemknąć za demony, uciec od nich, pociągnąć za sobą tych pałających żądzą zdobyczy drapieżców. Demony, pragnąc dopaść jego duszę, ogarnięte gorączką pościgu, zawróciły i pomknęły za nim przez mrok.

Zbliżały się do umykającej ofiary. Czarne kły lśniły w ciemnościach, kiedy stwory warczały i kłapały zębiskami, chcąc dopaść jego duszę. Richard poczuł, jak wbijają w niego szpony, coraz głębiej, żeby mogły go wlec, aż będzie na tyle blisko, by go spowić skrzydłami. Nawet kiedy to robiły, pozwolił, żeby gniew dodał mu sił, żeby mógł się oddalać od duszy Kahlan, skupiać na sobie ich uwagę i furię.

A potem – przytrzymując go szponami, spowijając skrzydłami – mroczne stwory powlokły go w głąb, coraz niżej, tłumiąc blask jego duszy.

Lecz goniąc go, zostawiły ducha Kahlan.

W tym nieskończonym przedziale czasu, kiedy był z jej duszą, zrobił to, co musiał zrobić.

Dał jej szansę, jakiej potrzebowała, żeby żyć.

Blask jej ducha, jej najgłębsze ja, nagle uwolnione od ciężaru mrocznych demonów, wciąż mając w sobie iskierkę życia – bo Kahlan należała do trzeciego królestwa, była częścią zespolonych światów – zaczął się wznosić, coraz szybciej, coraz wyżej, uciekając z wiekuistej ciemności.

Richard widział, jak otwiera świetliste ramiona, wyciąga je ku niemu, wznosząc się ku życiu. Próbowała go dotknąć, przyciągnąć do siebie, zabrać ze sobą – ale już nie mogła, bo ona się wznosiła, a on zapadał coraz szybciej pod ciężarem demonów, które go ciasno spowijały atramentowo czarnymi skrzydłami.

Ostatnie, co widział, to iskierka jej duszy wysoko ponad nim – zgasła i już jej nie było.

Nagle został sam z mrocznymi stworami, sam z nimi w wiekuistym mroku, przytłoczony wieczną nicością, gdzie niczego nie było, gdzie nawet jego duszę mrok będzie miażdżyć, póki nie zagaśnie.

Ostatnia myśl – radość, że udało mu się ocalić Kahlan od takiego losu, że mógł jej ofiarować dar życia, że zrobił to, co, jak zawsze mówił, chętnie by uczynił.

Oddał życie za nią, żeby ona mogła żyć.

Zdołał również pociągnąć za sobą w wiekuisty mrok wszystkie demony. Już nie będą mogły iść jej śladem po śmierci. Kiedy przyjdzie na nią czas, będzie mogła przez wieczność spoczywać w blasku.

Chociaż czuł, jak jego duch coraz bardziej blaknie, niknąc w wiekuitym mroku, cieszył się.

Warto było.

Kahlan będzie żyć.

ROZDZIAŁ 87

Kahlan zachłysnęła się oddechem i gwałtownie usiadła. Oczy miała szeroko otwarte. Znowu się zachłysnęła oddechem, próbując nabrać powietrza.

Nicci krzyknęła i odskoczyła, jakby zobaczyła ducha.

Kahlan ledwo widziała ciepłe barwy dziwnej komnaty, rdzawy dywan, ciężką, błękitno-zieloną tkaninę udrapowaną nad jej głową i wokół słupków łoża. Całą uwagę skupiała na wciąganiu w płuca powietrza i życia.

Na desperackim przyciąganiu oddzielonej duszy do ziemskiego ciała.

Tak naprawdę nic nie miało sensu. Wszystko się mieszało. Nie mogła poskładać w sensowną całość obrazów i zdarzeń.

– Kahlan! – wykrzyknęła Nicci, podbiegając i chwytając ją za rękę. – Ty żyjesz!

Kahlan spojrzała na własną dłoń w jej dłoni. Nie wyglądała tak jak powinna. Nie wyglądała, jakby należała do niej.

Powinna być lekka, świetlista.

Powinna nie mieć kształtu. Powinna być niematerialna.

Lecz była materialna. Miała kształt. Nie była ze światła, a z ciała i kości. Czuła, jak płynie w niej krew, jak pulsuje w niej życie, czuła jej ciężar, dotyk. Czuła, że znowu jest sobą.

Wciąż łapczywie chwytała powietrze, usiłowała wciągnąć go jak najwięcej, złapać oddech, lecz zaczynała mieć wrażenie, że wreszcie zaczyna nad tym panować.

– Gdzie jestem? – zapytała.

Nicci z jakiegoś powodu płakała.

– W jednej z komnat cytadeli.

– Nie. Pytam, gdzie jestem.

Zapłakana Nicci zmarszczyła brwi.

– Nie rozumiem.

– Czy to... śmierć? Wszystko jest nie tak. Bez sensu. Coś jest nie tak. Gdzie jestem?

– Umarłaś – powiedziała przez łzy Nicci. – Zamordowano cię. Lecz masz w sobie zarówno życie, jak i śmierć, toteż życie dodało ci na chwilę sił, kiedy byłaś w zaświatach. Ale wróciłaś, Kahlan. Żyjesz. Drogie duchy, żyjesz.

Kahlan ogarnęła euforia. Zamordowano ją, ale żyła. Pojęła, iż to oznacza, że będzie żyć. Życie, cudowne życie wcale się nie skończyło. Nie mogła przestać się uśmiechać, rozglądając się. Będzie żyć.

– Gdzie Richard?

Nicci pobladła.

Kahlan powiodła wzrokiem za jej udręczonym spojrzeniem i zobaczyła, że ktoś obok niej leży.

To był Richard.

Serce jej podskoczyło z radości.

Lecz od razu się zorientowała, że coś jest straszliwie nie tak.

Był zbyt nieruchomy.

Nie oddychał.

Wpatrywał się w pustkę martwymi oczami.

Kahlan krzyknęła, uświadamiając sobie okropną prawdę.

Radość, że go widzi, zmieniła się w zgrozę.

Opadła na niego, położyła rękę na jego piersi, na dłoni zaciśniętej na rękojeści miecza na sercu.

– Nie! Drogie duchy, nie! Nie róbcie mi tego! Błagam, nie czyńcie mi tego!

Nicci chciała odciągnąć Kahlan, odrywała od niego jej ręce, odwróciła ją od Richarda, przytuliła.

– Co się dzieje? – szlochała Kahlan w jej ramię.

Nicci stłumiła szloch.

– Tak mi przykro, Kahlan. Richard oddał życie, żeby pójść za tobą, żeby przywrócić je tobie. Odszedł przed chwilą.

Kahlan popatrzyła na przerażająco nieruchome ciało człowieka, którego kochała, który był dla niej wszystkim.

– Ale czemu go tutaj nie ma? Skoro ja mogłam wrócić, bo

nadal miałam w sobie iskierkę życia z trzeciego królestwa, to czemu on nie...

Wtedy sobie przypomniała.

Wszystko wróciło jak straszliwy, mroczny koszmar, wciskający się w pamięć, kiedy się obudzisz, koszmar, pozostawiający po sobie mdlące uczucie, którego nie możesz się pozbyć, choćbyś nie wiem jak chciał.

– Co takiego? – spytała Nicci, widząc minę Kahlan. – Pamiętasz?

Kahlan potaknęła.

– Duch Richarda mnie znalazł. Znalazł mnie w całej tej ciemności, w wiekuistej pustce. Byłam zagubiona w mroku, a mimo to on mnie odnalazł.

– I co wtedy? – spytała Nicci, kiedy Kahlan umilkła, zapatrzona w tamten koszmar.

– Odciągnął ode mnie mroczne stwory, zwabił je, żeby to jego ścigały. Próbowałam go powstrzymać, nie chciałam, żeby sam to robił, ale był silniejszy i oderwał je ode mnie. Jakimś sposobem posłał mnie z powrotem na jaśniejące promienie Grace. Nie miałam na nic wpływu. Chciałam z nim zostać, ale nie mogłam. Jaśniejące promienie ciągnęły mnie z powrotem. Nie wiem jak.

– Bo nadal miałaś w sobie życie – powiedziała Nicci. – Grace sama cię uzdrawiała, odprowadzając tam, gdzie twoje miejsce, na promień daru biegnący od Stwórcy.

Zrozpaczona Kahlan patrzyła na Nicci.

– To czemu nie zrobiła tego samego z Richardem? Czemu nie wrócił ze mną?

– Nie mógł. Poszedł tam, żeby cię ocalić przed mrocznymi demonami Sulachana, i zrobił to. Zrobił to, co tylko on mógł uczynić. Skierował cię z powrotem ku życiu. Lecz teraz nie ma nikogo, kto by mógł ocalić jego, kto by mu pomógł wrócić do światła, na promień życia.

Kahlan popatrzyła na Richarda. W martwych dłoniach ściskał rękojeść miecza. Jego oczy już nie widziały świata życia. Teraz zagubił się w świecie mroku.

Patrzenie na nieżyjącego Richarda było najgorszą udręką, jakiej doznała.

– Jak umarł? – miała wrażenie, że ktoś inny pyta o to, co nie do pojęcia.

Popatrzyła na Nicci. Czarodziejka cicho szlochała.

– Jak umarł, Nicci? Co się stało?

Czarodziejka w końcu spojrzała na nią udręczonymi błękitnymi oczami.

– Poprosił, żebym mu zatrzymała serce.

Kahlan szeroko otworzyła oczy.

– Zabiłaś Richarda?!

Nicci potaknęła. Nie mogła mówić, łkając z przerażenia tym, co uczyniła. Już nigdy nie uwolni się od tej udręki.

– Jak mogłaś zabić Richarda, Nicci? Jak mogłaś coś takiego zrobić? Właśnie ty?! Jak mogłaś mu to zrobić po tym wszystkim, co dla ciebie uczynił?

Nicci pociągnęła nosem, musiała nad sobą zapanować, żeby móc odpowiedzieć.

– Bo byłoby gorzej, gdybym tego nie zrobiła, gdybym nie pozwoliła mu spełnić jego najżarliwszego pragnienia, nie pozwoliła mu pójść za tobą w zaświaty, żeby próbować cię uratować. Ocaliłabym jego ciało, ale zabiła duszę.

Widać było, jak jej to ciąży. Była gotowa targnąć się na swoje życie.

Kahlan dotknęła jej policzka.

– Rozumiem, drogie duchy. Tak mi przykro, Nicci, że właśnie ty musiałaś to zrobić.

– Wybacz, Kahlan – szlochała Nicci. – Wybacz.

Kahlan zaświtała nadzieja. Coś jej wpadło do głowy.

– Nicci, zatrzymałaś jego serce. Nie mogłabyś sprawić, żeby znowu zaczęło bić? Powiedziałaś, że zrobiłaś to przed chwilką. Nie możesz sprawić, żeby jego serce znowu biło i żeby wróciło mu życie, tak jak mnie?

– Nie.

Ostateczność. Nieodwracalność.

Kahlan dotknęła piersi tam, gdzie – jak pamiętała – wbił się nóż. Pamiętała ból, przerażenie, bezradność.

– Przecież przebito mi serce. Jak teraz bije? Nie rozumiem. Czemu nie możesz zrobić tego dla Richarda?

– Richard kazał mi uleczyć twoje rany, zanim odszedł...

Ale nie mogłam przywrócić ci życia i nie mogę przywrócić jemu. Nie mam takiej mocy. Twoje serce samo zaczęło bić, kiedy dusza powróciła, gdy Richard cię odesłał. Nawet gdybym sprawiła, by jego serce znowu zaczęło bić, to nie ma w nim duszy, nie ma nic, co by podtrzymywało życie. Nie mogę ściągnąć jego duszy ze świata umarłych.

Kahlan płakała, wpatrzona w nieruchomego Richarda. Walczyła w niezliczonych bitwach, widziała aż za dużo śmierci. Rozpoznawała ten straszliwy bezruch, właściwy tylko umarłym, kiedy to ustanie ostatni oddech i dusza opuści ciało, żeby przejść za zasłonę.

Nic tego nie cofnie.

Richard odszedł. To nie mogła być prawda, a jednak.

Kahlan położyła się obok martwego Richarda i pogrążyła w rozpaczy.

Mogła myśleć jedynie o tym, że poszedł po nią, zajął jej miejsce w zaświatach i teraz nie było nikogo, kto by go mógł uratować.

ROZDZIAŁ 88

Kiedy szlochała przy Richardzie, wciąż rozbrzmiewały jej w myślach słowa: *Nie ma go kto uratować.*

Gwałtownie usiadła. Stłumiła płacz, otarła łzy i zeskoczyła z łoża.

– Gdzie są Cassia, Laurin i Vale?

– Trzymają wartę przed drzwiami – powiedziała Nicci.

Kahlan pobiegła ku drzwiom, energicznie je otworzyła. Trzy Mord-Sith się odwróciły i zamarły na jej widok.

– Matko Spowiedniczko! – krzyknęła Cassia. – Jak... to znaczy... ja nie...

– Richard zajął moje miejsce w świecie umarłych, by móc mnie tu odesłać – wyjaśniła zwięźle.

Ich oczy rozszerzyło przerażenie.

– Lord Rahl nie żyje? – spytała drżącym szeptem Vale.

– Potem wyjaśnię. Cassio, sprowadź majora Fistera.

Cassia wskazała boczny korytarz.

– Czeka tam, z grupą żołnierzy.

– To dobrze. Powiedz, żeby przyprowadził kilkudziesięciu ludzi. W tym przynajmniej połowę łuczników. Laurin, Vale, idźcie do lochu po Dreiera. Obroża blokuje jego moc, więc sobie z nim poradzicie.

Choć zaszokowane tym, że widzą ją żywą, i nie mając pojęcia, o co jej chodzi, energicznie skinęły głowami.

– Co mam zrobić? – zapytała Cassia. – To znaczy po tym, jak przekażę majorowi twoje polecenia?

– Chcę, żebyś odszukała i przyprowadziła Mohlera. Potrzebne nam jego klucze.

Były wyraźnie zdezorientowane. A może po prostu myślały, że jest dobrym duchem.

– Idźcie! Szybko! – ponagliła Kahlan. – Musimy się pospieszyć, jeśli chcemy mieć szansę ocalenia Richarda!

Cassia zrobiła wielkie oczy.

– Chcesz powiedzieć, że można uratować mu życie?

– Tak!

Wszystkie trzy się odwróciły i popędziły wypełnić polecenia.

Kahlan wpadła do komnaty. Sądziła, że jest szansa. Musiała w to wierzyć. Siłą odsunęła rozpacz, żeby móc działać. Nie było czasu na rozpaczanie. Richard by jej powiedział, żeby myślała o rozwiązaniu.

– Dreier ma moce, o jakich nie mamy pojęcia – powiedziała do Nicci.

Nicci oderwała wzrok od Richarda.

– No i?

– A gdyby tak mógł przywrócić Richardowi życie?

Nicci otarła łzy, ściągnęła brwi.

– Przywrócić życie? O czym ty mówisz? Jak to? Nie można tego zrobić...

Zamknęła usta. Wyglądała, jakby miała powiedzieć „z umarłym". Nie chciała tak mówić o Richardzie.

– Sulachan i Hannis Arc mogą – powiedziała Kahlan. – Nawet ci półludzie, tropiciele dusz, potrafią ożywiać umarłych, pamiętasz?

Nicci na moment zdjęła zgroza.

– Chcesz... co? Żeby Ludwig Dreier zmienił Richarda w jednego z tych chodzących trupów? Chcesz, żeby swoją mocą ożywił jego martwe ciało? Nie możesz, Kahlan, nie powinnaś. Nie byłby naprawdę żywy. Byłby jednym z tych upiornych truposzy, co się poruszają, ale by nie żył. To nie byłby Richard. On odszedł, Kahlan. Jego siła życia, duch, dusza go opuściły i odeszły za zasłonę.

Kahlan przez chwilę chodziła tam i z powrotem, rozmyślając, nie chcąc się poddać.

– Nicci, ja tylko staram się wymyślić, jak zrobić to, co on zrobił.

– Co masz na myśli?

– Richard nakłonił cię, żebyś uleczyła moje ciało, ranę i serce, żeby było gotowe na powrót duszy.

Nicci patrzyła na nią, marszcząc brwi.

– Czyli chcesz, żebyśmy kazały Dreierowi ożywić jego ciało? Żeby był jak półczłowiek bez duszy?

Kahlan chodziła do okna i z powrotem po grubym dywanie.

– Nie... nie wiem. Po prostu staram się wymyślić, jak mu pomóc. Musimy mu pomóc.

Nicci przekrzywiła głowę.

– Pomóc mu... co?

– Pamiętasz tych ludzi, którzy się do niego podkradli, zanim nas zaatakowali tropiciele dusz?

– Tak, pamiętam. Ale ich tam nie było. Zniknęli.

Kahlan potaknęła.

– Richard powiedział, że półludziom stworzonym przez Sulachana odebrano dusze oraz że duszom zmarłych uniemożliwiono przejście w zaświaty, żeby móc ich ożywić. Nie pozwolono im odejść tam, gdzie ich miejsce. Teraz to zbłąkane dusze, pozbawione swojego miejsca.

Nicci skrzyżowała ramiona na piersiach, starając się pojąć, do czego Kahlan zmierza.

– No dobrze...

– Co od nich usłyszał? „Sprowadź nam naszych umarłych". Powiedział, że się spodziewali, iż połączy ich z martwymi ciałami.

Nicci przez chwilę tarła oczy.

– Sądzisz, że może dałoby się złączyć ducha Richarda z jego ciałem? Jak?

Kahlan uniosła ręce w geście frustracji.

– Nie wiem, Nicci. Mówię tylko, że jeśli jest jakaś szansa, żeby Richard wrócił, to należy ją szybko wykorzystać, a jego ciało powinno być gotowe na przyjęcie duszy.

– Richard też chciał, żeby uleczyć ci serce, by twój duch, kiedy go odnajdzie, mógł powrócić do zdrowego ciała. Czyli uważasz, że dusza Richarda odnajdzie drogę do ciała?

Skołowana Kahlan potrząsnęła głową.

– Nie wiem. Po prostu staram się coś wymyślić. Nie mogę się pogodzić z tym, że Richard nie żyje. Przechodził w zaświaty i wracał, toteż uważam, że musi być nadzieja. Richard poszedł do Świątyni Wichrów w zaświatach. Jest z trzeciego królestwa i przechodził przez świat umarłych, żeby uwolnić ciebie i pozostałych. To o Richardzie mówimy. Robił to już przedtem. Już chodził w zaświaty i wracał.

Nicci delikatnie chwyciła Kahlan za ramiona i spojrzała jej w oczy.

– Richard postępował rozsądnie, w pewien sposób. Szalony, jego własny, ale rozsądny sposób. To jest inne. To jest... bo ja wiem... mam wrażenie, że chcesz, by to, czego pragniesz, stało się możliwe, bo jesteś zrozpaczona.

Kahlan odwzajemniła spojrzenie. Znowu ogarniała ją rozpacz.

– Może i tak, ale nie sądzisz, że powinniśmy spróbować? Chcesz go tak zostawić? Nawet się nie starać? Musimy to zrobić.

– Spójrz na niego, Kahlan. – Nicci obróciła jej głowę, żeby widziała leżące na łożu ciało. – Spójrz na niego. Richard nie żyje.

Kahlan spojrzała jej w oczy.

– Ja też nie żyłam.

Nicci potarła czoło drżącą ręką.

– Tak i miałaś Richarda, który poszedł po ciebie w zaświaty. Kto pójdzie po niego?

Kahlan poczuła, jak przytłacza ją rozpacz.

– Nie wiem, Nicci, ale możemy spróbować, prawda? Błagam. Możemy wypróbować najbardziej szalony pomysł, nieprawdaż?

Nicci wzięła głęboki oddech.

– Tak, jasne, możemy. Masz rację. Musimy spróbować.

ROZDZIAŁ 89

Kiedy wreszcie zapukano do drzwi, Kahlan i Nicci stały przy łożu. Cassia, nie czekając na pozwolenie, otworzyła drzwi i wetknęła przez nie głowę.

– Przyprowadziłyśmy go, Matko Spowiedniczko.

– Wprowadźcie go – nakazała niecierpliwie Kahlan.

Przybrała minę Spowiedniczki, tak jak ją nauczyła matka, minę ukrywającą, co czuje. Wewnątrz umierała, straszliwie cierpiała, lecz jej twarz tego nie zdradzała.

Znowu była Matką Spowiedniczką.

Drzwi się otworzyły i trzy Mord-Sith wprowadziły Dreiera. Po raz ostatni tak go popchnęły, że się potknął. Był ubrany w brudne, stare łachy ogrodnika, jakie mu dały. Zmylił krok i zamarł, kiedy zobaczył, co na niego czeka w komnacie.

Major Fister stał u stóp łoża, za Kahlan i Nicci. Komnatę okalało ponad dwunastu łuczników, ze strzałami nasadzonymi na cięciwy, jeszcze nie do końca naciągnięte. Byli też żołnierze z dobytymi mieczami, z toporami w dłoniach oraz z pikami. Ale to łucznicy, jak zauważyła Kahlan, najbardziej zmartwili Dreiera.

Kiedy pozbawiał ich przytomności ciemną mocą, nie mieli czasu, by zareagować. Człowiek z mieczem, choćby nie wiem jak szybki, potrzebuje czasu na dosięgnięcie celu.

Lecz strzałę można wypuścić w mgnieniu oka.

– No, no, Matko Spowiedniczko – powiedział Dreier, prostując się. – Wygląda na to, że mnie postawiłaś w niekorzystnej sytuacji.

– Cieszę się, że to pojąłeś.

Rozejrzał się po komnacie.

– Mówiłaś, iż zamierzasz mnie zabić, ale to dziwne miejsce na egzekucję.

Kahlan się odsunęła, żeby zobaczył leżące na łożu ciało Richarda. Zmarszczył brwi, kiedy się zorientował, kto to jest.

– Naprawdę nie żyje? – zapytał. Zdumienie wzięło górę nad strachem.

– Zatrzymałam mu serce – powiedziała Nicci.

Jeszcze bardziej się zachmurzył.

– Nie żebym miał coś przeciwko temu, ale dlaczego to zrobiłaś?

– Oto, w czym rzecz – odezwała się Kahlan. – Chcemy, żebyś go jakoś przywrócił do życia.

Poskrobał się po brwi.

– Co takiego?

– Wykorzystaj swoją tajemną moc, żeby go ożywić – powiedziała.

Długo się w nią wpatrywał. Potem popatrzył na Richarda i znowu na nią.

– Nie żyje. Musisz to sobie uświadomić. Stąd widzę, że jest martwy.

– Znamy jego stan – odezwała się Nicci. – Należało zatrzymać jego serce, lecz nie potrafię sprawić, żeby znowu biło. Chcemy, żebyś ty to zrobił.

Patrzył na nie z coraz większym niedowierzaniem.

– On nie żyje.

– Nie sprowadziłyśmy cię tutaj, żebyś nam powiedział to, co już wiemy – oznajmiła Nicci coraz bardziej rozgniewana. – Jeżeli chcesz, możemy cię odprowadzić do celi, przykuć, zamknąć drzwi i wyrzucić klucz. A może poprosimy te trzy urocze młode damy, żeby cię przekonały o korzyściach niebycia torturowanym przez Mord-Sith.

Cassia na krótko wbiła mu Agiel w krzyż. Opadł na kolano, stękając z bólu. Machnęła mu Agielem przed twarzą, nakazując, żeby wstał.

Podniósł się, z lękiem patrząc na Agiel.

– Co dokładnie mam zrobić z ciałem Richarda Rahla?

Kahlan nie mogła znieść, że tak mówi o Richardzie, ale zachowała minę Spowiedniczki. Miała na głowie ważniejsze sprawy. Choć cierpiała, nie mogła się rozkojarzyć.

– Wiemy, że tajemnymi mocami można dokonać wielu rzeczy, na przykład stworzyć półludzi czy ożywić umarłych, lecz nie wiemy, czy potrafiłbyś zrobić coś, co by nas przekonało, żeby cię nie zamęczyć na śmierć. Toteż nam to powiedz. Co możesz zrobić, żeby go ożywić.

Przechylił głowę.

– Mogę się bliżej przyjrzeć?

Kahlan skinęła głową i Mord-Sith podprowadziły go bliżej łoża. Wyciągnął rękę i dotknął twarzy Richarda, a potem szyi.

– Co z tego będę miał?

– Zależy, jaką wyświadczysz nam przysługę – powiedziała Kahlan.

– Cóż, z tą obrożą na szyi na nic się wam nie przydam. Blokuje moją moc.

– Co będziesz mógł zrobić, jeśli zdejmiemy obrożę? Możesz w niej odpowiedzieć.

Ocenił stanowczość jej spojrzenia, a potem dokładniej się przyjrzał Richardowi.

– Niezbyt wiele. Może i mam moc i wiele potrafię, ale nie mogę ożywiać umarłych.

– Czyli wkrótce się znajdziesz w takim samym położeniu – powiedziała Kahlan. – Umrzesz. Rozmowa skończona.

Wsunął palec pod obrożę uciskającą mu szyję. Kahlan widziała, jak drżą mu ręce.

– Dzięki moim mocom mogę zawiesić proces umierania.

– Co to dokładnie znaczy? – spytała Nicci.

Wskazał Richarda.

– Jeżeli tak pozostanie, to wkrótce zesztywnieje, potem zacznie się rozkładać, jak to zwłoki. Dzięki moim mocom mogę zatrzymać ten proces, zanim się zacznie, żeby ciało, by tak rzec, pozostało zdolne do życia.

– Na czym to polega? – spytała Nicci.

– Trudno to wytłumaczyć komuś, kogo nie uczono korzystać z ciemnych mocy.

– Więc uprość to dla mnie, póki jeszcze możesz mówić.

Przełknął ślinę, widząc wyraz jej oczu, potem popatrzył na Richarda.

– Byłaś Siostrą Mroku. Powinnaś mieć podstawową wiedzę o zaświatach.

– Mam.
– To wiesz, że czas nic nie znaczy w wieczności zaświatów. Mogę stworzyć „most" łączący tę niezmienność zaświatów z jego ciałem.
– A co to da? – zapytała Kahlan.
Wzruszył ramionami.
– Sam nie wiem. Nigdy wcześniej tego nie robiłem, nie musiałem. Ale to podstawowa zasada przy używaniu tajemnych mocy do ożywiania zwłok lub tworzenia półludzi. Półludzie na ten przykład żyją długo, bo mają więź z zaświatami. Dzięki temu nie starzeją się jak zwykli ludzie. Czas nie wpływa na ich żyjące ciało. Wykorzystując taką więź, sprawię, że jego ciało pozostanie takie samo jak w chwili śmierci. Czas będzie biegł dla niego wolniej, toteż całkiem długo pozostanie w takim stanie.
Nicci potarła ramiona, spojrzała na Kahlan.
– Pałac Proroków był podobny – przyznała. – Nathan Rahl żył tam niemal tysiąc lat, bo czar chroniący pałac był złączony z zaświatami.
– Otóż to – stwierdził Dreier, podkreślając swoje słowa uniesieniem palca. – To nie ożywi umarłego, ale utrzyma jego ciało w takim stanie jak za życia, nie pozwoli mu się starzeć, toteż zwłoki się nie rozłożą.
– To jak przywrócimy mu życie? – spytała Kahlan.
– Nigdy nie powiedziałem, że to potrafię. Mówiłem tylko, że sprawię, iż pozostanie zdolny do życia. Nie mogę przywrócić życia umarłemu. Mogę ożywić zwłoki, ale tak naprawdę nie są one żywe.
– Więc co mu to da? – rzuciła Nicci.
Dreier uniósł ręce w geście frustracji.
– Nic, jak mi się zdaje. Nie żyje. Opuściła go siła życia. Jego duch jest w zaświatach. Pytałyście, co mógłbym zrobić. To najlepsze, co wymyśliłem. Mogę połączyć jego ciało z zaświatami, żeby zatrzymać proces, który się zaczął po śmierci.
– Czyli to by go na razie ochroniło – odezwała się Kahlan. – Do czasu, aż się dowiemy, jak przywrócić jego ciału siłę życia i przywołać jego duszę.
Dreier się skrzywił.
– Zachowało go na jakiś czas, tak. Ale sprawić, żeby duch

wrócił do ciała? To niemożliwe. On nie żyje, moje panie. Jest martwy, martwy, martwy. Nie wiem, jak przywrócić życie umarłemu. Lecz jeśli wy wiecie, to sądzę, że powstrzymam rozkład do czasu, aż go wskrzesicie. Wiele mogę zrobić dzięki moim mocom, lecz są granice naginania praw natury. Jedną z tych granic jest sama Grace. Rozgranicza życie i śmierć. Nie może cofnąć śmierci.

Kahlan się zastanawiała, czy on mówi prawdę, czy może mu zaufać. Odwróciła spojrzenie od oczu Dreiera, popatrzyła na nieruchomego człowieka, którego kochała. Którego tak rozpaczliwie pragnęła odzyskać.

Wiedziała, że Richard nie odwrócił śmierci. Wykorzystał iskierkę życia wciąż obecną w jej duszy. To ta iskierka sprowadziła ją z powrotem.

Richard miał w duszy taką samą iskierkę życia. A przynajmniej miała nadzieję, że nadal ją ma. W zaświatach szybko by zgasła.

To była przeciwwaga dla jadu, który tchnęła w nich Jit. Zagnieździła w nich śmierć. Śmierć tłumiła ich siłę życia, lecz przez jakiś czas życie i śmierć współistniały. Byli po części żywi, po części martwi.

– No dobrze – powiedziała. – Zrób to. Jeśli to najlepsze, co można na razie zrobić.

Dreier pokiwał palcem.

– Nie tak szybko. Co będę z tego miał?

– Czego chcesz?

– Żebyś pozwoliła odejść mnie i Erice.

Kahlan, nadal przybierając minę Spowiedniczki, patrzyła Dreierowi w oczy. Całe życie poświęciła ujawnianiu prawdy. Rozważała, co zrobić, co się ośmieli zrobić. Wszystko zależało od jej decyzji. Właściwa decyzja nie oznaczała powodzenia, lecz jeśli wybierze źle, to z pewnością wszystko przepadnie.

W owej krótkiej chwili oceniła jego słowa, ryzyko i podjęła decyzję.

Skinęła głową.

– Zgoda. Zrób to, co sprawi, że ciało Richarda będzie zdolne do życia, a pozwolimy ci odejść.

Nicci chwyciła ją za ramię.

– Matko Spowiedniczko, nie sądzę, że to dobry pomysł. To, co zaproponował, nie ma właściwie żadnej wartości. I za to mamy zwrócić mu wolność? Żeby mógł planować zemstę? Co, jeśli któregoś dnia znowu użyje przeciwko nam tych swoich tajemnych mocy? Gdyby mógł sprawić, że serce Richarda zacznie bić, to co innego, ale tylko utrzymać go w tym stanie...

Kahlan długo patrzyła na Dreiera. Rozmyślała o jego tajemnych mocach. Na koniec się odwróciła i podeszła do łoża. Wielcy żołnierze stojący pod ścianami komnaty byli posępni i przygnębieni. Utracili lorda Rahla. To było nie do pomyślenia. Co się z nimi wszystkimi stanie bez Richarda?

– Kiedy byłam młoda – powiedziała Kahlan – znałam chłopca, który mieszkał w Aydindril. Pewnego razu, zimą, załamał się pod nim lód na jeziorze. Wiele godzin był pod lodem, zanim zdołali go wyciągnąć. Nie żył, rozumie się, utopił się. Owinęli go w całun, przygotowywali stos pogrzebowy, kiedy ożył. Nie wiem zbyt wiele o takich sprawach, lecz widziałam to na własne oczy. Kim jesteśmy, by twierdzić, że dusza już na dobre przeszła w zaświaty, że zasłona już się zamknęła? Jeśli jest jakiś sposób, żeby utrzymać tu Richarda, dać mu szansę powrotu zza zasłony, to chcę z tego skorzystać.

Nicci popatrzyła na nią ze zrozumieniem.

– Zgadzam się, skoro tak mówisz.

Kahlan dała znak. Wszyscy łucznicy napięli łuki.

– Zdejmij mu obrożę – nakazała skrybie stojącemu w milczeniu pod ścianą.

Mohler podszedł z kluczami.

– Jeden niewłaściwy gest – ostrzegła Dreiera, kiedy Mohler rozpinał obrożę – a przeszyje cię tuzin strzał.

Skinął głową.

– I mam twoje słowo, słowo Matki Spowiedniczki, że pozwolisz mi odejść, jeśli to zrobię?

Kahlan patrzyła przez chwilę na czarodziejkę, potem spojrzała na Dreiera.

– Masz słowo Matki Spowiedniczki. Jeśli zrobisz swoje, pozwolimy ci odejść.

Łucznicy cały czas celowali w Dreiera. Patrzył na nich lękliwie, podchodząc do łoża.

– Mogłabyś usunąć ten miecz? Zakłóca to, co muszę zrobić.

Kahlan podniosła miecz i wsunęła do pochwy u biodra Richarda. Znowu była blisko, dotykała jego zimnego ciała, widziała, jaki jest nieruchomy – i omal nie wpadła w panikę, omal nie straciła kontroli nad miną Spowiedniczki.

Wreszcie się odsunęła.

– Rób swoje.

Wszyscy patrzyli, jak Dreier, nie tracąc czasu, kładzie dłonie na piersi Richarda. Na chwilę zamknął oczy, potem położył dłoń na czole Richarda. Powietrze w komnacie zaszumiało. Dźwięk narastał, aż szyby w oknie zabrzęczały. W pokoju pociemniało, a ciało Richarda na chwilę zajaśniało.

Dreier cofnął dłonie.

– Zrobione.

Kahlan stanęła obok łoża i przez chwilę patrzyła na Richarda.

– Nie widzę różnicy.

– Powiedziałem ci, że nie żyje. Nic tego nie zmieni. – Sfrustrowany wskazał gestem Richarda. – Zrobiłem to, co obiecałem. Przez jakiś czas się nie zmieni. Nie zesztywnieje, nie rozłoży się. Pozostanie taki jak za życia. Sama się o tym przekonasz, kiedy wkrótce nie zrobi się sztywny jak zazwyczaj zwłoki.

Kahlan podeszła do okna, za którym wstawał świt szarego dnia. Położyła dłoń na brzuchu. Miała mdłości. Pochyliła się w wykuszu i otworzyła okno, żeby świeże powietrze owiało jej twarz.

Nie sądziła, że zobaczy kolejny dzień. Teraz nie miało to dla niej znaczenia.

– Możesz odejść – powiedziała przez ramię, nie patrząc na Dreiera. – Majorze, zapewnij mu bezpieczne wyjście z cytadeli. Ma stąd zniknąć, i to zaraz.

Kiedy wszyscy czekali, Kahlan wzięła oddech, żeby zapanować nad głosem.

– Dałam słowo Matki Spowiedniczki. Ani tobie, ani twoim ludziom nie wolno go złamać. Wyprowadźcie go z cytadeli i pozwólcie odejść. Zróbcie to natychmiast.

ROZDZIAŁ 90

Major Fister niechętnie przyłożył pięść do serca.

– Tak jest, Matko Spowiedniczko.

Dał znak sierżantowi.

– Weź kilku łuczników i wyprowadź go.

Kahlan się nie obejrzała.

– Laurin, Vale, pójdźcie z nimi, proszę, by się upewnić, że opata sprawnie wyprowadzono, że odszedł.

Dreier rwał się do wyjścia, zanim ona zmieni zdanie. W jednej chwili już ich nie było. Drzwi się zamknęły. Major przez chwilę był niespokojny, a Kahlan patrzyła w okno.

– Kahlan – odezwała się wreszcie cicho Nicci – naprawdę uważasz, że Dreier się na coś przydał? Sądzisz, że to nam daje jakąś nadzieję?

Kahlan przez chwilę milczała, patrząc w okno i niczego nie widząc przez łzy.

– Nie – odparła wreszcie słabym głosem, zapatrzona w dal. – Richard odszedł. Zajął moje miejsce w zaświatach. Widziałam, jak skrzydlate demony zabierają go w otchłań. Jest dla nas stracony.

Nicci podeszła do niej.

– Widziałaś to? – spytała cichym przestraszonym głosem. Była Siostrą Mroku i dobrze wiedziała, co to oznacza. – Widziałaś, jak mroczne stwory zabierają go w otchłań?

Kahlan potaknęła, nie odwracając się.

– Drogie duchy... – wyszeptała Nicci. Zakryła usta dłonią, tłumiąc krzyk rozpaczy, że skazała go na ten los.

– Matko Spowiedniczko – odezwał się major Fister – musi istnieć choć cień nadziei, że lord Rahl jakoś...

– Wróci z martwych? – Kahlan powoli pokręciła głową. Płakała. – Bardzo chciałabym w to wierzyć. Żywiłabym nadzieję, gdybym tylko mogła. Przez krótki czas sądziłam, że to możliwe. Lecz całe życie poświęciłam prawdzie, bez względu na to, jak jest okrutna. Jestem Matką Spowiedniczką i nie mogę wierzyć w coś, co, jak wiem, nie jest prawdą.

W komnacie zapanowała cisza. Kahlan patrzyła w okno. Otarła łzę z policzka i powiedziała do jednego z żołnierzy:

– Mógłbyś mi dać swój łuk?

Zdumiony podał go jej. Nicci, zastanawiając się, co Kahlan robi, podeszła do niej.

Kahlan nasadziła strzałę i przyciągnęła cięciwę do policzka. Znieruchomiała i przywołała cel, tak jak ją Richard nauczył.

Nic innego nie istniało.

Czas zwolnił.

Nawet nie poczuła, że zwolniła cięciwę. Strzała poleciała jak tchnienie wiatru.

Kahlan patrzyła, jak mknie dokładnie tam, gdzie chciała.

Trafiła Ludwiga Dreiera w tył głowy i wyszła prawym oczodołem. Opat padł martwy, zanim wyszedł na drogę z cytadeli.

– Piękny strzał, Matko Spowiedniczko – powiedział łucznik, kiedy oddała mu łuk. Naprawdę był pod wrażeniem.

– Richard mnie nauczył strzelać z łuku. Nie uwierzyłbyś, jaki jest w tym dobry… był… – powiedziała.

Nicci uniosła brew.

– Nie żebym miała coś przeciwko, ale złamałaś słowo. Powiedziałaś, że pozwolisz mu odejść w zamian za to, co zrobił.

Kahlan twardo spojrzała Nicci w oczy.

– Dotrzymałam słowa. Powiedziałam, że pozwolę mu odejść. Lecz nigdy nie powiedziałam jak daleko. – Wskazała za okno. – Nie powiedziałam mu, że zamierzam mu pozwolić dojść tylko tam.

Niektórzy żołnierze leciutko się uśmiechnęli. To była Matka Spowiedniczka, jaką znali, u której boku walczyli. Matka Spowiedniczka o nieugiętej jak stal woli i niezachwianym poczuciu sprawiedliwości.

Kahlan cicho poprosiła, żeby wszyscy wyszli. Chciała zostać sama z Richardem.

Usiadła na brzegu łoża, patrzyła na niego, a wszyscy w milczeniu wychodzili.

Nicci wymieniła z nią milczące, współczujące spojrzenie, a potem cicho zamknęła za sobą drzwi.

Kahlan nie wiedziała, jak będzie dalej żyć, co teraz zrobi.

Była zagubiona.

Wszystko było stracone.

Zrozumiała, co czuła Cara.

ROZDZIAŁ 91

Całe godziny leżała przy ciele Richarda, płacząc, samotna i opuszczona. Ponad wszystko pragnęła, żeby ją przytulił. Była przekonana, że umrze z nieutulonego żalu, pragnęła śmierci, która by położyła kres udręce. Ale w końcu otarła łzy, wygładziła ubranie i wyszła z sypialni.

Nicci, część żołnierzy Pierwszej Kompanii oraz trzy Mord-Sith trzymali milczącą wartę przed sypialnią, lecz stali w głębi korytarza, w pewnej odległości, nie chcąc, żeby wyglądało to tak, jakby nasłuchiwali pod drzwiami jej płaczu. Kiedy Kahlan ruszyła w milczeniu korytarzem, żeby pomówić z majorem Fisterem, poszli za nią. Nie trzymali się jednak tuż za nią, żeby nie zakłócać jej żałoby. Nawet Nicci trzymała się z innymi. Wiedziała, że najlepiej będzie dać Kahlan trochę prywatności i nie zadawać pytań.

Nie było żadnej pociechy w takiej udręce i wszyscy to wiedzieli. I oni cierpieli, lecz cierpienie Kahlan było inne.

Utraciła cały świat.

Utraciła bratnią duszę.

Kiedy wyszła zza rogu, w ciemnym korytarzu dokładnie naprzeciwko niej pojawiła się Erika.

Mord-Sith znowu była w czarnym skórzanym uniformie. Mocno zaciskała w pięści Agiel i była znacznie bliżej Kahlan niż ktokolwiek z tych, którzy szli za nią. A Mord-Sith natychmiast, gdy tylko się pokazała, poderwały się do biegu. Kahlan dostatecznie długo walczyła podczas wojny razem z Carą, żeby rozpoznać sposób, w jaki Erika trzyma broń. Agiel był gotowy do zadania śmiertelnego ciosu prosto w serce wroga.

Oczy Eriki płonęły nienawiścią.

Kahlan instynktownie uniosła dłoń, jak tylko Erika rzuciła się ku niej.

Palce Kahlan już zaczęły dotykać piersi tamtej, tuż pod szyją.

W owej chwili czas należał do niej.

Dotyk jej palców był tak leciutki jak ciepły oddech ukochanego na policzku.

Czas należał do niej. Kahlan mogłaby policzyć każdy włos nad czołem Eriki, każdą rzęsę.

Twarz Eriki wyrażała nienawiść, lecz Kahlan nie czuła nienawiści. Nie czuła współczucia, gniewu, wściekłości ani żalu. W oczach Eriki nie było litości, w oczach Kahlan także.

W tej nieskończenie małej drobince czasu w umyśle Kahlan nie było żadnej emocji, wypełniał go jedynie niepohamowany bieg spowolnionego czasu.

Patrząc na znieruchomiałą Erikę, Kahlan wiedziała, że tamta nie ma szansy.

Najmniejszej.

Już nie żyła. Tylko jeszcze tego nie pojęła. Kahlan widziała w jej oczach, że nie wie, co się zaraz stanie. Nadal uważała, że to ona decyduje o tym, co się wydarzy.

A tak nie było.

Chłodna brutalność mocy Kahlan wydostającej się z więzów zapierała dech. Czuła, jak wzbiera w niej, posłusznie przepajając każdą cząstkę jej jaźni.

W owej chwili jej moc była wszystkim.

I jak to wcześniej robiła niezliczone razy, Kahlan uwolniła narastającą w niej falę mocy.

Umysł Eriki, to, kim była teraz i przedtem, każde jej marzenie i pragnienie – już przestały istnieć.

W owym pozbawionym czasu mgnieniu czystej przemocy powietrzem w korytarzu wstrząsnął bezdźwięczny grom.

Szklane klosze pobliskich lamp popękały. Okno wyleciało na zewnątrz. Podłoga i ściany się zatrzęsły. Drzwi gwałtownie się pootwierały. Fala mocy uniosła dywan, zmarszczki rozbiegły się w obie strony. Od straszliwego wstrząsu popękał tynk na ścianach.

Ludzi za Kahlan rzuciło na podłogę. Ci, którzy byli najbliżej, najbardziej ucierpieli.

Erika upadła, krzycząc. Jej ręce i nogi się wyginały, zwijając ją w kulę. Wrzeszczała. Kości pękały. Ciało się rozrywało. W żaden sposób nie mogła powstrzymać bólu rozpadającego się ciała – tak się działo, kiedy moc Mord-Sith wchłaniała moc Spowiedniczki.

Kobieta w czarnym skórzanym uniformie wiła się w agonii, a żołnierze – którzy już się pozbierali i wstali z podłogi – przybiegli, by się upewnić, że niebezpieczeństwo zostało zażegnane. Zagrożenie zniknęło, zanim zobaczyli Erikę.

Przestało istnieć, jak tylko Kahlan ją ujrzała.

Cassia, Laurin, Vale – wszystkie w czerwonych skórzanych uniformach – znalazły się przy Kahlan, patrząc na skutki działania mocy Spowiedniczki na Mord-Sith.

Tym razem nie będzie błagania o możliwość spełniania życzeń Spowiedniczki, która ją dotknęła swoją mocą. Tak się nie działo, kiedy ta moc dotknęła Mord-Sith. Dla niej oznaczało to długą i bolesną śmierć.

– Zanieście ją do lochów – poleciła żołnierzom Kahlan. – Zostawcie ją tam, żeby jej wrzaski nikomu nie przeszkadzały. Nie ma potrzeby jej zamykać. Nigdzie nie pójdzie, ale zapewne będzie umierać do końca dnia, a może i całą noc.

– Słyszałam opowieści – szepnęła Cassia, patrząc, jak żołnierze podnoszą skręcającą się, wrzeszczącą kobietę, zostawiającą za sobą krwawy ślad, kiedy ją wynosili. – Prawda jest o wiele gorsza niż pogłoski.

Kahlan potaknęła.

– Wybrała własny los tego dnia, kiedy w swoim sercu skwapliwie przysięgła posłuszeństwo Ludwigowi Dreierowi.

Żołnierze zniknęli w głębi korytarza, niosąc wrzeszczącą Erikę, a Nicci chwyciła Kahlan za ramię i przyciągnęła ku sobie.

– Kahlan, zmaza, którą w sobie nosisz, zew śmierci, zablokowała twoją moc, nie pozwalając z niej korzystać. Jak to zrobiłaś?

– Już nie mam w sobie zewu śmierci.

Nicci zamrugała ze zdumieniem.

– Co takiego?

– Richard to usunął w zaświatach. Byliśmy w świecie umarłych, więc zew śmierci nie zrobił tam żadnej szkody, kiedy go ze mnie usunął, inaczej niżby to się stało w świecie życia. Świat umarłych jest polem ograniczającym dla śmierci. Zasłona utrzymuje śmierć po tamtej stronie. Dzięki Richardowi zew śmierci został w świecie umarłych, gdzie jego miejsce.

Nicci położyła rękę na sercu i głośno westchnęła.

– To wspaniale. Drogie duchy, to wspaniale.

Kahlan potaknęła.

– Dobry duch mnie uleczył. Duch Richarda.

Cassia się rozpromieniła.

– Czyli nie umrzesz?

Kahlan pokręciła głową.

– Nie, ale teraz nie mam po co żyć. Co za ironia losu: kiedy umierałam, chciałam żyć, a teraz, kiedy mam żyć, chcę umrzeć.

Nicci objęła ją ramieniem i współczująco uściskała.

Kiedy się odsunęły od siebie, czarodziejka nagle stała się podejrzliwa.

– Skoro możesz wykorzystywać swoją moc, to czemu nie dotknęłaś nią Dreiera? Uśmierciłabyś go i nie musiałabyś przez to wszystko przechodzić.

– To nie takie proste, jak się wydaje.

– Może i nie – powiedziała Nicci – ale gdybyś go dotknęła mocą, to miałabyś pewność, że wydobyłaś z niego prawdę.

– Wydobyłam z niego prawdę. Całe życie wyciągałam prawdę z takich ludzi jak on. Nie zawsze muszę uwalniać moc. Powiedział nam prawdę. Tylko tyle mógł dla nas zrobić. Dla Richarda.

Nicci skinęła ku sypialni.

– Nie mógłby nam zagrozić, gdybyś go dotknęła mocą, a mógłby być źródłem cennych informacji.

Kahlan pokręciła głową.

– Podjęłam przemyślaną decyzję.

– To znaczy?

– Potrafią ożywić zwłoki, ale nie mogą przywrócić zmarłym życia. Nie sądzę, żeby mógł nam powiedzieć jeszcze coś, co byłoby warte ryzyka.

Nicci machnęła ręką.

– Jakie ryzyko? Poraziłaś Erikę.

Kahlan spojrzała na czarodziejkę.

– Erika nie miała tajemnych mocy.

Nicci zesztywniała.

– Och, to w tym rzecz.

– Istotnie. Nigdy nie dotknęłam mocą Spowiedniczki kogoś, kto miał ciemną moc. Wiemy, że zwykła magia addytywna nie działa na takie osoby. Moja moc jest po części magią addytywną. Nawet Zedd nie mógł powstrzymać ludzi podobnych Dreierowi, mających potężną ciemną moc.

– Czyli mogłoby to nic nie dać? – domyśliła się Cassia.

– To byłoby najmniejsze zmartwienie. Moja moc nie na wszystkich działa tak samo. Mord-Sith mogą przejąć czyjąś magię, jeśli ten próbuje ją wykorzystać przeciwko nim, lecz kiedy przejmują moc Spowiedniczki, ona je zabija, co widziałaś u Eriki. Całkiem możliwe, że gdybym spróbowała dotknąć Dreiera mocą Spowiedniczki, to wykorzystałby ją przeciwko mnie i mógłby pojmać nas wszystkich. Mogłoby się to okazać fatalnym błędem. Ryzyko było zbyt duże, a poza tym uważam, że dowiedzieliśmy się wszystkiego, co mógł nam powiedzieć, toteż nie było potrzeby ryzykować. To była przemyślana decyzja.

Nicci potaknęła, wzdychając.

– Powinnam była wiedzieć, że dobrze to przemyślałaś.

Kahlan, zamyślona, patrzyła w dal.

– Richard mnie nauczył, żeby myśleć o rozwiązaniu, a nie o problemie. To właśnie starałam się robić.

ROZDZIAŁ 92

Co teraz zrobimy? – zapytał major Fister, kiedy Nicci i Kahlan umilkły i w korytarzu znowu zapanowała cisza.

Kahlan przełknęła ślinę.

– Richard nie wróci. Musimy się z tym pogodzić. Tylko się łudziłam. Okropna prawda jest taka, że Richard nie żyje. Wiemy, co postanowił zrobić z ciałem Zedda. Chciałby, żebyśmy to samo uczynili dla niego. Odszedł, utraciliśmy go, zostaliśmy na tym świecie. Powinniśmy się zająć jego ciałem, jesteśmy mu to winni. Musimy przygotować stos pogrzebowy i się pożegnać.

Po twarzach Mord-Sith płynęły łzy.

– Jesteś pewna, Kahlan? – zapytała Nicci. – Ludwig Dreier użył swoich ciemnych mocy. Nie wiemy, czy nie ma już żadnej nadziei.

– Nadziei? – spytała Kahlan. Potrząsnęła głową, tłumiąc straszliwe, bolesne wspomnienie, którego nie mogła się pozbyć. – Nie widziałaś tego co ja. Skrzydlate demony go ścigały, pochwyciły, wbiły w niego szpony, żeby nie mógł uciec, a potem spowiły czarnymi skrzydłami, żeby przytłoczyć jego duszę, i zabrały go w otchłań.

Wszyscy milczeli, przerażeni.

– Musi być jakaś nadzieja – powiedziała wreszcie słabym głosem Nicci. – Richard by chciał, żebyśmy mieli nadzieję.

Kahlan czuła w sobie pustkę. Świat życia był dla niej martwy.

– Nadzieję? Hannis Arc i imperator Sulachan idą na Pałac Ludu. Sulachan chce zniszczyć świat życia. Chce rzucić na nas wszystkich świat umarłych. Richard był tym, o kim mówi proroctwo, kto miał możliwość powstrzymania tego. Proroctwo cały czas wskazywało na Richarda, we wszystkim, co robił, nazywając go kamykiem w stawie, mówiąc, że tylko on może temu zapobiec. Proroctwo zapowiedziało, że jedyną nadzieją na powstrzymanie zagrożenia ze strony uwolnionego zza muru trzeciego królestwa jest Richard, który je zakończy. Tylko on jeden miał taką możliwość. A teraz nie żyje. Bez Richarda nie ma żadnej nadziei. Można uznać, że skoro było tyle proroctw z nim związanych, skoro był tak ściśle w nie wpleciony, skoro był *fuer grissa ost drauka*, to proroctwo się skończyło, kiedy umarł. Umarło wraz z Richardem. Bo co jeszcze może o nim powiedzieć, skoro odszedł? Był tym jedynym, wybranym. RICHARD, UMIERAJĄC, ZAKOŃCZYŁ PROROCTWO. Nie ma już nikogo, kto by nie pozwolił złu spowić świata. Czas i nadzieja przeminęły. Prawdę mówiąc, nie widzę powodu, żeby się tym przejmować.

– Kahlan, Richard by na to nie pozwolił – powiedziała Nicci uspokajająco. Mieszkańcy D'Hary go potrzebują. Richard by wrócił ze świata umarłych, żeby ich chronić. Jest lordem Rahlem. Łączy go z nimi więź, a ich z nim. Wróciłby ze świata umarłych, żeby ich bronić.

Kahlan opanowała rozpacz, próbowała się nie rozpłakać, zachować twarz Spowiedniczki.

– Rozumiem to, Nicci, słowa są bardzo szlachetne, ale to tylko słowa. Trzeba czegoś więcej niż słowa i pragnienia. W sercu wiesz równie dobrze jak ja, że nie ma dla niego powrotu. Odszedł.

Kahlan pomyślała, że może to ona nie powinna się godzić ze śmiercią Richarda, że to ona powinna się upierać, że on wróci, i wbrew wszystkiemu mieć nadzieję na cud.

Lecz była Spowiedniczką i całe życie służyła prawdzie. Nie mogła odrzucić prawdy dlatego, że sprawiała ból.

Nawet teraz nie mogła odrzucić prawdy.

Cassia przetoczyła w palcach Agiel.

– Nie miałam nadziei, Matko Spowiedniczko. A znalazłam powrotną drogę.

Kahlan wskazała jej Agiel.

– Czy twój Agiel działa, skoro Dreier nie żyje, a Richard... odszedł?

– Nie. – Cassia smutno się uśmiechnęła. – Ale czy to takie złe, że nie czuję bólu? Przynajmniej przez jakiś czas?

– Chyba nie – powiedziała Kahlan, kładąc jej dłoń na ramieniu. – Ale brak bólu oznacza, że Richard odszedł i więź z lordem Rahlem została zerwana. Sądzę jednak, że brak bólu jest niejaką pociechą.

Wiedziała, że dla niej cierpienie dopiero się zaczyna.

– A co z mieczem lorda Rahla? – zapytał major. – Czy zostawimy go przy nim, kiedy... przygotujemy stos pogrzebowy?

Kahlan wiedziała, co powinna zrobić.

– Nie. Zedd i Richard odeszli, toteż miecz przypadł mnie. Przynieś mi go.

W milczeniu przyłożył pięść do serca.

Mówienie o tym, stawianie czoła rzeczywistości druzgotało jej duszę. Kahlan o mało nie zemdlała z udręki. Kolana prawie się pod nią ugięły. Nicci chwyciła ją za ramię i podprowadziła do okna, które pospiesznie otworzyła.

– Przyda ci się trochę świeżego powietrza – powiedziała.

Kahlan kręciło się w głowie, biły na nią poty, kiedy myślała o Richardzie, martwym i samotnym w komnacie. Nie mogła wyrzucić z myśli tego widoku. Nie mogła myśleć o niczym innym. Richard był tak bardzo żywy, a przecież jej umysł przywoływał jedynie widok jego ciała leżącego nieruchomo na łożu i oddzielonej odeń duszy wleczonej w wiekuisty mrok. Chociaż jakaś jej część potrafiła myśleć o nim wyłącznie jako o kimś żywym, to już odpływał w świat wspomnień.

Kahlan miała ochotę krzyczeć, płakać, sprawić, żeby znowu było jak przedtem. Ale z jakiegoś powodu nie mogła. Pomyślała, że może zemdleje. Ręce się jej trzęsły. Całe ciało dygotało.

– Kahlan – powiedziała nagląco, lecz ze współczuciem Nicci – potrzebujesz powietrza. Oddychaj. Głęboko oddychaj. To ci dobrze zrobi.

Kahlan oparła dłonie o kamienny parapet, wdychając chłodne powietrze. Poczuła, jak po policzku spływa łza.

Jak będzie teraz żyć?

Co zrobi?

Chciała Richarda. Pragnęła, żeby był przy niej. Nic się nie wydawało rzeczywiste, a zarazem było bardziej rzeczywiste od wszystkiego, co kiedykolwiek czuła.

Tak gorąco pragnęła życia wspólnego z Richardem; życia, które by dzielili i którym by się cieszyli z dala od walki. Czasu tylko dla nich. Uciekła im ta szansa. Teraz już nigdy nie będą mieć wspólnego życia.

Kiedy patrzyła na terasy i niezbyt daleki las, zobaczyła na jego skraju jakieś zwierzę – siedziało i patrzyło na nią.

To był Łowca.

Kiedy tak siedział, Kahlan pomyślała, że wygląda tak, jakby przyszedł złożyć jej kondolencje. Pewnie Red go przysłała na znak, że jej współczuje.

Red wiedziała. Powiedziała jej. Gdyby Kahlan posłuchała jej ostrzeżenia i zrobiła to, czego chciała wiedźma, to Richard by żył, a ona byłaby martwa.

Popatrzyła na czarodziejkę. Nicci oczywiście też by nie żyła.

Proroctwa rzadko się urzeczywistniają tak, jak ludzie się spodziewają.

W tym przypadku stało się dokładnie tak, jak zapowiedziała Red, ale w sposób, jakiego Kahlan nigdy by się nie spodziewała.

A mimo to przepowiednia była precyzyjna.

Kahlan nie słuchała.

A teraz życie Richarda się skończyło. Tak jak i proroctwo.